中国蒙古学文库

蒙古族当代作家汉文小说研究

额尔敦仓　乌哈娜　宝　兰
刘孝方　娜荷娅　包红莉　著

辽宁民族出版社

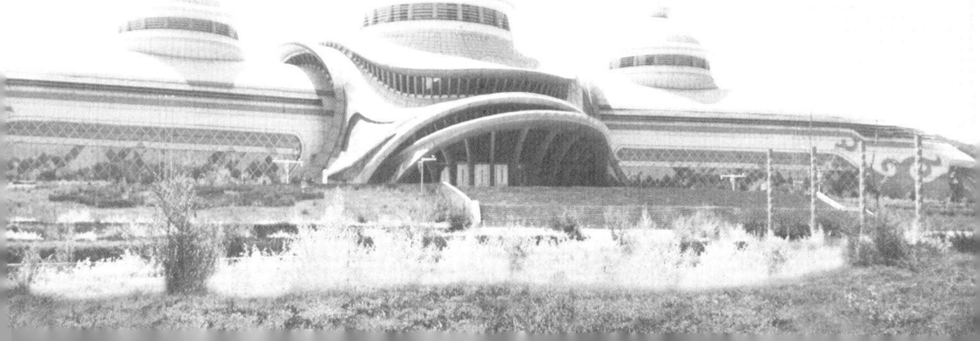

图书在版编目（CIP）数据

蒙古族当代作家汉文小说研究 / 额尔敦仓等著. -- 沈阳 : 辽宁民族出版社, 2023.12
（中国蒙古学文库 / 包银山主编）
ISBN 978-7-5497-2989-0

Ⅰ. ①蒙… Ⅱ. ①额… Ⅲ. ①蒙古族—现代作家—汉语—小说研究 Ⅳ. ①I207.42

中国国家版本馆CIP数据核字（2023）第228890号

蒙古族当代作家汉文小说研究
MENGGUZU DANGDAI ZUOJIA HANWEN XIAOSHUO YANJIU

出版发行者：辽宁民族出版社
地　　址：沈阳市和平区十一纬路25号　邮编：110003
印 刷 者：辽宁鼎籍数码科技有限公司
幅面尺寸：145mm×210mm
印　　张：13
字　　数：400千字
插　　页：8
出版时间：2023年12月第1版
印刷时间：2023年12月第1次印刷
责任编辑：石　旭
封面设计：杜　江
封面摄影：呼格吉乐图
责任校对：王　荷

标准书号：ISBN 978-7-5497-2989-0
定　　价：70. 00元

邮购热线：024-23284335
淘宝网店：http:// lnmz2013.taobao.com
如有印装质量问题，请与出版社联系调换，联系电话：024-23284340

中国蒙古学文库

布赫

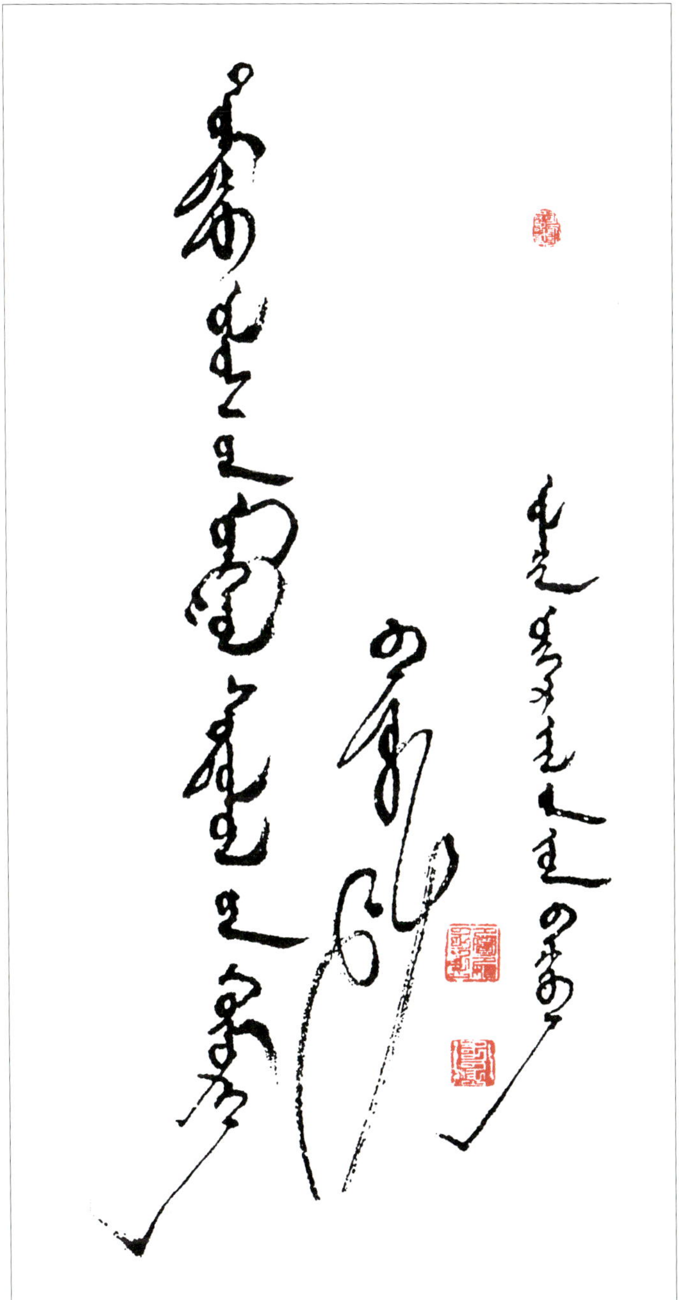

《中国蒙古学文库》编写委员会

《中国蒙古学文库》第三版总序

在《中国蒙古学文库》（以下简称《文库》）第三版 100 本著作即将启动之际，有必要对已出版的第一、二版的成功经验做一个总结。《文库》自 1997 年正式启动至今历时 23 年，在各级领导的关怀下，通过两代编委和辽宁民族出版社同仁的倾力而为，已经成功出版了两版共 200 本学术著作，为弘扬中华优秀传统文化，为打造中国学术、中国理论和坚持中国立场，为国家“五位一体”总体布局建设做出了应有贡献。在这个凝心聚力、努力工作的过程中，有三条基本经验需要总结。

一、坚持正确的政治方向。坚持马克思列宁主义、毛泽东思想、邓小平理论、“三个代表”重要思想、科学发展观、习近平新时代中国特色社会主义思想，与党中央保持高度一致，始终坚持中华民族伟大复兴历史方位，是《文库》编委会一贯坚持的原则。《文库》第三版编委会将继续坚持这一出版工作的政治遵循。

二、传承和弘扬中华优秀传统文化。习近平总书记在中国文联第十次全国代表大会、中国作协第九次全国代表大会开幕式上的讲话中明确指出：“文化是一个国家、一个民族的灵魂。”“文化自信，是更基础、更广泛、更深厚的自信，是更基本、更深沉、更持久的力量。坚定文化自信，是事关国运兴衰、事关文化安全、事关民族精神独立性的大问题。没有文化自信，不可能写出有骨气、有个性、有神采的作品。”在党的民族政策的正确领导下，在内蒙古自治区党委、政府的大力支持下，《文库》先后出版了两版优秀学术著作 200 本。

三、以铸牢中华民族共同体意识为主线。2019 年 7 月 15 日至

16日，习近平总书记在内蒙古考察并指导开展“不忘初心、牢记使命”主题教育时指出，要高举各民族大团结旗帜，全面贯彻党的民族政策，深化民族团结进步教育，践行守望相助理念，铸牢中华民族共同体意识，把各族人民紧紧团结在党的周围，共同守卫祖国边疆，共同创造美好生活，在新时代继续呵护好“模范自治区”的崇高荣誉。《文库》聚焦民族平等团结进步、共同繁荣发展，凸显民族交往交流交融、和谐共生的历史过程与现状发展。《文库》编委会自成立以来，始终高举党领导下民族团结的伟大旗帜，在选题方面，优先选择了各民族文化交往交流交融的题材；在编委会组成方面，坚持民族团结的“石榴籽”原则，由多民族的专家学者共同组成编辑委员会；在编委会工作中，坚持掌握好、运用好国家通用语言文字和包容少数民族语言文字的原则。《文库》是各民族优美语言文字得以彰显、中华优秀传统文化得以弘扬的传世工程。《文库》一贯秉持我党各民族一律平等、共同繁荣发展的理念，坚持用汉文、蒙古文两种文字出版，坚决把好政治关、学术关、文字关，使《文库》的每一本著作既具有学术水平、理论高度、现实意义，也具有可读性、大众性、传播性。

《文库》编委会成立以来，民族团结的氛围得到了真正彰显，大家团结一心、使命共赴、责任共担、智慧齐聚，每一本著作的质量都得到了切实保障。在《文库》第三版100本著作即将启动之际，我们必须对自治区老领导、专家学者的贡献表达崇敬之情！《文库》23年的出版历程，令我们感慨万千。《文库》两版200本著作之所以能为国家文化事业发展做出贡献，与自治区老领导和专家学者的巨大贡献以及辛勤劳动密不可分。《文库》由内蒙古自治区原副主席阿拉坦敖其尔指导筹备并亲自担任领导小组组长，老人家直到去世，始终关心关怀《文库》的编辑出版工作，尤其重视把好政治关和学术关，为《文库》的顺利出版做出了卓越贡献。

第一版百本著作的总序由内蒙古自治区社会科学院历史研究所原所长、已故历史学家留金锁研究员执笔，内蒙古自治区社会科学院原秘书长、已故经济学家陈献国研究员为第一版的编辑出版付出了艰辛劳动。第二版百本著作的总序由内蒙古师范大学法政学院格·孟和教授执笔，对出版后续百本著作的重大意义进行了深刻阐述。这两版的总序各有所长，语言流畅、思辨睿智。

《文库》前两版的编委们数十年如一日，无私奉献，堪称楷模。辽宁民族出版社的同仁们尤其令人敬佩。李凤山社长带领所有员工，兢兢业业，打造精品，为每一本著作的编辑和出版工作付出心血和汗水。

我们坚信，所有参与《文库》前两版编辑出版工作的人员必将名留史册，你们的精神和品格时刻激励着《文库》第三版编著者们。我们衷心地感谢你们，并向你们致以崇高的敬意！我们要不辱使命，既往开来，再创辉煌！

《中国蒙古学文库》第三版编委会

2020 年 11 月 18 日

目　录

下编：“改革开放40年”蒙古族作家汉文小说创作研究

绪 论

一、选题缘由

我们很高兴地看到，中国当代少数民族作家在贯彻和实践“铸牢中华民族共同体意识，学好用好国家通用语言文字”这方面做得非常成功。中国当代蒙古族作家汉文小说创作70年发展历程很好地证明了这一点，成为值得学习宣传的典范。所以，对这部分作家作品进行系统而深入的研究，具有重要的学术价值和社会现实意义。

纵观历史上蒙古族作家的各类文学创作，呈现出多线条交错发展的丰富构架，一般是由蒙古文创作、汉文创作、藏文创作以及翻译文学等几大部分组成。这一现象在客观上使蒙古族文学以族属为前提条件，在作家的生长地域、创作语言和文学作品所反映的历史文化生活等因素的作用下，呈现出多层次结构。然而，由于多方面因素的影响，目前国内外已经出版的诸多《蒙古族文学史》，其研究范围和研究对象都不尽相同。这些著作大多侧重于以蒙古文创作为其研究对象，不同程度地涉及汉文创作和藏文创作部分。

诚然，蒙古族作家进行汉文创作的确是一个独具特色的文学现象，它是整个蒙古族文学的重要组成部分。“蒙古族作家的汉文创作始于元代初期，并随着时间的流逝而越来越丰富。历明朝、清朝到清末时，有近两百位作家，各种体裁的创作在数量上也已积累到多于蒙古文书面创作的程度。”[①] 由此得知，蒙古族作家进行汉文创作的现象由来已久，早已形成一定的规模。例如，元代的伯颜和忽必烈，明朝的杨景贤，清初顺治、康熙年间的孝庄文皇后与色冷，乾隆年间蒙古王公等，都曾经进行过汉文创作。蒙古族作家的汉文创作从未间断，到了清中叶，用汉文进行写作的蒙古族作家已经遍布全国各地。

然而，在中国国情复杂多变的近现代，蒙古族文学发展不平衡，这一时期的典型代表为近代的漠南蒙古族尹湛纳希家族和现代的纳·赛音朝格图等为数不多的一代文豪。到了当代，随着中华人民共和国成立和中国共产党带领全国人民进入社会主义建设初期，全国各族人民真正当家做主，祖国各项事业得到恢复和发展。随着全国文学艺术事业的欣欣向荣，蒙古族作家的汉文创作全面展开，作家创作热情高涨，他们感恩中国共产党的领导，歌颂社会主义建设事业，赞美民族团结和祖国统一。特别是“十七年文学”，这一时期蒙古族作家创作的汉文小说在当代蒙古族文学史上占据非常重要的地位，而且迅速成为蒙古族文学乃至中国文学不可或缺的组成部分。当代蒙古族作家汉文小说创作比以往的任何一个时期更为突出和活跃，作家队伍壮大，小说创作甚丰，拥有了很多在国际国内产生重大影响的优秀作家作品。

现如今，中国当代蒙古族作家汉文小说创作已经走过了 70 年（1949—2019）的辉煌历程。为了分析梳理和归纳总结的便利，我们以 1978 年 12 月 18 日至 22 日党的十一届三中全会为界，把当代蒙古族作家汉文小说创作 70 年历程分为“社会主义建设初期 30 年”和“改革开放 40 年”两个阶段来考察。在“社会主义建设初期 30 年”（1949—1978）这一时期里，蒙古族作家汉文小说创作涉及阿·敖德斯尔、安柯钦夫、玛拉沁夫、朋斯克、乌兰巴干、云照光、扎拉嘎胡、照日格巴图、甫澜涛、特·达木林、伊德尔夫等 11 位作家的 158 篇短篇小说、5 部中篇小说和 7 部长

① 白·特木尔巴根：《论古代蒙古族作家汉文创作的社会历史背景》，《内蒙古师范大学学报（哲学社会科学版）》1999 年第 6 期，第 19 页。

篇小说。在“改革开放40年”（1979—2019）中，蒙古族作家汉文小说创作得到迅速发展，这一时期成为蒙古族当代小说发展的黄金时期。这一时期的小说无论是在数量上还是在质量上，均令人瞩目。在玛拉沁夫、扎拉嘎胡、阿·敖德斯尔、朋斯克等老一辈小说家的带领和影响之下，形成了以郭雪波、哈斯乌拉、白雪林、佳峻为代表的继往开来的作家队伍。这一时期中国作家协会和省、市级作家协会的作家就有54位，共出版82部长篇小说，发表和出版近800篇（部）中短篇小说作品。

针对上述小说作品，诸多研究者从中华文化的视角审视、评价和定位当代蒙古族作家汉文小说创作这一独特的文化景观，甚至曾经在一段时间里有些人是怀有猎奇的心态、戴着有色眼镜观察、考量乃至误读这部分文学创作；与此同时，众多蒙古族文学研究者也怀着一种保守、封闭的心态去品评当代蒙古族作家汉文小说创作，从而忽略或把握不准当代蒙古族作家汉文小说创作在整个蒙古族文学史上的应有地位和存在价值。其实，我们缺乏的正是从宏观上专门进行整合研究的意识，把这一部分小说创作真正纳入整个蒙古族文学当中，采用解读民族文化的方法去评析、探究它与蒙古族传统文化及传统文学的源缘，从而对它在弘扬民族文化及民族文学的独特内涵以及在全球化进程中所特有的意义予以正确定位。

中国当代蒙古族作家创作的汉文小说大量涌现有其自身的价值和深远的意义，是别具特色的创作成果，这部分创作呈现出特有的一种“间性”特征（文化熏陶、创作语言、创作内容的民族文化内涵、创作本土化方面的执着追求等）。对这种独具特色的文学现象进行研究理应选择特殊的视角——文化源缘探究，想必会有新的发现、新的领悟，或是能够开辟不同于他人研究的新视野、新领域。

二、研究概述

上编："社会主义建设初期30年"蒙古族作家汉文小说研究概述

20世纪50年代初，随着《科尔沁草原的人们》和《一朵红花》等短篇小说的发表，一批蒙古族作家开启了当代蒙古族文学创作的新篇章。其文学创作的最大特点就是用汉文进行创作，从而在全国文学界引起了"小轰动"。这批蒙古族作家凭借热情的创作态度、新颖的写作手法为当代蒙古族文学乃至整个中国当代文学的发展做出了卓越的贡献。这股文学力量不仅受到很多热爱文学的读者青睐，还引起了文学评论界众多学者的关注。自20世纪50年代以来，对"社会主义建设初期30年"小说作家及其作品的研究，不同时期的研究视角和研究重点也不尽相同。研究概述如下。

（一）20世纪五六十年代的评介研究及研讨会

1952年1月，《人民文学》刊登了蒙古族作家玛拉沁夫的处女作《科尔沁草原的人们》。这是一篇取材于真实事件的短篇小说，它的发表迅速受到了全国读者的赞扬，并得到了文坛其他作家的一致认可。同年1月18日，一篇题目为《文化简评——〈人民文学〉发表了两篇优秀的短篇小说》的文章在《人民日报》上发表，赞美《科尔沁草原的人们》是"这篇小说把实际生活中存在的先进力量反映出来了，写出了新的生活、新的人物以及新的主题，是以新的伦理与新的道德精神对人民进行教育的好作品"[①]。同年3月25日，李全喜发表了题为《〈科尔沁草原的人们〉是一篇好作品》的评论文章[②]，对玛拉沁夫给予很高的评价。之后，

① 《文化简评——〈人民文学〉发表了两篇优秀的短篇小说》，《人民日报》1952年1月18日。

② 李全喜：《〈科尔沁草原的人们〉是一篇好作品》，《内蒙古日报》1952年3月15日。

臧克家的《可喜的收获》[①]和张天民的《多写些好的短篇小说》[②]等评论文章均对该作品给予了高度的评价。玛拉沁夫的其他短篇小说也获得了很高的评价，如王永远的《内蒙古草原上的人们——读〈路〉的随笔》[③]以及思蒙的《在“花的草原上”》[④]、扎木苏荣扎布的《读玛拉沁夫的〈花的草原〉》[⑤]等。1962年，玛拉沁夫出版了小说集《花的草原》，随后就有了相关评介，如《花的草原，百花齐放——玛拉沁夫的小说集〈花的草原〉漫评》[⑥]、《诗情画意颂草原——评价小说集〈花的草原〉》[⑦]等。茅盾先生为《花的草原》作序，认为玛拉沁夫创作出的作品充满民族色彩，以情结与叙写来刻画人物，形成了自己的风格。

1956年，玛拉沁夫在《内蒙古文艺》期刊上连载了他的长篇小说《在茫茫的草原上》。这部长篇小说一经出版便以新颖的题材、生动的人物形象、浓郁的草原生活气息引起文学界的重视，同时也迎来很大的争议。显然，这部小说在研究者中掀起了不小的风浪。1959年6月17日和25日研究者组织了两次关于《在茫茫的草原上》的研讨会。研讨会上，主要针对这部长篇小说中党的领导的作用、民族主义倾向、个人英雄主义和情爱描写等方面的问题进行了激烈的研讨。一方认为：小说中，党没有发挥本该发挥的领导作用，铁木尔完全起了带头作用，实质上代替了党的领导，因此，学者们断定作者玛拉沁夫有严重的民族主义倾向；在爱情描写方面，认为把男女关系体现得很混乱，有严重的自然主义倾向。另一方则认为：小说中的洪涛代表着共产党，以及苏荣、洛卜桑师长等人代表了党的意志；至于铁木尔个人形象的问题，作者只是为突出铁木尔这一形象，并非宣传民族主义；而在爱情方

① 臧克家：《可喜的收获》，《新观察》1952年第4期。
② 张天民：《多写些好的短篇小说》，《人民文学》1952年第4期。
③ 王永远：《内蒙古草原上的人们——读〈路〉的随笔》，《新晚报》1960年1月21日。
④ 思蒙：《在“花的草原上”》，《文艺报》1961年第10期。
⑤ 扎木苏荣扎布：《读玛拉沁夫的〈花的草原〉》，《花的原野》1958年第7期。
⑥ 奎曾：《花的草原，百花齐放——玛拉沁夫的小说集〈花的草原〉漫评》，《内蒙古日报》1962年7月25日第3版。
⑦ 陈寿朋：《诗情画意颂草原——评价小说集〈花的草原〉》，《草原》1962年第9期。

面，则认为否定派的说法过于偏激。这一时期关于《在茫茫的草原上》的其他评论文章还有孟和博彦的《动荡的草原，光辉的道路——评〈在茫茫的草原上〉》[①]、袁瑗的《玛拉沁夫的长篇新作——〈在茫茫的草原上〉》[②]等。孟和博彦认为这是一部非常优秀的小说作品，塑造了如洛卜桑师长、苏荣等许多拥有独特个性、有血有肉的人物。同时他还指出不足之处：第一，洪涛这一人物形象的塑造不是很成功；第二，小说的内容不够全面；第三，作者用大量笔墨描写的关于爱情的段落对突出人物性格没有多大作用。

关于《在茫茫的草原上》的第三次研讨会是在1959年的“反右倾斗争”和反对现代修正主义思想热潮的背景下举办的。毋庸置疑，玛拉沁夫的这部小说，被认为有修正主义倾向、阶级调和论以及人性论的作品，受到了无情的批评。两年后，玛拉沁夫在原有的基础上进行修改。修改后的小说以《茫茫的草原（上）》为题再次出版，此次出版引起了文艺界的高度重视。关于《茫茫的草原（上）》的评论文章主要有奎曾的《茫茫的草原（上）》[③]和李亦冰的《更上一层楼》[④]等。上述文章都觉得修改后的《茫茫的草原（上）》比《在茫茫的草原上》更好一些。首先，在阶级分析方法与阶级思想上有着明显的提升。其次，大众化、艺术性、民族性以及思想性等各方面皆有显著提高。不管最初的版本得到怎样的评价，作者发表了改进版后，对玛拉沁夫的研究向前迈进了一大步。

1956年9月，扎拉嘎胡在《内蒙古日报》上发表了一部中篇小说《春到草原的时候》（后改名为《春到草原》）。在当时，这部小说真可谓是大放异彩。随即《草原》上刊登了一篇评介文章《读〈春到草原〉》[⑤]，就此拉开了对扎拉嘎胡小说研究的序幕。

---

① 茅盾等：《玛拉沁夫研究论文集》，内蒙古人民出版社，1993年，第426页。
② 袁瑗:《玛拉沁夫的长篇新作——〈在茫茫的草原上〉》,《读书月报》1957年第6期。
③ 奎曾：《茫茫的草原（上）》，《中国民族》1964年第5期。
④ 茅盾等：《玛拉沁夫研究论文集》，内蒙古人民出版社，1993年，第489页。
⑤ 哲情：《读〈春到草原〉》，《草原》1957年第7期。

扎拉嘎胡于1958年发表了短篇小说《悬崖上的爱情》，然而，这篇小说给扎拉嘎胡带来了厄运。评论界对这篇小说进行无端的批判，并开始纷纷议论以及批判作者，认为《悬崖上的爱情》这篇小说传递了畸形的爱情观。综观之，能够代表作家最高成就的作品还是长篇小说，《红路》便是扎拉嘎胡的代表作。对长篇小说《红路》的评介研究主要有：奎曾写的《红五月，谈〈红路〉》[①]，泽民写的《简评扎拉嘎胡的长篇〈红路〉》[②]等。上述论著都对《红路》这部长篇小说所体现的教育意义以及认识价值进行了论述。而研究者翟琴的《读〈红路〉》一文则从艺术特点和人物形象视角，从"党的领导的形象""十字路口的人物"以及"梦博士及其他"三个方面重点评析了梅其其格、呼格吉勒图、敖斯尔三个蒙古族青年知识分子的形象以及塑造这些典型形象的意义。

阿·敖德斯尔在1959年第10期的《草原》杂志上发表了一篇短篇小说《时代的性格》，随之评论界开始了对他及其作品的分析、研究、评价。同年，梁一儒在《草原》杂志第12期上发表的《光辉四射的〈时代的性格〉》[③]一文对作家进行了称赞，他认为从艺术方面来说，该小说达到了一个新高度。翟奎曾和丁正彬的评论文章《论敖德斯尔的小说》认为，"我们的文学属于革命的支部，它服务政治，隶属政治，还能够对政治产生影响，文艺不只是服务政治，它还能够很好地进行服务。敖德斯尔同志，这位蒙古族青年作家所进行的创作，是能够证明这个问题的"[④]。此外，蒙古族学者孟和博彦对阿·敖德斯尔的另一篇短篇小说《水晶宫》的具体内容展开了研究，发表了《社会主义宫殿建造者的颂歌——评价〈水晶宫〉》[⑤]一文。在这一时期，温小钰、汪浙成逐渐成为了敖德斯尔研究的代表人物，他们的评论文章主要有

① 吴重阳、李连生：《扎拉嘎胡研究专集》，内蒙古人民出版社，1988年，第121页。
② 吴重阳、李连生：《扎拉嘎胡研究专集》，内蒙古人民出版社，1988年，第125页。
③ 梁一儒：《光辉四射的〈时代的性格〉》，《草原》1959年第12期。
④ 翟奎曾、丁正彬：《论敖德斯尔的小说》，《内蒙古大学学报（哲学社会科学版）》1960年第2期，第81页。
⑤ 孟和博彦：《社会主义宫殿建造者的颂歌——评价〈水晶宫〉》，《内蒙古日报》1962年10月17日。

《在前进的道路上——评敖德斯尔的小说》[①]、《蒙古族人民精神美的探索——读敖德斯尔的小说集〈遥远的戈壁〉》[②]、《草原在歌唱——读短篇小说集〈遥远的戈壁〉》[③]等。另外还有《蒙古族作家敖德斯尔的创作》[④]，这是对敖德斯尔及其作品较为全面的研究综述，作者为学者奎曾。值得注意的是，1961年至1963年，茅盾先生陆续以《读〈欢乐的除夕〉》《给敖德斯尔的两封信》以及《读〈遥远的戈壁〉》等评论文章赞赏并鼓励了阿·敖德斯尔。茅盾认为他的作品不仅具备民族性，还具有时代性，这是非常难得的。

作为"社会主义建设初期30年"文学典型的"十七年文学"，乌兰巴干的许多小说被译为蒙古文，如《鄂伦春姑娘》《驯马姑娘》的蒙古文翻译版。乌兰巴干的短篇小说《初春的山谷》刊登在了《花的原野》上，《内蒙古日报》（蒙古文版）刊登了《勇敢的骑士》等短篇小说。与此同时，进行翻译的人也受到了蒙古族文学界的关注。之后，关于小说反映的蒙古族和鄂温克族生活情况是否具有真实性的问题，蒙古族文学界展开了讨论。其中，学者吉雅在《关于生活的真实》里面批评了《鄂伦春姑娘》《驯马姑娘》以及《初春的山谷》三篇小说，他认为小说里的民俗描写是不真实的。而学者吉格米德苏荣在《关于评论性生活的真实的个人意见》中指出，《初春的山谷》《驯马姑娘》和《鄂伦春姑娘》中的描写符合社会主义时期少数民族生活的事实。

乌兰巴干长篇小说的评介研究成果主要有叶圣陶的《读〈草原烽火〉》[⑤]、莫·图们的《评〈草原烽火〉》[⑥]、马白的《喜

① 温小钰、汪浙成：《在前进的道路上——评敖德斯尔的小说》，《中国民族》1962年第9期。
② 温小钰、汪浙成：《蒙古族人民精神美的探索——读敖德斯尔的小说集〈遥远的戈壁〉》，《内蒙古日报》1962年8月19日第3版。
③ 温小钰、汪浙成：《草原在歌唱——读短篇小说集〈遥远的戈壁〉》，《文艺报》1962年第9期。
④ 奎曾：《蒙古族作家敖德斯尔的创作》，《中国民族》1962年第9期。
⑤ 叶圣陶：《读〈草原烽火〉》，载《草原烽火评论集》，内蒙古人民出版社，1959年。
⑥ 莫·图们：《评〈草原烽火〉》，《花的原野》1964年第1期，第83页。

读〈燎原烈火〉》[①] 等文章。叶圣陶在《读〈草原烽火〉》代序中写道，长篇小说《草原烽火》有两个特点深深吸引了他的灵魂，第一点便是作者的身份——蒙古族青年；第二点便是此小说描述的是在党的正确带领之下，在科尔沁草原上生活的蒙古族、汉族人民共同抵抗日本帝国主义和封建阶级的故事，他认为这是一部优秀的作品。蒙古族学者莫·图们研究作者如何把主人公巴吐吉拉嘎热的成长历程当作故事情节发展的脉络，还仔细探究了正、反面人物形象是如何塑造的。学者马白也从多方面对小说《燎原烈火》进行了评价。此外，茅盾先生为我国40多部文学作品写过眉批，其中就包括乌兰巴干的《草原烽火》。茅盾为这部作品写下80处眉批，对作品也做了认真的点评，指出了成功与不足。

1961年，朋斯克发表短篇小说《没有枪的战士》。随后研究者童歌郎于1962年发表《评〈没有枪的战士〉》[②]一文，研究者对这篇小说进行了既简洁又系统的评价。接下来的一段时间里，郭超、丁尔纲在《评朋斯克的短篇小说》[③] 等文章中较为系统地评论了小说作家朋斯克及其作品。

经过翻阅资料，笔者发现对作家安柯钦夫及其汉文小说的评论文章极少，只有于1960年刊登的文章《谈安柯钦夫短篇小说》[④]。这篇文章简单评述了安柯钦夫的短篇小说的创作风格、艺术手法等方面，并认为安柯钦夫的小说内容富有浓厚的民族文化色彩。

综览20世纪五六十年代的评介研究及研讨会，这一时期的学者和研究者整体上是对“社会主义建设初期30年”蒙古族作家创作的汉文小说作品持肯定的态度。“这一阶段内的蒙古族作家汉文小说创作所取得的成就的确是值得肯定的，具有里程碑式的意义，不仅推进了蒙古族文学发展，甚至促进中国文学整体进一

① 马白：《喜读〈燎原烈火〉》，《收获》1965年第1期。
② 童歌郎：《评〈没有枪的战士〉》，《草原》1962年第3期。
③ 郭超、丁尔纲：《评朋斯克的短篇小说》，《草原》1964年第7期。
④ 齐放：《谈安柯钦夫短篇小说》，《包头文艺》（现更名为《鹿鸣》）1960年（期号不可考）。

步发展。”[①] 然而，在这一时期对作者、作品的评判标准的最显著的特点在于政治标准远高于艺术标准，这样的做法难免忽视了文学艺术自身发展的内在规律，从而带来一定的局限性。

（二）20 世纪八九十年代至今的作家作品研究与专题研究

随着我国改革开放政策的实施，人们的观念发生了极大的变化。文学艺术工作者的处境不再尴尬，许多曾经被认为是“毒草”的作家作品得到了平反，对作家作品不仅是单纯从政治角度分析研判，而且变成从大局出发，更全面、系统地分析，从而涌现出一大批优秀且成熟的评论文章。对这一时期的评论文章，就以作家作品研究和专题研究为视角和切入点进行综述。

从上面的评介研究综述中，我们已经知道对玛拉沁夫及其小说作品的研究是与他的文学创作同时开始的。到了改革开放以来的 20 世纪八九十年代，黄亦青在 1981 年 3 月 2 日发表的《浅谈玛拉沁夫小说的艺术特色》一文中认为，玛拉沁夫的文学风格俊逸清新，富于蒙古民族特色并且具备汉族诗歌的意境美，因而有一种全新的融合美。姜革锋于 1982 年发表在《内蒙古社会科学》杂志上的《论玛拉沁夫的创作个性》一文中提出了以下观点：玛拉沁夫不仅是一名合格的蒙古族作家，更是在中国共产党的培育之下逐步成长起来的作家。他的作品不仅是对蒙古族人民生活的真实写照，而且丰富和充实了我国当代文学，为社会主义文学事业做出了贡献。沙驼在《民族新生活的颂歌——评玛拉沁夫短篇小说创作》[②] 这篇文章中称赞玛拉沁夫是一位优秀的蒙古族作家，认为玛拉沁夫的成就是多方面的。他的作品与新中国迈着相同的步伐，这些作品表达了他的喜悦、理想、苦恼。李晓峰、夏天合作发表了一系列评论文章，如《象征与诗意——玛拉沁夫小说艺

① 乌日嘎：《当代蒙古族作家汉文中短篇小说民族文化源缘研究（1949—1978）》，硕士学位论文，内蒙古师范大学，2019 年，第 5 页。
② 沙驼：《民族新生活的颂歌——评玛拉沁夫短篇小说创作》，《民族文学研究》1984 年第 3 期。

术新论》、《选择与建构——玛拉沁夫小说的叙述艺术》（上、下篇）、《民族、时代的歌手——论玛拉沁夫的小说艺术》，还有李晓峰独立发表的《玛拉沁夫小说的人物形象塑造艺术》（上、下）等。这些评论文章从草原文化、人物形象、艺术风格以及美学风格等方面较为全面、系统地解析了玛拉沁夫的小说创作，从而使玛拉沁夫研究又向前迈进了一大步，丰富了玛拉沁夫研究文库。

除此之外，还有王海梅的《优秀作品和它的时代》①，屈正平的《论玛拉沁夫的短篇小说》②，孙桂森的《草原·力·美——玛拉沁夫创作论》③，沙驼的《哲理·诗情·启示——谈玛拉沁夫近年短篇小说中的哲理探索》④，何联华的《玛拉沁夫心中的草原》⑤，白屋的《论玛拉沁夫短篇小说创作的艺术风格》⑥，李亦冰的《洋溢着诗意，喷薄着芬芳——试论玛拉沁夫创作的艺术特色》⑦，王保林、孙桂森的《玛拉沁夫与草原文学》⑧，雁翎的《玛拉沁夫短篇小说论》⑨，蒙古族学者策·杰尔嘎拉的文章《英雄民族不灭的形象——读玛拉沁夫中篇小说〈第一道曙光〉》⑩等多篇评论文章。大多数评论文章的关注点还是玛拉沁夫的小说创

① 王海梅:《优秀作品和它的时代》(蒙古文),《内蒙古大学学报(哲学社会科学版)》2000年第4期。

② 屈正平：《论玛拉沁夫的短篇小说》，《内蒙古师范大学学报（哲学社会科学版）》1984年第4期。

③ 孙桂森：《草原·力·美——玛拉沁夫创作论》，《内蒙古民族大学学报（社会科学版）》1988年第1期。

④ 沙驼:《哲理·诗情·启示——谈玛拉沁夫近年短篇小说中的哲理探索》,《民族研究》1985年第2期。

⑤ 何联华：《玛拉沁夫心中的草原》，《中南民族学院学报》（哲学社会科学版）1993年第2期。

⑥ 白屋：《论玛拉沁夫短篇小说创作的艺术风格》，《内蒙古师范大学学报》1990年第2期。

⑦ 李亦冰：《洋溢着诗意，喷薄着芬芳——试论玛拉沁夫创作的艺术特色》，《当代文学研究丛刊》1983年第4期。

⑧ 王保林、孙桂森:《玛拉沁夫与草原文学》,《内蒙古民族大学学报(社会科学版)》1985年第2期。

⑨ 雁翎：《玛拉沁夫短篇小说论》，《广西师范学院学报（哲学社会科学版）》1992年第2期。

⑩ 策·杰尔嘎拉：《英雄民族不灭的形象——读玛拉沁夫中篇小说〈第一道曙光〉》，《潮洛蒙》（蒙古文）1980年第1期。

作方面。

到了20世纪90年代，关于玛拉沁夫及其创作的研究持续深入。其中出现了很多专题研究的学者、专家，并诞生了几部具有一定分量的学术专著，这些专著的相继出版问世标志着对玛拉沁夫及其创作的研究更加成熟和系统化。例如，1993年8月，朱兵出版的学术专著《草原交响诗》①；1994年1月，张燕玲出版的作家传记《大草原——玛拉沁夫论》②；2001年3月，李晓峰出版的学术专著《玛拉沁夫小说艺术论》③；2014年11月，额尔敦仓出版的学术专著《玛拉沁夫小说民族文化源缘研究》④；等等。其中，额尔敦仓的学术专著《玛拉沁夫小说民族文化源缘研究》从玛拉沁夫小说创作与蒙古族传统文化以及传统文学之间的源缘、玛拉沁夫与"草原文学"的不解之缘、玛拉沁夫小说的艺术形式以及外来文学对玛拉沁夫小说创作的影响等方面全面、系统地论述了玛拉沁夫与本民族传统文化和文学的关系，认为玛拉沁夫在传承本民族优秀传统文化的同时，积极学习、借鉴外来文学，使蒙古族文学得到长足发展。

进入21世纪以来，关于玛拉沁夫的研究主要以他的草原小说为主。黄神彪在他的《与草原紧密相连的文学生涯》⑤中认为，蒙古族作家玛拉沁夫，在将近50年的创作生涯中，不仅创作小说，更有电影剧本、报告文学和散文等作品，可谓涉猎广泛。从一定程度上讲，玛拉沁夫不单是我们中国草原文学的先驱者，更可以尊称为我们国家的少数民族文学引领者。茯苓花在《语文学刊》上发表的《浅谈玛拉沁夫的"草原文学"》⑥一文较详细地解释了玛拉沁夫小说创作中的草原性。景志强与郭英两位学者致力于端木蕻良与玛拉沁夫两位作家的比较研究，曾发表《端木蕻

① 朱兵：《草原交响诗》，内蒙古人民出版社，1993年。
② 张燕玲：《大草原——玛拉沁夫论》，民族出版社，1994年。
③ 李晓峰：《玛拉沁夫小说艺术论》，中国文联出版社，2001年。
④ 额尔敦仓：《玛拉沁夫小说民族文化源缘研究》，辽宁民族出版社，2014年。
⑤ 黄神彪：《与草原紧密相连的文学生涯》，《文艺报》2006年11月2日。
⑥ 茯苓花：《浅谈玛拉沁夫的"草原文学"》，《语文学刊》2007年第1期。

良和玛拉沁夫小说中英雄形象的塑造》[①]一文。研究者刘祥文的文章《共鸣与借鉴：玛拉沁夫与肖洛霍夫的艺术情缘》[②]也对玛拉沁夫与肖洛霍夫进行了比较研究。除此之外，玛拉沁夫的相关研究成果还有齐金良的《论玛拉沁夫草原小说的社会风情》[③]，蔡继莲于2011年发表的《论玛拉沁夫小说对民族气派的弘扬》[④]，毕海于2013年发表在《海南师范大学学报（社会科学版）》的《草原文学与中国当代作家的“草原性”书写——以玛拉沁夫、张承志的创作为例》，宋彩霞的《从三重身份解读玛拉沁夫的草原文学》[⑤]，李晓梅的《玛拉沁夫对蒙古族民间文学传统的继承》[⑥]，李晓峰的《重读玛拉沁夫》[⑦]，张丽青的《论玛拉沁夫小说的意识形态与生活逻辑》[⑧]，郭岩、郝浦超的《玛拉沁夫小说的审美意蕴》[⑨]等。而后，景志强又发表《端木蕻良与玛拉沁夫的草原情结》[⑩]一文。另外，还需要关注的是很多蒙古族学者对玛拉沁夫及其创作进行了研究，如娜弥雅的《优秀作品与其时代——兼论玛拉沁夫〈科尔沁草原的人们〉》[⑪]，策·杰尔嘎拉发表在《内蒙古民族大学学报（哲学社会科学版）》上的《再论“草原文学”》以及于2013年10月4日发表在《内蒙古日报》（汉文版）上的《“草原文学”的领军人物——玛拉沁夫》，阿如那于2013年发表在《民

① 景志强、郭英：《端木蕻良和玛拉沁夫小说中英雄形象的塑造》，《名作欣赏》2013年第35期。
② 刘祥文：《共鸣与借鉴：玛拉沁夫与肖洛霍夫的艺术情缘》，《南华大学学报（社会科学版）》2010年第3期。
③ 齐金良：《论玛拉沁夫草原小说的社会风情》，《阜阳师范学院学报》2010年第1期。
④ 蔡继莲：《论玛拉沁夫小说对民族气派的弘扬》，《白城师范学院学报》2011年第2期。
⑤ 宋彩霞：《从三重身份解读玛拉沁夫的草原文学》，《白城师范学院学报》2010年第10期。
⑥ 李晓梅：《玛拉沁夫对蒙古族民间文学传统的继承》，《白城师范学院学报》2011年第2期。
⑦ 李晓峰：《重读玛拉沁夫》，《南方文坛》2011年第9期。
⑧ 张丽青：《论玛拉沁夫小说的意识形态与生活逻辑》，《民族文学研究》2017年第3期。
⑨ 郭岩、郝浦超：《玛拉沁夫小说的审美意蕴》，《西南大学学报》2016年第4期。
⑩ 景志强：《端木蕻良与玛拉沁夫的草原情结》，《社科纵横》2013年第9期。
⑪ 娜弥雅：《优秀作品与其时代——兼论玛拉沁夫〈科尔沁草原的人们〉》，载内蒙古文艺评论家协会编《走进花的原野》，内蒙古人民出版社，2004年。

族论坛》上的《试析玛拉沁夫的草原文学创作》，吴哈斯塔娜的《玛拉沁夫与中国少数民族文学》[1]等评论文章。

额尔敦仓从1992年开始研究玛拉沁夫及其作品。他经过长时间不断的探索，在这一领域收获了突出成果，陆续发表了《论玛拉沁夫创作的民族性》[2]、《玛拉沁夫语言的民族特色》[3]、《玛拉沁夫小说民族文化内涵解读（之一）》[4]、《玛拉沁夫小说民族文化内涵解读（之二）》[5]、《玛拉沁夫小说民族文化内涵解读（之三）》[6]、《玛拉沁夫小说艺术民族文化源缘解读（一）——玛拉沁夫小说对蒙古族传统文学独特意象的传承与发展》[7]、《玛拉沁夫小说艺术民族文化源缘解读（二）——玛拉沁夫小说与蒙古族英雄史诗文化源缘探析》[8]、《玛拉沁夫小说艺术民族文化源缘解读（三）——玛拉沁夫小说与蒙古民歌文化源缘解析》[9]、《玛拉沁夫小说艺术民族文化源缘解读（四）——玛拉沁夫小说创作语言的民族文化源缘评析》[10]、《玛拉沁夫小说艺术民族文化源缘解读（五）——对外来文学的有效借鉴与积极创新》[11]、《玛拉沁夫

① 吴哈斯塔娜:《玛拉沁夫与中国少数民族文学》,《中央民族大学学报》2013年第4期。
② 额尔敦仓：《论玛拉沁夫创作的民族性》，载内蒙古文艺评论家协会编《走进花的原野》，内蒙古人民出版社，2004年。
③ 额尔敦仓：《玛拉沁夫语言的民族特色》，《内蒙古教育学院学报》1992年第3期。
④ 额尔敦仓：《玛拉沁夫小说民族文化内涵解读（之一）》，《内蒙古大学学报（哲学社会科学版）》2011年第6期。
⑤ 额尔敦仓：《玛拉沁夫小说民族文化内涵解读（之二）》，《内蒙古社会科学（哲学社会科学版）》2011年第6期。
⑥ 额尔敦仓:《玛拉沁夫小说民族文化内涵解读（之三）》,《内蒙古师范大学学报（哲学社会科学版）》2011年第4期。
⑦ 额尔敦仓：《玛拉沁夫小说艺术民族文化源缘解读（一）——玛拉沁夫小说对蒙古族传统文学独特意象的传承与发展》，《内蒙古大学学报（哲学社会科学版）》2013年第1期。
⑧ 额尔敦仓：《玛拉沁夫小说艺术民族文化源缘解读（二）——玛拉沁夫小说与蒙古族英雄史诗文化源缘探析》,《内蒙古社会科学（哲学社会科学版）》2013年第3期。
⑨ 额尔敦仓：《玛拉沁夫小说艺术民族文化源缘解读（三）——玛拉沁夫小说与蒙古民歌文化源缘解析》，《中国蒙古学（哲学社会科学版）》2013年第2期。
⑩ 额尔敦仓：《玛拉沁夫小说艺术民族文化源缘解读（四）——玛拉沁夫小说创作语言的民族文化源缘评析》,《内蒙古师范大学学报（哲学社会科学版）》2012年第4期。
⑪ 额尔敦仓：《玛拉沁夫小说艺术民族文化源缘解读（五）——对外来文学的有效借鉴与积极创新》，《内蒙古师范大学学报（哲学社会科学版）》2013年第3期。

小说研究述评（一）》[①]、《玛拉沁夫小说研究述评（二）》[②]等一系列研究文章。

近年来，一些学者开始从生态文学的角度研究玛拉沁夫及其创作，如赵艺、李清月于2014年发表在《语文学刊》上的《谈玛拉沁夫生态文学的主要思想》，田中元于2017年发表在《阴山学刊》上的《玛拉沁夫小说创作中的生态美学思想》，等等。总体上来说，对玛拉沁夫的研究如今已经趋于成熟。在“社会主义建设初期30年”（1949—1978）里的11位作家对玛拉沁夫的研究可以说是极为广泛而深入。

相对于玛拉沁夫来说，对扎拉嘎胡的研究在20世纪五六十年代尚未深入展开，全面而又系统的研究较少，大多都侧重于对其长篇小说的研究。例如，泽民于1960年发表在《语言文学》第5、6期上的《简评扎拉嘎胡的长篇〈红路〉》以及韦苇1979年发表的《〈红路〉，真理的声音》，等等。到20世纪80年代之后，扎拉嘎胡的作品才逐渐引起众多学者的重视。1981年发表于《内蒙古社会科学》上的《评扎拉嘎胡小说的民族风格》[③]一文以他的作品为基础，较详细地探讨了小说创作中的民族风格。同年，《中国民族》上的一篇名为《名家小传》[④]的文章介绍了扎拉嘎胡的作品，总结出扎拉嘎胡的艺术风格为深厚实在、质朴真诚。随后，奎曾于1982年发表的《一位真诚的蒙古族作家——扎拉嘎胡》[⑤]一文认为扎拉嘎胡的作品耐人寻味，很少有华丽的语言，但它能给你一种朴素、实在、自然的感受。正因如此，他的作品更贴近中国文学的优良传统，更贴近蒙古族文学口述艺术的特点，更符合人们的审美感受。

---

① 额尔敦仓：《玛拉沁夫小说研究述评（一）》，《内蒙古师范大学学报（哲学社会科学版）》2016年第3期。

② 额尔敦仓：《玛拉沁夫小说研究述评（二）》，《内蒙古师范大学学报（哲学社会科学版）》2017年第4期。

③ 刘工践、孙国栋：《评扎拉嘎胡小说的民族风格》，《内蒙古社会科学》1981年第4期。

④《名家小传》，《中国民族》1981年第6期。

⑤ 奎曾：《一位真诚的蒙古族作家——扎拉嘎胡》，《民族团结》1982年第1期。

此外，还有奎曾的《鲜花应该重放——重读〈悬崖上的爱情〉》①，王月林的《民族生活的绚丽画卷——读〈扎拉嘎胡中短篇小说选〉》②，郭超、丁尔纲的《历史悲剧与作家的悲剧意识——读〈扎拉嘎胡的中短篇小说选〉琐记》③等文章。闻钟于1987年发表的《在花的原野上徜徉——内蒙古自治区四十年小说创作简论》④，文章认为，扎拉嘎胡小说艺术偏向细致的情感，侧重心理描写，擅长描写民族情感。到了1988年，扎拉嘎胡研究也进入了成熟期，吴重阳、李连生在诸多研究扎拉嘎胡的文章的基础上编辑出版了《扎拉嘎胡研究专集》⑤。还有奎曾的《扎拉嘎胡小说创作综探》⑥、张锦贻的《对民族文艺的深沉思考——读扎拉嘎胡的〈文苑沉思录〉》⑦等文章。此外，对长篇小说《红路》的评论文章有李硕嘉的《论扎拉嘎胡〈红路〉中"知识分子"的革命成长叙事》⑧，文章认为，以内蒙古工业专科学校学生会主席——呼格吉勒图矛盾复杂的精神成长历程为主线，描写他的成长路线，却不同于"知识分子"普遍的革命成长路线的范本，体现其独特性。

关于阿·敖德斯尔的研究文章主要有奎曾的《和新中国一起成长的作家——介绍蒙古族作家敖德斯尔》⑨。文章认为，阿·敖德斯尔的一些作品从全局出发，反映了革命斗争和民族解放时期内蒙古蒙古族的生活场景，展现了草原民族的新思维、新风貌。另

① 奎曾：《鲜花应该重放——重读〈悬崖上的爱情〉》，《内蒙古日报》1980年5月。
② 王月林：《民族生活的绚丽画卷——读〈扎拉嘎胡中短篇小说选〉》，《民族文艺论丛》1982年第2期。
③ 郭超、丁尔纲：《历史悲剧与作家的悲剧意识——读〈扎拉嘎胡的中短篇小说选〉琐记》，《草原》1987年第9期。
④ 闻钟：《在花的原野上徜徉——内蒙古自治区四十年小说创作简论》，《内蒙古社会科学》1987年第4期。
⑤ 吴重阳、李连生主编：《扎拉嘎胡研究专集》，内蒙古人民出版社，1988年。
⑥ 奎曾：《扎拉嘎胡小说创作综探》，《中央民族学院学报》1989年第4期。
⑦ 张锦贻：《对民族文艺的深沉思考——读扎拉嘎胡的〈文苑沉思录〉》，《民族文学》1996年第11期。
⑧ 李硕嘉：《论扎拉嘎胡〈红路〉中"知识分子"的革命成长叙事》，《唐山师范学院学报》2014年第36卷第6期。
⑨ 奎曾：《和新中国一起成长的作家——介绍蒙古族作家敖德斯尔》，《中国民族》1979年第4期。

外还有郭超、丁尔纲的《论敖德斯尔的创作道路和艺术经验》[①]。张锦贻在《民族性·时代性·儿童性——敖德斯尔儿童小说创作论略（上）》[②]中考察了作家敖德斯尔在20世纪五六十年代创作的儿童小说，认为作者在其作品中汲取了民族传统文化的有益养料，体现了蒙古民族心理状态的新发展，行文富有情致和情韵，丰富和发展了中国少数民族儿童文学。除此之外，还有魏泽民的《独具色香的艺术花朵——重读〈遥远的戈壁〉》[③]等文章可以参阅。

值得注意的是，20世纪八九十年代，蒙古族学者对阿·敖德斯尔的研究表现得很活跃，总结阿·敖德斯尔的生平，介绍其小说作品，概括阿·敖德斯尔小说中所体现的民族特色、写作手法、艺术特点。例如，杭爱的《论敖德斯尔的短篇小说创作》[④]、乌·苏古尔的《评阿·敖德斯尔小说》[⑤]、贺·宝音巴图的《阿·敖德斯尔短篇小说的形象塑造》[⑥]、莫·扎拉丰嘎的《略论阿·敖德斯尔作品的结构和选材》[⑦]和《作家阿·敖德斯尔的人物形象塑造手法、风格》[⑧]等评论文章。研究者乌·苏古尔把阿·敖德斯尔的蒙古文、汉文小说分为三个时期进行了系统论述。莫·扎拉丰嘎在研究阿·敖德斯尔的小说时，总结出他的一些创作特点：内容一般采用对称的方式，通常用记叙来描述，并且内容比较紧凑，富有民族的风格等。莫·扎拉丰嘎又在《作家阿·敖德斯尔的人物形象塑造手法、风格》一文中总结出阿敖德斯尔小说人物的形象塑造手法，认为有作者自己的特色，因为

---

① 郭超、丁尔纲：《论敖德斯尔的创作道路和艺术经验》，《民族文学论丛》1982年第2期。

② 张锦贻：《民族性·时代性·儿童性——敖德斯尔儿童小说创作论略（上）》，《昆明师范高等专科学校学报》2003年第1期。

③ 魏泽民：《独具色香的艺术花朵——重读〈遥远的戈壁〉》，《草原》1978年第5期。

④ 杭爱：《论敖德斯尔的短篇小说创作》，《民族文学研究》1983年第6期。

⑤ 乌·苏古尔：《评阿·敖德斯尔小说》，《金钥匙》1983年第1期。

⑥ 贺·宝音巴图：《阿·敖德斯尔短篇小说的形象塑造》，《萨日娜》1983年第27期。

⑦ 莫·扎拉丰嘎：《略论阿·敖德斯尔作品的结构和选材》，《蒙古语言文学》1985年第1期。

⑧ 莫·扎拉丰嘎：《作家阿·敖德斯尔的人物形象塑造手法、风格》，《蒙古语言文学》1984年第1期。

小说里的人物不会直接出场，作者经常通过烘托气氛的手法，或先交代事情发展的前因后果，让读者通过现象来寻找本质。作者从人物的外貌开始描写，进一步探索其本质，并塑造出亲切的形象；又从人物的性格冲突中凸显人物形象。

在诸多研究阿·敖德斯尔文章的基础上，1985 年，吴重阳在内蒙古人民出版社的帮助下，出版了《敖德斯尔研究专集》。陆续又有《简析阿·敖德斯尔小说中的两类英雄人物形象》[①] 等文章发表。这些研究成果说明了阿·敖德斯尔研究日益成熟，也表明对阿·敖德斯尔及其作品的研究从未停止。

关于作家乌兰巴干及其作品的评论文章有谢刚、李硕嘉的《成长进向、献祭仪式及导师的隐喻功能——“十七年”少数民族成长小说的社会主义民族国家认同》[②]。这篇文章以玛拉沁夫的《茫茫的草原》和乌兰巴干的《草原烽火》为例，认为“十七年”时期的“少数民族成长小说更清晰地标志着民族认同的发展方向，更清楚地表明了阶级叙事与民族叙事之间的同构关系”[③]。

对安柯钦夫及其创作的研究文章主要有哈斯朝鲁的《新生活的热情歌者——蒙古族作家安柯钦夫及其创作记略》[④]。该文章分析总结出了作家安柯钦夫的生平以及创作情况，认为安柯钦夫的小说作品描绘了内蒙古自治区各族人民在社会主义建设初期和平年代里的新生活，具有深远的现实意义和社会历史价值。

关于朋斯克及其小说作品的研究文章有保尔夫的《来自生活在底蕴的清泉——读朋斯克小说集〈金色兴安岭〉》[⑤] 一文。文章认为，蒙古族作家朋斯克小说作品深深扎根于本民族传统文化

① 娜仁：《简析阿·敖德斯尔小说中的两类英雄人物形象》，《赤峰学院学报（汉文哲学社会科学版）》2008 年第 3 期。

② 谢刚、李硕嘉：《成长进向、献祭仪式及导师的隐喻功能——“十七年”少数民族成长小说的社会主义民族国家认同》，《民族文学研究》2014 年第 5 期。

③ 谢刚、李硕嘉：《成长进向、献祭仪式及导师的隐喻功能——“十七年”少数民族成长小说的社会主义民族国家认同》，《民族文学研究》2014 年第 5 期。

④ 哈斯朝鲁：《新生活的热情歌者——蒙古族作家安柯钦夫及其创作记略》，《民族文学》1985 年第 11 期。

⑤ 保尔夫：《来自生活在底蕴的清泉——读朋斯克小说集〈金色兴安岭〉》，《草原》1984 年第 8 期。

的土壤，小说作品的内容能够体现当时人们真实的生活状况，所描述的均接近事实。

对云照光的研究文章主要有张锦贻的《云照光和他的〈蒙古小八路〉》[①]、《土默川作家云照光和他的〈蒙古小八路〉》[②]以及《富有民族精神的儿童形象——读〈蒙古小八路〉》[③]。研究者张锦贻最为看好云照光的小说作品《蒙古小八路》，认为作家的自身经历与书中主要角色扎木苏的经历不无关系，作家童年时期的遭遇使其形成独特的创作风格。学者奎曾的《论云照光的文学创作》[④]一文则更加全面而系统地评析了云照光的小说作品，认为其“文章带有着一种独特的历史性质与传奇性质”。并且和张锦贻的看法一致，他也认为作者自身的人生经历与小说作品中主人公的经历特别相似，因而富有情感，也特别真实。同时，奎曾也提出了小说的一些不足之处，他觉得小说在描写人物的情感时不够细腻。

从整体研究状况来看，对玛拉沁夫、扎拉嘎胡、阿·敖德斯尔三位作家的研究较广泛而深入，而对朋斯克、云照光、乌兰巴干、安柯钦夫、特·达木林、照日格巴图等其他几位作家及其作品的研究较为薄弱。有的作家作品只搜索到一篇评论文章，极个别作家甚至没有找到相关的评论文章。从宏观上来看，这时期的研究不再局限于当时的社会政治框架，因此出现了很多既系统，又全面、客观的研究文章。内容上也不再零碎单一了，出现了从多个视角研究的文章，如对作品中“草原文化”的研究、作品的比较研究、儿童小说研究、人文景观研究、生态环境研究等新的研究视点，在此基础上还诞生了很多研究专集或专题研究著作。

① 张锦贻：《云照光和他的〈蒙古小八路〉》，《百柳》1987年第5期。
② 张锦贻：《土默川作家云照光和他的〈蒙古小八路〉》，《土默川》1986年第4期。
③ 张锦贻：《富有民族精神的儿童形象——读〈蒙古小八路〉》，《民族文艺论丛》1983年第2期。
④ 奎曾：《论云照光的文学创作》，《民族文学研究》1986年第3期。

（三）硕士、博士学位论文相关研究

接下来是关于“社会主义建设初期 30 年”蒙古族作家汉文小说创作的整体研究以及硕士、博士学位论文等相关研究。需要说明的是，在硕士、博士学位论文里已经包含整体研究。

关于阿·敖德斯尔及其作品的研究的硕士、博士学位论文有内蒙古大学海燕的《浅析阿·敖德斯尔“人物为核心”的小说创作观》①、内蒙古大学成仁的《蒙汉关系中的敖德斯尔》②、内蒙古师范大学曹布得的《论阿·敖德斯尔的文学观研究》③以及内蒙古大学蔡璐的《敖德斯尔小说的人物形象研究》④等。

关于乌兰巴干及其作品的研究的硕士、博士学位论文主要有内蒙古大学红玉的《乌兰巴干及其作品研究》⑤，该论文论述了乌兰巴干的生平和创作、作品研究、乌兰巴干个人及其作品的评价等内容。论文从人物形象、民族特征和时代性三个方面重点进行解析，并认为乌兰巴干的作品具有文学史价值。

关于扎拉嘎胡及其小说创作的研究的硕士、博士学位论文有中央民族大学常散丹的《扎拉嘎胡小说研究》⑥，作者从蒙古民间文学对扎拉嘎胡小说的影响、小说的题材和主题以及小说的艺术风格等方面进行了论述。内蒙古大学李青林的硕士学位论文《扎拉嘎胡小说主题论》认为，“小说充分体现及显示出了蒙古人民的美好生活和英雄气概，慷慨而坚韧的民族特色，发掘和构建了蒙古民族精神和民族文化”⑦。

关于玛拉沁夫及其创作的研究的硕士、博士学位论文主要有内蒙古大学佟额尔敦仓撰写的博士学位论文《玛拉沁夫小说创作

① 海燕：《浅析阿·敖德斯尔“人物为核心”的小说创作观》，硕士学位论文，内蒙古大学，2009 年。
② 成仁：《蒙汉关系中的敖德斯尔》，硕士学位论文，内蒙古大学，2014 年。
③ 曹布得：《论阿·敖德斯尔的文学观研究》，硕士学位论文，内蒙古师范大学，2015 年。
④ 蔡璐：《敖德斯尔小说的人物形象研究》，硕士学位论文，内蒙古大学，2016 年。
⑤ 红玉：《乌兰巴干及其作品研究》，硕士学位论文，内蒙古大学，2012 年。
⑥ 常散丹：《扎拉嘎胡小说研究》，硕士学位论文，中央民族大学，2008 年。
⑦ 李青林：《扎拉嘎胡小说主题论》，硕士学位论文，内蒙古大学，2016 年。

民族文化解读》[①]、中央民族大学吴·哈斯塔娜撰写的博士学位论文《玛拉沁夫文学观研究》[②]、天津大学郭岩的硕士学位论文《玛拉沁夫小说语言特点研究》[③]、西南大学郝浦超的硕士学位论文《玛拉沁夫小说的审美意蕴》[④]、长春理工大学孙甄延的硕士学位论文《玛拉沁夫小说中的地域文化研究》[⑤]、中南民族大学孟琪豫的硕士学位论文《玛拉沁夫小说革命话语研究》[⑥]、内蒙古大学红兰的硕士学位论文《玛拉沁夫小说〈茫茫的草原〉成书史研究》[⑦]、中央民族大学包佳佳的硕士学位论文《比较文学视野中的〈静静的顿河〉与〈茫茫的草原〉》[⑧]、福建师范大学王怡的硕士学位论文《〈茫茫的草原〉（上部）不同版本的修辞重构研究》[⑨]等。此外，还有内蒙古师范大学白通拉嘎的硕士学位论文《论玛拉沁夫的"草原小说"》[⑩]，主要从玛拉沁夫小说中呈现的独特草原文化与思想内涵两个方面分析了"草原小说"。内蒙古大学任悦在硕士学位论文《玛拉沁夫小说女性形象论析》中评析概括了《玛拉沁夫文集》（广西教育出版社于2006年出版）中的女性形象，并与"十七年"时期的革命历史小说中的女性形象进行了对比，认为玛拉沁夫的小说对女性形象的塑造是创作中的一大亮点。从以上硕士、博士学位论文可以看出，对玛拉沁夫及其作品的研究，在前人比较成熟的研究基础上，仍在继续探索不同的研究视角或研究方法，他们又从"文学观研究""地域文化研究""女性形象分析""语言特点"等方面入手，丰富了对

① 佟额尔敦仓：《玛拉沁夫小说创作民族文化解读》，博士学位论文，内蒙古大学，2011年。
② 吴·哈斯塔娜：《玛拉沁夫文学观研究》，博士学位论文，中央民族大学，2010年。
③ 郭岩：《玛拉沁夫小说语言特点研究》，硕士学位论文，天津大学，2016年。
④ 郝浦超：《玛拉沁夫小说的审美意蕴》，硕士学位论文，西南大学，2016年。
⑤ 孙甄延：《玛拉沁夫小说中的地域文化研究》，硕士学位论文，长春理工大学，2020年。
⑥ 孟琪豫：《玛拉沁夫小说革命话语研究》，硕士学位论文，中南民族大学，2018年。
⑦ 红兰：《玛拉沁夫小说〈茫茫的草原〉成书史研究》，硕士学位论文，内蒙古大学，2011年。
⑧ 包佳佳：《比较文学视野中的〈静静的顿河〉与〈茫茫的草原〉》，硕士学位论文，中央民族大学，2012年。
⑨ 王怡：《〈茫茫的草原〉（上部）不同版本的修辞重构研究》，硕士学位论文，福建师范大学，2017年。
⑩ 白通拉嘎：《论玛拉沁夫的"草原小说"》，硕士学位论文，内蒙古师范大学，2009年。

玛拉沁夫及其创作的研究。

除了对作家作品的个案研究之外，关于“社会主义建设初期30年”蒙古族作家汉文小说的整体研究也全面展开，主要有：

1. 内蒙古大学带兄的硕士学位论文《蒙古族作家汉文小说创作研究（1949—1978）》[①]以1949—1978年间阿·敖德斯尔、乌兰巴干、安柯钦夫、朋斯克、云照光、扎拉嘎胡、玛拉沁夫、照日格巴图等8位作家以及他们的作品（长篇小说6部、中篇小说3部、短篇小说91篇）为研究对象，介绍了作家们成长的经历、文学期刊以及小说创作概况，探寻了蒙古族作家创作的汉文小说的题材特点，分析了蒙古族作家创作的汉文小说中的人物形象。带兄在攻读博士之后，进而又将视野拓宽至整个当代蒙古族作家的汉文小说创作，包括新时期的蒙古族作家创作的汉文小说，其博士学位论文《当代蒙古族汉语小说创作研究》[②]更加深入、系统、全面。

2. 内蒙古师范大学乌日嘎的硕士学位论文《当代蒙古族作家汉文中短篇小说民族文化源缘研究（1949—1978）》[③]，从民族文化源缘生成的历史背景、作品中所蕴含的民族文化内涵以及所体现出的民族文学源缘等三个方面进行了研究，概述了这一时期蒙古族汉文中短篇小说创作情况，重点论述了作家的小说作品与蒙古族传统文化和民族文学的源缘关系，以及外来文学对小说作品的影响。文章认为作家不仅从本民族传统文化、文学中摄取精髓，也从外来文学中学习借鉴有益成分，并完成“对内传承，对外发扬”的历史使命。

3. 内蒙古师范大学丽丽的硕士学位论文《当代蒙古族作家汉文长篇小说民族文化源缘研究（1949—1978）》[④]，该论文以

① 带兄：《蒙古族作家汉文小说创作研究（1949—1978）》，硕士学位论文，内蒙古大学，2006年。

② 带兄：《当代蒙古族汉语小说创作研究》，博士学位论文，内蒙古大学，2011年。

③ 乌日嘎：《当代蒙古族作家汉文中短篇小说民族文化源缘研究（1949—1978）》，硕士学位论文，内蒙古师范大学，2019年。

④ 丽丽：《当代蒙古族作家汉文长篇小说民族文化源缘研究（1949—1978）》，硕士学位论文，内蒙古师范大学，2019年。

1949—1978年间最具代表性的玛拉沁夫、乌兰巴干、扎拉嘎胡三位作家的6部长篇小说为研究对象，同样从历史背景、作品所体现出的民族文学源缘，所蕴含的民族文化内涵以及外来文学的影响等几个方面进行了研究。

4. 内蒙古大学韩巧玲的硕士学位论文《蒙古族当代汉文小说创作影响力研究》①，是一篇用蒙古文撰写的论文。该论文从创作影响研究的视角，系统地分析了当代蒙古族作家创作的汉文小说、刊登小说的各种期刊和小说的出版机构、文学史等著作的收录情况和评论文章、期刊论文、学位论文以及所获得的奖项等。作者通过对典型作家、评论家和普通读者进行访谈和问卷调查，以大量可靠的数据论证蒙古族当代作家汉文小说创作在文学界的影响力。

5. 内蒙古大学张娜的硕士学位论文《汉语写作十七年内蒙古革命历史题材小说研究——以〈红路〉〈草原烽火〉〈茫茫的草原〉为例》②，该论文选取了能够代表内蒙古自治区“十七年”革命历史题材汉语写作艺术价值和创作成就的三部长篇小说，具体而深入地分析了内蒙古自治区“十七年”革命历史题材小说的基本特征及独特价值。

6. 内蒙古大学硕士乌其日拉赛汗的学位论文《蒙古族“十七年”文学在汉族文学当中的传播与接受》③考察了当代蒙古族“十七年”文学在汉语文学中的传播与接受情况，同时指出当代蒙古族“十七年文学”是通过汉语创作和汉译文两种形式克服语言障碍，进而传播到汉语文学中的，并认为当代蒙古族“十七年”文学作为少数民族文学，已成为中国当代文学的重要组成部分。

7. 南开大学包天花的博士学位论文《当代中国蒙古族文学叙事的性别研究》，该篇论文从“‘文化持有者的内部眼界’深入

① 韩巧玲：《蒙古族当代汉文小说创作影响力研究》，硕士学位论文，内蒙古大学，2018年。

② 张娜：《汉语写作十七年内蒙古革命历史题材小说研究——以〈红路〉〈草原烽火〉〈茫茫的草原〉为例》，硕士学位论文，内蒙古大学，2013年。

③ 乌其日拉赛汗：《蒙古族“十七年”文学在汉族文学当中的传播与接受》，硕士学位论文，内蒙古大学，2018年。

探究当代蒙古族文学性别书写所蕴含的民族、历史、文化内涵；同时以社会性别视角、女性经验和女性立场为基本出发点，以是否有利于‘人的发展、人性的完善’为标尺，分析和探讨当代蒙古族文学创作的人文精神价值”[①]。

综上所述，通过整理一部分硕士、博士学位论文，笔者发观现今对“社会主义建设初期30年”蒙古族作家汉文小说的研究分为两大类，即综合研究和作家作品研究。研究作家作品时主要以玛拉沁夫、扎拉嘎胡、阿·敖德斯尔、乌兰巴干及其作品研究为主，对其他作家作品的研究尚未全面展开。近年来，在作家作品个案研究的基础上出现了很多综合研究，这些综合研究主要以年代作为划分依据，学者们从不同研究视角出发，除了介绍作家作品之外，还从民族文化源缘研究、影响力研究、传播与接受研究、性别研究等多方面分析论述了当代蒙古族汉文小说，为这一研究领域提供了些许新的研究文献。

（四）各类文学史著作中相关章节的评述

1. 内蒙古文化出版社1987年10月出版的《中国蒙古族当代文学史（上册）》（蒙古文版）第二编《“文化大革命”之前“十七年”时期的小说》中的第六章介绍了玛拉沁夫以及他的作品。第六章第一节介绍了玛拉沁夫的生平及创作道路；第二、三节介绍了玛拉沁夫的《花的草原》《科尔沁草原的人们》以及《茫茫的草原》。第四节论述了玛拉沁夫作品的艺术风格并对玛拉沁夫的小说作品做出整体评价：其前期的大部分作品较为青涩，但具有相当的唯美气息；后期作品整体较沉稳，开始进入成熟期。玛拉沁夫在创作时不仅使用多种独特的艺术表现手法，同时经过不断吸取东西方优秀文化精髓，不断融合创新，吸收消化，形成了自己独特的文学艺术风格：一、能运用细腻优美、较有神韵的语句绘制生活画面；二、抒发情感时采用出神入化的比喻打动人心，生动有趣；

①包天花：《当代中国蒙古族文学叙事的性别研究》，博士学位论文，南开大学，2013年。

三、强调民族性和时代性的有机融合。此外，编著者对玛拉沁夫小说作品的语言特色做了简要评析。

《中国蒙古族当代文学史（上册）》（蒙古文版）第二编的第八章介绍了作家阿·敖德斯尔及其创作概况。第一节里评述了阿·敖德斯尔及其创作道路。第二节对他的代表作品《草原之子》及《“老班长”的故事》（又名《时代的性格》）进行综合评述；第四节则概述阿·敖德斯尔的创作风格及艺术特点。总括起来，阿·敖德斯尔小说的风格有以下四点：一、将时代特色描写得淋漓尽致，展现得恰到好处，显然，阅读他的作品时，会感到强烈的现实主义思想；二、描写内蒙古地区人文景观时，并非只出于一种新奇的思想，而是缘于其对草原风景及草原人民的热爱之情；三、从写作方法上来看，他在创作过程中采取多种生动形象的写作手法，描写有亮点；四、语言流畅朴素、灵动自然，却又不失优美。

《中国蒙古族当代文学史（上册）》（蒙古文版）第二编的第九章介绍了作家扎拉嘎胡及其创作概况。第一节简述了扎拉嘎胡及其创作道路；第二节评述了他的两篇代表作《一朵红花》以及《红路》；第三节评析了扎拉嘎胡小说的语言特色和艺术风格，并将艺术风格概括为两点：第一，小说通过描写真实生动的典型环境和塑造个性鲜明的典型形象，从正面或侧面展现了内蒙古地区先进分子和农牧民艰苦的生活，采用最朴实的叙事写作手法促进整个故事情节的发展；第二，小说结构完整，故事情节发展脉络清晰。

《中国蒙古族当代文学史（上册）》（蒙古文版）第二编的第十章《其他作家的小说》里分别介绍了作家安柯钦夫和朋斯克的生平及其创作概况。其中介绍安柯钦夫时，对其短篇小说《在冬天的牧场上》和《新生活的光辉》做了评述，认为其作品以反映真实的牧区生活为主，而且指出他的小说创作的主要题材来自社会主义建设带来的新人物、新气象、新生活，因此安柯钦夫是以艺术的真实体现生活的真实。随后对朋斯克的《金色的兴安岭》

也做了简单的评价。

2. 由特·赛音巴雅尔主编，内蒙古文化出版社 2003 年 2 月出版的《中国蒙古族当代文学史》（蒙古文版）第二编《建国后“十七年”的小说》中的第十章《玛拉沁夫》的第一节介绍了玛拉沁夫和他的创作之路；第二节以《从〈科尔沁草原的人们〉到〈花的草原〉》为题，介绍了两篇小说；第三节则介绍了玛拉沁夫的长篇小说《茫茫的草原（上）》，认为《茫茫的草原（上）》随着时代以及文学的发展，它的审美价值和艺术成就只会越来越高。第十二章综合述评了阿·敖德斯尔和他的创作情况。第十三章介绍了扎拉嘎胡以及他的小说作品，综合叙述了《小白马的故事》《一朵红花》以及《春到草原》。以《春到草原》和《小白马的故事》两篇小说为基准，肯定了扎拉嘎胡在蒙古族当代文学史上的地位。第十四章《其他作家的小说（一）》中介绍了乌兰巴干的《草原烽火》和朋斯克的《金色兴安岭》等小说作品。这里，乌兰巴干的小说艺术特点被归纳为：第一，小说具有独特鲜明的地域特点；第二，小说的结构由大量情节线索搭建，并以此同时展开；第三，小说故事情节曲折多变；第四，小说能够生动细致地描写人物性格，展示剖析人物的内心世界。

3. 由梁庭望、李云忠、赵志忠主编，辽宁民族出版社2006年6月出版的《20世纪中国少数民族文学编年史》卷六（1950—1966）中的“1952年”里提到了《科尔沁草原的人们》是玛拉沁夫的处女作。编者在介绍小说故事梗概的同时，对作品给予了很好的评价。编者认为，尽管小说的内容不够深刻，结构不够严谨，但它简单、新鲜、真诚，真实地反映了当时人们全新的生活观念和积极向上的精神面貌。这部文学史的“1953年”里介绍了朋斯克的《金色兴安岭》，并且把这部小说誉为年度最有影响力的小说之一。文中适当解读了小说的内容，认为小说内容如此真实、生动和引人入胜在很大程度上归功于朋斯克的亲身经历。他参加了消灭土匪的战斗。“1955年”里提到了安柯钦夫的《新生活的光辉》，这一短篇小说被认为是当年最好的小说作品。编著者简要介绍了小说的内容，同时概括了小说的写作特点，并评价“风格鲜明、清新流畅、出自平凡。写得很美，写得很诗意”[①]。“1956年”述及玛拉沁夫的长篇小说《茫茫的草原（上）》形象地揭示了解放后蒙古族民众艰苦的斗争生活，在概括论述小说内容的同时，对这部小说作品作出了中肯的评价。“1957年”里提到了扎拉嘎胡的经典中篇小说《春到草原》，不仅对这部小说进行了大致的讲述，还概括叙述了其优美的文笔和深刻的主题意义，同时将这部小说评价为年度优秀中篇小说。“1959年”里又谈及扎拉嘎胡的代表作《红路》，书中认为 “这部长篇小说作为蒙古族革命历史小说，在故事展现的同时将其语言赋予特色，令人印象深刻。人物、故事、时间和场景是交织发展，却与外面的广阔的社会和整个革命斗争形势联系在一起，体现了革命时期的时代意义和社会矛盾。这一小说较早反映了社会转型时期蒙古族知识分子的思想特征和‘苦难历程’，具有开拓意义”[②]，并且认为这是年度最佳小说作品。“1961年”里谈及玛拉沁夫的《花的草原》，这是一部具有极高评价的小说。书中认为玛拉沁夫创作文思敏捷、文笔优美，不仅反映了草原人民生活的发展变化，而且展现了草原人民的精神面貌。

4. 由赵志忠、李云忠主编，人民文学出版社 2012 年 12 月出版的《中国少数民族文学史・小说卷》第三编《当代小说史》中对这一时期的蒙古族作家以及他们的作品进行了介绍，并做了归纳：反映革命历史斗争的小说有朋斯克的《金色兴安岭》、乌兰巴干的《草原烽火》、扎拉嘎胡的《红路》；反映社会主义工业建设的小说有玛拉沁夫的《采金者》《暴风在草原上呼啸》和扎拉嘎胡的《草原雾》；反映牧区斗争生活的小说有安柯钦夫的《新生活的光辉》、扎拉嘎胡的《春到草原》和阿・敖德斯尔的《阿力玛斯之歌》；反思小说有玛拉沁夫的《活佛的故事》。不仅如此，

① 梁庭望、李云忠、赵志忠主编：《20 世纪中国少数民族文学编年史》，辽宁民族出版社，2006 年，第 240 页。
② 梁庭望、李云忠、赵志忠主编：《20 世纪中国少数民族文学编年史》，辽宁民族出版社，2006 年，第 294 页。

还有反映战争和军旅的小说作品，即敖德斯尔、斯琴高娃合著的《骑兵之歌》等优秀作品。

5. 由李鸿然编著，云南教育出版社 2004 年 11 月出版的《中国当代少数民族文学史论（上、下）》。这部文学史著作在《通论》部分细致全面地介绍了玛拉沁夫以及他的作品。编著者认为，玛拉沁夫是民族文学的中坚力量和带领者，并对他的作品做出了全面的评价："玛拉沁夫与草原是永远分不开的，玛拉沁夫所有的情感、认知和理想都与草原融为一体，博大的草原也把独特的魅力、演变和发展都向玛拉沁夫展示开来，并融入他的作品之中。玛拉沁夫自称他的作品是'草原文学'，这虽然只是客观的自我评价，同时也表达出了他的忠贞的追求和愿望。他的小说极具草原特色，理论成就和组织业绩与当代中国少数民族文学 50 多年同在。"①

这部文学史的第二编《小说》从"在时代的渴望中超越""在民族的期待中生成""抵达中国文学的前沿"三个方面有序介绍了中国当代小说的发展史。接下来就对作家作品进行了评述：首先是玛拉沁夫，认为蒙古族作家玛拉沁夫创作了许多优秀的中国小说，他为当代中国文学画廊增添了独特的一笔，并对其经典著作《茫茫的草原（上）》给予了高度评价。认为"它不仅登上了当时蒙古族长篇创作的巅峰，而且为中国当代长篇小说创作提供了与汉族文学不同的文学范型"②。其次是扎拉嘎胡，对其生平经历以及《红路》《草原雾》《嘎达梅林传奇》《黄金家族的毁灭》等作品进行了综合述评。编者认为扎拉嘎胡最具代表性的作品是《红路》，该作品是他创作上的里程碑，在蒙古族文学中占据了重要位置。这里还将扎拉嘎胡的创作理念概括为"热切关注着民族和国家的未来，甚至是人类的命运。他的创作方向是坚定地站在内蒙古大地，极力表现'三原'（草原、高原、沙原）上的蒙

① 李鸿然：《中国当代少数民族文学史论（上）》，云南教育出版社，2004 年，第 109 页。

② 李鸿然：《中国当代少数民族文学史论（下）》，云南教育出版社，2004 年，第 574 页。

古人，为他们诉说和歌唱；他的最高艺术追求是立足于优秀蒙古族历史文化的土壤，又积极吸收世界各民族的智慧，创造出浓郁的蒙古民族韵味和独具特色的作品”[①]。除此之外，这部文学史还将阿·敖德斯尔誉为蒙古族当代小说创作的先行者，对其一生经历和创作之路进行了总结性概述，并对他的经典作品《阿力玛斯之歌》《撒满珍珠的草原》等做了简要评述。

6. 由特·赛音巴雅尔主编，北京十月文艺出版社 1999 年 8 月出版的《中国少数民族当代文学史》（汉文版）第二编《建国后十七年的小说》里依次介绍了玛拉沁夫、阿·敖德斯尔、朋斯克、扎拉嘎胡等作家以及他们的作品。首先概括了玛拉沁夫的生平经历及创作之路，还对著名的革命历史小说《茫茫的草原（上）》进行了相关评价。随后总结性地叙述了蒙古族作家阿·敖德斯尔及其作品《草原之子》。之后又对朋斯克和他的作品《金色兴安岭》做出了整体论述和高度评价。最后谈及扎拉嘎胡和他的《春到草原》等小说作品。

7. 由苏尤格主编，辽宁民族出版社 1995 年 6 月出版的《蒙古族文学史·当代》（蒙古文）第九、十、十一章介绍了扎拉嘎胡、阿·敖德斯尔、玛拉沁夫等作家。其中第九章以《小说》为题，在第三节《扎拉嘎胡的小说》中，针对扎拉嘎胡的生平和他的长篇小说《草原雾》《红路》《嘎达梅林传奇》等进行了概括性评价。第十章以《阿·敖德斯尔的小说》为主题，在第一节里介绍了阿·敖德斯尔的生平以及创作轨迹。编者认为《朝克图和他的白额枣骝马》是他的处女作，20 世纪 50 年代是作家的创作初期。在《朝克图和他的白额枣骝马》中，对“马”的形象塑造达到一种出神入化的境界，远远超出其对人物形象的塑造，而在之后的小说作品《遥远的戈壁》中，对人物形象的塑造又有了很大程度上的提升。阿·敖德斯尔通过对作品主要人物内心的剖析和研究，将人物形象升华至另一个境界。阿·敖德斯尔创作的下一个阶段

---

① 李鸿然：《中国当代少数民族文学史论（下）》，云南教育出版社，2004 年，第 584 页。

是 20 世纪 60 年代至“文化大革命”时期，在这个阶段，小说的主题得到扩展，写作技巧也变得娴熟。这一阶段的优势在于在典型环境中塑造典型形象，并强调人物的性格；缺点在于相对忽视小说情节。20 世纪 70 年代末 80 年代初是作家的第二个丰收期。在此期间，作家巧妙地运用了现实主义的创作手法来真实地反映生活和社会现象，并致力于表达人性。因此，这一时期的小说思想更加深刻。在第二、三、四节中分别对阿·敖德斯尔的小说作品《骑兵之歌》《阿力玛斯之歌》进行综合评述。作家阿·敖德斯尔勇于表现真实生活的矛盾，小说所体现的问题不仅包括党内或社会问题，甚至还包括高层领导的问题。第十一章《玛拉沁夫的小说》中的第一节《作家和创作概论》主要介绍了作家的生平和创作概况，并点评了每个阶段的作品的出色之处。第二节主要评述了短篇小说《科尔沁草原的人们》的特点，也是这篇小说的成功之处：第一，小说对戏剧性故事情节的描写和复杂矛盾的安排甚妙；第二，该小说是基于真实事件写成的，所以做到了以艺术的真实来展示生活的真实。第三节则简单介绍了小说《第一道曙光》的内容，认为这部小说集中体现了民族精神和时代精神。它通过描绘自然景观和描述社会生活来展示蒙古族人民的精神面貌，具有时代性。

8. 由苏尤格主编，内蒙古大学出版社 2008 年 3 月出版的《蒙古族现代文学史（下册）》中第十八章《1950—1960 年的小说》之三《扎拉嘎胡的小说》里概括性地评价了扎拉嘎胡及其小说作品。编著者简要评述了《悬崖上的爱情》和《一朵红花》的内容，认为扎拉嘎胡的早期小说的中心主题是反映阶级斗争、社会主义建设初期的斗争、合作社的情况。随后对中篇小说《春到草原》做了较为详细的评述：一方面肯定作者对蒙古族文学的贡献，另一方面也指出其需要改进的地方，觉得小说所呈现的原生态生活不够全面和稳固，所以在艺术造诣上有“复重”的漏洞。第十九章《阿·敖德斯尔的小说》主要介绍了阿·敖德斯尔的生平以及他的创作概况，并对小说《“老班长”的故事》《撒满珍珠的草原》《阿力玛斯之歌》等小说进行了简单评述。文中认为阿·敖德斯尔20世纪五六十年代的作品中战争题材小说所占比例更大一些，除此之外，反映蒙古族生活风貌的小说作品《阿力玛斯之歌》《撒满珍珠的草原》等也对蒙古族小说创作起到了一定的作用。第二十章《玛拉沁夫的小说》中的第一节同样介绍了玛拉沁夫的红色人生以及多种文体创作概况；在第二节里专门评价了玛拉沁夫的小说作品，主要从小说作品的题材、主题思想、塑造的人物形象等几个方面对长篇小说《茫茫的草原（上）》做了较为详尽的评述，编者认为，作家玛拉沁夫用自己一生所学、毕生功底创作了长篇小说《茫茫的草原（上）》，因此作家的全部心血和情感都融入了这部小说，所以它成为既具有民族特色，又有时代特色的优秀长篇小说。

9. 由托娅、彩娜编著，中国文联出版社2002年出版的《内蒙古当代小说论纲》上编的第一章以《坚实步履》为题，在该章第一节《内蒙古人民解放斗争的辉煌记录》中提出：《遥远的戈壁》《金色兴安岭》《茫茫的草原（上）》和新时期创作的《风雪察哈尔》等小说作品重新演绎了蒙古族的历史命运——“察哈尔草原踏上新生之路—面对血与火的考验—科尔沁获得自由”。并从故事情节、人物形象、艺术风格等方面点评了乌兰巴干的长篇小说《草原烽火》和玛拉沁夫的长篇小说《茫茫的草原（上）》。上编第一章第二节《知识分子寻求革命的“苦难历程”》中提到了作家扎拉嘎胡，认为扎拉嘎胡的短篇小说《一朵红花》《小白马的故事》和中篇小说《春到草原》、长篇小说《红路》等作品完美诠释出蒙古族知识分子的红色道路、对革命和爱情的向往、青春和理想的蓝图。同时指出，扎拉嘎胡的小说的重要性在于最真实地展现那一段历史时期内蒙古人民的命运和生活场景。除此之外，还对《红路》的历史背景、人物形象、语言特色等方面进行了评述。

上编第一章第三节《面对时代与历史的抒情》里介绍了安柯钦夫的《在冬天的牧场上》《新生活的光辉》《米吉德爷爷》以及阿·敖德斯尔的《老车夫》《枣骝马的故事》等小说作品。书中认为这些小说作品“试图在有限的篇幅内展现广泛的生活场景、复杂的事件和许多人物，并以油画般沉重的色调表现生活图画”[①]，并将这一主题的发展历程归纳为“酿造生活与寻觅诗意—割不断的记忆—脱下军装的建设大军—草原新生活的光辉—‘散文化’的审美风范—‘木库莲’吹奏出的欢乐与憧憬”。上编第一章第四节《战歌与赞歌的交响曲》则提到了朋斯克的《打狼》《金色兴安岭》《在腾格里边缘地带》《透视》等20多篇小说，还有照日格巴图的《护林一日》《打火》《骑兵和他们的战马》《骑兵战士的日记》《敌后插刀》《草地剿匪》《宁布》以及新时期创作的《黄金梦》等小说作品在赞美和歌颂社会主义新生活的同时，回溯了民族的苦难和革命的历史。并将这一主题的发展历程归纳为“金色兴安岭上的铁骑神姿—西拉木伦河畔—不泯的英雄情结—豪迈刚毅、激情话语方式的确立—和平生发的理想人格”。

10. 黄薇著，内蒙古人民出版社2000年8月出版的《当代蒙古族小说概论》以玛拉沁夫的《春的喜歌》和《科尔沁草原的人们》，阿·敖德斯尔的《撒满珍珠的草原》和《鄂尔多斯高原雄鹰》，扎拉嘎胡的《草原的早晨》等小说作品为例，阐明了自作者的理解和观点。应该注意的是，作者黄薇更加注重的是对当代蒙古族作家创作的汉文小说的理论批判，而不是对文学史的阐释，因此很难像其他文学史一样找到关于作家作品的系统介绍和评论。编者更加关注蒙古族作家的汉文小说。可见，作者对这一时期的作品持有肯定和赞同态度，甚至特别注重作家作品对蒙古族传统文化的传承与发展。

11. 由其布日哈斯主编，内蒙古文化出版社2000年8月出版的《二十世纪蒙古族文学史》（蒙古文版）第四章《小说》中提到了阿·敖德斯尔及其作品《阿力玛斯之歌》《骑兵之歌》《遥远的戈壁》《“老班长”的故事》《撒满珍珠的草原》等，玛拉沁夫及其作品《活佛的故事》《茫茫的草原》，扎拉嘎胡及其作品《红路》《草原雾》《嘎达梅林传奇》，等等。该著作沿用了

① 托娅、彩娜：《内蒙古当代小说论纲》，中国文联出版社，2002年，第48页。

苏尤格的《蒙古族文学史·当代》中的观点，特别是在梳理作家创作轨迹和作家创作特点等方面；另外，也有自己的侧重与优点，比如对作品的分类很细致，逻辑性很强。

12. 由莫·扎拉丰嘎主编，内蒙古教育出版社 1987 年 3 月出版的《蒙古族当代文学史》（蒙古文版）对玛拉沁夫及其小说作品进行了综合评价。编著者认为：一、玛拉沁夫擅长积累生活经验，对创作有着更广阔的视野，因此他的小说展现了各种各样的主题；二、小说主题鲜明，而且小说情节比较系统完整；三、作品中主人公性格的发展与整个故事情节的发展相统一；四、擅长运用多种创作手法并灵活使用各种表现手法等。

13. 内蒙古人民出版社 2002 年 5 月出版的《蒙古学百科全书》对蒙古族作家用汉文创作的作品收录得较为齐全，其中，《当代文学》卷的《当代文学作品与文集》中分别介绍了阿·敖德斯尔、朋斯克、玛拉沁夫、安柯钦夫、扎拉嘎胡、乌兰巴干、照日格巴图、云照光、特·达木林等作家的生平经历及创作概况。《小说》卷分别评述了《遥远的戈壁》小说集、《金色兴安岭》、《科尔沁草原的人们》、《嘎达梅林传奇》、《骑兵之歌》、《茫茫的草原》、《红路》、《草原烽火》等众多小说作品，并且认为《茫茫的草原》这部长篇小说打破了中国 20 世纪五六十年代小说创作的传统观念，试图用人物最终的命运以及人物之间关系的发展来再现当时的社会生活和历史进程。

概而观之，上述诸多文学史、著作、论著以及百科全书一直在深入研究着当代蒙古族作家的汉文创作情况。对“社会主义建设初期 30 年”蒙古族作家汉文小说的创作情况均做了多侧面、多角度的论述和中肯的评价，对于这一领域的研究者来说，无疑是很好的参考资料。同时我们也很遗憾地发现，像洪子诚的《中国当代文学史》等这样极具影响力的著作中看不到有关这些作家作品的相关评介性文字。蒙古族作家汉文小说创作在整个中国当代文学史书写中仍然处于相对很少被提及的位置，少数民族文学仍处在逐步发展阶段。

综上所述，虽然有些遗憾，但笔者仍高兴地看到，当代蒙古族作家汉文小说创作早已引起了中外众多专家、学者及文学爱好者的广泛关注。概括起来，主要有以下三方面的重点研究途径或核心研究领域。

1. 由于作家的民族身份，首先成为了蒙古文学研究领域关注和研究的重点对象。蒙古文学研究领域主要涉及以下三方面：（1）写入蒙古族文学史。把这些蒙古族作家的汉文小说创作作为蒙古族当代文学的重要成就而写入文学史。例如，苏尤格主编的《蒙古族文学史·当代》，特·赛音巴雅尔主编的《中国蒙古族当代文学史》，莫·扎拉丰嘎编的《蒙古族当代文学史》，托娅、彩娜编著的《内蒙古当代文学概观》，等等。（2）成为蒙古族当代小说研究的重要组成部分。蒙古族当代文学研究中，对小说的研究比较活跃，在众多的研究论文或著作中都不同程度地对蒙古族作家创作的汉文小说予以认可与肯定。例如，王海梅的《蒙古族当代小说解读（1949—1966年）》、阿·乌日图那顺的《蒙古族小说的发展》、金海主编的《中国新时期蒙古学研究回顾与审视》，萨日娜、敖·阿克泰的《文化变迁与蒙古族小说艺术》、敖·阿克泰的《当代蒙古族小说艺术变迁》等。（3）作家作品个案研究。主要涉及玛拉沁夫、扎拉嘎胡、阿·敖德斯尔、郭雪波、哈斯乌拉、白雪林、佳峻、阿云嘎等代表性作家和作品的个案研究。例如，额尔敦仓撰写的学术专著《玛拉沁夫小说民族文化源缘研究》，常散丹的硕士学位论文《扎拉嘎胡小说研究》，海燕的硕士学位论文《浅析阿·敖德斯尔人物为核心的小说创作观》，白蕾、包玉文撰写的学术专著《苏赫巴鲁研究》等。在蒙古文各类文学研究期刊以及全国文学研究主要期刊上发表的关于蒙古族当代作家创作的汉文小说作品个案研究论文数量更是相当可观。

2. 由于蒙古族文学是中国少数民族文学的重要组成部分，自然也会得到中国少数民族文学界的关注与研究。这些主要是在有重大影响的少数民族文学研究学者、专家的重要论著中多有提及，例如，吴重阳主编的《中国当代民族文学概观》、马学良主编的《中国少数民族文学史》、李鸿然主编的《中国当代少数民族文学史论》等文学史著作。此外，中国少数民族文学界比较有影响力的专家、学者关纪新（满族）、吉狄马加（彝族）、黄神彪（壮族）、栗原小荻（白族）等均特别关注当代蒙古族作家汉文小说创作，他们撰写和发表了不少相关研究文章。

3. 由于这一批作家的创作语言是汉语，因此经常会引起中国当代文学界的极大关注。例如，陈思和主编的《中国当代文学史教程》、郭志刚主编的《中国当代文学初稿》等文学史著作都提及并比较关注蒙古族作家汉文小说创作成就。中国当代文学界对玛拉沁夫、扎拉嘎胡、阿·敖德斯尔、郭雪波、哈斯乌拉、白雪林、佳峻等作家的创作尤其推崇，诸多专家、学者均进行过专题研究。例如，朱兵的《草原交响诗——玛拉沁夫小说创作论稿》，张燕玲的《大草原——玛拉沁夫论》，李晓峰的《 玛拉沁夫小说艺术论》和汪树东的《看护大地——生态意识与郭雪波小说》，郭亚明、赵丽丽的《挣扎在自然与文明之间——蒙古族作家郭雪波与劳伦斯作品中自然观之比较》以及伊德尔夫、哈斯乌拉等的研究论文集早已结集出版。这些论著都颇具参考价值。

下编："改革开放 40 年"蒙古族作家汉文小说研究概述

"改革开放 40 年"时期的蒙古族汉文小说作家虽然选择了用非母语进行创作，但他们的汉文小说创作与本民族传统文化血肉相连。"改革开放 40 年"的文学长征，对蒙古族作家来说，是既漫长又硕果累累的文学之路。与"社会主义建设初期 30 年"时期蒙古族作家的汉文小说创作相比，"改革开放 40 年"时期的小说在作家队伍和作家文学素养方面有了明显的改变。"社会主义建设初期 30 年"创作汉文小说的蒙古族作家队伍里没有女性作家，是清一色的男性作家。而进入改革开放新时期以来，作家群体不再单调，注入了新鲜的血液。这一时期的女性作家有萨仁托娅、额鲁特·珊丹（作家苏赫巴鲁之女）、韩静慧、包丽英、鲍尔金娜（作家鲍尔吉·原野之女）等。改革开放以后，老一辈蒙古族汉文小说作家重新登上文坛并开始发表作品，如玛拉沁夫、阿·敖德斯尔、扎拉嘎胡、朋斯克等。老一辈作家在蒙古族文坛上具有举足轻重的地位，迅速推动了蒙古族汉文小说创作的发展。玛拉沁夫出版了长篇小说《茫茫的草原（下）》，发表了《活佛的故事》《第一道曙光》《爱，在夏夜里燃烧》等中短篇小说；阿·敖德斯尔与斯琴高娃创作的长篇小说《骑兵之歌》和《人与神》《蓝色的阿尔善河》《谁说了算》等多部（篇）中短篇小说；扎拉嘎胡创作了历史题材的长篇小说《黄金家族的毁灭》《嘎达梅林传奇》等。与此同时，刚刚崭露头角的新一代蒙古族作家的汉文小说创作也迅速发展。例如，1984年，白雪林发表了《蓝幽幽的峡谷》，并获得了同年全国优秀短篇小说奖，而在1989年发表的短篇小说《成长》是《蓝幽幽的峡谷》的“续章”；1982年，佳峻发表了他的中篇小说《驼铃》，1984年发表了《虎门“犬”子》等热门作品；郭雪波创作了《沙狐》《沙葬》《大漠魂》等草原生态系列小说。随着“改革开放40年”创作汉文小说的蒙古族作家的队伍逐渐壮大，蒙古族作家创作的汉文小说也进入了成熟期，以丰硕的成果为当代蒙古族文学的发展增添了一股耀眼的光芒。“改革开放40年”蒙古族作家的汉文小说创作在两个方面已经有很大的进步：一是作家队伍日益庞大，在老一辈作家群体的基础上，不断有新生力量加入；二是小说作品数量增多，并且有了很多优秀的小说作品，这些都是值得关注和研究的。

相对于丰硕的创作成果而言，对于蒙古族作家创作的汉文小说的研究似乎有些滞后。“改革开放40年”蒙古族作家汉文小说创作情况还没有得到系统性、全面性的研究。对“改革开放40年”时期蒙古族作家创作的汉文小说的研究，重点也不尽相同。现将研究情况概述如下。

整体性研究

（一）中国文学史中的蒙古族作家汉文小说研究

在诸多关于中国文学史的著作中，对中国少数民族作家作品的评介文字相对较少。其中，提及蒙古族作家作品最多的是玛拉沁夫。

1. 陈思和编著的《中国当代文学史教程》于1990年出版，该书对玛拉沁夫的长篇小说《茫茫的草原》进行了评析和解读。文中认为，玛拉沁夫“与汉族作家相似，这些作家的创作也接受国家制定的文艺方针的指导，但他们的创作毕竟标志着少数民族的文学写作成为了当代中国文学不可分割的一部分”[①]。

2. 郭志刚主编的《中国当代文学史初稿》，主要论述了玛拉沁夫的长篇小说《茫茫的草原》。编著者不仅评析了小说作品的主题、人物形象、故事情节和民族习俗等方面，同时揭示出小说中的主要代表人物形象之一——铁木尔这个形象的不足之处，提出了“由于没有写好推动铁木尔成长的客观环境，人物起点本来就高，成长、发展过程就不很显著”[②]的观点。

3. 郑万鹏的《中国当代文学史（1949—1999）》在第一章《建国文学——现代民族国家思想》部分介绍了玛拉沁夫和乌兰巴干两位蒙古族汉文小说作家，并评论乌兰巴干的《草原烽火》是“一部歌颂在连年烽火中用血泪结成的民族间的兄弟情义的作品。玛拉沁夫《茫茫的草原》中的铁木尔与《静静的顿河》中的哥利高里脑子中的‘哥萨克荣誉感’一样，受到‘民族热’的支配，英勇战斗”[③]，评析玛拉沁夫的《科尔沁草原的人们》中的人物以主人公的姿态创造属于他们的新生活，保护着大草原。

4. 张炯主编的《中国文学通史》第十一卷《当代文学（中）》

① 陈思和：《中国当代文学史教程》，复旦大学出版社，1990年，第128页。
② 郭志刚：《中国当代文学史初稿》，人民文学出版社，1980年，第209页。
③ 郑万鹏：《中国当代文学史（1949—1999）》，华夏出版社，2007年，第15—16页。

评价了玛拉沁夫、敖德斯尔、扎拉嘎胡、郭雪波、哈斯乌拉等五位蒙古族作家。书中评论玛拉沁夫的长篇小说《茫茫的草原》是“当代文学史上较早反映蒙古族人民革命斗争生活的有影响的作品”①。编著者评价蒙古族作家敖德斯尔的小说“以反映内蒙古草原各族人民的历史斗争和现实生活，表现蒙古族各类人物的命运和性格为主要内容，借助于作者强烈的抒情和描写的浪漫主义色彩，使他的作品具有鲜明的民族特色和草原气息”②。

5. 赵树勤、李运抟编著的《中国当代文学史（1949—2012）》③，重点研究了玛拉沁夫、扎拉嘎胡、郭雪波三位蒙古族作家的作品。

6. 王庆生主编的《中国当代文学史》中第二编专门设立了《少数民族小说》部分，其中提及“在多民族的当代中国小说中，少数民族小说是具有特色的一个重要组成部分。新时期以来，少数民族小说成就显著，成果丰硕，呈现出前所未有的繁荣局面”④。书中还提到获奖作品，其中有李凖的《黄河东流去》和敖德斯尔的《骑兵之歌》等两部作品。“未涉及过的新领域”里有玛拉沁夫的《第一道曙光》《爱，在夏夜里燃烧》，并介绍了小说的叙事艺术。关于“人物形象艺术”方面，提到玛拉沁夫《茫茫的草原（下）》的铁木尔，敖德斯尔《骑兵之歌》的哈达巴图。关于“叙事方式和艺术手法”方面，提到玛拉沁夫的《茫茫的草原》。

从以上分析可以看出，在各类中国文学史著作中提及的蒙古族作家及其汉文小说作品研究是极为少量的，而且篇目较少，没有展开深入系统的研究，只是停留于评介作家们的代表作品等述评层面。

（二）中国少数民族文学史中的蒙古族作家汉文小说研究

① 张炯：《中国文学通史》第十一卷《当代文学（中）》，江苏文艺出版社，2013 年，第 369 页。

② 张炯：《中国文学通史》第十一卷《当代文学（中）》，江苏文艺出版社，2013 年，第 371 页。

③ 赵树勤、李运抟：《中国当代文学史（1949—2012）》，湖南师范大学出版社，2015 年。

④ 王庆生主编：《中国当代文学史》，高等教育出版社，2003 年。

在党的十一届三中全会以后，随着政治上的拨乱反正，党的民族政策和文艺政策有了全新的变化。1980年后，各少数民族文学蓬勃发展，迎来了前所未有的辉煌时代。各少数民族文学史编写工作也随之开展，开始收集各民族作家的详细资料以及出版发表的小说作品。在当代蒙古族文学作品中，蒙古族作家创作的汉文小说是尤为重要的一部分，自然而然地引起众多少数民族文学史研究者的关注。我国是统一的多民族国家，很多民族都有其语言和文字，因此编写少数民族文学史的工作就会出现很多的困难。从20世纪八九十年代开始，中国少数民族文学得到了前所未有的发展和进步，关于少数民族文学的研究也逐渐深入开展起来。如吴重阳、毛星、李鸿然、赵志忠、特·赛音巴雅尔等少数民族文学史研究者编写出版了多部少数民族文学史，做了比较系统的搜集、整理作家资料和作品评价的工作。

1. 少数民族文学史研究者吴重阳对“少数民族文学”的概念提出了全新的见解，认为“少数民族文学就是少数民族人民创造的文学；划分少数民族文学的归属的主要标志，是看作者的民族出身。换言之，无论用的是什么文字，反映的是哪个民族的生活，凡属少数民族作家创作的作品，都应归属于少数民族文学的范畴”[①]。

2. 毛星主编的《中国少数民族文学史》[②]里解释了如何判定少数民族文学，他认为少数民族文学是少数民族作家创作的作品，此外，还要看其作品内容是否有民族特点、内容是否反映本民族的生产生活。他还特意解释了一些民族古代的作家没有选入该民族文学史的原因，那些作家所创作的作品跟汉族作家大致是一样，没有呈现民族特色。总之，选入少数民族文学史的都是以民族特色为主的。而且，毛星主编的《中国少数民族文学（中）》[③]和

① 邓敏文：《中国多民族文学史论》，社会科学文献出版社，1995年，第22页。
② 毛星主编：《中国少数民族文学史》，湖南人民出版社，1983年，第29页。
③ 毛星主编：《中国少数民族文学（中）》，湖南人民出版社，1983年。

任继愈的《中国少数民族文学》[1]这两本文学史书中都提到了玛拉沁夫、敖德斯尔、扎拉嘎胡、朝克图纳仁、云照光五位蒙古族作家。其中，毛星编著的文学史中具体分析了五位作家的生平简介以及代表作品。而任继愈编著的文学史中没有详细地介绍这五位作家。马学良编著的《中国少数民族文学史（下册）》[2]中，评介了敖德斯尔、玛拉沁夫、扎拉嘎胡、朋斯克四位蒙古族作家。

3. 李鸿然编著的《中国当代少数民族文学史论（上、下）》[3]一书中，重新定义了“民族文学”的概念。编著者对玛拉沁夫的小说作品做出了综合性的评价和概述，并重点肯定了玛拉沁夫对少数民族文学事业发展所做出的努力，也对少数民族文学的发展提出了很多建设性的意见，激励了少数民族作家。书中重点介绍了玛拉沁夫、阿·敖德斯尔、扎拉嘎胡、李凖等作家。具体来说，第二编第三章的第一节中介绍了中国草原文学的开拓者玛拉沁夫的生平、创作之路以及小说作品。文中认为，蒙古族作家玛拉沁夫创作了很多优秀的中国小说，为当代中国文坛增添了独特的一笔，并且对长篇小说《茫茫的草原》做出了高度评价。“《茫茫的草原》不仅登上了当时的蒙古族长篇创作的巅峰，也是当代中国大量长篇小说创作之中不可多得的杰作。”[4]第二编第三章的第三节中介绍了蒙古族当代小说创作的先行者阿·敖德斯尔的生平、创作之路及小说作品。文中认为，阿·敖德斯尔是一位有抱负的作家，他以蒙古民族的独特风格展现蒙古民族独特的生活，创作出很多优秀的小说作品。第二编第三章的第四节中介绍了扎拉嘎胡的生平、创作之路，并且对《红路》《草原雾》《嘎达梅林传奇》《黄金家族的毁灭》等小说作品进行了评述。在这一节中，作者将扎拉嘎胡誉为来自生活和历史深处的审美沉思者。除了介绍蒙古族文坛的前辈作家的生平、代表性汉文小说作品之外，还对刚刚踏上草原文学之路的“新八骏”进行了综合性介绍，主

① 任继愈：《中国少数民族文学》，商务印书馆，1991 年。
② 马学良：《中国少数民族文学史（下册）》，中央民族学院出版社，1992 年。
③ 李鸿然：《中国当代少数民族文学史论（上、下）》，云南教育出版社，2004 年。
④ 李鸿然：《中国当代少数民族文学史论（下）》，云南教育出版社，2004 年，第 574 页。

要有郭雪波、哈斯乌拉、白雪林、孙书林、巴根、伊德尔夫等新时期蒙古族汉文小说作家。

4. 赵志忠主编的《中国少数民族文学史（小说卷）》①，重点介绍了玛拉沁夫、阿·敖德斯尔、郭雪波、佳峻、白雪林等蒙古族作家。第九章的第一节中介绍了玛拉沁夫及他的中篇小说《活佛的故事》。文中认为整篇小说感情质朴、语言流畅、民族情调浓郁。第十三章的第一节介绍了阿·敖德斯尔及他的长篇小说《骑兵之歌》。文中认为，首先，小说具有鲜明的艺术特色，情节的曲折使主题思想步步深入。其次，小说中运用了蒙古族民歌、谚语、祝词、赞词、好来宝等作为点缀，使小说语言变得生动活泼。最后，景物描写生动简洁，散发着浓郁清新、严酷凛冽的草原生活气息。第十五章的第二节中介绍了郭雪波的生平及他的短篇小说《沙狐》。文中认为，郭雪波通过写自然的风、沙、烈日，是为了呼吁人们一起保护自然、爱护自然。第十六章的第三节中介绍了佳峻的生平及他的中篇小说《驼铃》。小说以舒缓的笔调诉说心曲，凝重的心曲中饱含着热情，风格质朴优美，洋溢着浓郁的草原情调和民族色彩。第十六章的第六节中介绍了白雪林的生平及他的短篇小说《蓝幽幽的峡谷》。文中认为，白雪林善于营造神秘诡异的氛围，在寂静的幽蓝峡谷里的深夜中展现了主人公的内心以及情感的波澜。不仅如此，小说的情节描写也很细腻，语言也充满情绪色彩。

5. 特·赛音巴雅尔的《中国少数民族当代文学史》(汉文版)②，重点介绍了玛拉沁夫、扎拉嘎胡、阿·敖德斯尔、李凖等作家。第七编《新时期的小说》中的第二十五章《玛拉沁夫》的第一节对新时期以来玛拉沁夫发表的《活佛的故事》《大地》《荒漠》《爱，在夏夜里燃烧》等中短篇小说进行分析，并从诗性到哲理，从民族文化到象征意蕴，从个性意识到人道主义的特征展开了论

① 赵志忠主编：《中国少数民族文学史（小说卷）》，人民文学出版社，2016 年。
② 特·赛音巴雅尔：《中国少数民族当代文学史》（汉文版），北京十月文艺出版社，1999 年。

述。第二节则是对“玛拉沁夫的作品随着时代的变化而发生嬗变以及作品的艺术风格”等方面进行了综合评述。第二十六章《李凖》的第一节《〈王结实〉等中篇小说》介绍了李凖新时期的中短篇小说在艺术上取得的新成果。第二节《长篇小说〈黄河东流去〉》着重介绍了我国古典小说的艺术手法在现代作品中混合使用的新探索。第二十七章的第四节《蒙古族作家阿·敖德斯尔的长篇小说〈骑兵之歌〉》中主要介绍了为革命事业英勇斗争的人民解放军形象。第二十八章的第一节着重介绍了扎拉嘎胡的《嘎达梅林传奇》。

从以上中国少数民族文学史书中可以看出，在创作汉文小说的蒙古族作家中，作品获得评价最多的是玛拉沁夫。而其他蒙古族汉文小说作家的作品虽被评介，但研究不是全面深入的。有的只是提及作家作品，而有的论著评析相对详细、具体。

（三）蒙古族文学史中的蒙古族作家汉文小说研究

我国少数民族文学史的编写工作始于20世纪50年代末。然而，这项工作全面而系统地展开则是新时期之初的80年代末90年代初。1985年，由中共中央宣传部、文化部等多个部门联合发出的《关于加强少数民族文学研究和资料搜集工作的通知》重点强调了“编写少数民族文学史无论在政治上还是在学术上都有重要的意义”[①]。《关于加强少数民族文学研究和资料搜集工作的通知》发出后，编撰、搜集少数民族文学史工作逐渐开展，蒙古族文学史的编写工作也随之达到高峰，出版了很多蒙古族文学史著作。

1. 莫·扎拉丰嘎主编的《蒙古族当代文学史》（蒙古文）[②]着重介绍并分析了玛拉沁夫、扎拉嘎胡、阿·敖德斯尔等三位作家的生平、创作及其具有代表性的作品。《中国蒙古族当代文学史》

① 吴重阳：《关于少数民族文学的断想》，《中央民族学院学报》1983年第3期。
② 莫·扎拉丰嘎：《蒙古族当代文学史》（蒙古文），内蒙古教育出版社，1987年。

编委会编著的《中国蒙古族当代文学史（上、下册）》（蒙古文）对10位蒙古族汉文小说作家的作品进行了评析。其中，对玛拉沁夫的短篇小说《活佛的故事》和长篇小说《茫茫的草原（下）》进行了全面的评析和研究，并总结了玛拉沁夫对民族文学理论产生的影响和做出的贡献。李凖的长篇小说《黄河东流去》，被评介为“是对于我国步入新时期文学做出重要贡献的一部作品，出版后获得了众多读者和文学艺术者的热烈欢迎，并于1985年获得‘茅盾文学奖’。《黄河东流去》在思想艺术方面达到了很高的境界，反映中国农民最真实形象的优秀作品，是了解中国农民的镜子和钥匙”[①]。编著者还介绍并评价了阿·敖德斯尔的长篇小说《骑兵之歌》、扎拉嘎胡的《嘎达梅林传奇》、朋斯克的《长夜》、韩汝诚的《乌兰察布眷情》、佳峻的《驼铃》、哈斯乌拉的《虔诚者的遗嘱》等小说作品。

2. 苏尤格主编的《蒙古族文学史·当代》（蒙古文）[②]，提到了阿·敖德斯尔、玛拉沁夫、扎拉嘎胡和甫澜涛，把他们列入到了蒙古族当代小说作家队伍。在第九章里介绍了扎拉嘎胡的生平，分析评价了他的长篇小说《红路》《草原雾》《嘎达梅林传奇》等，并仔细介绍了《嘎达梅林传奇》的人物形象艺术。在第十章里对阿·敖德斯尔的生平进行简单介绍后，对他的小说作品《朝克图和他的白额枣骝马》《阿力玛斯之歌》《骑兵之歌》等做了概括性的评价，并仔细评析了敖德斯尔《骑兵之歌》的叙事艺术和叙事结构（倒叙），人物形象的塑造（典型人物形象）。在第十一章里对玛拉沁夫的生平及其小说《第一道曙光》《茫茫的草原（下）》等做出了综合性评价，并提出玛拉沁夫的文学观念的转变升级等新问题。同时还介绍了苏赫巴鲁《成吉思汗传奇》的艺术手法和人物形象塑造艺术。

3. 特·赛音巴雅尔主编的《中国蒙古族当代文学史》（蒙古

① 《中国蒙古族当代文学史》编委会编著：《中国蒙古族现当代文学史）（下册）》（蒙古文），内蒙古文化出版社，1988年，第251页。
② 苏尤格：《蒙古族文学史·当代》（蒙古文），辽宁民族出版社，1995年。

文）[1]，介绍了阿·敖德斯尔、玛拉沁夫、扎拉嘎胡、朋斯克、乌兰巴干、阿云嘎、察森敖拉等7位作家。而在《中国蒙古族当代文学史》（汉文版）中，编著者主要分析并总结了18位蒙古族汉文小说作家的代表作品及文学成就。该书是记录蒙古族汉文小说作家最多的一部文学史。具体来讲，第二十五章介绍了阿·敖德斯尔及他的作品。第一节介绍了阿·敖德斯尔的短篇小说《谁说了算》；第二节中介绍了阿·敖德斯尔的长篇小说《骑兵之歌》。作者认为小说的选题具有时代性特征，并且在人物创作上没有出现两极化，而是跟随生活循序渐进地挖掘出人物的根本属性。第三十三章介绍了玛拉沁夫及他的作品。第一节介绍了玛拉沁夫的中篇小说《活佛的故事》；第二节介绍了玛拉沁夫的长篇小说《茫茫的草原（下）》。玛拉沁夫在这两部作品中运用细腻的语句描绘出了草原美景以及生活画面。与此同时，玛拉沁夫还运用象征主义创作手法，为蒙古族文学的创作增添光彩。第二十六章的第一节介绍了扎拉嘎胡及他的中篇小说《嘎达梅林传奇》。扎拉嘎胡通过写民族习俗、宗教信仰、地域风景等为读者介绍蒙古族文化。第二十七章的第一节介绍了朋斯克及他的短片小说《长夜》。文中认为，因为小说中萨格德尔的心理活动贯穿了全文，所以小说的层次分明、内容明了、故事情节衔接恰当。

4. 其布日哈斯主编的《二十世纪蒙古族文学史》[2]则重点分析了阿·敖德斯尔、玛拉沁夫、扎拉嘎胡、阿云嘎、乌雅泰、特·赛音巴雅尔等6位蒙古族汉文小说作家的生平、创作历程及其代表作品。对阿·敖德斯尔的生平及《阿力玛斯之歌》和《骑兵之歌》等小说作品进行了综合评述。第四章的第三节介绍了阿·敖德斯尔以及他的作品。第一部分介绍了阿·敖德斯尔的生平及其创作之路的开启；第二部分介绍了阿·敖德斯尔创作的作品及特征；第三部分介绍了阿·敖德斯尔的《阿力玛斯之歌》和《骑兵之歌》两部作品。作者认为阿·敖德斯尔的小说中所塑造的人物形象生

① 特·赛音巴雅尔:《中国蒙古族当代文学史》(蒙古文)，内蒙古文化出版社，2003年。
② 其布日哈斯主编:《二十世纪蒙古族文学史》(蒙古文)，内蒙古文化出版社，2000年。

动、鲜活，是具有时代性的典型环境中的典型人物。阿·敖德斯尔的小说创作赋予蒙古族文学新的朝气。玛拉沁夫20世纪80年代的创作被评价为，“以诗意表现哲学，立意生命，具有戏剧性；常用象征性手法；追求从个性中挖掘人性”[①]。同时对玛拉沁夫的生平、《活佛的故事》和《茫茫的草原》等作品进行了综合评述。第四章的第四节介绍了玛拉沁夫及他的作品。第一部分介绍了玛拉沁夫的生平及其创作之路的开启。第二部分介绍了玛拉沁夫所创作的作品及特征。第三部分介绍了玛拉沁夫的《活佛的故事》和《茫茫的草原》两部作品。作者认为玛拉沁夫的小说具备多种独特的艺术表现手法，同时经过不断汲取中华民族优秀文化及外国文学的精髓，从而形成自己独特的文学艺术风格。此外，文中还简单介绍了扎拉嘎胡的生平及《红路》《草原雾》《嘎达梅林传奇》等小说作品。第四章第五节的第二部分介绍了扎拉嘎胡及他的作品。首先介绍了扎拉嘎胡的生平和他创作的作品，其次介绍了扎拉嘎胡的《红路》《草原雾》和《嘎达梅林传奇》等三部作品。作者认为扎拉嘎胡虽是用汉语创作，但他的作品善于展现蒙古族人民的生活常态以及历史文化。与此同时，在扎拉嘎胡的小说作品中还窥见魔幻现实主义的创作手法。

5. 托娅、阿茹汉编著的《内蒙古自治区小说史》写道：“新时期内蒙古自治区的小说，作为反映生活最具涵盖性与深邃性的一种文学体裁，以震撼人心的力度和迅猛扩展的势头，造就了一派生机，出现了《嘎达梅林传奇》（扎拉嘎胡）、《骑兵之歌》（敖德斯尔）、《活佛的故事》（玛拉沁夫）、《蓝幽幽的峡谷》（白雪林）、《虔诚者的遗嘱》（哈斯乌拉）、《伊和塔拉之战》（朋斯克）等许多优秀作品。这一时期自治区小说所取得的成就，是与作家对题材的拓展、主题的深化以及与小说观念的变化、艺术技巧的自觉更新紧密相连的。”[②]

① 其布日哈斯主编:《二十世纪蒙古族文学史》（蒙古文），内蒙古文化出版社，2000年。
② 托娅、阿茹汉：《内蒙古自治区小说史》，内蒙古大学出版社，2014年。

6. 托娅主编的《内蒙古当代作家传略》[①]介绍了新时期用汉文创作的部分蒙古族作家，对马宝山、云照光、乌雅泰、乌兰巴干、扎拉嘎胡、安柯钦夫、孙书林、毕力格太、伊德尔夫、张志诚、甫澜涛、季华、佳峻、朋斯克、哈斯乌拉、郭雪波、黄薇、照日格巴图等19位作家的代表作品及他们的文学艺术素养做了系统的介绍。

7. 哈日夫编著的《当代蒙古族文学艺术研究》（蒙古文）[②]介绍了乌雅泰的小说《洁白的羽毛》，并从内容、主题思想、艺术手法等方面的研究体现了编著者的观点。该书还介绍了察森敖拉的生平、创作概况，短篇小说《奶汁》、中篇小说《苦涩的热吻》等作品的叙事艺术和人物形象艺术。

综上所述，在蒙古族文学史中编入的蒙古族作家创作的汉文小说作品占少数，并非包含了全部的蒙古族汉文小说作家作品，只是评价论述了文坛上较有影响的作家及其作品。蒙古族汉文小说作家在中国文学与蒙古族文学的“双重边缘”徘徊。除了少数几位作家的作品被翻译成蒙古文之外，更多作家的小说作品被遗忘或被排除在蒙古族文学史之外，致使蒙古族汉文小说作品的影响力相对减弱。

（四）作家传略和《百科全书》中的蒙古族作家汉文小说研究

由徐州师范学院中国现代作家传略编辑组编著的《中国现代作家传略（下）》[③]介绍了阿·敖德斯尔、朝克图纳仁、云照光等三位作家。

吴重阳、陶立璠的《中国少数民族现代作家传略》[④]，主要介绍了22位蒙古族汉文小说作家的传略，分别详细介绍了作家

① 托娅：《内蒙古当代作家传略》，辽宁民族出版社，1995年。
② 哈日夫：《当代蒙古族文学艺术研究》（蒙古文），中央民族大学出版社，2012年。
③ 徐州师范学院“中国现代作家传略”编辑组：《中国现代作家传略（下）》，四川人民出版社，1981年。
④ 吴重阳、陶立璠：《中国少数民族现代作家传略》，青海人民出版社，1985年。

们的生活轨迹、创作历程、代表作品等。

1995年，托娅编著的《内蒙古当代作家传略》[①]介绍了玛拉沁夫、扎拉嘎胡、阿·敖德斯尔、朋斯克、安柯钦夫、韩汝诚、佳峻、乌兰巴干、孙书林、伊德尔夫、马宝山、乌雅泰、张志诚、哈斯乌拉、甫澜涛、毕力格太、齐莫日根、季华、鲍尔吉原野、郭雪波、照日格巴图、特·赛音巴雅尔、黄薇、朝克图纳仁、特·达木林、云照光等26位蒙古族汉文作家。

托娅、彩娜编著的《内蒙古当代文学概观》[②]介绍了阿·敖德斯尔、玛拉沁夫、扎拉嘎胡、朋斯克、佳峻、乌兰巴干、白雪林、伊德尔夫、乌雅泰、照日格巴图、哈斯乌拉、甫澜涛、季华、黄薇等。而在她们编著的《内蒙古当代小说论纲》中评价了玛拉沁夫、乌兰巴干、阿·敖德斯尔、扎拉嘎胡、朋斯克、佳峻、白雪林、伊德尔夫、乌雅泰、照日格巴图、哈斯乌拉、甫澜涛、季华、黄薇、安柯钦夫等蒙古族汉文小说作家。其中，对玛拉沁夫的《茫茫的草原》在艺术上取得的成绩给予了高度肯定，书中认为"首先，作品采用多线索发展的方法结构故事，既表现了人物错综复杂的关系，又使小说情节繁复，立体感强。其次，作品还具有着鲜明的民族特色。第三，作品具有强烈的抒情性"[③]。同时，对其他9位作家的生平、代表作品、作品塑造的人物形象等方面进行了评析。

1986年，由中国大百科全书总编辑委员会《中国文学》编辑委员会撰写的《中国大百科全书（中国文学卷》）[④]只提到了玛拉沁夫、敖德斯尔两位作家。

在《蒙古学百科全书》[⑤]的《当代文学》部分介绍了阿·敖德斯尔的小说集《遥远的戈壁》，并对《骑兵之歌》《嘎达梅林

① 托娅：《内蒙古当代作家传略》，辽宁民族出版社，1995年。
② 托娅、彩娜：《内蒙古当代文学概观》，内蒙古大学出版社，1997年。
③ 托娅、彩娜：《内蒙古当代小说论纲》，中国文联出版社，2002年，第9—11页。
④ 中国大百科全书总编辑委员会《中国文学》编辑委员会编著：《中国大百科全书（中国文学卷）》，1986年。
⑤《蒙古学百科全书》编委会编著：《蒙古学百科全书》（文学卷），内蒙古人民出版社，2002年。

传奇》等做了综合性的评价。此外还介绍了玛拉沁夫、扎拉嘎胡、朋斯克、云照光、照日格巴图、乌兰巴干、安柯钦夫等蒙古族汉文小说作家。

（五）博士、硕士学位论文中的蒙古族作家汉文小说研究

近年来，博士、硕士学位论文对蒙古族作家汉文小说创作的关注比较集中，出现了很多研究蒙古族作家汉文小说创作情况的学位论文，具体述评如下：

1. 红霞的硕士学位论文《新时期蒙古族小说叙事研究》① 是以“新时期”蒙古族小说叙事理论批评为主要研究切入点，基于蒙古族小说理论水平和批评的客观情况，对蒙古族小说叙事研究的现状做了解析，提出了具有一定参考价值的理论观点。第一章对叙事学的理论根源、蒙古族叙事艺术概况做了简单解析；第二章解析了新时期蒙古族小说批评者的叙事视角、叙事时间等；第三章分析了蒙古族小说研究者对叙事语言的认识及对结构——故事情节结构的理解。

2. 在花拉的硕士论文《新时期蒙古族小说发生研究（1976—1980 年）》② 中，作者着重以母语创作的作家来举例论证，围绕社会发展的规律来介绍 1976—1980 年的小说作品的人物形象和作家队伍。其中也提及用汉文创作的作家玛拉沁夫、特·赛音巴雅尔等人。同时，主要对这四年里蒙古族作家创作的汉文小说的题材、主题、内容等方面进行了分析和研究，并总结出这一时期的小说作品与我国当时政治、社会等因素有着密切的联系。1976—1980 年，蒙古族小说发展出现很大的改变，这是新时期蒙古族小说发展阶段中重要的转折时期。

3. 在带兄的博士论文《当代蒙古族汉语小说创作研究》③ 中，

---

① 红霞：《新时期蒙古族小说叙事研究》，硕士学位论文，内蒙古大学 ,2009 年。
② 花拉：《新时期蒙古族小说发生研究（1976—1980）》，硕士学位论文，内蒙古大学，2010 年。
③ 带兄：《当代蒙古族汉语小说创作研究》，博士学位论文，内蒙古大学，2011 年。

对当代蒙古族汉文小说创作方面做了详细的论述。论文第一章分三个阶段来分析当代创作汉文小说的蒙古族作家队伍，即“十七年”时期、“文化大革命”时期、新时期以后。第二、三章从草原、宗教信仰等方面详细分析了当代蒙古族作家创作的汉文小说作品。具体来说，文中论述了当代蒙古族汉语小说作家队伍的构成、创作概况、前行中遇到的困难，并分析了情系草原、黄金家族情结以及回归宗教的当代蒙古族汉语小说中的代表作品。该论文主要围绕着玛拉沁夫、阿·敖德斯尔、扎拉嘎胡、乌兰巴干、郭雪波、哈斯乌拉、白雪林、佳峻、甫澜涛、孙书林等作家展开，介绍了各作家的生平、创作历程，并分析了其代表作品中的人物形象，对研究蒙古族作家及其作品具有一定的借鉴意义。

还有，带兄的一篇期刊论文《蒙古族汉语小说家创作环境简述》[①] 也值得关注和借鉴。这篇论文从三个方面简单论述了蒙古族汉文小说作家的创作环境，即蒙古族小说作家的民族自豪感的激励、从文学讲习所到鲁迅艺术学院和从“帮扶”到《民族文学》创刊。当代蒙古族汉文小说创作的日益繁荣，离不开作家的创作环境，比如民族政策、对文学创作的激励等。

4. 乌力汗的硕士论文《新时期蒙古族作家汉文小说创作研究》[②]，主要从新时期蒙古族汉文小说创作的作家队伍、小说作品和研究状况等三个方面分析了新时期蒙古族作家汉文小说创作的发展面貌。第一章从新时期蒙古族汉文小说作家的所在地域、作家的年龄层次及其受教育程度、作品概况以及创作汉文小说的意义等方面做了论述。第二章从蒙古族作家创作的汉文小说题材方面做了分析，如这一时期比较流行的题材有现实题材、历史题材、生态题材等。第三章从蒙古族作家创作的汉文小说的人物形象方面做了分析，这一时期的小说人物形象有新牧民形象、改革者形象、蒙古帝王形象、草原儿女形象等。乌力汗的论文虽然涉

① 带兄：《蒙古族汉语小说家创作环境简述》，《北方文学》2016 年第 24 期。
② 乌力汗：《新时期蒙古族作家汉文小说创作研究》，硕士学位论文，内蒙古师范大学，2012 年。

及的作家队伍、作品的数量有限，但她的论述为我们的研究和探析提供了基础性的研究资料。

5. 哈妮的硕士学位论文《蒙古族作家汉文小说研究——〈民族文学〉（1981—2010）》[①] 是以 1981 年至 2010 年发表在《民族文学》杂志上的蒙古族作家创作的汉文中短篇小说为研究文本，详细地介绍了这一时期的蒙古族汉文小说作家及其小说作品。研究者对《民族文学》30 年来蒙古族作家创作的汉文小说做了详细的梳理，试图从这一研究视角来论述当代蒙古族作家创作汉文小说的大致概况和所取得的成就。

6. 白文的硕士学位论文《新时期以来蒙古族汉语小说研究》的摘要部分里提及“蒙古族汉语小说作者在创作题材上不断拓展，摆脱了单一的以草原题材为主的模式；在艺术层面大胆创新，叙事模式从单一向多样化拓展，蒙古族汉语小说创作者尝试以新颖的角度叙述故事情节，这一转变推动了蒙古族当代文学的发展”。并且对论文的研究目标做了明确的阐释，“以新时期蒙古族汉语小说创作者创作的汉语小说作品为研究对象，通过梳理新时期蒙古族汉语小说的发展脉络，分析进入新时期之后蒙古族汉语小说创作的情况，从而探析这一时期整个蒙古族汉语小说创作的发展状况，阐述蒙古族在新时期汉语小说创作中的新变以及意义”[②]。该学位论文第一章探究了蒙古族作家创作的汉文小说和其他民族小说的融合，从蒙古族汉文小说的创作和其他民族文学意识的影响角度做了比较全面的研究。第二章是从蒙古族作家创作的汉文小说的题材方面做了简单的分析，有重写草原的题材、爱情题材和蒙古族人在城市生存的题材等。第三章从蒙古族作家创作的汉文小说人物形象方面做了论述，论文中列出的类型化人物形象有守望者、出走者、寻根者和自立者等。第三章从蒙古族汉文小说的叙事艺术方面做了简单分析。新时期蒙古族作家创作的汉语小

① 哈妮：《蒙古族作家汉文小说研究——〈民族文学〉（1981—2010）》，硕士学位论文，内蒙古师范大学，2014 年。

② 白文：《新时期以来蒙古族汉语小说研究》，硕士学位论文，沈阳师范大学，2016 年，第 1 页。

说在题材、人物形象以及叙事风格、叙事方法等方面的传承与创新，在该论文中呈现出不同于他人的观点和见解。

7. 韩巧玲的硕士论文《蒙古族当代汉文小说创作影响力研究》[①]比较全面地统计了蒙古族当代小说作家发表、出版的作品，并用文艺学研究法、数据分析法等作为辅助，论述并印证了蒙古族当代作家创作的汉文小说在广大读者中的影响及文学史上的重要性。论文全面统计并整合了蒙古族当代汉文小说作品的各个方面，从而归纳总结了蒙古族汉文小说作品的数量和分布情况、获奖情况等。关于小说创作影响力方面，主要着眼于文学史及其他书目研究，统计分析了蒙古族汉文小说家入选各类文学史及其他书目情况，进而阐述蒙古族作家创作的汉文小说在各类文学史中的地位及影响。

重点作家作品研究

（一）关于玛拉沁夫及其小说创作的研究

关于玛拉沁夫及其创作的研究评论文章到目前为止已有 400 多篇。这里主要梳理一下新时期以来的相关研究概况。

1982 年，姜革锋在《内蒙古社会科学》上发表的《论玛拉沁夫的创作个性》一文中谈到“作为一名蒙古族作家，玛拉沁夫同志致力于广泛而深刻地反映蒙古族人民斗争生活的历史进程，他的作品不仅是蒙古族人民社会生活的一面镜子，而且充实和丰富了我国当代文学，为社会主义文学事业做出了贡献。他是一位具有自己鲜明创作个性的优秀作家”[②]。

1984 年，屈正平的《论玛拉沁夫的短篇小说》[③]一文认为，玛拉沁夫是个有多方面成就的作家。他的短篇小说充满时代氛围

① 韩巧玲：《蒙古族当代汉文小说创作影响力研究》，硕士学位论文，内蒙古大学，2018 年。

② 姜革锋：《论玛拉沁夫的创作个性》，《内蒙古社会科学》1982 年第 5 期，第 104 页。

③ 屈正平：《论玛拉沁夫的短篇小说》，《内蒙古师范大学学报（哲学社会科学版）》1984 年第 4 期。

和新生活气息，人物形象不断呈现新的性格特点，小说作品的主题和题材非常广泛而有深度，具有创新性的特点。

1985 年，沙驼的《哲理·诗情·启示——谈玛拉沁夫近年短篇小说中的哲理探索》[①]一文认为，玛拉沁夫的短篇小说具有清丽而又隽永的时代特色。

李晓峰对玛拉沁夫小说作品中的人物形象、叙事艺术等方面的研究颇深，前后发表了《象征与诗意——玛拉沁夫小说艺术新论》《选择与建构——玛拉沁夫小说的叙述艺术（上、下）》《玛拉沁夫小说的人物形象塑造艺术(上、下)》等文章。

额尔敦仓的《玛拉沁夫语言的民族特色》一文从玛拉沁夫小说作品中蕴含的民族特色的角度进行论述，并总结为以下几个方面："一、对蒙古族谚语、格言、民歌等民间文学语言的学习和运用；二、民族化在'比兴'手法上所体现的语言特色；三、创作语言的结构与语法上所体现的民族特色；四、作品中充满着诗意和意境，并带有抒情特点。"[②]

吉狄马加在《玛拉沁夫的文学创作及其历史性影响——〈玛拉沁夫文集〉总序》中认为，"玛拉沁夫的小说是一种有别于其他类型的草原文化小说，这是玛拉沁夫对中国文学乃至世界文学的一大贡献"[③]。同时，他肯定了玛拉沁夫为培养少数民族文学新人做出的贡献，并赞誉他的小说创作有着扣人心弦的艺术魅力。

田中元的《玛拉沁夫小说创作中的生态美学思想》[④]一文认为，从小生活在广阔草原上的玛拉沁夫，其作品中流露着独特的审美观念和生态审美倾向，在人与自然、人与人、人与社会的生态建构中，渴望实现和谐的生态之美。

进入 21 世纪以来，玛拉沁夫小说作品的研究也没有褪去热潮，

① 沙驼：《哲理·诗情·启示——谈玛拉沁夫近年短篇小说中的哲理探索》，《民族研究》1985 年第 2 期。

② 额尔敦仓：《玛拉沁夫语言的民族特色》，《内蒙古师范大学学报（教育科学版）》1992 年第 3 期。

③ 吉狄马加：《玛拉沁夫的文学创作及其历史性影响——〈玛拉沁夫文集〉总序》，《文艺报》2015 年 7 月 8 日第 2 版。

④ 田中元：《玛拉沁夫小说创作中的生态美学思想》，《阴山学刊》2017 年第 2 期。

出现了很多博士、硕士学位论文。例如：

2009年，内蒙古师范大学白通拉嘎的硕士学位论文《论玛拉沁夫的“草原小说”》总结了玛拉沁夫“草原小说”的特点，并从玛拉沁夫“草原小说”的思想内蕴与审美特征两个方面进行综合性的研究，认为玛拉沁夫的小说作品“是在歌颂草原人民的新生活，展现蒙古民族独有的风情与民族精神，在人物塑造、心理描写、情与景的描写以及语言的抒情性等方面都基于草原文化与草原独特风俗人情的审美特点”[①]。

2010年，中央民族大学吴哈斯塔娜的博士学位论文《玛拉沁夫文学观研究》[②]一文深入分析和探讨玛拉沁夫的创作历程、文学观形成发展的社会历史背景、思想文化根源、文学艺术传统，对本民族文学的传承以及对其他文学观点的借鉴与发展等内容。

2011年，内蒙古大学佟额尔敦仓的博士学位论文《玛拉沁夫小说创作民族文化解读》一文中，则从民族文化学视角解读了玛拉沁夫及其小说创作。他认为“内蒙古草原宽广的胸怀和人们奋发斗志成为了作家们创作的丰富素材，玛拉沁夫受蒙古传统文学的熏陶塑造，并积极从本土民间文学中汲取有益的营养，同时在借鉴外国文学的经验也给了我们一次宝贵的经验和有益的尝试”[③]。

2014年，内蒙古大学任悦的硕士学位论文《玛拉沁夫小说女性形象论析》[④]一文从三个方面来论述玛拉沁夫小说中的女性形象。玛拉沁夫小说中的女性形象有蒙古族女领导者形象、女青年形象、老额吉形象、草原上的汉族女性形象。这些女性形象都热爱自然、珍视生命、敢爱敢恨、坚强独立；都具有宽容博爱、孝顺善良等性格特点。2016年，郝浦超的硕士学位论文《玛拉沁夫

① 白通拉嘎:《论玛拉沁夫的“草原小说”》,硕士学位论文,内蒙古师范大学,2009年,第1页。
② 吴哈斯塔娜：《玛拉沁夫文学观研究》，博士学位论文，中央民族大学，2010年。
③ 佟额尔敦仓：《玛拉沁夫小说创作民族文化解读》，博士学位论文，内蒙古大学，2011年。
④ 任悦：《玛拉沁夫小说女性形象论析》，硕士学位论文，内蒙古大学，2014年。

小说的审美意蕴》[1]探究玛拉沁夫小说中的审美意蕴，并归纳为生态美、壮阔美、史诗性三方面。2017年，雷晓斐、孟庆在《玛拉沁夫：以写草原为己任》[2]一文中高度概括了玛拉沁夫的一生，认为草原骄子玛拉沁夫以他的一生书写了草原的波澜壮阔。

策·杰尔嘎拉的《“草原文学”的领军人物玛拉沁夫》[3]一文称玛拉沁夫为“草原文学”的杰出代表和领军人物。从短篇小说《科尔沁草原的人们》入手，评述玛拉沁夫的“草原文学”之路，详细地介绍了他的小说作品里的草原景色和草原人物。

除此之外，进入21世纪以来，对玛拉沁夫的评论文章还有齐金良的《论玛拉沁夫草原小说的社会风情》[4]、策·杰尔嘎拉的《再论“草原文学”》[5]、蔡继莲的《论玛拉沁夫小说对民族气派的弘扬》[6]、李晓峰的《重读玛拉沁夫》[7]、于泓瑾的《草原文学与蒙古族民俗研究》[8]、张丽青的《论玛拉沁夫小说的意识形态与生活逻辑》[9]等。

近些年，也有一些学者开始从生态文学的视角对玛拉沁夫及其创作进行研究，如赵艺、李清月的《谈玛拉沁夫生态文学的主要思想》[10]等。总体来说，对玛拉沁夫的研究如今已经趋于成熟，也可以说对玛拉沁夫的研究是最为深入而广泛的。

（二）关于阿·敖德斯尔及其小说创作的研究

---

① 郝浦超：《玛拉沁夫小说的审美意蕴》，硕士学位论文，西南大学，2016年。
② 雷晓斐、孟庆：《玛拉沁夫：以写草原为己任》，《中国民族报》2017年9月15日。
③ 策·杰尔嘎拉：《“草原文学”的领军人物玛拉沁夫》，《内蒙古日报》2013年10月14日。
④ 齐金良：《论玛拉沁夫草原小说的社会风情》，《阜阳师范学院学报(社会科学版)》2010年第1期。
⑤ 策·杰尔嘎拉：《再论“草原文学”》，《内蒙古民族大学学报(社会科学版)》2008年第2期。
⑥ 蔡继莲：《论玛拉沁夫小说对民族气派的弘扬》，《白城师范学院学报》2011年第1期。
⑦ 李晓峰：《重读玛拉沁夫》，《南方文坛》2011年第5期。
⑧ 于泓瑾：《草原文学与蒙古族民俗研究》，硕士学位论文，黑龙江省社会科学院，2015年。
⑨ 张丽青：《论玛拉沁夫小说的意识形态与生活逻辑》，《民族文学研究》2017年第2期。
⑩ 赵艺、李清月：《谈玛拉沁夫生态文学的主要思想》，《语文学刊》2014年第21期。

在内蒙古文学界，研究者、学者是从20世纪80年代开始对阿·敖德斯尔的小说作品进行研究的。

乌·苏古尔在《评阿·敖德斯尔小说》（蒙古文）[1]一文中分别论述了阿·敖德斯尔的蒙古文小说作品和汉文小说作品，并按照时间顺序进行了系统的分析归纳，同时总结了阿·敖德斯尔小说作品中的特点和不足之处。

莫·扎拉丰嘎在《作家阿·敖德斯尔的人物形象塑造手法、风格》[2]和《简论阿·敖德斯尔作品的结构和选材》[3]（蒙古文）两篇文章中认为，阿·敖德斯尔小说题材的主要来源是蒙古族人民的日常生活，具有鲜明的民族特征。小说的环境和故事情节烘托出主要人物的形象，展现蒙古族人民的生活画面。

娜仁在《简析阿·敖德斯尔小说中的两类英雄人物形象》[4]一文中介绍了阿·敖德斯尔在特定历史时期，用不同的创作思想和不同的文化品味塑造的性格、气质不同的两类英雄人物形象。以《朝克图和他的白额枣骝马》《草原之子》《"老班长"的故事》《撒满珍珠的草原》《北京升起春天的太阳》《骑兵之歌》等小说为例，详细介绍了两类英雄人物形象的特点。

近年来，研究阿·敖德斯尔的学位论文越来越多。例如，2009年，海燕在硕士论文《浅析阿·敖德斯尔"人物为核心"的小说创作观》[5]一文中重点阐述了阿·敖德斯尔的小说创作观。她认为阿·敖德斯尔的小说作品中的人物形象主要来源于生活，小说作品中的环境服务于人物形象，小说作品的人物形象具有"活性"，用这些重要的观点来论证阿·敖德斯尔作品中的"人物为

① 乌·苏古尔：《评阿·敖德斯尔小说》（蒙古文），《金钥匙》1983年第1期。
② 莫·扎拉丰嘎：《作家阿·敖德斯尔的人物形象塑造手法、风格》，《蒙古语言文学》1984年第1期。
③ 莫·扎拉丰嘎：《简论阿·敖德斯尔作品的结构和选材》（蒙古文），《蒙古语言文学》1985年第1期。
④ 娜仁：《简析阿·敖德斯尔小说中的两类英雄人物形象》，《赤峰学院学报（汉文哲学社会科学版）》2008年第3期。
⑤ 海燕：《浅析阿·敖德斯尔"人物为核心"的小说创作观》，硕士学位论文，内蒙古大学，2009年。

核心”的小说创作观。

2014年，成仁在硕士论文《蒙汉文学关系中的敖德斯尔》[①]一文中分别比较了阿·敖德斯尔和茅盾的文学作品，并对比探究了阿·敖德斯尔的《撒满珍珠的草原》与柳青的《创业史》中的相同点，归纳出中国文学对蒙古族文学的影响，从而窥见蒙古族当代文学的发展脉络。

2015年，曹布得在硕士论文《论阿·敖德斯尔的文学观研究》[②]一文中论述了阿·敖德斯尔的文学本质观念、小说中塑造典型性人物形象的文学观念和文学艺术民族风格的观念，即作家始终以民族语言文字为鲜明的旗帜，并主张文学作品中的民族风格与地方风格是相互兼容统一的。

2016年，蔡璐在硕士论文《敖德斯尔小说的人物形象研究》[③]一文中主要分析了阿·敖德斯尔小说作品中出现的人物形象。结合文本解读方法对人物形象进行了归纳和整理，总结了阿·敖德斯尔小说作品中人物形象所呈现的文学意义和民族特点，并肯定和认可阿·敖德斯尔在当代蒙古族汉文小说中的地位和价值。

（三）关于扎拉嘎胡及其小说创作的研究

关于扎拉嘎胡小说作品的研究，20世纪五六十年代并不活跃，且全面系统化的研究极少，而进入新时期以来变得活跃起来。

1983年，刘工践、孙国栋发表的《评扎拉嘎胡小说的民族风格》[④]一文，以扎拉嘎胡的小说作品为实例，较详细地探讨了小说创作中的民族风格。

丁尔纲在《生活的颤音，历史的回响——论〈草原雾〉兼及其他》[⑤]一文中，分析了扎拉嘎胡小说中具有代表性的作品，他

① 成仁：《蒙汉文学关系中的敖德斯尔》，硕士学位论文，内蒙古大学，2014年。
② 曹布得:《论阿·敖德斯尔的文学观研究》，硕士学位论文，内蒙古师范大学，2015年。
③ 蔡璐:《敖德斯尔小说的人物形象研究》，硕士学位论文，内蒙古师范大学，2016年。
④ 刘工践、孙国栋:《评扎拉嘎胡小说的民族风格》，《内蒙古社会科学》1983年第4期。
⑤ 丁尔纲：《生活的颤音，历史的回想——论〈草原雾〉兼及其他》，《内蒙古大学学报（哲学社会科学版）》1985年第3期。

认为扎拉嘎胡的小说反映了内蒙古社会生活中存在的各种矛盾。

孙舒凡在《植根于民族生活的土壤》一文中，评论扎拉嘎胡为“植根于民族生活，从草原人民的现实生活中汲取创作的营养和灵感，努力表现蒙古民族的新生活、新人物、新故事，是扎拉嘎胡创作上的一贯追求”①。

此外，还有张锦贻的《扎拉嘎胡的创作道路和文学成就》②、奎曾于1989年在《中央民族学院学报》上发表的《扎拉嘎胡小说创作综探》③、李硕嘉的《论扎拉嘎胡〈红路〉中“知识分子”的革命成长叙事》等研究论文。

进入21世纪以后，关于扎拉嘎胡小说创作的研究有了进一步的拓展。2006年，《金钥匙》杂志的第一期专题报道了《〈扎拉嘎胡文集〉发表仪式及研讨会整理》，包明德、阿塔玛斯等学者进行了专题论述。

2008年，常散丹的硕士论文《扎拉嘎胡小说研究》④通过综合分析扎拉嘎胡小说作品的主题思想、人物形象以及审美艺术来揭示小说作品中呈现的民族文化特色和民族思维观念。

2016年，李青林的硕士论文《扎拉嘎胡小说主题论》⑤通过分析扎拉嘎胡小说各个时期的创作风格及文学创作观、对蒙古族民族精神历程的书写、对蒙古族民族文化和民族精神内在品质的挖掘与表现，以及对民族文化根脉的探寻、对蒙古族民族精神文化中的诗性品质和浪漫情怀的挖掘，对扎拉嘎胡及其小说作品进行了比较全面的论述。

（四）关于郭雪波及其小说创作的研究

郭雪波以他的家乡科尔沁沙漠为背景，描绘了从大草原到大漠的历史和现实，使其小说作品具有浓厚的生态关怀意味。相对

① 孙舒凡：《植根于民族生活的土壤》，《内蒙古宣传》1999年第1期，第7页。
② 张锦贻：《扎拉嘎胡的创作道路和文学成就》，《文科教学》1988年。
③ 奎曾：《扎拉嘎胡小说创作综探》，《中央民族学院学报》1989年第4期。
④ 常散丹：《扎拉嘎胡小说研究》，硕士学位论文，中央民族大学，2008年。
⑤ 李青林：《扎拉嘎胡小说主题论》，硕士学位论文，内蒙古大学，2016年。

于同时期其他蒙古族作家而言，郭雪波的汉文小说在中国文坛上更有影响力，从而研究的学者也越来越多。例如：2005 年，李玫在发表的评论文章《郭雪波小说中的生态意识》[①] 中评论郭雪波在小说作品中讲述沙漠是因为作者充分意识到了草原生态环境中存在的问题，并对人类和自然的关系进行了深入的思考和衡量。文章最后呼吁并提倡人类要学会尊重自然，回归自然的救赎之路。李玫的关注点在于郭雪波续写沙漠的小说，其中充满了草原生态问题，当今的草原已不复原来的状态，必须要正视日益严峻的问题，深入思考人与自然之间的关系，探讨人类与非人类之间的关系。人类要尊重自然、敬畏自然，与自然和谐相处，最终必然要回归自然，这是真正的救赎之道，也是解决现实问题的必要手段。

张蓉、余莉萍在《人性狼性的对峙与超越——郭雪波小说狼形象分析》[②] 一文中评析蒙古族汉文小说作家郭雪波笔下的狼是知恩图报、爱憎分明、具有人性的动物。研究者认为可以将狼分为三类：第一种是野狼，完全生活在野外，与人没有明确交集；第二种则是被人类抚养大的狼，它们从小与人生活在一起，因此二者有很多交集；第三种则是狼孩，本身处于半人半兽的状态，与人不一样，也与狼有所不同。作者笔下的野狼有着慈爱的形象，得到恩惠后会努力地回报。第二种狼则长期与人相处，因此会了解人的想法与做法，具有通人性的特征。第三种则并不是狼，而是由狼抚养大的人，野狼给予他充分的母爱，将他抚养长大，同时人类对其也存在着母爱。他在感受到两种母爱交织的同时，也处于左右为难的境地，这种爱使他备受煎熬。

汪树东的《看护大地：生态意识与郭雪波小说》[③] 一文从生态危机的凸现、生态意识与动物形象、生态意识与生态人格等三个方面对郭雪波的一系列小说作品进行了解读。王军宁的《生态

① 李玫：《郭雪波小说中的生态意识》，《内蒙古民族大学学报（社会科学版）》2005 年第 1 期。
② 张蓉、余莉萍：《人性狼性的对峙与超越——郭雪波小说狼形象分析》，《小说评论》2006 年第 1 期。
③ 汪树东：《看护大地：生态意识与郭雪波小说》，《北方论丛》2006 年第 3 期。

与文化的多元互动——论郭雪波小说的别样生态诉求》[1]一文总结出郭雪波的小说作品在倡导人们要保护自然生态环境，也要注重民族文化的生态性和多元性，希望在未来能够实现生态和文化的多元性。王军宁的研究也致力于此，他认为郭雪波的作品颠覆了人类中心主义的价值观。

2011 年，杨玉梅在《郭雪波小说里的歌谣与魔幻》一文中，对郭雪波小说作品中的艺术特色进行了研究。她认为“一方面郭雪波把歌谣或传说作为一种叙事手段和方式贯穿或点缀于小说故事当中，另一方面，民间歌谣和传说也是小说的思想内容，对展示故事情节和塑造人物形象起到重要的补充和丰富作用”[2]。杨玉梅分析了其中所包含的艺术特色。首先，郭雪波在歌谣或传说的处理上具有一定特色，不再以原有的艺术形式表现，而是通过叙事手段贯穿于小说中，将这种方式作为小说的点缀。其次，他能够很好地运用民间歌谣和传说，将其纳入小说的思想内容当中，有力地补充了故事情节，并且使塑造的人物形象更为丰满。

进入 21 世纪以来，一些硕士学位论文学位从生态文学批评的角度对郭雪波的小说作品进行了综合性的探究。例如：包来英的硕士学位论文《宗教浸润下的诗意想象——郭雪波生态小说研究》[3]从宗教信仰和自然生态环境学的角度分析了郭雪波的生态小说作品，并总结出郭雪波小说作品中的生态意识。除此以外，还有刘怡芳的硕士学位论文《大漠风情的别样探寻——论郭雪波的生态小说》[4]、余吉林的硕士学位论文《大漠诗情与家园之梦——郭雪波生态小说研究》[5]、李丹的硕士学位论文《郭雪波

---

① 王军宁：《生态与文化的多元互动——论郭雪波小说的别样生态诉求》，《电子科技大学学报（社会科学版）》2007 年第 5 期。

② 杨玉梅:《郭雪波小说里的歌谣与魔幻》,《民族文学研究》2011 年第 1 期, 第 138 页。

③ 包来英：《宗教浸润下的诗意想象——郭雪波生态小说研究》，硕士学位论文，内蒙古大学，2011 年。

④ 刘怡芳：《大漠风情的别样探寻——论郭雪波的生态小说》，硕士学位论文，内蒙古大学，2011 年。

⑤ 余吉林：《大漠诗情与家园之梦——郭雪波生态小说研究》，硕士 学位论文，广西民族大学，2011 年。

小说研究》[①]等论著。

除了从生态文学批评角度研究郭雪波的小说作品之外，很多学者还从比较文学的角度来分析郭雪波的小说作品。例如，郭亚明、赵丽丽在《挣扎在自然与文明之间——蒙古族作家郭雪波与劳伦斯作品中自然观之比较》一文中将郭雪波的小说作品和劳伦斯小说作品中呈现的自然观进行了比较研究，认为“郭雪波与西方文学家劳伦斯一样深深地热爱大自然，只是不同的社会环境所造成的不同的自然观让他们最终有了不同的文学抉择”[②]。

张艳在《狼性、人性与生态——〈狼图腾〉和〈大漠狼孩〉之比较》一文中将郭雪波的《大漠狼孩》与姜戎的《狼图腾》进行了比较，发现两部小说作品中呈现的自然生态观和人性方面的理念存在着很大的差异，她认为“《狼图腾》对自然的关照是以功利主义为指导的，保护狼、保护草原生态平衡，都是为了给人类建筑更适合生存的家园。《大漠狼孩》中的生态意识是建立在一种更为宏大的生态伦理思想基础之上的，认为人之外的一切生命体都有其内在的价值，我们应充分尊重其生存权利”[③]。

吴曲的硕士学位论文《牧神呼唤亚细亚的春天——郭雪波与艾特玛托夫生态小说比较论》[④]从比较文学的视角分析了郭雪波和艾特玛托夫的小说作品，总结出两位作家的小说作品所揭示的自然生态环境理念、小说作品中的审美取向以及创作方法等层面的相同点和不同点。

（五）关于哈斯乌拉及其小说创作的研究

关于哈斯乌拉的小说创作研究是从20世纪90年代初开始的，

---

① 李丹：《郭雪波小说研究》，硕士学位论文，中央民族大学，2013年。

② 郭亚明、赵丽丽：《挣扎在自然与文明之间——蒙古族作家郭雪波与劳伦斯作品中自然观之比较》，《内蒙古师范大学学报（哲学社会科学版）》2007年第1期，第112页。

③ 张艳：《狼性、人性与生态——〈狼图腾〉和〈大漠狼孩〉之比较》，《小说评论》2006年第2期，第85页。

④ 吴曲：《牧神呼唤亚细亚的春天——郭雪波与艾特玛托夫生态小说比较论》，硕士学位论文，湖南师范大学，2010年。

还没有形成系统全面的研究。曾镇南在《哈斯乌拉中篇小说的艺术魅惑力》一文中分析了哈斯乌拉的中篇小说《吉祥的彩练》，他认为“由于对时代进程中的波澜迅速而独到的捕捉，对草原深处那些人物性格的复杂社会关系的显现以及灌注在小说中体现党的民族政策的先进思想、信念，深切地交融在一起，形成了至今仍鲜活地葆有的艺术生命，使我们现在偶尔读到，仍能感到亲切、激动，且有艺术回味”①。

王艳凤在《留在古老河床上的足迹——读哈斯乌拉的小说》中分析了哈斯乌拉的创作历程、文学思想、艺术手法等，并总结哈斯乌拉“具有诗人气质，其小说也独具风韵。蒙古民族特有的社会生活、风土人情和历史文化传统，养成了他们勇武、彪悍、粗犷、刚烈的民族性格。哈斯乌拉执过牧羊鞭，喝过马奶酒，对本民族独特的精神风貌深有体验，因此他的作品也显示出了民族的审美情趣，充满了阳刚与壮美，洋溢着温柔与多情”②。

贺绍俊在《拓展当代小说的文化表现力》一文中认为哈斯乌拉是被誉为“草原人生的歌者，马背民族的画师”，这是名副其实的赞语，比如他的小说作品，故事取材于草原生活，他用最质朴的笔真实地描绘出人物的民族气质和神采，蒙古民族独有的文化习俗也给哈斯乌拉的小说带来鲜明的民族风格。从这个角度说，民族化成全了哈斯乌拉的小说。但哈斯乌拉小说的价值绝不仅仅体现在对蒙古民族的真实表现上，更为难得的是他通过小说形象地诠释了草原文化的精神内核。

（六）关于佳峻及其小说创作的研究

佳峻 1964 年开始发表文学作品，有《驼铃》《虎门“犬”子》《追星赶月》等小说作品。关于他作品的研究尚未形成一个系统、全面的体系。

---

① 曾镇南：《哈斯乌拉中篇小说的艺术魅惑力》，《文艺报》2017 年 2 月 24 日第 2 版。
② 王艳凤：《留在古老河床上的足迹——读哈斯乌拉的小说》，《文学自由谈》1993 年第 3 期，第 125 页。

1987年，朱兵在《耕耘·探索·“变法”——谈蒙古族青年作家佳峻的小说创作》一文中高度评价了佳峻的小说创作，认为“佳峻具有对民族赤诚的爱，有发现美、开掘美的坚强意志，又有一颗无愧于民族和人民的赤子之心，所以他能写出反映蒙古族传统美、心灵美、性格美和意识美的作品”[①]。

肖立在《佳峻短篇小说的硕果》一文中肯定了佳峻的小说作品的可取之处，并对佳峻的小说作品中存在的问题提出了自己的看法和观点。他认为“佳峻的小说有较高的审美标准，他真诚地追求真善美，在艺术上不无美的创造，作品总的看处于一定的审美层次，但具体人物、具体场景不是都具备美的力度”[②]。

1989年，李铁军在《简论佳峻的创作个性》一文中认为“佳峻把自己对本民族的热爱之情，倾注在他所塑造的人物形象上。在塑造人物时，努力揭示民族精神素质的独特性，并寄寓真挚深厚的情感。这已构成佳峻小说创作的艺术特长”[③]。

郭小东、陈剑晖的《驼铃声里的人生进行曲——简论蒙古族作家佳峻的小说》[④]一文中，认为奠定佳峻艺术风格的主要因素是能够在单调的驼铃声里听到严峻人生的进行曲。

（七）关于白雪林及其小说创作的研究

在当代蒙古族汉文小说发展历程中，白雪林是一个具有很大影响力的作家。关于白雪林小说创作的研究论著有很多。

1986年，徐文海在《从科尔沁走出的两个年青人——白雪林、江浩小说风格比较》一文中，认为“白雪林是注重平实的作家。他不愿用突兀、越规的笔墨反映生活。他的小说情节都是再简单

---

① 朱兵：《耕耘·探索·“变法”——谈蒙古族青年作家佳峻的小说创作》，《民族文学研究》1987年第2期，第64页。
② 肖立：《佳峻短篇小说的硕果》，《内蒙古电大学刊》1988年第1期，第37页。
③ 李铁军：《简论佳峻的创作个性》，《内蒙古师范大学学报》1989年第2期，第59页。
④ 郭小东、陈剑晖：《驼铃声里的人生进行曲——简论蒙古族作家佳峻的小说》，《民族文学研究》1984年第4期。

不过了，人物再平常不过了，不足以当故事来讲”①。

1996年，黄薇在《后草原小说概观》一文中，认为“白雪林的《蓝幽幽的峡谷》（以下简称《峡谷》），现在看来不免觉得有不成熟的地方，甚至还略显斧凿的痕迹。但《峡谷》毕竟是第一个给蒙古族小说长期恪守的以题材取胜，以思想教育作用为重，强调反映现实的模式，带来了明显迥异的气息。《峡谷》是蒙古族第一部情绪小说。从此以后蒙古族小说开始越来越注重于情绪、心理、感觉的描述”②。

2014年，何向阳发表了《巴尔虎草原之歌》③一文，主要分析了白雪林小说作品中的思想感情、民族文化内涵。

2014年，赵富荣在《文艺报》上发表的《细节 复调 哲理 诗性——白雪林中篇小说的四个特性》④中分别探讨了《巴尔虎情感》《成长》《霍林河歌谣》等三篇小说作品，并总结出白雪林小说作品的特点为注重细节、具有哲理性和诗意性。

（八）关于黄薇及其小说创作的研究

石雨在《生存意识的挣扎与生活形态的还原——黄薇小说纵览》⑤一文中，从黄薇小说的主题或观点体现出的民族意识、生存意识、平民意识等方面解析了她的小说作品，还对小说的表现形式和小说语言做了详细的分析。文中主要以《演出到此结束》《血恋》《影子》《樱》等为例，深入地研究了黄薇小说中的生存意识和生活形态。

白薇、王冰冰的《“寻根”女性的梦魇——蒙古族女作家黄薇小说论》一文解析了黄薇小说作品里的寻根意识。文中以小说

① 徐文海：《从科尔沁走出的两个年青人——白雪林、江浩小说风格比较》，《内蒙古民族师院学报》1986年第2期，第25页。

② 黄薇：《后草原小说概观》，《民族文学研究》1996年第1期，第54页。

③ 何向阳：《巴尔虎草原之歌》，《文艺报》2014年1月15日第6版。

④ 赵富荣：《细节 复调 哲理 诗性——白雪林中篇小说的四个特性》，《文艺报》2014年7月4日第8版。

⑤ 石雨：《生存意识的挣扎与生活形态的还原——黄薇小说纵览》，《内蒙古教育学院学报》1992年第3期。

《演出到此结束》《血缘》《流浪的日子》等为例，评析了黄薇小说作品中的女性形象和女性意识。文中对黄薇的评价为“蒙古族女作家黄薇是个热衷于在写作中追寻与体认本民族‘初始’的作者”[①]。

（九）关于海勒根那及其小说创作的研究

海勒根那是新时期内蒙古的一位小说家，他的作品更关注现实，因此他成为创作的新生力量，为许多人所熟知。他有许多脍炙人口的作品，从中可以感受到他的文学才情，认识到其无限的想象力，因此获得了高度赞誉，得到了许多奖项，同时也证实了其创作的艺术魅力。海勒根那是一位迅速崛起的小说家，许多学者对其作品进行研究，也取得了一系列成果。

王介云就是其中一位，他对蒙古族作家海勒根那进行了深入研究，分析解读了他的小说。王介云的《穿过欲望洞穴寻找希望与绝望——蒙古族作家海勒根那新小说解读》一文以海勒根那在21世纪发表的《父亲鱼游而去》《寻找青鸟》两篇小说为例，介绍了小说作品的精神指向、叙事策略与以往小说作品风格的不同。文中指出：“这时期的小说明显放弃了激越强硬的文本实验，而开始采用幻想的方式对历史与现实进行虚构与创造，使读者依稀觉察到他对人类当下生存的物质问题与精神问题的迫切关注。”[②]

丁燕对海勒根那小说进行的研究，主要关注其中草原生态关怀部分。还有，师海英针对海勒根那的两部小说进行了研究，解读了书中人物的原型，获得了一定研究成果。

三、研究意义

对历代蒙古族作家汉文创作情况的研究，虽然更多注重介绍、

① 白薇、王冰冰：《“寻根”女性的梦魇——蒙古族女作家黄薇小说论》，《北方民族大学学报（哲学社会科学版）》2011年第6期。
② 王介云：《穿过欲望洞穴寻找希望与绝望——蒙古族作家海勒根那新小说解读》，《齐齐哈尔大学学报（哲学社会科学版）》2007年第1期。

考证、论定等史料性研究，但同时也给予我们更大的启示，并留下了更广的研究空间、探究视野。例如，蒙古族作家汉文创作的文化源缘研究尚未作为专项研究全面展开。本课题组在以往有关历代蒙古族作家汉文创作研究和蒙古族文学（以母语创作为主）的文化源缘研究的启发之下，力图把蒙古族当代作家汉文小说创作与本民族文化传统联系起来，探究民族文化源缘，同时把这一部分作家作品放到当今中国文学乃至世界文学的全球化视野中去，进行多方位、多视角的立体考察和探究。

蒙古族当代作家创作的汉文小说作为中国“草原小说”的典型代表，是在内蒙古草原文化的地理、人文环境中生成的。他们的小说创作实际在很大程度上体现着当代蒙古族文学的创新精神、艰难历程和丰硕成果。他们既是蒙古族当代文学的主要代表，又是中国“草原小说”的积极践行者和中国当代少数民族文学的优秀代表。对这样一大批具有全国影响力乃至世界影响力的民族作家进行专题研究是很有必要的。正因为这一创作群体的大多数是从内蒙古大草原走出来的蒙古族当代作家，正因为他们的“草原小说”是对蒙古族人民争取民族解放的火热斗争、建设美好家园的奋斗历程的真实写照，我们更应该把他们以及小说文本放回到蒙古族文化的人文环境中予以考察，实现我们的研究宗旨——从文学文化学的视域研究民族文学。因为文学活动是一种特殊的文化创造行为。这是我们对文学本质所做的基本理解，其目的在于突出强调文学的文化特性，强调文学是一种文化的现象和范畴。本书是从民族学、文化学的视域对蒙古族当代作家的汉文小说创作情况进行了一番文化探究和文化解读。这正是本书试图探究民族文学作品本质的最基本的理论出发点和研究意义之所在。

本书的重点就在于对蒙古族当代作家汉文小说的民族文学艺术传承和外来文学艺术形式的学习借鉴进行探究、解析，试图论证蒙古族当代作家的汉文小说与中国“草原小说”的天然源缘、难舍之缘。本书的难点在于当代蒙古族汉文小说作家们选择了非母语进行创作，从而在小说作品中生成并体现着整个中国当代文学的诸多共性与趋同性；同时，他们的小说创作与蒙古族传统文化也有着千丝万缕的血肉联系，这是值得广泛探究和深刻解读之处。

四、研究思路与方法

（一）研究思路

蒙古族当代汉文小说作家，既是蒙古族当代文学的优秀代表，又是中国乃至世界的作家。这些作家以他们各自的创作成果为蒙古族当代文学做出巨大贡献的同时，又带着内蒙古草原特有的“游牧文化”内涵丰富和发展了整个中国当代文学，为中华民族的文学百花园增添了一束鲜花。蒙古族当代汉文小说作家作为“草原小说”作家的典型代表，是在形成草原文化的地理、人文环境中长大成人的。他们是一个从草原文化走向文学殿堂的当代蒙古族作家群体，他们深切地体会和感悟到了草原文化的灿烂与辉煌、深沉与久远。他们的小说作品极力涵纳并传承着内蒙古草原文化，关注着草原生态文明，以蒙古族传统文化的传承者和当今文化的传播者身份居于中国文学乃至世界文学之林。

（二）研究方法

在本书中，从文学文化学为基本研究角度，同时采用社会历史分析、文本研究、比较研究等辅助性研究方法。整个研究过程，特别注意贯穿一种基本理念，即文学作品并不是孤立封闭的系统，其话语活动行为，既维系着创作主体的民族审美心理，也维系着一个广阔的社会文化背景，还与读者的文化认同及接受心理相联系，是一个三维互动的动态体系。尤其是重视对文学文本与民族文化源缘的研究，重视文学文本是对民族文化符号内涵的揭示，是本书试图探究的文学作品本质的最基本的理论出发点。

五、研究对象

（一）研究对象

筛选条件：1. 作家族属为蒙古族；2. 作家生长于蒙古族聚居区；3. 汉语作家或蒙汉双语作家；4. 作品内容展现蒙古族人民生活风貌。

按上述筛选条件，最终选定"社会主义建设初期30年"（1949—1978年）间的11位蒙古族作家。即阿·敖德斯尔、特·达木林、乌兰巴干、安柯钦夫、朋斯克、云照光、扎拉嘎胡、玛拉沁夫、照日格巴图、甫澜涛、伊德尔夫。以他们创作的170部作品（158篇短篇小说、5部中篇小说、7部长篇小说）为研究文本。"改革开放40年"（1979—2019年）间则选定54位蒙古族作家及其已出版问世的82部长篇小说、800篇（部）中短篇小说为研究文本。

本书以上述小说作家作品为研究对象，整体上把握和关注蒙古族当代作家汉文小说创作实际，试图将蒙古族当代作家创作的汉文小说纳入整个蒙古族文学体系中，力争准确定位他们在文学史上的位置，弥补整个蒙古族当代文学界以往未能系统而全方位考察的缺憾，从而对这一创作群体的小说作品进行全方位的文化探究和文化源缘解读。

（二）研究内容

着眼于蒙古族当代文学发展70年历程中的"社会主义建设初期30年"（1949—1978年）和"改革开放40年"（1979—2019年）的社会发展阶段以及文学艺术发展内在规律，发现前后两个发展阶段的作家作品在文学观念、叙述视角、塑造形象以及凸显新时代使命担当、关注人类发展与生态保护等诸多方面都有变化和提升。为了探究70年历程中前后两个时期的发展变化之异同，同时为了彰显当代蒙古族作家创作的汉文小说的文学史意义，本书中的研究视角和研究重点对两个发展阶段采用了同样的切入点。

上编：“社会主义建设初期 30 年”（1949—1978 年）小说创作研究

如张炯所说：从中华人民共和国建立到改革开放前恰好 30 年，那是社会主义革命和建设的探索时期，也是新文学进一步发展和巩固，强调文学从属于政治，为工农兵而创作和服务的年代。文学反映了那个年代的优点和弱点，高扬革命理想，缅怀革命史，歌颂新社会，成为基本的题材和主题。在形式的民族化探索方面取得长足的进展。它既经历了前十七年的欣欣向荣和种种曲折，也遭到“文化大革命”十年的灾厄。这些都昭示着历史将发生转折性的变革。

这一时期的蒙古族作家汉文小说作品中，题材和主题思想比较集中，小说作家赞美新生活的热情十分高涨，而对过去旧社会苦难的追述极为痛切。大多数小说作品都是在新旧社会的鲜明对比中表达了新中国的来之不易和对美好生活的珍惜之情，以及对先进事迹的突显和对英雄人物的赞许。这些极为明显的小说主题特征在前人研究中多有提及并给予高度的肯定。放开视野，并集中关注这一时期小说作品艺术实践时却发现，对小说创作的民族文学源缘传承和外来借鉴方面进行全方位综合研究的成果相对少见。再者，考虑到不再重复年轻学者带兄等已有的综述性、概论性研究成果，同时回避面面俱到地讨论小说题材类型、主题思想、人物形象类型化研究等方面。基于这样的理解，本书的研究视角或研究重点聚焦于对小说创作的民族文学源缘传承和对外来文学学习借鉴方面。

下编：“改革开放 40 年”（1978—2018 年）小说创作研究

如张炯所言：党的十一届三中全会的胜利召开，标志着新时期的肇始。这是改革开放的新征程，也是中国特色社会主义现代化建设的关键时期，更是新文学吸取教训、继承优良传统、空前繁荣的崭新阶段。

从党的第十一届三中全会至今，“改革开放 40 年”书写了一部属于中国各民族的变革史诗。“改革开放 40 年”，我国政治、经济、文化在经历了诸多磨难和艰辛后回归了正常，找到了适合我国国情和社会发展的路线，即中国特色社会主义道路。“改革开放 40 年”来，我国实现了社会主义市场经济的蓬勃发展和面向全球发展的道路，我国已全面建成小康社会，综合国力得到了明显提升。

中国文学与中国历史的现代化变迁紧密相连，改革开放进一步推动了中国文学的革新。中国共产党十一届三中全会以后，在这场重大的改变中，我国文学艺术注入了全新的力量和激情，不仅继承了“五四”文学的启蒙精神，更与社会主义道路同步改革创新，并实现了与世界文学的对话，逐步走出了属于中国文学的创新之路。

“改革开放 40 年”以来，蒙古族文学也迅速发展，以全新的审美价值、纷繁的文学流派以及丰富的文学创作成果，吸引了众多读者朋友的关注。“改革开放 40 年”对蒙古族作家汉文小说创作来说是一个充满挑战与创新的时期，出现了很多优秀的小说作品。文学创作队伍也逐渐壮大，在蒙古族作家汉文小说文创作中形成了不同的创作队伍：以老一辈作家为主的队伍，主要包括玛拉沁夫、阿·敖德斯尔、扎拉嘎胡等；以郭雪波、哈斯乌拉、白雪林、佳峻、包丽英等为代表的中年作家；新时期以来，以海勒根那、陈萨日娜、娜仁高娃、鲍尔金娜、苏笑嫣、苏热等 80 后、90 后蒙古族作家为代表的汉文小说创作队伍。小说作品中呈现的思想和观点都迈向更深的层面，文学流派也不断增多，蒙古族汉文小说作品中塑造了很多典型形象。可以说，“改革开放 40 年”蒙古族汉文小说在很大程度上体现着蒙古族当代文学的创新精神、艰难历程和丰硕成果。本课题将选取这一时期最具代表性的作家和作品进行整体分析和研究。

在以往，对“改革开放 40 年”蒙古族作家汉文小说创作的研究都是综合性研究，或者是对作家个人的研究，或者是对单篇小说的研究，而将蒙古族作家汉文小说创作的艺术源缘作为一种独特的文学现象来研究的情况相对较少。所以，本书将从“改革开放 40 年”蒙古族作家汉文小说创作的社会文化背景、对民族文学的传承、对外来文学艺术的借鉴与本土化以及文学史意义和价值等方面进行研究。

上　编：
“社会主义建设初期30年”蒙古族作家汉文小说创作研究

第一章 “社会主义建设初期30年”蒙古族作家汉文小说创作的社会文化背景

在当代蒙古族文学70年发展历程中，“社会主义建设初期30年”蒙古族作家的汉文小说创作是很好的开端。玛拉沁夫的《科尔沁草原的人们》、朋斯克的《金色兴安岭》、扎拉嘎胡的《春到草原》等作品带动了其他作家的创作热情，奠定了蒙古族当代文学发展道路上坚实的根基。虽说蒙古族作家用汉文创作的现象由来已久，但是“社会主义建设初期30年”蒙古族作家汉文小说创作的出现有着特定的历史背景，这些优秀的小说作品就是特定的社会历史、地域文化背景下的产物。这一批蒙古族作家用汉文努力创作着，因而他们的作品既有中国当代文学的共性，也有蒙古族文学的独特性。多元文化和谐交融的当今社会，关注并研究用汉语写作的群体和他们的创作情况有着特殊的时代意义。

第一节 “社会主义建设初期30年”蒙古族作家汉文小说创作概述

自20世纪50年代初以来，带着极高的创作热情进行汉文小说写作的一批蒙古族作家开始在文坛上崭露头角，迅速吸引人们的目光并逐渐赢得读者的喜爱，成为那一时期乃至当今都不可小觑的文学力量。中华人民共和国成立初期，随着我国全面大规模的社会主义建设的开始，文艺界也开始活跃起来，各民族作家的创作热情被带动和激活，创作能力也有了惊人的进步。蒙古族小说作家更是发挥了各自的才能，他们在小说创作方面不只关注短篇小说的创作，也把目光投向了中篇、长篇小说创作，把蒙古族当代小说创作推向新的高度。

一、蒙古族作家汉文小说创作背景

1949 年 9 月 29 日，中国共产党主持制定的《中国人民政治协商会议共同纲领》（简称《共同纲领》）由中国人民政治协商会议第一届全体会议通过。《共同纲领》中关于文艺的政策是“文学艺术就要为人民服务，帮助人民启发和鼓励他们的政治觉悟和劳动热情，并要求奖励和鼓舞给人民带来的优秀的文学艺术作品，而且，我们需要发展人民的戏剧和电影事业”①。中国共产党以此为指导原则，在文学、电影和戏曲等文艺领域开展了全面改革，倡导和激励各民族文艺工作者以及文艺爱好者继续创作反映新生活、新观念、新文化的作品。《共同纲领》提出的文艺政策不仅为中国当代文艺事业的健康发展提供了强大的精神力量，也为新中国社会主义建设营造了积极、向上、文明的文化氛围。1949 年 7 月，第一次中华全国文学艺术工作者代表大会召开，这正是新中国所有知识分子挥洒汗水的开端。1950 年开始，中国共产党为了进一步从知识分子头脑中彻底消除封建主义、资本主义思想，为了彻底改变他们的人生观、价值观、世界观，进行了一场较为系统的思想改革运动。其内容是认真学习马克思主义、列宁主义、毛泽东思想，并要求学会进行自我批评、自我教育和自我改善，做到时刻联系实际。这场思想改革运动不仅涉及教育、文艺等方面，还涉及工商、科技、宗教等多个领域。直至 1952 年秋天才基本结束。中华人民共和国成立“十七年”时期，在毛泽东讲话精神的指导和号召下，中国当代文学史上出现了家喻户晓的《保卫延安》《红日》《红旗谱》《林海雪原》《青春之歌》《创业史》等红色经典文学作品。同样，作为“社会主义建设初期 30 年”

① 陈扬勇：《建设新中国的蓝图》，社会科学文献出版社，2013 年。

文学典型代表的“十七年”时期也是蒙古族当代小说的繁荣时期。玛拉沁夫、阿·敖德斯尔、安柯钦夫、朋斯克、乌兰巴干、扎拉嘎胡等蒙古族汉文小说家们怀着对草原深深的热爱，创作了脍炙人口的《科尔沁草原的人们》《牧人之家》《一朵红花》《护堤》等短篇小说；《草原之子》《撒满珍珠的草原》《金色兴安岭》《春到草原》等中篇小说；《茫茫的草原》《草原烽火》《红路》等长篇小说。这些小说都是当时蒙古族人民生活的真实写照。

“社会主义建设初期30年”蒙古族作家汉文小说创作呈现蓬勃发展趋势的原因主要有两个：一是文艺事业受到党和国家的高度重视。1949年7月2日至19日，第一次中华全国文学艺术工作者代表大会（第一次文代会）在北京顺利举行。大会明确提出要将毛泽东《在延安文艺座谈会上的讲话》作为今后文艺工作的思想理论和指导方针，并坚持文艺要为人民服务，为工农兵服务，坚持文艺工作与工农大众相结合。会上还成立了中华全国文学艺术界联合会，郭沫若为主席，周扬等人为副主席。郭沫若号召文艺界应开展批评与自我批评，同时希望新中国的文艺为工农兵着想，为人民服务，开展更多的、有益的文艺活动，并学习借鉴苏联的文学创作经验，反对有关资产阶级的一切非革命因素，并要求作家要深入生活，改造以往的文学传统。周扬认为毛泽东文艺思想是文学创作者的思想向导，他们理应以此为指引，创作反映党的政策方针，写重大题材和英雄人物，并强调艺术上要符合大众的审美。经过这次会议，文艺界有了很大的反响。所有的作家都经历了延安的整风运动，并了解了新政权对他们的意义。也就是说，他们还必须重塑自己并改变其以往的观念和思想。因此，作家们有意识地迎合了新的文学规则。例如，柳青为了响应号召下乡劳动，体验生活和进行创作；而赵树理则发现了实际工作中的问题，并通过创作反映了这些问题。

在第一次中华全国文学艺术工作者代表大会的指引和影响下，1949年11月，在乌兰浩特召开了内蒙古自治区第一次文代会。

会议明确表明自治区要服从党的文艺方针，而且要全面贯彻和落实党的政策。在此次会议中，内蒙古自治区文学艺术界联合会正式成立，从此自治区文艺事业迎来了一个全新的时代。此后，又依次成立内蒙古自治区文工团以及中国作家协会内蒙古分会。在这一系列鼓舞人心的大好形势下，陆续出现了《科尔沁草原的人们》《朝克图和他的白额枣骝马》《金色兴安岭》《一朵红花》《草地剿匪》等优秀的中短篇小说，从而形成了以玛拉沁夫为代表的当代蒙古族汉文小说作家群体。由此可以看出，这一时期蒙古族当代小说初步呈现兴旺的态势。1956 年 5 月 2 日，毛泽东在《关于正确处理人民内部矛盾的问题》中提出了“百花齐放，百家争鸣”的“双百”方针，为内蒙古文艺事业的健康发展提供了正确的指引，为内蒙古每一个文学创作者提供了施展才华的绝佳机会。当时，为了带动作家们的创作积极性和激发作家们的创作热情，内蒙古自治区先后举办了 6 次文学作品评奖活动。作家们相互学习、相互竞争、总结创作的经验，使得新作品不断地诞生。同时，内蒙古自治区也开始创办自己的文学刊物，先后创办了《内蒙古文艺》《内蒙古日报》《花的原野》《鸿嘎鲁》《草原》等刊物。文学刊物的诞生，对作家们来说如同有了翅膀，给他们提供了自由翱翔、挥洒汗水的一片天地。总的来说，经过这一系列的创作平台的创建和精神鼓舞，这一时期的蒙古族作家对文学创作有了新的认识，创作激情也被激发出来。作家们表现得很活跃，陆续创作了《撒满珍珠的草原》《神马》《草原烽火》《牧人之家》《春到草原》《茫茫的草原》《敌后插刀》等优秀小说作品。

二是作家们亲身经历了革命战争的洗礼，将自身的革命经历与文学艺术相融合并体现在了小说作品之中。例如，玛拉沁夫、阿·敖德斯尔、乌兰巴干、扎拉嘎胡、云照光等作家都经历过革命战争炮火的洗礼。作家玛拉沁夫于 1945 年参加了八路军，跟随部队驰骋在科尔沁草原，并在这里战斗生活。在内蒙古解放初期，他还亲身经历过激烈的阶级斗争，也曾担任过基层领导干部。这些都为他提供了接近群众和积累创作素材的机会。玛拉沁夫于

1948 年加入中国共产党。中华人民共和国成立以后，内蒙古自治区发生了翻天覆地的变化，再加上玛拉沁夫以往丰富的生活阅历，为他接下来的文学创作奠定了坚实的基础。作家阿·敖德斯尔 1946 年参加革命工作，1947 年加入中国共产党，1948 年到冀察热辽联合大学鲁迅文学艺术学院学习。起初，阿·敖德斯尔只会用蒙古文写作，写出的作品由他爱人翻译成汉文发表。他后来坚持学习汉语，慢慢地，他也能够熟练运用汉语了，于是便开始双语写作，成为中国当代第一位用蒙汉两种文字进行写作的作家。作家扎拉嘎胡于 1947 年进入扎兰屯工业学校学习，同年 10 月参加了扎兰屯土地改革运动，1948 年加入中国共产党。他经常到农村和牧区深入群众生活，火热的斗争场面、层出不穷的新人新事激发了他的创作热情，开始了业余写作生涯。扎拉嘎胡在《草原雾》的后记中曾写道："实践是最严格的教师。它不会骂你，更不用说打你了，而是把事实展现在你面前，让你弯腰颤抖！实践也是最亲密的伙伴。缺少实践意味着缺少现实的世界。"[①] 我们再次回溯作家们的革命经历，才能够看出，他们深入生活、感受生活、积累经验，这为他们日后的创作提供了丰富的素材和坚实的基础。

二、蒙古族作家汉文小说创作概况

中华人民共和国成立后，蒙古族当代文学跨入了一个崭新的历史时期。蒙古族学者策·杰尔嘎拉在其撰写的《中国当代蒙古族小说概论》中表示："基于我国政治、经济、思想文化发展的状况和蒙古族当代文学自身发展的规律，可以把当代蒙古族小说分为三个发展阶段：第一阶段是 1949 年 10 月至 1966 年，第二阶段是 1966 年至 1976 年，第三阶段是 1976 年 10 月至现在。在以上三个发展阶段中，当代蒙古族小说经过了一段从兴起发展到停滞受摧残，再到复苏及繁荣发展的过程，总趋势是在曲折中前进。"

① 扎拉嘎胡：《扎拉嘎胡文集（5）》，远方出版社，2003 年，第 415 页。

“社会主义建设初期30年”文学典型代表集中体现在“文化大革命”前的“十七年”时期，这也是当代蒙古族作家汉文小说繁荣阶段之始。中华人民共和国成立初期，蒙古族作家还未开始创作汉文小说，他们等待时机，终于在1952年1月的《人民文学》期刊上，玛拉沁夫发表了短篇小说《科尔沁草原的人们》。年仅21岁的蒙古族年青年作者的短篇处女作迅速在全国传开，引起了文学界的强烈共鸣和反响。其他文学创作者也受到鼓舞，相继出现了其他优秀的小说作品。例如，扎拉嘎胡创作的短篇小说《一朵红花》和《护堤》，朋斯克创作的中篇小说《金色兴安岭》等。这样，当代蒙古族作家汉文小说可以说真正起步了，作家们的创作热情也燃烧起来。除了上述打开蒙古族当代小说创作道路的作品之外，扎拉嘎胡的《草原上的新路》《扎马丹》《友谊》，照日格巴图的《拔毂》《草地剿匪》《新战士日记》《草原的冬夜》，玛拉沁夫的《在暴风雪中》《命名》，阿·敖德斯尔的《草原之子》，云照光的《友谊》等小说作品就像雨后春笋般争先恐后地相继问世，使得蒙古族当代小说呈现初步兴旺的景象。

“社会主义建设初期30年”蒙古族作家汉文小说创作的大好开局，恰逢毛泽东同志在1956年4月28日召开的中共中央政治局扩大会议上提倡的“百花齐放，百家争鸣”的文艺方针。这一方针阐明，在文艺创作方面，可以有不同的创作流派，允许存在多种创作风格、多种题材、多种表现方法，同时可以更加自由地发展进步；从学术理论角度来说，应当让不同学派、不同观点之间碰撞交流。这一主张一经提出，就激发了作家们的创作热情和积极性。很多已经封笔的作家也被带动起来，重新提笔创作了，小说题材也变得丰富。除了歌颂含笑的今天、忆及含泪的昨天之外，牧业、工业、林业等也都成为作家创作的题材。例如，扎拉嘎胡的《春到草原的时候》（后改为《春到草原》）和《小白马的故事》，乌兰巴干的《仙水流向草原》以及《呼克塔拉草原上的婚礼》等均能够体现出这一时期社会历史文化风貌。这一时期，作家玛拉沁夫倾注全部心血的一部著作诞生了，那便是《在茫茫的草原上》（后改为《茫茫的草原》）。这部小说出版之后，就以起伏跌宕的故事情节、错综复杂的人物关系、浓郁的民族特色深受广大读者的喜爱。《在茫茫的草原上》这部作品不仅代表玛拉沁夫小说创作的最高成就，而且在蒙古族当代小说创作中拥有独特的地位。政治的稳定、经济的发展、思想的开放等各种因素使当代蒙古族汉文小说创作如日方升。

1949 年至 1956 年间，在这短短的几年时间里，蒙古族作家汉文小说创作迎来了兴旺期。以下是具体作家作品创作情况（按作家出生年月排序）：

表 1-1 1949—1956 年蒙古族作家创作情况表

作家	阿·敖德斯尔	特·达木林	乌兰巴干	安柯钦夫	朋斯克	云照光	扎拉嘎胡	玛拉沁夫	照日格巴图
作品数量	1	0	2	0	1	1	9	4	4

在当时的历史时期，蒙古族作家受到波及，创作环境发生变化，如蒙古族作家玛拉沁夫、扎拉嘎胡等作家的作品。

然而，不能忽略这一时期长篇小说的发展，不得不说这一时期的长篇小说很精彩，有很高的艺术成就。作家们都是在创作中短篇小说能力的基础上，创作了一部部优秀的长篇小说。“社会主义建设初期 30 年”的蒙古族作家创作的汉文长篇小说一共有 7 部：玛拉沁夫 1956 年所创作的《在茫茫的草原上》，乌兰巴干 1958 年所创作的《草原烽火》，1959 创作的《燎原烈火》，1964 年、1965 年创作的《科尔沁战火》，照日格巴图 1974 年创作的《铁骑》，扎拉嘎胡 1959 年创作的《红路》，1977 年创作的《草原的早晨》（后改名为《草原雾》）等。其中，玛拉沁夫于1956年创作的《在茫茫的草原上》是这一时期长篇小说的开山之作和典型代表作。这部小说是中华人民共和国成立后内蒙古文坛最早出现的长篇小说，也是当时我国第一部反映内蒙古人民斗争生活的长篇小说。作品从1952年开始酝酿，1954年4月，玛拉沁夫结束文学研究班的学习，急忙踏上了“草原文化小说”的创作征途。他把长篇小说写作大纲拟好后，立刻离开北京直奔察哈尔大草原，到一个当时叫明太旗的地方挂职体验生活。他在那里，一住就是三年。1956年年底，当组织上调玛拉沁夫回呼和浩特筹备成立中国作家协会内蒙古分会时，长篇小说的初稿刚好完成。这部小说当初题为《在茫茫的草原上》，发表于《内蒙古文艺》1956年9—12期，1957年4月由中国作家出版社出版发行，即刻受到全国文学界的关注与好评。而《草原烽火》这部长篇小说是乌兰巴干成就最高的小说作品，作家当初也经历了一段曲折的创作道路。从1948年就开始酝酿、构思，于1949年正式起笔写作。作家共花了8年的时间，历经艰辛、饱经磨难后，终于在1956年完成了120多万字的初稿。该作品最终能够成功出版，离不开中国青年出版社编辑的帮助。在他们的帮助下，作者又经过长达8个多月的精心修改和调整，使得其120多万字的初稿最终精练为30多万字的长篇小说，并在1958年由中国青年出版社出版。第三位值得重点提到的蒙古族作家是扎拉嘎胡，他也是在党的教育下成长起来的少数民族作家代表。他的处女作《一朵红花》及后来的《小白马的故事》《悬崖上的爱情》等一经发表，便赢得了中国文学界的认可。扎拉嘎胡接受过良好而系统的教育，曾先后在扎兰屯工业学校读书，而且亲身体验了学校革命斗争的风暴，这段经历为他日后创作长篇小说代表作《红路》提供了最真实、最丰富的素材。

1957年至1959年间，蒙古族作家受到了反右派斗争扩大化的影响，汉文小说创作数量明显减少了很多。在这样的情况下，作家们还是坚持创作，以下表格是这一时期的具体创作情况（按作家出生年月排序）：

表 1-2　1957—1959 年蒙古族作家创作情况表

作家	阿·敖德斯尔	特·达木林	乌兰巴干	安柯钦夫	朋斯克	云照光	扎拉嘎胡	玛拉沁夫	照日格巴图
作品数量	3	1	9	2	7	1	5	6	0

中华人民共和国成立之初，中央政府出于为国家培养更多文学人才、诗人、作家这一想法，创立了中央文学研究所，极大地促进了文艺事业的发展。然而，当时的情况是，不是每个作家都有机会到中央文学研究所学习深造的。整个“十七年”时期，内蒙古自治区加起来有 7 名作家先后到中央文学研究所里学习过，但这实在难以满足内蒙古文艺事业的发展需求。所以借鉴中央文学研究所这一成功经验，为了培养更多的多才多艺的文艺工作者，内蒙古自治区决定创办自己的文学艺术研究班。于是，1960 年 10 月，在内蒙古大学的中文系成立了文学艺术研究班，学习周期为 5 年。该文学艺术研究班的成立，对整个内蒙古作家的影响和激励是非常直接的，作家们的创作热情又一次被点燃了。

文学艺术研究班第一期学员里有玛拉沁夫、扎拉嘎胡、达木林、朋斯克、乌兰巴干等 17 位作家。在文学艺术研究班里，他们除了学习政治理论课之外，还集中学习中外文学史、文艺理论、语言学、逻辑学等专业基础课程。政治理论课程学完之后，他们就如饥似渴地大量阅读古今中外的文学名著。他们在研究班学习中畅所欲言，自由地交流学习经验，从而提升写作技能。作家们遵循着学习、创作、深入生活三结合的原则，在系统地学习各类课程的同时，有充足的时间深入生活、进行创作。例如，玛拉沁夫曾去过白云鄂博矿山体验生活，扎拉嘎胡去包头钢铁厂深入生活。作家们在深入生活的体验中，了解了劳动人民的人格魅力，那些生活场景后来都成为作家们的第一手素材。在这期间，玛拉沁夫除了创作《六月的第一个早晨》、《诗的波浪》、《采金者》、《在花的草原上》（后改为《花的草原》）等10余部短篇小说之外，还对《在茫茫的草原上》进行修改提升，编辑出版了一本短篇小说集《花的草原》。在这一时期，乌兰巴干的长篇小说《草原烽火》三部曲的第二部作品《燎原烈火》也处于定稿阶段，他还创作了《草原上的红旗手》《草原新史》《桃花村》等短篇小说。作家朋斯克的《没有枪的战士》《打狼》等短篇小说更是受到读者的喜爱。扎拉嘎胡在这一时期创作了《钢城春夜》《山巅上的红松》等短篇小说。

有了第一期文学艺术研究班的成功举办，1961年，接着开办了第二期文学艺术研究班，学员包括阿·敖德斯尔、照日格巴图、云照光、安柯钦夫等年轻作家。他们跟第一期的学员一样，在这里得到了充实自己和提升自己的机会。他们在系统学习中提高了各自的文学艺术修养，在创作中互相鼓励、互相学习、互相切磋。在这段充实的学习时光里，作家们创作出许多作品，如敖德斯尔的小说集《遥远的戈壁》，云照光的《春满军营》《河水哗哗流》《母亲湖的光》，安柯钦夫的《创业记》《森林故事》《大兴安岭风雨》，照日格巴图的《草原雄鹰》《插进敌人的心脏》《草原骑兵》《骑兵战士》等。

就这样，文学艺术研究班总共只举办了两期，而后由于当时的情势所迫，被迫停办。然而，就在1960—1966年，蒙古族作家汉文小说创作迎来了繁荣发展时期。这一时期里蒙古族作家小说创作的道路并不是一帆风顺的。

蒙古族作家的汉文小说创作在艰难中蹒跚前行。以下表格是具体作家作品创作情况（按作家出生年月排序）：

表 1-3　1960—1966 蒙古族作家创作情况表

作家	阿·敖德斯尔	特·达木林	乌兰巴干	安柯钦夫	朋斯克	云照光	扎拉嘎胡	玛拉沁夫	照日格巴图
作品数量	14	2	9	7	14	3	8	12	12

综上所述，“社会主义建设初期 30 年”的蒙古族作家汉文小说创作，大体可分为两个阶段：第一个阶段是“十七年”时期；第二个阶段是所谓的“文革”十年时期。在“社会主义建设初期 30 年”，蒙古族作家汉文小说创作的发展过程是从兴旺到停滞受摧残，再到复苏及繁荣的，呈现在曲折中发展的态势。尽管作家们在创作道路上遇到很多困难和阻碍，可最终还是抵挡不住创作的热情。

以下是“社会主义建设初期 30 年”蒙古族作家汉文小说创作情况统计表（按作家出生年月排序，共计 11 位作家，170 部作品。其中，短篇小说 158 篇，中篇小说 5 部，长篇小说 7 部）：

表 1-4　“社会主义建设初期 30 年”蒙古族作家汉文小说创作情况统计表

作家	阿·敖德斯尔	特·达木林	乌兰巴干	安柯钦夫	朋斯克	云照光	扎拉嘎胡	玛拉沁夫	照日格巴图	伊德尔夫	甫澜涛
作品数量	27	5	20	10	23	6	25	24	18	9	3

第二节　作家成长的草原人文环境及生活经历

正所谓“一方水土养一方人”，当代蒙古族作家是在辽阔无边的内蒙古草原的温暖怀抱中成长起来的。他们带有蒙古民族朴实无华、勤劳善良、热情豪放的性格特征。20 世纪三四十年代的中国曾被战火吞噬，广大百姓过着穷困潦倒的生活。从小经历过这段动荡岁月的作家们渴望和平，向往安宁自在的生活。因此，他们纷纷踏上革命之路，誓死为国家解放、民族新生贡献一份力量。他们经历过战争岁月，亲身体验过革命斗争，所以，他们创作出来的小说作品在一定程度上记录了那一段真实的社会历史，从他们的小说作品中，能够了解当时蒙古族人民的真实生活和心路历程。

一、蒙古族作家成长的人文环境

“敕勒川，阴山下。天似穹庐，笼盖四野。天苍苍，野茫茫，风吹草低见牛羊。”这是人人都熟悉的北朝民歌《敕勒歌》，人们也习惯用这首歌来形容中国北方草原。的确，这里描绘的就是原生态草原的样子，蒙古族作家就在草原母亲的哺育下长大成人。因此他们都热爱这片草原、热爱故土家乡。我们先来看一看他笔下的草原的自然风貌，毕竟草原是作家创作的永恒主题。据资料显示，这一批作家差不多都是在 1930 年前后出生的，那时候的草原还是很接近原生态的，很多牧民依旧依赖天然的水草而生存发展，逐水草而居。因此，这批作家童年记忆中依然留存着草原最美的样子。正如作家照日格巴图心中的草原记忆是如此美丽：“一望无际的草原，一片翠绿色，被阳光照亮，仿佛被一层金色的尘土覆盖，随着晨风的吹拂，释放出金色的波浪。各种各样的野花盛开在这里，聚集在那里，在阳光下沐浴，在广阔的草地上争夺美丽，散发出强烈的气味。当您环顾四周时，野花跌落到青翠的草滩上，看上去就像五色的云锦。在草地上，一群马和平地吃草。在遥远的山丘上，骆驼的山峰缓缓行走，凝视着风景如画的草原和银山。”①

作者笔下的草原是多么美丽，这是草原盛夏的样子。人与自然的和谐图景。

然而，地处祖国正北方的内蒙古草原不总是那样静谧，而是活态的、多变的。随着时代、社会的变化而呈现出多维形态。有时，我们也能看到草原母亲的另外一种生存状态，那就是灾害，生活在草原上的人经常与自然灾害抗衡、对峙。草原上冬春季节寒冷，每当寒潮来袭，形成“白毛风”。冬季下雪过多，很容易造成“白灾”；雪下得少了，也会形成“黑灾”；风力大而草木干枯，星星之火就能引起“红灾”。当代蒙古族作家汉文小说创作的奠基人之一——玛拉沁夫就在小说《在暴风雪中》里描绘了暴风雪的景象：“真正的暴风雪出现了。雪不再在空中轻柔地飞舞，而是像子弹一样迅速射击；风不再是低吼，而是像狂狼一样的尖叫；地面上的雪层层地升向天空，把天空中的雪花捣得碎乱。暴风雪压制了世界上所有的声音，只有它任意狂叫。温度又突然间下降了。”②这便是草原上“白灾”的真实写照。这里描绘的草原暴风雪不再是人与自然和谐共处的状态，而是恶劣的自然环境对草原人的意志与毅力的严峻考验。内蒙古草原上的人们正是在这样的生存、生活状态下，勇敢地、坚强地建设和守护着祖国的北部边疆。

而在玛拉沁夫的成名作，也是其处女作的短篇小说《科尔沁草原的人们》里这样写道：“熊熊燃烧的烈火，跟着大北风的气势，发出了惊天动地的呼啸声和爆炸声。”“烈火和浓烟结成一条紫红色的火线，向萨仁高娃包围而来。”“‘荒火’——就这么不

① 照日格巴图：《铁骑》，内蒙古人民出版社，1974 年，第 1—2 页。
② 玛拉沁夫：《在暴风雪中》，载《玛拉沁夫文集（卷四）》，作家出版社，2015 年，第 24 页。

起眼又简单的两个字，给人们一种怎样的感觉啊！过去曾起过多少次荒火啊！房子、财产被它烧成灰烬，牛、羊、骆驼也都被烧死在草原上……”①

这里描绘的是草原牧民因阶级敌人的有意破坏而遭受“红灾”的危害。最后，机智勇敢的草原儿女扑灭荒火，抓住了阶级敌人，以胜利告终。

从以上几个具体例子，我们可以了解到，当代蒙古族作家成长的草原，不仅拥有和谐幽美的自然环境，美到让人沉醉；而且又有挑战性、多变性、不定性，随时随地考验他们的意志。

接下来，我们再来回溯这些蒙古族作家成长的人文环境。早在 17 世纪，就有民众大量涌入内蒙古地区，致使卓索图盟东南部地区，也就是传统游牧民族文化的传承地区的格局被改变。到 19 世纪 30 年代时，内蒙古的东部以及东南部地区（主要是卓索图盟及昭乌达盟南部）的汉族居民数量甚至突破了 78 万人②。大量的人口流动致使当地蒙古族民众的传统生活方式发生了改变。很多蒙古族与涌入的民众一起开始了开垦耕田的生活。原来的草原生态发生了很大的改变。

在内蒙古自治区，内地移民的人口和设县总数的增多，促使农牧业地区由北向南拓展。由于牧场被开垦，牧业区域减少，因此许多蒙古族人迫不得已舍弃牧业，从事农业，而一部分蒙古族人同时兼营传统牧业和新农业；也有一部分蒙古族人选择离开放垦地区，向更加偏远、更加干旱沙化的牧区迁移。直到民国时期，广大蒙古族百姓主要以三种经济方式为生，那就是牧业经济、农业经济、半牧半农业经济。“从事牧业的蒙古族人主要分布在呼伦贝尔、哲里木盟北部地区、昭乌达盟北部、伊克昭盟中西部地区、锡林郭勒盟、察哈尔盟北部、乌兰察布盟、阿拉善旗、额济纳旗以及青海省左右翼二盟、新疆六个盟；从事农牧业来生产生活的

---

① 玛拉沁夫：《科尔沁草原的人们》，载《玛拉沁夫文集（卷四）》，作家出版社，2015 年，第 6、8 页。

② 乌日嘎：《当代蒙古族作家汉文中短篇小说民族文化源缘研究（1949—1978）》，硕士学位论文，内蒙古师范大学，2019 年。

蒙古族人大部分都生活在昭乌达盟南部、哲里木盟的大部分区域、察哈尔右翼四旗、新疆一部分蒙古聚集区、卓索图盟、土默特旗、伊克昭盟的东部以及北部靠近黄河的区域等；半农半牧区一般位于农业地区和畜牧业地区中间，居住于牧区或者是半农半牧区的蒙古族居民还保持着季节性的狩猎业。”①

另外，据史料记载，1931 年 9 月 18 日，日本关东军策划并发动了九一八事变，他们以此为导火索，开始大规模武装进军我国东北三省。1932 年 3 月 1 日，伪满洲国成立，东三省以及内蒙古的哲里木盟、卓索图盟、昭乌达盟等地区沦为日本的殖民地。当地百姓生活在多灾多难的黑暗岁月里。玛拉沁夫在长篇小说《茫茫的草原》里是这样描绘的：“多少年来，帝国主义、狭隘的民族主义和封建势力，像三只恶狼一样咬住我们的喉咙，我们在贫困和疾病的苦海里挣扎，但是，牧民同志们，今天察哈尔草原的人民有了中国共产党和毛泽东主席的领导，那三只恶狼一定会被我们打死，内蒙古人民一定能够彻底翻身，一定能够与各兄弟民族一同建立起自由、幸福的新中国！”《茫茫的草原》是一部极具历史意义和社会价值的长篇小说，小说通过一系列生动的事例明确指出：当时的政治形势虽然非常复杂而严峻，但最终的胜利是属于人民的。正如小说的预言，1947 年 5 月 1 日，内蒙古自治区成立，被日本占领的内蒙古东部草原经过了十几年的动荡岁月终于迎来了曙光。到了 1949 年中华人民共和国成立之后，内蒙古草原以及淳朴的百姓不仅在政治上获得了解放，还在经济上得到了发展，蒙古族文化中也逐渐融入了城市文化、农业文化以及工业文化，呈现多元化的趋势。

上文所提及的移民潮带来的不单是人口的转移，还有文化的转移。当某个民族的人将自己的生活习惯和文化带入另一个民族的生活领域时，他们不仅会无意间影响当地人的生活习惯，还会在一定程度上触及当地人的文化氛围，使当地的文化碰撞出更加丰富的多元化的形式。在近一个半世纪的时间里，由于地理环境、

① 乌云毕力格、白拉都格其：《蒙古史》，内蒙古大学出版社，2008 年，第 390 页。

移民潮、战争等因素，蒙古族逐渐形成了半农半牧的生活生产方式，更是以此为基础形成了独具个性的文化——蒙古族传统文化中融和着汉族审美意趣的多元化的文化①。

“社会主义建设初期 30 年”蒙古族汉文小说作家大多出生在蒙汉文化交流最为活跃的内蒙古东部地区。一个作家成长的人文环境对每一位作家来说都是非常重要的，作家自身的认知以及创作个性生成都离不开人文环境对作家的影响。蒙汉语言的双语现象、蒙汉交融的文化氛围、蒙汉杂居的生活景象等所有的一切都给予内蒙古东部地区作家群独特的文化素养，在潜移默化中影响了作家的文学创作。因此，我们可以断言当代蒙古族作家创作汉文小说的现象并不是偶然的，而是文学自身发展规律、地域文化环境、外来文学思潮等因素带来的自然趋势。

“社会主义建设初期 30 年”蒙古族汉文小说作家的出生地列表如下：

表 1–5 “社会主义建设初期 30 年”蒙古族汉文小说作家出生地一览表

作家	阿·敖德斯尔	特·达木林	乌兰巴干	安柯钦夫	云照光	朋斯克	扎拉嘎胡	玛拉沁夫	照日格巴图	伊德尔夫	甫澜涛
出生地	昭乌达盟巴林右旗	吉林省镇赉县	科尔沁旗	昭乌达盟	土默特左旗	哲里木盟科尔沁右旗	兴安盟科右前旗	卓索图盟土默特旗	辽宁省建昌县	兴安盟科右前旗	乌兰察布盟察右中旗

二、蒙古族作家的生活经历

我们这里所说的作家生活经历，包括他们的学习经历、职业

① 乌日嘎：《当代蒙古族作家汉文中短篇小说民族文化源缘研究（1949—1978）》，硕士学位论文，内蒙古师范大学，2019 年。

经历以及革命斗争经历。这些经历不仅是作家们最为宝贵的成长经历，也成为他们往后写作道路上的生活积累和创作素材。

表 1-6 “社会主义建设初期 30 年”蒙古族汉文小说作家出生年份一览表

作家	阿·敖德斯尔	特·达木林	乌兰巴干	安柯钦夫	云照光	朋斯克	扎拉嘎胡	玛拉沁夫	照日格巴图	伊德尔夫	甫澜涛
出生年份	1924	1926	1928	1929	1929	1930	1930	1930	1932	1944	1949

从表格可以看出，“社会主义建设初期 30 年”用汉文进行创作的蒙古族小说作家大多都出生于 1930 年前后。彼时中国正处在日寇入侵、时局动荡的艰难岁月。中国人民同仇敌忾、英勇顽强、浴血奋战，1945 年终于迎来了抗日战争的胜利。紧接着，又开始了国共全面内战。正值青春年华和血气方刚的这一批蒙古族青年作家一个接一个地参加了八路军，大多数都加入了中国共产党，开始了他们的军旅生活和革命旅程。

我们先从阿·敖德斯尔说起。作家阿·敖德斯尔出生于昭乌达盟巴林右旗，12 岁进入用蒙古语授课的小学，接着到王府兴安中学学习。1945 年参加革命，其间历任内蒙古自治区运动联合会巴林左旗支会干事，1946 年在内蒙古骑兵部队里担任政治处主任。1948 年，到鲁迅文学艺术学院学习深造，也是从这里开始了他的创作道路，他的创作起初不是从小说开始的。之后，他回到内蒙古骑兵队担任宣传队队长、军区文工团团长以及《草原》《花的原野》杂志主编。1965 年毕业于内蒙古大学文艺研究班。阿·敖德斯尔是在革命斗争中接受锻炼并成长起来的当代蒙古族第一位蒙汉双语作家。

特·达木林，出生于吉林省，他是一个很有意思的作家。他的名字来源于小时候遇到的喇嘛，喇嘛将其命名为达木林扎布，翻译成汉语的含义就是佛爷保佑。特·达木林于1946年参加革命，此后就把名字的后两个字去除，后来就逐渐被人们习惯性地叫成了“佛爷”。1950年，他加入中国共产党。特·达木林的文学之路是从翻译开始的，1948年他翻译了蒙古族著名的民歌《送子出征》和《嘎达梅林》。20世纪50年代中期，“佛爷”专注于文学期刊工作和组织工作，并创办了《鸿嘎鲁》《鸿雁》等期刊，成为《草原》《内蒙古文艺》等文学期刊的副主编和主编。此外，他还担任过内蒙古电影制片厂总编、内蒙古自治区戏剧协会主席、内蒙古自治区中国文学艺术界联合会副秘书长等职务。1980年，他组织、安排并策划了全国首届少数民族文学创作会议，又创办了《民族文学》杂志。1985年提任中国作协创联部副主任。“佛爷”为人诚恳、正直、乐观，在内蒙古文艺界有30余年的工作经验。

作家乌兰巴干，出生于1928年，经历了苦难的童年。封建社会、国民党反动派和日本帝国主义这三股力量的无情打压，以及饥寒交迫的蒙古族人民撕心裂肺的哭喊声，在他的童年记忆中留下了挥之不去的可怕阴影。因此，在他小说中经常能看到他童年生活的影子，如他的长篇小说《草原烽火》描绘了蒙汉人民团结起来与封建势力和日军进行激战的故事。乌兰巴干17岁参加八路军，在党的培养和教育下，他成长为小说作家。

安柯钦夫，笔名漠南，1929年出生在昭乌达盟一个农民家庭。1945年，他独自到赤峰自治学院进行学习，之后随同一支负责进行文艺宣传的队伍来到了当时的卓东前线。1948年，他在呼伦贝尔盟参加了土地改革运动，这使他接触到了火热的斗争生活，积累了创作素材并进行文学创作。同年，他加入中国共产党。他于1953年发表的第一篇小说《在冬天的牧场上》被选入《青年文学丛书》。同年，他进入中央文学讲习所学习深造。除了写小说，他还翻译介绍了很多优秀的蒙古族古典名著。1961年，他翻译出版的蒙古族史诗《英雄格斯尔可汗》引起国内外读者的广泛兴趣。在“文化大革命”中，安柯钦夫与其他作家一样遭受了打击和迫害。粉碎“四人帮”后，他又重新从事写作。

云照光，艺名乌乐·朝克图，生于1929年9月，内蒙古自治区呼和浩特市土默特左旗人。他的生活道路和文学生涯充满革命者的执着和艰辛。他出身于雇农家庭，童年经常打短工或者给别人放牧，他没有享受过童年的快乐，却过早地经历了苦难和泪水，这为他以后的生活道路和革命生涯做了铺垫。1939年7月，10岁的云照光离开故乡去了延安。他先后在陕北公学、民族学院、延安大学、三边公学等学校学习。在延安，他有幸得到革命老前辈们的照顾，于是他自己也成为了革命战士，投身于火热的战场，开始了他的戎马生涯。延安是云照光开始文学创作的地方，延安不仅给了他新文化，而且赋予他革命思想和艺术才思。他亲身经历了解放战争的风云，感受到了蒙汉兄弟之间的情谊，所有这些成为了他创作时的好素材，他的自传体中篇小说《蒙古小八路》，就是以自己的经历为基础创作而成的。革命胜利后，他以多种文体抒写对事业、对军队、对党、对新中国的炽热之情。“他经常告诫人们，不要忘了过去，又诱导人们，更应追随未来。从放牛娃到作家，这是历史的功劳。”①

朋斯克，1947年参加中国人民解放军，1948年担任内蒙古第一骑兵文艺宣传队队员，他在锡林郭勒盟亲身经历过剿匪战斗。1951年，他开始文学创作，历任内蒙古骑兵一师文艺宣传队队员、《内蒙古日报》文艺编辑、《草原》文学月刊社副主编。1952年，他的中篇小说《金色兴安岭》在《解放军文艺》上的头条位置被发表，产生了很大影响，一时间全国为之轰动。

扎拉嘎胡，1930年出生于内蒙古自治区科尔沁右翼前旗。与其他作家不同的是，他接受过系统的教育，幼年在家乡读小学，就表现出对文学的热爱与兴趣。1947年，他正式加入革命队伍，同年参加土地改革运动，1948年加入中国共产党。中华人民共和

① 云照光：《云照光小说散文集》，内蒙古人民出版社，1982年，第2页。

国成立后，他先后在乌兰浩特师范学校和内蒙古扎兰屯工业学校学习。他经常到牧区深入生活，激烈的斗争场面、层出不穷的新人新事激发了他的创作热情，他开始了业余文艺写作。他的长篇小说《红路》就是以内蒙古扎兰屯工业学校为背景写就的。

玛拉沁夫，1930 年出生于当时的卓索图盟土默特旗(今辽宁省阜新蒙古族自治县)黑城子村，家境贫困，从出生开始就处于十分艰辛的生活环境中。就这样，玛拉沁夫到了上学的年纪，就上了王府小学，学习蒙古文。后来，在老师的帮助下，他成功考上了土默特右旗蒙古族中学，玛拉沁夫最终还是因学费问题转了学，转到一所公费学校，那便是开鲁蒙古族中学。就因为在开鲁读过书，他就把科尔沁草原当成了自己的第二故乡。1945 年，年仅 15 岁的玛拉沁夫就加入了革命队伍。1946 年，他在内蒙古骑兵十一支队，给支队女政委乌兰当通信员，跟随她在科尔沁草原上驰骋战斗。政委乌兰聪明机智、有勇有谋、用兵如神，百姓们都敬佩地叫她“红司令”。 玛拉沁夫从政委乌兰那里学到了很多东西，他的长篇小说《茫茫的草原》里的女政委苏荣的原型便是乌兰。

照日格巴图，1932 年 12 月出生于辽宁建昌，原名王乃谦。7 岁便开始上学，直到读完初中三年。1949 年，他正式加入中国人民解放军，先后担任过宣传队队员、文化教员、编辑、宣传助理员、创作员等。1950 年年初，他开始发表作品，主要写小说、诗歌等。1962 年，他到内蒙古大学文艺研究班学习。1971 年，他开始从事专业创作，任《草原》文学期刊社副主编。1979 年，他加入中国作家协会。作家照日格巴图的短篇小说大多属于“骑兵”系列，这与他在部队的生活经历不无关系。有《草原雄鹰》《插进敌人的心脏》《草原骑兵》《骑兵战士》等多部作品。

还有，我们的作家们都有在内蒙古大学文学艺术研究班学习过的经历。在那里，他们互相学习、勇于竞争、取长补短、共同进步，他们一起为当代蒙古族文学的发展繁荣做出贡献。作家们是一批可爱可敬的人！他们在逆境中勇往直前，他们的学习经历和生活经历赋予了他们勇敢、坚强、乐观的精神财富，也给予了他们不可多得的、活生生的创作素材。

第三节　蒙古族传统文化对作家的熏陶

学者关纪新、朝戈金认为，“任何受过本民族文化熏陶与影响的作家，在他们的作品中总会蕴含着本民族在漫长的社会历史发展中得到的审美价值以及品味。这难以争辩”①。所处的文化环境会对作家产生很大的影响，不同的文化环境会孕育出不同的作家，他们在创作风格、审美意趣等方面有所不同。“社会主义建设初期 30 年”用汉文进行创作的蒙古族小说作家是在蒙古族传统文化的滋养中成长的，并逐渐形成了各自的创作风格。

一、蒙古族传统文化对作家的影响

“每个人的生活都是处于一个具体的文化环境之中的，都经受着所处文化背景和文化环境的影响。不仅如此，所处的文化背景、环境、模式又不同，对人们产生的影响也有所不同。通常一个人对文化的认同所产生的心理效应实际上在其儿童阶段就已经初步建立起来，随着成长，这种文化所产生的效应并不会发生显著变化，有的只是对此结构图式上的不断重复和加深。如若一个人长大后走出自己的家乡，而漂泊在异乡，那么接受的则是另一种文化模式，结果可能是在言谈举止上完全同化，但绝不会在精神领域上同化，在心理深层仍会顽固地保留着自己故土文化的根性。”② 从这段论述中，我们可以得知，文化对一个人的影响和塑造作用是显而易见的。阿·敖德斯尔、安柯钦夫、扎拉嘎胡、

① 关纪新、朝戈金：《多重选择的世界》，中央民族大学出版社，1995 年，第 101 页。
② 童庆炳：《艺术与人类心理》，北京十月文艺出版社，1990 年，第 88 页。

玛拉沁夫等蒙古族小说作家们从出生那天起就一直生活在本民族的传统文化氛围中，并且与本民族传统文化有着密切的联系。他们对民族传统文化有着难以割舍的民族情结，因而对本民族文化精神的追寻和守望更加强烈和热切。

“每个民族的文学都是在自己的文化传统和现实土壤中生长并发展起来的。一个人的特点是在生活中慢慢形成的，而一个民族的特色是该民族人民在共同生活中创造出来的，同时也是在民族传统文化的陶冶下形成的。”[①] 作家们创作的小说作品是立足于本民族所独有的文化传统以及现实生活的土壤，他们的小说作品大多是反映蒙古族人民生活的，是深深扎根于草原生活的。

中华人民共和国成立之初，蒙古族作家都是在本民族民间文学的熏陶和滋养之中开始了各自的创作。民间文学赋予了他们文学的激情和才能，玛拉沁夫、扎拉嘎胡、乌兰巴干、朋斯克、敖德斯尔等作家都描述过自己的文学背景。他们大多数年轻时都参过军，此前文化水平都不高。对他们来说，所谓的文学影响主要来源于本民族的民间文学。玛拉沁夫一再强调：“少数民族作家只有在民族文学传统的基础上成长，才会有根基，才能发展。我们这些人从小就受民族民间文学的熏陶，所以我们的作品浸透着本民族民间文学的影响。”[②] 阿·敖德斯尔说自己小时候“接触的唯一娱乐生活，就是听那令人陶醉的蒙古民歌和充满神奇的蒙古民间故事，一有时间就去看拉着四胡、唱着民间故事的各种演义。这些富有民族特色的民间文学，给了我奶汁一样的营养”[③]。扎拉嘎胡也觉得：“一个民族的作家除非坚定地站在本民族的文化土壤上，否则该民族的作家就不可能走向全国，走向世界。离开了民族的土壤，那是没有根基的。文学上的幻想和空想的花朵，

① 玛拉沁夫：《民族特色与时代精神》，载《玛拉沁夫文集（第七卷）》，作家出版社，2015 年，第 164 页。

② 玛拉沁夫：《我们的事业大有希望》，载《玛拉沁夫文集（第七卷）》，作家出版社，2015 年，第 170 页。

③ 黄薇：《前草原小说语言分析》，《内蒙古大学学报（人文社会科学版）》2000 年第 2 期，第 90 页。

不可能长出令人瞩目的富有生命力的文学的花朵。”[1] 作家安柯钦夫又说：“我从孩童时代起就被马背民族的艺术气氛所感染着，因为父亲会吹箫，母亲则会唱民歌。到了晚上妇女们便在牧场上或引吭高歌或低音唱和，构成一幅天然的交响乐画面。这时箫声震耳，一曲嘹亮的女高音悠然飘起，那便是我父母亲合声演唱的开始。平时母亲教育我们接人待物，尊重礼节，也都是通过歌唱来进行的，甚至我父亲病故，母亲倾泻悲痛与哀思，也是用歌声来表达的。所以民间谚语说：‘蒙古人的孩子从小骑在马上听着歌声长大的。’事实确实如此。”[2] 作家在创作小说作品时，就一直与本民族文学本源保持着密切的关联，就算有外来文化的强烈冲击，他们也总是能够或自觉或本能地恪守自我，抵御干扰。“在他们的小说当中，往往表现出鲜明的文化‘自恋’倾向，常常习惯于以本民族的固有的文化价值尺码，去衡量和评估本民族社会乃至他民族社会的各种客观事物。”[3]

本民族丰富的传统文化使得作家的创作包含更加深刻的含义，使他们的作品富有艺术性、独特性。对于用汉文创作小说的蒙古族作家来说，在小说作品中体现蒙古族的民族生活、民族风俗、民族心理是非常重要的，这关系到他们的身份认同问题。“社会主义建设初期 30 年”蒙古族作家创作的汉文小说一贯展现着蒙古族传统文化礼仪和生活习惯。比如在玛拉沁夫短篇小说《花的草原》中对那达慕场面的描述；《路》中用最丰盛的茶点招待远方的客人的场景；扎拉嘎胡的小说《花酒瓶》与《扎马丹》中都提到要想进入蒙古包，必须先喊“看狗”，这是为了传递有客人来了的信号；安柯钦夫的小说《黄金季节》中展示了安思乐大爷在面对尊贵的客人时所准备的全羊宴；《在冬天的牧场上》提到的蒙古人喜欢吸鼻烟壶的习惯等，都毋庸置疑地证明了作家们

① 扎拉嘎胡：《小说创作中的 ABC》，载《扎拉嘎胡文集（五）——文艺评论卷》，远方出版社，2003 年，第 47 页。
② 安柯钦夫：《我的文学之路》，《草原》2007 年第 8 期，第 7 页。
③ 佟额尔敦仓：《玛拉沁夫小说创作民族文化解读》，博士学位论文，内蒙古大学，2011 年，第 50 页。

扎根于浓厚的传统文化这一现实。

蒙古族作家在小说作品中使用独特的语言符号来反映蒙古族传统的生活方式。例如，在《茫茫的草原》中，主人公铁木尔回到家乡，一心想要拯救贡郭尔魔爪下被迫沦为奴隶的斯琴，可斯琴因无颜面对铁木尔而拒绝了他。当时铁木尔的心情就像“刚开刃的马刀砍了一下小白桦树一样”。作者用蒙古族人民在生活当中经常见到的事物来比喻，将铁木尔所受的打击体现得恰到好处。再如，贡郭尔和他父亲想要欺压牧民，但他们又担心牧民会抵抗。小说中描写道：“如今老百姓们就像冬日里的干牛粪，见火就会着！” 父亲认可了贡郭尔想把藏在地底下的枪挖出来的想法，说道：“看见狗影攥紧马棒，听见狼嚎拿起土枪——干得好！” “刚开刃的马刀”“冬日的干牛粪”“马棒”，在字里行间如此巧妙地体现着蒙古族的文化。想必细心的读者会从“社会主义建设初期30年”蒙古族作家创作的汉文小说中，真切领略到无处不在的蒙古族文化。

小说作品中的民族服饰描绘也是民族文化最为直接的体现方式之一。蒙古族作家用大量笔墨描写小说作品中人物的服饰，以此来展现蒙古族传统服饰文化。例如，敖德斯尔在中篇小说《撒满珍珠的草原》中描写女主人公娜仁斯其格的衣着时写道：“远处走来穿着草绿色蒙古袍，把腰带扎得很紧的人，如果不是看见头上扎着的一块粉红色的头巾，人们一定会把她误认为男人……”[①] 而在乌兰巴干的短篇小说《草原上的驯马姑娘》中有关于服饰的细致描写，如草绿色的皮袍子、金丝线盘长花纹、蝴蝶花团的大铜扣子、布里亚特式三角帽等；扎拉嘎胡的短篇小说《在起点上》里同样有相关描写片段，如藏青色蒙古袍、紫铜色的带子、阿巴嘎翘尖蒙古靴等；玛拉沁夫的短篇小说《科尔沁草原的人们》中，萨仁高娃手里拿着细心缝制好的有长丝带的粉色烟荷包，坐在一个沙丘上急切等候着她心仪的男子——桑布前来赴约。我们从这些描写中能够领略到蒙古族传统民族服饰文化和刺绣文化的丰富

① 阿·敖德斯尔：《遥远的戈壁》，人民文学出版社，1962年，第7页。

多样。

五畜（牛、骆驼、马、绵羊、山羊）对蒙古族的生活来说非常重要，因为蒙古族历来都是靠养五畜来维持生产生活的，所以蒙古族对五畜浓厚的感情和依赖形成于长久的文化传承中。安柯钦夫的《在冬天的牧场上》和扎拉嘎胡的《苏古尔老头》等小说作品中展现了草原牧民的畜牧习俗。蒙古族有世界闻名的“好汉三艺”：赛马、摔跤、射箭，此为考验“锡林好汉”的标准，这是蒙古族从古至今流传下来的文体娱乐文化。

首先，蒙古族作家的小说作品中有描写赛马的场景，最有代表性的便是乌兰巴干的长篇小说《草原烽火》中关于一个惊心动魄的赛马场面的描写，“忽然，一匹马犹如飞箭似的从草原的一角飞奔而来，朝着贵宾台前飞驰。……一小伙喊了声‘哈咿’，左手的皮鞭一挥，黑褐马在奔驰中一跃，就超过黄褐马大概一马身子远了”①。

其次，我们从这些小说作品中也经常能够看到摔跤比赛。例如，玛拉沁夫的长篇小说《茫茫的草原》中就描写了一场激烈的摔跤比赛，“老摔跤手的经验是十分充足的，在此不利的局势面前，依旧可以稳住脚跟，在防守的同时发起进攻。忽然，把脚下的进攻转移到手上，他那两条胳膊非常坚硬，就像两根炮筒一样，左右推拉，仿佛要把铁木尔扯碎！铁木尔明白了这是老摔跤手的绝招，但是当铁木尔刚把注意力转到‘臂战’时，那老摔跤手却用闪电般的速度，又转变为‘腿攻’”②。这里描绘的是铁木尔和洛卜桑师长的摔跤场面，经过几个回合，洛卜桑师长力不从心，铁木尔趁机声东击西，最终把洛卜桑师长摔倒在地。

接下来就是射箭比赛。远古时期，蒙古人的主要狩猎方式就是射箭。社会发展到近现代，内蒙古自治区有很多人以狩猎为业，因此作家们也会在作品中展现狩猎文化。例如，在《茫茫的草原》《草原烽火》中都有一些关于狩猎的描写。在玛拉沁夫的长篇小说

① 乌兰巴干：《草原烽火》，江苏文艺出版社，1992年，第93—94页。
② 玛拉沁夫：《茫茫的草原》，作家出版社，2015年，第226页。

说《茫茫的草原》中描写道："不管风里雨里，不管炎天寒夜，一个人一年到头背着一支土枪、一袋火药和一把快刀，出没于深山草丛之中，与狡猾的狐狸周旋，与凶恶的野狼搏斗，与勇猛的老虎交锋……多打几只野物多喝几壶酒，少打几只野物少抽几袋烟。猎人的生活是多么自由而有趣啊！"

藏传佛教是蒙古族的主要宗教信仰。蒙古族作家受到藏传佛教文化的影响是很明显的。我们知道有些作家的名字是藏语名字，连他们的小说人物名字也都是藏语名字。了解过作家玛拉沁夫的人都知道，玛拉沁夫的乳名叫"斯担扎布"。他们这一代蒙古族出生时，父母们在满月的那一天会抱着他们去寺庙请喇嘛命名。如若是男孩子，蒙古喇嘛就会念藏文经，所以那时很多蒙古族男子的乳名都是藏语。"斯担扎布"到底是什么意思，玛拉沁夫自己也不知道，长大成人后，他就改名为蒙古族名字——"玛拉沁夫"，是"牧童"的意思。当时的蒙古族中普遍存在给孩子起藏语名字的习俗，这是藏文化通过喇嘛教在蒙古族中的普及而盛行的文化现象。此外，在小说作品中也体现了宗教文化，例如扎拉嘎胡的短篇小说《扎马丹》中有一段独嘎尔苏荣一家遭难之后对家里陈设的描写，"所有的物品都显得低沉、忧郁，就只有旧箱子上放着的佛龛前面非常亮堂，三棵香在袅袅冒烟"[①]。这里的佛教用品和周围环境形成了强烈的对照，这表示即便家不在了，但独嘎尔苏荣一家对佛教的信仰和虔诚还在，把佛教信仰看得比命还重要。玛拉沁夫的《茫茫的草原（上）》中描绘刚盖老太太祈祷的画面："前面隐约地看见在沙丘脚下立着一座破旧的蒙古包。包门前站着一位手拄拐杖、瘦弱不堪的老太太，她那由于牙齿脱落而收缩的嘴唇不停地蠕动着，看去像是在做祈祷。过了一会儿，她使出全身的力气好不容易地迈动脚步，从左向右围绕蒙古包走了起来，一圈、两圈、三圈……铁木尔记起她是刚盖老太太。又记起她前些年曾向老佛爷发过'心誓'：每天分晨、午、晚三

① 扎拉嘎胡：《扎马丹》，载《扎拉嘎胡中短篇小说选》，内蒙古人民出版社，1982年，第157页。

次围绕蒙古包边祈祷边行走一百圈，直到死去为止。看来老人家数年如一日，忠实于自己的‘心誓’，甚至在今天这样寒冷的清晨也不例外。……贫困和苦难把她的背都压弯了，那是无法解脱的！至于荣华富贵和幸福康乐，在这人间她从来不曾得到过！因此，她以奄奄一息的生命中的全部力量，在为比今天这浓雾更为渺茫的、不可理解的来世祈祷着，祈祷着……”①扎拉嘎胡的短篇小说《社员之间》里所描绘的活佛的故事等抨击了那些盲目信奉宗教的人。

从上面简单的评述可知，玛拉沁夫、扎拉嘎胡、乌兰巴干等“社会主义建设初期30年”蒙古族汉文小说家的创作离不开民族传统文化对他们的熏陶。他们受其独特的生产生活方式、代际传承的宗教信仰及传统观念的影响，小说创作作为其生存经验、生命体验与情感结构的审美表述，反映的是本民族的文化精神，描摹的是独属于本民族的日常生活、谋生技能、民族民间礼仪、仪式禁忌等，表达的则是本民族特有的风俗人情、价值观念、道德理念等。“他们的文学进而具有独特的生产与传播机制以及地方性的审美和艺术意蕴等，并总能产生一种直抵文学本体和人性深处的力量。”②

二、蒙古族作家文学素养及创作实践

经上述整理，我们发现“社会主义建设初期30年”蒙古族作家创作汉文小说的现象并不是偶然。从“铸牢中华民族共同体意识，学好用好国家通用语言文字”这一高度上理解，可以说是一种必然。“社会主义建设初期30年”蒙古族汉文小说作家有以下共同点：在地域上，大多都居住于多元文化交融的蒙汉杂居地区；在文化上，受到本民族与其他民族多元文化语境的影响；

① 玛拉沁夫：《茫茫的草原（上）》，人民文学出版社，1980年，第5页。
② 李长中：《当代少数民族文学批评的“西方话语”与“本土经验”研究》，人民出版社，2020年，第207页。

在继承与学习上，表现出“自由开放式”的创作观念；在创作思想上，不但有“拿来主义”的理念，还有“百花齐放，百家争鸣”的明确指引。除此之外，还有《民族文学》《草原》等文艺期刊作为园地和平台。蒙古族作家在人生的历程上，从小都目睹并见证了民族苦难史，青年时期亲身参与了革命斗争，随后又有了系统学习的机会。蒙古族作家拿起笔，陆续开始尝试创作小说。我们一再地重申当代蒙古族汉文小说作家群是在本民族肥沃的文化土壤上孕育而生的。“社会主义建设初期30年”蒙古族作家汉文小说创作已慢慢进入正轨。

在写作初期，作家要做的第一件事就是想办法提高自己的文化水平。如前所述，很多作家在真正进入中央文学研究所和内蒙古大学文学艺术研究班以前，从未对文学展开过系统的研究，更不用说进行创作了，但是对写作充满好奇和期待的作家为了提高自己的文化水平，一头扎进了文学的海洋。在当时的社会历史环境中，在蒙古族文学翻译事业尚不发达的条件下，蒙古族作家只能通过汉语去认识、去了解更多中华民族优秀的文学作品来提升文学素养，这是他们最好的选择。因此汉语能力不足的蒙古族作家全力以赴，开始学习汉语，而他们学习汉语的方法，无非就是通过不断地努力读书写字。玛拉沁夫回忆说：“我从1946年开始搞创作，当时对创作非常着迷，想方设法找书看，找到什么书看什么书，只要是汉文书就看。看书主要是为了学汉语。而学文学本身也就是学汉语的过程，学汉语的过程也是学了文学。这段学习大概有五年时间。”① 正如玛拉沁夫那样，如果想学习汉语，他会找一本书读，当时他看的都是文学类图书。对玛拉沁夫而言，学习汉语的过程就是阅读文学作品的过程，反过来阅读文学作品的过程就是学习汉语的过程。这一过程不仅提高了玛拉沁夫的汉语水平，而且提高了他的文学修养。作家们在学习的过程中接触到了许多优秀的汉语文学作品，如萧红、鲁迅、赵树理等现代作家的作品。他们也细心地研究过《水浒传》《三国演义》《红楼梦》

① 乌尔沁：《草原之子玛拉沁夫》，《人民日报（海外版）》2010年5月7日。

等古典文学作品。渐渐地，在汉语能力得到提高的同时，蒙古族作家更是如饥似渴地阅读了许多外国文学作品。

蒙古族作家的汉语能力提升之后，他们又要面对以哪种语言进行创作的问题。刚刚步入文坛的作家们总是想着能够一举成名，拥有更多的读者，为本民族文学的发展做出一些贡献。在这样的前提之下，蒙古族作家自然而然地选择使用汉语进行创作。其实，他们无论选择哪种语言进行创作，其目的都是为了发扬本民族的文化、发展本民族的文学、开阔本民族人民的视野。

功夫不负有心人，经过艰苦拼搏，作家们终于开始提笔写作。深深扎根于本民族优秀传统文化土壤的蒙古族作家玛拉沁夫最先发表《科尔沁草原的人们》，对当代蒙古族汉文小说创作起到了引领作用。这篇小说取材自真实的事件。玛拉沁夫在深入生活时曾目睹过科尔沁草原上的一位普通妇女与反革命分子搏斗的场面。他由此为题，创作了这篇《科尔沁草原的人们》，这里赞扬鼓舞了蒙古族的青年与敌人搏斗时体现出的勇敢无畏的精神品格。作家使用猎犬、荒火、烟荷包等词语，因为这几种事物在草原上经常能够看到。猎犬是牧民们最喜爱的动物，而荒火则是他们最惧怕的事情。在与敌人接二连三的较量中，穿插烟荷包等一些拥有民族文化特征的信物，这使得这篇小说拥有了浓厚的蒙古族文化气息。同年，扎拉嘎胡发表的短篇小说《一朵红花》、朋斯克的第一篇中篇小说《金色兴安岭》等作品都曾引起人们的高度重视。

众所周知，茅盾是当时中国文坛最具影响力的文学大家，他非常欣赏“社会主义建设初期30年”蒙古族汉文小说，并对阿·敖德斯尔和玛拉沁夫等蒙古族作家的创作给予帮助。茅盾先生认真读完蒙古族青年作家的小说作品之后，又不辞辛劳地写下一篇篇长篇评论来鼓励和鞭策这批作家继续创作。茅盾先生去世后，阿·敖德斯尔等蒙古族作家纷纷发文表示深切缅怀。阿·敖德斯尔回忆曾有一次，茅盾先生把阿·敖德斯尔的短篇小说《欢乐的除夕》读完之后，又把自己写的长篇评语用信的方式寄给了远在鄂尔多斯参加整风运动的阿·敖德斯尔。为此，敖德斯尔激动了很久。他回忆道："当时，我只是无数爱好文学者当中的'少之又少'的少数民族青年作家的其中之一，就像草原上的一棵草。我刚创作的那几篇小说，只在内蒙古地区有点影响而已，全国就没有几个人知道。我万万没想到这位身兼多职、工作繁多、德高望重的著名作家可以看到我的文章，还给予我那么高的评价。这给了我很大的动力和鼓舞，也给了我面对挫折的勇气！"[①] 正像阿·敖德斯尔所讲，茅盾先生对蒙古族作家的鼓舞是极大的，他给予他们很大的鼓励，因而蒙古族作家也有了更大的创作动力。可以说，茅盾等文学前辈是"社会主义建设初期30年"蒙古族汉文小说作家创作道路上的引路人。

之后，蒙古族作家先后得到接受系统教育的机会，并且在学习期间阅读了大量古今中外的文学作品。经过刻苦的学习深造和知识积累，蒙古族作家便开始了尝试性创作，他们的处女作发表时间都介于1952—1957年。渐渐地，蒙古族作家的小说作品在文坛上颇具规模，引起不小的反响。虽然这些作品都受到过当时社会政治风向的影响，而且难以避免在风格和形式上呈现模式化趋势，但是蒙古族作家依旧努力为小说作品赋予鲜明的民族特质。

综上所述，本章主要从"社会主义建设初期30年"蒙古族作家创作汉文小说的背景和创作概况、作家们成长的草原人文环境以及他们的斗争生活经历、蒙古族传统文化对作家的影响等方面详细论述了"社会主义建设初期30年"蒙古族作家创作汉文小说现象的前因后果。通过研究，得到的结论是"社会主义建设初期30年"蒙古族作家创作汉文小说的现象并不是偶然的，而是必然的选择和趋势。

---

① 阿·敖德斯尔：《关怀——深切悼念茅盾同志》，《中国民族》1981年第5期，第26页。

第二章 “社会主义建设初期30年”蒙古族作家汉文小说创作的民族文学艺术渊源

“社会主义建设初期30年”用汉文进行小说创作的玛拉沁夫、扎拉嘎胡、阿·敖德斯尔等蒙古族作家是在蒙古族传统文化环境中成长的，并且从民族传统文学中摄取养分，在此基础上，作家们大胆地尝试新风格，使得这一时期的小说作品成为当代蒙古族文学一道亮丽的风景线。既要传承蒙古族文学的优良传统，又要发扬和创新艺术风格，这正是作家创作的根基与追求。

第一节 蒙古族英雄史诗与民歌传统的继承与发扬

蒙古族文学的传统首先是以民歌和英雄史诗为主的文化传统。史诗是远古时期人类生活的一面镜子，表达了人类对美好生活的憧憬。蒙古族民歌有着悠久的发展历史，表现了蒙古族人民的思想、生活和斗争精神。蒙古族举世闻名的英雄史诗《江格尔》，耳熟能详的民歌《达亚布尔》《嘎达梅林》《达那巴拉》等代表着蒙古族文学的传统，这些蒙古族文学的传统赋予了作家才华和灵感。蒙古族作家也不辱使命，真正达到了对内传承、对外发扬的境界。

一、蒙古族英雄史诗的传承与发扬

众所周知，不是每一个民族都有英雄史诗，到目前为止拥有史诗的国家及民族不多。蒙古族英雄史诗大约是在原始社会末奴隶社会初期形成的。蒙古族先民面对未知的大自然和恶劣无比的环境时，希望有位英勇的大英雄把他们从这无穷无尽的深渊中拉出去，使他们逃离这片苦海，去一个世外桃源，开启幸福生活，他们把所有希望寄托在了史诗中。除了《格斯尔》和《江格尔》之外，目前已经搜集了550本以上的蒙古族英雄史诗[①]。马克思曾说："希腊神话不只是希腊艺术的宝库，而且是它的土壤。"[②]蒙古族英雄史诗在发展过程中，从神话、传说、民歌、祝赞词等其他民间文学中汲取了有益的养料。从而使它的内容从简单到复杂，它的事件从通俗到深奥，它的形式从粗犷到细致，它的篇幅从简短到庞大，就这样一步步发展并稳定了下来。

20世纪三四十年代的内蒙古地区还未曾普及电视、电脑、手机等电子产品，但是那个时期盛行着胡仁乌力格尔和江格尔说唱等民间艺术。因此，蒙古族作家从小就是听着胡仁乌力格尔和江格尔说唱长大的。"我们一定要重视民间文学，搜寻民间文学，研习民间文学，传承民间文学，绝对不可以忽视、藐视、漠视民间文学重要性。"[③]这是玛拉沁夫常说的一句话，他自己就是民间艺人毛依罕、琶杰的忠实听众。扎拉嘎胡从小就特别喜欢读书，经常去听蒙古族说唱艺人演唱的中国古代演义小说和蒙古族民间故事。后来他又读了好多遍《江格尔》《青史演义》等蒙古族古典文学作品并搜集了很多民间故事传说，为自己的创作打下了坚实的基础。扎拉嘎胡认为，蒙古族当代小说有突出的特点："大

① 乌日嘎：《当代蒙古族作家汉文中短篇小说民族文化源缘研究（1949—1978）》，硕士学位论文，内蒙古师范大学，2019年，第32页。
② 纳·赛西雅拉图：《蒙古族文学史》，辽宁民族出版社，2004年，第100页。
③ 玛拉沁夫：《不尽长江滚滚来》，载《玛拉沁夫文集——文学评论（卷七）》，作家出版社，2005年，第143页。

多作品主要体现了革命英雄主义和乐观主义的精神。作家们的这种创作倾向出现的原因，必定是来自人人皆知的蒙古族英雄史诗——《江格尔》《格斯尔可汗》。这两部英雄史诗中的江格尔和格斯尔都是无人可及的英雄豪杰。他们总是镇定自若，且在临危不乱中克服所有的艰难险阻，最终打败所有半人半鬼、牛头马面的妖魔鬼怪，为人民建立了美好的家园。自小受两部史诗熏陶长大的蒙古族作家们在自己的作品中显露出史诗的意蕴和精华。”[①]作家阿·敖德斯尔自小就受到了本民族的英雄史诗、歌谣、好来宝等民间文学艺术的熏陶和影响，这些都给了他丰富的文学营养。由此可见，蒙古族作家受到英雄史诗《江格尔》等传统民族文学的影响是实实在在的。

首先，“社会主义建设初期30年”汉文小说继承了《江格尔》程式化的结构。史诗中，作为正义化身的江格尔为了保护挚爱的家人以及美丽的家园，率领众英雄与邪恶无比的“蟒古斯”和恶势力对抗，经过了重重难关，最终取得胜利并过上幸福美好的生活。《江格尔》的故事结构是：邪恶的蟒古斯以及恶势力来侵犯—宝木巴家园被毁—江格尔率领众英雄对战蟒古斯及恶势力—打败蟒古斯—重建家园并过上美好的生活。玛拉沁夫轰动全国的第一部短篇小说《科尔沁草原的人们》的故事性很强，并且故事情节是按程式化的结构展开的：萨仁高娃来赴约—发现出逃的反革命分子—追捕反革命分子—反革命分子纵火—萨仁高娃与她的坐骑和爱犬完美地配合—桑布等乡亲后方的支援—老天爷及时下雨浇灭荒火—乡亲们抓捕了反革命分子。虽然萨仁高娃的坐骑受伤了，爱犬牺牲了，但是她保护了草原。还有许多长篇小说的故事情节都是共产党带领草原上觉醒的人们对抗国民党反动派以及草原上的恶势力，最后取得胜利。然而这些胜利来得不是那么简单，他们同国民党反动派战斗的时候流过血、丢过命，他们经历了一场场艰难的革命斗争才取得了胜利。这和英雄史诗《江格尔》的“敌

① 扎拉嘎胡：《五十年来的蒙古族文学》，载《扎拉嘎胡文集（五）——文艺评论卷》，远方出版社，2003年，第18—19页。

人来犯—家园或亲人惨遭毒手—英雄和将士们英勇反抗—种种困难得以解决而迎来了胜利—重建了美好的家园”的程式结构是一样的。不同的是，史诗《江格尔》的故事是虚构的，而小说《科尔沁草原的人们》是很接近现实的。作者也许就是写了自己的经历或者是周围人的经历，总之是在现实生活的基础上创作的。可以看出，小说的结局也同《江格尔》的“正义终将战胜邪恶”的法则相吻合。蒙古族作家不仅从史诗《江格尔》中继承了优秀的文学传统，而且把传统与现实相结合在了一起。

其次，蒙古族英雄史诗非常崇尚“力”与“勇”。在蒙古族的认知中，“力量”和“勇气”会拯救他们于水火之中。在英雄史诗《江格尔》的描写中，江格尔是力量和勇敢的化身：生下来双肩就有75尺长并有70只大鹅的气力；而他的腰有85尺宽并且有20只大鹏的气力。江格尔不仅有力量，而且是一位聪明、机智、英勇、能干的英雄首领。他深受部众拥戴，不愧为宝木巴家园顶天立地的英雄人物。同样，在描述洪古尔大英雄的时候，《江格尔》非常富有情感地讲述了洪古尔身上所具有的“蒙古人的99个优点”，体现着草原勇士的一切优秀品质。他对人民无限忠诚，对敌人无比痛恨，有雄鹰般激昂的气势，有顽强不屈的斗志。为了宝木巴，他就算赴汤蹈火、粉身碎骨也在所不辞，展现了蒙古族人民不畏艰险、任劳任怨、永不屈服的英雄气概。“社会主义建设初期30年”蒙古族汉文小说作家，成功地继承和发扬了英雄史诗《江格尔》的人物形象塑造方法。例如，扎拉嘎胡的短篇小说《社员之间》塑造的依和胡楚这一人物形象是个体重100多公斤的壮汉，他能把一匹马从马鬃上拿住，能一脚踢倒一头大牛，能放1200匹马。又如，朋斯克的中篇小说《金色兴安岭》中的哈尔夫这一人物形象有着强壮高大的身躯，他坐上如大雄狮一样的大黑马，挂着大马刀，就像书上讲的古代骑士。同样，玛拉沁夫短篇小说《山大王》中对山大王这一人物进行了肖像描写：“这个人看上去满身都是肌肉，他的身体就像是由许多山岭组成的。那黝黑结实的面容，总是闪着光芒。他的两条眉又宽又直，好像眉毛里垫了两块钢板似的。”[①]

在阿·敖德斯尔的小说《鄂尔多斯雄鹰》中，主人公达尔罕的外貌特征是“个高高的，肩宽宽的，脸黑黑的，嘴唇厚厚的，看着又结实又魁梧”[②]。可以看出，上述小说中的人物形象就是按照蒙古族史诗中的英雄形象刻画的，崇尚“力之美”。

玛拉沁夫的长篇小说《茫茫的草原》里的铁木尔这一形象，散发着民族精神的光芒。就像《江格尔》中的力士型英雄洪古尔一样，是一个无畏无惧的战士。铁木尔无比地热爱草原故乡，时刻牵挂着民族同胞，面对强大的敌人时，他表现出正直、顽强、勇敢与坚忍的民族精神。然而，铁木尔的革命道路不是很坦荡，他虽然受到了党的感化和教育，又亲自参与了革命斗争，但他身上仍然存在着很多缺点和问题，如组织纪律性不强、擅自脱离队伍、大部队撤退时他独自行动被敌人生擒等。长篇小说《红路》里的胡格吉勒图这一人物形象亦如此，他面对敌人时勇猛、机智、无畏无惧，但是他也有缺点。这使得铁木尔、巴吐吉拉嘎热、胡格吉勒图等形象跟《江格尔》中的江格尔、洪古尔等英雄形象相比更加富有内涵、独具个性、有血有肉，是基于现实生活塑造的活生生的人物形象。大草原的威严与强悍，造就一代又一代的英雄。

如果说蒙古族英雄史诗以男性为代表，崇尚力量和勇敢，那么蒙古族英雄体系中，女性形象是美丽和智慧并存的。例如，英雄史诗《格斯尔》中格斯尔的妻子阿尔勒高娃夫人的“样貌是举世无双的，她走路留下的脚印中，可以看见燃烧的火团，在她走路踏过的地方，可以看见闪耀的珍珠”[③]；英雄史诗《江格尔》中江格尔的夫人阿盖沙布德拉公主的“脸比血还红，双腮比雪还白，

① 玛拉沁夫:《山大王》，载《玛拉沁夫中短篇小说——四》，作家出版社，2005年，第254页。

② 阿·敖德斯尔:《鄂尔多斯雄鹰》，载《遥远的戈壁》，人民文学出版社，1962年，第46页。

③ 丽丽:《当代蒙古族作家汉文长篇小说民族文化源缘研究（1949—1978）》，硕士学位论文，内蒙古师范大学，2019年，第55页。

在她的面容下可以穿针引线，在她的光照下，可以守护马群”[①]。她们不仅美丽温柔，还富有智慧，她们以聪明才智和超群的能力辅佐英雄，保护部落民众的生活以及保卫宝木巴的和平，她们以自己的方式从家庭走向社会。“社会主义建设初期30年”汉文小说里的女性形象继承了蒙古族文学女性形象描写的传统。在玛拉沁夫、扎拉嘎胡、乌兰巴干、阿·敖德斯尔等作家的小说里到处都能看到烧火熬茶、挤奶放牧、洗衣做饭的蒙古族妇女。她们勤劳、朴素、善良，女性的这种美德在“社会主义建设初期30年”蒙古族作家创作的汉文小说中得到充分的展现。这些女性在革命斗争中也发挥着同男子一样的能力。我们可以以长篇小说为例进行分析，因为长篇小说能够全面地体现人物性格。例如，长篇小说《草原烽火》在第十五章《火烧王爷府》中描写了小兰勇敢地与敌人斗智斗勇。当时全部的革命力量都被关在了王爷府的牢狱里，并且马上就要被执行死刑，在这紧要关头，聪明细心、勇敢的小兰偷出敌人的火药，并炸毁了王爷府，最终救出了被关押在监狱里的革命力量。不仅如此，小兰最后为救巴吐吉拉嘎热而挡住了子弹，牺牲了。再如长篇小说《茫茫的草原》中的斯琴在铁木尔的影响下觉醒，她也拿起了武器，在铁木尔被抓走后，她燃起了复仇的火焰，独自烧毁了敌军入住的三座蒙古包。这些女性形象可谓巾帼不让须眉。与英雄史诗《格斯尔》和《江格尔》中的女性形象相比，她们不再局限于辅佐英雄，而是同男子一样参加革命战斗；她们不再单纯善良、感情用事，而是与敌人斗志斗勇、击败敌人。所以说，当代蒙古族作家的作品中不仅继承了传统文学中女性形象的艺术魅力，而且把这些女性形象升华到了社会主义新女性的高度。

此外，在蒙古族英雄史诗中，“正义”往往与“邪恶”对立出现。不管是江格尔和他的十二位雄狮、三十二位虎将、六千多名勇士，还是格斯尔和他的众将士，都代表和象征着正义、善良、

① 丽丽：《当代蒙古族作家汉文长篇小说民族文化源缘研究（1949—1978）》，硕士学位论文，内蒙古师范大学，2019年，第55页。

壮美；而与之对立面的蟒古斯和他的手下，还有欺压人民的人则象征着邪恶、黑暗、丑陋。英雄的形象是强壮威武的，拥有超人的能力和神性，与他相伴的是宏伟壮观的宫殿、美丽善良的妻子、健壮无比的战马以及智勇双全的勇士。《江格尔》中江格尔是“尊宝的化身，荣誉的伟人。他可以使死人死而复生，可以使病人健康如初”①。而“蟒古斯”长相丑陋，是自然性、社会性、兽性与人性相结合的传统形象。他是一切罪恶的元凶，居住的环境则是永不见天日、阴暗潮湿的阴间，与他同流合污的是一群形形色色的妖魔鬼怪。玛拉沁夫的短篇小说《科尔沁草原的人们》中以萨仁高娃和桑布为首的蒙古族牧民代表正义的一方；而出逃的反革命分子宝鲁则是邪恶的一方。在描绘宝鲁形象时，作者用了“瘦得像黄羊似的”“蓬松着头发”“麻子脸”“老鼠眼”等字眼，这与传统史诗中蟒古斯半人半兽丑陋的形象相契合。而且，宝鲁阴险狡猾、烧杀掠夺，最后还纵火点燃了草原，是一切罪恶的元凶，这也与蟒古斯的行径如出一辙。而作为正义的一方，萨仁高娃和桑布等人勇敢顽强、无畏无惧，愿为草原和人民的安全献出生命。他们以这样的精神最终抓获了敌人宝鲁，顺利地把火扑灭，这与史诗中英雄的气概也是完全契合的。无论是《草原烽火》中以巴吐吉拉嘎热、李大年、乌云琪琪格为代表的民族战士对抗以达日罕王爷、金川、旺亲等为首的反动派，还是《茫茫的草原》中铁木尔、苏荣、官布与反派刘峰、贡郭尔的对战，都是正义与邪恶的较量，结果是正义终将会战胜邪恶。这也是英雄史诗从始至终贯穿的法则，也是蒙古族永远信奉的法则。

二、蒙古族民歌传统的传承与发扬

蒙古族民歌是蒙古族又一个引以为傲的艺术珍宝，是勤劳智慧的蒙古族人民在长期生产生活和社会实践中创造出来的活态艺

① 塔伊尔江·穆罕默德：《试论史诗〈江格尔〉的英雄形象》，《新疆社科论坛》2010年第6期。

术样式。蒙古族民歌是蒙古族音乐文化的基础，属于民间口头文学的一种。它深刻反映了蒙古族悠久的历史和文化，具有鲜明的时代特征和浓厚的生活气息；它还蕴含着蒙古族人民憧憬美好未来的强烈情感。

蒙古族民歌经过漫长的历史进程，早已走向成熟。到了近代，民歌的种类繁多，几乎渗透到了蒙古族生活的各个领域。从古至今，很多著名的蒙古族文人墨客都在自己的作品中引用蒙古族民歌来表达蒙古族深厚的文化底蕴和丰富的精神世界。蒙古族早期的书面文学《蒙古秘史》中引用了大量的民歌华章来烘托婚礼的喜庆和战争的严肃气氛。除此之外，蒙古族著名诗人纳·赛音朝克图、巴·布林贝赫的诗歌作品中充分体现了民歌的传统，使国内外很多诗歌爱好者都愿意欣赏和极力推崇他们的诗歌。祝酒歌、赞马歌、军歌、摇篮曲等多种类型的民歌出现在“社会主义建设初期 30 年”汉文小说中，作家们巧妙地将民歌传统运用到了自己的小说作品中，使读者觉得轻松愉悦，又能吸引人。

朋斯克的中篇小说《金色兴安岭》中，主人公巴特尔回忆自己被日本鬼子抓去做苦工，整天与石头、洋灰为伴，像牛马一样干活，到头来饭还吃不饱，只能吃点儿发霉的小米粥。此时此景，他就唱蒙古族民歌《达亚布尔》，接着哈尔夫便唱了起来：“攀登了金色的兴安，高山上遥望哟，仿佛看见了父亲的故乡，蒙古真旗噢！走下了金色的兴安，半山上遥望哟，仿佛看见了十岁的孩儿，达亚布尔噢！”[①] 蒙古族人民在生活中遭遇艰难困苦的时候，就用歌声来抚慰自己，他们觉得民歌会给他们带来力量和希望。金色的兴安岭随着哈尔夫的歌声呈现在读者面前，作者把故事发生的地点用民歌巧妙地告诉读者。而当把搜查胡子踪迹的任务被交给侦察班以后，大家都很高兴，这时，哈尔夫进来诵唱起了另一种民歌——好来宝：“侦察班骁勇善战，好像猛虎下山，抓完特务又赶胡子，胡子吓得一哆嗦……”[②] 说唱节骨眼儿上，

①朋斯克：《金色兴安岭》，载《朋斯克文集》，内蒙古人民出版社，2008 年，第 12 页。
②朋斯克：《金色兴安岭》，载《朋斯克文集》，内蒙古人民出版社，2008 年，第 35 页。

小李接龙过去:“海骝马哟嗳,大马刀呀嘿,追上了胡子砍断他——倭瓜脑袋,嘿嘿!”[①] 这里突出了哈尔夫等人的性格,他们机智勇敢、吃苦耐劳、无所畏惧。接到搜查胡子踪迹的任务时,他们不但没有推脱,反而用自己即兴编唱的好来宝来展现内心的兴奋,因为他们终于等到机会反击敌人了,终于要为自己的故乡做些什么了。他们是一群能歌善舞、骁勇善战的蒙古族青年战士。

玛拉沁夫在小说作品中善于引用大量的民歌来辅助故事情节的发展,或者来衬托某种气氛。在他的长篇小说《茫茫的草原》中,洛卜桑师长为庆祝分别已久的苏荣和苏荣的丈夫周政委再次团聚而准备了地道的“绿色家宴”。洛卜桑师长非常激动,在场的铁木尔、官布、齐木德、达木仃等人也为这久别重逢的两人欢呼。洛卜桑师长跟苏荣政委碰杯时,不知说什么好,于是他索性唱起《酒歌》来:“金杯里美酒闪着银波,赛啦尔白咚赛,朋友们让我们来欢乐,赛啦尔白咚赛。……”[②] 在这个场景里,用歌声表达他内心的激动是再合适不过了。洛卜桑师长同苏荣政委共事了一年多的时间,在这段时间里,他们有过欢笑、有过争吵,但是从来没有怨恨过对方。所以,此时洛卜桑师长真心为自己的搭档高兴。蒙古族人就是这样,伤心难过的时候唱歌,高兴快乐的时候更要唱歌助兴。

在《茫茫的草原》这部小说中,还能看到莱波尔玛唱着《摇篮曲》的画面,“别人的孩子爱哭啊,呜……哎……呜……哎!我的宝宝爱睡哟,呜……哎……呜……哎!月儿出来了,鸟儿不叫了,呜……哎……呜……哎!”[③] 小说中的莱波尔玛是一个可怜的女人,她的丈夫很早就去世了,于是就成了寡妇。她一个人抚养着三个孩子,日子过得非常艰难。但是她并不沮丧,因为她有爱她的心仪男子——沙克蒂尔,她时常盼望着情人沙克蒂尔前来与她相会。

---

① 朋斯克:《金色兴安岭》,载《朋斯克文集》,内蒙古人民出版社,2008 年,第 36 页。
② 玛拉沁夫:《茫茫的草原(下)》,作家出版社,2015 年,第 271 页。
③ 玛拉沁夫:《茫茫的草原(上)》,作家出版社,2015 年,第 155 页。

还有，当苏荣政委领着工作队来“拜访”贡郭尔一家的时候，狐狸般狡猾老练的普日布巴彦为了显摆他们的“实力”，居然向苏荣、官布等六人献马，且专门安排让六位祝词家一一唱起了赞马颂，其中一位唱道：“……它那抖擞笔挺的两只耳朵，好像湖面上盛开的莲花瓣；它那震动大地的洪亮嘶鸣，好像动听的海螺发出的声音；它那宽大而通畅的鼻孔，好像巧匠编织的盘肠；……将这神奇的骏马呀，献给——圣明的苏荣达日嘎！”① 作者在这里写赞马颂的意图在于想让贡郭尔、普日布等人的滑稽行为变得更加戏剧性。贡郭尔、普日布以为他们请来祝词家举行一场盛大的仪式就可以用马匹贿赂苏荣、官布等人，可他们没想到，苏荣是何等的聪明伶俐，怎么可能那么容易就跳进陷阱，政委可不是白当的。苏荣在如此浩大的“实力”面前镇定自若，委婉地拒绝贡郭尔之后，骑马扬长而去。这一幕，也向读者们透露了结局：贡郭尔等人注定会败给苏荣和洛卜桑师长。

玛拉沁夫的短篇小说《歌声——过去的故事》，这篇小说讲述的是民间两位艺人的故事。其中一位是祝词家丹木巴，另一位就是马头琴手加米扬，牧民亲切地称他们俩为“草原二仙”。然而不幸的是，祝词家丹木巴在饥寒交加中去世了，加米扬非常怀念好友丹木巴，于是坐在埋葬丹木巴的地方伤心地轻声低吟：“你一生祝福别人幸福，自己却从没有得到过幸福……升天去吧，老伙伴！”② 加米扬转过身来，瞭望苦难的故乡，愤恨地边拉马头琴边唱道：“灰暗的云雾啊，遮住了太阳的光辉，茫茫的草原啊，痛苦缠在身上。银色的大道啊，多么平整广阔，为什么穷人啊，只有贫穷和饥饿？金色的世界啊，多么明亮光辉，为什么穷人啊，只有黑暗和死亡？”③ 加米扬很无奈，他看着村落里没有灯光，没有笑声，只有那贫困的妇女为饿死的孩子哭喊的声音，故乡被

---

① 玛拉沁夫：《茫茫的草原（上）》，作家出版社，2015 年，第 83 页。
② 玛拉沁夫：《歌声——过去的故事》，载《玛拉沁夫文集（卷四）》，作家出版社，2005 年，第 135 页。
③ 玛拉沁夫：《歌声——过去的故事》，载《玛拉沁夫文集（卷四）》，作家出版社，2005 年，第 137 页。

两条无形的毒蛇——贫穷和黑暗笼罩着。最后没办法，为了活下去，加米扬与乡亲们商量后，决定奔走他乡求援。在这篇小说中，民歌不仅起着推动故事情节发展和塑造人物形象的作用，而且成为小说的主旋律。这篇小说，与其说是小说作品，不如说是一首忧伤的民歌。

安柯钦夫的短篇小说《金色的理想》中的阿古敦老人朝着北京的方向庄重地念起了祝词："银光闪耀的清泉哟，滋润着干渴的草原，让肥壮的畜群，像盛开的鲜花铺到天边！"[①] 同样，在乌兰巴干的长篇小说《草原烽火》中，也多处运用了民歌的形式。例如，作者引用了不仅蒙古族人民人人都会唱，而且其他民族的人耳熟能详的《嘎达梅林之歌》。李大年刚到阿都沁村子的时候，就被这首歌深深地吸引住了。"南方飞来的大鸿雁啊，不落长江不起飞。要说起义的嘎达梅林，是为了蒙古族人民的土地……"[②] 李大年第一次来到草原，就听到了蒙古族人民的歌声。并且被这歌声完全吸引，更让他觉得这片草原很亲切、很神秘。他很好奇，能唱出这么优美动听歌声的人会是谁呢，便朝着歌声的方向一看，原来是一个放羊的小伙子唱出来的。经过了解，放羊的小伙子本名叫巴吐吉拉嘎热，在旧社会里给王爷当奴隶，王爷给他起了个奴隶名叫嘞嘞代（粗笨的意思）。笔者认为，作者引用的这首《嘎达梅林之歌》恰到好处，它不仅能够把蒙古族传统文化表现出来，而且把这部小说的主人公引了出来，也让读者了解这个人物的社会身份以及他的性格。

纵观"社会主义建设初期 30 年"蒙古族汉文小说，作家们都引用了蒙古族传统民歌。作者把民歌穿插到小说作品中，使小说文本呈现韵散相间的叙事模式。笔者认为，口头相传的民歌虽然本身就是文学作品，但是在作家们的小说作品中与书面文学融合到一起，给读者带来别样的感受。因此，可以说作家

① 安柯钦夫：《金色的梦想》，载《小说散文选》，内蒙古人民出版社，1987 年，第 146 页。

② 乌兰巴干：《草原烽火》，载《中国现当代文学·茅盾眉批本文库（长篇小说卷 2）》，中国国际广播出版社，1996 年，第 22 页。

们不仅传承着民歌的传统，还在此基础上，发扬了民歌传统。

第二节　蒙古族传统文学意象的继承与发展

意象是指客观的“象”和主观的“意”的融合，也就是创作主体把自己的情感活动借用独特的客观物象表现出来，简单地说，就是借物抒情。而意象的营造却与每个人生存的环境和文化氛围密不可分。作家所营造出来的意象中蕴含着民族文化的成因。很显然，蒙古族传统文学的意象中积淀着灿烂而悠久的传统文化。因此，蒙古族作家自然而然地继承和发展着蒙古族传统文学中的独特意象。

一、“草原”意象

自古以来，“草原”一直是蒙古族作家营造的经典意象之一。在“社会主义建设初期30年”蒙古族汉文小说中，“草原”意象贯穿始终，这一点我们从他们的小说题目中就能看出来。例如，玛拉沁夫的小说《科尔沁草原的人们》《花的草原》《满眼春色的草原》《茫茫的草原》，敖德斯尔的小说《草原之子》《草原上》《撒满珍珠的草原》，乌兰巴干的小说《仙水流向草原》《草原新史》《草原烽火》，扎拉嘎胡的小说《草原上的新路》《春到草原》《草原在欢笑》，照日格巴图的小说《草原的冬夜》《草原雄鹰》《草原骑兵》等均带有“草原”。

安柯钦夫在描绘草原景象时从不吝惜笔墨，在他的作品中，我们能领略到一年四季草原不同的风采。例如，在短篇小说《黄金季节》中，草原的样子是“太阳升起来了，整个世界涂上了一层温柔的色调。……腾起片片乳白色的蜃气，而后又渐渐地疏散开来，笼盖住无边的草原，用它湿润的胸襟，养育和滋润着牧草的嫩芽，为初生的小羊准备丰盛的食料”[①]。春天是万物复苏的季节，这幅画乍看起来好像是作者所描绘的草原初春风景画，其实作者赞美的是无垠草原的“胸襟”。而在小说《牧羊姑娘的心愿》中，安柯钦夫笔下的仲夏草原是：“仲夏的草原很美丽！天空像涂了油彩似的很蓝，几朵棉云片片一洒，显得更加诗意盎然。人们高昂的歌声，从早到晚云绕在大地。绿绸子一样的草原上，开满了各种各样的花朵，五光十色，鲜艳亮丽，花香扑鼻，吸引了成千上万只嗅觉灵敏的花蝶。它们成片地坐落在花瓣上，自由地采蜜，只有淘气可爱的小羊玩耍时撞到那些花草的时候，蝴蝶们才被惊飞，盘旋一会儿又落下来和花儿嬉戏。”[②]这是多么和谐的一幅草原风景画！牧人的歌声、艳丽的花朵、灵动的粉蝶、淘气的野羊，草原上的生灵都是那样无拘无束、自由和谐地生存在这片草原上。人与自然和谐共处是蒙古族从古至今遵循的自然法则。而他的另一篇短篇小说《米吉德爷爷》描写了炎热夏天的草原的另一番景象：“这时太阳炎热起来了，草原上飞起令人窒息的尘埃，欢乐歌唱的百灵鸟都躲到树林里了。清晨时娇艳美丽的野百合此时也低下了头，草儿无力的（地）随风摇摆，那些肥壮的畜群好像钻到了地下，牧场上变得空空荡荡、安安静静的，时不时地看到几头牛站在晒得冒烟的泥塘里，一动也不动，让人觉得它们是石头雕像。”[③]尽管米吉德爷爷知道去找被暴风雨刮跑的小花牛是一件危险的事情，但是他是个说到做到的人，母牛的哀叫声使他更难过。于是，米吉德爷爷领着他的猎狗——阿尔斯郎奔走在无边无际的草原上寻找小花牛，但是他被无情的炎热折磨得筋疲力尽，走不动了。作者通过描写炎热草原的景象，既表现出了米吉德爷爷说到做到的精神，也给寻找小花牛的过程增加了难度。另一篇小说《矿工新一代》描绘冬天乌兰察布草原

① 安柯钦夫：《黄金季节》，载《安柯钦夫小说散文选》，内蒙古人民出版社，1987年，第40页。

② 安柯钦夫：《牧羊姑娘的心愿》，载《安柯钦夫小说散文选》，内蒙古人民出版社，1987年，第50—51页。

③ 安柯钦夫：《米吉德爷爷》，载《安柯钦夫小说散文选》，内蒙古人民出版社，1987年，第25页。

的景象，衬托了袁清泉师傅的勇气和毅力，天气越寒冷，他越起劲。除此之外，安柯钦夫在小说《草原之夜》中也描绘了草原的夜色之美，“此时，无边的草原正在做着甜蜜的梦，黑暗的夜色就像无边的墙壁，总是挡着我的眼睛。北风呼呼地吹动树丛，发出沙沙的响声，就像偷马的盗贼在那里爬行”[①]。这是伸手不见五指的黑夜里的草原，不像白天热闹的样子，而是一片漆黑，什么也看不到。草原上的万物都在睡梦中，安安静静，只能听见风的声音。这里描绘的“草原”意象是幽暗、寂静的夜色中稍稍带有“风吹草动”的流动变幻着的意象。

在阿·敖德斯尔的短篇小说《金色的波浪》的开头便写道：“晨雾在茫茫草原上散开；在温暖的阳光下，露珠闪烁着晶莹的光芒。秋天的原野一片金黄，草地上都开满了鲜黄的阿拉坦花。草地上的几座蒙古包看起来就像金织的大地毯上扣着几个银碗。”[②]一幅秋日草原画卷出现在了读者面前。在这里，作者为小说故事的开展设定了适宜的背景。读者可以展开无限的想象，在这阳光明媚的秋天的早晨，人们早早地起床忙碌着一天的工作。秋天是收获的黄金季节，勤劳的蒙古族人在和谐安谧的田野里工作着，欢快又满足地工作着。作者不仅是为了渲染气氛而描绘自然（草原）景观，也是为了注入自己的情感。他的另一篇短篇小说《草原童话》描绘了黄昏的草原，“草原上的房屋、蒙古包、草木、牲畜等所有的一切都被落日火红的光辉映红。太阳下山，镶在草原上的红光慢慢消退成紫色，然后变成一片深蓝，整个草原陷入宁静。此时，孩子们在敬老院后面的小花园里，围坐在百岁老人的身旁听那古老的民间故事”[③]。在作者细腻的笔触下，黄昏的草原仿佛就在读者眼前，一切都显得那么和谐、自然、淳朴。

① 安柯钦夫：《草原之夜》，载《安柯钦夫小说散文选》，内蒙古人民出版社，1987年，第3页。

② 敖德斯尔：《金色的波浪》，载《遥远的戈壁（小说集）》，人民文学出版社，1962年，第103页。

③ 敖德斯尔：《草原童话》，载《遥远的戈壁（小说集）》，人民文学出版社，1962年，第299页。

玛拉沁夫的长篇小说《茫茫的草原（上）》结尾部分铁木尔被国民党抓去，斯琴知道靠难过是解决不了任何问题的。于是，她在乌珠穆沁人的帮助下，将住着敌军的三座蒙古包点着，然后把门锁住。过了一会儿，大火就猛烧起来了。这时，官布、斯琴站在沙丘上，望着远处三堆熊熊大火，每个人的眼睛就像星星似的闪出光芒。玛拉沁夫认为，无边无际的草原是力量的源泉，更是温暖的热流。小说结尾处写道："自古以来，我们的英雄——草原的儿女，曾经遭受过多少痛苦，然而他们顽强地生存下来了。严寒，只是在他们那粗糙的手背上，留下了几条冻伤的痕迹而已，但是从来没有把他们的生命窒息；荒火，只是烧毁了这里的几根枯草，但是第二年青草长得更旺盛，花儿开得更鲜艳！"[①]斯琴在这里用行动证明草原儿女是不可侵犯的，尽管他们身上血迹斑斑，但是他们心中充满胜利的信心。草原是蒙古族儿女的母亲，草原母亲不仅滋养着草原儿女，还赋予了他们无穷的力量和勇敢。因此，像斯琴一样的千千万万个草原儿女为了守护草原和人民，与敌人殊死搏斗。敌人可能很狡猾、很厉害，但是我们的草原儿女更聪明、更勇敢。黎明的光亮终将征服深夜的黑暗，他们将会站在草原母亲那强壮广阔的身躯上，迎接胜利的曙光。这是作者通过"草原"意象想要表达的思想内涵。

在扎拉嘎胡的长篇小说《红路》中有这样一段描写："清晨，在雅鲁河边的树林中散发着浓浓的泥土的潮湿气息。温暖的阳光照耀着树丛，树丛里闪耀着粉红、淡红、淡黄等各种各样的色彩。微风吹来，所有的树木都摇摆着躯干，仿佛就在欢快地跳舞。调皮的黄雀在树枝上钻来钻去，笨拙的乌鸦从巢穴中飞出来，嘎嘎地叫了几声，飞向西边褐色的田野。"[②]在这里，作者用了嗅觉、视觉、听觉三合一的手法描绘了美丽草原的景色，并且把自己的情感与之融合到了一起，字里行间表露出对自由的渴望和对美好未来的憧憬。

① 玛拉沁夫：《茫茫的草原（上）》，作家出版社，2015 年，第 372 页。
② 扎拉嘎胡：《红路》，载《扎拉嘎胡文集》，远方出版社，2003 年，第 4 页。

像上述这般诗情画意的“草原”意象在“社会主义建设初期30年”蒙古族作家创作的汉文小说中随处可见，笔者只是挑选了自己认为具有代表性的草原意象做了简单的分析。在小说作品中，草原既是故事的背景，又是故事的推动者。在作家们的笔下，草原是有生命的，她是草原上万物的母亲。

二、“骏马”意象

扎拉嘎胡在其典型文论《视点的集中与光点的清晰》中提到，“蒙古马与蒙古族关系极为密切，俗称蒙古族为‘马背民族’，历史上蒙古人靠蒙古马的威力，屡建奇功，扬名海内外。在辽阔的草原上，蒙古人的生产生活靠的是蒙古马，蒙古人对马的情感一言难尽，把马神化人化的文学作品颇多。这在蒙古族著名史诗《江格尔》《英雄格斯尔可汗》中表现得最为鲜明”①。

一提到“马”意象，人们首先想到的是英雄史诗中的战马。史诗《江格尔》中的“马”意象令人印象深刻。马不仅是英雄们的坐骑，也是英雄们的“安达”（“兄弟”之意），更是对抗蟒古斯不可或缺的力量。例如，对江格尔的坐骑阿兰扎尔有这样一段通人性而又形象化的描述：“江格尔失去知觉，从马背上差点儿摔倒。灵敏的阿兰扎尔通人性，却不叫小主人落鞍。阿兰扎尔丢下追赶的马群，驮着江格尔飞奔，一直跑到西克锡力克的门前，江格尔才翻身落鞍。”② “在游牧民族或马背民族英雄史诗中，勇士们是在马背上完成保卫家园的神圣使命的。如果勇士离开了战马，就不能成为真正的战士，因为他们如果没有战马的辅助，是不能完成艰巨的任务。战马是在勇士的英勇事迹中一刻都不能分离的唯一可靠的帮手和好伙伴。所以，蒙古民族的陶兀里奇和江格尔奇们才一向把骏马当作一种特殊艺术形象去描绘，并赋予

① 扎拉嘎胡：《视点的集中与光点的清晰》，载《扎拉嘎胡文集（五）——文艺评论卷》，远方出版社，2003年，第488页。

② 李叶：《蒙古族文学审美意象研究——以〈江格尔〉为中心》，博士学位论文，吉林大学，2017年，第42页。

了独有的性格和功能。”[①] 也就是说，勇士离不开战马。马不仅是英雄们的坐骑，更是他们可靠的左膀右臂，人与马相辅相成，一同保卫他们的家园。

就像阿·敖德斯尔在《春雨》中写的那样，“草原上的牧民出门如果不骑马就像白天打灯笼那样奇怪”[②]。可见，马在蒙古族人心中的地位。由于马在蒙古族人心中的地位特别重要，所以在蒙古族文学作品中“马”的意象也占有重要地位。在“社会主义建设初期 30 年”蒙古族作家创作的汉文小说当中，“骏马”意象占有举足轻重的地位，也是衡量小说作品民族性的具体体现。

扎拉嘎胡的短篇小说《小白马的故事》中的小白马在依和恩格、查嘎斯玛老夫妻的心中占据着重要的地位，是他们最亲密的伙伴、最可靠的家人。但是由于工作队需要马，夫妻俩不得不献出小白马。查嘎斯玛老人在小白马的尾巴上系上了一块红绸子，才让王大哥把小白马牵走。系红绸是为了纪念亲密的伙伴要离开。说起小白马的身世，也是很可怜。它的母亲——老母马怀着它将要临产的时候，不小心摔倒后让后边的马踩在了身上，眼看这母马快要不行了的时候，生命力顽强的小白马竟然露出了头。于是就被善良的查嘎斯玛救活，看它可怜，悉心照料，每天给它喂马奶，并为小马驹取名为“小白马”。众所周知，白色在蒙古族人的眼里，代表着最纯洁无瑕的颜色，白色骏马，色彩赋予了本就神圣的骏马更为深厚的民族文化底蕴。这篇小说通过小白马的故事，表现了牧民对生命的无比珍惜与热爱，同时又展现了蒙汉民族间的友谊。

在特·达木林的小说《神马》中，人们羡慕、爱戴又关心的神马“身高有五尺多、身长有七尺多、银鬃银尾都拖地的淡红色的马”[③]。这样的神马与英雄史诗中的战马如出一辙。真可谓传统史诗中的“神马”在当今的再现。

① 仁钦道尔吉主编：《〈江格尔〉论》，方志出版社，2007 年，第 272 页。
② 敖德斯尔：《春雨》，载《遥远的戈壁（小说集）》，人民文学出版社，1962 年，第 64 页。
③ 特·达木林：《神马》，载《特·达木林文集》，民族出版社，1993 年，第 3 页。

在朋斯克的中篇小说《金色兴安岭》中对战马的描写是："朦胧中看不清人的面貌，可是马的形状却看得清晰：高大的枣红烈马、瘦长的乌珠慕尔沁灰马、像一头凶猛狮子般的大黑马、洁白肥壮的走马、剽悍的铁青马、海骝马……像在无边大海中游泳的各种各样的鱼，纵情地撒着欢。"[①] 这里的战马同英雄史诗里的战马一样矫健、高大。在战斗中，巴雅尔的白马在革命战斗中不仅给了他战斗的力量，还曾救过他的命。不轻易流泪的蒙古族硬汉巴雅尔为自己的马儿流下了热泪。蒙古族人对战马无比的依赖，要么死在马上，要么活在马上；而战马也非常忠诚，主人牺牲了，它们还会在身边不离不弃。又如，在玛拉沁夫的短篇小说《路》中，塔尔娃额吉的儿子捷尔克在激烈的战斗中牺牲了，狠毒的敌人把捷尔克的尸体托在他的白马背上，企图做一次"谁反抗谁就是这样的下场"的"不花钱的宣传"，但对主人无比忠诚的白马没有到处乱跑，而是驮着主人回到了家。当看到塔尔娃跑出来时，那马似乎也认出了塔尔娃额吉，慢慢地停下脚步，两眼满是泪水，悲伤地垂下了头。捷尔克的白马与江格尔的阿兰扎尔一样，在主人身边不离不弃，甚至主人不省人事时将主人默默驮回故乡。蒙古族作为"马背上的民族"，与骏马是不可分离的整体。这里塑造的"马"的形象，是"主人"的亲密战友和忠诚伙伴，他们彼此相依。

照日格巴图在其骑兵题材系列小说《草原骑兵》中向读者展示了色登和小红马从陌生到彼此熟悉的过程。小说中写道："只有小红马惊恐不安，连看都不看色登一眼。"[②] 色登看见小红马的样子，很后悔刚才对它那种粗暴的态度，这时的小红马害怕色登，于是色登想法子慢慢接近小红马，小红马也平静了。后来写道："要说'迷'，还是对他那小红马迷得最厉害。只要有一点空，色登就跑到马场牵着它撒欢，把它的身上刷得没有一点尘土，色

① 朋斯克：《金色兴安岭》，载《中短篇小说选》，内蒙古人民出版社，2008年，第31页。

② 照日格巴图：《草原骑兵》，载《照日格巴图小说选》，内蒙古人民出版社，1987年，第243页。

登和他的小红马的感情越来越深。”[①] 这时候色登与小红马的感情越来越好了。在色登骑着小红马跳障碍时，小说又写道：“小红马并没有自己跑开，两只眼睛直直地望着色登。它见色登费很大的力气也没有爬起来，就用嘴巴拱了拱色登，舔了一下他的手，叫色登抓住长鬃，慢慢地抬起头，顺势把色登也带了起来。色登激动地抱住小红马的脖子……”[②] 这里能看出，色登与小红马配合得越来越有默契。最后，色登与小红马也建立了深厚的友谊。这里的小红马与色登也是“安达”和“战友”，他们患难与共。

在玛拉沁夫的长篇小说《茫茫的草原》中，主人公铁木尔接到一个重要任务，就是给在宝源的内蒙古自卫军骑兵十二师的洛卜桑师长送急信。于是，铁木尔与坐骑黄骠马一起出发了，这时小说描写道：“黄骠马领会地点了点头，老老实实地站在那里，就像一个温柔的少女；但是当主人出发前，习惯性地顺一顺鞍鞯，紧一紧肚带时，这看似温柔的少女，迅速成为了狂暴的老虎，狂野地嘶吼着，又呼喘，又抖尾巴，两只前脚不停地刨地。善骑的主人，刚一跨上鞍，它就像子弹一般，身躯变成一条直线，向南奔驰。人们常说，什么性情的人，骑什么性情的马。即便是陌生的人，只要看见那匹黄骠马，也会猜到它的主人是一个风雨拦不住、水火吓不倒的好汉。”[③] 这正是应验了那句蒙古族古老的谚语：“人像马，马又像人。”

从上述这些小说作品的描述片段中可以看出，蒙古族人完全把“马”当作自己最亲密的战友、伙伴、家人，而非单纯的坐骑。在蒙古族人的心目中，“马”始终是那么高大、雄伟和神圣。作为蒙古族千百年来传承下来的独特审美意象，它完全有理由作为蒙古族人的主要审美体现融汇在一切文学事项之中。这种审美心理已经深潜于每一个蒙古族人的内心深处，积淀为深层的文化

① 照日格巴图：《草原骑兵》，载《照日格巴图小说选》，内蒙古人民出版社，1987年，第244页。

② 照日格巴图：《草原骑兵》，载《照日格巴图小说选》，内蒙古人民出版社，1987年，第245页。

③ 玛拉沁夫：《茫茫的草原》，载《玛拉沁夫文集（卷一）》，作家出版社，2015年，第223页。

血缘。

三、其他意象

除了上述“草原”和“骏马”等蒙古族文学传统意象之外，“社会主义建设初期30年”蒙古族作家创作的汉文小说当中，还时而出现“风雪”以及“路”等诸多意象。这些意象中包含着蒙古族作家的审美情趣，这些意象也不仅是作者思想感情的载体，更是突出小说主题和意蕴的重要途径。

“社会主义建设初期30年”蒙古族汉文小说作家在草原上成长，他们非常熟悉草原上的风、雨、雪天气。因此，他们也会在自己的小说作品中描写这些天气来突出小说主人公坚强的意志，比如对风雪的描写。我们都知道风、雨、雪的形成是一种自然现象，那么，蒙古族作家描写的“风”真的是大自然的风吗？在作者灵动的笔下，“风”又代表了别的什么含义呢？笔者认为，以下简单分析足够能找到答案。

在阿·敖德斯尔的小说《水晶宫》中，“我”与胡日钦同志骑马到白音锡勒草原去看牧场。路途中，胡日钦同志异常兴奋，看见什么都觉得非常欢快，当他看到一望无边的牧场时更是高兴得不得了。这时，太阳快落山了，又下起了鹅毛大雪。“我”再三催他返回，但是他兴奋地继续往前赶路。结果，不得不在野外露宿。这时，作者描写道：“风雪更大了，滚滚的白毛旋风，像怒海的波涛，在草原上横扫而过，传来一阵阵吓人的呼啸声。嘶嘶地响着，乌鸦哑哑的（地）噪着，顺风飞去。”[①] 这段描写预示着“我”和胡日钦同志要度过一个不平凡的夜晚。到这时，“我”越来越不高兴了，可胡日钦同志依然很兴奋地骑着马继续向前赶路，“我”心想：“他难不成是疯了？”然而在胡日钦同志的带领下，我们找到了宿营的地方，又克服了点火的困难，他还用冰

① 敖德斯尔：《水晶宫》，载《遥远的戈壁（小说集）》，人民文学出版社，1962年，第95页。

块做成了“玻璃房”，解决了住的问题。作者想要表达的是：草原上的风雪对“我”来说就像永远征服不了的可怕的怪物，像永远战胜不了的敌人。但是，在乐观向上且富有经验的胡日钦同志的影响下，“我”战胜了内心的恐惧。在这里，风雪的降临代表着“我”内心的恐惧。

在玛拉沁夫的长篇小说《茫茫的草原（上）》里，被贡郭尔折磨的斯琴终于有了生的欲望。流产，替她卸掉了巨大的包袱，想着终于能去见铁木尔了。于是，她计划天一蒙蒙亮就逃走，不料到了晚上却下起了雪，她晚上面临冻死的危险。小说写道：“风，在包外狂乱地嘶吼，好像它就是全世界的霸主。蒙古包在不停地摇晃，包门、围毡和‘哈那’木，全部都噼里啪啦地发出声响。”① 到了早上，她逃到了莱波尔玛的家里，从那里听说了铁木尔要娶南斯日玛的消息之后，无力地返回了贡郭尔给她的破蒙古包里等死。很显然，斯琴命运的暴风雪仍然要继续肆虐。其实，刮风下雪就已经预示了斯琴逃不掉贡郭尔的魔爪，在这里，用风雪暗示斯琴多灾多难的命运。

通过细读和考察小说文本还能发现，在玛拉沁夫的小说作品中，有很多关于风的描写，我们不妨再看一个例子，《茫茫的草原（上）》中第八段开头写道：“今年的秋风是不同于往常的！秋天刚一到来，就天天刮风，风向又不定。秋风无论白天黑夜地在草滩上掀起万里波涛，草原上的一切都合着它的节奏而波动、摇晃、喧嚣……然而任秋风刮得怎样猛烈，它吹毁的只是秋草的几片枯叶，树的几根朽木，但永远也吹不毁草原上无数的花草，更不会吹倒这里的高大的树木。如今，白天黑夜连着刮风，只有在日出前才有那么一点风平气和的时刻。然而就在这瞬间，草原上的秋花又重新绽放；草叶上晶莹的露水珠又重新挂满；各种各样的鸟儿，又重新唱起欢快的歌，它们唱的是晨歌，也是生命的歌。”② 在这里，很显然，强劲的“风”代表了国民党反动派，他们撕毁了停战协议。

① 玛拉沁夫：《茫茫的草原（上）》，作家出版社，2015 年，第 137 页。
② 玛拉沁夫：《茫茫的草原（上）》，作家出版社，2015 年，第 279、280 页。

在中原、东北、晋察冀等地大举进攻，因此内战的火就燃起来了。中国共产党的军队坚决要保住锡察地区，不得不向北撤退，采取了积极防御的措施，诱敌深入，把敌人分开，用自己的优秀兵力攻击敌人的薄弱兵力。虽然“风”代表国民党反动派，但是就像作者描写的那样，草原上的花草树木以及鸟类都代表了正义的共产党和草原儿女。无论多大的“风”，也吹不毁草原上的万物。这里预示着国民党反动派再厉害，最终也会被共产党带领的草原各族儿女打败。

在扎拉嘎胡的小说《梅梅，我错了》中也有对风雪的描写：“狂风席卷起雪粒铺天盖地地袭进村庄，它扯开狂暴的嗓门在嘶吼；村前的杨树林，低调而神秘地呼呼作响。”① 这里，给山村的夜晚增添了另一种气氛，无拘无束，尽情抒发情绪。梅梅与三狗娃之间狂风般的矛盾也即将产生。

在云照光的小说《母亲湖畔的火光》里有对风雪的描写：“一片漆黑的夜，看这景象，好像又要下雪。北大梁的冷风无情地吹来，贡尼召檐上的铜铃叮叮当当响个不停，呼呼的风雪声，多么悲凉、多么恐怖啊，活像喇嘛念经时吹的人腿号的声音。”② 国民党准备要在百姓家中抓丁、征粮、征牲畜。因此在这里，风代表着敌人的蠢蠢欲动，也表达了查干内心恐慌的和焦躁不安。查干为了革命在敌军中潜伏，他要想办法去共产党的联络站商量对策。

在乌兰巴干的长篇小说《燎原烈火》中，有一件事闹得人们慌慌张张、鸡飞狗跳，那就是阿布贵吐庙的三尊金佛消失不见了。但令人奇怪的是，掌管着庙的一切大小事务的、有着最高地位的达喇嘛却一点儿也不着急，就像从未发生过这件事似的，依旧自由出入日本人的家和日本人的妓院。这时，小说写道：“西拉木伦河两岸的大草原遭遇了一场大黄风，太阳狡猾地躲进风里，成了一个毫无朝气又模糊的小红点。阿布贵吐庙里的那棵古松随着

① 扎拉嘎胡：《梅梅，我错了》，载《扎拉嘎胡中短篇小说选》，内蒙古人民出版社，1982年，第68页。

② 云照光：《母亲湖畔的火光》，载《云照光小说散文集》，内蒙古人民出版社，1982年，第25页。

风势发出令人恐怖的吼叫，荒原上枯草的残骸到处飞舞，大黄风把整个世界抖缩成了一个漂浮的模糊不清的灰暗影子。”[①] 这里，用“大黄风”比喻日本帝国主义对蒙古族民众的压迫和统治。毫无疑问，可耻又无知的达喇嘛成为日本人的走狗，殊不知自己被日本人用来做欺压和剥削无辜百姓的工具。如果说在乌兰巴干的小说作品中“风”代表战争的话，那么在玛拉沁夫的小说作品中“风”则代表两股政治势力。

在蒙古族作家的小说作品中，也有“路”的意象。例如，玛拉沁夫的小说《路》便是最好的佐证。这篇短篇小说写了塔尔娃老额吉的一生。塔尔娃老额吉小时候在巴音家当挤奶工，受不了巴音的剥削和压迫，有一天趁机逃了出来。于是，在没有道路的荒野上，第一次踏出了一道白线。从那之后，塔尔娃就踏着那条白线与牧人策郎相会，到后来两人组建家庭生下了儿子捷尔克，一家三口度过了一段美好幸福的时光，渐渐地，往日的白线变成了羊肠小道。日本鬼子闯进了草原之后，策郎被抓去当劳工，不久就病死了。儿子捷尔克长大后为了给父亲报仇，参加了共产党领导的军队。然而有一天，捷尔克的战马驮着主人回到了家，捷尔克被敌人残忍地杀害了。也是在这条道路上，塔尔娃老额吉相继失去了丈夫和儿子。小说中有一段话：“人常说：路是人走出来的。是啊，一条荒原上的道路，就这样形成了。”[②] 这条草原上平平常常的道路，见证了塔尔娃老额吉的一生，也彰显了塔尔娃老额吉坚定的意志力。这里的“路”象征塔尔娃老额吉艰难的一生。

扎拉嘎胡对“路”的意象也是情有独钟，他的很多小说作品都运用了“路”的意象来表现主人公的性格特点以及人物形象特点。例如，小说《艾岩》描写的是萨木登带领运输队走出荒野的故事，赞颂了萨木登机智、勇敢的性格特点。在这篇小说中，“路”的意象属于辅助型意象，辅助塑造主人公勇于克服苦难的性格特

① 乌兰巴干：《燎原烈火》，江苏文艺出版社，1992 年，第 16 页。
② 玛拉沁夫：《路》，载《玛拉沁夫文集中短篇小说》，作家出版社，2015 年，第 79 页。

征。而在《草原上的新路》中，“新路”指的就是互助组，也是草原牧民生活的新出路。这篇小说的故事发展路线与作者的中篇小说《春到草原》大抵相同。故事讲述了有些牧民只想到自己眼前的利益而不把互助组放在眼里，更不愿加入。这样做的结果是那些不愿加入互助组的牧民不但没得到利益，反而遭受更大的损失。于是后悔自己当初没有加入互助组，而这时，互助组成员不计前嫌，重新给了他们机会，最后大家都取得了成功。作者主要表达了要踊跃加入互助组，拒绝单干的主题思想。在《山巅上的红松》里写道：“从红松到北山顶这条小路，长着细长的深绿色的草。是当年游击队留下的道路；还有往东北、往南、往西伸出的三条深绿色的小道，也是当时的老游击队员们踩出的。这四条伸向山峰和平原的小道，我们牧民称它为天梯。”[①]从这四条道路上走过的游击队员们给了牧民们美好生活的希望，也给他们带来了新生活的光辉，因此，为了纪念，也为了表达对游击队员们的感激之情，牧民们亲切地称这四条道路为“天梯”。

民族的独特审美意象形成于特定的社会历史环境，因此随着社会历史环境的改变，审美意象也会随之改变。但是无论怎么样，独特的审美意象会体现并传承民族文化的特质。蒙古族作家在草原上成长，所以熟悉草原上的一切，在他们的小说作品中出现的“草原”意象、“骏马”意象、“风雪”意象、“路”意象等，在他们看来是最平常不过的事物，也是最熟悉的事物。因此，他们在秉承蒙古族传统文学的独特意象的基础上，继承发展了独特意象，在各自的小说作品中付诸实践并发扬光大。

① 扎拉嘎胡：《山巅上的红松》，载《扎拉嘎胡中短篇小说选》，内蒙古人民出版社，1982年，第15页。

第三节　表现方法、艺术技巧的传承与创新

蒙古族文学随着口头文学的出现，在创作方面就已经拥有了独特的表现方法和艺术技巧，如充满想象的神话传说以及运用夸张手法的英雄史诗。经过漫长的历史进程，这些表现方法和艺术技巧被不断地传承下来，显然已成为能够表现民族文化渊源的文学传统。不仅如此，在一代又一代作家们的努力实践之下，这些文学艺术不断地被发展、创新，形成了富有蒙古族文化特点的文学艺术形式。

一、比兴手法上所体现的民族文化渊源

蒙古族作家在文学创作中常用的修辞手法不仅体现他们对本民族文化的认知和审美习惯，而且这种修辞手法更能彰显出每个民族独特的语言色彩，探寻到作家作品民族文化渊源的多维关联。比兴手法是少数民族作家经常运用的修辞手法，广泛出现在各民族文学作品中。

在“社会主义建设初期30年”蒙古族作家创作的汉文小说中，作家们使用得最多的修辞手法就是比喻。因为比喻最能简单明了地折射出小说作品中的民族文化内涵。我们知道，比喻不是固定不变的。比喻的本体、喻体、喻意会随着时间的变换、社会文化环境的改变而发生变化。特别是喻体，会出现同一喻体在不同时代表达不同喻意的情况；也会有一些喻体不断被淘汰的情况出现。因此，喻体背负的民族文化内涵比本体和喻意更加深厚一些。因为本体通常是本民族所熟悉的事物，其性质也不会发生较大的改变，具有相对的稳定性。因此从作家在喻体的选择上可以追寻到一些民族文化渊源。

扎拉嘎胡的短篇小说《山巅上的红松》中描述道：“玫瑰色的红日映射着大地，群鸟在高空中引吭歌唱，一抹白云缓缓向南

移动。那洁白的羊群，宛如草原的湖泊在起伏；那纵情奔驰的马，犹如流星一样，刹那间消失在远处不见了。”[①] 这里，用拟人和比喻的修辞手法描写了草原如诗如画的美丽。把羊群和马比作草原上常见的事物——湖泊和流星，体现作家对草原的了如指掌和深情厚谊，也体现作家对蒙古族“人与自然和谐相处”理念的深刻把握。

玛拉沁夫的短篇小说《满眼·春色的草原》中描述道：“那匹膘满神足的小马，如今瘦得就像冬天的一根芦苇草！”[②] 扎拉嘎胡把马比作流星，喻意是迅速；那么，玛拉沁夫则把马比作一根芦苇草，喻意是很瘦。谁也不会想到，作者竟会用一根芦苇草当作喻体。可见，草原上的一根芦苇草一样的微小的事物对作家而言都是那么熟悉，能用作比喻的喻体，显得那么形象生动。小说作品中的这些比喻都各有各的特色。玛拉沁夫的另一篇短篇小说《路》中描述道：“不知道勘探队到底有多少辆汽车，整天地过呀，也过不完，像是一串拨不尽的念珠。”[③] “笼子里能关住长大了的鸟儿吗？圈里能拴住长大了的马儿吗？褴褓捆不住长大了的儿子呵，叫孩子闯去吧！”[④] 深受佛教观念习俗影响的蒙古族人对“念珠”是再熟悉不过了，所以拿它来比喻“过不完的汽车”，不仅准确贴切，更能体现民族文化意蕴。草原上的人们，与鸟儿嬉戏，与马儿终生相伴，所以他们知道：鸟儿如若长大了，是要离开笼子飞向天空的；马儿如果长大了，是要离开马圈奔向草原的。所以，拿它们来比喻“长大的孩儿捆不住”是非常贴切传神的。同样，充分体现浓浓的草原风情和民族特色。

照日格巴图的短篇小说《宁布》中描述道：“汽车在暴风雨中艰难地前进。我觉得好奇，于是向外一看，原来汽车已经开到了大青山的峰顶，就从汽车顶上浓密的乌云滚过。我们的汽车，

① 扎拉嘎胡：《山巅上的红松》，载《扎拉嘎胡中短篇小说选》，内蒙古人民出版社，1982年，第10页。
② 玛拉沁夫：《满眼·春色的草原》，载《玛拉沁夫文集中短篇小说》，作家出版社，2015年，第108页。
③ 玛拉沁夫：《路》，载《玛拉沁夫文集中短篇小说》，作家出版社，2015年，第82页。
④ 玛拉沁夫：《路》，载《玛拉沁夫文集中短篇小说》，作家出版社，2015年，第83页。

就像草原上的一只雄鹰，迎着暴风，驾着云雾，展着坚强的翅膀，矫健地翱翔着……”[①] 另一部短篇小说《草原骑兵》中写道：“阿力金望着羞涩的色登，和刚才‘杀敌’的时候变得完全不一样，就像是从一只猛虎变成了一只乖巧听话的绵羊，再没有翘尾巴这回事儿了。”[②] 在上述两例中，一个是把汽车比作雄鹰；另一个是老虎与绵羊的鲜明对比。无论多么糟糕的天气，只要驾驶着汽车，它就会前进，不会因为暴风雨的天气就会停在半道上。作家正好利用了这一特点，将它比作草原上的雄鹰，它无论遇到什么样的天气，都会在高空中翱翔。大家都知道，自古以来鹰是我们蒙古族图腾的一种，象征着神圣、威武、勇敢和自由。在蒙古族人民心中，羊是善良、顺从又温驯的象征；而老虎则是威严、勇猛、力量的象征，用它们形容色登性格上的变化是最贴切、最恰当的。

朋斯克在他中篇小说《金色兴安岭》中为了突显主人公哈尔夫的性格，于是在哈尔夫犯错时，写道：“他的性格正像他的那匹披散鬃毛不受拘束在行列中乱钻的大黑马一样，总是很突出。”[③] 在草原上无拘无束、习惯了自由的人，很难一下子就融入纪律严明、赏罚分明的部队生活，为此哈尔夫犯了不少错误。作者用“披散鬃毛的大黑马”作为喻体来形容哈尔夫的性格。在蒙古族人民心中，骏马就应该在它最喜欢的草原上无拘无束、自由自在地奔驰，而不应被约束，更不用说不绑鬃毛的马儿了，所以说把哈尔夫自由奔放的性格比作“披散鬃毛的大黑马”是最适合的，也符合蒙古族人民的审美心理。

在阿·敖德斯尔的小说中，比喻的运用也是很有民族特色的，喻体大多是蒙古族人民所熟知的事物。比如，短篇小说《鄂尔多斯高原雄鹰》中写道：“鄂尔多斯高原，多少年来，总是像不可驯服的巨大的野兽。那儿风雪不断，黄沙飞舞，有时连续几个月

① 照日格巴图：《宁布》，载《照日格巴图小说选》，内蒙古人民出版社，1987年，第290页。
② 照日格巴图：《草原骑兵》，载《照日格巴图小说选》，内蒙古人民出版社，1987年，第253页。
③ 朋斯克：《金色兴安岭》，载《朋斯克文集中短篇小说选》，内蒙古人民出版社，2008年，第43页。

昏天暗地，看不见太阳。奔腾的黄河像拉满弦的巨弓，紧密地环绕着高原，夜以继日地流着。”[①] 又如：“此时，雄伟的鄂尔多斯高原上出现了一支朝气蓬勃的红色骑兵。这支队伍就像高原上的雄鹰，迎着席卷万物的狂风暴雨，展翅翱翔了。”[②] 在第一个例子中，作者把鄂尔多斯高原那种风雪交加、黄沙滚滚的本真状态比作不可驯服的巨大的野兽。蒙古族人民向来把可怕强大的人或事物比作妖魔野兽，正如英雄史诗中出现的半人半兽模样的蟒古斯；又把环绕高原的黄河比作拉满弦的巨弓。提起弓就会想到射箭，而射箭是蒙古族“好汉三艺”的一种。可见，作者把从小玩儿到大的娱乐项目都很巧妙地搬到了自己的作品中，让人读起来既绝妙又特别，并且很新颖。第二个例子中则把鄂尔多斯高原上出现的红色骑兵比作高原上的雄鹰，雄鹰般勇敢无畏的红色骑兵将要征服黄沙滚滚、天昏地暗的鄂尔多斯高原。

在阿·敖德斯尔的其他短篇小说中，也有很多类似的比喻，如《“老班长”的故事》中：“蔚蓝的万里天空，连一丝绵羊毛般的云彩也没有。”[③] 这回作者把天上的云彩比作绵羊毛。的确，天上的云彩看起来白白的、毛茸茸的，作者正联想到这一点，把绵羊毛作为喻体。这已经打破了传统的把羊比作云彩的格局，有时候，换个思路，换个角度，可能会有不一样的收获。《金色的波浪》中有这样的描写：“白色的包毡闪着银光，好像金织的大地毯上扣着几个银碗。”[④] “金织的大地毯”与“银碗”这些字眼，让人感受到了视觉冲击。在这里，作者描绘出让人眼花缭乱的秋天的草原画卷，不仅如此，作者还用“金”“银”象征秋天的丰收。作者对语言的运用既灵活，又准确。

在阿·敖德斯尔的中篇小说《撒满珍珠的草原》里，主人公沙木腾不愿把好母羊送进配种站，于是就把好母羊都赶到了弟弟

① 阿·敖德斯尔：《鄂尔多斯高原雄鹰》，人民文学出版社，1962 年，第 45 页。
② 阿·敖德斯尔：《鄂尔多斯高原雄鹰》，人民文学出版社，1962 年，第 57 页。
③ 阿·敖德斯尔：《“老班长”的故事》，载《遥远的戈壁（小说集）》，人民文学出版社，1962 年，第 3 页。
④ 阿·敖德斯尔：《金色的波浪》，载《遥远的戈壁（小说集）》，人民文学出版社，1962 年，第 3 页。

木敖海的羊群里掺群。作者写道：“原来沙木腾的弟弟叫木敖海，兄弟俩虽然是一个娘生的，但是性格却完全不同，可以说是相反的：沙木腾像狐狸一样狡诈；木敖海像老牛一般愚笨。”① 沙木腾总是把弟弟当作牲口使用，后来牧业合作化的时候，沙木腾不得不把一多半的牲畜分给弟弟，并给他娶媳妇，让他们到别的村生活，沙木腾纯粹是为了自己的利益才这样做的。在蒙古族人的心目中，狐狸一般是狡猾奸诈的象征，用它来比喻像沙木腾一样自私狡猾的人是最恰当的；而老牛则是老实愚笨的象征。在这篇小说结尾处描写道：“人们把羊圈都挤满了。那些像鹿崽一样长得很高，洁白得像棉花、像珍珠一样闪烁发亮的羊羔，一个一个都很活泼壮实；有的连毛还未干，就颤颤巍巍地站起来走到老母羊的肚皮下，伸着舌头去找奶头。”② 从这里，我们终于能知道这篇小说题目的含义了，“珍珠”原来指的是羊羔。配种站的工作最终取得了胜利，人工配种出的羊羔个儿高、壮实，连毛也白白亮亮的，看起来像珍珠那般珍贵，草原上撒满了珍珠。作家安柯钦夫也同阿·敖德斯尔一样，把羊比作珍珠，也是非常形象生动的：“从那边的圣山脚下，走来一大群羊，斑斑点点的在白雪地上，看起来似乎是无数的珍珠滚落在柔和闪烁的白绸子上。”③

在扎拉嘎胡的长篇小说《红路》中，主人公扎布为了讨好额尔敦，想给呼格吉勒图施加压力，想让呼格吉勒图承认他并没有做过的事情。但是斯琴知道了这件事，扎布的计划不仅失败了，还把他逼到了进退两难的境地。于是小说写道：“这一夜，扎布回到寝室里，想睡却睡不着，翻来覆去地烙馅饼。”④ 在这里，扎布不是在烙馅饼，而是“翻来覆去”，表达了扎布焦躁不安的

① 阿·敖德斯尔：《撒满珍珠的草原》，载《遥远的戈壁（小说集）》，人民文学出版社，1962年，第163页。
② 阿·敖德斯尔：《撒满珍珠的草原》，载《遥远的戈壁（小说集）》，人民文学出版社，1962年，第181页。
③ 安柯钦夫：《在冬天的牧场上》，载《安柯钦夫小说散文选》，内蒙古人民出版社，1987年，第10页。
④ 扎拉嘎胡：《红路》，载《扎拉嘎胡文集（小说集）》，远方出版社，2003年，第221页。

心情，因此他怎么都睡不着。作者在此用巧妙的比喻，展现了人物的内心斗争和复杂矛盾的心态。

作家对比喻的运用真可谓大显身手，而且在比兴手法的运用上同样也具有非常深厚的民族文化意蕴。这里的“兴”同“比”一样，都是中国古代诗歌中一种常用的手法。对此，宋代理学家朱熹做出了最准确的解释。他认为：“兴者，先言他物以引起所咏之词也。”[①] 通俗地讲，“兴”就是托物起兴，即借助其他事物作为诗歌发端，以引起所要歌咏的内容。如我们熟悉的《诗经》的首诗《关雎》，刘禹锡的《陋室铭》里的名句“山不在高，有仙则名；水不在深，有龙则灵”，《诗经·秦风·蒹葭》里的名句“蒹葭苍苍，白露为霜。所谓伊人，在水一方”等用的都是比兴手法。“所谓伊人，在水一方”的意思是想念的人在远方，由于种种阻碍，只能盼望却不能相见。“在水一方”指的并不是具体的方位，而是隔绝不通的一种象征。在时间长河中，古代诗歌的表现手法在其他体裁的作品中也被运用，成为中国文学的传统表现手法而代代相传，影响着一代又一代的文学作品。到了现代，在蒙古族叙事民歌中广泛地应用了比兴手法，比如，科尔沁民歌《金珠尔》中的一段歌词：“种在院子里的海棠花儿，我急切等待着开始绽放；远嫁海南的金珠尔妹妹，我天天等候着你的回来！……”[②] 这里的男主人公，并不是非常想要看到花儿的绽放，而是迫不及待地想要早日见到昔日的恋人——金珠尔姑娘。这才是比兴的真正用意之所在，也是比兴的神奇效果之所在。在“社会主义建设初期 30 年”蒙古族作家创作的汉文小说作品里，同样能看到“比、兴”的表现手法。

在玛拉沁夫的长篇小说《茫茫的草原》里，贡郭尔接到刘峰的指示，要把斯琴放回去。于是贡郭尔和父亲普日布让仆人宝音吐把斯琴“请”到包里，父子俩还给斯琴礼貌地欠了欠身，并给

① 朱熹：《诗集传》，载《中国古典文学基本丛书》，中华书局，2017 年。

② 佟额尔敦仓：《玛拉沁夫小说创作民族文化解读》，博士学位论文，内蒙古大学，2011 年，第 187 页。

斯琴倒了一碗奶茶，普日布父子俩的这些不寻常的举动，不但没有让斯琴高兴，反而让她有了更多的恐惧。于是，斯琴说：“谁不知道，人们在出卖马匹之前，总是替它洗刷几次皮毛，增加几斤草料，为了使买主出高价，又满意！”[①] 这里斯琴说的意思不是什么普日布父子俩要卖马匹，这句话的意思是，平日里那样残暴地对待斯琴，而今天对她这般不寻常的表现，肯定是不怀好意的，于是斯琴才调侃般的说了这句话。也是在这部小说里，瓦其尔巴彦总是担心共产党会把他的财宝分给穷人，更害怕国民党会把他的财富全部夺走。他自以为摸透了共产党、国民党、内蒙古人民自卫军的底细，这时瓦其尔巴彦说道：“狗走过的道上有尿迹，兔子走过的道上有屎堆。”[②] 这里说的意思跟狗和兔子没有任何关系，只是比喻而已。是说，无论是共产党还是国民党，只要他们来过这里，总会留下什么线索。瓦其尔巴彦为了讨好国共两方，干脆就做了共产党的旗和国民党的旗，想着谁先来就挂谁的旗。

在长篇小说《红路》中，额尔敦打算在学校上政治课，但每次都会遭到梦博士等人的反对。但保尔夫有不同的思想，“草原上的风浪尽管多，但它耽误不了猎人打猎”。这里并不是说草原上的风真的耽误了打猎，而是说反对上政治课的力量。也是在这部小说中，巴干无凭无据就指出斯琴和呼格吉勒图有不正当的男女关系。对此，斯琴说：“这如同蛇忘记自己盘团，却耻笑骆驼脖子歪一样。”[③] 这里指的是巴干明明自己心里有鬼，却诬陷他人的可笑行径。

阿·敖德斯尔在小说《撒满珍珠的草原》中写道：“斯尔吉玛老太婆不仅个儿长，舌头长，耳朵也比别人的长。”[④] 这里说的舌头长、耳朵长并不是真的有多长，而说的是斯尔吉玛老太婆无论何时何地出了什么新鲜事儿，她总是最先知道，并且一分钟

① 玛拉沁夫：《茫茫的草原（上）》，作家出版社，2015年，第279、280页。
② 玛拉沁夫：《茫茫的草原（上）》，作家出版社，2015年，第279、280页。
③ 扎拉嘎胡：《红路》，载《扎拉嘎胡文集》，远方出版社，2003年，第285页。
④ 阿·敖德斯尔：《撒满珍珠的草原》，载《遥远的戈壁（小说集）》，人民文学出版社，1962年，第117页。

也憋不住，赶紧又把这事儿给传播出去。

阿·敖德斯尔的短篇小说《鄂尔多斯高原雄鹰》中的铃娃，有着非常可怜的身世，她的母亲病重并知道自己的时间所剩不多时，“指着东方玫瑰色的晨曦说道：‘孩子，你牢牢记住！延安就在那儿！’‘啊！真好看呀！’铃娃高兴地叫起来。这正是晨光与黑夜交替的时刻，霞光穿过重重的山峰，慢慢闪出柔和耀眼的光芒。辽阔的鄂尔多斯高原挺起了胸膛，迎接着曙光。可是太阳还没来得及照在她脸上的时候，母亲已经永远地离开了她”①。在这里，作者并不是为了表现草原的清晨有多么美丽，而是有意突出铃娃的可怜身世，同情铃娃母亲悲惨的一生。

二、对民族文学传统的超越与创新

时代在发展，社会在变革。任何一个民族的作家，如果想要紧跟时代的步伐，就必须做出抉择。那就是在传承本民族的优秀文学传统的基础上，从其他民族文学中吸取优秀的文学养分，再与本民族文化相结合并创新。“社会主义建设初期 30 年”蒙古族汉文小说作家们不忘初心，砥砺前行，做出了重要的贡献。

首先，作家们对民族文学传统的超越与创新表现在对小说题材上的开拓上。1952 年 1 月玛拉沁夫在《人民文学》期刊上发表了短篇小说《科尔沁草原的人们》，开蒙古族当代小说之先河，从而迅速引起了其他蒙古族作家的共鸣，于是他们陆续发表短篇小说。可见，作家们是从短篇小说开始创作的，又在短篇小说的基础上，创作出几部优秀的中篇小说 。接下来，作家们就继续尝试长篇小说的创作。我们知道，蒙古族长篇小说的发展不是那么顺利，自从尹湛纳希的《一层楼》《泣红亭》《青史演义》之后，在很长一段时间里，再没有出现符合当时社会历史背景的长篇巨作。一直到了当代，玛拉沁夫的《茫茫的草原》的问世又接续了

① 阿·敖德斯尔：《鄂尔多斯高原雄鹰》，载《遥远的戈壁（小说集）》，人民文学出版社，1962 年，第 53 页。

长篇小说的血脉，可以说这部小说起到承上启下的作用。紧接着，乌兰巴干的《草原烽火》《燎原烈火》《科尔沁战火》，扎拉嘎胡的《红路》等优秀的长篇小说陆续问世。这些长篇小说代表了作家的不断探索和勇于创新，也给蒙古族文学史增添了光芒。除此之外，还有诗体小说、日记体小说、传记小说的出现都证明了蒙古族作家对民族文学传统的超越和创新。

特·达木林的短篇小说《牧人新村的第一个早晨》是诗体小说，为什么说是诗体小说呢？笔者就来分析一下特·达木林的这篇小说。

第一，语言是诗化的，形式是诗体的："对对夫妻领着孩儿，向幼儿园里靠拢，隆隆发声的拖拉机，向饲料基地驶去"，"老人们扛起结实的铁锹，牧民们抱起小小的幼苗；全民高唱起'社会主义好'，昂首挺胸，走向光荣的目标"①。从这个文本语句中我们可以看出这篇小说的语言是诗化的，形式是诗体的，读起来琅琅上口。

第二，小说三要素之一的环境是："白音杭盖大草原上，照射着美丽的晨光，几十根银柱般的炊烟，笼盖着红星大队的新村庄。"② 这里交代了故事发生的地点，是白音杭盖大草原上红星大队的新村庄。

第三，小说三要素之二的人物形象，在这篇小说里写道："呵，人民公社的万丈光芒，照到了牧区人民的家园。木工出身的吉格木德，第一个走出他的房舍；兴奋得不知先迈出哪一步，更不晓得先去访问哪一户？"③ 吉格木德是红星大队新村的支部书记，村里的人们都拥戴他、尊敬他，他是个勤奋善良、热爱新生活的新青年。

第四，小说三要素之三的是故事情节，丹巴问吉格木德支部

① 特·达木林：《牧人新村的第一个早晨》，载《特·达木林文集》，民族出版社，1993 年，第 116 页。

② 特·达木林：《牧人新村的第一个早晨》，载《特·达木林文集》，民族出版社，1993 年，第 114 页。

③ 特·达木林：《牧人新村的第一个早晨》，载《特·达木林文集》，民族出版社，1993 年，第 114 页。

书记今后工作的安排，吉格木德坐在老人们中间，满面笑容，不慌不忙地倾谈，他说："皮革厂、赶毡厂小伙子们包干；地毯厂、乳品厂姑娘们筹办，幼儿园、食堂也都安排好人员……"① 吉格木德支部书记安排好工作之后，大家纷纷行动了起来，"一群小伙子肩并着肩，向新建的皮革厂涌动，又一伙姑娘们手挽着手，来到牛奶加工厂的院中"②。由此可见，在这篇小说里有较完整的故事情节。

由以上四点可以看出，《牧人新村的第一个早晨》已经满足了诗体小说的所有特征，因此可以将这篇小说视为蒙古族汉文"诗体小说"，是作者特·达木林在传承民族文学传统的基础上的超越与创新。

其次，散文化的叙述、诗化的语言是作家对民族文学传统的超越与创新的又一个表现。如云照光的短篇小说《河水哗哗流》中的诗化的语言："隔河就隔心，两个板申不一小；你死我活动刀枪，提起来叫人伤心。""隔河不隔心，两个板申一条心；你帮我来我帮你，说起来欢喜不尽。"③ 云照光的小说语言运用得干净利落，这便是作者的一大特点。又如扎拉嘎胡在《遥远的草原》中写道："雪越下越大、越积越厚，厚得足够三尺多深了。阳光下，一眼望去，犹如一面宽大的镜子闪烁着光芒；一到中午，就像巨大的芒金锅开锅了，腾腾热气，把天空都要顶起来了；夜晚，那辽阔草原的尽头，浮现出混沌的灰色，那里好似起着震天动地的风暴。我翻过三道梁，又过了两架山，依旧是耀眼的雪白，没完没了，广阔无边。尽管如此，我并不觉得单调困乏。我任马漫步在大草原上，观赏着即将要融化的雪景。"④ 扎拉嘎胡把这

① 特·达木林：《牧人新村的第一个早晨》，载《特·达木林文集》，民族出版社，1993年，第116页。
② 特·达木林：《牧人新村的第一个早晨》，载《特·达木林文集》，民族出版社，1993年，第116页。
③ 云照光：《河水哗哗流》，载《云照光小说散文集》，内蒙古人民出版社，1982年，第58页。
④ 扎拉嘎胡：《遥远的草原》，载《扎拉嘎胡中短篇小说选》，内蒙古人民出版社，1982年，第84页。

一震撼的积雪景图用散文化的叙述形式呈现到了读者面前。如果抛弃其他内容，这纯粹就是一篇关于雪景的散文。

再次，揭示小说人物的内心是作家对民族文学传统的超越与创新的第三个表现。例如，云照光的小说《母亲湖畔的火光》中，有一段关于主人公通格拉内心独白的描写：“风雪平静了，通格拉的心却难以平复下来。他想到，地下斗争越来越艰苦，但是出头的日子也快来临了，到那时，大摇大摆地走在解放了的土地上，多自由啊！解放、自由，多么宝贵神圣的字眼呀！到那时要拼命工作，还要学文化，学科学，学好建设本领，把母亲湖地区建设得漂漂亮亮，建设得宏伟壮观，让它一直走向社会主义和共产主义，让它与母亲湖地区的光荣斗争历史一样，永远绽放出耀眼灿烂的光辉！”[①] 这里，通过揭示通格拉的内心世界，表达了作者对胜利的渴望，对美好生活的憧憬。

综上所述，笔者从蒙古族英雄史诗和民歌传统、蒙古族传统文学中的独特意象、独特的表现方法和艺术技巧三个方面探寻了“社会主义建设初期30年”蒙古族作家汉文小说创作中的民族文学渊源。所得出的结论是：作家们在传承本民族的优秀文学传统的同时紧跟时代的步伐，在创作中努力超越和创新，作家始终遵循着“始于传承，终于发展”的写作思想和创作理念。

---

①云照光：《母亲湖畔的火光》，载《云照光小说散文集》，内蒙古人民出版社，1982年，第19页。

第三章 “社会主义建设初期30年”蒙古族作家汉文小说创作的艺术借鉴与本土化

各国各民族的文学自古以来就是在互相影响、互相学习中共同发展的。文学巨匠茅盾曾说：“在祖国的大家庭中，不同民族的文学之间的沟通交流、相互借鉴，能够促进我国所有民族文学的共同发展。”① 不管是哪个民族的文学，它不论有多么强大优秀的文学传统，如果想要发展，就必须学习和借鉴其他民族的优秀文学传统，并实现本土化。有学者认为，“我们学习别人是为了将自己民族的文学更好地表现、提高和发展，是为了更好地丰富、充实和挖掘自己的创作天才和艺术个性”②。各民族作家应当携手共进，充满自信、昂首阔步地走向文学艺术发展的美好明天。

第一节 “拿来主义”文学观及本土化艺术实践

“拿来主义”是鲁迅先生在20世纪30年代对待外来文化时所提出的文学观点。毫无疑问，中国现代文学的奠基人是鲁迅，他不仅坚持现实主义原则不变，又提倡和促进现实主义的发展；不仅研究现实主义理论，还对现实主义创作充满热情。鲁迅为我国现实主义文学的建设和发展做出了卓越的贡献。当代蒙古族作家创作的汉文小说呈现出一种“双重边缘化”特点，因此很容易

① 茅盾:《在中国文学艺术工作者第三次代表大会上的报告》,人民文学出版社,1960年,第32页。

② 佟额尔敦仓:《玛拉沁夫小说创作民族文化解读》,博士学位论文,内蒙古大学,2011年。

受到外来文学的影响。我们的作家虚心向鲁迅学习，并身体力行。他们除了传承本民族的优秀文学素养之外，又汲取了外来文学有益的养分，创造出了既受外来文学影响，又具备本土文化内涵的小说作品，“使当代蒙古族小说文坛彻底改变了‘大一统’的基调，而勃然出现了探索成风、创新呈亟、百‘流’并辔、万乘竞优的局面”①。

一、“拿来主义”文学观

鲁迅用科学的“拿来主义”态度来对待西方现实主义文学，即汲取精华，融进自己的文学创作之中，因而他的作品反映了深刻的社会生活和民族现实问题。

鲁迅最初致力于西方浪漫主义，从中他掌握了个性主义和反抗精神，最初崇敬拜伦、雪莱、普希金、莱蒙托夫等“摩罗诗人”。但在写《摩罗诗力说》的时候，其实鲁迅还没有全面系统地了解西方浪漫主义，他并没有全部肯定浪漫主义的意旨，只是很赞同其中的“摩罗”精神。在这基础之上，鲁迅也开始注意起一些现实主义作家，如易卜生、果戈理等。1909年，鲁迅与周作人一起翻译了《域外小说集》，这又接触到了许多现实主义作品。他后来被这些现实主义作品征服。鲁迅曾说：“显克微支与果戈理的作品是我在那个阶段最偏爱的作品。”②

我们很难断言鲁迅的现实主义文学观念就是受到了这些现实主义文学作品的影响而形成的，就如同鲁迅虽然认同“摩罗”精神，但绝不会让其成为他的思想标尺一样。“在任何外国文学宝藏面前鲁迅是一个聪明的开采者，而绝不会成为一种消弭了主体肯定性的矿化物。”③而那些现实主义、浪漫主义的各种有益成分，

① 策·杰尔嘎拉：《中国当代蒙古族小说概论》，《黑龙江民族丛刊》1993年第2期（总第32期），第115页。
② 范伯群、朱栋霖：《中外文学比较史 1898—1949》，江苏教育出版社，2007年，第235页。
③ 范伯群、朱栋霖：《中外文学比较史 1898—1949》，江苏教育出版社，2007年，第236页。

都作为他的社会政治思想、文化审美理念的滋补，于是便成就了一位独立不倚、博学多识的文学大师。可是鲁迅的现实主义文学作品也不能说完全没有受到以上这些现实主义作品的影响。

对于这一点，鲁迅已坦诚过。他说："读了一些其他国家的小说，特别是来自俄国、波兰和巴尔干小国的小说作品之后，我才发现世界上的很多人民都跟我们一样承受着苦难的命运……而且总是能看到农村的景象，它清晰地重新出现在我的脑海里。我遇到了创作的机遇，然后我通过短篇小说的方式将下层社会的苦难以及上层社会的黑暗一一呈现了出来。"①

从鲁迅的第一篇文言体的小说《怀旧》到他后来创作的历史小说，都足以证明鲁迅的主题创作没有离开过下层社会的苦难以及上层社会的黑暗。"上流社会"的伦理道德、圣经贤传不过是"吃人"的现象罢了，"下层社会"的人在政治上受压迫，在经济上受剥削，精神意识被摧残。这些反映上流社会的黑暗，揭示上流社会"吃人"的真相，揭示鲁四老爷式的虚伪嘴脸，钱太爷、赵太爷式的凶暴狠毒，四铭、高尔础式的无耻之尤，这些都是鲁迅现实主义辛辣笔法的显现。

鲁迅从波兰现实主义作家显克微支的作品中学到了"寄悲愤绝望于幽默"的巧妙用法，所以他才能运用幽默嘲讽的笔法对待阿Q式的愚昧；从陀思妥耶夫斯基和安德列耶夫那里学会了冷酷严峻的特点，这些都成为他后来表现现实主义的基本手段。鲁迅从挪威现实主义巨匠易卜生那里也得到了较为丰富的滋养。他特别欣赏易卜生的《人民公敌》，欣赏里面孤独又傲娇的斯科托曼医生坚持原则且拒绝庸俗愚钝的性格特点，这恰恰符合了鲁迅后期作品蕴含的现实主义精神——针对人们麻木愚蠢的病态进行批判。

鲁迅对于现实主义的每一次尝试都是开放性的，因而他的每一篇作品都显现出不同的新形式。这种全新的文学表现形式确实是从外国文学学来的，但也不能否认有他自己的独创。鲁迅所提

① 鲁迅：《短篇小说选集（第七卷）》，人民文学出版社，1981年，第389页。

出的“拿来主义”文学观，对待外来文学时，重要的是要懂得扬弃——不但要扬弃外来文化，也要扬弃传统文化，从而创造新文化。“扬弃不只是抛弃与割舍那么简单，也不是全盘照搬和两两相加，而是抛弃、保留、发扬与提高；是有鉴别地抛弃传统文化与外来文化影响中消极的、不适合本土现代化需要的因素，继承与发扬其中对创造新文化有积极意义的成分；扬弃，还要脱离旧胎，把它发展与提高到崭新的境界。”[①] 正如鲁迅所说的“应用脑髓，放出眼光，自己来拿”，简单地说，“拿来主义”就是要批判性地继承。众所周知，果戈理的小说《狂人日记》与鲁迅的《狂人日记》有着不解之缘，不过果戈理作品中的关于现实主义的思想力度比不上鲁迅的作品，鲁迅的作品更加忧愤和深刻。较之果戈理对俄国社会和鲁迅对中国社会，鲁迅对中国社会现实和历史的了解更为深广，更为透彻。

鲁迅始终着眼于中国的现实，剖析社会和人的缺陷，寻找现实缺陷的根源本质，并展开不妥协的讽刺与批判。鲁迅小说的叙事风格和语言艺术正是由他的现实主义艺术手法和审美理念所决定的。

“社会主义建设初期30年”时期，较之其他民族作家，蒙古族作家的小说创作还是很薄弱的，因而，蒙古族作家要比别人付出十倍的努力去寻找创作动力进行创作。这就要求作家在创作活动中必须提倡并贯彻“拿来主义”文学观，不仅从自己的文学传统中吸收优秀的文学养分，还需要从其他外来文学中摄取有益的滋养，需要参照和借鉴。只有这样，蒙古族作家汉文小说创作才会得到更快发展，作家们深知这个道理，并一直在努力。

“社会主义建设初期30年”蒙古族作家汉文小说创作的主要代表玛拉沁夫对“拿来主义”文学观有着自己的认识。他说：“阅读文学作品的初级阶段会受到某一作家的作用效果，就会导致在作品中也会有该作家的迹象，这其实无足轻重。就连鲁迅先

① 范伯群、朱栋霖：《1898—1949中外文学比较史（新版）》（上、下卷），江苏教育出版社，2007年，第76页。

生的作品《狂人日记》也向国外的《狂人日记》吸取了一定的经验，不过两者的展现效果和深度是有区别的。……被影响不是什么可怕的事情，就算是那些经验丰富的老作家们，在其作品中也能找到他们受到其他作家影响的迹痕。影响跟抄袭是完全不同的，影响指的是作品的某些表现方法，或者某些人物塑造手法上受些影响。随着作者不断积累写作经验，培养写作能力，他被影响的程度也会逐渐减弱，最后会发展形成独属于自己的创作风格。文学史上的许多作家的实例，都说明了这一点。”[①] 玛拉沁夫，虚心地向尹湛纳希、鲁迅、纳·赛音朝克图等前辈学习的同时，汲取他们的“拿来主义”创作经验，进一步体会到借鉴外来文学的重要性。正如他说的：古今中外一切有用的东西，都拿来为他所用。他认为：“阅读他人的作品必须与自己的生活经历联系起来，将自己的生活经历与他人联系起来，并结合写作过程中出现的一些情况，加以思索。这一点很重要。借鉴好比发酵剂，通过阅读、借鉴这个发酵物，使我们的思想活跃起来，联想起各种各样的事情。”[②] 玛拉沁夫这样说的意思是学习借鉴其他民族的文学时，不要全盘照搬，而要学习适合自己创作思路的表现方法；书不要读得太死，读书时应善于联系自己的生活经验和生活积累，借以开阔自己的艺术思路。

作家扎拉嘎胡对“拿来主义”文学观也有他自己的理解，他说：“对于异质的、西方的文化，不分好坏，采取一概排斥的态度是不足取的，我们要立足于本民族的土壤，采取鲁迅的拿来主义，取其精华，去其糟粕，而不能只表层地注重西方一些现代流派的表现技巧。我们要继承民族文化传统，开掘生活的底蕴，遵循艺术规律，向文学的新领域拓进，创造出具有普遍社会意义的有独特艺术魅力的作品。”[③]

① 玛拉沁夫：《谈创作的准备》，载《玛拉沁夫研究专集》，内蒙古人民出版社，1984 年，第 38 页。

② 玛拉沁夫：《谈创作的准备》，载《玛拉沁夫研究专集》，内蒙古人民出版社，1984 年，第 19—20 页。

③ 扎拉嘎胡：《蒙古族文学现状及流向的思考》，载《扎拉嘎胡文集（五）——文艺评论卷》，远方出版社，2003 年，第 75 页。

总之，蒙古族作家积极提倡并遵循“拿来主义”文学观，不管三七二十一，首先要拿来。然后再从中把有益的成分大胆拿来使用；既有益又有害的东西，要经过严格的扬弃来使用有益的一面，消除有害的一面；对那些有害无益的则坚决抛弃。说到底，拿来是为了创新，不但要敢于继承，也要敢于创新。蒙古族作家创作出的很多优秀作品就证明了这一点。

二、作家的本土化艺术实践

“社会主义建设初期30年”蒙古族汉文小说作家不仅提倡“拿来主义”文学观，而且在各自的创作中坚定地遵循和实践这一文学观。玛拉沁夫自己说过，让他遗憾的是，开始创作小说的时候，我国没有描写草原生活的先师可供借鉴学习。尽管苏俄作家中有许多描写草原人民的华章，而且都有着巨大的艺术感染力，如屠格涅夫的《白净草原》、托尔斯泰的《哥萨克》、契诃夫的《草原》等，但都没有让玛拉沁夫为之动容，直至读到了米哈依·肖洛霍夫的《静静的顿河》，他感到非常兴奋，觉得顿河草原跟自己成长的察哈尔草原很相像。《静静的顿河》中描绘了哥萨克生活的草原气息，这对玛拉沁夫的启示最大。他仔细分析肖洛霍夫的作品，发现肖洛霍夫笔下的哥萨克大草原和哥萨克人民的生活，虽然同蒙古草原和蒙古族人民的生活并不完全一样，但有很多接近的地方，如哥萨克民族也善于骑射，生性豪放，与蒙古族有相似之处，但民族特性和文化底蕴又有很大的不同。玛拉沁夫从《静静的顿河》中获得了宝贵的文学素养和创作灵感，于是诞生了本土化的有着永不枯竭的艺术感染力的长篇小说《茫茫的草原》。这就是玛拉沁夫提倡遵循 “拿来主义”文学观，并在创作中实践的有力证明。

大家都知道，阿·敖德斯尔在创作中篇小说《撒满珍珠的草原》时，借鉴了同时代中国当代作家柳青的《创业史》，自己也曾说：“我非常欣赏的是柳青的《创业史》……我反复阅读和研究《创业史》，从中学到了许多宝贵的东西。”[①]

首先，两部小说在景物描写方面很相像。这一点，我们从两部小说的开头段落可以看得很清楚。《撒满珍珠的草原》在描绘草原的清晨时写道：

“早晨，草原的天空非常清透、深远，一朵朵淡蓝色的云彩，轻轻地飘浮着，渐渐地消失在天空深处。从蒙古包顶上冒出的一道道炊烟，直线上升，又散作乳白色的云朵。天边慢慢地出现了粉红色的朝霞，像面巨大的彩旗，在远方闪动。清凉的秋风，缓缓地流过草地，轻轻地抚摸着路旁的牛羊。

“河岸上的空气，清香而凉爽，使人心胸分外开阔、舒畅。在海里森村里，阿古达木老额吉是第一个享受这美妙晨光的人。”[②]

而柳青的《创业史》在开头部分描写汤河岸的清晨时写道：“早春的清晨，汤河上的庄稼人还没睡醒以前，因为终南山里普遍开始解冻，可以听见汤河涨水的呜呜声……

“繁星一批接着一批，从浮云的蓝天上消失了，独独留下农历正月底残余的下弦月。太阳从黄堡镇那边的东原上升起来以前，东方首先发出了鱼肚白。接着，霞光辉映着终南山还没消雪的奇形怪状的巅峰。现在，已经可以看清楚在刚才锄过草的麦苗上，在稻地里复种的青稞绿叶上，在河边、路旁和渠岸刚刚发着嫩芽尖的春草上，露珠摇摇欲坠地闪着光了。

“梁三老汉是下堡乡少数几个享受这晨光的老人之一。”[③]

从以上摘录的长长的段落中我们可以看出，两部小说作品在景物描写方面有着惊人的相似之处。只不过我们从《撒满珍珠的草原》中看到的是大草原、蒙古包以及牛羊；从《创业史》中看到的是村落、雄鸡、稻田。蒙古族、汉族的特性和地域文化的不同形成不同的景色描写。

① 阿·敖德斯尔：《漫谈长篇小说》，载《敖德斯尔文集》，内蒙古人民出版社，2008年，第255页。

② 阿·敖德斯尔：《撒满珍珠的草原》，载《遥远的戈壁（小说集）》，人民文学出版社，1962年，第117页。

③ 柳青：《创业史》，中国青年出版社，2009年，第24页。

另外，阿·敖德斯尔很明显是学习并借鉴了柳青的小说作品《创业史》刻画人物形象的艺术手法。正如阿·敖德斯尔自己所言："该伟大创作深刻地体现了我国农村的斗争生活，塑造了一系列个性鲜明的典型形象，梁生宝、梁三老汉、郭振山、姚世杰、白占魁、徐改霞等等，作者笔下的每个人物都达到了相当高的典型化程度，这在我们当代小说中是很难得的。"①

我们就以《撒满珍珠的草原》里的希力莫老人和《创业史》里的梁三老汉为例进行简单的对比分析：

《撒满珍珠的草原》中当女儿娜仁斯其格向希力莫老人征求去盟里学习人工配种技术的意见时，老人不但不支持，还警告她："你敢去，我打断你的腿！"由此可见，老希力莫是个具有传统思想的"旧牧民"的形象。

同样，《创业史》中的梁生宝按照区委指示引进水稻新品种百日黄时，遭到继父梁三老汉的极力反对，但梁生宝还是义无反顾地去了，于是梁三老汉就与梁生宝的母亲起了争执，气歪了脸。

如果说希力莫老人是典型的"老式牧民"形象，那么梁三老汉则是一个典型的"老式农民"的代表。另外，这两个人物形象都特别反感"人工配种"这一词，觉得是违背了自然，与传统不符合。虽然希力莫老人和梁三老汉这种被传统旧思想支配的人对新事物的态度有一定的负面影响，但两者的出发点是善良的，态度在于尽量保险起见，不必去冒险，其目的都是为了集体利益不受损失。最后，成功的实践成果摆在他们眼前时，他们不得不折服，开始相信和支持他们的儿女了。这在两部小说的结尾部分能看出。

《撒满珍珠的草原》中的希力莫老人咳嗽了一下，然后又说："刚才我又想了一下，等到这些小家伙长大一点，在这个草滩上奔跑起来会有多好看啊！你们想想，那像不像一个撒满了珍珠的草原？"②

① 阿·敖德斯尔：《关于创作典型形象问题》，载《敖德斯尔文集（第10卷）》，内蒙古人民出版社，2008年，第2页。

② 阿·敖德斯尔：《撒满珍珠的草原》，载《遥远的戈壁（小说集）》，人民文学出版社，1962年，第183页。

而在《创业史》中第一部分末尾处梁三老汉说："你娃能有这样的志气，爹穿不穿都无所谓！……你就放心干事去！你爷就说过'世事拿铁子铲不平'，我一直信你爷的话，听命运一辈子。现在把这话告诉你，你不信我就去干吧！爹给你喂猪、扫院、看家。"[①] 这印证了"实践是检验真理的唯一标准"。

除此之外，阿·敖德斯尔的《撒满珍珠的草原》也做出了创新之举。《撒满珍珠的草原》中刻画了9个人物形象，而《创业史》中所刻画的人物也非常多。阿·敖德斯尔在借鉴人物塑造方法的基础上，采取了综合的创新手法，也就是说，《撒满珍珠的草原》中的某一个人物的性格是《创业史》中几个人物性格的总和，例如富牧沙木腾的形象是富农姚世杰和中农郭世福两个形象的综合体，等等。

扎拉嘎胡曾说："鲁迅和高尔基是我非常想表达谢意的两位作家，他们的智慧使我对人的精神力量有了更加深刻的认识，让我了解了什么是正义、幸福和自由，什么是爱与美丽。"[②] 可见，古今中外的很多作家都是他的良师。俄国作家奥维奇金的《拖拉机站站长和总农艺师》以及尼古拉耶娃的《收获》等作品强烈地触动了扎拉嘎胡的心灵。于是就有了他剖析生活、揭露生活阴暗面的第一篇作品《悬崖上的爱情》。小说描写了某旗委一对青年男女干部相爱中的欢快和遇到的挫折与困难，歌颂了共产主义的真、善、美，批判了资产阶级个人主义的假、恶、丑的本质。该作品的主题和思想是积极向上的，但是我们都知道，当时在"左"倾思想的影响下，这篇作品遭到了不公正的对待。党的十一届三中全会后，才得以正名。扎拉嘎胡觉得"我们蒙古民族所迎来的新时代，不但包括了美酒与鲜花，同时还带来了尘渣。要想让美酒更加香醇，让鲜花更加艳丽，我们就需要除尘洗渣"[③]。

① 柳青：《创业史》，中国青年出版社，2009年，第444页。
② 扎拉嘎胡：《培植高大的乔木》，载《扎拉嘎胡文集（五）——文艺评论卷》，远方出版社，2003年，第58页。
③ 扎拉嘎胡：《培植高大的乔木》，载《扎拉嘎胡文集（五）——文艺评论卷》，远方出版社，2003年，第60页。

此外，1946年，乌兰巴干受伤并转移到后方工作。在这段时间里，乌兰巴干开始阅读世界名著。鲁迅的敏锐、巴金的天真、托尔斯泰的深刻以及泰戈尔的唯美，他用心感受这些作家作品的魅力与内涵，并认真学习和借鉴。从他后来的小说作品中可以看出，这些文学大师对作家的创作产生了很大的影响。后来由于工作的关系，乌兰巴干有了与鄂伦春文化充分接触的机会，并深入当地生活。乌兰巴干把这一段生活经历写在了《鄂伦春姑娘》《草原上的驯马姑娘》《初春的山谷》等短篇小说当中。这些小说反映了新人新气象，体现了鄂伦春民族的风土人情。这些小说也曾一度引发文学界的不小风浪，在研究综述中已提及。

第二节　学习借鉴中国古典文学与现代文学

中国社会走进当代以来，逐步打破了民族之间的隔阂，各民族之间逐渐缩小了文化上的差异，彼此交流日渐广泛，形成了一种文化整合效应。在我国，汉族占全国人口总数的90%以上，汉文文学作品占据着主导地位。在这种局面下，少数民族作家必须在受到本民族文化熏陶和文化滋养的基础上，学习和借鉴整个中国文学体系。只有这样，才能弘扬中华民族优秀文化，铸牢中华民族共同体意识，对此，作家们也做出了努力。他们相继在文学艺术研究班里学习深造，因而他们有了良好的条件，接触到了古今中外的许多著名的文学作品；他们有了充分的时间，学习和借鉴其他民族的文学，吸收其优秀的文学 传统。

一、对中国古典文学的学习借鉴

中国古典文学不仅是中华民族最珍贵的文化遗产之一，而且也是让人羡慕的世界文学宝库中的珍宝。中国古典文学的文体形式多种多样，有诗歌、散文、小说以及词、赋、曲等。除了各种文体，又有多种多样的艺术表现方法，这使得中国古典文学呈现出多彩多姿、辉煌壮丽的图景。有学者认为，“中国古典文学在三千年的流程中始终不变其固有传统的精髓与基本风貌”[①]。的确，中国古典文学是从几千年来中国传统文化的滋养中诞生的，同时中国古典文学又对中国传统文化起作用，丰富了中国传统文化，让其变得更有影响力。“社会主义建设初期 30 年”蒙古族汉文小说作家用心学习了中国古典文学，并借鉴了其中的某些艺术表现手法。

众所周知，中国古典小说向来对故事情节的重视程度较高，注重故事性，因此也具有可读性。直至清代的章回小说《红楼梦》才开始更加注重人物心理的描写。小说文体发展到了现代、当代，在西方文学的影响之下，中国的小说更加注重揭示和挖掘人物的内心世界。同样，“社会主义建设初期30年”的蒙古族汉文小说作家受中国古典章回小说《红楼梦》的影响，从而学习对人物内心世界的揭示和剖析。关于人物内心世界的描写，玛拉沁夫说：“对人物外貌和动作的描写，是为了辅助更好的塑造人物形象，而且是为揭示人物的内心世界、思想感情和性格特征服务的时候，才会有意义。所以，写人物时，重点在于描写人物的内心世界。因为人物的内心世界，最能够全面又本质地体现人物的性格和品性。这一点我们可以从中外经典文学作品中学习。当然，有的写法、某些观点我们也不能全部都拿来用，我们要批判地学习古典作品。”[②]

蒙古族小说作家不仅有这样的认识，并且在小说创作中有了更多的实践。例如，在阿·敖德斯尔的短篇小说《春雨》中，将阿日宾老人的心理表现得淋漓尽致。当朝鲁给阿日宾老人送来特效药的时候，老人听着孙女满达日娃和给自己送药来的男人的

① 范伯群、朱栋霖：《1898—1949 中外文学比较史（新版）》（上、下卷），江苏教育出版社，2007 年，第 22 页。

② 玛拉沁夫：《人物·感情·创新》，载《玛拉沁夫文集——文学评论（卷七）》，作家出版社，2015 年，第 76—77 页。

声音，心想：“‘看羊群？这是谁呀？……’老人认为这个人不是马倌，马倌对羊群没有那么大的兴趣。他从板床上慢慢起来，抖动着胡须，轻轻地靠近桌旁，拿起来桌上的纸包，打开一看：呜！骆驼粪那么大的五六颗药丸，上面印着金光闪闪的小字。‘真是好药呀！’老人紧紧地把它握在手中，很高兴。‘外面下着大雨还给我送药，这到底是谁呢？’他把前额贴在门窗玻璃上往外张望。”[①] 阿日宾老人年纪大了，一时间想不起来朝鲁了，他透过朦胧的雨幕隐约看见两人在羊群里走动，那个男人一会儿摸摸这只，一会儿又抱抱那只，看得非常仔细。这下，阿日宾老人看明白了，于是小说又写道：“‘唔……’老人终于想到了。他满意地点了点头：‘是朝鲁，不然不会有人一来就去看羊群。好啊！这才是牧民真正的儿子呢。’七十五岁的阿日宾老人非常高兴，他那常年被晒得像核桃壳似的脸上，出现了满意的神情。”[②] 老人终于记起了朝鲁，很高兴。

照日格巴图的短篇小说《马背上的枪声》中，巴日斯完成了这次的乘马射击项目。虽然已经完成了自己定的计划，可是他对自己的成绩不太满意。因为右边的弹着点高低不一样，没有一发射中靶心。他明白在飞驰颠簸的马背上，举枪打右边目标实在是困难，射击角度也不是大就是小，射击时战马四蹄平伸的一刹那，又是那么不好掌握。巴日斯坐在野花盛开的丘陵上沉思，这时小说中描写道：“能用这些原谅自己吗？不能呀！一个战士，在战场上打不死敌人，怎能对得起祖国，怎能向人民交代？可是，这右边目标，到底怎样才能打得准，打得狠呢？”[③] 在这里，文章揭示了巴日斯此时为难的心情。其实打不着右边的靶心明明有很多原因，可是巴日斯心里很着急。他怪罪自己技术不过硬，训练不到位。因为他知道，如果枪打不中靶心，那么在战场上就打不

① 阿·敖德斯尔：《春雨》，载《遥远的戈壁（小说集）》，人民文学出版社，1962年，第59页。

② 阿·敖德斯尔：《春雨》，载《遥远的戈壁（小说集）》，人民文学出版社，1962年，第59页。

③ 照日格巴图：《马背上的枪声》，载《照日格巴图小说选》，内蒙古人民出版社，1987年，第274页。

死敌人。

在云照光的短篇小说《母亲湖畔的火光》里，地下党员查干听到了黄亚丁的讲话，隐约间他听到了抢粮草、抢牲畜、可疑分子、叛徒、抓壮丁、黑名单、封锁消息、明天太阳升起前开始行动等重要信息。这时，查干的内心很不平静，他非常着急，越想越害怕，这是多么令人恐怖的事情呀！事情变得太快了，母亲湖的百姓们又要遭殃了。还不止如此，如果黑名单里有地下党同志的名字的话该如何？查干一向胆大，可是现在心里焦躁不安，非常慌张。“如今黑名单我是要不回来了，但是我得把这个恐怖的消息送出去呀！如果在这个时候身边要是有个自己的同志，那该多好，至少能商量一下，让他赶紧将情报送到组织那里。”[①] 查干一个人在敌军中卧底，又是团长的贴身卫士，因此他不能有大动作，而且也不可能请假把情报带出去。群众和党组织如果因为他而遭遇了不测，那查干不仅会成为罪人，而且打入敌人的心脏就没什么意义了。于是查干又害怕又着急不安。

特·达木林的短篇小说《欢腾的锡林河畔》中，老达姆丁每每看见小张的时候，就要回想一下这件事：“时间过了整整三年，今天再来看小张那熟睡的面容，更觉得他是那么可爱，那么可亲。老人清楚地记得小张在生产和生活中曾经克服了多少困难，闯过了多少难关，实现了自己的诺言。他不仅成为了真正的牧民，而且在不到两年的时间里，争得了五好社员的光荣称号。这对于一个远离自己故乡和双亲，来到完全生疏而又艰苦的环境中的汉族青年来说，是多么不容易的事情啊！”[②] 小说中描写的小张是一个任劳任怨、从不拒绝别人的委托、一天到晚闲不住的战士，老达姆丁看着这样的小张又敬佩又心疼。

上述例举的这些小说作品中的心理描写片段都是“社会主义建设初期30年”的蒙古族汉文小说作家受中国古典章回小说的

① 云照光：《母亲湖畔的火光》，载《云照光小说散文集》，内蒙古人民出版社，1982年，第24、25页。

② 特·达木林：《欢腾的锡林河畔》，载《特·达木林文集》，民族出版社，1993年，第114页。

影响，学习借鉴对人物内心世界的揭示和剖析的具体成功范例。这对小说中人物塑造的成功以及提升小说作品的影响力有很大的作用。

对比的手法也是中国古典小说创作中运用得最多的手法之一，而运用对比手法的价值在于加大人物性格的反差，从而使人物的性格更加鲜明独特。例如，中国第一部章回体历史小说《三国演义》中刘备的形象与曹操的形象形成对比。这里，“作者显然是以儒家的政治思想和道德观念为核心，同时融合了数千年来的大众心理，表达了对造成世界混乱的昏君奸臣的痛斥，以及对创造太平世界的明君忠臣的渴望”[①]。这就是《三国演义》“拥刘反曹”的主旨。刘备是“仁政”的代表，曹操则是“暴政”的代表，把曹操描写得越坏，就更能凸显出刘备的好。

“社会主义建设初期30年”蒙古族汉文小说作家创造性地借鉴了中国古典小说中对比的表现手法，他们没有把这种方法用在不同人物的形象塑造上，而是用在了同一个人物的身上，而玛拉沁夫是运用这个手法最多的小说作家。例如，他的短篇小说《诗的波浪》中巴达玛额吉在旧社会是巴音的“终身奴隶”，在她37岁的时候，身体里长了肿瘤导致肚子变大，后来就被骂作“怀鬼胎的女人”。而在新中国，巴达玛额吉迎来了命运的转折点，在党的帮助下治好了病，从此生活有了希望，又靠着自己的勤奋当上了拖拉机站站长，有了全新的面貌。这里作家采用的就是新旧社会鲜明对比的写法，是新旧社会里人的命运大反转的真实写照。又如短篇小说《迷路》中对同一个地点的两个人在不同境遇下迷路的描写：首先是在夜幕降临时分，从南方来这里探亲的汉族姑娘江燕在无比空旷的草原上迷路了，最后被呼和老牧人遇见并送她回建设工地；而过了若干年后，呼和老牧人则是在包钢新建宿舍的楼宇中迷了路，最后被当年的江燕遇见并把他送回了他儿子家。这两个主人公迷路的情景是不同的，这恰恰反映了蒙古族、汉族文化的本质区别。这种对比的运用在玛拉沁夫的

① 袁行霈：《中国文学史（第二版）》（第四卷），高等教育出版社，1999年，第23页。

小说作品中还有很多，如《路》中的塔尔娃额吉、《“奴隶”村见闻》中的小电工扎木苏、《花的草原》中的杜古尔……诸多人物形象在新旧社会里不同的命运变化形成鲜明的对比。这里，回溯“含泪的昨天”，赞美“含笑的今天”。

我们的作家在学习《红楼梦》和《三国演义》等经典小说的同时，也更加关注《水浒传》这部英雄传奇，他们细心地阅读，详细地研究了《水浒传》是如何组织情节，如何展开矛盾，又是如何进行环境描写等问题，并在各自的小说作品中借鉴运用。大家都知道，《水浒传》是中国第一部正面描写农民起义的章回体小说。简单地说，《水浒传》就是描写封建社会里“奸逼民反”社会现状与替天行道的108个好汉的故事，“奸逼民反”就是封建社会农民起义的根源。这部古典小说故事情节生动，小说结构宏大，叙事有张有弛，人物形象栩栩如生。“社会主义建设初期30年”蒙古族作家创作的汉文小说中的革命历史题材小说都与《水浒传》这部古典小说的写作手法相吻合，因此他们或多或少都会借鉴《水浒传》的表现手法。特别是玛拉沁夫，曾细心研究过《水浒传》。他说：“我们可以分解研究《水浒传》的结构，看看它的情节是怎样有层次地展开的，以及怎样有层次地交叉描写人物，以便在我们眼前展现出它那幅宏伟的历史画卷。从人物描写上也可以一个人物一个人物地拆开来研究。”① 下面我们来具体解析一下玛拉沁夫是如何学习借鉴《水浒传》，因而创作出《茫茫的草原》这部长篇小说的。

其一，我们从《水浒传》各版本的回目标题中可以发现，“夜”是经常被用来修饰叙事情景的重要字眼，如贯华堂本第二回《史大郎夜走华阴县》、第十回《林冲雪夜上梁山》、第十九回《郓城县月夜走刘唐》、第三十回《武行者夜走蜈蚣岭》、第三十二回《宋江夜看小鳌山》等。而且，许多未注明“夜”字的回目也在不断地叙述与“夜”有关的故事。这就意味着《水浒传》这部长篇巨著具有鲜明的“夜色化”叙事特征。小说《水浒传》这些

① 玛拉沁夫：《谈创作的准备》，载《玛拉沁夫文集》，作家出版社，2015年，第19页。

回目中的“夜”意象作为一种暗示贯穿全文，起到了烘托人物形象和推动情节发展的作用。玛拉沁夫借鉴了这一“夜色化”叙事写作手法，他的长篇小说《茫茫的草原》里的故事可以说都是在黑夜里发生的。小说故事里，铁木尔和官布在夜色中的特古日克湖边聊着工作队的事，官布告诉铁木尔想建立队伍的事情；铁木尔和斯琴在夜色中的柳林相见，斯琴拒绝了铁木尔；苏荣、官布等带领的内蒙古骑兵中队在夜色中追赶着烧杀抢夺的“假八路”方达仁一行人并将其成功抓捕；铁木尔一个人在黑夜里追赶落单的几个敌人，最后把逃走的敌人杀死，又缴获了敌人的大小枪支数把；铁木尔协同斯琴在夜色中摸黑挖枪；铁木尔带领着自己建立的由沙克蒂尔等组成的突击小分队夜袭国民党军队；斯琴在黑夜里放火烧死国民党军官；还有，小说里的反派贡郭尔、刘峰等人在深夜里秘密交谈等事件，所有这些都是在夜色中发生的。所以说，玛拉沁夫的长篇小说《茫茫的草原》如同中国经典名著《水浒传》，具有鲜明的“夜色化”叙事特征。

其二，作为《水浒传》的第一个主角——宋江，首先，他是一个忠义者，“忠”就是忠于皇帝，忠于宋朝；“义”就是对弟兄们仗义。其次，他是起义领袖，宋江无论是在历史记载，还是在《水浒传》中，都是一位不折不扣的起义军领导者。宋江既是起义领袖，又忠于皇帝，显然他本身就是一个矛盾体。学者叶舒宪认为，宋江“既是忧国忧民、劫富济贫的英雄，是伦理道德的模范；也是助纣为虐，充当屠杀梁山英雄的刽子手”[①]。而学者赵小雷却觉得，“纵观宋江的一生，作为其行为内在动力的，就是封建士大夫的报效朝廷和建功立业的正统观念。宋江的矛盾是主观愿望与客观现实的矛盾，而不是主观愿望本身的矛盾”[②]。再来看玛拉沁夫的长篇小说《茫茫的草原》中的主人公铁木尔这一人物形象，他也是一个忠义者，他忠于党，对自己的民族有大义，

① 叶舒宪：《论宋江的多重思想性格及其形成原因》，长江文艺出版社，1984 年。
② 赵小雷：《宋江忠义观新论》，《西北大学学报（哲学社会科学版）》1995 年第 1 期，第 93 页。

也可以说他是个领袖，带领蒙古族青年参加革命。但跟宋江不同的是：铁木尔身上的“忠”与“义”这两者之间没有矛盾，因为铁木尔这种把蒙古族同胞从水深火热中解救出来的意愿和共产党解放内蒙古地区的目标在客观现实中没有矛盾，而是目标一致，并且最终走向了胜利。

其三，中国古典小说《水浒传》中作为领导者的宋江这一人物形象对侦察谍报、兵力部署、里应外合、声东击西、无中生有等运筹帷幄之事很在行。研究者对宋江上梁山后的卓著战绩也给予了充分肯定。玛拉沁夫的长篇小说《茫茫的草原》在战术运用方面也学习借鉴了《水浒传》。第一，不打没准备的仗，要做到知己知彼。中国古典小说《水浒传》中其他的梁山将领也都深深明白这一道理，保证每次战斗前对战斗的场地和对手能够有详细的了解。当代蒙古族作家玛拉沁夫的长篇小说《茫茫的草原》中的许多战争场面的描写亦如此。第二，精心细致地部署兵力。例如，中国古典小说《水浒传》中宋江带兵进攻祝家庄，将队伍分为两部分，一部分随军出征，一部分留守后方，出征的队伍也分成了两拨：“头一拨宋江、花荣、李俊、穆弘、李逵、杨雄、石秀、黄信、欧鹏、杨林带领三千小喽罗，三百马军，被挂已了，下山前进。第二拨便是林冲、秦明、戴宗、张横、张顺、马麟、邓飞、王矮虎、白胜，也带三千小喽罗，三百马军，随后接应。”（第四十六回）[①] 当第一拨“人马困于盘陀路”的时候，正好第二拨前来“接应”，“杀散伏兵”，才得以“夺路奔出村口”。在当代蒙古族作家玛拉沁夫的长篇小说《茫茫的草原》里，消灭“假八路”时，官布队长做了以下兵力部署：“我们要在天亮前，分三路赶到哈登浩树庙：由爬杰连长带领一路，走山路；苏荣政委带领二路，把庙西北方大道卡住；三路由我带领，从庙东插进。各路任务是这样：我这一路最先开枪，把敌人从庙里赶出来，他们一定去占领制高点——就是爬杰连长那个山头，等敌人靠近，你们就开枪。苏荣政委那一路，绝不许暴露自己，只有我和爬杰

① 崔春雨:《明代长篇白话小说中的战争叙事》,硕士学位论文,陕西理工学院,第18页。

这两路，把敌人打乱了，他们往你们那儿去逃命的时候，你们才开枪。这样一来，敌人就会在我们下的圈套里东奔西闯，我们乘他们慌乱不堪的时候，一听海螺声三路就冲锋，一举歼敌。”[①] 第三，灵活机动的战术呈现。如在《茫茫的草原》故事的最后，抓捕国民党特务刘峰时，斯琴、笃日玛等人的“里应外合”之计，等等。

中华民族是拥有数千年悠久历史的文明国度。在漫长的社会历史发展历程中，我们的祖先创造了灿烂辉煌的文化。中国古典文学就是这数千年中华文化宝库中耀眼的明珠。中国古典文学作品中蕴藏着优秀的民族精神、丰富的文化内涵以及取之不尽的文学素养。我们的作家不仅扎根在自己民族文化的土壤里，还虚心向中国古典文学学习并从中取其精华，用“拿来主义”思想指引自己的文学创作，创作出了一批又一批精品力作。

二、对中国现代文学的学习借鉴

“社会主义建设初期 30 年”蒙古族汉文小说作家除了学习借鉴中国古典文学之外，对中国现代文学的学习借鉴也是必不可少的。不难发现，这些小说的语言呈现出散文化、诗体化的特点，这是蒙古族作家在对中国现代文学的学习中掌握到的写作方法。读过当代蒙古族作家创作的汉文小说的人都知道，“春”是作家们常在小说中描绘的意象，代表着新生。对“春”意象的描写也是作家从中国现代文学当中学到的表现方法。除此之外，在蒙古族作家的小说作品中，多有受鲁迅小说影响的明显印迹。下面，我们就展开进行具体解析。

蒙古族作家最早接触到鲁迅的文学作品是在 20 世纪 20 年代。“1925 年 4 月，多松年、乌兰夫、奎璧等首批蒙古族共产党员在蒙藏学校创立了文学刊物《蒙古农民》。可以发现，从刊物上的一些文学作品中能够看到受鲁迅作品的影响的痕迹。如 1926 年

① 玛拉沁夫：《茫茫的草原（上）》，作家出版社，2015 年，第 194 页。

该刊上发表的《喇嘛也能结婚》中的子君、涓生是男女主人公，他们为了追求不被束缚的个性，寻求自由恋爱婚姻而冲破封建家庭的枷锁。”[①] 1953年，玛拉沁夫、朋斯克、孟克巴彦等蒙古族作家作为第一批学生，来到了北京鲁迅文学学院的前身中央文学讲习所，拉开了对鲁迅进行系统学习研究的序幕。40多年来，玛拉沁夫、朋斯克、孟克巴彦、安柯钦夫、阿·敖德斯尔，扎拉嘎胡等蒙古族作家先后来到北京鲁迅文学学院学习。作家们仔细研究鲁迅的作品，认真学习鲁迅作品的深刻性和精湛的表达技巧，然后在自己的文学创作中作为指引。辽宁师范大学的崔银河教授曾对蒙古族当代著名作家扎拉嘎胡和阿·敖德斯尔等人进行访谈。当谈到鲁迅对蒙古族作家的影响时，扎拉嘎胡十分兴奋地说：“鲁迅的杂文写得很精致又奥妙，就其思想的深刻性、强大的战斗性以及辛辣的笔触，在现代作家中是名列前茅的。此外，像他的小说一般人是写不出来的，尤其是短篇小说，在世界文学中也占有重要的地位。对所有蒙古族作家而言，在这50年来蒙古族当代文学的发展历程中，最受影响的汉族作家便是鲁迅。要知道，作家不论是想写小说，还是要写散文，又或是写诗和戏剧，第一个必须得读好鲁迅的作品。”[②] 蒙汉双语作家阿·敖德斯尔也曾兴奋地回忆说：“整个50年代发展起来的蒙古族作家都受到了鲁迅的影响，我们这些人都很骄傲地觉得：苏联有高尔基，但是我们中国有鲁迅。一直到今天，内蒙古自治区举办的作家创研班必须要开设‘鲁迅研究’课。”[③] 作家们正是因为深入学习了鲁迅的作品，才创作出了在中国当代文学史上颇有影响力的优秀作品，例如玛拉沁夫的《茫茫的草原》以及《活佛的故事》，朋斯克的《金色兴安岭》，安柯钦夫的《草原之夜》，敖德斯尔用蒙古语创作的《蓝色的阿尔善河》以及《云青马》，扎拉嘎胡的《小白马的

① 崔银河：《鲁迅与蒙古族当代文学》，《广播电视大学学报（哲学社会科学版）》2005年第4期，第19页。
② 崔银河：《鲁迅与蒙古族当代文学》，《广播电视大学学报（哲学社会科学版）》2005年第4期，第20页。
③ 崔银河：《鲁迅与蒙古族当代文学》，《广播电视大学学报（哲学社会科学版）》2005年第4期，第20页。

故事》，乌兰巴干的《草原烽火》，等等。我们仔细地分析这些著名作家的作品时就可以发现，致力于拓宽题材，细致刻画当代蒙古族人民的性格特点，以及表现鲜明的民族特色和浓郁的草原气息等，这些既是作家才华的全面展示，更离不开鲁迅对他们的影响。另外，蒙古族著名诗人纳·赛音朝克图写给新中国的诗《狂欢之夜》正是受到了鲁迅诗歌中的豪放风骨的启发。

整体上而言，在当代蒙古族作家当中受鲁迅影响最深的作家是玛拉沁夫。例如，他的长篇力作《茫茫的草原》和后期创作的富有代表性的短篇小说《活佛的故事》，在表达方法以及艺术技巧方面都有借鉴鲁迅作品的印记。

首先，在鲁迅的笔下，小说《阿Q正传》里的未庄成了半殖民地半封建中国社会的缩影。而在当代蒙古族作家玛拉沁夫的长篇小说《茫茫的草原》里，同样看到了解放战争时期内蒙古草原的缩影——特古日克村。小说《茫茫的草原》开头第一个自然段是这样写的："1946年的春天，察哈尔草原的人们在多雾的日子里煎熬。每天清晨，浓雾埋没了田野、山河和道路，草原干净而清爽的空气，变得像马群踏过的泉水一样，又浑浊又肮脏！人们无奈地、急切地盼望着晴朗的夏天！"[①] 在这里，"多雾的日子"其实指的是战火连天的日子。1946年，正是内战全面爆发的时期，整个中国都被战火吞噬，内蒙古草原同样也是暗无天日。当小说主人公铁木尔来到他想念已久的故乡——特古日克村时，小说描写道："当铁木尔靠近村子时，微风袭来，雾竟然散了，太阳也大大方方地洒下光辉，草原慢慢地出现了。铁木尔贪婪又深情地望着自己的家乡，眼泪就自然地流了出来！"[②] 笔者认为，"微风袭来，雾竟然散了，太阳也大大方方地洒下光辉，草原慢慢地出现了"这句话预示着草原即将迎来光明，特古日克村被解放指日可待。

其次，鲁迅先生写过他童年的伙伴——闰土，当代蒙古族作

① 玛拉沁夫：《茫茫的草原（上）》，作家出版社，2015年，第3页。
② 玛拉沁夫：《茫茫的草原（上）》，作家出版社，2015年，第6页。

家玛拉沁夫也同样写过他童年的小伙伴——玛拉哈。不同的是，闰土有了很大的变化，从天真活泼的看瓜少年变成了一个穷苦麻木的中年农民，成为了半殖民地半封建社会的牺牲品；玛拉哈从淘气、率真的乡村小孩变成了呆滞麻木的转世活佛，又从转世活佛成为了造福百姓的蒙藏医学专家。同样，两篇小说都运用了对比手法。比如，鲁迅笔下的闰土形象：童年时期的闰土和长大成人之后的闰土的对比，揭示了半殖民地半封建社会对贫苦农民的迫害，指出了封建迷信是扭曲人性的祸根。听天由命、任人摆布的麻木无知的生活态度则会将自己逼进无尽的深渊，最后的道路就是一条死路。而玛拉沁夫笔下的玛拉哈形象：天真无邪的少年玛拉哈和变成活佛后呆滞麻木的玛拉哈的对比，揭示了当时现实社会和周遭环境对人的异化作用。

再次，玛拉沁夫的小说在塑造典型形象方面，也有学习借鉴并创新、本土化的成功尝试。鲁迅笔下的祥林嫂是一个可怜又可悲的典型形象。对于封建礼数强加给她的种种迫害与蹂躏，她也曾进行过多次挣扎和反抗，但是她的这种反抗精神本身就有浓厚的封建迷信色彩。就像祥林嫂为了赎与她毫无关系的“罪”，就跑到土地庙里捐献了门槛；为了反对再婚，她做出了“出格”的抗争，其实这只是为了保护自身的“贞节”。我们再看一看玛拉沁夫的长篇小说《茫茫的草原》里的笃日玛这一形象。她尽管不是小说的主要人物，却贯穿作品的始终。在贡郭尔的魔爪下，笃日玛过着昏天暗地的非人生活，她变得麻木、呆滞，失去了人生意义和希望。而她又是个虔诚的佛教徒，一生拒绝鲜血和杀戮。而到最后，斯琴的鲜血终于唤醒了麻木多年的笃日玛，激发了她身为草原儿女意识的复苏与极大爆发。她的这种特定意义上的新生，从某种意义上来讲，也可以认为是整个蒙古民族从衰败走向新生的象征。鲁迅笔下的祥林嫂形象和玛拉沁夫笔下的笃日玛这一形象，两相比较的话，有相似之处，也有各自的不同之处。这就是文学作品中的学习借鉴与创新超越。

众所周知，中国现代抒情体小说的奠基人是鲁迅，而郁达夫则以“自叙传”的形式将其发扬光大。在郁达夫的影响下，庐隐、冯沅君、废名、萧红、沈从文、师陀、汪曾祺、孙犁等人的小说文本都表现出散文化、诗体化的特点。抒情体小说的盛行是中国现代文学的一大特点。“社会主义建设初期30年”蒙古族汉文小说创作在一定程度上受到了中国现代抒情体小说的影响是显而易见的。

我们都知道，抒情体小说最大的一个特点在于散文化、诗体化的抒情文本。中国现代小说作家将诗歌和散文融合到小说当中，从而打破了三者的文体界限，使小说富有诗情画意，从而达到抒发情感的目的。

“社会主义建设初期30年”蒙古族作家创作的汉文小说的散文化、诗体化特点多体现在景物描写上，让读者觉得仿佛就在看一幅幅有故事情节的画卷。例如，在阿·敖德斯尔的短篇小说《水晶宫》中，有一段对清晨草原的描写：“我跟着她指的方向一看：蓝蓝的天空连着红红的朝霞，红红的朝霞又连着白茫茫的草原，色彩鲜明，互相辉映，特别迷人。在那朝霞和草地之间，一个骑马的人仿佛是雪山上的青松在晨雾里摇晃着，那么威武，那么高大；一会儿，被那座雄伟壮丽的水晶宫挡住了。我虽然觉得有些遗憾，但心里却有了无限的敬意。”①

安柯钦夫的小说中也有很多散文化、诗体化抒情片段。例如小说《绿色的风》简直就像一篇散文，我们来赏析其中的一段描写：“我疲惫不堪，全身瘫痪，已抬不动眼皮。我精神恍惚，漂浮不定，像折断翅膀的山鹰，掉进了深邃的山洞。……朦胧中，我又梦见了海，我的童年，我的故乡……在青岛海滨，海浪撞击着嶙峋的岩石，细沙铺展的漫长海滩，天水相连处的帆船远影，群集翱翔的白色海鸥。”②又如在《金色的理想》中：“盛夏的草原。绿草青青。溪水潺潺。野花片片。花香扑鼻。牧场上滚动着珍珠

① 阿·敖德斯尔：《水晶宫》，载《遥远的戈壁（小说集）》，人民文学出版社，1962年，第101—102页。

② 安柯钦夫：《绿色的风》，载《安柯钦夫小说散文选》，内蒙古人民出版社，1987年，第101页。

般的畜群。白雾笼盖着山野。从草原深处传来牧羊姑娘优美动听的歌声。”[①] 从列举的这两个片段中我们可以看出安柯钦夫的小说更加富有诗情画意。

在照日格巴图的小说《马背上的枪声》中，也有一段富有散文化、诗体化的抒情描写：“傍晚的草原，别有一番景色，红艳艳的晚霞，好像巨幅的红绸，挂在蔚蓝色的天边，把草原映衬得更加辽阔。远处，蒙古包就像一朵朵洁白的花朵，开在碧绿的草原。归牧的牛羊群，把头伸向银光闪闪的河面，饮着清澈的河水。在天地相连的茫茫雾霭里，嘶叫着的马群，像是从天上奔腾而下，直向河边驰来……”[②] 读到这里，读者会误以为，这就是一篇描写美丽草原的散文。大家都知道，照日格巴图的小说都是骑兵类小说，因此在他的小说中能够看到如此散文化、诗体化的抒情文本实在很难得，不得不钦佩这位作家的语言功底。

中国现代小说的抒情特点也会体现在人物的塑造上。中国现代小说家们信奉“人之初，性本善”的人性论，从而挖掘人物最初的善良。例如，在沈从文的《边城》里纯美脱俗的翠翠，善良本分的外祖父，情深如海的天保、傩送兄弟，慷慨尚义的顺顺，都具有作家向往的“人性”美。“社会主义建设初期 30 年”蒙古族汉文小说作家学习借鉴了这一方法，几乎每一篇小说都有赞美“人性”美的主题，其中最具代表性的就是玛拉沁夫的小说作品《花的草原》。小说从三个方面体现人性之美：一是杜古尔与乡亲们之间朴实无华的亲情般的感情，乡亲们亲切地称杜古尔为“牧民的儿子”；二是青年运动员们对杜古尔的羡慕与崇拜之情以及杜古尔对青年运动员们的无私教诲和鼓励之情，杜古尔提醒这些小运动员们要科学地训练，而不能盲目地模仿别人；三是杜古尔对青年运动员齐米德的钦佩和惜才之情。杜古尔为了让齐米德明白胜利是没那么容易取得的，因而竭尽全力跑过了齐米德。

---

① 阿·敖德斯尔：《金色的理想》，载《遥远的戈壁（小说集）》，人民文学出版社，1962 年，第 132 页。

② 照日格巴图：《马背上的枪声》，载《照日格巴图小说选》，内蒙古人民出版社，1987 年，第 274 页。

小说中的“为了他，要超越他！”成为了金子般的格言。

除此之外，在“社会主义建设初期30年”蒙古族作家创作的汉文小说当中，“春”意象也是作家们从中国现代文学中学习来的表现方法。在中国现代文学中，“春”代表人们对美好事物的向往，是希望、复苏的代名词。这种代表新生的“春”意象得到了作家们的重视与青睐。“春”意象在“社会主义建设初期30年”蒙古族作家创作的汉文小说中，属于象征性意象，通常象征新生与未来。春天是接羔的季节，因此安柯钦夫认为春天就是收获新生命的“黄金季节”；乌兰巴干的短篇小说《初春的山谷》用“春”意象代表幸福生活以及对重逢的期待；扎拉嘎胡的中篇小说《春到草原》是象征性题目，象征春到草原，万物复苏；玛拉沁夫的短篇小说《满眼春色的草原》以“春”象征了民族未来和对幸福生活的盼望……

第三节 学习借鉴俄苏文学

中华人民共和国成立之初，当时实行的外交政策着重强调向苏联学习，因而把苏联尊称为“老大哥”。人们天天喊着“以俄为师”“向苏联学习”“苏联的今天，就是我们的明天”等口号。这种思想导致以理想、爱国、革命英雄主义为主要特色的苏联文学作品长驱直入中国[①]。至此，苏联的这种新型社会主义文学作品为20世纪50年代成长起来的中国作家提供了良好的“模板”，可以说这一代中国作家是靠着吸收和借鉴苏联文学的精华成长起来的。

① 陈南先：《俄苏文学与“十七年中国文学”》，博士学位论文，苏州大学，2004年，第32页。

一、“30年”时期中国文学对俄苏文学的学习借鉴

因为当时实行向苏联“老大哥”学习的外交政策，中国文学界也受到了苏联文学的巨大影响。随之而来的就是中国文学界的翻译方向也有了变化，即倾向于苏联的文学作品以及文学理论翻译，这甚至一度成为了文学翻译的主流。如果想从当时的文学期刊杂志上找到一些蛛丝马迹，会发现关于苏联的文学作品的译介占据着一半以上的比例，像《苏联文学专号》《高尔基文学专号》等类似的专栏几乎在当时所有的杂志上都出现过。这种在中国翻译界以苏联文学翻译为中心的趋向直到20世纪50年代末仍在继续。

（一）中国诗歌受苏联诗歌的影响

马雅可夫斯基是苏联诗歌的奠基人之一，也是苏联“十月革命”最狂热的歌颂者。自从斯大林夸赞马雅可夫斯基为“最优秀的、最有才华的”诗人以后，他就一直被偶像化了。苏联文学史学家科瓦廖夫对马雅可夫斯基诗歌的艺术特点做出评价：“追求概括巨大的社会、形象的夸张、深沉的抒情和尖锐的讽刺的结合，表现生活矛盾时鲜明对照、诗歌语言的革新，他那章法上的灵活性表现为诗行的自由排列、重读音节和非重读音节的灵活对比、对句子的语调上的强调，以及韵脚的重大意义等。”① 马雅可夫斯基的诗风别具一格，尤其是他的“楼梯式”深受中国诗歌爱好者的喜爱，如郭小川、田间、贺敬之，还有当代蒙古族著名诗人纳·赛音朝克图等是公认的深受马雅可夫斯基诗歌影响的诗人。郭小川在1955年到1956年期间，发表了“楼梯式”《闪耀吧，青春的火光》《向困难进军》等名篇；贺敬之的《放声歌唱》和《雷锋之歌》等政治抒情诗在当时的诗坛产生过很大的影响。

除此之外，1956年，我国诗人公木作了一首讽刺诗《据说，

① 陈南先：《俄苏文学与“十七年中国文学”》，博士学位论文，苏州大学，2004年，第50页。

开会就是工作，工作就是开会》，掀起了不小风浪。此诗的思想内涵与马雅可夫斯基的讽刺诗《开会迷》大抵相同。公木的这首诗实际上就是中国版的《开会迷》。中华人民共和国成立初期的诗人闻捷的作品的主要主题是歌颂爱情，著有《天山牧歌》等诗集。诗人以柔和、明朗、愉快的田园牧歌风格，赞颂了西北地区少数民族的地方色彩和民族风情。他的《赛马》《苹果树下》《葡萄熟了》等都是直接表现青年男女爱情生活的诗，诗人巧妙地将爱情和劳动结合到一起表现在诗作中，作品中有苏联抒情诗人伊萨科夫斯基的诗风。

（二）中国小说作家受苏联文学的影响

众所周知，在中国“文革”前的“十七年”文坛上，俄国作家肖洛霍夫享有很高的声誉。在中国当代文学史上，无论是周立波的《暴风骤雨》《山乡巨变》和赵树理的《三里湾》，还是柳青的《创业史》与刘绍棠的《青枝绿叶》，这些小说虽然都体现了作者各自的艺术风格，但不可否认的是，这些作品或多或少都被肖洛霍夫的小说《被开垦的处女地》影响。《被开垦的处女地》既对农业集体化道路给予了肯定，又深刻地体现了农民在接受这条道路时的怀疑、考虑、观察和反抗，写出了共产党为引导贫苦农民走上这条发展道路而进行的艰难斗争和奉献精神，与此同时也写出了他们工作中的失误和缺点。

我们以《暴风骤雨》《山乡巨变》来举例进行简单评析。这两部小说的叙事模式很明显与《被开垦的处女地》的叙事结构相吻合，故事都是基于以下结构展开的：工作队进入农村—动员了贫农积极分子—通过斗争打败了富农—取得了农业集体化的胜利。造成这种相似性的客观原因，当然是当时的特定历史阶段里，中苏两国农村条件和农业集体化进程的相似性，但在主观因素上还是作家们对肖洛霍夫的模仿。我们要知道，只有两部作品的主题和内容存在一致性，才能达到模仿的效果、借鉴的目的。这些作品都顺理成章地纳入各自国家特定历史阶段的主旋律文学作品行列，变成了人们参考历史事件的重要历史文献。

作为“社会主义建设初期30年”小说典型代表的“十七年”时期革命历史（革命战争）小说与苏联战争小说有着诸多相同点，同时也有很大的不同。其相同点是：他们的中心是表现重大政治事件；他们的背景是严峻残忍的战争气氛；他们的主旋律是宣传爱国主义、英雄主义以及民族精神；他们审美创作价值的宗旨是革命的最终胜利。不同点是苏联的战争小说有着自己的特点：不仅篇幅冗长、结构庞大、内容深刻、气势雄伟，而且事实与艺术相融合、严酷真实的战争氛围与细腻的心理刻画交织，如《苦难的历程》《铁流》《生者与死者》《毁灭》《静静的顿河》等都体现了上述特色。而“十七年”时期的中国革命历史小说也有着与苏联同类小说不同的特点：故事情节上注重传奇性；结构上运用章回体或说书形式；人物形象塑造上具有传统伦理道德的英雄形象，且缺少心理分析，如《保卫延安》《林海雪原》《红日》《铁道游击队》等红色经典小说。造成这些原因的是中国革命战争小说主要是传承了中国古典小说传统的创作方法。

二、蒙古族作家对俄苏文学的学习借鉴

文化的交流与传播是社会历史发展的形式，各民族文学间的互相影响和借鉴也是文学发展的重要因素。外国文学在传播过程中，对中国作家和中国文学都产生了极大影响。尤其在20世纪50年代初，中国正流行着向苏联学习的热潮，以至于中国的各个领域都不由自主地向苏联学习，这其中当然包括文艺界。拥有广大蒙古族读者的苏俄文学，更是对蒙古族作家影响巨大。因此“社会主义建设初期30年”蒙古族作家创作的文学作品或多或少地都受到过苏俄文学的影响。

在诗歌方面，纳·赛音朝克图在蒙古国学习时期就已接触到了苏联诗人马雅可夫斯基首创的、独特的诗歌形式——“楼梯式”。

并且从1946年开始尝试运用这种新形式进行创作，例如他的《长途》《自由》《黎明》等诗作中可以明显看出“楼梯式”的形式。这里引用一段纳·赛音朝克图的“楼梯式”诗歌《长途》[①]：

灰走马，
不停蹄，
向前走，
月光下，
穿过了
那无阻挠的
长长的道路。
我那
美丽纯真的
恋人的聪慧，
总是激动着
已经分别了的
我的心情。

很显然，纳·赛音朝克图虽然使用了苏联诗歌的形式，但其实并没有让读者觉得这首诗中没有体现民族的情感。可以看出，运用传统方式以及引用新方法都能表现出民族的审美心理。所以，我们只是单纯地将纳·赛音朝克图看成一个喜爱引进外来新方法的文体实验者是错误的。他写作的大量作品还是离不开蒙古族英雄史诗、民歌、说书、好来宝等民间传统文艺样式的熏陶。纳·赛音朝克图自己就曾说过：“我的诗作的成功秘诀是受到了民间文学的影响。我歌颂祖国的心脏——北京首都的时候，就用蒙古族民间文学形式中的‘好来宝’来写的。蒙古族民间文学不但影响了我诗歌的形式和风格，而且让作品更加符合人们的思想和情感，从而吸引广大读者，使作品具有生命力。”[②]

① 关纪新、朝戈金：《多重选择的世界》，中央民族大学出版社，1995年，第11页。
② 建磊、特·莫尔根毕利格：《纳·赛音朝克图评传》，内蒙古人民出版社，2008年，第222—223页。

我们可以将 20 世纪苏俄文学的特点总结为三个方面：“一是作家们从始至终保持着强烈的历史责任感进行创作；二是注重现实主义时代精神，体现现实主义新的主题、新的内容、新的人物；三是宣扬爱国主义、英雄主义以及人道主义思想。”[①] 从布宁、肖洛霍夫的小说作品中我们可以得知作者看重的是农村问题，从托尔斯泰的小说作品中我们可以知道作者对知识分子的重视，从法捷耶夫、绥拉菲靡维奇的作品中能看出他们关注军事问题。他们无情地揭示沙皇统治的残暴凶恶，又无奈地同情下层普通人民不聊生的生活，他们渴望自由，希望平等，向往和平。从以上简单分析可以看出，“社会主义建设初期 30 年”蒙古族作家创作的汉文小说在主题、内容、人物形象、思想等方面均受到过俄苏文学的影响。

作家们创作的小说在选题上就倾向于内蒙古草原人民的平常生活，他们写的大多数小说都是取材于草原上发生的一系列很简单又很平常的事情。同时，我们的作家们也与苏俄作家一样，背负着强烈的使命感，去揭示中国动荡不安的社会环境、封建宗教迷信的危害、平民百姓及牧民的疑虑与担忧。例如，乌兰巴干的《草原烽火》揭露了王爷的残忍霸道、图财害命、无恶不作的行为，也辛辣讽刺了喇嘛的虚伪嘴脸，控诉了日本帝国主义对赛乌苏村进行的极度恶劣的野蛮行为和惨无人道的烧杀抢掠。玛拉沁夫在《路》《春的喜歌》《花的草原》《“奴隶村”见闻》《采金者》等短篇小说中描绘了过去的苦难历史，同时又体现了新时期蒙古族人民的幸福生活。作家们回望了民族的苦难历史，因而表现出他们的历史使命感和责任感，又因为展望了草原民族的新面貌而显现出强烈的时代感和现实意义。

文学来源于生活，又高于生活，文学家的使命和责任就是要把民族的最真实的社会历史现状以适当的艺术手法表现出来，这就是文学创作，这会给人类留下考察那段历史的佐证。当时，需

① 乌日嘎：《当代蒙古族作家汉文中短篇小说民族文化源缘研究 (1949—1978)》，硕士学位论文，内蒙古师范大学，2019 年，第 104 页。

要学习的苏联作家有很多，他们所创作的作品题材也各种各样，所涉及的社会面也很广。在这种情况下，作家要有慧眼识珠的本领，要认真阅读以及仔细研究他们的作品，从中找出与本民族文化和历史相契合的地方，再将其本土化到自己的创作当中。因此，从"社会主义建设初期30年"蒙古族作家创作的汉文小说中，虽然看不见那么多明显受俄苏文学影响的痕迹，但是在小说的社会现实问题的体现、写作方法的运用、主题思想内涵的表达等方面依旧能够看得到苏俄文学的某些影子。

经细心观察会发现，蒙古族当代文学名著《茫茫的草原》与俄苏文学经典作品《静静的顿河》这两部小说有很多相似之处。的确，"社会主义建设初期30年"蒙古族汉文小说作家中受苏俄文学影响最明显的便是玛拉沁夫，他因《静静的顿河》而把长篇小说《在茫茫的草原上》改名为《茫茫的草原》。肖洛霍夫的长篇小说《静静的顿河》不仅描绘了气势磅礴、波澜壮阔的草原，而且真情实意地刻画了顿河人民的生动形象，这些都深深地吸引了玛拉沁夫。于是他便从《静静的顿河》中学习吸收了对自己创作有用的艺术成分，借鉴其表现方法等，创作出了中国当代第一部反映内蒙古草原人民革命斗争生活的史诗性巨作《茫茫的草原》。因而很多读者以及中国文学评论界认为，玛拉沁夫的《茫茫的草原》与肖洛霍夫的《静静的顿河》有可比性。围绕这一问题，便出现了很多评论文章以及论文论著。例如，中央民族大学包佳佳的硕士学位论文《比较文学视野中的〈静静的顿河〉与〈茫茫的草原〉》、内蒙古大学吴晓妹的硕士学位论文《苏俄文学对蒙古族文学的影响——以肖洛霍夫和玛拉沁夫作品为例》以及王素敏的《草原情怀 人的魅力——〈静静的顿河〉与〈茫茫的草原〉之比较》、吕冬梅的《〈静静的顿河〉与〈茫茫的草原〉：文化视野中的文本比较研究》、吕冬梅的《通过研究〈静静的顿河〉和〈茫茫的草原〉来看文学影响的规律》等评论文章。很多人认为，《静静的顿河》与《茫茫的草原》在思想内涵、形象刻画、审美观念、叙述方法等方面均有明显的相同点，所以具有很大的可比性。吕冬梅在《通过研究〈静静的顿河〉和〈茫茫的草原〉来看文学影响的规律》一文中认为："《静静的顿河》与《茫茫的草原》的共同特征包括三个方面，第一个方面是史诗性：人物众多、情节曲折、篇幅宏大、故事冗长、场面复杂。不只是反映时代，更多的是反映了历史人生和现实社会。第二个方面是人道主义精神：基于现实主义写作，注重描写革命与战争年代阶级性与人性的道德冲突。第三个方面是描绘自然景物时所运用的隐喻与象征等写作方法：描绘景物时都富有强烈的抒情性，都注重调动比喻等修辞手段，借以赋予景物描写一种整体的隐喻功能和象征意义。"① 笔者认为，吕冬梅的这篇文章对《静静的顿河》与《茫茫的草原》的可比性概括得最全面且最具代表性，值得参考。

在"社会主义建设初期 30 年"蒙古族作家创作的汉文小说当中，作家照日格巴图的骑兵系列小说是很有特色的，而且他一直坚持不懈地耕耘和守护着这一创作领地。他的短篇小说《敌后插刀》是一篇优秀的骑兵小说，写的是八路军在大青山根据地与县城里的敌人进行斗智斗勇的故事。小说里的八路军战士非常勇敢，他们不惧生死，把握好机会最终消灭了敌人。作者通过这样的故事对八路军战士和穷苦农民的爱国精神给予了很高的赞赏。小说当中的马指导员就算是在敌人的包围圈里也临危不惧，他不顾自己的性命安危，拿自己做诱饵，为的只是能够掩护战友们突破敌人的包围，取得胜利。马指导员这种大义凛然和舍身为民的牺牲精神与法捷耶夫的小说《青年近卫军》中不幸落入敌人手中的近卫军战士们有相似之处，他们在精神和肉体上无论受到多大的打击，也绝不背叛国家，具有伟大的爱国精神。无论是《青年近卫军》里的近卫军，还是《敌后插刀》里的八路军战士，一样都是朝气蓬勃、年轻有为。他们都为了祖国和民族的自由解放而战斗，在他们的言行举止上都能表现出高尚的爱国情操，他们是最可爱、最可敬的人。据照日格巴图回忆说，在阅读法捷耶夫的《青年近卫军》时，

① 吕冬梅：《通过研究〈静静的顿河〉和〈茫茫的草原〉来看文学影响的规律》，《教科文汇（上旬刊）》2007 年 11 月。

他的脑海中浮现了骑兵战士们火热的战斗场面，他仿佛看到了骑兵战士们的一举一动，体会到了他们为民族解放而进行革命斗争的辛苦，想到了自己在骑兵部队生活的一切经历。照日格巴图不断地学习、有效地借鉴，很快便创作出了优秀的骑兵系列小说，并且在诸多短篇小说的基础上创作出了长篇巨作《铁骑》。

蒙古族作家在学习俄苏文学时，都选择了自己感兴趣的作品，如玛拉沁夫选择了与自己有着相似命运的肖洛霍夫的作品《静静的顿河》，而照日格巴图、朋斯克等作家在部队生活多年，有着真实的作战经验，因而把目光投向了俄苏文学中的军事题材小说。

综上所述，在这一章论述了关于“社会主义建设初期30年”蒙古族汉文小说作家在艺术上的外来借鉴与本土化的问题。主要从“拿来主义”文学观及本土化艺术实践、对中国古典文学及现代文学的学习借鉴、对苏俄文学的热衷与学习借鉴这三个方面进行了重点论述。鲁迅先生在文学上倡导“拿来主义”思想，并身体力行，学习借鉴了俄罗斯批判现实主义大师果戈理的小说《狂人日记》。蒙古族作家虚心向鲁迅、沈从文等前辈学习了他们的艺术创作手法，并与自己的创作风格融合，创作出了一系列好的作品。不仅如此，他们还从中国古典文学中摄取营养来充实自己。玛拉沁夫和照日格巴图等作家的小说作品受俄苏文学的影响偏多，对俄苏文学的学习借鉴也最为明显。通过研究发现，作家们在学习借鉴外来文学的文学传统的同时，也做出了新的尝试与创新。我们认为，一个民族文学的发展与兴盛均离不开两个因素：一是对本民族优秀的文学传统的传承，二是学习借鉴并吸收其他民族优秀的文学养分。

第四章 “社会主义建设初期30年”蒙古族作家汉文小说创作的文学史意义

“社会主义建设初期30年”蒙古族作家创作的汉文小说不仅仅是蒙古族当代文学史上的一朵奇葩，也是中国当代文学史中不可或缺的一部分。在笔者看来，任何一个民族的文学，无论是哪个阶段的文学，都有其特定的历史意义以及文学史价值。就以“社会主义建设初期30年”蒙古族作家创作的汉文小说这一特殊类型的文学来说，它不仅开启了蒙古族当代小说的创作，而且促进了蒙古族当代文学的繁荣发展。与此同时，也为后来的民族文学作品做出了巨大贡献，得到越来越多人的关注。1957年起，这些作家作品经历了一系列“苦难”之后，特别是遭遇了“文化大革命”以后，也受到了文学界多年的忽视。现如今，这部分文学作品显得更加珍贵，理应得到更多的关注。对它的文学史意义和地位理应予以公平、公正和精准的评价。

第一节 蒙古族作家创作的汉文小说的“间性”特征与“夹缝”命运

当代蒙古族汉文作家行走在多元文化与多民族文学的交叉地

带，他们的写作理念、创作过程、文本内涵以及艺术形式趋向于中华各民族文学的构建体系。这也进一步表现出在世界多元文化相互交融的背景下，蒙古族作家创作的汉文小说的“间性”特征。面对这种局面，我们首先要做的就是彻底消除二元对立模式，不能用一个固定的模式来判断蒙古族或汉族，因为二者之间早已经是你中有我、我中有你的互依并存关系了。

一、蒙古族作家创作的汉文小说的“间性”特征

“社会主义建设初期 30 年”蒙古族汉文小说作家不仅坚守了本民族文化，还突破乃至跨越了语言和文化，吸收中华民族乃至世界文化的营养成分，实现多元文化身份的超越。“他们的文学成就呈现出我中有你，你中有我的文化混杂性”[①]，所以，当代蒙古族作家创作的汉文小说对于蒙古族文学的发展具有特别的意义。无论是从民族文化学的角度而言，还是站在我国源远流长的文化发展观角度来看，蒙古族作家用汉文创作的作品，是创作史上一个具有鲜明特征的文学类别。我们要知道，蒙古族汉文小说作家不仅是个特殊的创作群体，而且他们所创作的汉文小说作品有其特殊的历史意义和文学史价值。蒙古族汉文小说作家的创作显现出耐人寻味、独一无二的“间性”特征。因此，我们也可以选择特别的视角——文学文化学，进行文学文化渊源研究。

从蒙古族文学文献资料中发现，在一定历史时期（1206—1368）留有作品的用汉文创作的蒙古族诗人、作家有 40 余人；元朝以后，蒙古族作家的汉文创作现象已不再稀奇了，这已然成为了蒙古族文学的重要组成部分。从元朝以后到中华人民共和国成立之前，大约有 160 名蒙古族作家留下了自己的汉文创作作品，再加上元代的 40 余人，一共有 200 余人，其中成就杰出者亦不

① 杨晓敏：《现代蒙古族作家汉语写作的边界性》，《内蒙古社会科学（汉文版）》2014 年第 5 期，第 132 页。

下数十人[1]。他们的作品是蒙古族文学不可或缺的重要组成部分。

回顾历代蒙古族文学创作，主要由母语创作、汉文创作、藏文创作、翻译文学等几大部分组成，其展现出多元化的发展趋势。我们在第一章已讨论了蒙古族作家汉文创作现象的出现并不是偶然的，而是社会历史文化发展的必然趋势，这一发展不是谁能够阻挡的，它是遵循社会发展的规律进行的。有些人会认为用汉语进行创作就一定会消解民族传统文化，这是不对的，它不但不会消解，反而会重构与创新民族文化。“社会主义建设初期 30 年”蒙古族汉文小说作家正是利用汉语书写的方式向中华文化、中国文学趋同，将民族的文化和精神融入整个中国文学之中，达到将民族文化、民族文学推向世界的目的，作家们正是使用汉语写作才取得了很大的成就。“一个民族的实力通常取决于文化的繁荣，实现自我与他人之间多元文化的同步发展。”[2] 其实在过去一段时期，蒙古族就已经接触到了世界各民族的优秀文化，与欧、亚、非三大洲建立了友好的关系，成为了沟通西方与东方的桥梁。晚清以来，蒙古民族更是进入了多元发展的历史阶段，农业、工商业、教育、医学、工艺美术等都得到了前所未有的发展。

当代蒙古族作家汉文小说创作开始于 20 世纪 50 年代初，作家们用自己的作品向读者呈现出了他们想要表达的内蒙古草原文化。他们已然在国内外引起了注意，并受到了文学界的广泛赞誉。玛拉沁夫的《科尔沁草原的人们》《茫茫的草原》，朋斯克的《金色兴安岭》，扎拉嘎胡的《红路》《草原春天》，乌兰巴干的《草原烽火》，安柯钦夫的《草原之夜》等汉文小说是“社会主义建设初期 30 年”的代表作。对于这些成就，托娅、彩娜在《内蒙古当代文学概观》中说：“小说的成就在内蒙古自治区当代文学中最为突出。1947 年自治区成立到 1966 年间的小说创作是值得

① 荣苏赫：《蒙古族文学史（汉文）》，内蒙古人民出版社，2000 年，第 6 页。
② 杨晓敏：《现代蒙古族作家汉语写作的边界性》，《内蒙古社会科学（汉文版）》2014 年第 5 期，第 132 页。

让人重视的。首先，这个时期小说作品的数量不仅庞大，而且还出现了一批如《茫茫的草原》《红路》《草原烽火》《遥远的戈壁》《金色兴安岭》《新生活的光辉》等优秀作品，至今仍有着经典意义。”①

不仅如此，“和同时代的其他作品相比较，这一时期的蒙古族小说的价值不仅仅是在艺术上或者在与时代的共鸣上，最重要的是作为来自草原的一种声音；是作家在民族新生活的激发和影响之下进行的自觉创作，是创作主体在客观生活感召下的一种发自内心的倾吐和宣泄，是一个作家的良知和神圣责任的独特表达”②。例如，玛拉沁夫发表的第一篇小说《科尔沁草原的人们》，这一篇小说让他声名大噪。小说一经发表，便迅速引起了文坛的关注与反响。这篇小说在当时引起全国轰动的原因正如佟额尔敦仓博士所论证的“它满足了人们对异质文化的期望，与此同时，它以草原文化小说的独特民族情怀进入了中国当代文学的殿堂，占据了自己的席位”③。

可以说，中国当代蒙古族作家的汉文创作比任何时期都更加突出和富有朝气。创作队伍的壮大及成长，不可计数的作品数量以及日新月异的创作题材，并且有了很多在国内外有重大影响的作家。尽管这一文学现象已经引起了文学界诸多人士的密切关注，而且在相关的文学史著作中多有介绍、评论，并有专著出现，但是他们更多的是从中华大文化的视角去论及、定位和审视这种文化景观的特殊之处。对于当代蒙古族作家汉文小说创作，甚至有一部分人是戴着有色眼镜去观察和评说；同时，蒙古族的许多文学研究者自己就抱有某种封闭、保守的评价心态去品评本民族的当代文学创作。这样做的后果不仅会忽略当代蒙古族作家汉文创作对蒙古族文学发展的贡献，也会把握不准当代蒙古族作家汉文

① 托娅、彩娜：《内蒙古当代文学概观》，内蒙古大学出版社，1997年，第145页。
② 佟额尔敦仓：《玛拉沁夫小说创作民族文化解读》，博士学位论文，内蒙古大学，2011年，第21页。
③ 佟额尔敦仓：《玛拉沁夫小说创作民族文化解读》，博士学位论文，内蒙古大学，2011年，第22页。

创作在整个蒙古族文学史上的应有地位。我们要把这一时期的汉文创作真正纳入整个蒙古族文学中去整体研究，并运用民族文化解读的方法去分析、研究它与蒙古族传统文化以及传统文学的历史渊源关系，进而对它在发扬民族文化及民族文学的独特内涵及其在文化交往交流交融过程中所独有的实际意义给予正确定位。

二、蒙古族汉文作家的“夹缝”命运

杨晓敏博士在他的《现代蒙古族作家汉语写作的边界性》一文中曾创造性地运用了霍米·巴巴的后殖民理论，认为霍米·巴巴提出的“第三空间”的理论很适用于用汉文写作的少数民族作家。对于以汉文写作的蒙古族作家来说，他们介于蒙古族和汉族的“第三空间”，他们的文化身份与精神归属一直是让人既尴尬又困惑的问题。“中间状态”让他们的文学成就在汉语文学和蒙古族文学之间左右徘徊，至此，他们的作品也只好在边缘地带徘徊，又很难突破重围进入众人的视野，因而面临着进退两难的“夹缝”命运。从作家们的小说作品中我们能够感受到，他们的历史使命感。作为人类必须要通过寻根找到身份，在文化身份不够明确的“第三空间”中漂浮的少数民族作家们必须要面对自我身份危机的焦虑与民族认同困惑。外来文化对民族本土文化产生的影响越大、越厉害，则这种“中间状态”的无助的孤独和寂寞感也会越来越真切，这是世界流散文学、少数民族文学普遍存在的事实。

用汉文进行创作的蒙古族作家的境地较为尴尬，尤其是在五四时期到中华人民共和国成立之前，民族间各种各样的问题和矛盾还未缓解，少数民族作家难以得到认可，很多蒙古族人士对于民族认同问题更是爱莫能助。直到中华人民共和国成立，各民族平等政策的提出，民族间的矛盾才开始慢慢缓和，而且，由“老、中、青”三代人组成的少数民族作家队伍也越来越壮大，也创作出了大量的优秀作品。不仅如此，各民族平等的政策给予了用汉文进行创作的少数民族作家很大的鼓励，使他们有勇气接受汉语而抒写本民族的人文景观。

我们要正确理解蒙古族作家汉文创作的现象，恰恰通过他们，蒙古族传统文化才能够突破自我设定的局限，走向中华大众，通向世界。因此，他们的出现彰显出越来越重要的社会意义，“他们在认同文化差异的基础上，促进了不同文化之间的对话和协商，达到了相互理解和尊重的目的”①。

第二节　蒙古族汉文小说在汉语文学界里的影响力

中华人民共和国成立以来，蒙古族作家汉文小说创作取得了令人瞩目的成绩。从总体上来看，“社会主义建设初期 30 年”蒙古族汉文小说作家队伍的发展呈现从零到一，再从一到九的递增态势。从中华人民共和国成立初期的玛拉沁夫、扎拉嘎胡、朋斯克三位作家到后来的十一位作家的创作群体，他们成为了当代文坛上不可忽视和小觑的生力军。另外，“社会主义建设初期 30 年”期间，他们创作的小说作品，无论是在数量还是在质量上都呈现出蓬勃向上的积极姿态，丰硕的创作成果为中国当代文学的繁荣发展做出了卓越的贡献。

一、蒙古族汉文小说评价

说到“社会主义建设初期 30 年”蒙古族汉文小说的影响力，我们首先会想到文学界对这一时期作家作品有何评价。总体上来看，大家都持肯定态度。我们在本课题的导论部分的文献综述，即在新时期以来的各类研究中发现，对这一时期用汉文进行创作

① 杨晓敏：《现代蒙古族作家汉语写作的边界性》，《内蒙古社会科学（汉文版）》2014 年第 5 期，第 132 页。

的小说作家及其作品，越来越多的人予以关注和展开研究，并做出了较为中肯的评价。他们满怀欣喜地赞扬作品优点的同时，也公平公正地指出作品的不足之处。在我们看来，想要知道文学界到底对“社会主义建设初期 30 年”蒙古族作家创作的汉文小说评价如何，最重要的观察视角就是各类文学史对他们及其作品给予怎样的评价。

为了理清思路，以“中国当代文学史”“中国少数民族当代文学史”“蒙古族当代文学史”三种文学史类型说明文学界对“社会主义建设初期 30 年”蒙古族作家创作的汉文小说的评价。

笔者在导论部分的文献综述中已经搜集整理出“中国少数民族当代文学史”和“蒙古族当代文学史”两种类型的文学史中评价“社会主义建设初期 30 年”蒙古族作家创作的汉文小说的相关章节。如李鸿然编著的《中国当代少数民族文学史论》中高度认可和评价了玛拉沁夫，认为“玛拉沁夫五十年的艰辛与坎坷，理想与光辉中有着中国当代少数民族文学的投射和折光。……他对中国少数民族文学发展的成就、对中国少数民族文学理论的构建以及对中国少数民族文学的组织事业，都与中国当代少数民族文学半个世纪的历史同在”①。李鸿然还对玛拉沁夫的长篇小说《茫茫的草原》做了评价：“它不但达到了当时蒙古族长篇小说创作的顶峰，而且为中国当代长篇小说创作提供了与汉族文学截然不同的文学范型。”② 这部文学史还评价了扎拉嘎胡的长篇小说《红路》，认为《红路》拓宽了少数民族文学创作的领域。当时很少有关于少数民族知识分子题材和探索真理的少数民族知识分子的主题，所以它的美学理念和艺术经验都富有启迪意义。

托娅、彩娜编著的《内蒙古当代小说论纲》中认为，扎拉嘎胡的小说不仅描绘了民族生活的表层，更重要的是表现了社会历史的真实和体现了浓郁的民族特色。他的小说作品是那个年代蒙

---

① 李鸿然：《中国当代少数民族文学史论》，云南教育出版社，2004 年，第 109 页。
② 李鸿然：《中国当代少数民族文学史论（下）》，云南教育出版社，2004 年，第 574 页。

古族人民的命运和生活的真实记录。这才是扎拉嘎胡小说的真正意义之所在。

在黄薇编著的《当代蒙古族小说概论》中提到“这十七年的小说用饱含革命激情的笔，不但记载了蒙古民族在党的组织与领导下为民族解放所进行的艰苦卓绝的革命斗争，而且也记录了解放后蒙古族人民自由的新生活和新姿态。从这些作品中我们能够领略到革命斗争和社会主义建设的时代风浪，这是不容置疑的”[①]。这一时期的小说作品虽然有“那个时代的印记”，但理应获得更为广泛的重视和公正的评价。

在整个中国当代文学史中提及蒙古族作家汉文创作的有：张炯主编并于2013年2月由江苏文艺出版社出版的《中国文学通史·当代文学（中）》，赵树勤、李运抟主编并于2012年11月由湖南师范大学出版社出版的《中国当代文学史（1949—2012）》，特·赛音巴雅尔主编并于2009年9月由内蒙古教育出版社出版的《中国当代文学史》，陈思和主编并于2012年7月由复旦大学出版社出版的《中国当代文学史教程》，郭志刚主编并于1980年12月由人民文学出版社出版的《中国当代文学史初稿》，郑万鹏主编并于2007年12月由华夏出版社出版的《中国当代文学史》等6部文学史。其中，被提及最多的作家是玛拉沁夫，除此之外，阿·敖德斯尔、朋斯克、扎拉嘎胡、乌兰巴干等作家也或多或少被提及。这些文学史主要介绍了作家们的代表作，尤其对玛拉沁夫的《茫茫的草原》做了较详细的评价。在陈思和主编的《中国当代文学史教程》中提到“新中国成立以来，还出现了许多非汉民族作家……蒙古族作家玛拉沁夫的《茫茫的草原》等。与汉族作家的创作类似，这些少数民族作家的创作也受到党所提出的文学和艺术政策的指导，但他们毕竟是少数民族作家，这意味着少数民族的文学创作已然成为了中国当代文学不可或缺的一部分”[②]。

---

① 黄薇：《当代蒙古族小说概论》，内蒙古人民出版社，2000年，第38页。
② 陈思和主编：《中国当代文学史教程》，复旦大学出版社，2012年，第128页。

另外，作家们也荣获了各种奖项。由此也可以看出，“社会主义建设初期30年”蒙古族汉文小说作家们无论在哪一类当代文学史著作中都得到了应有的荣誉和地位。以下是作家们的获奖情况：

国家级奖项：玛拉沁夫的长篇小说《茫茫的草原》获第四届全国少数民族文学创作长篇小说奖，1985年，安柯钦夫获第二届全国少数民族文学创作荣誉奖。

自治区级奖项：玛拉沁夫的短篇小说《科尔沁草原的人们》于1952年内蒙古自治区文艺评奖活动中获得文学一等奖；阿·敖德斯尔的短篇小说《草原之子》于1957年获内蒙古自治区文学创作二等奖；在1957年内蒙古自治区成立10周年文艺作品选拔活动中，玛拉沁夫的长篇小说《茫茫的草原（上）》获得一等奖，扎拉嘎胡的小说集《小白马的故事》获三等奖，朋斯克的中篇小说《金色兴安岭》获得 “文学创作二等奖”，云照光的短篇小说《友谊》和《河水哗哗流》获得内蒙古“军营优秀作品奖”；扎拉嘎胡的长篇小说《红路》于1959年获得内蒙古自治区文学创作一等奖；安柯钦夫的短篇小说《新生活的光辉》于1981年获得内蒙古自治区文学创作二等奖。

除此之外，蒙古族相关学者、研究者们也对“社会主义建设初期30年”蒙古族汉文小说作家们做过中肯的评价。内蒙古大学研究生韩巧玲曾采访过蒙古族作家对用汉文进行创作的看法，并把采访内容写进自己的论文《蒙古族当代汉文小说创作影响力研究》中。大部分蒙古族作家对用汉文进行创作的现象持肯定的态度。其中，力格登认为“在有蒙古族的地区生活的那些作家，各种原因导致没能学好蒙古语，反而学汉语较方便，他们在汉族聚集地工作期间只能用汉语进行创作，这是对的”，并指出了用汉文进行创作现象的优点以及缺点：优点在于蒙古族作家用汉文写作的作品，会被更多使用汉语的人们熟知，他们从中会认识到蒙古族以及蒙古族人的生活；缺点是在蒙古族、汉族两种不同的语言文化背景下，他们的作品位于边缘的尴尬境地。作家照日格巴图认为用汉语进行创作的蒙古族作家会更上一层楼。作家纳·赛西雅拉图认为用汉语进行写作的蒙古族作家除了能让自己变得更强之外，还对蒙古族作品翻译工作和创作蒙古文小说的作家的成长有所帮助。而且，他们的作品传播速度较快，会从原有的地区走向世界。

除蒙古族作家的评价之外，1962年，文学大师茅盾写了近1万字的长文专门对玛拉沁夫的小说作品进行点评，认为玛拉沁夫的小说作品已经形成了自己的创作风格，十多年来始终一贯。茅盾先生的评语是“玛拉沁夫他是一个富有生活经验的人，同时他又拥有诗人所独有的气质，这些成就了他的作品的风格——自在而清丽”[①]。1963年，文学大师老舍曾赞誉玛拉沁夫为“文坛千里马”。还有，阿·敖德斯尔和茅盾的往来交流关系、茅盾对乌兰巴干的长篇小说《草原烽火》做眉批等都表明，“社会主义建设初期30年”蒙古族作家创作的汉文小说已经引起了全国文学界的重视，因而作家们也拥有了自己应有的地位。

二、蒙古族作家创作的汉文小说的影响力

“社会主义建设初期30年”蒙古族汉文小说作家已形成了稳定的创作群体，人数和作品数量也在不断增加。作家们得到了空前发展的同时，创作眼界变得更加开阔，创作题材也更加丰富，作家们早已肩负起了对内传承、对外发扬的重任，基于他们特有的生活经历和坚定的创作理念，顺应多元文化相互交融的时代潮流，创作出了很多优秀的文学作品，成为了蒙古族当代文学乃至中国当代文学的精神守护者。

作家们对蒙古族当代文学以及少数民族文学，乃至整个中国当代文学都有自己独特又杰出的贡献。大家都认为，“草原小说”的开拓者当属作家玛拉沁夫，玛拉沁夫说：“因为我是在风雪草

① 吉狄马加：《玛拉沁夫的文学创作及其历史性影响——〈玛拉沁夫文集〉总序》，作家出版社，2015年，第2、3页。

原上成长的，所以草原上的一切经历决定了我的个性和习性，我认为在狂风暴雨中生活，是一个不可多得的机遇和难忘的经历，我要过好每一天……”① 我们从玛拉沁夫在不同境遇下创作的作品中就能够看出，他不论是在怎样的环境中都从未消沉和放弃过，因为玛拉沁夫对我们的党和国家以及对我们这个时代的忠贞信念未曾动摇过。这一点很令人敬佩。我们可以说玛拉沁夫的创作是蒙古民族一个时代的文化象征。“我们从文化多样性的角度来审视玛拉沁夫小说艺术的特点，我们可以得出这样一个结论，即玛拉沁夫的草原文化小说是独特的，与其他类型的草原文化小说是不一样的，或许这就是玛拉沁夫对中国文学乃至对世界文学所做的一大贡献。”② 另外，玛拉沁夫对中国少数民族文学事业的建设和发展做出了历史性的贡献。

扎拉嘎胡的中篇小说《春到草原》发表之后，给读者一个很大的惊喜，也给评论家、文友们一个很大的惊喜。大家都一致认为，扎拉嘎胡在创作风格上有所突破，在小说创作艺术功力上大有进步，在人物塑造刻画上有很大改变，恰当地通过典型的细节描述，使小说人物更加形象生动。扎拉嘎胡以他的第一部长篇小说《红路》在内蒙古长篇小说创作领域中占据了重要地位。在小说《红路》中，作者刻画塑造了性格鲜明的共产党员额尔敦的形象，他是蒙古族青年知识分子中的先进人物、代表性人物。这个人物形象的成功塑造，丰富了当代少数民族文学的人物画廊。在梁庭望、李云忠、赵志忠主编的《20世纪中国少数民族文学编年史》中介绍《红路》故事梗概的同时，提到“小说的语言朴实、结构完整、人物饱满。故事情节在多线条中交纵发展，能够与校外的现实社会和整个革命斗争形式联系起来，成为折射当时社会革命斗争的一面镜子。小说体现了旧社会蒙古族知识分子的苦难经历以及蒙古族知识分子在社会大转折时期的思想风貌，具有开

① 玛拉沁夫：《茫茫的草原（上）》，载《玛拉沁夫文集》卷一，作家出版社，2015 年。
② 吉狄马加：《玛拉沁夫的文学创作及其历史性影响——〈玛拉沁夫文集〉总序》，作家出版社，2015 年，第 4 页。

拓意义”[①]。

阿·敖德斯尔是第一位用蒙汉两种文字写作的作家，是蒙汉双语文学的开创者。阿·敖德斯尔还是内蒙古文学事业的创始人之一，他从中华人民共和国成立前夕开始创作。他有小说、散文、电影剧本等多种文学作品，总计超过300多万字，其中许多作品被翻译成英、法、日等多种语言出版，不少作品还被选入中小学的教科书中。阿·敖德斯尔曾说：“草原是一部写不尽的书，永远令我一往情深。”[②]他用他那饱含激情的笔触，描绘草原和讲述草原上的故事。他对文学有着无与伦比的热爱，他常常奔波于草原和戈壁之间，与牧民们一起吃饭、一起生活，有空就蹲坐在角落里，在稿纸上记录着生活的点滴。阿·敖德斯尔用文学见证了半个多世纪的草原春秋。1963年，文学大师茅盾给阿·敖德斯尔寄了第二封信，这封信的高度评价了阿·敖德斯尔及其作品，这对他后来的创作起了很重要的作用。信中写道：“亲爱的阿·敖德斯尔同志，您好。如果我的一些拙劣的观点您能同意，并且对您会有帮助，那我便很高兴，也很荣幸。您在这样的年纪已经取得了很大的成就，也超出了上一辈在同样年纪所做的。蒙古族人民，我们的祖国都应该为你感到骄傲……”[③]之后，阿·敖德斯尔不仅代表中国作家协会去过中国香港、台湾等地区，还参加了对朝鲜、日本、蒙古、俄罗斯等国家的访问，与之建立了友好的关系，为我国的文化与文学交流做出了贡献。他是被收入《中国大百科全书》的蒙古族当代著名作家之一。阿·敖德斯尔一生淡泊名利、朴实无华，我们所熟知的“敖德斯尔文学奖”就是以他的名字命名的。

云照光的小说创作，不仅文体多样，而且在思想和艺术方面还取得了可喜的成就。我们从他的小说作品中能够清晰地看到蒙

① 梁庭望、李云忠、赵志忠主编：《20世纪中国少数民族文学编年史》，辽宁民族出版社，2006年，第294页。

② 成仁：《蒙汉文学关系中的敖德斯尔》，硕士学位论文，内蒙古大学，2014年，第53页。

③ 成仁：《蒙汉文学关系中的敖德斯尔》，硕士学位论文，内蒙古大学，2014年，第12页。

古民族的革命历程和新生的喜悦。我们从《忆延安》中，可以看到一个民族的醒悟；我们从《战火的洗礼》中，可以看到一个民族的奋起；我们从《河水哗哗流》中，可以看到一个民族的兴盛；我们从《生活在友谊的海洋中》中，又可以看到一个民族的地位。毫无疑问，云照光的多数小说作品都具有宝贵且不朽的史料价值。

作家安柯钦夫的小说作品反映了祖国边疆的斗争生活，他用饱含热情的笔赞扬了勤劳勇敢的蒙古族人民，赞美了草原上的社会主义建设，赞赏了蒙古族人民的新风貌。他的作品富有生活气息和民族特色。作家特·达木林的主要成就在于戏剧创作方面，他的短而精的民族歌舞剧《慰问袋》曾轰动一时。此剧以淳朴的情感、独特的视角、鲜明的艺术特色震撼了20世纪50年代初的首都舞台，在异域也产生了广泛而深刻的影响。叶圣陶为乌兰巴干的长篇小说《草原烽火》写了代序，并在结尾部分评述："小说中的草原的风景，深深地吸引了我，让我有了很大的满足。我没去过草原，读了这部作品，仿佛已经亲临了草原似的，亲切地感受到了那些美丽景物的样子……"[①] 或许，这就是乌兰巴干小说的魅力所在吧。作家朋斯克更是草原文学的杰出代表人之一。照日格巴图的骑兵类小说也在中国当代文学的画廊中留下了绚烂的一笔。

总而言之，玛拉沁夫是"草原小说"的开拓者，是草原文学作家群的领军人物，他以大量的创作实绩丰富了草原文学宝库。玛拉沁夫率领阿·敖德斯尔、扎拉嘎胡、朋斯克、云照光、特·达木林等作家为发展草原文学而努力。毫无疑问，他们是草原文学的中坚力量。作家们创作的草原文学的精彩篇章，为中国当代文学做出了卓越的贡献。

① 叶圣陶：《读〈草原烽火〉》，载《长篇小说卷2——乌兰巴干〈草原烽火〉》，中国国际广播出版社，1996年，第6页。

第三节 “民族文学”的自我认同及民族文学理论建构

“社会主义建设初期30年”用汉文进行小说创作的蒙古族作家虽然用汉文创作，但是他们十分了解本民族文化。他们一方面通过文学创作促进文化的交往、交流、交融；另一方面，发扬着本民族的传统文化，并心怀振兴中华民族伟业的豪情壮志。与此同时，作家们坚定地迈着前进的步伐，他们有勇气、有魄力，拥有先进的当代文化思想，走出草原，走向世界，借助中华民族优秀文化促进蒙古族当代文学的繁荣发展。

一、“民族文学”的自我认同

用汉文创作的蒙古族作家群体是一个独特的存在。他们面临的首要问题是“民族文学”的自我认同，也就是民族身份的认同。“认同”这一词弗洛伊德最早使用在心理学领域，认同是“指个人与他人、群体或模范人物在感情上、心理上逐渐一致的过程”[①]。“自我认同”则指的是“个体依据个人的经历所反思地理解到的自我”[②]。民族认同是一个民族觉醒的自我意识，是一种寻找“自己人”心理的外在表现。人类一生下来就与这个世界有了千丝万缕的联系，人的社会属性使得每一个人都有认同的需要，时刻希望自己属于某个群体，而不是个体独立存在。随着现代化进程的加快，在中国这样一个多民族、多人口的国家里各民族文化日益交融的前提

① 陈国强主编：《简明文化人类学词典》，浙江人民出版社，1990年，第68页。
② [英]安东尼·吉登斯：《现代性与自我认同》，夏璐译，中国人民出版社，1998年，第275页。

下，民族身份认同对于一个少数民族作家来说，是一个非常重要的问题。所以说，对用汉文写作的蒙古族作家来说，民族身份认同是个值得探讨而且是要认真探讨的问题。

用汉文写作的蒙古族作家从写作的那天开始就有着对本民族的认同感，再加上地理位置、社会发展、文化环境等原因，又对文化有了认同感。作家们的民族属性和民族归属感能够消除他们身份的不确定性。作家们希望通过用汉文进行创作来体现出本民族的文化特色和生活面貌。他们的作品无时无刻不表现出对本民族的热爱和对本民族成员的友爱之情。因而，用汉文进行写作的这些作家的民族认同意识对维系民族团结起着非常积极和重要的作用。

“社会主义建设初期 30 年”蒙古族作家创作的汉文小说是蒙古族当代文学的重要组成部分，属于民族文学是毋庸置疑的。有以下两点足以证明：

第一，作家们的小说作品融入了蒙古族独有的风俗习惯。在本书中，笔者已经整理了“社会主义建设初期 30 年”蒙古族作家创作的汉文小说中最能够体现蒙古族风俗的马刀、荷包、鼻烟壶等物品的相关描写段落。风俗是人类在长期的社会生活实践中所形成的物质文化与精神文化的结合。它不仅包括人类日常生活不可或缺的物质部分，例如食物、衣服、住所、器皿等，还包括最重要的精神方面，例如在物质生产中产生的智慧和习惯。除此之外，又有与社会关系和生活方式有关的称呼、婚姻、家庭、放牧、狩猎、耕作、买卖、宗教信仰以及娱乐活动等。民族的风俗习惯所涉及的内容极为广泛，也被称为民族生活习俗的“活化石”。

第二，作家们的作品体现了本民族的艰难历史和对新生活的颂歌。玛拉沁夫的短篇小说《诗的波浪》中的巴达玛，在她 7 岁时就被拉去当巴音的“终身奴隶”，不但做牛做马，还被侵犯。37 岁的时候，她由于身患疾病，腹部肿胀，但是巴音认为她是“怀鬼胎的女人”而将她囚禁了起来，连食物都不给，只能在善良的奴隶姑娘和乡亲们的帮助下勉强活命。可是巴音最后还是不肯放过她，当巴音的羊群染上了瘟疫之后，就把原因推到可怜的巴达玛身上，并把她推下了山沟。后来她被路过的好心人救活。中华人民共和国成立后，在中国共产党的关怀下，巴达玛以拖拉机站站长的全新面貌迎来了新生活。这样的例子在作家们的作品中还有很多，如朋斯克的短篇小说《牧人之家》展现了草原上的美好生活。这篇小说中的一家三口因社会主义制度有了新面貌、新生活：萨尔花额吉成为了积极向上的挤奶工，她的老伴吉格图是个搬运鲜奶的“夜行者”，他们的女儿奥云则是乳粉厂一名优秀的技术员。特·达木林的短篇小说《欢腾的锡林河畔》中有这样一段描写：“老人家讲的那么多的话语里，都是对新生事物充满了热爱之情和赞美之情，都对封建迷信、旧事物充满了辛辣的批评和鞭策。”[①] 这里说的是小说主人公达姆丁老人，意思是老人的思想有了极大的转变，他开始相信科学，对新生事物充满期待，而不再纠结于封建迷信之说。老人的思想有了转变，这其中汉族青年志愿者小张功不可没。在小张的劝说和引导下，老人改变了以前旧的接羔方法，于是帮着小张一起宣传和劝导牧民们接受新的接羔方法。虽然经过了一些坎坷，但最后阿尤希合作社的牧民们还是选择相信和接受小张的做法，大家一起顺利又完美地结束了接羔工作。20 世纪 40 年代，内蒙古广大人民正处于水深火热之中，他们在共产党和国民党之间疑惑地徘徊，面临两种境地、两种选择。国民党反动派为了加强对内蒙古地区的统治，与反动组织串通，作恶多端，再加上封建王公贵族的残暴欺压，给草原人民带来了极大的灾难。玛拉沁夫、扎拉嘎胡、乌兰巴干等作家亲身经历了这场民族解放斗争，因此在他们的长篇小说创作中运用作家独有的艺术手法记录了这个关乎民族命运的重大事件。

民族之间的交流与合作自古就有，没有一个民族是可以封闭式独立存在的，更不可能独自发展和进步。文化交往交流交融、民族文化共享是中华民族长期以来持续存在的。“社会主义建设初期 30 年”蒙古族汉文小说作家充分认识到了这一点，他们既

① 特·达木林：《欢腾的锡林河畔》，《草原》1963 年总第 70 期，第 31 页。

对本民族有着充分的了解，又与其他民族保持接触和交往交流，因此，他们的观念和意识是多元兼容的。

二、民族文学理论建构

“社会主义建设初期30年”蒙古族汉文小说作家不仅在小说创作方面有所作为，他们在散文、文学评论、电影文学剧本等诸多方面都取得了成就。作家们勤奋、刻苦，在艺术上勇于探索和创新。他们的文学作品充满时代感和新的生活气息，其题材之广泛、主题之深刻、人物之新颖，都是富有开创性意义的。因此，我们的作家们不仅是在蒙古族当代文学史，乃至在整个中国文学发展史上都应占有重要的地位，因而他们的文学作品对蒙古族当代文学甚至中国当代文学的发展有着重大的意义。

“我来自蒙古草原，自然我的作品描述的还是草原。我的人生历程与文学事业和草原息息相关。因此，我的艺术感觉和艺术取向自然与草原密不可分。”[①] 这是作家玛拉沁夫说过的一句话，他是当代蒙古族“草原文化小说”的开拓者和引领者，阿·敖德斯尔、扎拉嘎胡、朋斯克、安柯钦夫、云照光、乌兰巴干等作家则都是践行者和建设者。玛拉沁夫和上述几位作家组成的当代蒙古族“草原文化小说”的汉文创作群体通过不懈的努力，创作出的优秀小说作品让全国以及全世界的人感受到了蒙古族草原文学的悠久传统和文化内涵，并通过一再坚持，赢得了同胞、其他民族和国家的认可和赞赏。这就是他们的历史地位和文学史意义之所在。

1952年1月玛拉沁夫在《人民文学》期刊上发表的《科尔沁草原的人们》是真正意义上的当代蒙古族“草原文化小说”的开端。之后接连诞生了《一朵红花》《金色兴安岭》《草原之子》《仙水流向草原》等作品。如果我们把20世纪50年代出现的玛拉

① 玛拉沁夫：《中短篇小说》，夏璐译，载《玛拉沁夫文集》，作家出版社，2015年，封面题词。

沁夫、阿·敖德斯尔、扎拉嘎胡、安柯钦夫、朋斯克等汉文小说创作群体与同时期用母语创作的其他蒙古族作家相比较，用汉文创作的蒙古族作家会更占优势。因为他们创作的小说是以汉语作为媒介，所以自然比用母语创作的蒙古族作家在读者数量上更多一些、阅读空间上更广一些。不仅如此，用汉文创作的蒙古族作家直接可以与整个汉语文学世界平行对话，特别是这些作品描述的美丽富饶的草原景观、淳朴的民族性格、坚忍的民族精神和浪漫的蒙古族风情等，使整个中国文坛为之惊叹和赞誉。而在这其中，玛拉沁夫的功劳是尽人皆知的。而对用母语创作的蒙古族作家来说，他们只能通过译介才会有与整个汉语文学世界平行对话的机会。学者李晓峰对20世纪五六十年代出现的"草原文化小说"作家群体进行过评价，他认为"实际上，在当代蒙古族草原文化小说家中，对五六十年代草原文化小说家来说，他们又辛苦而又幸运，他们那样天真乐观而又多愁善感……从根本上来讲，蒙古族草原文化小说是在不同社会历史和文化语境下对民族生活的文化重构，表现出比其他民族作家更为强烈的主体意识和文化意蕴"①。

当代蒙古族"草原文化小说"生成于20世纪五六十年代，以玛拉沁夫为代表的草原文化小说的建设者们始终如一向世人展示了自己独一无二的文学艺术魅力，他们是蒙古族"草原文化小说"的积极开拓者和执着践行者。

玛拉沁夫是新中国培养的第一批少数民族作家之一，他义不容辞地率先把发展少数民族文学的重任扛在了自己的肩上。玛拉沁夫对中国少数民族文学的贡献是从1955年1月20日他给中国作家协会写的第一封信开始的。他的这一举措，让少数民族文学在中国文学界的发展进程及影响迈进了可贵的一步。当时玛拉沁夫在信中说道："中国是一个以汉族为主的多民族国家，一个多民族国家的文学一定是多民族的。民族文学是中国文学不可分割的重要组成部分。新中国成立至今已有五年多了，但少数民族文

① 李晓峰：《从诗意启蒙到生态的人文关怀》，《民族文学研究》2004年第2期，第91页。

学的工作并没有得到应有的重视和关注。”① 从说话的语气可以看出，玛拉沁夫年轻时耿直的性格。玛拉沁夫寄出的信也得到了中国作家协会的回应，主席团认为：“你提出的关于对我国多民族文学工作的意见，是正确的……如您信中所言，中国作家协会没有把工作做好，并未能帮助到少数民族文学工作的发展，这说明，我们对少数民族文学的发展问题重视得还不够。为改正错误，我们要采取以下措施……”② 这样，玛拉沁夫以少数民族作家和少数民族文学的组织者两个身份开启了他在中国文坛上的传奇之旅。

玛拉沁夫对中国少数民族文学理论建设做出了两个贡献：

其一，确立了中国少数民族文学的地位。玛拉沁夫第一次致中国作家协会提出的建议内容也是当时中国所有其他少数民族作家的内心感受。此外，玛拉沁夫寄出的信件得到了中国作家协会的极大关注，文学大家也都积极认可了玛拉沁夫的想法，而且《作家通讯》把玛拉沁夫的信件和回复的信件一同发表出来，轰动了整个文学界。由此可见，玛拉沁夫的这一壮举让他成为了中国少数民族文学理论创建的引领者。接着，中国作家协会于 1955 年 4 月举行了第一届由老舍先生主持的中国少数民族文学座谈会议，会议初步提出了关于少数民族文学的一些概念。从此，我国少数民族文学开始有了自己的理论概念、作家群体以及文学作品。

其二，促成了中华人民共和国少数民族文学的理论建设。我们都知道，中国当代文学史上最早提出“少数民族文学”概念的人是茅盾，可是茅盾先生对“少数民族文学”这一概念的界定标准没有进行过详细而深入的分析。而在 1956 年与 1960 年的中国作家协会理事会会议上，老舍先生在《关于兄弟民族文学工作的报告》一文里细致归纳了中华人民共和国成立以后的少数民族文学所取得的成果、经受的挫折、汲取的经验。除此之外，老舍先生既表述了我国少数民族文学的“昨天”“今天”“明天”，也

① 玛拉沁夫：《蓦然回首六十春》，载《文学评论》，作家出版社，2015 年，第 330 页。
② 玛拉沁夫：《蓦然回首六十春》，载《文学评论》，作家出版社，2015 年，第 335 页。

阐明了我国少数民族文学的性质、地位、特点，同时在理论与实践相结合的基础上，为中国少数民族文学制定了正确、可行的发展攻略。大家都知道，文学界早就提出并阐述了“少数民族文学”的基本概念，然而“少数民族文学”的界定标准却始终没有得到具体的阐释。部分研究者通常借助以下三个标准界定少数民族文学：民族题材、民族语言、民族成分。但具体标准组合形式并不一致，形式一：仅包括以上三个标准中的一个；形式二：要求少数民族文学须具有以上三个标准中的两个；形式三：是最严格的，必须具有以上三个标准的全部才算得上是少数民族文学。当代蒙古族作家玛拉沁夫在诸多学者、评论者研究少数民族文学的基础上，提出了自己的看法，他认为“作者是否属于该少数民族、作品体现的内容是否符合该少数民族生活文化、写作语言文字是否是该少数民族语言文字这三条，是评定少数民族文学范围的三大标准，但这三个标准并不是完全并列的，其中作者是少数民族应是前提。换言之，以作者的少数民族族属作为前提，再加上民族生活内容和民族语言文字这二者或这二者之一，即为少数民族文学”[①]。他还提出了少数民族文学创作今后的努力方向，认为“少数民族文学想要发展，就要以时代性、艺术性、民族性作为创作的三个要点，三要点一定要融合，而且任何一个都不能少”[②]。玛拉沁夫还强调，少数民族文学要想发展，就必须加强交流，互相学习，共同前进。玛拉沁夫对中国少数民族文学的理论观点绝不止这些，我们起码要明白，玛拉沁夫对我国的当代少数民族文学批评及理论建设所做的贡献是具有非凡意义的。

当代蒙古族作家扎拉嘎胡的文学观、文学理论阐释集中体现在他的《文苑沉思录》里，这是他 40 年来的文艺评论结集。中华人民共和国成立以来，他亲身体验了社会的变化和文学变革，认识到了变化和变革所带来的内蒙古各民族文艺的衍变以及蒙古

① 玛拉沁夫：《中国新文艺大系·少数民族文学》分集导言，载《玛拉沁夫文集·文学评论》，广西教育出版社，2006 年，第 120 页。

② 玛拉沁夫：《我们的誓言：前进》，载《玛拉沁夫文集·文学评论》，作家出版社，2015 年，第 183 页。

族文化心理的变化。在《文苑沉思录》中，扎拉嘎胡提到的以下四个论点极为重要。

1. 扎拉嘎胡深刻地认识到，所有被作家们极其认同的宝贵的文学作品，通常情况下都来源于作者以往的生活经历。不仅如此，作者遇到的真实人物一般都会或多或少地出现在他的部分作品当中。在他看来，费定是因为在第一次世界大战时期被德国当局扣留过，因此才写出了《城与年》这部作品；吴敬梓以冯粹中为原型，所以马二先生这一典型形象便出现在了他的小说作品《儒林外史》中。扎拉嘎胡归纳总结了深入生活的重要性，他说"作家必须要熟悉和了解生活，因为真实的生活才能够赋予所塑造的人物以灵魂。真实绝不是坐在屋里就能杜撰出来，它是客观世界通过主观世界映现出来的，是客观世界与主观世界在作家头脑中相统一的产物"①。

2. 从《茫茫的草原》《红路》《草原烽火》等三部长篇小说的创作来看，作家们的主体意识得以强化。他们在强调生活主调和时代主旋律的同时，开始侧重对民族历史的深层开拓和民族文化氛围的凸现，侧重多层次、多侧面揭示人物的内心世界，突出小说作品的民族特点和地域特色，使小说作品更有力度和深度。据此，扎拉嘎胡便总结和概括出了当代蒙古族长篇小说创作理论："民族性的把握已从作品的部分容量而进化为作家的创作机制的重构之中。作家自觉地将民族本体的特殊感知方式和审美经验作为自己建构作品的内在机制，从而使作品的内容和形式统一在民族性中，凸现作品的艺术个性。这是蒙古族作家长篇创作的审美特征的深化和品位的重要标志。"②

3. 扎拉嘎胡通过大量的文本阅读和作品分析、总结，进一步论证了在全国乃至全世界产生重大影响的文学作品，几乎都来自作家所经历的生活或作家所最熟悉的生活。扎拉嘎胡认为"人们

① 扎拉嘎胡：《培植高大的乔木》，载《扎拉嘎胡文集（五）——文艺评论卷》，远方出版社，2003 年，第 58 页。
② 扎拉嘎胡：《蒙古族作家长篇创作琐议》，载《扎拉嘎胡文集（五）——文艺评论卷》，远方出版社，2003 年，第 30 页。

的语言、情感以及日常习惯使得文学艺术作品具有独特的魅力，作品中体现独特魅力的作家和艺术家几乎没有保守的，他们善于进取、面对矛盾、重在选择”[①]。究其根本原因，文学创作活动中，现实生活是民族特色和地域特点的源泉。

4. 扎拉嘎胡认为，民族特色和地域特点始终出现在作家和诗人的文学创作中，这两者间既有血肉般的联系又有各自生存的空间和环境。两者间的联系是“地域特点越突出，民族特色也就越浓厚。地域特点越浓厚，民族特色也就越鲜明。民族特色好比是一个人，而地域特点就好比是衣服。一个标致的人自然就离不开漂亮的衣服”[②]。两者间各自的生存空间和环境是：“地域特点是一个民族或多民族在相对稳定环境中，以共同的语言文字、共同的经济生活为纽带形成的。而民族特色包容着民族的历史传统、文化积淀、宗教信仰、伦理道德、节庆仪式、服饰饮食，心理素质等。这些民族特色中自然包含着地域特点，但不能说民族特色就是地域特点。地域特点对民族特色既有从属性也有独立性，既有统一性也有排他性，如歌舞中的雪山和雅鲁藏布江是代表藏族神圣高洁性格的。这既是民族特色的集中表现，又是以地域特点来突显的。地域特点常常是在民族文艺中起着画龙点睛的作用，它的内核中饱含着艺术的深刻性、广泛性和普遍性。”[③]

以上的这些论点是扎拉嘎胡在大量的文本阅读分析和广博的知识积累的基础上归纳总结出来的。“他的‘所说’是在前人‘所说’基础上的一种进步。”[④] 这也是作家扎拉嘎胡对民族文学理论构建做出的重要贡献。

当代蒙古族作家安柯钦夫在《我的文学之路》一文中也曾谈道：

① 扎拉嘎胡：《更好更深刻地反映时代精神》，载《扎拉嘎胡文集（五）——文艺评论卷》，远方出版社，2003 年，第 79 页。

② 扎拉嘎胡：《视点的集中与光点的清晰》，载《扎拉嘎胡文集（五）——文艺评论卷》，远方出版社，2003 年，第 496 页。

③ 扎拉嘎胡：《视点的集中与光点的清晰》，载《扎拉嘎胡文集（五）——文艺评论卷》，远方出版社，2003 年，第 499 页。

④ 张锦贻：《对民族文艺的深沉思考——读扎拉嘎胡的〈文苑沉思录〉》，《民族文学》1996 年第 11 期，第 81 页。

"文化是一个民族的历史积淀，是人类智慧的结晶。因此，我们的任务就是站在前辈的肩膀上，继承和发扬这个传统。而要继承与发扬，就必须认知和掌握。……文学作品既要汲取前人的营养，又要有自己的创作，因此，掌握文学创作规律，善于进行形象思维，锻炼表达能力，提高语言技巧，都是不可或缺的元素。"[①]在这里，安柯钦夫无疑还是在强调一个作家创作出好的作品的前提是要植根于自己的民族文化，之后再学习其他文化，最后进行创新。

云照光是一位既严谨又勤奋的蒙古族作家。他创作的小说作品，大多都是根据自己深入生活的经验或所见所闻的真人真事创作出来的。他的小说作品，有些是悼念他的战友，有些是思念他的亲人。因此，云照光的小说作品富有深厚的真情实感，让人回味无穷。云照光认为，生编胡诌、闭门造车的作品以及写自己难以感受的日常，赶任务式完成的作品都不是好作品。真正的创作以及真正的作品应当是来自群众真实的生活日常，属于作者能够细致感知的范围，而非借助不擅长的题材去作茧自缚。

总而言之，玛拉沁夫引领的"社会主义建设初期30年"蒙古族汉文小说家对中国当代草原文化小说以及对中国少数民族文学的发展做出了不可磨灭的贡献，我们应高度认可和赞赏他们。

综上所述，第四章主要从三个方面探讨了"社会主义建设初期30年"蒙古族作家汉文小说创作的文学史意义。第一，蒙古族作家汉文小说创作的"间性"特征与"夹缝"命运，蒙古族汉文小说家既坚定地站在独特丰富的蒙古族文化的基础上，又从文化和语言的束缚中挣脱出来，学习国内各民族乃至世界文化的精髓，日益与多元文化交融，他们的小说作品呈现出了"间性"特征。而"间性"特征让作家的成就在汉语文学与蒙古族文学的中间地带被悬置，所以，他们的作品只能在边缘地带徘徊，又很难突破重围进入众人的视野，因而面临着进退两难的"夹缝"命运。第二，蒙古族作家创作的汉文小说在汉语文学世界里的影响力，这里主要论述了文学史、作家对"社会主义建设初期30年"蒙古族作

① 安柯钦夫：《我的文学之路》，《草原》2007年第8期，第9页。

家创作的汉文小说的评价，还简单地谈及作家的获奖情况。除此之外，还分别分析了作家们的成就和贡献。第三，民族文学的自我认同及民族文学理论意义，“社会主义建设初期 30 年”蒙古族作家创作的汉文小说是蒙古族当代文学不可或缺的一部分，完全属于民族文学的范畴。有以下两点足以证明：首先，作家们的小说作品体现了蒙古族独有的风俗习惯。其次，作家们的小说作品体现了民族的苦难史和对新生活的歌颂。玛拉沁夫引领作家们建构了中国当代草原文化小说以及推动了中国少数民族文学的发展。

小　结（上编）

“社会主义建设初期30年”时期，用汉文创作的阿·敖德斯尔、安柯钦夫、玛拉沁夫、朋斯克、乌兰巴干、云照光、扎拉嘎胡、照日格巴图、甫澜涛、特·达木林、伊德尔夫等11位蒙古族作家陆续登上文坛。历史的和社会的强烈使命感、革命的人格力量、人道主义精神、对文学事业的真诚以及对社会生活的积极参与意识，使他们自由地选择了文学道路。他们把辩证地、真实地再现历史和现实生活作为创作的自然审美取向，扎根于本民族的传统文化土壤中，积极汲取外来文学的有益成分，观察和把握生活的本质规律，运用现实主义文学创作手法表达着审美的、哲学的思考，践行着小说艺术实践。

“社会主义建设初期30年”蒙古族作家汉文小说创作的成就是以“十七年”小说创作为典型代表。“十七年”时期的蒙古族汉文小说作家更是发挥了各自的才能，他们在小说创作方面不断超越着各自原有的水准，并且不止关注短篇小说的创作，也把目光投向了中篇小说、长篇小说创作，把蒙古族当代小说创作提升到一个新的高度。他们的小说作品不仅展现了灿烂、丰富以及深远的民族文化渊源，而且从不同侧面、不同角度折射出了民族文化的深沉与积极的现实意义。这时期的小说作品理应受到大家的认可和广泛的关注，在蒙古族当代文学史上，他们也应该占据更加重要的位置。然而，让人感到遗憾的是，目前尚未广泛而深入地探究“社会主义建设初期30年”蒙古族作家汉文小说创作情况，使得这个时期的作家作品未能得到与之匹配的认可度。这就是本课题的研究视角和切入点之所在。

现将本论文基本形成的主要结论概述如下：

一、“社会主义建设初期30年”蒙古族作家汉文小说创作形成于特定的社会历史和地域文化背景之下。这时期的作家大多出生在中华民族文化互相交融的内蒙古东部地区。蒙古族汉文小说作家群体，借助本民族深厚的历史积淀和深层文化内涵，真实地展示了当时的社会环境、政治变革、草原民众的精神风貌以及民族气质。小说作家们受当时社会革命的影响，选择汉语为载体进行小说创作，并且总是以最真挚的爱拥抱着养育他们的内蒙古大草原。他们所创作的一系列富有民族特色的汉文小说不仅推动了蒙古族小说文体的发展，而且使整个蒙古族文学向前迈进了一大步。

二、“社会主义建设初期30年”蒙古族作家汉文小说与蒙古族传统文学有着血肉联系。作家们最珍贵的创作源泉和扎根沃土，便是具有深厚历史文化积淀的民族传统文学，诸如英雄史诗以及民歌等民间文学。对于用汉文进行小说创作的蒙古族作家而言，首先要解决的难题是如何将把历史悠久的蒙古族文化内涵融合到汉语创作里。尽管作家们创作的汉文小说作品多多少少带有草原风味，可他们的小说能否成功的主要标尺正是这草原风味的浓郁程度。不难发现，作家们做到了这一点，他们的小说作品展示了美丽富饶的草原景观，描写了纯朴地道的蒙古族人，表现了草原牧民原汁原味的生活场景，散发着浓郁的蒙古民族风味。

三、作家们在小说创作中既表现草原民族辉煌悠久的文化历史，又积极汲取世界所有民族特别是中华民族的优秀文化，进而书写出具有独特个性，同时富有草原特色的小说作品。他们学习、借鉴的结果，不是削弱，而是更加突出了蒙古民族文学的固有特点，使小说作品拥有了更加真实而可信、朴实而热情、深沉而奔放、苍劲而悠远的魅力。正所谓实践是检验真理的唯一标准，作家们用优秀的小说作品证明了传承与创新两者辩证而统一。他们创作的诸多优秀的篇章为后来的蒙古族小说发展提供了新的文学范式。

四、“社会主义建设初期30年”蒙古族作家创作的汉文小说具有很高的文学史价值。任何一个民族的文学，无论是哪个阶段的文学，都有其特定的历史意义以及文学史价值。就以“社会主义建设初期30年”蒙古族作家创作的汉文小说来说，它开启了蒙古族当代文学的创作历程，促进了中华人民共和国成立后蒙古族文学的繁荣崛起，推动了中国少数民族文学的发展。同时，也为中国少数民族文学理论体系的构建做出了努力，提供了诸多范例。

以上简单总结了本课题上编内容基本形成的主要结论。尽管说，“社会主义建设初期30年”蒙古族作家创作的汉文小说作品明显带有当时社会历史时期的政治色彩印记，然而不难发现这一时期的小说创作对以后的蒙古族文学的整体发展繁荣具有极大的作用鼓舞和浓厚的现实意义。因此，本课题研究组认为，这一时期的蒙古族作家创作的汉文小说理应得到全方位的研究以及积极正面的评价。

下　编：
“改革开放 40 年”蒙古族作家汉文小说创作研究

第一章 “改革开放 40 年”蒙古族作家汉文小说创作的社会文化背景

正当中华人民共和国迎来 70 年大庆之际，中国当代文学也已经走过了 70 年光辉历程。在中国当代文学的辉煌成就中，“改革开放 40 年”小说创作可以说是其中最丰富的一部分。南朝刘勰《文心雕龙·时序》中的“文变染乎世情，兴废系乎时序”这句话似乎道出了我国改革开放与文学创作的关系。改革开放以来，我国小说创作进入了鼎盛发展的时期。

而在蒙古族当代文学中，小说也是比较“活跃”的一种文体，蒙古族当代小说的发展与整个中国文学发展同步，也可分为两个阶段。即“社会主义建设初期 30 年”小说和“改革开放 40 年”小说。“社会主义建设初期 30 年”小说创作可以说是“改革开放 40 年”蒙古族作家汉文小说创作的基础，是当代蒙古族文学的重要组成部分。蒙古族作家创作的汉文小说同整个蒙古族文学创作一道，一方面继承和发扬了中华人民共和国成立以来新文学紧扣时代脉搏、反映历史巨变、高唱爱国主义和社会主义赞歌的优良传统；另一方面，作家们思想解放了、眼界开阔了、认识深化了，开始走上了按文学的特点和规律，以自己独特的方式广泛地、多方面、多角度地观察、分析和反映生活的道路。老一辈作家在坚持已有的艺术风格的同时，借鉴了一些新的审美观念和表现手法，不断奉献着新的作品。一大批中青年作家如雨后春笋般地涌现出来，他们在更高的艺术层次上、更广的领域内深入人们的心灵，使人们能更真实而更丰富地接受宇宙和人生的全景。他们的创新意识和所开创的艺术探索的多元局面，为民族的优良传统注入了“现代主义的性灵”，完成了蒙古族文学重大的艺术转变。

第一节　小说作家成长的文化环境

蒙古族作为中华民族大家庭中的一员，具有源远流长的草原文化以及本民族的语言文字。改革开放以来，蒙古族作家一如既往地进行汉文小说的创作。“改革开放40年”蒙古族作家创作的汉文小说作品中呈现着鲜明的时代精神和独特的民族色彩。蒙古族汉文小说作家从小生活在内蒙古大草原上，在他们的作品中随处体现着他们成长环境的影响，也在反映着特定的社会文化背景。蒙古族汉文小说作家的成长背景、文化程度、文学道路虽不尽相同，但他们的创作追求和创作风格有更多的共同性和相似性。

一、作家成长的地域环境

对于每个人来说，从小出生长大的地域环境都会留有最深的记忆，对蒙古族汉文小说作家来说亦是如此。改革开放以来，蒙古族汉文小说作家队伍越来越壮大，不仅有内蒙古自治区的作家，还有其他省、自治区、直辖市的蒙古族作家。例如，在内蒙古草原出生的阿·敖德斯尔、扎拉嘎胡、郭雪波等多位作家，还有在北京出生的李连成，祖籍辽宁的玛拉沁夫、白雪林，河北的孙书林，青海的察森敖拉等蒙古族汉文小说作家。虽然作家们的生长环境不尽相同，但他们以自己的成长环境中不同的生活经历来描绘不同的社会生活，在“改革开放40年”中，蒙古族汉文小说作家以他们优秀的文学作品，在蒙古族当代文坛上占据着举足轻重的地位。

1924年，阿·敖德斯尔出生于当时的内蒙古昭乌达盟巴林左旗，从小接触最多的就是那些具有蒙古族特色的民间文学。1959

年开始用汉文写作，也是他创作小说作品的黄金时期，他的作品主要描写中华人民共和国成立以后草原人民的新生活以及新改变。“文革”前，阿·敖德斯尔长期深入锡林郭勒和鄂尔多斯草原，体验基层生活，这给予了他丰富的文学素材，使他写出了《阿力玛斯之歌》《欢乐的除夕》《撒满珍珠的草原》等优秀的作品。在经历了“文化大革命”后，阿·敖德斯尔深切感悟到作家的责任感和使命感。他坚持深入巴林草原和白音锡勒草原，写出了长篇小说《骑兵之歌》和中篇小说《蓝色的阿尔善河》等优秀作品。1979 年，获得创作新生命的他，完成了 20 世纪 60 年代便动笔写作的长篇小说《骑兵之歌》（与斯琴高娃合著，人民文学出版社，1979 年 5 月）。这一时期创作的中篇小说有《岁月无痕》（《山丹》1996 年第 4 期）、《欢笑的阿尔善河》（《骏马》1997 年第 4 期）等。众多短篇小说的代表性作品有《蓝色的阿尔善河》（《民族文学》1982 年第 3 期）等。茅盾先生曾评价阿·敖德斯尔的小说作品，都是从生活出发，从生活中感受来的。阿·敖德斯尔小说中的人物形象栩栩如生，草原生活气息浓烈，为当代蒙古族文学的发展注入独具特色的文学艺术魅力。

1930 年，玛拉沁夫出生于辽宁省土默特旗黑城子村的一个贫苦牧民家庭。1945 年（15 岁时），他参加了八路军，后在内蒙古骑兵第十一支队里给一位人称“红司令”的女政委乌兰当通信员。1946 年冬，他随着部队转战于千里热辽草原。1947 年，他还参加了内蒙古自治区成立前后的激烈的阶级斗争以及当年冬天开始的土地改革运动。此后，随着东北战局的变化，他又随军到了刚刚解放的沈阳城。他的这些人生经历，为他日后的创作积累了丰富的素材。1952 年，玛拉沁夫开始发表文学作品，他以自己工作过的科尔沁草原为故事背景，写出了他的第一篇短篇小说《科尔沁草原的人们》。从 20 世纪 50 年代初步入文坛以来，玛拉沁夫以独具民族特色的文学创作为我国少数民族文学的发展增添了艳丽的色彩。

党的十一届三中全会后，玛拉沁夫迎来了生命中的第二个春天，他给自己写了一个“向每一天挑战”的条幅。他说：“要攀登新的艺术高峰，就必须向每一天挑战。”进入新时期以后，玛拉沁夫在写作《茫茫的草原（下）》期间，他还写出了《海阔天空》《草原上的浪花》《踏过深深的积雪》《家庭舞会》《活佛的故事》《审戏》《大地》《荒漠》《女部长》《轨道》《青青大草滩》《从头再来》等12篇短篇小说和《第一道曙光》《爱，在夏夜里燃烧》等2部中篇小说。这一时期，是玛拉沁夫小说创作的复苏期和发展期。“文革”十年的生活，让他对人生、对社会有了更加深刻的认识。虽然他依然保持着前期创作中那种清新明丽和富有诗意的风格特征，但创作思想变得更加深沉和成熟。

从他的第一篇小说《科尔沁草原的人们》到他的长篇小说《茫茫的草原（上、下）》，再到新时期的小说《大地》《荒漠》《活佛的故事》等，每一篇（部）都见证着这位来自内蒙古大草原的蒙古族作家的艺术成长历程。草原始终是他笔下的主体部分，始终是他作品的源泉和灵魂。每一次的成功与收获使他越发自信，越发沉稳。他满怀激情地拿着手中的笔，尽情地抒发切身感悟，讴歌民族的新生，赞美建设的热情，从而成为迄今为止积60年的心力，立体式、全景式地反映内蒙古草原生活的作家。

同样出生于辽宁省的白雪林，也同玛拉沁夫一样在内蒙古科尔沁草原上度过了他的童年时期。白雪林，1954年出生于辽宁北票的一个乡村知识分子家庭。他的曾祖父、祖父和父亲都是私塾先生，所以，白雪林从小就接触书籍。20世纪60年代末，全家逃荒到科尔沁右翼中旗。从此，白雪林与科尔沁草原结下了不解之缘。初中时期的班主任老师肖占武为他以后的文学之路奠定了基础。初中毕业以后，白雪林回到了科尔沁草原，在闲暇时间阅读了大学教材和肖洛霍夫、别林斯基、屠格涅夫以及国内著名文学家的小说作品。可以说，白雪林的文学素养，是在草原的这段时间内奠定的。从1971年到1981年，在长达十年的日子里，白雪林开始自学创作。他的每一篇小说作品都与科尔沁草原息息相关，并且都取材于这片哺育了他的科尔沁草原。1984年，他写出了 3000 多字的《初夏》（《民族文学》1984 年第 9 期），并投给了《民族文学》。同年，他又创作了众人所知的《蓝幽幽的峡谷》（《草原》1984 年第 12 期）。短篇小说《蓝幽幽的峡谷》获得了同年全国短篇小说优秀创作奖，被台湾报刊转载，并且被介绍到蒙古人民共和国。白雪林为当代蒙古族文学在向世界文学发展的道路上做出了很大的贡献。

郭雪波，1948 年出生在内蒙古科尔沁沙地西南部库伦旗沙坨子村。村子后边有一片大沙漠，叫“塔民查干沙漠”，意思就是“地狱白沙”。郭雪波 1968 年毕业于内蒙古蒙古文专科学校。1975 年，郭雪波致力于生态环境文学创作，处女作《高高的乌兰哈达》写的就是人工种草改造沙化草原的故事。1980 年毕业于中央戏剧学院文学系。毕业后考进中国社会科学院文学研究所任实习研究员，同时发表小说。1985 年，郭雪波以沙漠为背景创作的短篇小说《沙狐》发表，从此，他开始了以沙漠为主题的生态小说创作。诸如，《沙灌》（《北方文学》1985 年第 6 期）、《沙地牛仔》（《花城》1987 年第 4 期）、《沙葬》（《中国作家》1991 年第 5 期）等。郭雪波也十分关注蒙古族的历史命运，也发表过相关作品。

蒙古族生态文学家郭雪波的每一篇作品无不描述着科尔沁草原变为一片荒漠的血泪史。郭雪波以科尔沁沙地为小说创作背景，以一种极为感性的方式让读者感受到大自然的变化以及大自然对人类的惩罚和与自然抗争过后的残酷现实，他的每部作品都折射出令人反思的现实问题。郭雪波的小说《沙狐》《沙祭》《沙狼》等作品都在描述着从一望无际的绿色草原变成无人问津的荒漠、沙土的过程。人类的盲目开垦和缺乏保护环境意识，造成了如今的荒芜。郭雪波通过诉说自然生态环境，给人们带来危机意识，也歌颂那些在沙漠中有着顽强的生命力的动物。

1944 年，在青海省门源县出生的察森敖拉，他的祖辈是蒙古族，母亲是藏族人。在他长大以后，他身边的家人都已经忘了自己的母语——蒙古语。他虽然出生在这种特殊的家庭，但他为自己有蒙古族血统而感到骄傲和高兴，一直以蒙古族的思想和眼光来看待社会生活。从20世纪70年代初开始，他用自己的文学作品来反映家乡的过去和当今的社会生活。先后创作了《博音河呦，水晶晶花》《你也是蒙古人》《奶汁》等优秀作品。察森敖拉的小说作品主要描写了西部高原地区的自然风景以及当地人民在艰苦的环境中依然可以顽强地生存等具有地方特色的内容。他用现代人的眼光去看待青海高原地区古老的民族生活，用现代意识思考古老的民族传统文化，并描绘出在特定的历史文化背景下当地人形成的一种思想观念以及心理感受等潜在内涵。察森敖拉的文学创作为当代蒙古族文学的发展增添了潜在的、更多的可能性。

从以上几位代表性作家的生长环境可以看出，地域环境对一个作家的影响以及其小说作品中的表现和印记。蒙古族作家大多出生于蒙汉文化交融的地区，所以说作家成长的人文环境对作家的创作是有着重要的作用的。作家自身的认知以及作家创作个性的形成都受地理环境的影响。这是蒙古族作家用汉语创作的原因之一。蒙汉文化相互融合的氛围、蒙汉民族杂居生活的环境等形成了作家们独特的文化素养，并且在无形中影响着作家们的创作个性。所以，当代蒙古族作家创作汉文小说的现象出现不是偶然现象，而是地理环境、外来文学思潮以及文学发展规律所带来的一种必然现象。

二、作家成长的文化环境

现实的社会关系、社会制度、文化传统和文化环境综合制约着作家的行为和价值观念的形成与发展。作家主体性的形成，首先需要在文化层面上吸收该社会全部的文化因素，并通过作家的自我选择与认同，找到个人价值与社会价值的契合点，完成其社会文化人格的自觉转化[①]。

自从党的十一届三中全会召开以后，我国开启了社会主义事业发展的新道路。在改革开放和社会主义现代化建设的实践中，

① 畅广元主编：《文学文化学》，辽宁人民出版社，2000年，第119页。

中国共产党领导者们归纳总结了历史的惨痛经历，并对文学艺术提出了创造性的见解。文学艺术属于“社会主义精神文明”的范畴，而且必须要“面向现代化、面向世界、面向未来”，为我国社会主义文化建设构建基本的框架。

“改革开放40年”中，蒙古族汉文小说作家的群体越来越壮大，主要由老中青作家构成。即老一辈是“文革”前活跃在文坛上的作家，例如玛拉沁夫、阿·敖德斯尔、扎拉嘎胡、朋斯克、云照光、照日格巴图等作家；中年作家队伍为“文 革”后开始在文坛上崭露锋芒的白雪林、哈斯乌拉、察森敖拉、郭雪波、佳峻；以及20世纪八九十年代开始投入写作的青年作家包丽英、海德才、千夫长、杨·道尔吉、海勒根那、鲍尔金娜等。

“改革开放40年”蒙古族作家创作的汉文小说作品硕果累累，至今为止发表于报纸杂志的中短篇小说已有800多篇（部），例如《活佛的故事》、《第一道曙光》、《踏过深深的积雪》、《轨道》（玛拉沁夫）、《蓝色的阿尔善河》、《人与神》（阿·敖德斯尔）、《三十年的爱与恨》（扎拉嘎胡）、《蓝幽幽的峡谷》、《成长》（白雪林）、《驼铃》（佳峻）、《乌兰察布眷情》（韩汝诚）、《虔诚者的遗嘱》（哈斯乌拉）、《博音河呦，水晶晶花》和《奶汁》（察森敖拉）、《沙狐》和《大漠魂》（郭雪波）等。这些优秀的中短篇小说就像雨后春笋般迅速成熟起来。与此同时，在短短十几年内出版和发行了多部由蒙古族作家创作的汉文长篇小说作品，例如玛拉沁夫的《茫茫的草原（下）》、阿·敖德斯尔的《骑兵之歌》、扎拉嘎胡的《嘎达梅林传奇》和《黄金家族的毁灭》、朋斯克的《伊和塔拉之战》、郭雪波的《锡林河女神》和《大漠狼孩》、甫澜涛的《风雪察哈尔》、孙书林的《穹庐惊梦》、海德才的《遥远的腾格里》等。这些优秀的蒙古族作家创作的汉文小说作品都深深扎根于蒙古族深厚的民族文化，向人们诉说着蒙古族人民的命运、理想、愿望，展现了“改革开放”以来全新的生活画面。

蒙古族汉文小说作家中，老一辈作家们经历了解放战争、新中国的成立、土地改革等新变化，文学创作之路颇为坎坷多难。他们的出生地以东北三省的蒙古族自治县、内蒙古东部地区以及内蒙古中部地区为主。他们的成长环境中有一个共同点，就是这些地区以蒙汉两个民族杂居、农耕生活为主，这里是蒙汉两个民族文化交流融合的地方，这种生活经历为他们以后的文学创作道路提供了很大的便利。

从小说作家受教育文化的程度来看，部分作家是参加革命之后走上了文学创作之路，但有些作家是在参加革命之前就已经受到了良好的教育。如，玛拉沁夫出生于穷苦的牧民家庭，他的哥哥在当地王爷家做下人来维持他们一家的生活以及他的学费。玛拉沁夫特别珍惜这来之不易的学习机会，很快就以优异的成绩考上了哲里木盟（现通辽市）开鲁中学。1945 年冬天，15 岁的玛拉沁夫参加了革命战斗，跟随着八路军队伍在科尔沁草原上过着军旅生活。后来，玛拉沁夫在内蒙古骑兵十一支队时给乌兰政委当通信员。工作勤恳努力、聪明机智的他受到乌兰政委的夸赞，不久后被送到内蒙古自治学院进行学习。玛拉沁夫从小学习的是蒙古文，汉语基础较弱，就连自己的名字也不会用汉文写，参加革命队伍后才开始慢慢接触汉字。玛拉沁夫在文工团工作时，接触到很多文艺工作者和大量的文学作品。正是这段时期的大量阅读，为玛拉沁夫走上文学创作道路上奠定了坚实的基础。这也是他文学素养积累最重要和关键的时期。

小说作家阿·敖德斯尔到了 12 岁时才开始系统学习，但接触得更多的是那些蒙古族传统的民间故事和蒙古族民歌。这些富有特色的民间文学，为他以后的文学道路贮存了养分。1945 年，阿·敖德斯尔参加了革命，随着部队奔波于祖国北疆各个地方。1948 年他有了机会能够到鲁迅文学艺术学院学习，真正接触到了关于文学创作的理论知识。

当代蒙古族汉文小说作家中，有些作家是参加革命之前就已经接触到了文化教育。列举几位具有代表性的老一辈作家：1926 年，特·达木林出生于吉林省镇赉县，在家乡考大学前参加了革命队伍；1928年，乌兰巴干出生于科尔沁左翼中旗，祖籍是今辽宁省阜新蒙古族自治县，从兴安学院军校毕业后加入中国人民解放军，并从事参谋的工作；1929年，云照光出生于内蒙古土默特左旗，在一个具有革命传统的家庭里长大。他10岁时就跟着家人去延安加入了革命队伍，并且接受了系统的学校教育；1930年，扎拉嘎胡出生于内蒙古科尔沁右翼前旗，1947年考上了扎兰屯工业学校，在同年10月参加了革命队伍；1930年，朋斯克出生于科尔沁右翼中旗，在家乡时读过私塾、受过一定学校教育，后来因革命的需要而离开家乡参加革命队伍，后被分到中国人民解放军内蒙古骑兵师工作；1932年，照日格巴图出生于辽宁建昌，在自己的家乡读完小学，后考上当时的北平蒙藏学校，并在1949年加入革命队伍；韩汝诚，1933年出生于北京，在科尔沁左翼中旗长大成人，高中毕业于通辽中学。进入新时期后才开始文学创作，在短短几年的时间里，他发表了20多篇中短篇小说，引起了广大读者的注意。

随着我国教育水平的提高，少数民族地区汉语教育的普及为蒙古族汉文小说作家提供了更好的帮助。当时的内蒙古自治区的蒙古族学校主要以蒙古语授课为主，小学三年级开始学习汉语文。在蒙古族汉文小说作家中，很多作家从小受到过良好的学校教育，或经历了各种各样的工作之后，重拾笔墨，步入文坛。例如，哈斯乌拉从内蒙古农牧学院毕业以后，担任了锡林郭勒盟西乌珠穆沁旗党校副校长的职务，并从1971年开始发表文学作品。郭雪波1968年毕业于内蒙古蒙古文专科学校。他曾坦言，他的故乡各民族文化融合，当地人都会讲汉语。在当时的社会环境，科尔沁地区传入大量汉文通俗演义小说。郭雪波从小受到汉文通俗演义小说的影响比较深，也曾给父亲翻译过这些作品的内容，以便他的父亲用作说书的故事。郭雪波从小生活在民族文化交融的社会环境中，并在这种环境中工作和学习，后来渐渐地走上了汉文小说创作的道路。

进入21世纪以来，更是出现了很多优秀的作家，娜仁高娃就是其中的一位。她的作品受到了普遍关注，她是内蒙古作家协会签约作家，2018年获内蒙古自治区第十二届文学创作“索龙嘎”奖，21世纪文坛新秀渡澜，先后在《草原》《中国作家》《民族文学》《收获》《人民文学》《青年作家》等刊物上发表作品10余万字。短篇小说《昧火》是她代表作品之一，在2019年进入了国内短篇小说排行榜，次年又进入了花地文学排行榜，荣获《小说选刊》第二届“禧福祥杯”新人奖、《草原》文学奖新人奖等奖项。新一批作家也进入了文坛，蒙古族作家丰硕的汉文小说创作成果，为蒙古族文学增添了光彩。

众所周知，“改革开放40年”蒙古族汉文小说作家通过自身对文学艺术的不懈努力和摸索，创作出了很多优秀作品。当代蒙古族汉文小说作家脚踏实地且不辞辛劳地创作出大量的作品，使得蒙古族作家创作的汉文小说在新的历史时期继续传承并有所创新。这批作家不仅包括在中国当代文坛上具有重要地位的老一辈文学宿将，也包括在新时期成长起来的中青年作家。“改革开放40年”蒙古族汉文小说作家成长的文学文化环境虽有很大的区别，但他们的小说作品的内容真正反映出蒙古族历史变革中的诸多本质，创作出大量的优秀小说作品。

第二节　小说作品生成的社会文化背景

每一部文学作品的完成均与时代社会背景紧密相连，是特定时代背景和社会文化的缩影。从“改革开放40年”蒙古族作家创作的汉文小说作品中，我们能够一窥当时的社会生活和共同的民族文化倾向，展现了蒙古族人民的生活状态和精神面貌。

一、小说作品的时代背景

中国当代文学是以中华全国文学艺术工作者第一次代表大会

的胜利召开为开端，历经几十年的风雨，拥有很多美好的收获，如彩虹般不时出现在天边。1956年，党中央提出“百花齐放，百家争鸣”作为文艺界的指导思想，作家们开始畅所欲言，文艺思潮萌发。而后经历了繁华与风霜并行的“文革”时期，迎来了改革开放文学时期。在我国进入改革开放时期以来，中国当代文学反映中国人民的生活，记录着中国社会的变化和发展，文学事业呈现“百花齐放”的状态。

当代蒙古族文学紧跟中国文学发展的步伐。“改革开放40年”以来，蒙古族汉文小说创作收获了可喜的成果，不仅小说创作队伍不断壮大，而且小说作品无论是在数量上还是在质量上都有了明显的提高。改革开放以来，蒙古族汉文小说作家更加热衷于艺术形式，他们的创作思想和艺术观念与之前相比有了明显的变化，文学艺术视野不断开阔，使当代蒙古族汉文小说异彩纷呈。

1978年以后，我们党的工作重点全面转移到改革开放政策上，逐渐向社会主义市场经济发展，我国人民群众的生活质量也得到了基本的提升。这一时期的文学作家开始改变。蒙古族作家从民族生活、民族文化中汲取精髓和营养，塑造先进人物，反映民族地区的新发展，创作出了很多蒙古族人民欣赏的小说作品。“改革开放40年”蒙古族汉文小说作家敏锐地观察着社会时代的变化，他们向着更高的目标去努力，在创作方法和艺术审美方面做出了新的改变和创新。

改革开放以来，蒙古族作家汉文小说创作发展迅速、硕果累累。例如，《活佛的故事》《蓝色的阿尔善河》《蓝幽幽的峡谷》《驼铃》《成长》等优秀作品映入读者的眼中。“这些优秀的作品，都是在蒙古民族深厚的土地上绽开的文学艺术之花，贴近生活、时代，反映蒙古族人民的命运、思想、情感，展现新时期蒙古族人民的生活画卷。”[①]“改革开放40年”蒙古族汉文小说作家的

① 策·杰尔嘎拉：《当代蒙古族小说鸟瞰》，《内蒙古大学学报（哲学社会科学版）》1993年第3期，第100页。

眼界逐渐转向社会问题层面，他们创作的目的向更深层次、广泛性转变，创作出了很多不朽的优秀作品。

改革开放以来，玛拉沁夫、扎拉嘎胡、阿·敖德斯尔等老一辈作家创作了许多内容深刻、艺术技巧成熟的作品。“他们的作品仍然深深植根于社会现实土壤之中，情感更深沉了，他们力图在创作中追求更开阔的社会历史眼光和对当代社会全景式的描绘，探索民族自我认识在民族历史发展中的作用。”[①] 1980年，玛拉沁夫发表了短篇小说《活佛的故事》，作者仅用7000余字，便创作出一篇描述蒙古族民众生活且极具哲理性的精彩作品。作者以敏锐的视角、强烈的责任感对蒙古族民众的现实生活进行了一番审视，同时用一种活跃的思维和冷静的哲学考量，使作品有了触动人心的魅力，并获得了1980年全国优秀短篇小说奖。这一时期，重返文坛的阿·敖德斯尔在深入草原基层生活以后，创作了长篇小说《骑兵之歌》和中短篇小说《蓝色的阿尔善河》《月亮湖的姑娘》《生命之光》《欢笑的阿尔善河》等优秀作品。在他的《骑兵之歌》中，通过塑造哈达巴图、义德尔等独具民族特点的人物形象，讲述了蒙古族骑兵部队的成长和英勇战斗的历程，描绘出草原人民在解放战争中的历史生活画卷，谱写了一曲壮丽的蒙古族英雄骑兵之歌。中篇小说《蓝色的阿尔善河》是一篇影响力较大的作品。作品通过新时期伊始多变的交错关系和不同人物的性格对比，揭示蒙古族青年的思想观念和精神境界，具有鲜明的时代性和幽默感。

改革开放以来，蒙古族汉文小说作家中的后起之秀的小说创作达到了一种新的境界。如，白雪林1979年开始发表文学作品。他的短篇小说《蓝幽幽的峡谷》获得了1984年全国短篇小说优秀创作奖，并被台湾报刊转载，还被译介到蒙古人民共和国，加快了当代蒙古族文学发展的步伐。小说作品《蓝幽幽的峡谷》刻画了具有民族心理与气质的纯朴善良的蒙古族中年牧民的形象。

---

① 策·杰尔嘎拉：《当代蒙古族小说鸟瞰》，《内蒙古大学学报（哲学社会科学版）》1993年第3期，第100页。

作品中描写了主人公在一个夜晚中的思绪和行为。小说作品中多处运用心理刻画法，使传统的牧业题材小说提升为具有深度和高度的小说作品。他之后又创作了《成长》《霍林河歌谣》《拔草的女人》《巴尔虎情感》等中短篇小说。同样，在佳峻的中篇小说《驼铃》中，主要通过描写蒙汉两个民族人民的友好生活画面，表现出蒙汉民族间互帮互助的深厚友谊。我国著名作家孙犁看过《驼铃》以后，被作品中的民族生活深深地吸引，并写信给佳峻说："你的作品，有宏大的艺术力量。"[①]

"改革开放40年"蒙古族汉文小说作家紧跟时代生活的步伐，严格遵照党的指导思想、文艺路线，创作出最具蒙古民族特色的草原文学，塑造了一批具有鲜明性格特征的蒙古族人物形象，反映了改革开放之后蒙古族人民的崭新生活与美好未来。

二、小说作品的历史文化背景

小说作家对于文学创作的文化背景是特别敏感的，因为小说作品反映了社会历史中的真实生活场景。改革开放40年蒙古族汉文小说作家从小所处的文化背景给他们的创作带来了很大的影响，而社会时代精神、民族传统文化等方面是他们的创作风格形成的重要因素。

"文化大革命"给我国当时的社会、经济、文化等各个方面带来了严重的损失。同时也使我国文学出现了10年的断裂期，也中断了各少数民族文学的正常发展。直到20世纪80年代初，蒙古族汉文小说创作得以全面恢复并逐步走向新的历史发展时期。蒙古族作家创作的汉文小说，作为具有涵盖性和深邃性的一种文学体裁，以震撼人心的力量和迅猛扩展的势头，带来了一派生机，如扎拉嘎胡的《嘎达梅林传奇》、玛拉沁夫的《活佛的故事》、阿·敖德斯尔的《骑兵之歌》、白雪林的《蓝幽幽的峡谷》、

① 中南民族学院编写：《中国当代少数民族文学史稿》，长江文艺出版社，1986年，第92页。

哈斯乌拉的《虔诚者的遗嘱》等许多优秀的小说作品。这些作品出色地触及了社会文化的精髓，紧扣时代的主旋律，传递了草原儿女的渴望之情，陶冶了读者的情操，使蒙古族作家的汉文小说创作步入了一个新的鼎盛时期。

改革开放以来，我国从计划经济逐步转向社会主义市场经济，迎来了巨大的社会变革。人们对“商品”的认识不再仅限于之前的思想观念，而是从自己的切身利益中得到最直接、最具体的了解。人们这才恍然大悟，社会的发展是以经济为主，而不是以意识形态为根本动力的，但我们不能否认意识形态的力量和作用。我们之前在课堂上学到的经济基础决定上层建筑、经济基础决定意识形态，但它是自然的发展的过程，不会以人的意志为转移，而是决定人们的发展和变化。

社会的变革对人民来说，以前觉得遥不可及的事物都变得平民化、普通化。20 世纪 80 年代初，白雪林的《蓝幽幽的峡谷》中不再主张浪漫的色彩了；郭雪波的《沙狐》中退避遁隐的淡然和感伤也消失不见了，而主要表现在物质层面上。经济体制的改革，带来的是人们对物质的追求。如白雪林的《到呼和浩特挣钱去》、甫澜涛的《回归大草甸》等小说作品的创作，是与这一时期的社会经济方式紧密相关的。

甫澜涛《回归大草甸》中的玛希，八年前在肖兴大草甸子上苦苦追寻青戈姑娘没能成功，在担任嘎查达时不听达瓦的劝告而让牧民们损失了两千只羊。在乡亲们面前，他丢了颜面，也输给了情敌达瓦。在穷途末路时，他离开家乡，去香港做起了珠宝生意。飞黄腾达后的玛希，回到故乡准备帮助乡亲们，但前提条件是要达瓦给他磕头认错。这种行为遭到乡亲们的极力反对后，经过激烈的思想斗争，玛希认识到了自己的错误，最后小说以玛希的认真忏悔结束。在这部作品中，作为一名商人的玛希，处处表现着他的经商头脑和胆识，但另一方面他追求高规格的待遇又是作者所批判的。白雪林的小说《到呼和浩特挣钱去》中的布和楚鲁和他的媳妇乌伦为了生活，去城里打工赚钱。经过多年的摸爬滚打后，他们二人在城里找到了属于自己的工作，也逐渐开始适应大城市的生活。多年后，他们回到故乡，建立了一所学校，为家乡的教育事业做出了巨大的贡献。小说的结尾是布和楚鲁和乌伦回到家乡，在村里办起了养猪场，创业仍在途中。

从玛希、布和楚鲁和乌伦等小说主人公的身上可以看出，作家们利用商人形象来揭示蒙古族牧民在现代化商业社会中如何生存和适应的问题。因此对他们的小说作品中所塑造的人物形象的道德观、世界观等方面进行全面的思考和精准的解析，从而对小说作品的社会文化背景进行全新解读。

第三节　小说创作的社会文化背景的纵向考察与横向比较

改革开放，关乎着所有中国人的命运，是当代世界发展史上的重大事件。有学者曾讲过："中国改革开放是'二战'以来改变全球政治、经济、军事、文化格局的全方位的最重要的事件，是'二战'后最重要的事件。从文学的角度来看，没有改革开放，就没有新时期以来中国当代文学的繁荣发展。"[①] 文学艺术与时代社会的历史发展进程同步，作家们书写着波澜壮阔的伟大历史和与当今时代相照应的新时代史诗。

一、"改革开放40年"蒙古族作家汉文小说创作概述

"改革开放40年"蒙古族作家创作的汉文小说是当代蒙古族文学中的一部分，这一时期成为了又一个文学鼎盛时期。蒙古族作家汉文小说创作队伍中有重拾旧笔的老一辈蒙古族汉文小说

① 张丽军：《改革开放与新时期中国文学四十年》，《河北学刊》2019年第2期，第96页。

作家，如玛拉沁夫、阿·敖德斯尔、扎拉嘎胡等恢复了文学创作。他们以充沛饱满的创作热情投身到小说创作中。玛拉沁夫续写了《茫茫的草原（下）》，同时又创作了众多具有现实意义的优秀中短篇小说作品，例如《活佛的故事》《第一道曙光》《大地》《从头再来》等。阿·敖德斯尔和他的夫人斯琴高娃合著《骑兵之歌》，随后发表了《蓝色的阿尔善河》《人与神》《谁说了算》等小说作品。扎拉嘎胡发表长篇小说《黄金家族的毁灭》《嘎达梅林传奇》，中短篇小说《三十年的爱与恨》《达那巴拉与金香》等著作。朋斯克也不甘落后，连续创作出版了《伊和塔拉之战》《金色兴安岭》《长夜》等优秀小说作品。

"改革开放 40 年"蒙古族汉文小说创作队伍中的新一代作家的创作也进入了成熟期。例如，白雪林的《蓝幽幽的峡谷》《霍林河歌谣》《成长》《拔草的女人》等；郭雪波描述科尔沁草原荒漠化的系列作品，《大漠狼孩》《银狐》《大漠魂》《沙葬》《沙狐》等；哈斯乌拉的《虔诚者的遗嘱》《肥尾羊的风波》等；佳峻的《驼铃》《虎门"犬"子》《号手》《小瑶妹》等；察森敖拉的《山谷幽情》《你也是蒙古人》《博音河呦，水晶晶花》《奶汁》等都是这一时期具有代表性的优秀小说作品。

"改革开放 40 年"蒙古族汉文小说作家中的后起之秀也不甘示弱，他们以自己新颖的创作思维和文学理念赢得了文学界、评论界的掌声和读者的青睐。包丽英的蒙古帝国系列长篇小说作品海泉的长篇小说《混沌世界》《南迁》，海勒根那的《父亲鱼游而去》《黑马，到哪儿去》，韩静慧的《M4 青春》《男女双打》，千夫长的《长调》《红马》，鲍尔金娜的《紫茗红菱》《流星雨前夕的乡村》等优秀作品"来势汹汹"，尽显风采。

"改革开放 40 年"蒙古族作家汉文小说创作，是蒙古族当代文学中不可或缺的一部分。改革开放以来，蒙古族作家出版的小说作品达到了史无前例的状态，作家队伍不断壮大。小说作品中的主题思想、题材类型、人物形象、审美艺术等各方面有了很大的突破和创新，为我们展现了新时代蒙古族人民的生活变化和新时代蒙古族的精神面貌。“改革开放 40 年”蒙古族作家创作的汉文小说在继承蒙古族优秀传统文化的同时，也在创作更多新的作品。

二、与“社会主义建设初期 30 年”小说创作相比较

中华人民共和国成立以来，随着整个中国文学的发展，蒙古族当代小说也得到了迅速的发展。蒙古族当代文学同样经过从最开始的兴旺开展，到“文革”时期的停滞，再到改革开放时期的复苏和繁荣发展的艰难历程。“社会主义建设初期 30 年”文学是蒙古族当代小说蓬勃发展的时期。小说这一体裁在蒙古族文学中发展得较晚，到了 1952 年，玛拉沁夫的《科尔沁草原的人们》、阿·敖德斯尔的《朝克图和他的白额枣骝马》、扎拉嘎胡的《一朵红花》等作品问世之后，小说才发展起来。1953 年，朋斯克发表了《金色兴安岭》后，一部分作家也开始纷纷出版小说作品，如安柯钦夫的《在冬天的牧场上》、照日格巴图的《草地剿匪》、云照光的《双生子》等。

20 世纪五六十年代，随着我国大规模社会主义建设的开始，在文艺战线提出了“双百”方针政策。这一政策的提出和实施，也为蒙古族文学带来了繁荣发展的黄金时期。在毛主席的《在延安文艺座谈会上的讲话》精神的指引下，为了响应国家政策，“社会主义建设初期 30 年”文学积极地为其服务，在文坛上出现了“红色经典”文学作品。关于这些作品，温儒敏等主编的《中国现当代文学专题研究》中这样解释道：“专指 1949—1966 年间中国大陆产生的那批政治倾向鲜明、社会影响巨大的长篇小说。”①在“社会主义建设初期 30 年”期间，蒙古族文坛上出现了一批对草原人民有着深沉眷恋的蒙古族汉文小说作家，如玛拉沁夫、扎拉嘎胡、敖德斯尔、朋斯克、安柯钦夫等。蒙古族汉文小说作家不仅在短篇小说方面有了新的进展，也把中、长篇小说推向了

① 温儒敏、赵祖谟:《中国现当代文学专题研究》，北京大学出版社，2013 年，第 178 页。

一个更高的层次。玛拉沁夫发表了他的短篇小说集《春的喜歌》《花的草原》以及长篇小说《茫茫的草原》，扎拉嘎胡出版了短篇小说集《小白马的故事》、中篇小说《春到草原的时候》及长篇小说《红路》，阿·敖德斯尔出版了中短篇小说集《遥远的戈壁》，照日格巴图出版了短篇小说集《金色的西拉木伦河》和《草原骑兵》，等等。

长篇小说《茫茫的草原》是作者玛拉沁夫倾尽全力撰写的作品，出版之后不仅在蒙古族文坛上引起了热烈的反响，更成为了中国当代文学史上为数不多的少数民族作家的史诗性作品。玛拉沁夫 15 岁参加了革命队伍，后来做内蒙古骑兵十一支队女政委的通信员。玛拉沁夫在部队时，一有空就会学习汉语。1946 年，到内蒙古自治学院系统地学习知识，并广泛阅读大量的文学作品。1951 年，玛拉沁夫到内蒙古科尔沁草原工作，他联系农民群众，从群众口中听说了一个真实发生的故事，他感触颇深。玛拉沁夫以这个故事为素材，写出了他的处女作《科尔沁草原的人们》，一夜成名。1952 年，他到中央文学研究所学习，创作的欲望愈发强烈。1956 年，玛拉沁夫写完了长篇小说《在茫茫的草原上》(1963 年改为《茫茫的草原》)。小说作品真实地还原了 20 世纪 40 年代，在察哈尔草原上的蒙古族人民与国民党反动派和蒙古族反动上层分子进行革命斗争的历史，并在中国当代文学史上引起了热烈的反响。玛拉沁夫的《茫茫的草原》是少数民族文学作品中第一次用史诗性的巨幅画卷生动而真实地反映茫茫的察哈尔草原上的革命历史故事，成为了蒙古族当代文坛甚至是中国当代文坛上的焦点。

扎拉嘎胡在自己的家乡读完小学的课程后，先后到乌兰浩特师范学院和扎兰屯工业学校学习。在学校期间，他目睹了革命事变，为他以后的创作提供了良好的素材和人物形象原型。长篇小说《红路》正是以扎兰屯工业学校为背景，真实反映了当时的情形，通过隐蔽而又特殊的政治思想观念的矛盾，塑造了一系列蒙古族青年知识分子的形象。而这些蒙古族知识青年在他们的生活道路上，都体现出在两条道路激烈斗争的环境下追求真理的宝贵品质。

“社会主义建设初期 30 年”期间的蒙古族作家亲身经历了我国的革命战争年代，并在作品中根据自己的经历和文学艺术进行了完美的融合，创作出各自的优秀作品。内蒙古自治区政府响应中国共产党的号召，高度重视文学艺术的健康发展，为作家们的创作提供了很多的便利。蒙古族当代文学在“十七年”期间的小说作品反映了深刻的革命历史内容，塑造了脍炙人口的人物故事，具有浓郁的民族风格和地方色彩，体现了蒙古族作家拥有的生活底蕴和文学功底，推动和发展了蒙古族当代小说创作。

“社会主义建设初期 30 年”蒙古族作家创作的汉文小说作品中，作家们从仰视的角度去反映那些战争中的英雄人物。例如，苏荣（《茫茫的草原》）、李大年（《草原烽火》）、额尔敦（《红路》）等人物形象上都闪耀着英雄的光芒，但他们身上还是保留着蒙古族的特征。而在“改革开放 40 年”蒙古族作家创作的汉文小说作品中，塑造的多是我们日常生活当中普通而平凡的人物形象，用平等的态度和视角去考量我们身边的人。例如，阿·敖德斯尔的《蓝色的阿尔善河》中的主人公松岱就是我们日常生活中的平民形象。玛拉沁夫的《荒漠》《大地》等短篇小说中塑造的人物形象，诸如额尔敦老人、老牧羊人巴塔都不再是曾经歌颂的英雄，而是草原上普普通通的平凡牧民形象。这样的人物形象还有扎拉嘎（《蓝幽幽的峡谷》）、哈达（《成长》）、敖登高娃（《驼铃》）、潮洛蒙（《祝你们幸福》）、楚古来（《爱唱歌的秃顶伯》）、柴德尔（《粗人柴德尔的短暂幸福》）、旭仁（《印在马背上的恋情》）、玛希（《回归大草甸》）等。

当代蒙古族汉文小说作家在长期的创作实践中，始终坚持着默默耕耘，并出色地感应着社会的脉搏，紧扣时代旋律，传达着蒙古族人民的心境。

三、与同时期全国小说创作之比较

党的十一届三中全会以后，党内的工作重点转移到了社会主义现代化建设上来，随之在全国范围内掀起了改革政治与经济的大潮。每个城市加大经济改革的力度，在农村也开始实行联产计酬和承包责任制等新的政策，改革开放真正地成为了中国人民的一件大事情。

随着时代社会的变革，在文学创作领域中也注入了新鲜的血液。党的十一届三中全会、中国文学艺术工作者第四次代表大会以后，我国的文学艺术界重新开始恢复正常工作秩序。改革开放以来，新时期文学是在严厉批评过去曾出现的错误，尤其重点批判了“文革”和极左的文艺政策中一度倡导过的文学艺术思想路线。因此，可以将新时期文学视作为我国政治倡导的拨乱反正、思想大解放浪潮中的先行者。

我国政治经济的进步促进着新时期文学的发展。“直至 1978 年底，我国文艺界对‘文革’还存在着些许否定，如‘两个凡是’论所造成的历史影响，除政治路线之外，文艺这个本身还存在着许多审美性的问题，这些都与‘文革’前的历史以及‘文革’有着紧密的联系，故而没能得到根本的澄清。”[①]《实践是检验真理的唯一标准》（《光明日报》1978 年 5 月）一文引起了对“真理标准问题”的激烈讨论，自此以后文艺界开始恢复那些“右派”作家以及在“文革”时期被评判为“大毒草”的文学作品的名誉。更是在 1980 年之后，我国省市级及各大型刊物均得到恢复并开始了出版工作，如《班主任》《爱是不能忘记的》《伤痕》《哥德巴赫猜想》《一月的哀思》《西线轶事》《内奸》等作品的问世，同时，被打成“右派”的作家王蒙、刘绍棠、邓友梅等以及新锐作家刘心武、张洁、蒋子龙等进入文坛，为中国当代文学的发展

① 朱栋霖、丁帆、朱晓进：《中国现代文学史（下册）》，高等教育出版社，2002 年，第 67 页。

注入了新的力量，这些都标志着新时期文学真正得到解放并且蓬勃发展。

改革开放不仅为文学创作领域增添了新的力量，更是为那些千千万万的文学创作者提供了新的发展机遇。改革开放以后的新兴作品中，蒋子龙的《乔厂长上任记》可以被称为佼佼者。在《乔厂长上任记》中，讲述了某重型机器厂经历了“文革”的十年动乱之后，变成了一个烂摊子。乔光朴受命到工厂，采取了新的生产秩序和奖惩制度，这一举动不仅激发了工人们工作的热情，还激发了工人们的主人翁精神。从此全厂很快就扭转了被动的局面，步入了正轨。这一时期的文学作品主要揭示了旧的经济体制、极左政治路线的影响与改革开放这一伟大事业之间的冲突，但其结果往往是“只要改革，生产就能搞上去”。除此之外，《腊月·正月》《新星》《沉重的翅膀》等著作均表现了我国在实行改革开放政治路线之后，社会生活的一些变革。

“改革开放 40 年”蒙古族作家创作的汉文小说作为中国文学的一部分，同样是社会历史环境下的产物，是在中华优秀传统文化背景下孕育而生的，但同时也具有民族文化特色。改革开放使得全体作者采取以自由、平等为主的写作模式，中国当代文学史掀起一股“伤痕”“反思”“改革”的热潮。文坛上各种文学思潮和文学流派不断出现，作家们纷纷投身其中，重新关注现实社会生活。也就是说，文学回归于自身，文学作品独立性的问题得到了充分的解答。随之，张贤亮的《灵与肉》、礼平的《晚霞消失的时候》、王安忆的《小鲍庄》、王蒙的《高原的风》、莫言的《红高粱》、韩少功的《爸爸爸》、贾平凹的《废都》等优秀作品相继问世。

与此同时，“改革开放 40 年”蒙古族作家创作的汉文小说也迎来了最辉煌的时代。文坛上出现了很多优秀的小说作品，例如，《活佛的故事》《蓝色的阿尔善河》《蓝幽幽的峡谷》《虔诚者的遗嘱》《大漠魂》《沙狐》等。这些作品具有浓厚的蒙古民族特色，散发着浓浓的“奶香味儿”。

“改革开放 40 年”蒙古族作家创作的汉文小说作为当代蒙古族文学和中国少数民族文学的一部分，是与整个中国文学的特点和面貌相一致的。“改革开放 40 年”蒙古族作家汉文小说的创作对时代进程和社会发展的认识有着最直接的情感色彩，即直接表达了作家们的思想观念、艺术审美取向——赞扬真善美，揭示假丑恶。

“改革开放 40 年”蒙古族作家创作的汉文小说展现的不仅仅是那些从艰苦岁月醒来后的人们心灵上遭受的伤痛、破碎的情感和苦涩的泪水，还有作家们对美好未来生活的由衷赞美与憧憬。

第二章 “改革开放40年”蒙古族作家汉文小说创作的民族文学艺术渊源

文学承载着民族文化的历史，作家创作的作品最能体现民族传统文化，这也是作家乐于展现的内容。“改革开放40年”蒙古族汉文小说创作，一贯彰显着民族文学的特色。阿·敖德斯尔、玛拉沁夫、扎拉嘎胡等老一辈作家以及哈斯乌拉、察森敖拉、格日勒其木格·黑鹤、甫澜涛、郭雪波、韩静慧、陈萨日娜、娜仁高娃、海勒根那等年轻一辈乃至以21世纪文坛新秀渡澜为代表的蒙古族作家是在浓厚的蒙古族传统文化环境中成长的，并且从民族传统文学中吸收了养分。在深深扎根于民族文化的基础上，作家们尝试着新的风格，使这一时期的蒙古族作家汉文小说创作进入了黄金时期。作家们的创作根基与追求则是传承蒙古族文学的优良传统、将其发扬并且创新艺术风格。

第一节 蒙古族英雄史诗与民歌传统的传承与发扬

蒙古族文学的传统首先是民歌和英雄史诗。远古时期人类对生存场景的原始记忆是以史诗反映的，而民歌则是随着一个民族的诞生和发展，所创作出的带有民族特色的歌曲。蒙古族古典文学的三大高峰则是英雄史诗《格斯尔》《江格尔》以及史传文学

《蒙古秘史》。蒙古族民歌更是数不胜数，例如，现代叙事民歌代表《万丽》《达那巴拉》《嘎达梅林》等。蒙古族汉文小说作家的艺术素养和灵感一般都来源于传统文化，因而作家们一直在追求对传统文学的模仿、发展、传承、超越和创新。

一、蒙古族英雄史诗的传承与发扬

不是每一个民族都拥有英雄史诗，到目前为止，拥有英雄史诗的民族并不多。蒙古族英雄史诗大约形成于人类发展的原始社会末期和奴隶社会初期，是当时的先民在对抗恶劣的生存环境的过程中，希望英雄出现来拯救他们于水深火热之中，所以英雄史诗便在这一情景下应运而生。除《格斯尔》《江格尔》以外，据统计，蒙古族英雄史诗有 500 篇（部）左右[①]。马克思曾说“希腊神话不只是希腊艺术的宝库，而且是它的土壤”[②]。蒙古族英雄史诗在发展的过程中，从神话、传说、民歌、祝赞词等其他民间文学中汲取了有益的养分，它的内容由简单到复杂，它的事件由通俗到深奥，它的形式由粗犷到细致，它的篇幅由短变长，就这样一步步发展并稳定下来。

蒙古族作家最早的审美倾向，是受到民族传统文学的直接影响而形成的。在电视、电脑、手机等电子产品都还未普及的年代，内蒙古地区的蒙古民族中盛行着胡仁乌力格尔和江格尔说唱等民间艺术。正因如此，胡仁乌力格尔和江格尔说唱等民间艺术也就成为作家们耳濡目染的娱乐活动。蒙古族作家从小听着胡仁乌力格尔和江格尔说唱长大，那些英雄史诗潜移默化地对作家们起到了启蒙的作用。作家们在创作的初期，作品中往往出现对民族传统文学的模仿，而且能够感受到蒙古族英雄史诗的文化内涵。

“英雄”一词最早出现在《文选·王命论》[③]当中，这一时

① 乌日嘎：《当代蒙古族作家汉文中短篇小说民族文化源缘研究（1949—1978）》，硕士学位论文，内蒙古师范大学，2019 年，第 32 页。
② 纳·赛西雅拉图：《蒙古族文学史》，辽宁民族出版社，2004 年，第 100 页。
③〔南朝梁〕萧统：《昭明文选》卷 52 下卷，李善注，京华出版社，2000 年，第 334 页。

期对“英雄”的界定是：英雄必须具备“力量”和“智慧”，智勇双全才能称之为“英雄”。众所周知，蒙古族一直以来都崇尚英雄，在传统的文学作品中每每都呈现出“力量”和“智慧”兼备的英雄气概。在众多的英雄史诗中有数不胜数的英雄形象，如中外熟知的著名史诗《江格尔》主要讲述的就是以江格尔汗为首的众将和勇士们征战四方，降魔除怪，为民众建立起安全、幸福的宝木巴家园。史诗《江格尔》塑造了一位智勇双全的英雄形象——洪格尔。他是江格尔汗的左膀右臂，他一心一意地辅佐江格尔汗，他们一起征战，最终让家园的民众过上了幸福安康的生活。而在蒙古族史诗《格斯尔》塑造了有着超强力量的格斯尔、苏米尔、伯通等英雄形象。在《蒙古秘史》中成吉思汗这个形象则是“性格坚强、沉着冷静、智勇双全、行动果断”的蒙古族领袖。

首先，蒙古族作为一个英雄的民族，一直以来对拥有力量和智慧的英雄人物是特别崇拜和赞美的。“改革开放40年”蒙古族作家创作的汉文小说中，英雄主义的呈现与蒙古族传统史诗中的英雄人物具有高度的统一性和传承性。例如，在扎拉嘎胡的长篇小说《黄金家族的毁灭》中尹湛纳希就是一位集忠孝仁义于一身的英雄形象。还有扎拉嘎胡的中篇小说《嘎达梅林传奇》塑造了一位为了民族、人民、家园而与王公贵族英勇奋战的英雄形象——嘎达梅林。

在郭雪波的小说《青旗·嘎达梅林》里，以嘎达梅林为首的蒙古族牧民代表正义的一方；而反动军阀则是邪恶的一方。嘎达梅林是蒙古族的英雄，当反动军阀要占领草原时，他义无反顾地站出来，组织义军与之对抗，为人们留下了可歌可泣的故事。几十年过去后，一些嘎达梅林义勇军的后人开始寻找前人的足迹，他们查阅了遗留下来的历史档案，对当事人进行随访，还原了那一时期的壮举，同时也将草原民族薪火相传的精神表现出来，体现出游牧文明的智慧，同时也指出人和自然应该和谐相处，有效地保护生态环境至关重要，立足于目前的实际状况思考如何去做，可以说，这是一部深具历史反思精神和现实借鉴意义的著作。其中有一句深含哲理的话语值得品读：那些不能消灭我们的，将使我们更加坚强。这是自始至终贯穿于英雄史诗的法则，也是蒙古族人民永远信奉的法则。

还有，察森敖拉的中篇小说《牧场精灵》中是这样描述奴扎布爷爷的："奴扎布爷爷已经年过古稀。可他仍然肩宽背阔，膀粗腰圆，脱掉衣服，……他的力气大得过人。一到剪毛、拔毛的季节，要是谁家有公牛治服不了，就去求他。"[①] 这些小说作品中所描述的人物形象都具有蒙古族汉子的特征。从古到今，蒙古族人民一直推崇"力量"和"智慧"并存。这与蒙古族英雄史诗中的人物形象塑造原则是相吻合的。

其次，"改革开放40年"蒙古族作家创作的汉文小说还继承了英雄史诗的程式化结构。史诗中的江格尔汗是正义的化身，他带领着众英雄为了保护美丽的家园和挚爱的家人们与邪恶的"蟒古斯"进行着殊死战斗，历经层层艰难险阻，最终取得决定性的胜利，从而过上了幸福美满的生活。英雄史诗《江格尔》的故事结构（程式）：恶势力侵犯—生存的家园被毁坏—江格尔带领英雄们与恶势力对战—恶势力被消灭—家园得救，重新过上幸福的生活。例如，蒙古族当代小说作家阿·敖德斯尔的长篇小说《骑兵之歌》就是按照英雄史诗《江格尔》的程式化故事结构展开的：哈达巴图来到骑兵支队担任政治委员—发现恶势力扎拉森国民党反动派的罪恶—与国民党反动派殊死搏斗—取得胜利。在这里，当代小说《骑兵之歌》与英雄史诗《江格尔》的"敌人来侵犯家园—家人们惨遭毒手—英雄战士们极力反抗拼搏—重新建立起美好的家园—过上幸福美满的生活"的程式化结构基本是一样的。但细细品味，还是有不同之处，不同之处就在于英雄史诗《江格尔》的故事是艺术的虚构，是远古时期人类生存的记忆。"改革开放40年"蒙古族汉文小说作家不仅从英雄史诗中继承了文学传统，还把这些传统与现实生活结合在一起，使小说作品更具有时代性，变得更加立体而丰满。

① 察森敖拉：《牧场精灵》，《青海湖》1996年第8期，第14页。

在甫澜涛的小说《风雪察哈尔》中，美好的家园被日寇侵略，主人公哈日夫和妻子舒格吉玛一同与日寇以及间谍斗智斗勇，故事的最后，两人带上毯子、吃的、喝的、用的，去了山上，解救山里的共产党人。这是一部蒙古族人民在中国共产党的领导下进行抗日战争的故事。《风雪察哈尔》和《江格尔》的“敌人来犯—家园或亲人惨遭毒手—英雄或将士们反抗到底—克服了种种困难，得到了胜利—重建了美好的家园”的程式化结构有诸多相似之处。不同的是，《江格尔》的故事是虚构的，而小说作品中所叙述的是真实发生过的，作家是以现实生活为基础创作的。而这些小说的结局也同《江格尔》“正义终将战胜邪恶”的法则相吻合。作家们不仅从《江格尔》中继承了优秀的文学传统，而且把这些传统与现实结合在一起。

如果说蒙古族英雄史诗是以男性来代表力量和智慧的话，女性则代表美丽和智慧。蒙古族女性在草原生活中形成了刚强坚忍的性格。她们会照料家中的日常生活，还会像草原上的汉子们一样奋不顾身地为了保护家园而手持刀枪上战场。蒙古族历史上有很多女中豪杰，例如，诃额伦在她丈夫被害后各部落相继分散，并且抛弃了他们母子的艰难情况下，并没有气馁，反而更加坚强地生活着。现代叙事民歌中的牡丹这一女性形象，不仅是嘎达梅林的妻子，还是嘎达梅林的得力助手，更是嘎达梅林的救命恩人。牡丹不惧艰难困苦，冒着生命危险去劫狱，成功救出了嘎达梅林。上述这些女中豪杰不仅温柔美丽，还富有过人的聪明才智。“改革开放 40 年”的蒙古族汉文小说作家在女性形象塑造方面继承了蒙古族传统文学中女性形象塑造的模式，并赋予了强烈的时代性。“改革开放 40 年”蒙古族作家创作的汉文小说中的女性形象，不再逆来顺受，而是被塑造成了具有新思想、新观念、新视野的新时代女性。在阿·敖德斯尔、玛拉沁夫、扎拉嘎胡、朋斯克、哈斯乌拉、察森敖拉、韩静慧等作家的小说作品中，随处可见勤劳、朴素、善良的蒙古族妇女形象。例如，阿·敖德斯尔的长篇小说《骑兵之歌》的第四十章中的哈达巴图的妈妈。在战争马上就要胜利的时候，敌人被打得落花流水、无处可逃，他们就开始了残酷的大屠杀。敌人拿着冲锋枪对着牢房拼命地扫射，牢房里硝烟弥漫，很多同志都倒在了血泊之中。老妈妈为了保护一个没亲没故的小姑娘——小春梅而不顾自己的生命安全，用身体挡住了牢房的窗户。那些刽子手不停地射击，老妈妈用自己伟岸的身躯拯救了小春梅、拯救了自己的同胞。在这部长篇小说中的另一个女性形象乌仁托蒂，为了给哥哥送情报，骑马跳墙，“乌仁托蒂绕了一大圈，轻轻地拍了几下马脖子，跑到墙下，纵身一跳，骏马像长了翅膀一样腾空而起，驮着姑娘，飞跃了高墙，被马蹄卷起的石头和土块，像下雹子似的从空中降下来”[①]。乌仁托蒂即使被子弹打中肩膀落下马也没有放弃，就算是在草甸上艰难地爬行，也要将情报送出去。与英雄史诗中的女性形象相比较，她们不仅是在辅佐英雄，而且会像男同志一样参加战斗。所以说，作家们不仅继承了传统文学中对女性形象塑造的艺术手法，而且赋予了女性形象的时代性。

韩静慧的小说《额吉和罂粟花》中的额吉生活在草原之上，却为了自己的日本孩子不断付出，最终自我毁灭。额吉勇敢地与敌人斗智斗勇。当怀着日本人的孩子的中国女人想亲手杀掉自己刚出生的孩子时，故事中的额吉保护了这个日本人的孩子，表现出了超越民族性的人性。小说中对人性的描绘细致入微，从中能够感受到母性的伟大，展现了博大胸怀与能力。

二、蒙古族民歌传统的传承与发扬

民歌，则是指人民为了表达思想感情、情感意志等，口头传唱的具有抒情性和现实性的民间歌曲。众所周知，蒙古族是一个向来被称为“音乐民族”或“诗歌民族”的能歌善舞的民族，而民歌也是蒙古族民间文学里的传统文学形式。蒙古族人民无处不唱歌，狩猎时要唱歌，迎宾送客时要唱歌，敬酒时要唱歌，送祝

① 阿·敖德斯尔：《骑兵之歌》，人民文学出版社，1979年，第460页。

福时候要唱歌，劳动时要唱歌，思念家乡时要唱歌，表达内心的爱意时也要唱歌，喜怒哀乐都要用唱歌来表达。蒙古族汉文小说作家把蒙古族民歌这一传统文学形式交替穿插在小说作品中，使小说展现出别具一格的民族色彩。

在老一辈作家玛拉沁夫的新时期中篇小说《第一道曙光》中，主人公乌尔沙娜站在大坝上，看着大坝前面的人们在刺刀和枪口下挣扎，悲愤至极。她跑到大坝前沿，举起铐着手铐的双手，高声唱起歌颂蒙古族英雄的著名民歌《嘎达梅林之歌》。这首民歌歌颂反抗军阀和王爷反动统治的民族英雄——嘎达梅林，拨动了所有人的心弦。当沙漠老人认出乌尔沙娜之后，继续领唱起《嘎达梅林之歌》，这正义的歌声、人民的歌声淹没了所有。此时此刻，没有任何声音更能表达他们的愤怒，也没任何声音更能激发他们的战斗力。这首《嘎达梅林之歌》是希望，是意志，更是不可战胜的力量。这首歌凸显了主题思想，展现了人物的心理活动，更是彰显了民族文化的魅力。同样，在朋斯克的长篇小说《伊和塔拉之战》中，在描写哈尔巴拉一家的凄惨遭遇时，小说中穿插了《草原的挽歌》。再如，阿·敖德斯尔的《骑兵之歌》中的乌仁托蒂参加解放军宣传队时唱的"金色的兴安岭啊，兴安岭，绿色的前襟鲜又亮，牛羊满坡草儿嫩，可爱的家乡，我的家乡……"[①]在这首歌里，乌仁托蒂唱出了对家乡的赞美及思念之情。小说作品中，哈达巴图和楚乐林在回乡的路上看见在天上飞翔的雁群，楚乐林情不自禁地唱起优美的民歌："飞在云端的大雁，影子落在草原，百战百胜的好汉呦，出在咱牧民中间。"[②]唱出了楚乐林回乡去拯救深受欺压的牧民们的责任意识与急切心境。走出家乡的楚乐林也像天空中飞翔的大雁一样，时刻挂念着家乡的人民以及一山一水、一草一木。因此，楚乐林的歌声所表达的是，他会像大雁一样，即使飞得再高再远，也要落叶归根，像自己的名字一样"解放"草原以及蒙古族同胞。再如，小说主人公宝力高

① 阿·敖德斯尔：《骑兵之歌》，人民文学出版社，1979 年，第 514 页。
② 阿·敖德斯尔：《骑兵之歌》，人民文学出版社，1979 年，第 21 页。

所唱的“黑色的王府像魔鬼的宫殿，奴隶的白骨成了金山，美酒是穷人的眼泪，佳馔是牧人的血汗”[①]。这首民歌揭示了王公贵族的丑恶行为，表现出黑恶势力的残酷以及牧民的惨遇。

作家创作小说作品的时候，会在作品的每一个情节中渗透本民族的文化基因。众所周知，蒙古族被称为能歌善舞的马背民族，因而民歌在小说作品中占据了重要的地位。这些民歌是小说不可或缺的有机整体。佳峻的中篇小说《驼铃》中有这样一段“劝奶歌”：“特咦格，特咦格——毛茸茸的小羊羔，是你的亲生骨肉，你忍心看着没有奶吃，孩子瘦得皮包骨头？”[②]

当敖登高娃妈妈唱起这段“劝奶歌”的时候，母羊低下头慢慢地接受了小羊羔。草原人民就是这样用自己的歌声来与自家的牲畜沟通。这正是民歌的魅力使然。

扎拉嘎胡的中篇小说《达那巴拉与金香》取材于一则流传民间的真实故事：达那巴拉与金香从小一起长大，因为两个人的感情特别好，长大后就擦出了爱情的火花，所以两个人就订亲了。后来达那巴拉参军去了，金香就在父母的逼迫下被许配给了一个有钱人家的儿子，然而金香仍深深地爱着达那巴拉。扎拉嘎胡就是根据这个民间故事和叙事民歌，经过艺术加工和处理，创作出了《达那巴拉与金香》这部歌颂草原人民对爱情忠贞不渝的小说。

纵观“改革开放40年”蒙古族作家汉文小说创作，作家引用了蒙古族民歌并将民歌穿插交融到作品中，一方面是为了将人物的内心世界直接呈现出来，让故事情节层层地展开；另一方面则是使小说形成了韵散相间的叙述模式。将以口头传承下来的民歌融入书面文学中，使作品在叙事形式上具有民族特征，增强了文本的民族特色，给读者带来别具一格的作品。

① 阿·敖德斯尔：《骑兵之歌》，人民文学出版社，1979年，第340页。
② 佳峻：《驼铃》，内蒙古人民出版社，1987年，第19—20页。

第二节　蒙古族传统文学意象的继承与发展

意象是指客观的“象”和主观的“意”的相互融合。也就是说创作主体把自己的情感活动借用独特的客观物象表现出来，简而言之，就是借物抒情、以景言志。个体的生存环境和文化氛围是营造意象不可或缺的因素。简单地说，作家们所营造出的意象中是包含着民族文化的。蒙古族传统文化中有很多独特的意象，例如，“草原”“骏马”“春”等。因此，作家们将意象运用在小说作品中，既推进文学作品审美意境的构建和思想情感的表达，又能深化文学作品的民族文化内涵。

一、“草原”“骏马”意象

“草原”意象是蒙古族小说作品中出现得最多且最为经典的审美意象之一。“草原”意象仍是当代蒙古族作家创作的汉文小说作品中不可或缺的意象之一，众多小说作品中自始至终都贯穿着这一意象。“改革开放 40 年”蒙古族作家创作的汉文小说中的风景画来源于草原的自然环境、游牧民族的生存环境和近现代半农半牧经济模式的存在环境，这些独特的地域景象给读者带来另一番情感体验。

首先，从小说题目中就能看出来“草原”这个意象，例如：阿·敖德斯尔的《草原上的萤火虫》，玛拉沁夫的《茫茫的草原（下）》《青青大草滩》，哈斯乌拉的《两匹马的草原》，佳峻的《草原的旋律》等。

其次，在小说作品中描述草原风景的更是数不胜数。例如，阿·敖德斯尔的长篇小说《骑兵之歌》中有这样一段描述：“夏初的草原是美丽的。带着野草芳香的软风迎面吹来，使大海一般的草原，翻起波浪，发出沙沙的响声。”①

这段话中作者将草原上的初夏描绘得既凉爽又惬意，使人们情不自禁地赞扬。这段描述表现出作者对草原的无尽热爱。

再如，从小在内蒙古大草原上长大的作家白雪林，他的内心世界是与草原上的万物结合在一起的。他曾说过，“要做博大草原的一名稚嫩的歌手”②。所以他的小说作品着重表达内蒙古草原上的生活。例如短篇小说《拔草的女人》中有这样一段描述：“早晨的草原散发着露水的清新，极目远望一片阴青暗绿，夜晚的黑影就像还没有完全褪去，而是隐藏在树后和草丛里，使你仿佛觉得走进了无边无际朦朦胧胧的梦里……”③

在作家白雪林的眼里，草原是年轻的、忙碌的。在这段描述中，草原上清晨的景色是那么和谐、那么安静，使人们仿佛回到了童年时光。草原上的女人在清新的早晨忙忙碌碌地工作着，但她们感觉不到一丝丝的疲惫，清晨的草原赋予了她们无穷的力量，使她们觉得自己永远是年轻的。

草原，是作家哈斯乌拉小说作品中人物生存和生活的背景，他们把自己的命运与草原深深地连接在一起。如《两匹马的草原》中的一段描述：“那天，草原上一点风也没有，羊群在井台边挤成一团……中秋以后上山打草，他们几乎同时走场，一起扎包，历史的烟云像杭盖敖包山后的阴云，一阵春风便刮得烟消云散。”④

在哈斯乌拉眼中，草原是幽静的、温暖的。这段描绘为读者们呈现出了草原的美景。草原上的任何景物均为自然界的一部分，都是没有属性的，但作家通过审美艺术赋予了它文化属性。

作家在描绘草原的时候，用真实而形象的“草原”意象表现出浓烈的主观色彩。“改革开放 40 年”蒙古族作家创作的汉文小说中随处可见诗情画意般的“草原”意象。“改革开放 40 年”蒙古族汉文小说作家笔下的“草原”是真实而有血有肉的草原，

① 阿·敖德斯尔：《骑兵之歌》，人民文学出版社，1979 年，第 20 页。
② 白雪林：《我想写出蒙古族自己的人物》，《小说选刊》1985 年第 8 期。
③ 白雪林：《拔草的女人》，《人民文学》1986 年第 5 期，第 50 页。
④ 哈斯乌拉：《两匹马的草原》，《民族文学》1986 年第 9 期，第 4 页。

是天人合一的美好理念，也是蒙古族人民与自然界的一个完美的契合点。而在每一部小说中，草原又往往是故事发生的背景，又或者是故事发展的推进者。草原母亲用它那博大的胸怀给予千千万万的草原儿女安稳的生活和新的希望。

正如阿·敖德斯尔的长篇小说《骑兵之歌》中的草原儿女——哈达巴图和义德尔；又如朋斯克的长篇小说《伊和塔拉之战》中的哈尔巴拉等人物的勇敢坚强，则是代表着草原儿女的不甘示弱、坚强勇敢，并将这种自强不息的精神永远留在草原上。

向来被称为“马背上的民族”的蒙古族人民对骏马是喜爱有加的。在蒙古族的历史中，骏马是蒙古民族不可或缺的便捷的交通工具和亲密的好伙伴。蒙古族人民将骏马视为五畜之首，对骏马有着独特的情感，可以说“蒙古人没有马，就像没有手脚”，视骏马为自己的手足。所以说“马”的意象在蒙古族文学中占据了重要的地位，也经常被蒙古族人民喻为美好事物的象征。

在蒙古族英雄史诗《江格尔》《格斯尔》中，每一位英雄都有属于自己的坐骑。史诗中的骏马都是被人性化、神化的，甚至成为救世主。在《江格尔》中有这样一段描述：“江格尔失去知觉，从马背上差点摔倒。灵敏的阿兰扎尔通人性，却不叫小主人落鞍。”①

这段文字描述了“勇士离不开战马，战马离不开勇士”这样一种“人马合一”、生死与共、保卫家园的典型情结。

“改革开放40年”蒙古族汉文小说作家深受蒙古族传统文学的影响，在他们的小说作品中塑造了众多骏马的形象。例如，在扎拉嘎胡的长篇小说《黄金家族的毁灭》中尹湛纳希有一匹骏马——白龙马，这篇小说将白龙马描述成神化的马。

“平地起风。大片的兽粪飞扬起来遮天蔽日……白龙马一身大汗退到一旁，尘埃慢慢落定。核查大员与众人到白龙马刨除的

---

① 李叶：《蒙古族文学审美意象研究——以〈江格尔〉为中心》，硕士学位论文，吉林大学，2017年，第42页。

坑一看，清晰地露出了上有六根钉子的一口棺材。”[①] 在这段描述中，马不仅仅是主人的坐骑，更是救主人于危难时刻的得心应手的好战友、好伙伴。

当代蒙古族著名诗人巴·布林贝赫的诗作《命运之马》，抒写的就是在十年动乱中的内蒙古博物馆楼顶上树立着的奔马塑像被毁坏。动乱结束后，塑像被重新塑造，内蒙古人民为之开心鼓舞。

从上述描述中我们可以看出，马是蒙古族人民心目中的神兽，蒙古族人民在迁移与征战中利用马的力量延续了生命。也正因如此，蒙古族人民离不开他们心爱的马，他们将马当成自己亲密的战友、伙伴、家人。在他们眼中，马是高大、雄伟、神圣的。马在蒙古族文化中不仅仅是动物的形象，更是一个文化符号，这种独特的传统审美意象，作为蒙古族人民的主要审美体现融入文学中历代相传至今。

二、其他意象

蒙古族文学中除了“草原”“骏马”等重要意象之外，还有很多其他的意象，如春、风雪、英雄、色彩等。在“改革开放40年”蒙古族作家的汉文小说作品中，除了上述的“草原”“骏马”等蒙古族文学重要意象之外，还常常出现“风雪”“沙漠”等其他的意象。蒙古族文学中这些审美意象不仅仅是作者情感、思想的载体，更是起到突显小说主题意旨的重要作用。

“改革开放40年”蒙古族汉文小说作家生长在草原上，所以他们对草原的风、雪、雨、沙漠、森林等都非常熟悉，也会在小说作品中常常描写这些意象。作家通过描写风、雪、雨、沙漠、森林等来渲染故事气氛、人的情绪，衬托小说故事情节。例如，在阿·敖德斯尔的长篇小说《骑兵之歌》中，将暴风雨来临前的草原描述得那么生动，充满生机。但是当暴风雨真正降临的时候，

① 扎拉嘎胡：《黄金家族的毁灭》，载《扎拉嘎胡文集（第一卷）》，远方出版社，2003年，第293页。

给草原上的牧民们带来了不可阻挡的危难。作者通过描写暴风雨的降临，凸显草原人民刚烈的英雄性格。

再如，长篇小说《骑兵之歌》中，义德尔中了坏人扎拉森的奸计，误以为哈达巴图转移支队另有企图，他为了不让辛苦建立和壮大起来的支队受到破坏，顶风冒雪地回到支队部。从这里我们可以看出义德尔是一位不畏惧困难，拥有英雄气概的人物。

在草原之子玛拉沁夫的中篇小说《第一道曙光》中有这样一段描写："前些天下过今年最后一场秋雨，接连又落了几次霜，刚进十一月份，塞外大地上朔风阵阵，寒气逼人，除河边湖畔的垂柳还稀疏地残留着几片枯枝叶之外，别的树叶全已落光了。"①

这段描述中，垂柳上仅剩的几片枯叶也被一阵大风吹落了，这并不只是在预示着天气将要变得寒冷，同时，也在暗喻着草原上即将要面临不安的生活。作家们用自然景物来暗喻蒙古族人民即将要面临的生活、社会时代背景。

同样，佳峻的小说《驼铃》中描述道："暴风雪在扑向我。漫无边际的雪原上，被狂风扬起的积雪……驼铃声召唤我，催促我，我的心更热。风雪中，我在驼背上伴着驼铃声展开了回忆的翅膀。"②

这篇小说以描述恶劣寒冷的暴风雪天气为开头，在这里恶劣的"暴风雪"意象代表着桑吉娅的童年回忆。作者通过描写桑吉娅骑着骆驼走在寒冷的暴风雪中，听着驼铃"叮咚叮咚"的响声，表现出暴风雪意象没给桑吉娅带来一丝的寒冷，而是暖暖的童年回忆。随着驼铃一次又一次地响起，她的童年就一次又一次地浮现在脑海中。

"改革开放40年"蒙古族作家创作的汉文小说中还有"沙漠"意象，同时，这也昭示着"改革开放40年"蒙古族汉文小说中会出现生态文学的原因之一。蒙古族汉文小说作家除了创造这些"暴风雨""暴风雪"的意象之外，还创造了"茂密的森林"和"荒

① 玛拉沁夫：《第一道曙光》，百花文艺出版社，1980年。
② 佳峻：《驼铃》，内蒙古人民出版社，1987年。

芜的沙漠”的意象。

当代蒙古族汉文小说作家郭雪波则是一位善于描写科尔沁草原荒漠化和沙漠化的作家。在他笔下，“沙漠”是可怕的死寂般的荒凉世界。例如，《大漠魂》中的莽古斯沙漠如同恶魔般吞噬着草原，沙漠刺眼的强光让人睁不开眼睛，微风吹在脸上给人带来一种窒息的压抑感。作家认为，人类的开垦耕种导致草原沙漠化，沙漠化是自然界对人类的报复。作家用沙漠化来暗示蒙古族人民即将要面临的既危险又可怕的自然生态。

在郭雪波的另一篇小说《沙狐》中，主人公老沙头在莽古斯沙漠当土地佬。“这个‘土地佬’一当就是20年……‘你真是一个妖魔啊！谁把你从瓶子里放出来的？这是上天的惩罚哟！’他天天这样唠唠叨叨，同时在住屋附近的沙洼里插柳条、种沙打旺，坨坡上撒骆驼草籽、沙蒿粒，干起治沙封沙的勾当。”[①] 沙漠化前的草原是充满生机的，但是当沙漠降临的时候，沙漠给草原上的牧民们带来了不可阻挡的危难。在这里，作者通过描写草原的沙漠化，塑造出凸显草原人民刚烈的英雄性格的“老沙头”及所有为治理沙漠而努力的草原人。

特定的社会历史环境会形成特定的审美意象，这个特定审美意象会随着社会历史环境的改变而改变。所以，作家的小说作品中会体现出民族文化的特征的。“改革开放40年”蒙古族汉文小说作家大多都生长在草原上，所以对于草原，他们最有话语权，在他们的小说作品中出现的“草原”“骏马”“风雪”“森林”“沙漠”等意象均为蒙古族人民生活中习以为常的事物。因此，蒙古族作家们在沿用了蒙古族传统文学重要意象的基础上，将其发扬光大，并鲜活地运用在各自的小说创作中。

① 郭雪波：《沙狐》，《北京文学》1985年第4期，第4页。

第三节　表现方法、艺术技巧的传承与创新

蒙古族文学最早的存在形式是口头文学，在口头文学阶段，就已经拥有了属于本民族的表现手法以及艺术技巧，如充满想象的神话传说以及运用夸张修辞手法的英雄史诗。这些方法和艺术技巧经历了时间的检验，在历史发展过程中不断成熟并传承下来，显然已成为了能够表现民族文化内涵的文学传统。不仅如此，在一代又一代作家的努力实践之下，这些文学艺术不断地被发展、创新，形成了富有蒙古族文化特点的文学艺术形式。

一、比兴手法上所体现的民族文学渊源

在民族文学作品中，作家们常用的修辞手法既能体现出作家的审美习惯，又能体现出他们的写作规律。读者也能通过这些，探寻出作家作品的文化渊源。比兴手法在文学作品中是经常被运用的，而且广泛地出现在各民族的各类文学作品之中。以当代蒙古族诗人纳·赛音朝克图的长诗《狂欢之歌》为例，解析诗歌作品中比兴手法的运用实例。诗歌写道："像是雨后的草原上云雀欢唱，像是五月的森林里杜鹃啼鸣，像是吻抚驼羔时母驼的哞叫，像是眷恋伙伴时马儿的嘶吟，让我们用民族乐器的感人美丽，歌颂那使我们获得幸福的恩人！"[①] 诗歌中的云雀、杜鹃、驼羔、马儿是蒙古族人民平日里喜爱的动物，作者用这些平日里能够看得到的动物所发出的悦耳的叫声来比喻草原人民的欢乐与感激之情，使读者体会到一种亲切感、共鸣感。

同样，在"改革开放40年"蒙古族作家创作的汉文小说作品当中运用最多的是比喻修辞手法。比喻是折射民族文化内涵最

① 李鸿然：《中国当代少数民族文学史论》，云南教育出版社，2004年，第187—188页。

强有力的修辞手法。比喻主要表现在比喻的本体、喻体以及喻意上，时间以及社会环境的变化常常会使比喻的本体、喻体、喻意跟着变化。不仅如此，喻体是会随着时代的变化而变化的，甚至会出现淘汰的情况。所以说喻体承载的民族文化内涵会更浓郁一些。本体则是相对稳定一些，因为本体通常都是本民族所熟悉的事物，所以不会出现太大的改变。这样，我们可以从作家作品对喻体的选择上探寻出一些民族文化内涵。

在玛拉沁夫的长篇小说《茫茫的草原（下）》中，小说主人公铁木尔擅自离开大部队违反了部队的纪律。队长宣布惩罚他当"马桩子"不可以参加战斗的时候，说了一句"对什么马，使什么样的鞭子"这一谚语。这句谚语中将铁木尔比喻成一匹马，犯错的马儿应该受到相应的惩罚。所以铁木尔犯错了也要像马儿一样受到相应的惩罚。小说中还引用了"百姓就跟冬月的牛粪一样，见火就着"这么一句古老谚语做比喻。这一比喻中将老百姓比喻成冬月的干牛粪，冬月的干牛粪经过四季的晾晒后是非常干的，只要一遇到火就会呼呼地着起来。这里，作者将长期遭受牧主巴彦压榨而心怀怨恨的蒙古族百姓比喻成见火就着的冬月的干牛粪，意思是只要时机一到，马上就会闹起革命来。

阿·敖德斯尔的长篇小说《骑兵之歌》中决定出兵攻打哈尔浩特，完成歼灭何富贵和扎拉森叛匪任务的时候，哈达巴图为严司令翻译了战士们口中所流行的一句古老蒙古谚语："断了脊梁的狼，折了腿的狐狸，拿打兔棒也能要它的命。"[①] 蒙古族人民对狼有复杂的心理。传说中蒙古族是苍狼白鹿的后代，而在实际生产生活中，狼又是牧民的敌人。这段描述在战略上将何富贵、扎拉森比喻成断了脊梁的狼和折了腿的狐狸，是因为他们如同恶狼一样残忍，残害了无数蒙古族群众的生命。所以，蒙古族出身的战士们很懂得狼的本性，就像打蛇要打七寸一样，知己知彼才能百战不殆。在小说作品中，类似的贴切比喻比比皆是。例如，小说主人公义德尔说："一个民族，也和一个人一样，要有尊严，

① 阿·敖德斯尔：《骑兵之歌》，人民文学出版社，1979 年，第 555 页。

要抬起头来走路，我们内蒙古的劳动人民真正当家做主的日子来到了，这怎能不使人激动呢！”[①] 这里，义德尔将一个民族比喻成一个人，一个民族如同一个人一样要有尊严，有意志，要昂首挺胸地努力前进。

在朋斯克的长篇小说《伊和塔拉之战》中，当吉木斯的老伴，楚鲁的母亲病重时，楚鲁想去向达尔罕大喇嘛求药，却被吉木斯拦住了。吉木斯说达尔罕大喇嘛是个见风使舵的人，平民百姓的生命在他眼里什么都不是，他不会给药的。因此，他教诲斯琴、呼和巴拉、楚鲁等，不论什么时候都要牢记成吉思汗的母亲所说的“一箭易折，众箭难催”[②]。作者将个人的力量比喻成单箭，将众人的力量比喻成众箭，为了歼灭敌人必须要团结一心，将众人的力量凝聚在一起。再例如，小说中的“二蛮子”“神枪手”“影子”等人背叛哈尔巴拉的部队，去追随哲别、莫尔根等人，后被缴械关进监狱并将叛匪头领执行枪决的时候，刘青山说：“向坏人说好话，就像沙滩上浇黄油。我们争取、教育、改造多次都不听，叛变投敌得到了这样下场。这正是：毒蛇因毒性发作而变黄，坏人因坏计报应而死亡，好！”[③] 这段描述中将“二蛮子”“神枪手”“影子”等人比喻成毒蛇，他们就像毒蛇一样因自己的毒素害了自己，“二蛮子”“神枪手”“影子”等人因自己的坏计自食其果。

可以看得出，小说作家在运用比兴手法的时候很多都是用蒙古族谚语或格言来表述。例如，“别急，枣到季节自然红”“只要挺着腰杆活下去，就能用金碗喝水……”（佳峻《草原的旋律》）；“不光彩的收入，不如光彩的支出”（玛拉沁夫《大地》）；“再好的走马也有失蹄的时候”“额头上的纹擦不掉，心里的恶意掩盖不住”“骆驼急了都敢跳火坑”（玛拉沁夫《茫茫的草原（下）》）；“纯钢是不会变软的，真金是不会长锈的”（朋斯克《伊和塔拉之战》）；等等。简简单单的一句谚语、格言却是历经千百年的

① 阿·敖德斯尔：《骑兵之歌》，人民文学出版社，1979 年，第 554 页。
② 朋斯克：《伊和塔拉之战》，内蒙古人民出版社，1987 年，第 122 页。
③ 朋斯克：《伊和塔拉之战》，内蒙古人民出版社，1987 年，第 106 页。

生活所锤炼出来的独特的民族文化，蕴含着丰富的智慧和哲理，可以称得上是民族文化的精华。因此，在当代蒙古族作家汉文小说中引用谚语、格言等，能够有效地加深民族文化内涵。蒙古族汉文小说作家不仅仅运用比兴手法，还常常运用白描、对比、夸张、象征等表现手法。

二、民族文学传统的传承发扬与发展创新

当代蒙古族汉文小说作家要想将本民族文学发扬光大并创新的前提是，紧跟时代步伐，在传承本民族优秀文学传统的基础上，汲取其他民族文学中对己有益的养分。“改革开放 40 年”蒙古族汉文小说作家不忘初心，努力创作，在蒙古族文学发展史上做出了重要的贡献。

首先，作家们在积极传承民族文学传统的同时，小说作品的题材与主题方面也表现出了超越与创新。与“社会主义建设初期30年”蒙古族作家创作的汉文小说的题材与主题相比较的话，“改革开放 40 年”蒙古族作家创作的汉文小说的题材和主题变得更加广泛而多样化了。在“社会主义建设初期 30 年”中，蒙古族作家创作的汉文小说作品中主要是革命历史题材。但在“改革开放40年”时期，蒙古族作家创作的汉文小说在主题多样化的同时，题材也变得广泛了。这一时期的题材主要以伤痕文学、改革题材、现实题材、城市文学、生态文学、宗教文学、女性文学为主。例如，玛拉沁夫的《第一道曙光》这篇小说以“文革十年”作为历史背景，讲述了乌尔沙娜一家人在那一时期的遭遇，揭示了蒙古族人民在“四人帮”的残害下所受的苦难，歌颂了蒙古族人民的勇敢、坚强以及拥护党、忠于祖国、忠于人民的高尚品德。

其次，作家们在传承民族文学传统的同时，小说作品的人物形象塑造方面也表现出了超越与创新。与“社会主义建设初期 30年”小说的人物形象相比，“改革开放 40 年”蒙古族作家创作的汉文小说中的人物形象更具时代性，具有新观念、新思想。因

为这些作家是在改革开放新时期迅速成长起来的，所以他们的观念和想法与过去的人有不同之处。“改革开放 40 年”蒙古族作家创作的汉文小说人物形象是在继承传统蒙古族人物形象的基础上，赋予了更多的时代性特征。例如，阿·敖德斯尔的小说《蓝色的阿尔善河》中的松岱、《谁说了算》中的乌恩巴图、《骑兵之歌》中的哈达巴图；佳峻的小说《虎门“犬”子》中的照日格巴图；玛拉沁夫小说《家庭舞会》中的巴拉斯和特古斯；等等，都非常具有代表性。具体来说，阿·敖德斯尔的短篇小说《蓝色的阿尔善河》中的松岱在那个特殊时期，敢于表达自己的心声，这一点赢得了牧民们的敬佩。他身上体现出崇高的思想以及超出常人的勇敢和智慧。小说中是这样描述的：“松岱毫不畏惧地转身面向群众，脸上带着强笑，大声说，‘甘达日嘎说……我先把自己肚子里的想法抖出来……，牧民们一听，各个脸上浮现出惊讶和钦佩的精神，觉得小伙子说得太好了！真过瘾！”[①]

再次，作家们在传承民族文学传统的同时，在小说的叙事艺术方面也表现出了超越与创新。“社会主义建设初期 30 年”小说的重要成就在于革命历史题材小说。创作革命历史题材小说的目的更是通过塑造革命人物形象来讲述艰辛的革命历史，让后人时刻珍惜来之不易的革命成果，并且号召人们进一步推动社会主义革命和建设。叙述者以一位见证者的身份对以前、当下以及未来进行叙事。“改革开放 40 年”蒙古族作家创作的汉文小说中当然也塑造了英雄形象，但相对较少，而是更注重平凡朴实的普通老百姓的形象塑造。作家们以平视的角度描写普通人，并塑造了很多我们所了解、熟悉的平常人物的形象。

改革开放以来，蒙古族作家汉文小说创作中还出现了很多生态文学。“改革开放 40 年”蒙古族汉文小说作家通过写人与自然的故事来揭示大自然中不可抗拒的神秘力量。作品呼吁人们需要重新审视和思考人与大自然的关系。例如，玛拉沁夫的短篇小说《大地》，小说中讲述了牧羊人巴塔一辈子都过着贫困潦倒的

① 阿·敖德斯尔：《蓝色的阿尔善河》，《民族文学》1982 年第 3 期，第 18 页。

日子，连个像样的住所（蒙古包）都没有，突然有一天老牧羊人巴塔在贫瘠的沙地上捡到了一些金银珠宝，想着用这些金银珠宝换一个好的住所（蒙古包）。可是当他把那些不劳而获的金银珠宝带回家之后，心里总是忐忑不安，最后他悟出了一个道理，“把这些无价之宝还是埋到原来的地方去吧！大地母亲是最忠厚可靠的，她会为我们保存好”[①]。蒙古族人民向来都崇尚大自然，敬畏大自然，将大自然尊称为“额和”（母亲）。同样，蒙古族汉文小说作家郭雪波的小说作品中也有很多关于生态的。郭雪波的小说基本都在描写科尔沁草原的沙漠化现象。郭雪波通过描写生活在科尔沁草原的沙漠里的人和动物，反映出自然是非常脆弱的，人类与大自然相互对抗的最终结果非常可怕。因此，郭雪波在小说作品中一再呼吁，我们人类作为大自然的产物，要保护大自然并“建设”大自然。如郭雪波的小说《大漠狼孩》中描述了人与兽的生存互换。故事是一场猎狼活动引起的，“我”救了一只小狼崽私自养大，而“我”的弟弟却被母狼带走，哺育成狼孩的人狼生存互换。小说作品通过人和狼寻找自己孩子的故事，演绎了人兽互换回归无路的悲剧。

综上所述，本章从蒙古族英雄史诗和民歌传统、蒙古族传统文学中的重要意象、独特的表现方法和艺术技巧等三个方面对“改革开放40年”蒙古族作家创作的汉文小说中的民族文学渊源进行了解读。得出的结论就是：作家们在创作中传承本民族文学传统的同时，保持着“始于传承，终于发展”的写作思想。

① 玛拉沁夫：《大地》，《民族文学》1981年第6期，第19页。

第三章 “改革开放40年”蒙古族作家汉文小说创作艺术借鉴与本土化

我国文学巨匠茅盾曾说：“在祖国的大家庭中，各民族文学的相互交流和学习，是百花齐放的催化剂。”[①] 任何一个民族的文学都是在相互影响、相互学习中共同发展的。“我们学习别人是为了将自己民族的文学更好地表现、提高和发展，是为了更好地丰富、充实和挖掘自己的创作天才和艺术个性。”[②] 我们在有意间还是无意间和其他民族发生这样或那样的联系是不可避免的，而且这样的联系使各民族作家们一起将文学艺术发展得更好。

第一节 “拿来主义”文学观及本土化艺术实践

“拿来主义”是鲁迅先生在20世纪30年代对待外来文化时所提出的文学主张。鲁迅先生是中国新文学最具有代表性的开拓者之一。他不仅坚持现实主义原则不变，又提倡和促进现实主义的开放；他不仅研究现实主义理论，还对现实主义创作充满热情。鲁迅先生为我国现实主义文学的建设和发展做出了卓越的贡献。一般来讲，我们在这里探讨的当代蒙古族作家创作的汉文小说呈

---

① 茅盾:《在中国文学艺术工作者第三次代表大会上的报告》,人民文学出版社,1960年,第32页。

② 佟额尔敦仓：《玛拉沁夫小说创作民族文化解读》，博士学位论文，内蒙古大学，2011年。

现出一种“双重边缘化”特点，因此很容易受到外来文学的影响。我们的作家们虚心向鲁迅先生学习，并身体力行。他们在传承本民族的优秀文学素养的同时，又积极吸收了外来文学有益的养料创造出了既受外来文学影响又具备本土文化内涵的小说作品，“使当代蒙古族小说文坛彻底改变了‘大统’的基调，而勃然出现了探索成风、创新呈亟、百‘流’并辔、万乘竞优的局面”①。

一、“拿来主义”文学观

“拿来主义”是鲁迅先生一生中提出过的众多主张的集中体现，“拿来主义”对我国新文学发展起到了重要作用。“拿来主义”与改革开放政策相同，都成为了建设社会主义精神文明和物质文明的锐利武器。无论是哪个国家还是哪个民族的文化和文明，都会与世界其他国家的文化和文明存在着相互吸收、影响、渗透、排斥、抵制、斗争的双向流动过程，这便是客观存在的复杂模式，“拿来主义”则是这复杂模式中获得主动性的新进理论。

具体来说，“拿来主义”这一文学主张是鲁迅先生于1934年基于当时汲取外国文学问题时所提出的重要思想。“拿来主义”不仅是现代中国汲取外国文化的指南针，也是造就文艺新人、建设新文学、振兴中国的重要思想。鲁迅先生主张“拿来主义”一是为了突破中国以往文学的束缚，学习西方的文化，铸就中国新文学；二是为解救人民于水深火热之中。鲁迅先生知道没有拿来的，人不能成为新人，文艺不能成为新文艺，所以他借“他山之石”磨砺自己，让自己的思想锋芒锐利，思想内涵丰富，但决不会让自己“洋”化、“奴”化。“拿来主义”的态度使鲁迅先生的文学艺术成为了世界文学中不可或缺的重要部分。

虽说中国传统文化博大精深，但发展中的现代中国还是需要我们去学习借鉴外来文化的有益之处。对于外来的文化，既

① 策·吉尔嘎拉：《中国当代蒙古族小说概论》，《黑龙江民族丛刊》1993年第2期，115页。

要放手大胆地“拿来”，又不能盲目地崇拜，全盘接受。我们要遵循以下几个原则：第一，我们大胆吸收外来文化，“不管三七二十一，‘拿来’”。第二，我们要“运用脑髓，放出眼光”，主动去“拿”。敢于拿来，但不能盲目地拿，必须要从实际出发，切合国情，选择性地拿来。第三，必须慎重区分“采取若干”和“‘整个’捧来”。我们要取其精华，去其糟粕，并且不能抛弃中国的传统文化，在民族化的道路上，吸收外来文化的养分。第四，我们对待外国文学作品不能“求全责备”。不能因为苹果烂了就扔掉，要提倡“削烂苹果”的方法。第五，我们不能盲目地全盘保留、盲目地模仿，而是要采用“扬弃”的态度和方法。

再往近了说，蒙古族作家玛拉沁夫是这样认为“拿来主义”文学观的，“阅读文学作品的最初阶段或多或少都会受到某一位作家的作用效果的，因此，作品中会有该作家的迹象，这其实是无足轻重的”。接下来，玛拉沁夫是以鲁迅先生为例，具体阐释了这一理念：“鲁迅先生的《狂人日记》这部作品也曾向国外的《狂人日记》吸取过经验，但是两者所展现的效果和深度则是有所不同的。所以说被影响不是一件可怕的事情，哪怕是一些经验丰富的老作家们的作品中也能找到他们受其他作家影响的痕迹的。”他用鲁迅先生的实例展开了一段讨论之后，继续阐明自己的理解：“影响则是指某些表现方法，人物塑造手法上所受到的影响，而不是说影响就等同抄袭。随着作家们的写作能力不断地提高，被影响的程度也会不断地减弱，最后则形成属于自己的创作风格。许多作家用实例证实了这一点。”① 这里，玛拉沁夫向文学前辈们虚心学习的同时，学习前辈们的“拿来主义”的创作经验和文学思想，更进一步地体会到了借鉴外来文学的重要性。他还认为：阅读他人的作品的时候，要与自己的生活经历联系起来，并结合在写作过程中所出现的一些情况，对其加以思索。借鉴就好比发酵剂一样，通过阅读来借鉴，让我们的思想活跃起来，联想到各

① 宝兰：《蒙古族“十七年”汉文小说艺术渊源及文学史价值研究》，硕士学位论文，内蒙古师范大学，2021 年。

种各样的事情。玛拉沁夫的好多文章和言谈都一再阐明学习借鉴的重要性，并且提醒人们，学习借鉴其他民族文学的时候，不能全盘照搬，而是，学习借鉴适合自己创作的东西。所以，我们在读书的时候不能读死书，应该联系自己的生活经验和积累来开拓自己的艺术思路。

另一位蒙古族作家扎拉嘎胡对于“拿来主义”文学观的理解则是：“对于异质的、西方文化，不分好坏，采取一概排斥的态度是不足取的，我们要立足于本民族的土壤，采取鲁迅的拿来主义，取其精华，去其糟粕，而不能只表层地注重西方一些现代流派的表现技巧。我们要继承民族文化传统，开掘生活的底蕴，遵循艺术规律，向文学的新领域拓进，创造出具有普遍社会意义的有独特艺术魅力的作品。”[①] 在这里，扎拉嘎胡的意思是说，我们不能一竿子打翻一船人，将所有西方文化都拒之门外，而是要将有益于我们文学创作的东西借鉴吸收过来，然后经过“扬弃”，创作出属于自己的具有独特艺术魅力的作品。

“改革开放40年”蒙古族作家的汉文小说创作虽然发展到了黄金时期，但作家们仍需要继续努力，推动民族文学的持续发展。这就要求作家们时刻贯彻“拿来主义”文学观，应该做到不仅仅是从自己的文学传统中吸收优秀的文学素养，还要从其他外来的文学中吸取有益的文学素养。因为，传承民族文学传统和学习借鉴外来文学有益养分是任何一个民族文学稳住脚跟并迈开脚步向前发展的必备条件。

二、作家的本土化艺术实践

改革开放打开了中国人面向世界的视野，从那个时期开始，各种文化思潮涌入中国人的视野中。中国新时期文学摆脱了各种束缚，中国文艺的自由和多元化的开始呼应着西方文化思潮的输入和影响。与此同时，在“改革开放40年”蒙古族作家汉文小

① 扎拉嘎胡：《扎拉嘎胡文集（五）》，远方出版社，2003年，第75页。

说创作的过程中，作家们不仅仅是继承本民族的优秀传统文化，还拥有了“拿来主义”文学观，并且运用于各自的创作当中。

读过屠格涅夫的《白净草原》的读者都会发现，这部作品与玛拉沁夫的《活佛的故事》有着诸多的相似之处。《白净草原》是19世纪俄罗斯现实主义作家屠格涅夫所创作的一篇小说，而《活佛的故事》这篇小说则是20世纪蒙古族作家玛拉沁夫创作的。在不同时代、不同民族、用不同语言创作的两篇小说有若干相似之处，让我们对其进行评析。

首先，用儿童的视角和儿童的口吻揭示了儿童的心理和个性特征。

在《白净草原》中，作者只看见了儿童时期的一个片段，《活佛的故事》中“我”窥见了儿时的伙伴小玛拉哈的整个童年生活，甚至是一生的各个重要片段。他们的童年生活被朦胧而遥远的神秘色彩笼罩着，令人既眷恋又神往。

《白净草原》中的孩子们是一群农奴的后代，《活佛的故事》中的“我”和小玛拉哈在饥荒年代过着填不饱肚子的苦日子。不论是农奴后代还是“我”和小玛拉哈，在这漫长的黑夜里为了生存而努力的孩子们，都有他们自己的乐趣。

《白净草原》中写道：“我原以为坐在篝火前的人是牲口贩子，其实不是。他们是附近村庄里几家农户的孩子，深夜在这里看守马群……他们都光着脑袋，穿着旧皮袄，骑着欢蹦乱跳的马游耍：兴高采烈地呼喊着，在马背上颠簸着，手舞足蹈地欢笑着。”①俄罗斯盛夏的夜晚，农奴的孩子们把马群赶到草地里吃草，天蒙蒙亮的时候将马群赶回来，对他们来说是非常快乐的。

《活佛的故事》中描述道：“‘那就走吧，趁着月亮还没出来，咱们爬树，快撸！’他说。榆树钱儿拌糠面蒸熟，可好吃呢……我一想到明儿个家里还没有下锅米，就壮起胆子，拿上筐子，跟着他一路小跑，来到了王府前面的大草甸子上……不大一会儿，

① [俄]伊凡·屠格涅夫：《猎人笔记》，田国彬译，长江文艺出版社，2011年，第109页。

我们俩撸下满满两大筐榆树钱儿。”[1] 为了填饱肚子，在黑夜里，小玛拉哈和“我”爬上神树，偷偷撸榆树钱儿。坐在神树的树枝上开心地向圆圆的月亮招手，对他们来说，这是童年快乐的趣事。

两篇小说中的孩子们都是天真无邪、活泼勇敢的。他们陶醉在自然风光中，用稚气的眼光观察世界。小玛拉哈不畏惧王爷，更不信神，敢于爬上王府门前的神树。巴夫鲁沙不怕狼，更不怕鬼。深夜里的巴夫鲁沙手无寸铁地独自去赶狼，去河边打水。在河边打水的时候听到被淹死的瓦夏在呼喊他，但他没有害怕，而是勇敢地将水打回来了。

孩子们用他们童年的眼光观察着这个世界带给他们的难以解开的宇宙之谜、人生之谜。他们被浩瀚的夜空吸引住，心里满怀着对美好未来的追求和对人类命运的关注。

《白净草原》中写道：“‘这是什么声音？’科斯佳猛然抬起头来问道。巴夫鲁沙仔细地听了一会儿，然后又说道：‘这是丘鹬飞过去时发出的叫声。’‘它们往哪儿飞呀？’‘听说是飞往没有冬天的地方去。’‘真有这样的地方吗？’‘有。’‘离这儿远吗？’‘很远，很远，飞过温暖的大海就是。’科斯佳长出一口气，就闭上了眼睛。”[2] 孩子们在入睡之前用这段沉默遐想结束故事，巴夫鲁沙、科斯佳是多么希望自己能变成一只小丘鹬，自由自在地展翅飞翔，脱离这牢笼、苦海，飞到没有严寒的地方去。

《活佛的故事》中写道：“一逃出大草滩……此刻得到了最充分的发挥：天空是什么？为什么是湛蓝色的？……在那个世界里，肯定不会有凶恶的王爷，困苦的穷人，更不会有以榆树钱儿充饥的事吧……”[3] 这段描述了在蒙古草原上，“我”和小玛拉哈同样也被浩瀚的夜空吸引，两人躺在沾有露水的草地上静静地发挥想象力，“我”和小玛拉哈多么希望摆脱凶恶的王爷，结束

① 玛拉沁夫：《活佛的故事》，《人民日报》1980 年 7 月 12 日。
②[俄]伊凡·屠格涅夫：《猎人笔记》，田国彬译，长江文艺出版社，2011 年，第 124 页。
③ 玛拉沁夫：《活佛的故事》，《人民日报》1980 年 7 月 12 日。

以榆树钱儿充饥的日子，过上幸福的生活。

玛拉沁夫和屠格涅夫都是以儿童的口吻来展现孩子们的天真无邪、勇敢智慧、富于想象，对美好的未来的追求以及对人类命运的关注。

其次，两篇小说中都通过“我”的介绍、评价来写人物，揭示人物的性格和不同的遭遇。所以两篇小说在人物描写的艺术手法上有相似之处。

在《白净草原》中，“我”在人物出场之前就将每个人物的脸谱都介绍给读者们了。费嘉身上带有一种优越感，只因他出生在富农家，有着自以为高人一等、爱嘲笑别人的性格。因为他的优越感，所以他很少说话，怕有失自己的身份，也正是因为他的优越感提起了故事的开头或中断故事。而伊柳沙是个不到 20 岁的孩子，相貌平凡，脸上表现出迟钝、病态的忧虑，这脸谱般的描写则将其内心的想法展现得淋漓尽致。科斯佳身材弱小，有着瘦瘦的脸、尖尖的下巴，胆子小得像老鼠，穿着破烂不堪衣服，并且有爱沉思的性格，这显然是一副遭受生活摧残的不幸者的形象。还有巴夫鲁沙，长得并不漂亮，一头蓬松的黑发，颧骨宽阔，面孔苍白带有麻点，但身体矮壮，这反映出他内在的力量、刚强有毅力的决心。作者通过“我”对小说人物一一做出各种评论，一一做出脸谱化的介绍，流露出了强烈的情感色彩。

《活佛的故事》中的小玛拉哈也是通过“我”介绍给读者的。小玛拉哈傻气中带有佛相，则是预示着他将经历特殊的生活道路。“我”通过介绍人物的童年外貌以及以后的外貌变化，揭示了人物的特殊经历。

文学创作的共同规律导致两部作品的形似神异。因为文学是社会的反映，两部作品之所以有相似之处，是因为两部作品中反应的时代和作家的成长经历在某些方面类似。两位作家童年时代都生活在封建专制制度下，是被压迫人民的同情者。19 世纪俄罗斯作家屠格涅夫从小就目睹了农奴被打、被欺凌，所以从小就憎恨农奴制。玛拉沁夫从小亲身体会过奴役生活，所以对蒙古族宗教活动十分熟悉。这也就是他们能够描绘出特定历史时期人物的命运及心理的原因。蒙古族当代作家玛拉沁夫喜欢读外国文学作品。他曾说过，他深受肖霍洛夫、屠格涅夫等作家的影响。两部作品中不仅人物、结构相似，语言风格也在一定程度上有着相似之处。

“改革开放 40 年”蒙古族作家创作的汉文小说中，学习借鉴外国文学并力争本土化的作家作品不在少数，还有很多作家在小说创作中积极践行着“拿来主义”文学观。例如，郭雪波与海明威的作品既有相似之处，又有不同之处，这显然是作家运用“拿来主义”文学观并力争本土化的结果。作家们用他们的优秀作品诠释着“拿来主义”的行之有效，完成着“拿来”—“扬弃”—“本土化”的创作使命。

第二节 学习借鉴中国古典文学与现代文学

在我国，各民族平等互助、共同繁荣，形成了“你中有我，我中有你”的文化交往、交流、交融局面。“改革开放 40 年”蒙古族汉文小说作家们接受了汉语言的教育，在受到本民族文化熏陶和文化滋养的基础上，吸收和继承中华民族优秀传统文化，共同为建设和发展中国文学而努力前行。

一、学习借鉴中国古典文学

数千年以来，中国古典文学一直是在中国传统文化的影响下蓬勃发展的。中国古典文学不仅是中华民族珍贵的文化遗产，还是让人们羡慕的世界文学宝库中的珍宝。中国古典文学有各式各样的文体，如诗歌、小说、散文、词、赋、戏曲等。不仅如此，中国古典文学还有多样的艺术表现方法，从而使中国古典文学呈现出绚丽多彩的风格。蒙古族当代作家在学习中国古典文学的同时也借鉴了适合本民族文学的诸多艺术表现手法。

《红楼梦》是中国古典文学四大名著之一，自《红楼梦》开始，小说对人物心理描写迈出了一大步，也可以说中国小说史上，心理描写只有到了《红楼梦》才明显地露脸了。所以，蒙古族作家受到《红楼梦》的影响，开始揭示和剖析小说人物的内心世界。描写人物的外貌和动作能更好地塑造人物形象，描写人物的内心世界则能揭示人物的思想感情和性格特征。也正是因为描写人物的内心世界能够全面又细致地体现出人物的性格和本质，所以在描写人物的时候，要重点描写人物的内心世界。

例如，当代蒙古族作家哈斯乌拉的《走进夕阳》这篇小说中曾出现过一位令人印象深刻并且心理活动复杂的牧民形象。小说成功地塑造并揭示了牧民的复杂心理活动。“文化大革命”时期，因为巴拉登的不听劝告，曾在草原上引发过一场可怕的火灾。巴拉登不听看守草垛的知青向小勇的劝告，执意在草垛旁边熏烤沙狐，因为正好是大风天气，便引发了可怕的火灾。这次火灾给草原上的人们带来了很大的灾难，但是引起这场火灾的巴拉登并没有受到法律的制裁。因为看守草垛的知青向小勇和沙狐一起被烧死在火灾中，所以人们没有进行调查，直接就嫁祸到了知青向小勇的头上。“文化大革命”结束后，向小勇的朋友吕品红无意间看到了向小勇生前所写的入团申请书，并且发现了惊天的秘密，那场可怕的火灾的罪魁祸首不是向小勇，而是巴拉登。吕品红坐不住了，她不管怎么样都要回到草原，为自己的好朋友洗掉这个冤屈罪名，并且要将罪魁祸首巴拉登绳之以法。吕品红在为向小勇申冤的道路上经历了许多困难，但也看到了巴拉登的忏悔之心。巴拉登虽然没把自己的罪过写在纸上，但是深深地印刻在了自己的心里。小说中这样形容巴拉登的身影：“一个踉跄的人影从远处的河湾涉过去，朝东山上走去。”[①] 巴拉登要去向小勇的坟前忏悔。巴拉登不仅自己去忏悔，他还请老喇嘛为向小勇念经超度，

① 哈斯乌拉：《走进夕阳》，《草原》1990 年第 9 期，第 10 页。

这时的巴拉登“死死地揪着自己蓬乱的头发，频频地向地下的英灵叩首。血红的夕阳散出最后的余晖，花圈缎带上写着‘向小勇永远活在这片草原上！’的挽联映得真真切切，闪闪发光”[①]。整篇小说中描写巴拉登的字句并不多，但是作者通过对巴拉登忏悔行为的描写，体现出巴拉登内心世界并没有被酒精麻醉。他还是有良知的，他也因为造成这场火灾而每天生活在深深的愧疚和良心的谴责之中。作者通过对他的内心世界的描写展现出了人物的本质。

中国四大名著的另一部作品《水浒传》，在我国小说史上同样有着重要的地位。《水浒传》是中国古典小说中第一部描写农民起义的章回体小说。小说以梁山108位好汉为重点，以梁山起义的发生、发展、高潮、衰落、失败为中心，上至君臣，下至村民，从城市到农村，揭示了社会的黑暗，反映出封建社会从兴旺到衰败的阶级斗争历程。蒙古族作家们在阅读《水浒传》的同时，研究了其故事情节是如何组织的，之后又如何展开矛盾，最后如何进行环境描写等问题，并将其借鉴运用到自己的作品中。“改革开放40年”蒙古族作家创作的汉文小说中革命题材的小说与《水浒传》中的“官逼民反”的故事情节相吻合。因此作家们多多少少地、程度不同地借鉴了《水浒传》的表现手法。下面我们分析一下阿·敖德斯尔的《骑兵之歌》是如何借鉴并学习了《水浒传》的表现手法。

首先，《水浒传》中的主角——宋江是一位讲忠义的起义军领袖。宋江忠于宋朝、忠于皇帝，对弟兄们讲义气，他还是农民起义的领袖。所以，我们可以将其理解为一个矛盾体。在阿·敖德斯尔的长篇小说《骑兵之歌》中，主人公哈达巴图则是一位忠义者，他忠于党，忠于自己的民族，而且可以把他看作一位领袖，他带领着蒙古族人民参加战斗。哈达巴图解救蒙古族同胞的意愿是同共产党的目标相一致的，最终走向了革命胜利。哈达巴图的忠义不存在矛盾，而宋江的忠义则是存在矛盾的，这也就是哈达

① 哈斯乌拉：《走进夕阳》，《草原》1990年第9期，第12页。

巴图与宋江的不同之处。

其次，宋江作为起义军领袖在运用兵法这方面是一位能手。宋江从不打无准备之仗，要做到知己知彼、百战不殆，必须严谨地部署兵力并且灵活运用战术，正因如此，研究者对宋江在梁山上的战绩给予了肯定。当然“改革开放40年”蒙古族汉文小说作家在描写战术运用方面也学习借鉴了《水浒传》。例如，阿·敖德斯尔的小说《骑兵之歌》中消灭敌人，哈达巴图做了以下兵力部署：“第一，我支队立即转向东方，利用地形，向大路方向隐蔽挺进，在山高路窄的贡大坝上伏击。第二，立即派人向严司令员报告敌情和我们的上述决心。马上行动！”①

还有，中国古典小说《三国演义》中运用了对比手法来塑造人物形象。对比手法能加大人物性格的反差，从而使人物性格更加鲜明独特。“改革开放40年”蒙古族汉文小说作家借鉴了中国古典小说中的对比表现手法。他们不是盲目地借鉴，而是在借鉴的同时，将其本土化。在《三国演义》中，刘备是“仁政”的代表，曹操则是“暴政”的代表，所以将曹操的坏描写得越突出，就更能凸显刘备的好。

“改革开放40年”蒙古族汉文小说作家在学习借鉴对比手法的时候，对其进行了创新。作家们没有将对比手法运用在不同人物形象之间的对比塑造上，而是运用在了同一个人物形象上。例如，阿·敖德斯尔的《骑兵之歌》中，哈达巴图的父亲巴特尔老汉祖祖辈辈都是王府的“奴隶”，他刚出生就过得不如王爷家的牛马阔气，在“手够不到鞍韂，脚踩不到马镫”的年纪就开始放羊放牛。有一年他因为在放马的时候偷骑了王爷的神马而犯了“王法”，被关进囚车游街。最后他在朋友的帮助下逃跑，到外旗流浪了15年。在进入新社会的时候，巴特尔老汉挺直腰杆回到了家乡、回到了亲人的身边。不仅如此，他还参加工作队并得到了认可，从奴隶到工作队工作人员，巴特尔老汉有了全新的面貌。在过去，人民的命运掌握在王爷、巴音的手里，而现在，命

① 阿·敖德斯尔：《骑兵之歌》，人民文学出版社，1979年，第476页。

运掌握在自己的手里，人民当家做主。

进入 21 世纪以来，蒙古族汉文小说作家创新性地借鉴了中国古典小说对比的表现手法，郭雪波是运用这个手法最多的人。他的中篇小说《锡林河女神》中胡子林是文物局领导，他是个贪得无厌的人，和一心想保护古墓的白沙形成了鲜明的对比。小说中描写了一个黑皮日记本，里面有奥桑公主墓构造图，但后来落在了胡子林手里，于是他试图搞清上面的秘密，为盗墓做准备。白沙知道了这一切之后，十分担忧，认为日记本在他手里是一个极大的威胁，虽然上面的秘密是由古契丹文记载的，但一旦被他弄懂以后，将会带来严重的后果，于是白沙想办法趁机把它弄出来。这两个主人公是对立的，这恰恰反映了保护古墓的本质区别，到底是真心想保护古墓，还是表面装装样子，实则更加贪财。这种对比方法的运用能让读者更加了解小说故事内涵及作者用意之深。

二、学习借鉴中国现代文学

“改革开放 40 年”蒙古族作家创作的汉文小说不仅学习借鉴了中国古典文学，还学习借鉴了中国现代文学。这时期的小说作家放弃了宏大历史叙事，转向个人化的叙事立场，在自己的写作风格上借鉴了新的审美观念和表现手法，这是作家们在学习中国现代文学时所掌握的写作方法。这时期的蒙古族汉文小说作家大多数从小就生活在多民族杂居地区，所以各民族的日常生活习惯、经济文化氛围乃至文学艺术活动等都互相影响。

不难发现，“改革开放 40 年”蒙古族作家创作的汉文小说的语言呈现散文化、诗化的特点，这是作家们通过学习中国现代文学掌握的写作方法。从现代文学史的地位来看，鲁迅可以说是现代文学的灵魂。鲁迅一方面是现代散文最早的作者之一，另一方面也是现代小说最重要的开拓者。蒙古族最早接触到的鲁迅文学是在 20 世纪 20 年代。1925 年 4 月，多松年、乌兰夫、奎璧等首批蒙古族共产党员在蒙藏学校创立了文学刊物《蒙古农民》。可以发现，该刊物上发表的一些文学作品显然受到鲁迅作品的影响。1953年，玛拉沁夫、朋斯克、孟克巴彦等蒙古族作家作为第一批学员，来到了曾是北京鲁迅文学学院前身的中央文学讲习所，掀开了对鲁迅进行系统学习研究的序幕。40多年来，玛拉沁夫、朋斯克、孟克巴彦、安柯钦夫、敖德斯尔、扎拉嘎胡等蒙古族作家先后来到北京鲁迅文学学院学习。进入21世纪以来，甫澜涛、郭雪波等蒙古族汉文小说作家们也学习并仔细研究鲁迅的作品，认真学习鲁迅作品的深刻性和表达方法的精湛技巧，然后在自己的文学创作中付诸实践。

中国当代文学是传承着“五四”新文学运动的血脉，在解放区文艺的沃土中孕育的，在天安门开国的礼炮声中诞生的，是在社会主义制度的历史条件下，以马克思列宁主义、毛泽东思想为指导，以无产阶级思想为核心的社会主义文学，具有鲜明的社会主义性质。纵观中国当代文学发展历程，它是以中华人民共和国成立以来的社会现实生活为土壤的，与时代紧密相连。中国当代文学向前发展，由一元走向多元格局。除了创作实践、理论探讨领域，当代文学思潮多元化体现得更为鲜明。从工农兵文学思潮到人道主义思潮、现实主义思潮、现代主义思潮、文化寻根思潮和新写实等，思想解放运动不断深入。文学逐步摆脱“工具论”的束缚，获得相对独立的地位，从而引起当代文学观念、文学价值的嬗变，借鉴、探索迭起，风格、流派争妍，呈现多元开放的格局。具体展开来讲：

首先，“文革”时期的特定的文学产物是伤痕文学，这类小说作品中所表达的内涵与“文革”时期的意识形态是相连接的。“改革开放40年”蒙古族作家创作的汉文伤痕题材小说用伤痕作为中介，来揭示“文化大革命”的时代伤痕。少数民族文学中的伤痕文学几乎是与国内伤痕文学同步开始的。“改革开放40年”少数民族伤痕文学与国内同时期的伤痕文学相比较，少数民族伤痕文学更多的是以本民族遭遇的灾难为题材，并力争与国内同时期的优秀文学作品同频同步，更要学习和借鉴其优点。当代蒙古族文学也出现了很多伤痕题材的小说作品。例如，扎拉嘎胡的中篇小说《三十年的爱与恨》、玛拉沁夫的中篇小说《第一道曙光》等作品揭示了十年“文革”时期蒙古族人民所遭受的肉体和心灵上的创伤。

例如，玛拉沁夫的短篇小说《踏过深深的积雪》中塑造的革命老战士洪戈尔身上就留有被敌人迫害时造成的深深的疤痕。这是历史的痕迹，是滴着鲜血的记忆。小说作品中作者用手中的笔蘸着血泪记录了那段惨痛的往事。还有，短篇小说《家庭舞会》中讲述了特定历史时期冤假错案给特古斯一家人带来的苦难和创伤。中篇小说《第一道曙光》主要讲述了特定历史时期给人民带来的不幸遭遇。玛拉沁夫的伤痕小说作品中揭示“文革”时期蒙古族人民所遭受的悲惨遭遇，揭示了“四人帮”历史背景下的内蒙古人民所遭受的各种不幸。

其次，反思文学一般是指对党和国家几十年来所走过的道路进行回顾思考和重新认识，并通过艺术形象对历史加以再现的文学。随着形势的发展，作家们不只停留在伤痕文学的揭露性和政治性的批判上了，而是进一步对社会生活进行深层的历史性反思和哲学性反思。作家们在揭示“十七年”文学中“左”倾政策的表现以及给党和各族人民带来的损害的同时，在再认识、再评价的基础上总结教训，警示时人和后人。“改革开放40年”蒙古族作家创作的汉文小说作品中也开始出现反思文学作品，例如，玛拉沁夫的《活佛的故事》就是一篇具有代表性的作品。《活佛的故事》这篇小说通过主人公玛拉哈从人变成“神”，然后又从“神”变成人的命运的转变来告诉人们：人世间根本就不存在神，神只不过是人们自己创造出来的膜拜对象而已。小说作品中的玛拉哈原本是一个眉清目秀、聪明伶俐的小孩儿。在“我”6岁那年的夏天，由于村里闹饥荒没有吃的东西，我们俩偷偷地去撸榆树钱儿让两家人都吃上了一顿香喷喷的榆树钱拌糠面的蒸饭。我们俩每天形影不离地在一起玩耍，但是突然有一天传来消息说，玛拉哈被格根庙选为活佛了。从那天开始“我”每天形影不离的儿时玩伴就成了“神”，他要接受百姓们的膜拜了。“我”母亲同父老乡亲们一同带着“我”去膜拜玛拉哈，玛拉哈向“我”招手、微笑、做鬼脸，顽皮得没有一丝佛态。第二天，玛拉哈一个人孤零零地跟随仪仗队去寺院就位了。“我”看见他的表情里表现出了不舍，不舍得离开家乡、亲人、伙伴。三年后的一天，玛拉哈又要回到家乡接受百姓们的膜拜了，但那时候的“我”已是洋学堂里的一名学生了。玛拉哈坐在高台上，“我”跪在下面看见他完全变了，瘦了，眼神也变得疲惫且麻木了。玛拉哈认出“我”来后，只是转动了一下眼珠子，然后又恢复到原来的“佛态”了。仅三年的时间，玛拉哈就变成了麻木、冷酷的“神”了。五年后的一个夏天，庙里举行集会，玛拉哈讲经，当百姓们再次去膜拜的时候，他表现出了一副不屑一顾的表情。这时候的他跟庙里的泥胎塑像一样，听见“我”呼喊他也没有一丝的反应，完全成为“神”了。“我”也不由自主地跪在地上连连磕起头来了。从那以后我们俩再也没见过面，过了几十年，再相逢的时候是在“我”家的书房里，母亲一如既往地把他当作活佛连忙跪地膜拜。他扶起母亲说：“大娘，现在可不能再这样了，我是人，普通的人呐，不是神！”① 原来是解放以后，玛拉哈开始钻研蒙、藏医学，四处行医，成了著名的大夫，从“神”又变回了人。玛拉哈是一个天真无邪的孩子，却在懵懵懂懂的年纪被世人戏弄，成了心如死灰的“神”。作者通过描写玛拉哈的眼神，描绘出了他从人到“神”不幸的命运和心理活动，同时还描绘了一个美好生命是如何一步步地走向窒息和被虐杀的过程。玛拉哈误以为自己坐上佛位就是“神”了，摆出一副高高在上的模样，去“戏弄”百姓们。我们可以看出作者通过描写冷漠的活佛和受苦受难的乡亲们，对披着宗教外衣的神权思想进行揭露和鞭挞。受苦受难的乡亲们的愚昧，是一个民族在古老的精神束缚下所产生的特定的投影。作者从特定的角度回溯一个民族的历史命运，并让人们以此为鉴，对历史

① 玛拉沁夫：《活佛的故事》，《人民日报》1980 年 7 月 12 日。

的教训进行总结反省。

玛拉沁夫在《活佛的故事》这篇小说中，深入地反思了在新时期“活佛”这个宗教信仰符号是如何被瓦解的。玛拉沁夫在这篇小说中赞扬了玛拉哈思想的飞跃转变，从愚昧的“活佛”转变成优秀的医生。这篇小说正创作于解放思想、弘扬人性的时代节点，所以，玛拉沁夫不仅嘲弄了“文革”中某些荒谬的思想，还批判反思“活佛”这一宗教神性形象。然而，哈斯乌拉的小说《虔诚者的遗嘱》则反映了新时期的一位宗教信徒对国家命运的热爱和思考。所以说不是宗教人士就脱离了社会和时代，故事的主人公老喇嘛在临终之际，还在挂念家人和乡亲们能否致富，并要求自己的丧事一切从简，只是因为他热爱祖国。

最后，“改革开放 40 年”蒙古族作家创作的汉文小说在叙述艺术方面也颇有成就。20 世纪 80 年代以来，中国当代小说的叙事视角，“由传统现实主义全知全能式的视角转移到叙事者所处的内视角，以‘我’的所见、所闻、所感引导叙事，或者就是采取内外视角交叉等方法”[①]。随着中国当代小说叙事艺术的进步，蒙古族作家汉文小说创作叙事艺术也在进步。从叙述者和人物关系上来看的话，小说的叙事大致可以分为三种：第一种是叙事者大于人物。第二种是叙事者等同于人物。第三种是叙事者小于人物。刘心武的《班主任》就是以第一种角度来叙事的。很多作品中以第一人称“我”为视角来创作。同时期的蒙古族作家创作的汉文小说中也出现了这种叙事方法。这一时期不仅以第一人称叙事，还有以第三人称叙事的作品，例如，王蒙的《春之歌》等。当代蒙古族汉文小说作家典型代表之一的玛拉沁夫的好多小说作品就是很好的例证。具体来讲，以叙事者大于人物的视角来叙事的小说作品有《爱，在夏夜里燃烧》《第一道曙光》《茫茫的草原（下）》等；叙述者等同于人物的作品有《迷路》《大地》《歌声》《轨道》等；叙事者小于人物的视角来叙事的作品有《活

① 林柳生：《叙事学视野下记叙文写作理论研究》，硕士学位论文，江西师范大学，2012 年。

佛的故事》《踏过深深的积雪》等。其中，玛拉沁夫最擅长的是运用叙事者等同于人物的视角来创作。例如，玛拉沁夫的短篇小说《荒漠》中是以“我”的第一人称视角来叙事，并且真实地讲述了“我”对大自然、沙漠的真实感受。“这一片无边无际的荒凉，丑陋的古漠，偏偏起了一个鸟语花香的美丽的名字：‘绿色原野’大沙漠……正如我们不会问一个名叫哈斯朝鲁的人，他既不是瑰玉，又不是顽石，为什么叫哈斯朝鲁一样；特别是叫习惯了以后，就更不会从字面意义上去追根究底了。”① 在这一段描述中，作者是以第一人称的视角叙事的。接下来的一段作者则是以第三人称的视角来叙述额尔敦老人发现地下庙宇的事情的。“‘绿色原野’大沙漠上，有一位老居民名叫额尔敦，从他懂事起，曾被流动沙漠逼得搬过三次家，每次都是向南迁逃十多里……”②

“改革开放 40 年”蒙古族汉文小说作家不再以仰视的角度来塑造人物形象了，而是以平视的视角来塑造人物形象，从我们身边的普通人、熟悉的人中去挖掘素材并塑造人物了。所以说“改革开放 40 年”蒙古族汉文小说的作家在学习借鉴中国文学的创作经验的同时，也在努力地超越自己，尝试着新的创作手法。这一变化值得庆幸、点赞。

第三节　学习借鉴外国文学

学习借鉴外国文学艺术，实现民族文学的本土化，是发展民族文学的重要途径。对此，“改革开放 40 年”蒙古族汉文小说作家有了深刻的理解，并将其贯彻于自己的小说创作中。因为“文化的交流与传播是人类文明发展的形式，民族文学间的相互影响和吸收也是十分普遍的。自进入现代以来，由于全球性的社会经

① 玛拉沁夫：《荒漠》，《山花》1981 年第 10 期，第 15 页。
② 玛拉沁夫：《荒漠》，《山花》1981 年第 10 期，第 16 页。

济及文化联系的增长，交流现象的日渐频繁已成为文化现代化的突出标志”①。

一、中国当代文学与外国文学的渊源

随着改革开放的开启与实施，“新时期”小说在经历了“文化大革命”这一历史时期后，小说创作的整体面貌以及风格发生了根本性的变化。最能体现其变化的则是西方现代主义文学思潮对“新时期”小说创作的影响以及渗透。西方现代派文学，是100多年以来弥漫在欧洲各种文学流派中的总称。它以颠覆传统、反叛规则、标新立异为基本特征，这些特征对中国新时期文学的形式和内容的发展产生了影响。西方现代主义文学将文学流派定义为现代派和先锋派，其中主要包括后期象征主义、意识流、新小说、魔幻现实主义等。众多的文学流派对中国文学的发展，尤其是对新时期文学的发展影响显著。

首先，我们来看一下中国文学对西方现代派文学的学习借鉴。二战爆发前的10多年是中国借鉴西方文学的第一次高潮；改革开放以来的新时期是中国借鉴西方文学的第二次高潮。我国对西方现代文学的译介是从19世纪末开始的，一直到五四运动前后，译介的西方古典文学作品都具有绝对的优势。由于历史间距短，文学交流中所沉淀下来的精品对当时刚刚兴起的现代派作品的作用还不容易辨别。然而，这时的中国作家们对西方文学并不满足，所以就将目光迅速地转向了刚刚在欧洲大陆兴起的象征主义等现代派思潮。19世纪20年代在西方兴起的超现实主义和意识流文学几乎诞生时就引起中国文学界的注意了。

社会发展不会制约文学的发展。这一时期的中国刚从封建主义中解脱出来，虽说国民在政治上摆脱了封建统治，可是思想和文化上还没能完全摆脱，反封建的任务仍然继续。因此，大部分作家希望能用文学来反映人生以及唤醒民众的觉醒。当时在日

① 畅广元：《文学文化学》，辽宁人民出版社，2006年，第112页。

本留学的鲁迅也受到影响弃医从文了。正因如此，写实成为他们的偏爱。还有一批从国外留学回来的海归作家觉得，在封建思想依旧存在的中国社会，对人个性的解放是有必要的。所以，这一时期的现实主义作家在不同程度上吸收了现代派文学观念和表现手法。例如，鲁迅的《狂人日记》和《药》等作品就表现出象征主义的色彩。这则是中国文学学习借鉴西方文学的第一轮回声。1931—1945 年的中国经历了抗日战争，这一时期的文学则着重于民族存亡。文学基本上成为了一种宣传品。在这种社会的需求下，西方现代派文学便被一概斥为资本主义的腐朽品，成了革命现实主义的死对头。这种情况一直延续到 1978 年。

1978 年是中国当代文学史上极为重要的一年。因为中国开始反省其走过的社会主义革命道路和建设道路。文学也不例外，而且文学是最早开始反省的，并且反省得最深刻。在这一时期，西方现代派文学作为一种参照被大量地译介到国内。西方现代派文学为中国文学的自省提供了武器，并突破了中国文学陈旧的创作模式，对新时期文学起到催化的作用。这也就是西方现代派文学在中国文坛上引起的第二轮回声。1978 年，中国社会科学院外国文学研究所以"外国现当代资本主义文学评价问题"发起了讨论。1980 年，《外国文学研究》编辑部组织了"关于西方现代派文学的讨论"。这次讨论延续到了 1982 年。在此期间，《外国文学研究》刊登了 33 篇讨论文章，全国各刊物发表了 400 多篇相关论文，对西方现代派文学的思想内容等各方面进行了细腻的研究。随后在几年的时间内，几乎把西方现代派文学的重要作品和论著都翻译成中文，吸引了很多作家争相效仿。西方现代派文学对新时期文学的小说、诗歌、戏剧等文学样式的影响主要都体现在积极的方向。

王蒙的意识流小说将外国的意识流技巧运用在与其相似的心理描述手法中。王蒙认为意识流主要用联想来反映人在心灵上的自由想象。王蒙用意识流小说创作技巧来拓展自己的创作题材和表现内容。王蒙创作的《布礼》《春之声》《夜的眼》《风筝飘带》《蝴蝶》等小说以全新的风貌出现在文坛上，瞬间打破人们头脑中固有的文学观念，在中国文坛上刮起了一股艺术的新旋风。这则是中国意识流小说的起源。例如，王蒙的《高原的风》中通过对主人公宋朝义在客观上走到人生最高点时内心世界的描写，并把他过去的经历、追求以及对现状的沉思拢在一起，通过时间和空间的交错，涵盖了几十年间的历史以及时代情绪。这部作品则是借鉴了意识流小说的时间交错的结构，但与西方意识流还是存在着或多或少的差异。《布礼》中的钟亦诚、《蝴蝶》中的张思远，还有谌容的《人到中年》中的陆文婷，这些故事的主人公借着意识流造成的时空交错，节省了大量的背景交代、文字衔接，缩短了作者与读者、人物与人物、读者与人物之间的距离。

荒诞手法的运用也为新时期小说呈现了一种奇异的色彩。中国古典文学曾运用过荒诞手法，如唐宋传奇、志怪小说，蒲松龄的《聊斋志异》中都曾或多或少地出现过荒诞手法。现代文学中鲁迅的《狂人日记》也或多或少地借鉴运用过荒诞手法。而到了"改革开放 40 年"时期，作家们运用荒诞手法创作作品的现象引起了一场广泛的荒诞文学热。例如，宗璞的《我是谁》用脱离常态的心理让人变成虫子，还有刘索拉和苏叔阳等作家的作品，不再将人变形为非人，而是从实际生活出发，将实际的事情夸大，推向极端从而让其拥有荒诞的色彩。例如，在苏叔阳的《死前》中，一个病重的患者在生命垂危时候还在为如何向领导请假，请一天还是请半天假而发愁。作者运用夸大的手法，凸显了人物安分守己、麻木、谨慎、柔弱的国民劣根性。读者们通过荒诞的表层看到了现实生活的另一面。

纵观西方现代派文学和中国文学的关系，20 世纪二三十年代一部分作家学习借鉴过西方现代派文学，但没有形成文学运动，更没能成为文坛上的主要潮流。接着从 20 世纪 40 年代到 80 年代，这种学习与借鉴基本上处于一种停滞的状态。到了 20 世纪 80 年代初期，王蒙的文学作品中再一次展现出了对西方现代派文学的学习与借鉴。到了 20 世纪 80 年代中期，随着形势的改变，在这个时期兴起的文学思潮中可以清晰地看到中国文学学习借鉴西方现代派文学的影子。我们在学习借鉴西方现代派文学的时候要秉持取其精华、去其糟粕的态度。中国文学要生存、要发展的话，不能只继承中国古典文学的优良传统，还要大胆地学习借鉴其他民族的文学，并且在此基础上勇敢地开拓，勇敢创新才能使中国文学走向繁荣昌盛。

其次，我们来看一下中国文学对“魔幻现实主义”文学的学习与借鉴。“魔幻现实主义”在20世纪80年代被引进中国，这种思潮引进中国之后被一些中国作家们迅速地接受，并且将其运用到自己的文学创作中。这一时期的中国曾出现过“魔幻现实主义热”“马尔克斯热”等。那么，“魔幻现实主义”为什么能够那么快地被我们的作家接受呢？因为“魔幻现实主义”具有两大特点：一是继承传统文化。拉美地区居住的大多是印第安人，他们孕育出了优秀的玛雅文化以及印第安文化，他们敬畏大自然，所以说他们的文化对神以及巫术格外的重视。二是拷问当下社会。当印第安人经历西方殖民主义残酷的烧杀掠夺时，他们不敢直言不讳地揭示对现实的不满，所以他们选择了拉美人所熟悉并能接受的传说、神话等来揭露社会现实。20世纪80年代的中国文化背景正好与魔幻现实主义相符合。第一，“文革”刚刚结束，举国上下仍处于政治敏感期，即使文学创作已经恢复了，但表达自身遭遇以及描述社会现状的作品还不是很多。第二，改革开放后，我国开始施行对内改革、对外开放的政策，在这一时期，中国文学以学习借鉴的态度引进西方先进文化。正在这时，《百年孤独》荣获诺贝尔文学奖。与此同时，我国也存在着一些具有魔幻色彩的神话和传说故事之类的。例如，女娲补天、后羿射日、精卫填海等人们耳熟能详的神话故事，还有《搜神记》《西游记》等具有魔幻色彩的小说，这些神话传说等自然就成为了魔幻现实主义创作的宝藏。这些创作素材都给作家们带来了莫大的创作自信，使作家们对魔幻现实主义进行了学习借鉴。

新时期的作家接受魔幻现实主义的方式、途径等，与现代作家接受外国文学的途径、方式是有不同之处的。那时候的作家留学的国家影响着他们对外来文学的摄取方向，例如，徐志摩在英国留学，他的诗歌中体现出英国浪漫主义；郁达夫在日本留学，他的作品受到日本小说的影响；等等。所以说外来文学的摄取方向与作家所留学过的国家可能存在一定关系。但是新时期的作家并没有去过拉丁美洲，更没在那样的国度里生活学习过，对作家们来说，那是个陌生且遥远的地方。尽管如此，新时期文学中还是出现了魔幻现实主义，作家们几乎都是通过翻译文学来接触魔幻现实主义的。也可以说，没有译介，也许就没有魔幻现实主义对中国作家创作的影响。

中国对拉美文学的译介最早可以从1921年说起，1921年11月《小说月报》上译载了一篇短篇小说《女王玛勃的面网》，这是我国最早刊登的拉美文学作品。在此之后的1922年和1923年，《小说月刊》上都曾译载过拉美文学作品，但数量并不多，可以说那时候的译介是比较少的。到了“社会主义建设初期30年”，我国对拉美文学的译介在一定程度上有所增加，这与身份认同以及文化等各方面有关。到了1979年，我国开始系统地译介拉美文学，学界对魔幻现实主义的译介也是从这个时期开始的。这一时期马尔克斯的作品则是译介魔幻现实主义的重点。我国早在马尔克斯获得诺贝尔文学奖以前就开始对他的作品进行译介了。1978年创刊的《外国文艺》在1980年第3期最先刊登了马尔克斯的4部中篇小说。随后1981年第6期又刊登了马尔克斯发表于1981年的小说。1982年10月，马尔克斯获得了诺贝尔文学奖。《世界文学》刊物及时抓住此次机会，在1982年第6期译介了《百年孤独》的第一、四、六、十、十二、二十章，将作品的故事梗概呈现出来了。在我国，1984年正式出现了《百年孤独》的全译本，在此之后译介了很多马尔克斯的作品。总的来说，这一时期对魔幻现实主义的译介最为广泛。不论是数量还是质量上都得到了前所未有的提升。

自从魔幻现实主义在中国文学界兴起以来，很多作家将本民族的文化传统与魔幻现实主义结合起来，创作出了很多引人瞩目的文学作品。莫言所创作的小说则是具有魔幻现实主义的代表性作品。莫言的魔幻现实主义小说具有独特的“魔幻”风味。他借助对奇异“感觉”的捕捉和描写来达到魔幻的效果。例如，莫言的长篇小说《红高粱》中的高粱会呻吟、哭笑：“高粱们奇谲瑰丽，奇形怪状，它们呻吟着，扭曲着，呼号着，缠绕着，时而像魔鬼……它们哈哈大笑，它们嚎啕大哭，哭出的眼泪像雨点一样打在奶奶心中那一片苍凉的沙滩上。”① 长篇小说《红高粱》中的魔幻色彩还展现在奶奶的身上。奶奶被日本人用机枪射中，即将要死去的那一瞬间，奶奶没有害怕死亡，而是回忆起一生中的爱与恨，让她感到满足，没有遗憾，对奶奶而言，死亡是一种解脱、一种快乐，这一切则是从奶奶死亡前的回忆中体现出来的。还有当父亲跑进高粱地找奶奶的尸体的时候，高粱垂着头，发出沙哑的声音，这并不是说高粱能理解人们的悲伤，这是借助高粱来表现出父亲此时此刻的悲伤。

除了莫言的小说以外，还有很多作家们学习借鉴了拉美魔幻现实主义的写作手法。例如，陈忠实的《白鹿原》就是一部具有代表性的作品。《白鹿原》中通过描写白、鹿两家的内部战争以及中国西北黄土高原地区一个偏僻小村庄的演变史来揭示中国社会和人性的变化、传统文化精神延续下来的原因以及根植在传统文化中的民族文化意识。“白鹿跳跳蹦蹦像跑着又像飘着从东原向西原跑去，倏忽之间就消失了。庄稼汉们猛然发现白鹿飘过以后麦苗忽地蹿高了，黄不拉几的弱苗子变成黑油油的绿苗子，整个原上和河川里全是一色绿的麦苗。”② 自古以来，白鹿在我国的文化中是国泰民安、盛世昌隆的吉祥预兆。在陈忠实的笔下，他更是给白鹿披上了一层魔幻的面纱，白鹿来无影、去无踪，而且只要白鹿一出现，就会带来幸福。陈忠实描写神奇的白鹿，营造了魔幻的意境，还将中国的传统文化融入其中。所以说白鹿不

① 莫言：《红高粱》，花城出版社，2011 年，第 78 页。
② 陈忠实：《白鹿原》，人民文学出版社，2013 年，第 26 页。

仅仅是魔幻的外在形象，还是民族起源的化身。

总的来说，拉美魔幻现实主义被引入中国是一件好事，它打开了中国作家的思路，并且让中国作家意识到，创作中不能受到束缚，同时也在激励作家们寻找本民族文学的发展路径。无论是莫言的作品还是陈忠实的作品，抑或是别的作家的作品，在魔幻现实主义的构建上，只是选择了学习借鉴拉美魔幻现实主义的一些表现手法。这些作家通过不停地摸索实践，闯出了一条属于中国作家的新路。

我们在这里谈论的“中国当代文学与外国文学的渊源”，其实是可以把它理解为双向或互动关系。因为我们高兴地看到并迎来了中国文学走出国门、走向世界的新纪元。21 世纪以来，我国当代文学家贾平凹和莫言等就一直很被西方文坛看好，贾平凹率先进入了法国费米娜文学评审团，并凭借作品《废都》夺得 1997 年费米娜文学奖。几年以后，作家莫言于 2012 年获得世界文学最高荣誉——诺贝尔文学奖。瑞典文学院曾这样评价莫言，这也是他获得诺贝尔文学奖的颁奖词：“莫言是一个诗人，他扯破程式化的宣传画，从芸芸大众中突出出来。”作为享誉全球的文学奖对莫言的评价，意指莫言擅长撕破传统，即使是魔幻现实主义写作手法，他也不完全和马尔克斯一样，在中国文化的影响下，写出了独具山东高密派的乡土气息的魔幻现实主义作品。

马尔克斯的《百年孤独》和福克纳的《喧哗与骚动》这两部作品是西方文学的经典著作。莫言在他写过的一篇文章中曾坦言，他说这两部作品对他的影响非常大，所以莫言的小说作品风格有一点点西化倾向。海明威的《老人与海》，卡夫卡的《变形记》《球状闪电》这几部西方文学著作对莫言的小说作品也有很大的影响。他们的风格有许多相似的地方，而且莫言在采访中也曾直言，这些作品的确对他有过影响。

路遥是当代颇具影响力的作家之一，许多作品被人们熟知，《人生》《平凡的世界》是其代表作。他的作品能够彰显出民族文化的积累，体现出作者的进取姿态，从而也能看出对世界文化产生的深远影响，为人类带来的宝贵的精神财富。路遥也曾经大量地接触过外国文学作品，但是他有自己的选择倾向，他喜欢法国文学和俄苏文学，曾就此发表过自己的看法。他曾经说过，俄苏文学对他产生了深刻而久远的影响，托尔斯泰等作家是他所喜爱的，而法国的司汤达等也如此。他认为，这些作家的作品都紧贴生活，真实反映了其中的方方面面，每个人都是一个巨大的宝库。对于路遥来说，俄苏文学和法国文学的影响显而易见，首先产生了心灵感应，进而达到了情感的契合与沟通。俄国作家往往人格力量强大，富有人道主义情怀，关心人类的命运，因此被路遥敬仰，也表现出主动承受苦难的心理状态。在俄国的文学作品中可以彰显出这种人生态度，与俄罗斯作家的人格精神相契合，所有这些对路遥的冲击很大，可以陶冶自己的灵魂。路遥生长于山村，少年时期家境贫困，时刻遭受着饥饿的折磨，同时人们的蔑视与嘲弄也无处不在，他往往会以倔强的姿态去面对，不断地与苦难搏击，进而锻炼出钢铁般的意志，极富抗争精神。路遥的苦难意识来自现实生活，同时与他的经历与气质密切相关，而俄国作家和文学的影响与激励的作用也不容忽视。

二、蒙古族作家对外国文学的学习借鉴

在文化交流日益普遍的当今社会，国人对外国文化的接触变得越来越广泛且多途径、多样化。蒙古族作家阿云嘎曾说：“蒙古族文学是中国文学的重要组成部分，其民族与地域性并不妨碍与世界各民族文学进行有效的沟通，因为蒙古族文学所表达的内涵具有确切的现代性与世界性。”[①] 所以不同的国家或不同的民族文化之间的相互碰撞会促使它们相互融合、借鉴并创作出独特新颖的内容。因此，我们对“改革开放40年”时期的蒙古族汉文小说作家用民族特色的审美意识，吸收外来文化精华更好地书写本民族文学，为世界文学添加活力，要给予肯定。“改革开放

① 阿云嘎：《蒙古族文学的现代性与世界性》，《民族文学》2007年第8期。

40 年”蒙古族作家创作的汉文小说不同于“社会主义建设初期30 年”文学，小说作品中的特征与世界文学的特征不尽相同，体现出了文学的互动与交流。这时期的作家秉承着互相学习借鉴的态度，跟随社会的发展与时俱进。“改革开放 40 年”蒙古族汉文小说作家同样深受西方现代派文学影响，在自己的小说创作中学习并借鉴了西方现代派文学的诸多写作手法。

首先，我们来看一下改革开放 40 年蒙古族汉文小说作家对西方现代派文学的学习与借鉴情况。这一时期，作家在创作风格上有了突出的变化，他们受到意识流的影响，在自己的创作中更加倾向心理叙事小说，颠覆正常的时间顺序、传统结构（插叙、倒叙），借助人物意识的流动来塑造形象、表达主题。

例如，白雪林的短篇小说《蓝幽幽的峡谷》就是借鉴西方现代派文学的心理叙事写作特点。白雪林的短篇小说《蓝幽幽的峡谷》被一些评论家称为心理小说。小说的主人公扎拉嘎被他的邻居塔拉根排挤、欺负得想要离开峡谷的时候，心里在想：“为什么善良总是要退却，只有用回避退却才能完成他的善良呢？我为什么怕呀，躲呀，提心吊胆呀？”他为自己的无能快咬碎了牙齿。他凝视着远方，眼睛潮湿了[①]。还有，扎拉嘎赶着勒勒车走到峡谷口的时候，从远处传来那只大公狼嗥叫的声音，他觉得大公狼是在嘲笑他，他觉得自己就是一个胆小怕事的人。“我一次次退让，他们没有这种错觉吗？善良人真的要这么懦弱才叫善良仁慈吗？”[②] 从他的心理活动中我们可以看出，他并不是一个胆小怕事的人，而他只是出于善良之心才离开峡谷的，他不想因为自己的存在而影响杜吉雅的生活，更不希望因为他让杜吉雅挨打挨骂。作者通过扎拉嘎的心理独白将他内心的想法描述出来。所以说，白雪林的《蓝幽幽的峡谷》这篇小说是用心理描写的方法来创作的，而弱化了由作者来安排情节，通过人物内心独白来叙述出情节，并且在故事结束的时候塑造出了生动的人物形象。

① 白雪林：《蓝幽幽的峡谷》，《草原》1984 年第 12 期。
② 白雪林：《蓝幽幽的峡谷》，《草原》1984 年第 12 期。

其次，我们来看一下“改革开放40年”蒙古族汉文小说作家对魔幻现实主义的学习与借鉴情况。我们的作家在创作的时候，小说作品中加入一些神秘色彩使小说文本内容具有丰富性。蒙古民族能够接受魔幻现实主义的根本原因就在于，魔幻现实主义与蒙古族民间传说、英雄史诗等传统文学的审美旨趣有相同之处。正如学者所言：“一种外来文化与主体文化的传统越接近，越容易被主体文化所接受和吸收。”① 这一时期的蒙古族作家创作的汉文小说作品当中也出现了魔幻现实主义文学作品，是因为蒙古民族的民间故事、神话传说中都带有“神秘性”的因子。在众多的民间故事中，最能吸引读者眼球的是魔法的故事，那些魔法故事大多都是在奇妙的旅程中产生的，还带有超自然的力量、魔法宝物等。蒙古族民间故事中往往会出现一些具有神性的人物和神奇的故事，故事里的英雄高大强壮、勇敢、力大无穷，摆弄一匹马对他们来说就像是摆弄一只小兔子那么轻松，小孩子生下来不到一天的时间里长得比大人还高。同样，蒙古族英雄史诗中也会有“神秘性”的因子，英雄史诗中的人物具有神奇的色彩，这些人物大多是半人半神或半兽半神，并且是遵照神的指示降生，身上带有超越现实的本领。蒙古族神话故事、英雄史诗中的魔幻手法和拉美魔幻现实主义文学不同，但是二者具有相似之处，会使蒙古族作家从心理上更容易接纳魔幻现实主义。蒙古族当代魔幻小说作品也用这类手法来塑造英雄人物形象。例如，郭雪波的小说《银狐》《老树》和扎拉嘎胡的《黄金家族的毁灭》等。

郭雪波是一位极力倡导改善生态环境的当代生态作家，他在小说作品中一直在塑造一批个性鲜明的硬汉形象。郭雪波的获奖作品《大漠魂》被学界认为与《老人与海》在敬畏自然、不屈斗争和不因失败而折服等方面有诸多相通之处。海明威是郭雪波极为推崇的作家……显而易见的是，在“大漠”与“大海”之间，在“巨大的鱼骨架”与“老鹰坨子上的红糜地”之间，老渔夫桑提亚哥和老萨满双阳都是与大自然做不屈抗争的“硬汉”形象。

① 丁燕：《西方现代主义文学对新时期蒙古族生态文学的影响》，科学出版社，2017年。

海明威笔下的“硬汉”形象是饱经沧桑、屡受挫折但又不甘失败的精神上的胜利者，其中最典型的人物莫过于《老人与海》中的桑提亚哥。“硬汉性格”的塑造在《老人与海》这部作品中达到了炉火纯青的境界，桑提亚哥作为海明威塑造的“硬汉”形象的代表和“硬汉”性格的升华，随后成为影响包括郭雪波在内的“改革开放40年”中国作家的重要文学人物形象之一。蒙古族小说作家郭雪波在海明威式“硬汉”的影响下，成功地塑造了多位性格坚毅的老者形象，如《大漠魂》中的老双阳、《沙狐》中的老沙头、《沙葬》中的云灯喇嘛和白海、《银狐》中的老铁子等。他们虽然孤独、沉默、境遇坎坷，但是从不言败。他们既有对自然及自然生命形式的热爱和敬畏，又有与恶劣自然环境进行不屈不挠抗争的精神。郭雪波从海明威笔下的“硬汉”形象中汲取了创作灵感。郭雪波对海明威的学习和借鉴并非偶然，其中包含着民族文化和乡土文学两方面因素。郭雪波小说中的魔幻与作者的乡土情怀以及民族身份是不可分割的。

郭雪波是在“改革开放40年”时期走上中国文坛的蒙古族作家，他的小说作品中具有鲜明的蒙古族文化特色。郭雪波有别于其他蒙古族作家的是他没有用草原、骏马、蒙古包等象征符号来投射民族文化的特征，更没有局限在逐水草而生的游牧文化的遐想上，而是以悲痛之笔揭示出草原沙漠化的生态现实，并且提出如何拯救草原沙漠化。所以科尔沁草原的地理环境、宗教信仰、东部地区的巫术鬼神风俗等为郭雪波的小说铺上了带有魔幻色彩的底蕴。例如，小说《银狐》是以宗教文化与魔幻色彩相结合的创作手法来完成的。中国的东部地区和西部边疆地区流传着一种叫作萨满教的信仰，在萨满教看来，世界万物都存在灵魂。郭雪波在他的小说作品中就运用了很多萨满教的颂词、歌词，使小说充满了神秘色彩。小说中描写了铁喜与另外十二位“勃”（巫师）在绝境中选择出逃，作者给他们出逃的过程增添了众多神秘色彩。在王爷计划的“瓮中烧勃”的阴谋中，上千位勃被扔进火海中，正当人们为此而担心焦虑的时候，铁喜老勃用他身上的超能力，带着十来岁的孙子从火海中挥动着彩衣安然无恙地走了出来，勃的超能力让人们感叹不已。此外，小说作品中还有更神秘的事情，全村的妇女都中了魔，被狐仙附体，有的人还被狐仙带到荒野中茹毛饮血，过起了半人半仙的生活，对于这些现象，即使现代医学也无法对其做出合理的剖析解释。作者将传统文化融入现实题材中，使小说中充满了诡异的事件，使自己的小说作品真正成为了魔幻现实主义的代表作。

郭雪波的另一部小说《老树》则是一个现代版“老树成精”的故事。小说围绕着百年老树展开故事，为老树增添了神秘色彩，以此来揭示人类的丑陋面目。小说的主人公那钦和塔娜经常在老树底下偷情。塔娜每次来到老树旁边的时候就会神情幽幽、心神不定、欲望无穷，使自己不由自主地就和那钦陷入云雨之中。她觉得是老树施了魔法，为了摆脱这种控制，他们找了各种理由将老树砍倒并且烧了。当他们烧老树的时候，隔壁传出了一个疯女人歇斯底里的哭喊声：“受不了啦！你们据了我的身子，还要烧我，你们太狠毒了，求求你们，别再烧了！”[①]故事到这儿还没有完全结束，烧掉老树精后的那钦并没有过上舒心的生活，他的厄运接连不断，最后不到40岁的那钦离奇地死了。小说中运用新颖的创作手法，使整部小说都充满了神秘色彩，凸显出了万物皆有灵、因果报应的思想。

海勒根那是“改革开放40年”蒙古族作家中尝试使用魔幻现实主义手法，选择生态题材进行创作的青年作家。海勒根那在2006年《我的写作》中谈及对自己创作产生深远影响的国内外文学大师，他在这里向那些文学大师致敬，他从他们身上学到了许多东西，了解到文学的奥秘，同时也认识到写作的目的。《巨翅老人》是马尔克斯的一部具有代表性的小说，小说中有一位落入凡间的天使，这是一个特殊的角色。他由于受伤从天上掉下来，以为在凡间会得到天使般的待遇，但现实并非如此。他神情沮丧，

① 郭雪波：《老树》，《民族文学》1995年第3期，第18页。

只能自我修复后默默地离开，一切都匆匆而过，仿佛在人间那段从来没有发生过。海勒根那读了这部作品后受到了启示，在他的小说《远方朋友，请你喝一碗哈图布其的酒》中反其道而行之。小说中，一个陌生人来到了村庄，村民们虽然不认识他，但仍然充满好奇，热情地招待他，这一情节与蒙古族的性格和习惯是相吻合的，他们对待来访者永远是热情的，把对方当成贵客，不存在敌意。而这一点也仅仅是小说叙事中较为表面的部分，同时也可以把他当作一个使者，就如上面的天使般降临人间，为上天传达旨意，也为了保佑众生，他来到人间进行监察，并且记录了人间的一切。在蒙古族传统的文化理念中，“勃”就与之有共同点。“长生天”是蒙古族的神，而“勃”是传达神旨的使者，“长生天”通过“勃”将生存的权利传达到人间，同时也将合法性传递下来，保护蒙古族人。可以将这位远方的朋友想象成长生天，或者是长生天派来的使者，他来到蒙古族人的身边，感受到他们的幸福与自主，同时也让更多的贫困者安居乐业。从这一写法可以明显看出，海勒根那的小说充分体现出作者的性格特征，蒙古族的传统与现实对他产生重要影响，同时也融入了西方文学的脉络，尤其是拉美幻想文学。他的笔下既有蒙古族的历史与传说，又有草原的神秘与想象，同时彰显出其深刻的内涵和顽强的生命力。纵观中国当代文学作品，对于现实空间的描述相对较多，而海勒根那则超越了这一界限，游走于现实与超现实的交界点上。超现实与现实哪一个更真实并没有定论，而有的超现实更有穿透现实的张力，彰显出独特的艺术特色，这也是他的小说拥有的独特价值。

2021 年 10 月 17 日上午，在第六届华语青年作家颁奖典礼上，出生于 1999 年的文坛新秀渡澜以其作品《三丹姐姐的羽毛》获得短篇小说奖“双子星奖”。渡澜的作品情感丰富，想象瑰丽，文字张力强，与传统的惯性逻辑不同，引入了非线性诗歌语言，描绘奇幻的故事，从而彰显独特的个人精神。渡澜告诉新闻记者，布鲁诺·舒尔茨对她的影响很深。这位波兰籍犹太作家被誉为和卡夫卡比肩的天才，创作出了《鳄鱼街》《沙漏做招牌的疗养院》

等经典作品。其中《鳄鱼街》给渡澜的印象非常深刻，也是她最喜欢的作品之一。渡澜可能受了这个犹太作家的影响，她的作品常以奇幻甚至近乎童话的笔触伸向现实，而读者却很难想象在这样的“魔幻现实主义”背后，是一个娇小可人的少女。笔下的世界和她本人形成的强烈反差，也同样为她的小说作品赋予了别样的“魔幻”感。

在“改革开放40年”蒙古族汉文小说作家中，不仅仅是新一辈作家在学习借鉴魔幻现实主义的创作方法，老一辈作家也不甘示弱地在学习借鉴魔幻现实主义的创作方法。老一辈作家的代表扎拉嘎胡运用魔幻现实主义的写作手法创作了《黄金家族的毁灭》这部小说。小说里深崖中变出闪着金光的金姐、为报恩而通人性的白狐，这些都带有神秘的魔幻色彩。老一辈作家能够接受并吸收新的创作手法，就能够证明老一辈作家不满足于已有的佳绩，而是在与时俱进地向外界学习借鉴，打破旧的创作思路，用新的表达方式、表现手法来为作品增加深度和内涵。

还有一个值得关注的新的写作领域，就是动物小说。人类文明跨入21世纪以来，工业文明的日益发展和人口的急剧增长对各种动物的生存环境造成巨大的破坏，许多物种正加速从地球上消亡。同时，动植物的生存环境日益受到人们的关注，动物文学作为关注的一种表达形式，也自然而然地受到广泛的重视。西顿、杰克·伦敦、黎达、维·比安等诸多国外动物小说家创作了很多优秀的作品，其中发行量最大的是西顿的作品。

享有“动物小说之父”美誉的加拿大动物故事大师西顿对黑鹤的影响是深远的。黑鹤本人毫不避讳地承认，自己欣赏西顿在创作中所持有的客观态度和对野生动物的尊重。黑鹤在西顿文字的感染下创作出呼唤人与自然和谐相处的作品。因此，研究西顿对黑鹤动物小说创作的影响不仅可以填补国内有关西顿影响研究的空白，而且对进一步认识写实动物故事的写作特点具有重要意义。格日勒其木格·黑鹤，当前国内新锐动物文学家，代表作有《黑焰》《鬼狗》《狼獾河》《饲狼》《老班兄弟》《黑狗哈拉诺亥》

等。作品曾荣获冰心儿童文学新作奖大奖、全国优秀儿童文学奖、中宣部“五个一工程”奖、陈伯吹国际儿童文学奖等文学奖项。

格日勒其木格·黑鹤的《鄂温克的驼鹿》也是他进军儿童图画书领域的首部作品。该书绘画由著名女画家九儿执笔，其风格深沉而细腻。据悉，截至 2020 年 7 月，《鄂温克的驼鹿》版权已经输出法国、加拿大、德国、韩国、瑞典等国家，在国际出版界取得了令人瞩目的成绩。阿兰·塞尔曾就《鄂温克的驼鹿》发表自己的看法，认为此书对孩子的成长十分有益，可以帮助他们了解人类与自然，对整个生态系统有更深入的认识，体味到彼此之间和谐互助的关系，这也是这本书广受欢迎的原因。黑鹤的小说作品被视作中国原创动物文学的一座新里程碑，其斐然的成就与作品中渗透出来的游牧文化气息息息相关，并与世界动物文学作品创作的规范化密不可分。著名儿童文学评论家刘绪源也曾谈到，黑鹤的《叼狼》和西顿的《狼王洛波》带给他相似的阅读体验，即“那种心被牢牢揪住、血液在加速奔流的感觉”与读西顿作品时的感觉非常相似。不难看出，西顿的动物小说对黑鹤的小说创作影响是客观存在和毋庸置疑的，研究西顿对黑鹤在创作态度、写作风格和创作主题等方面的影响，对构建当前中国原创动物文学自己的理论体系有着重要的作用和意义。

文学来源于生活，又高于生活，文学家的使命和责任就是要把民族的最真实的社会历史现状以一定的艺术手法表现出来，这就是文学创作。通过上述的对比分析我们可以看出，通过引用国外文学，采用本民族传统方式写作也能表现出民族的审美心理。所以，我们只单纯地将“改革开放 40 年”蒙古族汉文小说作家们看成一批喜爱引进外来新方法的文体实验者，可能是错误的理解。因为他们创作的大量小说作品还是离不开蒙古族英雄史诗、民歌、说书、好来宝等民间传统文艺样式的陶冶。这些作家有慧眼识珠的本领，认真阅读及仔细研究他人的作品，从中找出与本民族文化和历史相契合的地方，再将其本土化到自己的创作中。因此，“改革开放 40 年”蒙古族作家创作的汉文小说中虽然看不出那么多明显受国外文学影响的痕迹，但是在小说的社会现实问题的体现、写作方法的运用、主题思想内涵的表达等方面依旧能够看见国外文学的影子。

如上所述，“改革开放 40 年”蒙古族作家创作的汉文小说在中外文学的滋养下，不断地从优秀的文学作品中汲取养分，获得了新的生命力。所以说，“改革开放 40 年”蒙古族作家创作的汉文小说大胆地尝试运用魔幻现实主义等新的创作方法和表现手法，小说内容也变得多元化，涵盖文化层面增多，意义更加深厚了。

第四章 “改革开放40年”蒙古族作家汉文小说创作的文学史意义

“改革开放40年”蒙古族作家创作的汉文小说以鲜明的时代性、民族性和创新性成为了蒙古族当代文学史乃至中国文学史中不可或缺的一部分。在笔者看来，任何一个民族的文学，无论是哪个阶段的文学，都有其特定的历史意义以及文学史价值。就以“改革开放40年”蒙古族作家创作的汉文小说来说，它不仅推动了新时期蒙古族作家的小说创作活动，而且促进了新时期蒙古族文学的繁荣发展。

第一节 作家“民族自我认同”与民族文学史意义

“改革开放40年”用汉文进行小说创作的蒙古族作家对本民族文化有着深刻的认识和充分的了解。他们的小说作品内容紧紧围绕着蒙古族人民的生活，书写着内蒙古草原上的人和故事。他们以独有的艺术风格得到了文坛和读者的认可与青睐。这使他们更加自信，不断探索创新。当今时代日新月异，多元文化交流融合。他们始终坚守着民族传统文化，小说作品都能体现其民族风格，并怀有民族自豪感。与此同时，作家们一直迈着前进的步伐，他们有勇气、有魄力，拥有先进的当代文化思想，走出草原，走向世界，借助新式文化、新式思维促进蒙古族当代文学的发展。

一、作家的“民族自我认同”

“改革开放40年”创作汉文小说的老一辈蒙古族作家阿·敖德斯尔、朋斯克、扎拉嘎胡、玛拉沁夫、照日格巴图、韩汝诚、云照光、安柯钦夫等都参加过解放战争和土地革命，这些难忘的革命经历和革命岁月自始至终影响着蒙古族汉文小说作家的文学创作。因革命工作的需要，他们接近文学，有机会接触了更好的汉语言文学和外国文学。这让他们在做好革命工作的同时，打下了日后创作的基础。还有一点是“改革开放40年”蒙古族汉文小说作家大多数是居住于蒙古族聚居区或者经常在蒙古族地区走动，大多数人还是很了解本民族的文化历史和生活，因此这一时期的作家怀着深刻的民族认同感来进行小说创作。

正如玛拉沁夫所说，“谈到创作准备，那绝不是指的背会多少个优美的文艺词句，研究多少本《怎样写小说》之类的书；依我看，积累生活、积累革命斗争经验、培养革命的思想感情才是头等重要的”[①]。玛拉沁夫具有较高的政治意识，是因为他亲身经历过内蒙古地区的革命斗争，他是在伟大的中国共产党的引领下成长起来的当代作家。他作为一个蒙古族孩子，在革命斗争中见证了共产党为蒙古族人民所做的一切。所以他在歌颂茫茫的大草原、歌颂勇敢的蒙古族群众时，往往会与共产党人联系在一起。因为他始终记得，内蒙古草原上的美好生活时刻离不开广大群众，更是离不开中国共产党的领导。这么多年来，玛拉沁夫与中国其他老作家一起，经历了当代中国的所有巨变和阵痛。从《科尔沁草原的人们》开始，玛拉沁夫的小说作品就一直在歌颂祖国统一和各民族团结，歌唱伟大的共产党给内蒙古人民带来的新生活，继而歌唱新时代的蒙古族人民的新面貌，构建了中华民族文化认同的主题空间。所以，像玛拉沁夫一样有相似经历的作家，都怀

① 玛拉沁夫：《答〈萌芽〉编辑部问》，《草原》1964年第9期，第81页。

着同样的身份认同致力于文学创作。

阿·敖德斯尔也曾谈道："我的作品主要来源于生活，是根据生活中的英雄人物来写的。我是草原上的孩子，我的生活来自草原牧民、草原士兵。"① 阿·敖德斯尔跟玛拉沁夫一样，他的童年也是在内蒙古草原上度过的，也是亲身经历过艰难困苦的革命斗争，也是亲眼见证了蒙古族人民为美好生活而勇敢斗争的画面。所以他的作品生活气息浓厚，民族风格突出，人物形象鲜明。长篇小说《骑兵之歌》就真实地反映了内蒙古草原上的斗争生活。

云照光在内蒙古文联全委（扩大）会议上的报告中说："为发展具有鲜明的民族特点、地区特色的文学艺术，我们要进一步发掘优秀的民族民间文艺遗产。我们内蒙古的民族民间文艺是丰富多彩的，显示出了能歌善舞的民族特点。许许多多民间叙事诗、史诗、民歌、民间故事等流传在草原上，成为我们民族文化的优秀遗产。我们要系统地完整地收集起来，用以丰富我们的文艺创作，提高我们的文艺创作水平。"②

进入 21 世纪以来，阿云嘎、哈斯乌拉、郭雪波、白雪林等站在文化理想主义的立场，积极呼吁"加强作家的责任感"。"这些作家的小说虽然不一定全都是有的甚至完全不是取材于当下的现实生活，但他们在小说中高扬的人文理想旗帜，对于重建精神信仰、价值秩序、道德传统和警醒世道人心，无疑具有重要的启示作用。"③

阿云嘎接受采访时曾坦言，"解放后不久，内蒙古的蒙古族作家在全国文坛一直引人注目。如果没有他们，'草原文学'就不会存在，如果没有'草原文学'，中国文学也不可能完整。所以在整个中国文学的发展中，内蒙古的蒙古族作家是做出了贡献的。当然，包括蒙古族作家在内的内蒙古作家也面临着挑战，但我坚信，内蒙古作家不会落后，也不会从中国文坛上已经占据的

① 阿·敖德斯尔：《蒙汉双语创作第一人》，《中国民族报》2017 年 9 月 22 日。

②《团结起来，为繁荣我区社会主义文艺事业而努力——云照光同志在内蒙古文联全委（扩大）会议上的报告（摘要）》，《草原》1978 年第 4 期，第 8 页。

③ 托娅、阿茹汉：《内蒙古自治区小说史》，内蒙古大学出版社，2014 年，第 12 页。

位置上掉下来。因为论实力，内蒙古的作家不比任何其他省市的作家差”[①]。从这段话我们能够看得出，“改革开放40年”蒙古族作家对自身的小说创作充满信心，并且表现出紧跟时代脚步的决心。

“描写蒙古族生活这方面，其他民族都不如蒙古族人那么了解，所以怎么写都没有味道。比如蒙古人的性格、日常生活、蒙古草原的太阳怎么升起来或怎么日落、夜空是什么样的这方面其他民族都不了解。”[②]这句话出自作家阿云嘎，他作为“改革开放40年”蒙古族小说作家，始终都记得自己是蒙古族作家，他所创作的作品就是给读者展示蒙古族文化。

“我生长在科尔沁的沙地。后又背着酒壶走遍了那片神奇的土地——由草原变成沙地的土地。那里走过成吉思汗的战车，驰过努尔哈赤的战马；那里诞生过孝庄皇后、僧格林沁、嘎达梅林，还有后来的咱们第四野战军的骑兵师团，那里的一草一木都能诉说出一段传奇的令人热血沸腾的故事。尽管我现在生活在北京，但我的文学创作源泉依然在我那遥远的故乡——科尔沁沙地。那是一片神奇而令人神往的土地。”[③]这是当代蒙古族汉文作家郭雪波的创作语录里的一段话，他还感慨地说自己老了，但曾经的经历和感悟，会更精彩、更浓烈，就像一瓶老白干酒，65度，辛辣而久香。郭雪波自20世纪70年代开始致力于生态文学创作，他的处女作《高高的乌兰哈达》(《解放军文艺》1975年第2期)，写的就是人工种草改造沙化草原的故事。他出生于草原，成长在草原，对家乡有着深厚的感情，熟悉这里的一草一木，这里是他创作的根基，也是他创作用之不竭的源泉。但是他的家乡已经和从前不一样了，生态环境不断恶化，原有的草原逐渐失去魅力，这些促进他不断反思。当今世界的四大危机中，就有环境污染和地球沙漠化，它们对人类造成了严重的威胁，也是不得不面对的

① 阿霞：《佛心慧眼，铁笔华章——阿云嘎访谈》，《草原》2013年第3期，第112页。
② 韩巧玲：《蒙古族当代汉文小说创作影响力研究》，硕士学位论文，内蒙古大学，2018年，第299页。
③ 郭雪波：《郭雪波创作语录》，《红豆》2004年第12期。

问题。他的小说关注这一重大问题，也引起了读者的共鸣，取得了较大反响。在小说作品《青旗·嘎达梅林》中，他着眼于原始的草原牧业经济与后来的农业经济之间的相互对立，游牧文化与农耕文化间相互碰撞，还原其本来面目，从纯粹的人文与经济学角度以及爱护草原生态和原生文化的角度去揭示这一历史事件。他认为，这样去看待和认识嘎达梅林起义，比较客观并且符合历史，对后人的启迪和益处会更大。

当被问到题材选择与作家的民族身份有没有必然联系时，当代蒙古族汉文作家白雪林也曾说道："我说过，土默特蒙古人是个特殊的群体，在过去的几百年里，土默特蒙古人走过了一段血与火的道路。我成长的童年和少年，尤其在科右中旗，经常被人问：你是蒙古族吗？由于自己不会母语，经常被人排斥在蒙古族之外。在内蒙古从事写作，一个蒙古族作家不用母语写作，而用汉文，连我自己都觉得有些不伦不类。因此对那些用母语创作的蒙古族作家我充满尊敬。"① 他又接着谈道："其实我们经常会很肤浅，很意气用事。我们正处在民族融合的大历史阶段中，蒙古人从游牧文明向农业文明和工业文明转变，每个蒙古人都是幸运的，我们为这个时代欢呼。"② 他很有感触地说："我是蒙古族，怎么能拒绝表现我的民族呢？这是我的责任，是我的使命，我做得还远远不够，我为这个民族写的东西还没拿出来呢。我有一部长篇小说叫《悲凉蒙古》已经写了三十多年，前前后后写了几十万字，我争取在近两年完稿，履行一个蒙古族作家的义务。"③ 这么一位对自己的民族深有认同感和使命感的优秀作家，很遗憾地离开了他的故土、他的蒙古族同胞。

除了上述谈及的代表性作家以外，也有从事过各种行业的蒙古族作家步入汉文小说创作领域，壮大了汉文小说创作队伍。

巴根，内蒙古哲里木盟（今通辽市）人。1954 年出生在一个

① 阿霞：《写作本身对我是一种巨大的刺激——白雪林访谈》，《草原》2013 年第 9 期。
② 阿霞：《写作本身对我是一种巨大的刺激——白雪林访谈》，《草原》2013 年第 9 期。
③ 阿霞：《写作本身对我是一种巨大的刺激——白雪林访谈》，《草原》2013 年第 9 期。

蒙古族农民家庭，中学毕业后曾回乡参加生产劳动。1972 年应征入伍，历任某部班长、副指导员及政治处副主任、主任，武警哲里木盟支队政委，《中国武警》杂志总编辑、副编审，武警总部文学创作室副主任，大校警衔。1984 年开始发表诗歌、散文、小说和报告文学，1995 年加入中国作家协会。他发表的作品有《僧格林沁亲王》《成吉思汗大传》《忽必烈大传》等。在特·赛音巴雅尔的《巴根和〈僧格林沁亲王〉》中，一开始就写了与作家巴根关于长篇小说的对话，随后写道："我听后很高兴，原因：一是他从写短篇小说发展到写长篇小说；二是从写现实题材发展到历史题材，而且写一个有争议的历史人物，我觉得这是一个进步。"[①] 从学者的这些记述文字中可以看出，巴根怀有民族情怀，潜心致力于汉文创作。

孙书林，蒙古族，内蒙古赤峰人。1965 年以后，担任内蒙古赤峰美林村小学教师；1968 年参军，成为内蒙古军区独立通信营的新闻报道员；1971 年复员分配到赤峰日报社工作。这期间他走遍了赤峰市喀喇沁旗的山山水水，他在感受乡土气息的同时，也知道了人情世故、民族生存之道。1990 年，他从北京师范大学中文系本科毕业。《穹庐惊梦》《血恋》《百世苍凉》《融雪》等四部小说作品都属于民族历史题材。

刘利华，男，蒙古族，20 世纪 60 年代生于中国内蒙古，成吉思汗二弟哈撒儿的后裔，高级警官，学者，现就职于内蒙古自治区公安厅。曾创办《警察》杂志，任社长、主编。著有诗集《心旅》和论文《"市井半丘坟"真的是屠杀之意吗》《克夷门考》等多篇著作、文章。2017 年，发表长篇历史小说《长生天》。小说《长生天》是历时 37 年创作的长篇历史小说，分《称汗》《相争》《统一》《南下》《西征》5 卷，共 100 多万字。作品于 2017 年 9 月由新华出版社出版，讲述了在 12、13 世纪纷繁复杂的社会关系中，北方草原游牧民族——蒙古人的政治、军事、经济等诸多

① 特·赛音巴雅尔：《巴根和〈僧格林沁亲王〉》，《博览群书》1995 年第 10 期，第 36 页。

方面的智慧，反映了成吉思汗起伏跌宕的传奇人生和无与伦比的辉煌成就。小说《长生天》是一部长达百万字的长篇历史小说，全面深刻地反映了人类历史上著名人物成吉思汗的传奇一生，摹写了12世纪末13世纪初中国和世界波澜壮阔的历史风云，刻画了成吉思汗和他的弟弟、妻子、子女及一大批文臣武将等数百个人物的形象，折射出那个时代的精神风貌。小说对草原文化和生活有着近乎纪实录像般的真切反映，对当时蒙古高原和世界各国错综复杂的关系进行了有力揭示，对不同的人物、环境、文化，运用多方面的文学手段表达，全景式地展现了那个时代以成吉思汗为主角的方方面面。本书是英雄的颂歌，人类智慧的探求和表达，也是时代的复原和记录，体现出文学的、历史的、社会的多方面的价值。无论从内容到形式，都堪称是一部史诗性的鸿篇巨制。

包丽英，1968年生，蒙古族乞颜部孛儿只斤后裔。因与成吉思汗“黄金家族”血脉相承，从小就痴迷于祖先的丰功伟业。就读于北京大学期间，即开始投入元代历史的研究与《蒙古帝国》的写作。工作后更是多方收集历史资料，四处考察古代遗迹，力图用成吉思汗后裔的独特目光，重新审视祖先光耀千古的生命历程和气壮山河的英雄业绩。历经20载，作者完成描写祖先成吉思汗、拔都和忽必烈的长篇历史小说《蒙古帝国》。在中国文坛，反映成吉思汗及其后继者们征服欧亚大陆的文学作品可谓汗牛充栋，但全景式的展现寥若晨星。如今，随着四部卷长篇巨著《蒙古帝国》的出版和书写的继续，这种局面被打破了。《蒙古帝国》（长江文艺出版社2013年6月出版）以“统一—征服—统一”为基本线索，以战争为主要场景，全方位地描写了自13世纪起，以成吉思汗为代表的一批蒙古族杰出人物，走出不儿罕山，在欧亚大陆扬鞭奋蹄，纵横捭阖，最终将横跨欧亚大陆的版图固定在世界版图上的不朽业绩。自此，一个由一代天骄成吉思汗领军的蒙古族杰出历史人物画廊，与铺展在他们脚下的那段历史，便耸立在了中国乃至世界文学的艺术殿堂上。

海勒根那，内蒙古科尔沁左翼中旗人。1996年定居呼伦贝尔。他从小失去双亲，做过苦力、杂工、记者、编辑、商人、平面设计师等工作。1992年开始发表作品。从事文学创作以来，海勒根那已经写了将近40篇短篇小说。他是内蒙古自治区极为关注现实的作家，是蒙古族作家中汉文创作的新生力量。海勒根那笔下的生活画卷从开始创作以来，都和历史、时代紧密相连，体现了作家的社会责任感和历史使命感。他的草原题材类的作品不仅为读者展现了多姿多彩的内蒙古草原风光和人与自然的和谐之美，还体现出在现代文明与传统生活方式相碰撞下的内蒙古草原人民生存现状和精神状态。他的很多作品都具有民族文化特征，充分表现着作家的民族认同意识。

韩静慧作为一名文风独特、独树一帜的蒙古族女作家，曾获得首届冰心儿童文学新作奖、第七届全国少数民族文学创作骏马奖等文学奖十几项。她的作品《为谁活着》、《M4青春事》、《罗比这样长大》系列、《神秘女生》系列、《河马卡拉和他的一家》系列等多部作品均脍炙人口，颇受好评。有评论家认为，韩静慧的中篇小说选《额吉和罂粟花》是她的一部代表作，彰显出创作的精华。值得一提的是，这部作品描写的场景发生于日本侵华时期，那时候日本人在草原种植罂粟，这也是唯一以此为背景的草原小说，具有一定的史料研究价值。《吉雅一家和欢喜佛》则描述的是历史变革时期的故事，反映小人物的命运，有着深刻的思想和独特的魅力。故事发生在抗战时期的蒙东地区，有一个蒙古族喇嘛家庭，小说描写了整个家庭的命运沉浮，深刻挖掘其中复杂的人性，也是草原文学中一部不可多得的作品。韩静慧曾在杂志上发表了多篇短篇小说，如《无路可逃》等。大多以都市生活为背景，有着浓厚的现代氛围，主人公也选择了蒙古族白领阶层知识女性。这些女性形象有着共同的特征，她们在融入现代城市化进程中有着多种多样的表现，既有逃离又有回归，既有无奈又有期待，既有矜持又有挣扎，彰显出悲剧氛围，作家对于现代女性复杂心理的挖掘较为深入。其可贵之处在于书中特殊人物定位，她们处于现代生活中，却保留着自己的特色，笔者没有过度强调前卫性，也没有将她们塑造成双重强者，在家庭和事业上都获取成功，当然也不同于传统女性。这些女主人公都有自己的性格，她们不是完人，却能够彰显出民族心理的多重性，矛盾和旧观念无处不在，与传统的人物有所不同。这些小说主要围绕着白领女性进行描写，同时也是社会中的职业女性，她们有着女性的惶惑，也充满着家庭的悲剧感，与实践中现代都市的职业女性相契合，处处能够体现出精神危机，现实意义较大。

随着我国社会经济的发展以及文化大众化的趋势，各民族之间的交流日益密切，蒙古族作家汉文小说创作队伍也越来越壮大，新生力量茁壮成长。苏热，毕业于内蒙古大学汉语言文学系。1997年生于内蒙古巴彦淖尔，2015年开始小说创作，著有《逆转者》《路的第三个方向》等。小说《逆转者》[①]里运用新生事物——时光逆转机器来叙述整个故事，之前在我们的小说作家队伍里很少有人用这种新生事物来讲故事。还有，出生于1999年的年轻作家渡澜以其作品《三丹姐姐的羽毛》在第六届华语青年作家奖颁奖典礼上获得短篇小说奖——“双子星”奖。渡澜的作品情感丰富，想象瑰丽，文字张力强，与传统的惯性逻辑不同，引入了非线性诗歌语言，描绘奇幻的故事，从而彰显独特的个人精神。

苏热、渡澜等青年作家的出现为21世纪蒙古族作家汉文小说创作队伍带来了新生力量。可以看得出，苏热等青年作家的身份认同意识就是体现在他们所探索的新的领域里。所以说，不管是老一辈作家还是新生代作家，他们都以民族作家的身份履行着自身的责任和践行着各自的使命。

当今时代是一个意义非凡的时代，中华民族文化的交流融合，民族文化的相互借鉴与分享是十分必要的。“改革开放40年”蒙古族汉文小说作家有着特殊的地位，他们同时希望得到其他民族的认同。他们既要了解本民族，又与其他民族保持接触和交往。也就是说，积极的、向上的、适度的民族认同观念和意识是多元

① 苏热：《逆转者》，《草原》2018年第1期，第50页。

兼容的。首先，他们都深受各民族的吸引和影响，一直以来，作家们出生和生活的地方都是各民族杂居地区，这使得他们更容易与其他民族同胞接触，让他们有机会博览群书。中国传统文化博大精深，古典文学素养深厚，作家们学习借鉴中华优秀传统文化和文学成就，来推动本民族文化和文学的发展。难能可贵的是，作家们有效地利用了中华民族的先进文化，学习借鉴到本民族文学中，让本民族的文学呈现出新的面貌。其次，作家们也注重与其他少数民族之间的交流，学习他们先进的本土文化，借鉴有益的成分，从而促进本民族文学的发展。

二、民族文学史价值和意义

“改革开放 40 年”蒙古族作家创作的汉文小说是蒙古族文学的重要组成部分，属于民族文学是毋庸置疑的。有以下两点足以证明：首先，作家们的小说作品体现了蒙古族独有的风俗习惯。风俗习惯不仅包括日常生活不可或缺的物质部分，例如食物、衣服、住所等，还包括最重要的精神方面，例如在物质生产中产生的智慧和习惯。除此之外，又有与社会关系和生活方式有关的称呼、婚姻、家庭、放牧、狩猎、耕作、买卖、宗教信仰以及娱乐活动等。民族的风俗习惯所涉及的内容极为广泛，也被称为民族生活习性的活化石。其次，“改革开放 40 年”蒙古族汉文小说作家的小说作品中体现了民族的苦难史和新生活的颂歌。例如，甫澜涛的中篇小说《大漠青驹》中，一是恰如其分的宗教内容和魔幻色彩；二是民族与地域特色；三是作品中以相当的篇幅描述了蒙汉兄弟民族在经济、文化等方面的借鉴与融合。这是一部现当代历史题材的小说，作品描写了内蒙古一个家族几代人的历史和生存的状态。甫澜涛用作家独有的艺术手法记录了这个关乎民族命运的重大事件。

关于“改革开放 40 年”蒙古族作家创作的汉文小说的民族文学史价值和意义的评价，可以从以下四个方面进行综合梳理。

（一）蒙古文“文学史”著作中的评价

无论是世界上的哪一个民族的文学，都起源于该民族的远古时代，而且往往是文学早于文字。哪个民族如果拥有了文字，而后才慢慢产生能够记载保留文史哲之类的史籍。从世界各国各民族的文学史著作中可以发现，文学作品（尤其是作家作品）能否被写进文学史也是评判和衡量其质量高低的一个客观标尺。在我国，少数民族文学史的编写工作始于20世纪50年代末，全面而系统地开展则是80年代末90年代初，此时达到最为丰富的状态。蒙古族文学史专家们对“改革开放40年”时期蒙古族作家汉文小说创作给予了极高的关注和评价。

1.《中国蒙古族当代文学史》编委会编著的《中国蒙古族当代文学史》（上、下）（蒙古文）[①]对10位蒙古族汉文小说作家的作品进行了评析。其中，对玛拉沁夫的短篇小说《活佛的故事》和长篇小说《茫茫的草原（下）》进行了全面的评析和研究，并总结了玛拉沁夫对于民族文学理论产生的影响和做出的贡献。编著者们还介绍并评价了阿·敖德斯尔的长篇小说《骑兵之歌》、扎拉嘎胡的《嘎达梅林传奇》、朋斯克的《长夜》、韩汝诚的《乌兰察布眷情》、佳峻的《驼铃》、哈斯乌拉的《虔诚者的遗嘱》等小说作品。

2. 苏尤格主编的《蒙古族文学史·当代》（蒙古文）[②]中提到了阿·敖德斯尔、玛拉沁夫、扎拉嘎胡和甫澜涛，把他们列入蒙古族当代小说作家队伍。在第九章、第十章、第十一章的内容里可以看到阿·敖德斯尔、玛拉沁夫、扎拉嘎胡等作家的介绍。这部文学史著作的第九章以《小说》为题，在第三节《扎拉嘎胡的小说》中，针对扎拉嘎胡的生平和他的长篇小说《草原雾》《红

①《中国蒙古族当代文学史》编委会编著：《中国蒙古族现当代文学史》（上、下）（蒙古文），内蒙古文化出版社，1988年。
② 苏尤格：《蒙古族文学史·当代》（蒙古文），辽宁民族出版社，1995年。

路》《嘎达梅林传奇》等进行了概括性评价。第十章以《阿·敖德斯尔的小说》为主题，在第二、三、四节中分别对阿·敖德斯尔的小说作品《骑兵之歌》《阿力玛斯之歌》进行了综合评述。文章认为阿·敖德斯尔勇于表现真实生活的矛盾，小说所体现的问题不仅包括党内或社会问题，甚至还包括高层领导的问题。第十一章以《玛拉沁夫的小说》为主题，第三节则简单介绍了小说《第一道曙光》的内容，认为这部小说集中体现了民族精神和时代精神。它通过描绘自然景观和社会生活来展示蒙古族人民的精神面貌，具备时代性。

3. 苏尤格主编，2008 年 3 月由内蒙古大学出版社出版的《蒙古族现代文学史（下册）》第十八章评介了扎拉嘎胡及其小说作品。编著者简要评述了《悬崖上的爱情》和《一朵红花》的内容，认为扎拉嘎胡的早期小说的中心主题是反映阶级斗争、社会主义建设初期的社会现状和合作社。随后对中篇小说《春到草原》做了较为详细的评述，一方面肯定这部作品对蒙古族文学的贡献，另一方面也指出其需要改进的地方，觉得小说所呈现出的原生态生活不够全面和稳固，所以在艺术造诣上有“复重”的漏洞。这部文学史著作的第十九章介绍了阿·敖德斯尔的生平以及他的创作概况，认为在阿·敖德斯尔 20 世纪五六十年代的作品中，战争题材小说所占比例更大一些，除此之外，反映蒙古族生活风貌的小说作品《阿力玛斯之歌》《撒满珍珠的草原》等也对蒙古族小说创作起到了一定的作用。这部文学史著作的第二十章介绍了玛拉沁夫的红色人生以及多种文体创作概况，文章中认为作家玛拉沁夫用自己一生所学、毕生功底创作了长篇小说《茫茫的草原》，因此作家的全部心血和情感都融入这部小说，所以它成为不仅具有民族特色，而且有时代特色的优秀长篇小说。

4. 其布日哈斯主编的《二十世纪蒙古族文学史》①，则重点介绍了阿·敖德斯尔、玛拉沁夫、扎拉嘎胡、阿云嘎、乌雅泰、

① 其布日哈斯主编：《二十世纪蒙古族文学史》（蒙古文），内蒙古文化出版社，2000 年。

特·赛音巴雅尔等6位蒙古族汉文小说作家的生平简介、创作历程及其代表作品。著作中认为，扎拉嘎胡虽是用汉语创作，但他的作品善于展现蒙古族人民的生活常态以及历史文化。与此同时，在扎拉嘎胡的小说作品中还窥见魔幻现实主义创作手法。该著作沿用了苏尤格的《蒙古族文学史·当代》中的主要观点，特别是在梳理作家创作轨迹和作家创作特点等方面。然而，也有自己的侧重与优点，那就是对作品的分类很细致，逻辑性很强。

5. 特·赛音巴雅尔编著的《中国蒙古族当代文学史》（蒙古文）[①] 中介绍了阿·敖德斯尔、玛拉沁夫、扎拉嘎胡、朋斯克、乌兰巴干、阿云嘎、察森乌拉等7位作家。而在《中国蒙古族当代文学史》（汉文版）中，编著者主要分析并总结了18位蒙古族汉文小说作家们的主要代表作品及文学创作的成就。该文学史是记录蒙古族汉文小说作家最多的一部文学史。

6. 莫·扎拉丰嘎主编的《蒙古族当代文学史》（蒙古文）[②] 重点对玛拉沁夫及其小说作品进行了综合评价。编著者认为：一、玛拉沁夫擅长积累生活经验，对创作有着更广阔的视野，因此他的小说展现了各种各样的主题；二、主题鲜明，而且小说情节比较系统完整；三、作品中主人公性格的发展与整个故事情节的发展相统一；四、擅长运用多种创作手法并灵活使用各种表现手法等。

通过以上的简单梳理可以得知，在用蒙古文编著的文学史著作中收录的蒙古族汉文小说作家作品相对占少数，并非包含了全部的蒙古族汉文小说作家作品，只是评价论述了文坛上较有影响力的作家及其作品。这就表明，蒙古族汉文小说作家在整个汉语言文学与少数民族语言文学的“双重边缘”徘徊。除了较少的几位作家的作品被翻译成蒙古文之外，更多作家的小说作品被遗忘或被排除在蒙古族文学史之外，致使蒙古族汉文小说作品在本民族文学史中的影响力相对减弱。

---

① 特·赛音巴雅尔:《中国蒙古族当代文学史》(蒙古文)，内蒙古文化出版社，2003年。
② 莫·扎拉丰嘎主编:《蒙古族当代文学史》(蒙古文)，内蒙古教育出版社，1987年。

（二）蒙古族学者的史论性汉文著作中的评价

在内蒙古自治区几所高校中文专业执教的几位蒙古族学者，由于语言便利和专业教学所需，编写出版了几部与当代蒙古族文学相关的史论性著作。其中，更多谈及的是当代蒙古族作家汉文小说创作的文学史价值和意义。

1. 黄薇所著的《当代蒙古族小说概论》，2000 年 8 月 10 日由内蒙古人民出版社出版。作者在这部研究专著中，以玛拉沁夫的《春的喜歌》和《科尔沁草原的人们》、阿·敖德斯尔的《撒满珍珠的草原》和《鄂尔多斯高原雄鹰》、扎拉嘎胡的《草原的早晨》等小说作品为例阐明了自己的理解和观点。作者在这部书的前言部分说得十分明了："我在这本书里采取了描述性的写法：不从宏观角度、纵的方向和点上作线条性的叙述，而是对前十七年和 20 世纪 80 年代以后的小说，从诸如形象、语言等等具体问题通过比较进行分析，描述它们各自的状态和特征以构成文学的历史。"[①] 也就是说，这部书注重的是批评理论，"史"的理念稍单薄一些，作者更加关注蒙古族作家的汉文小说。可见，作者对这一时期的作品持有肯定和赞同态度。甚至特别注重作家作品对蒙古族传统文化的传承与发展。

2. 托娅、彩娜编著的《内蒙古当代文学概观》[②] 中介绍了阿·敖德斯尔、玛拉沁夫、扎拉嘎胡、朋斯克、佳峻、乌兰巴干、白雪林、伊德尔夫、乌雅泰、照日格巴图、哈斯乌拉、甫澜涛、季华、黄薇等蒙古族作家的汉文小说创作。

3.托娅、彩娜编著的《内蒙古当代小说论纲》中评价了玛拉沁夫、乌兰巴干、阿·敖德斯尔、扎拉嘎胡、朋斯克、佳峻、白雪林、伊德尔夫、乌雅泰、照日格巴图、哈斯乌拉、甫澜涛、季华、黄薇、安柯钦夫等蒙古族汉文小说作家。其中，对玛拉沁夫的《茫

① 黄薇：《当代蒙古族小说概论》，内蒙古人民出版社，2000 年，第 15 页。
② 托娅、彩娜：《内蒙古当代文学概观》，内蒙古大学出版社，1997 年。

茫的草原》在艺术上取得的成绩做出了高度肯定，认为“首先，作品采用多线索发展的方法结构故事，既表现了人物错综复杂的关系，又使小说情节繁复，立体感强。其次，作品还具有着鲜明的民族特色。再次，作品具有强烈的抒情性”①。同时，对其他9位作家的生平简介、代表作品、人物形象等方面进行了评析。

4. 托娅、阿茹汉编著的《内蒙古自治区小说史》认为：“新时期内蒙古自治区的小说，作为反映生活最具涵盖性与深邃性的一种文学体裁，以震撼人心的力度和迅猛扩展的势头，造就了一派生机，出现了《嘎达梅林传奇》（扎拉嘎胡）、《骑兵之歌》（敖德斯尔）、《活佛的故事》（玛拉沁夫）、《蓝幽幽的峡谷》（白雪林）、《虔诚者的遗嘱》（哈斯乌拉）、《伊和塔拉之战》（朋斯克）等许多优秀作品。这一时期自治区小说所取得的成就，是与作家对题材的拓展、主题的深化以及与小说观念的变化、艺术技巧的自觉更新紧密相连的。”②

从以上列举的几部对内蒙古当代文学进行综合性评价的史论著作可以看出，学者们对当代蒙古族作家汉文小说创作给予了极大的关注与中肯的评价。学者们的这些观点和评价都将成为难得的文学史参考资料。

（三）博士、硕士学位论文中的综合性评价

进入21世纪以来，在全国相关高校的少数民族语言文学专业博士、硕士学位论文中，对蒙古族作家汉文小说创作的关注比较集中，出现了很多关于研究蒙古族汉文小说创作的学位论文，具体述评如下：

1. 内蒙古大学研究生红霞的硕士学位论文《新时期蒙古族小说叙事研究》③，是以新时期蒙古族小说叙事理论批评为主要研

① 托娅、彩娜：《内蒙古当代小说论纲》，中国文联出版社，2002年。
② 托娅、阿茹汉：《内蒙古自治区小说史》，内蒙古大学出版社，2014年。
③ 红霞：《新时期蒙古族小说叙事研究》，硕士学位论文，内蒙古大学，2009年。

究切入点，基于蒙古族小说理论水平和批评的客观情况，对蒙古族小说叙事研究的现状做了解析，提出了具有一定参考价值的理论观点。

2. 内蒙古大学研究生花拉的硕士学位论文《新时期蒙古族小说发生研究（1976—1980）》[①] 中，作者着重从母语创作的作家来举例论证，其中也提到了汉文创作作家玛拉沁夫、特·赛音巴雅尔等人。围绕社会发展的规律来介绍 1976—1980 年之间的小说作品的人物形象和作家队伍。同时，主要对这四年内蒙古族作家创作的汉文小说作品的题材、主题、内容等方面进行了分析和研究，并总结出这一时期的小说作品与我国当时政治社会等因素有着很大的联系。

3. 内蒙古大学博士研究生带兄的学位论文《当代蒙古族汉语小说创作研究》[②]，对当代蒙古族汉文小说创作方面做了详细的论述。该论文主要围绕着玛拉沁夫、阿·敖德斯尔、扎拉嘎胡、乌兰巴干、郭雪波、哈斯乌拉、白雪林、佳峻、甫澜涛、孙书林等作家展开，介绍了作家的生平、创作历程，并分析其代表作品中的人物形象，具有一定的借鉴之处。

4. 内蒙古师范大学研究生乌力汗的硕士学位论文《新时期蒙古族作家汉文小说创作研究》[③] 主要从新时期蒙古族汉文小说创作的作家队伍、小说作品和研究状况等三个方面分析了新时期蒙古族汉文小说的发展面貌。乌力汗的论文虽然涉及的作家队伍、作品的数量有限，但她的论述为我们的研究和探析提供了基础性的研究资料。

5. 内蒙古师范大学研究生哈妮的硕士学位论文《蒙古族作家汉文小说研究——〈民族文学〉（1981—2010）》[④] 是以 1981 年

① 花拉：《新时期蒙古族小说发生研究（1976—1980）》，硕士学位论文，内蒙古大学，2010 年。

② 带兄：《当代蒙古族汉语小说创作研究》，博士学位论文，内蒙古大学，2011 年。

③ 乌力汗：《新时期蒙古族作家汉文小说创作研究》，硕士学位论文，内蒙古师范大学，2012 年。

④ 哈妮：《蒙古族作家汉文小说研究——〈民族文学〉（1981—2010）》，硕士学位论文，内蒙古师范大学，2014 年。

至2010年间发表在《民族文学》杂志上的蒙古族作家汉文中短篇小说为研究文本，详细地介绍了这一时期的蒙古族汉文小说作家及其小说作品。研究者对《民族文学》30年的蒙古族作家汉文小说的发展做了详细的梳理，也是试图从这一研究视角来论述当代蒙古族汉文小说创作的大致概况和所取得的成就。

6. 沈阳师范大学研究生白文的硕士学位论文《新时期以来蒙古族汉语小说研究》[①]中提出了“蒙古族汉语小说作者在创作题材上不断拓展，摆脱了单一的以草原题材为主的模式；在艺术层面大胆创新，叙事模式从单一向多样化拓展，蒙古族汉语小说创作者尝试以新颖的角度叙述故事情节，这一转变推动了蒙古族当代文学的发展”的观点。并且对论文的研究目标做了明确的阐释，说到“以新时期蒙古族汉语小说创作者创作的汉语小说作品为研究对象，通过梳理新时期蒙古族汉语小说的发展脉络，分析进入新时期之后蒙古族汉语小说创作的情况，从而探析这一时期整个蒙古族汉语小说创作的发展状况，阐述蒙古族在新时期汉语小说创作中的新变以及意义”。关于新时期蒙古族作家创作的汉文小说在题材、人物形象以及叙事风格、叙事方法等方面的传承与创新，在该论文中呈现出不同于他人的观点和见解。

7. 内蒙古大学研究生韩巧玲的硕士学位论文《蒙古族当代汉文小说创作影响力研究》[②]比较全面地统计了蒙古族当代小说作家所发表、出版的作品，并用文艺学研究法、数据分析法等作为辅助，论述并印证了蒙古族当代作家创作的汉文小说在广大读者中的影响及文学史上的重要性。关于蒙古族当代作家创作的汉文小说影响力方面，主要从在文学史及其他书目研究中着眼，统计分析了蒙古族汉文小说家入选各类文学史及其他书目的情况，进而阐述蒙古族汉文小说创作在各类文学史中的地位及影响。

8. 内蒙古师范大学研究生孙金玲的硕士学位论文《浪漫主义

① 白文:《新时期以来蒙古族汉语小说研究》，硕士学位论文，沈阳师范大学，2016年。
② 韩巧玲:《蒙古族当代汉文小说创作影响力研究》，硕士学位论文，内蒙古大学，2018年。

创作方法在新时期蒙古族汉语小说创作中的复苏与发展》[1]一文主要论述了浪漫主义创作方法在新时期蒙古族文学中的复苏及发展。浪漫主义创作手法不仅是世界文学史中最基本的创作手法，在蒙古族文学史中也存在。所以文中从浪漫主义的角度出发，论述了新时期蒙古族汉语小说再一次复苏的原因。

9. 内蒙古师范大学研究生包红莉的硕士学位论文《“改革开放40年”蒙古族汉文小说文化内涵研究》[2]中重点分析探讨了“改革开放40年”间蒙古族作家创作的汉文小说的生成背景、作品中体现出的地域人文景观以及小说作品题材类型与主题思想、人物形象等问题。

10. 内蒙古师范大学研究生娜荷娅的硕士学位论文《“改革开放40年”蒙古族汉文小说艺术实践研究》[3]主要分析研究了改革开放40年间的蒙古族汉文小说作家的文学素养、小说人物形象艺术以及小说叙事艺术等问题，并对上述三个方面进行了具体的分析归纳和深刻解析。

以上梳理的10篇学位论文是直接与“改革开放40年”蒙古族作家汉文小说创作相关的研究文章，其中有很多可以参考和利用的文学史价值和意义相关的论点。

（四）作家作品个案研究相关论文中的史论性评价

此外，还有极个别专家学者在进行具体作家作品个案研究的专题论文中对“改革开放40年”蒙古族作家汉文小说创作所做出评价、评述。我们从前面的论述就能看出玛拉沁夫、阿·敖德斯尔、扎拉嘎胡等老作家的被关注度还是很高的。在蒙古族文学、中国少数民族文学及在整个中国文学里都被认同和接受。

① 孙金玲：《浪漫主义创作方法在新时期蒙古族汉语小说创作中的复苏与发展》，硕士学位论文，内蒙古师范大学，2008年。

② 包红莉：《“改革开放40年”蒙古族汉文小说文化内涵研究》，硕士学位论文，内蒙古师范大学，2020年。

③ 娜荷娅：《“改革开放40年”蒙古族汉文小说艺术实践研究》，硕士学位论文，内蒙古师范大学，2020年。

玛拉沁夫的《科尔沁草原的人们》是最早被中国文学评论界关注的。直到现在，用汉文创作的庞大的蒙古族作家队伍中，玛拉沁夫是最受欢迎的。从 20 世纪 80 年代开始，玛拉沁夫小说研究进入了新的阶段。朱兵的《草原交响诗》[①] 把玛拉沁夫的小说分为四段来总结，并指出了不足之处。

李晓峰从 1992 年开始发表了研究玛拉沁夫小说作品的一系列学术论文。《民族、时代的歌手：论玛拉沁夫的小说艺术》(上篇)[②]、《选择与建构：玛拉沁夫小说的叙述艺术》(下篇)[③]、《象征与诗意：玛拉沁夫小说艺术新论》[④]、《玛拉沁夫小说的人物形象塑造艺术》[⑤] 等。2001 年，李晓峰出版了《玛拉沁夫小说艺术概论》[⑥]。著作主要从创作思想、小说作品的主题、塑造人物形象的方法、叙述方式、艺术手法、审美艺术和民族特征方面较全面地观察了玛拉沁夫的小说创作历程。

蒙古族学者策・杰尔嘎拉特别关注并致力于蒙古族当代小说的研究，在相关研究中，他曾这样评价玛拉沁夫："声名远扬国内外的蒙古族著名作家玛拉沁夫是'草原文学'的杰出代表和领军人物。" 他认为长篇小说《茫茫的草原》是如实反映草原人民生活中点滴变化的佳作；《科尔沁草原的人们》是中国少数民族当代文学中草原短篇小说的优秀代表；《草原上的人们》是我国少数民族草原故事片。在他看来，玛拉沁夫为创作草原文学精品力作、为建立草原文学作家群体平台做出了杰出的贡献。他还说："玛拉沁夫是一位才华横溢、灵气湍飞的成就卓著的蒙古族作家，他是我国蒙古族当代小说的奠基人，是我国第一代蒙古族小说作

① 朱兵：《草原交响诗》，内蒙古人民出版社，1993 年。
② 李晓峰：《民族、时代的歌手：论玛拉沁夫的小说艺术》（上篇），《昭乌达蒙族师专学报》1992 年第 13 期。
③ 李晓峰：《选择与建构：玛拉沁夫小说的叙述艺术》（下篇），《昭乌达蒙族师专学报》1993 年第 14 期。
④ 李晓峰：《象征与诗意：玛拉沁夫小说艺术新论》，《昭乌达蒙族师专学报》1997 年第 18 期。
⑤ 李晓峰：《玛拉沁夫小说的人物形象塑造艺术》，《昭乌达蒙族师专学报》1999 年第 20 期。
⑥ 李晓峰：《玛拉沁夫小说艺术概论》，中国文联出版社，2001 年。

家的杰出代表。新中国成立后他的名字随着小说《科尔沁草原的人们》的发表传遍全国。”①

蒙古族学者额尔敦仓也多年专心致力于玛拉沁夫小说研究，著有学术专著《玛拉沁夫小说民族文化源缘研究》一书。他认为：“玛拉沁夫是中国草原文化小说的积极倡导者和辛勤实践者，他的成长，代表着中国草原作家群的崛起；他走过的路，代表了新中国第一代少数民族作家探索前进的道路。研究他的创作实践，有助于我们对当代少数民族作家的了解；总结他的文学创作经验，不仅对‘草原文化小说’的探讨有其指导作用，而且对我国整个少数民族文学的发展有其不可低估的深远意义。”②

1999年，扎拉嘎胡创作了他的长篇小说《黄金家族的毁灭》。小说一经发表立刻得到了学界的肯定，相关评论文章有曾镇南的《历史小说文苑的奇葩——读扎拉嘎胡的〈黄金家族的毁灭〉》③、谢永旺的《鲜明的民族特色——扎拉嘎胡新作〈黄金家族的毁灭〉短评》④和江曾培的《为“蒙古族曹雪芹”立传：读〈黄金家族的毁灭〉》⑤等评论文章。

阿·敖德斯尔的长篇小说《骑兵之歌》也受到了学界的高度关注，相关研究有荣·苏赫的《〈骑兵之歌〉民族性格塑造初探》⑥、魏泽民的《评〈骑兵之歌〉》⑦、丁尔纲的《〈骑兵之歌〉漫评》⑧、谢明清的《读长篇小说〈骑兵之歌〉》等文章。这些文章着重分

① 策·杰尔嘎拉：《中国当代蒙古族小说概论》，《黑龙江民族丛刊》1993年第2期（总第33期），第106页。

② 额尔敦仓：《玛拉沁夫小说民族文化源缘研究》，辽宁民族出版社，2014年，第66页。

③ 曾镇南：《历史小说文苑的奇葩——读扎拉嘎胡的〈黄金家族的毁灭〉》，《中外文化交流》2000年第1期。

④ 谢永旺：《鲜明的民族特色——扎拉嘎胡新作〈黄金家族的毁灭〉短评》，《民族文学》2000年第1期。

⑤ 江曾培：《为“蒙古族曹雪芹”立传：读〈黄金家族的毁灭〉》，《文学报》1999年4月第4版。

⑥ 荣·苏赫：《〈骑兵之歌〉民族性格塑造初探》，载吴重阳主编《敖德斯尔研究专集》，内蒙古人民出版社，1985年。

⑦ 魏泽民：《评〈骑兵之歌〉》，载吴重阳主编《敖德斯尔研究专集》，内蒙古人民出版社，1985年。

⑧ 丁尔纲：《〈骑兵之歌〉漫评》，载吴重阳主编《敖德斯尔研究专集》，内蒙古人民出版社，1985年。

析了作品的人物形象和作品的民族特征。

还有一批作家是在老一辈作家之后逐渐出现在文坛上的，郭雪波、千夫长、哈斯乌拉、白雪林、察森敖拉、海江林等作家也被文学界高度关注。

郭雪波是“改革开放40年”蒙古族汉文小说作家中同玛拉沁夫一样最受关注的作家之一，已出版《锡林河女神》（1984年）、《火宅》（1990年）、《大漠狼孩》（2001年）、《红绿盘》（2002年）、《银狐》（2006年）和《天玄机》（2013年）等6部长篇小说和近百篇的中短篇小说。学者们一致认为郭雪波是中国当代生态文学创作群体中的领军人物，从生态文学的角度来观察他的小说作品。“在中国当代作家群里，在百花齐放的小说家中，郭雪波是绝无仅有的，独具特色，记忆精灵的大漠之子”，“郭雪波乃是一位天赋大造化的作家——上苍把人类生存环境之艺术守护神的职责与能力，授予了他”[①]，崔道怡曾这样评价郭雪波及其小说作品。

白雪林的小说《蓝幽幽的峡谷》也受到学界的关注。《草原》文学编辑部组织召开《蓝幽幽的峡谷》的研讨会，参与此会者从“小说的语言、情节、人物、结构、思想内容、艺术技巧等方面”[②]，进行了探讨，并给予了高度评价。

黄薇的文学史论《当代蒙古族小说概论》中的代表性观点以单篇论文的形式发表于文学研究刊物。她的《后草原小说概观》一文中提到了白雪林的《蓝幽幽的峡谷》，认为“白雪林是当代的蒙古族小说历史中，不容忽视的一位重要作家。《兰幽幽的峡谷》（以下简称《峡谷》）这部作品中虽有一些不成熟的地方，甚至还有一些刻板。但是，《峡谷》作为蒙古族小说中第一部长期坚持以题材取胜，注重思想教育作用，注重反映现实的方式的作品，它带来了明显迥异的氛围。我认为，《峡谷》之所以在文学史上占有重要地位，是因为它完全抛弃了以往草原小说的故事体框架，

① 崔道怡：《大漠之子》，《绿叶》2001年第5期。
②《草原》文学编辑部：《〈蓝幽幽的峡谷〉讨论会》，《草原》1985年第5期。

创造出了情绪化的小说氛围。《峡谷》是蒙古族最早的情感小说。从此，蒙古族作家在小说创作中也开始注重情绪、心理、感觉的描写”①。

当代文坛学者和在全国民族高等院校或研究机构工作的专家学者们对“改革开放40年”蒙古族作家汉文小说创作予以高度关注和重点研究，这是对用汉文创作的蒙古族小说作家的一种认可，同时也是一种鼓励和鞭策。

第二节 蒙古族作家汉文小说在汉语文学界的影响力

“改革开放40年”蒙古族作家汉文小说创作取得了令人瞩目的成绩。从总体上来看，用汉文创作的蒙古族小说作家人数一直处于递增态势。郭雪波、格日勒其木格·黑鹤、甫澜涛、韩静慧、海勒根那以及娜仁高娃、陈萨日娜、苏热、渡澜等，成为当代文坛上不可小觑的生力军。他们创作的小说作品，无论是在数量上还是在质量上，都呈现出蓬勃向上的积极姿态，丰富的创作成果为中国当代文学的繁荣发展做出了卓越的贡献。

如果我们把“改革开放40年”时期的汉文小说创作群体与同时期用母语创作的其他蒙古族作家相比较的话，用汉文创作的蒙古族作家可能会更占一些优势。因为他们创作的小说是以汉语作为媒介，所以自然比用母语创作的蒙古族作家在读者数量上更多一些、阅读空间上更广一些。不仅如此，用汉文创作的蒙古族作家可以直接与整个汉语文学界对话，可以同频同步，特别是这些小说作品中亮丽的草原风景、浪漫的草原风情、淳朴的民族性格和坚韧的蒙古马精神等，使整个中国文坛为之惊叹和赞誉。

① 黄薇：《后草原小说概观》，《民族文学研究》1996年第1期。

一、汉语文学界对“改革开放40年”蒙古族作家创作的汉文小说的评价

蒙古族作家用汉文创作，从古代时就被文人学者认可。时至今日，也就成为备受瞩目的一种创作领域。蒙古族学者白·特木尔巴根在他《古代蒙古族作家汉文创作考》中，曾论证过蒙古族作家使用其他民族语言创作的作品在文学史上的重要性。他认为：“如果要想真实地反映一个民族的文学全貌，探讨其发展规律，那么就应该全面地、完整地搜集和研究该民族作家的所有文学作品，不仅应该研究包括蒙古作家用母语创作的作品，也应该研究包括蒙古作家用其他民族文字创作的文学作品，否则就难以得出符合事实的科学结论。”①

我们在本章的第一节《作家“民族自我认同”与民族文学史意义》里已经梳理了“改革开放40年”蒙古族作家创作的汉文小说在各类蒙古文书写的“蒙古族当代文学史”里的地位和意义，以及蒙古族诸多学者专家的评价和认可。那么在接下来的《蒙古族作家汉文小说在汉语文学界的影响力》这一节里，首先把考察视角或切入点放在“中国当代文学史”和“中国少数民族当代文学史”这两类文学史著作里，从一个侧面说明整个中国文学界对“改革开放40年”蒙古族作家创作的汉文小说的整体评价以及认可度。也就是说，能够在一定程度上看到“改革开放40年”蒙古族作家创作的汉文小说在整个中国文学界的影响力。

具体谈到“改革开放40年”蒙古族作家创作的汉文小说的影响力，我们首先应该注意到整个中国文学界对这一时期作家作品的评价。从总体来看，持肯定态度。本书的绪论部分已提及，对这一时期用汉文进行创作的小说作家及其作品，越来越多的人予以关注和展开研究，并做出了较为中肯的评价。在我们看来，

① 白·特木尔巴根：《古代蒙古族作家汉文创作考》，内蒙古教育出版社，2002年，第3页。

想要知道文学界到底对“改革开放40年”蒙古族作家创作的汉文小说的评价如何，最重要的一个方面就是各类文学史对他们及其作品给予怎样的评价。

中国当代文学史著作中提到的蒙古族作家汉文创作包括：张炯主编，2013年2月由江苏文艺出版社出版的《中国文学通史·当代文学（中）》；赵树勤、李运抟主编，2012年11月由湖南师范大学出版社出版的《中国当代文学史（1949—2012）》；特·赛音巴雅尔主编，2009年9月由内蒙古教育出版社出版的《中国当代文学史》；陈思和主编，2012年7月由复旦大学出版社出版的《中国当代文学史教程》；郭志刚主编，1980年12月由人民文学出版社出版的《中国当代文学史初稿》；郑万鹏主编，2007年12月由华夏出版社出版的《中国当代文学史》等6部文学史。其中，被提及最多的蒙古族作家是玛拉沁夫、阿·敖德斯尔、扎拉嘎胡。除此之外，还有甫澜涛、郭雪波、哈斯乌拉、白雪林、韩静慧等作家被提及。

其中，有专家认为：“与汉族作家的创作类似，这些少数民族作家的创作也受到党所提出的文学和艺术政策的指导，但他们毕竟是少数民族作家，这意味着少数民族的文学创作已然成为中国当代文学不可或缺的一部分。”[1]这表明，“改革开放40年”蒙古族作家创作的汉文小说已经引起了全国文学界的重视，因而小说作家们也拥有了自己应有的地位，并逐渐产生影响。

在用汉文书写的中国当代少数民族文学史著作中，在全国范围内产生重大影响的有以下几种：1. 毛星主编，1983年由湖南人民出版社出版的《中国少数民族文学史》；2. 特·赛音巴雅尔主编，1999年8月由北京十月文艺出版社出版的《中国少数民族当代文学史》（汉文版）；3. 李鸿然编著，2004年11月由云南教育出版社出版的《中国当代少数民族文学史论（上、下）》；4. 梁庭望、李云忠、赵志忠主编，2006年6月由辽宁民族出版社出版的《20世纪中国少数民族文学编年史》；5. 赵志忠、李云忠主编，

① 陈思和主编：《中国当代文学史教程》，复旦大学出版社，2012年，第128页。

2012年12月由人民文学出版社出版的《中国少数民族文学史·小说卷》。

其中，有一些比较有代表性的评价或观点。例如，李鸿然认为，玛拉沁夫是民族文学的中坚力量和带领人，并对他的作品给予全面的评价："玛拉沁夫与草原是永远分不开的，玛拉沁夫所有的情感、认知和理想都与草原融为一体，博大的草原也把独特的魅力、演变和发展都向玛拉沁夫展示开来，并融入他的作品中。玛拉沁夫自称他的作品是'草原文学'，这虽然只是客观的自我评价，同时也表达出了他的忠贞的追求和愿望。他的小说极具草原特色，理论成就和组织业绩与当代中国少数民族文学50多年同在。"① 李鸿然还认为蒙古族作家玛拉沁夫创作了许多优秀的小说，为当代中国文学画廊增添了独特的一笔，并对其经典著作《茫茫的草原》给予了高度评价："它不仅登上了当时蒙古族长篇创作的巅峰，而且为中国当代长篇小说创作提供了与汉族文学不同的文学范型。"② 李鸿然对扎拉嘎胡的生平经历以及《红路》《草原雾》《嘎达梅林传奇》《黄金家族的毁灭》等作品进行了综合述评。他认为扎拉嘎胡最具代表性的作品是《红路》，该作品是他创作上的里程碑，也让他在蒙古族文学中占据了重要位置。这里，他还将扎拉嘎胡的创作理念概括为"扎拉嘎胡热切关注着民族和国家的未来，甚至是人类的命运。他的创作方向是坚定地站在内蒙古大地，极力表现'三原'（草原、高原、沙原）上的蒙古族人，为他们诉说和歌唱；他的最高艺术追求是立足于优秀蒙古族历史文化的土壤，又积极吸收世界各民族的智慧，创造出浓郁的蒙古民族韵味和独具特色的作品。"③

除了上述这些在全国范围内的影响较大的统编文学史著作以外，还有个别专家学者撰写的著作和专题文章中的评价也值得关注。

---

① 李鸿然:《中国当代少数民族文学史论》(上)，云南教育出版社，2004年，第109页。
② 李鸿然:《中国当代少数民族文学史论》(下)，云南教育出版社，2004年，第574页。
③ 李鸿然：《中国当代少数民族文学史论（上、下）》，云南教育出版社，2004年，第584页。

诚然，中国当代很多专家学者都热心关注和专门研究少数民族文学，并做出中肯的评价。张炯、邓绍基、樊骏主编的《中华文学通史》对玛拉沁夫的、阿·敖德斯尔和扎拉嘎胡等三位作家的写作风格做出评价。王庆生主编的《中国当代文学史》第二编专门设立了少数民族小说部分，其中提到《骑兵之歌》《第一道曙光》《爱，在夏夜里燃烧》等新视角的作品，并一一介绍了作品内容及艺术方法。这不仅是对少数民族作品的认可，更是对用汉文创作的蒙古族作家的认同。

1986年，吴重阳在《中国当代民族文学概观》中指出："少数民族文学就是少数民族人民所创造的文学。"① 他认为划分少数民族文学归属的主要标志，是看作者的民族出身。当然，无论用的什么文字，反映的哪个民族的生活，凡是属于少数民族作家创作的作品，都应归于少数民族文学的范畴。他主张以作者的民族出身作为划分民族文学归属的主要标志的。

张未民的《"新世纪文学"的命名及其意义》高度认可和评价了新世纪文学，认为"从一个纯时间性的对现实文学的描述性概念很快走向一个具有独特历史性和审美特性的文学史概念"②，从新世纪小说的主流来看，其总体风貌、精神气质、作者状态、写作方式都可以说是对新时期和20世纪90年代小说的自然接续。也就是说，21世纪蒙古族作家创作的汉文小说是20世纪八九十年代蒙古族作家创作的汉文小说的自然延续，我们在这里论述的对象就是两者的总和——"改革开放40年"。

刘成编著的《草原文学新论》认为，"蒙古族新时期小说近些年得到了较快发展，尤其在中长篇小说方面更是如此，大量作品问世，短篇小说和小小说也大放异彩。从这些作品来看，审美倾向相似，审美趣味相同，都运用了乡土语言，从中能够感受到民族风情，有科尔沁和鄂尔多斯文学流派，鄂尔多斯文学流派以

① 吴重阳：《中国当代民族文学概观》，中央民族大学出版社，1986年，第7页。
② 张未民：《"新世纪文学"的命名及其意义》，《文学评论》2009年第5期，第190页。

阿云嘎、瓦·萨仁高娃等作家为代表”[1]。

上述梳理的全国性文学史著作、学者专家的专题论著论文，包括文学在内的全国性研讨会等已经表明，“改革开放40年”蒙古族作家汉文小说创作越来越引起广泛关注并得到极高的评价，定会产生越来越大的影响力。

二、“改革开放40年”蒙古族作家创作的汉文小说的影响力

“改革开放40年”用汉文创作小说的蒙古族作家已形成了稳定的群体，人数和作品数量也在不断地增加。作家在得到迅速成长的同时，创作眼界变得更加开阔，创作题材也更加宽泛，作家们早已肩负起了对内传承、对外发扬的重任。作家基于他们特有的生活经历和坚定的创作理念，感应着多元文化相互交融的时代氛围，创作出了很多优秀的文学作品，成为了中国当代文学建设队伍中的精神守护者。

改革开放40年，蒙古族汉文小说作家对蒙古族当代文学以及中国少数民族文学，乃至整个中国当代文学史都有自己独特又杰出的贡献。回望“改革开放40年”初期的蒙古族作家汉文小说创作情况，内蒙古“草原小说”的引领者还是当推玛拉沁夫。改革开放刚刚起步的20世纪80年代，获得创作新生的玛拉沁夫等老一辈蒙古族作家精神振奋，担当使命，创作出一批极具时代精神的精品力作。玛拉沁夫以他的长篇小说《茫茫的草原（下）》、中篇小说《第一道曙光》、《爱，在夏夜里燃烧》以及短篇小说力作《活佛的故事》等在全国文坛上再次引起轰动，产生了极大的影响。玛拉沁夫早已是蜚声文坛的大作家，他一直对草原故土和家乡人民保有真挚的情怀。“草原是玛拉沁夫创作的母题，他一直希望能创建一个草原文学流派……作为第一代草原文化小说家，他的思想启蒙小说为后代草原文化小说打下了坚实的基础，

① 刘成编：《草原文学新论》，作家出版社，2014年。

开拓出了一条新路。从玛拉沁夫到新生代的草原文化小说作家，我们能看到其中一脉相承的血缘关系，玛拉沁夫在中国当代文学史上的地位也因此得到确立。”①

然而，到了1985年之后，我们基本看不到玛拉沁夫的小说新作问世了。20世纪90年代至21世纪以来，蒙古族作家汉文小说创作队伍中的郭雪波引起了中国当代文坛的广泛关注，他的影响力不低于“社会主义建设初期30年”蒙古族作家汉文小说创作的典型代表玛拉沁夫。郭雪波的短篇小说《沙狐》在《北方文学》发表之后，一度引起轰动。作品先后被《小说月报》《新华文摘》等刊物选载和介绍，并被翻译成英文、法文，入选联合国教科文组织出版的《国际优秀小说选》。郭雪波本人也因此被评论界称为“大漠之子”。他在“蒙古里亚”研讨会上说：“会议结束后，我即将背起行囊、背起酒壶，回我老家科尔沁大地，‘定点深入生活’，完成下一部长篇的创作，继续‘生命不止，写作不止’。作为一名作家，有责任和使命去记录自己生存的这个时代，不当旁观者，而去当亲历者、实践者，为社会奉献出有价值的精神产品。我将谨遵这诺言！” 郭雪波以他家乡——科尔沁为背景，悲切地描绘了家乡从大草原变为大漠的历史和现实，其作品具有浓厚的生态关怀意味。关于郭雪波及其小说作品的研究也变得活跃起来。例如，张蓉、余莉萍的《人性狼性的对峙与超越——郭雪波小说狼形象分析》② 一文中分析，郭雪波笔下的狼是一种爱恨分明、回报善良、理解人性的动物；与此类相似的文章还有佟星星的《郭雪波小说狼形象研究——以长篇小说〈狼孩〉为例》③；杨玉梅的《郭雪波小说里的歌谣与魔幻》④ 主要介绍郭雪波作品中所反映的民间文化；汪树东的《看护大地：生态意识与郭雪波

① 李晓峰：《玛拉沁夫小说艺术论》，中国文联出版社，2001年，第2页。
② 张蓉、余莉萍：《人性狼性的对峙与超越——郭雪波小说狼形象分析》，《小说评论》2006年第1期。
③ 佟星星：《郭雪波小说狼形象研究——以长篇小说〈狼孩〉为例》，硕士学位论文，中央民族大学，2009年。
④ 杨玉梅：《郭雪波小说里的歌谣与魔幻》，《民族文学研究》2011年第1期。

小说》[1]、《郭雪波：看护大地的悲怆与焦灼》[2]；王军宁的《生态与文化的多元互动——论郭雪波小说的别样生态诉求》[3]认为郭雪波的小说作品颠覆了人类中心主义的价值观；包来英的《宗教浸润下的诗意想象——郭雪波生态小说研究》系统梳理了郭雪波的生态观；刘怡芳的《大漠风情的别样探寻——论郭雪波的生态小说》[4]中细致地评说了郭雪波生态小说的创作特点；吴曲的《牧神呼唤亚细亚的春天——郭雪波与艾特玛托夫生态小说比较》[5]从生态批评的角度对郭雪波与艾特玛托夫的生态小说进行了比较分析；郭亚明、赵丽丽的《挣扎在自然与文明之间——蒙古族作家郭雪波与劳伦斯作品中自然观之比较》[6]对郭雪波作品中的自然观与劳伦斯作品中的自然观进行了比较研究，认为郭雪波和劳伦斯都对自然有着相同的热爱，但不同的社会环境所导致的自然观的不同使他们做出了不同的文学选择；张艳的《狼性、人性与生态——〈狼图腾〉和〈大漠狼孩〉之比较》[7]将郭雪波的《大漠狼孩》同姜戎的《狼图腾》进行了比较研究；郑显云的《郭雪波生态小说探析》[8]从郭雪波的小说创作出发，梳理了研究现状，并探析了郭雪波的生态思想内涵。

格日勒其木格·黑鹤是我国著名的蒙古族自然文学作家，小说作品多以中国北方少数民族的游牧文化和狩猎文化为题材，极具民族特色。他的长篇小说《鄂温克的驼鹿》发表之后，国际儿童读物联盟（IBBY）公布了2020年度IBBY荣誉榜单，中国作

① 汪树东：《看护大地：生态意识与郭雪波小说》，《北方论丛》2006年第3期。
② 汪树东：《郭雪波：看护大地的悲怆与焦灼》，《中国绿色时报》2010年2月25日。
③ 王军宁：《生态与文化的多元互动——论郭雪波小说的别样生态诉求》，《电子科技大学学报（社科版）》2007年第5期。
④ 刘怡芳：《大漠风情的别样探寻——论郭雪波的生态小说》，硕士学位论文，内蒙古大学，2011年。
⑤ 吴曲：《牧神呼唤亚细亚的春天——郭雪波与艾特玛托夫生态小说比较》，硕士学位论文，湖南师范大学，2010年。
⑥ 郭亚明、赵丽丽：《挣扎在自然与文明之间——蒙古族作家郭雪波与劳伦斯作品中自然观之比较》，《内蒙古师范大学学报（哲学社会科学版）》2007年第1期。
⑦ 张艳：《狼性、人性与生态——〈狼图腾〉和〈大漠狼孩〉之比较》，《小说评论》2006年第2期。
⑧ 郑显云：《郭雪波生态小说探析》，硕士学位论文，山东师范大学，2015年。

家格日勒其木格·黑鹤的《鄂温克的驼鹿》以其描绘人类与自然之间动人的和谐互助而入选。《鄂温克的驼鹿》也是他进军儿童图画书领域的首部作品。该书插图由著名女画家九儿绘制，其风格深沉而细腻。据悉，截至2020年7月，《鄂温克的驼鹿》的版权已经输出法国、加拿大、德国、韩国、瑞典等国家，在国际出版界取得了令人瞩目的成绩。阿兰·塞尔曾就《鄂温克的驼鹿》发表自己的看法，认为此书对于孩子的成长十分有益，可以帮助他们了解人类与自然，对整个生态系统有更深入的认识，体味彼此之间和谐互助的关系，这也是这本书广受欢迎的原因。可见其小说在全世界的影响力。国际儿童读物联盟是目前国际上最有权威和影响力的儿童阅读推广组织之一，“国际安徒生奖”就是由该组织发起并负责评选的。IBBY荣誉榜单每两年评选一次，其中包含超过100部在IBBY成员国出版的最新作品。所有入选作品均被认为具有杰出的写作、插画及翻译水平。国际儿童读物联盟在选择作品时，十分看重的标准是这些作品代表着每个国家最优秀的儿童文学水平。同时，这些作品也适合在全球范围内出版。

格日勒其木格·黑鹤的动物小说创作已引起评论界的广泛关注，这位蒙古族作家近些年广受关注。他看事物的视角独特，叙事笔法细腻，语言极富诗意。作为动物小说家的他不但受到了读者的喜爱，并引起当代学界的评论及热议。例如，丘睿的《关注动物本体的人文思想——论格日勒其木格·黑鹤作品的生态意蕴》就对格日勒其木格·黑鹤进行了系统研究，深入分析他的小说作品，指出其喜欢利用动物形象来进行思考，探讨自然和人之间的关系。他对动物本体的关注，洋溢着浓浓的人文情怀，表现出对自然生命的尊重与热爱，渗透着对生态文化的反思。

韩静慧是20世纪90年代成长起来的儿童文学作家，已创作大量儿童文学作品。她的创作从内容上包括三部分，第一部分主要是真情书写草原精神，能够从中感受到草原的特色；第二部分则集中于关注城市现状，从中能够体会到新时代的变化；第三部分则是哲理性反思，“从草原走向城市” 发生了巨大变化，反映了深刻的社会现实问题。在这种多元文化气质的表现中，“呼吁爱的回归”贯穿始终。韩静慧是知名度较高的蒙古族当代作家，20 年间创作了大量的作品，其笔下的主人公个性鲜明，给人以活灵活现之感。《父子较量》是她的长篇儿童小说，这部小说作品让读者耳目一新。作为一个少数民族女性作家，她的视角较为独特，笔法细腻，能够在多元文化交织的背景下塑造出具有特色的人物形象。她的创作灵感源于草原，进入都市后又回归草原，作者在民族根脉处寻觅自我身影，进而对少年儿童成长进行深入思考。《赛罕萨尔河边的女孩》是她的又一部长篇小说，给人以质朴绵密之感，从中透露出清雅秀丽，彰显出新的艺术质素，可以帮助儿童成长。她以这一创作特色引起了当代文坛的关注，产生了很好的影响。

2020 年，内蒙古作家海勒根那的作品荣登中国小说学会 2020 年度短篇小说排行榜。海勒根那是“改革开放 40 年”草原文学的代表作家之一，22 岁开始短篇小说创作，出版短篇小说集《到哪儿去，黑马》、《父亲鱼游而去》、《骑马周游世界》（汉语版、蒙古语版）等和诗集《一只羊》。短篇小说曾获第十、十二届内蒙古自治区文学创作“索龙嘎”奖等。《骑马周游世界》收录了 24 篇融合着魔幻、隐喻、寓言、象征等现代小说技法的短篇小说，辽阔的草原、广袤的森林都成为这些小说的创作意象，融入了作家深切的生命体验，表现出浓厚的现代性和民族性。海勒根那的小说作品更关注现实，他因此成为创作的新生力量，为许多人所熟知。他有许多脍炙人口的作品，从中可以感受到他的文学才情，认识到其无限的想象力，因此获得了高度赞誉，得到了许多奖项，同时也证实了其创作的艺术魅力。海勒根那是一位迅速崛起的小说家，许多学者对其作品进行研究，也取得了一系列成果。王云介就是其中一位，他对蒙古族作家海勒根那进行深入研究，分析解读了他的小说，并将自己的研究成果写入著作。丁燕也对海勒根那的小说进行研究，主要关注其中关于草原生态的部分。师海英对海勒根那的两部小说进行了研究，解读书中人物的原型，获得了一定的研究成果。

作为成吉思汗第36代长孙女，包丽英历经20年创作的小说《蒙古帝国》获得了我国长篇历史小说最高奖——姚雪垠长篇历史小说奖。这也是内蒙古自治区作家在长篇历史小说领域获得的最高荣誉。这部小说包括《成吉思汗》《拔都》《忽必烈》《真金太子》《大断事官》五部曲。从成吉思汗18岁娶亲开始写起，至忽必烈73岁征伐乃颜叛乱截止，跨越大蒙古国和元朝最为辉煌的百年历史。通过对古代蒙古政权中的几个重要人物及其经历的事件的刻画，展现当年大蒙古国的辉煌。《蒙古帝国》对中国乃至世界文学的卓越贡献，不仅在于它第一次成功地塑造了从成吉思汗开始，一直到沙哈鲁的儿子兀鲁伯等八代近百个蒙古族人物的经典艺术形象，为读者展开了一幅恢宏博大的历史画卷，艺术地再现了当时的社会面貌和人类生存环境，传达了中世纪众多国家、民族和地区的文化符号，还表现在它对历史人文研究及对同类文学创作中的思维定式的大胆冲击与颠覆。包丽英是站在世界历史文化的立场上，运用世界性的目光创作《蒙古帝国》的。在她的笔下，祖先们作为英雄的居功至伟与舛错失误，作为统治者的多谋善断与足智多谋，作为民族代表的博大精深与狭隘偏执，都有客观精到的描写，不贬，不诿，不张，不饰。正因为这样，体现在成吉思汗及其后继者身上的，除了坚忍顽强的民族性格与民族精神，还有开放、包容的文化意识与人文理念。一个民族的辉煌，由此变成了以一个民族为主体，多个民族、多元文化参与的辉煌，这对后来的历史发展产生了重要的影响。

还有，21世纪文坛新秀渡澜。渡澜为“90后”作家，在近些年逐渐崛起，作为新秀受到了普遍关注。她的小说作品能够彰显出作者丰富的情感，其中充满了瑰丽的想象，文字张力强，往往能够紧紧抓住读者的心理，因此引起了文坛的广泛关注。她生于1999年，通辽库伦旗人，小学至高中均就读于蒙古族学校。在她大一的时候，她的写作课老师安宁发现她天马行空的想象力和神秘诗意的异质审美，并积极引导，训练她大胆写作，引发国内文坛关注。她先后在《收获》《人民文学》《青年作家》等刊物上发表作品 10 余万字。短篇小说《昧火》是她具有代表性的一篇作品，于 2019 年登上中国短篇小说排行榜，次年又入花地文学排行榜。她获得《小说选刊》第二届禧福祥杯“新人奖”、草原文学“新人奖”等奖项。首部短篇小说集《傻子乌尼戈消失了》由北京十月文艺出版社出版发行。

总而言之，老一辈作家玛拉沁夫以及后来的郭雪波是“改革开放 40 年”用汉文创作小说的蒙古族作家中的代表之一，是草原文学作家群的领军人物。还有，格日勒其木格·黑鹤、甫澜涛、韩静慧、陈萨日娜、娜仁高娃、海勒根那、渡澜等作家为发展草原文学而努力。毫无疑问，他们是“改革开放 40 年”蒙古族汉文小说的中坚力量。作家们创作的草原文学的精彩篇章，为中国当代文学做出了卓越的贡献。不仅如此，郭雪波等作家为促进中国少数民族文学的发展提供了很大力量，为我国社会主义建设事业和民族团结、和谐稳定贡献了自己的力量。

其实，考察“改革开放 40 年”蒙古族汉文小说作家的影响力，也可以从其他几个侧面得到论证。例如，在全国性少数民族文学重要期刊《民族文学》上发表作品的作家队伍以及作品数量，全国性少数民族文学评选中的获奖比例，还有全国性作家协会里的入选人员的比例等。关于这几个方面的统计数据或综合考察研究也不少见，尤其在全国民族高校的少数民族文学相关专业研究生论文中，我们已经做过一些前期研究工作。具体来讲，结果如下：

（一）在重要期刊上发表作品的作家研究

《民族文学》是一本专门刊登中国少数民族作家用汉文创作的作品或将其用母语创作的作品翻译为汉文的文学杂志。它是我国目前唯一的全国性少数民族文学期刊。它的创刊对中国当代少数民族文学的发展有着不可替代的影响。我国 55 个少数民族的作家都曾在这个传播平台上崭露头角，不仅丰富了我国新时期少数民族文学画廊，而且使多个少数民族告别了千百年来没有书面文学、作家文学的历史。创刊以来，除《小说》《诗歌》《散文》《评论》《美术》等常设栏目之外，还设有不定期、灵活出现的十几个专栏，如介绍各民族经典文学的《民族经典》《民间文学》；介绍少数民族作家用本民族语言创作的作品的《翻译作品》；介绍各方风俗的《独特人文》；推荐文学新人的《校园选粹》《青年佳作》等。为激励作家尤其是青年作家创作出更好的作品，《民族文学》也举办各类文学作品竞赛和评奖。如三年一届的全国少数民族文学创作“骏马奖”、“龙虎山”杯新人文学奖、“象山”杯“我与奥运”有奖征文、“祖国颂”征文、汗腾格里文学奖、朵日纳文学奖等。通过这些文学评奖，让更多的读者和评论家关注到他们，为培养和壮大少数民族作家队伍做出了极大的贡献。

这是研究中国当代少数民族文学不可或缺的资料来源，也是研究梳理“改革开放40年”蒙古族作家汉文小说创作情况的重要参考文本来源。国内已出现研究这一影响巨大的全国性少数民族文学期刊的文章。例如，王文平的《少数民族短篇小说的新收获——读〈民族文学〉第六期的短篇小说》，毛宪文的《“花过雨，又是一番红素”——谈一九八一年〈民族文学〉发表的小说》，吴重阳的《春雨后，又是一番新绿——一九八三年少数民族短篇小说概评》，向云驹、尹虎彬的《历史嬗变中的自足与突奔——〈民族文学〉一九八五年小说述评》，高少锋的《在平缓前进中发展——一九九零年〈民族文学〉小说漫评》，向柏松的《创作丰收又一年——〈民族文学〉1991获奖小说漫评》，白崇人的《碰撞·惆怅·遐思——读〈民族文学〉2003年中篇小说》，杨春的《2004年少数民族中短篇小说创作刍议》，刘大先的《2007年少数民族中短篇小说：五个关键词》和《2008年〈民族文学〉阅读报告》，杨玉梅的《坚守与超越：2009年〈民族文学〉阅读启示》，石一宁的《从〈民族文学〉看当下少数民族文学创作》，李翠芳的《〈民族文学〉的文化意义与生存困境》，岑献青的《第一个十年》，陈祖君的《论汉语文学期刊影响下的中国当代少数民族文学》，等等。

关于在《民族文学》上发表小说的蒙古族当代作家作品，我们也已经开始了基础性研究工作。例如，哈妮的硕士研究生学位论文《蒙古族作家汉文小说研究——〈民族文学〉（1981—2010）》[①]，以1981年至2010年发表在《民族文学》杂志上的蒙古族作家的汉文中短篇小说为研究文本，详细地介绍了这一时期的蒙古族汉文小说作家及其小说作品。《民族文学》自1981年创刊至2010年第12期共发行354期。其中发表了中国56个民族的作家的小说、诗歌、散文、评论、报告文学、纪实文学等各类体裁作品（不包括美术、插图、简讯、配文等）共7870篇，蒙古族作家发表的作品为854篇。从体裁来看，《民族文学》中长期设立的小说、诗歌、散文、评论四大栏目从1981年第1期至2010年第12期，小说共发表了2264篇，诗歌共发表2552首，散文共发表1703篇，评论及讲话稿共发表975篇，其他如报告文学、纪实文学、民族经典、寓言故事等共计376篇。研究者对30年来在《民族文学》上发表过作品的蒙古族作家的发展做了详细的梳理，也试图从这一研究视角来论述当代蒙古族作家汉文小说创作的大致概况和所取得的成就。文中从三个部分来论述蒙古族作家在《民族文学》杂志上发表的汉文小说：一是对作家队伍的构成和所呈现出的不同特点进行分析；二是对小说题材进行分析；三是对人物形象进行分析。论文认为新时期蒙古族作家汉文小说创作发展到今天，已经取得了较大的成就。

（二）全国性文艺作品评选奖项

“骏马奖”是中国少数民族文学国家级的文学奖。自1981年创立至今，已连续评选多届，对推动少数民族文学创作和鼓励优秀民族作家作品产生了良好的效果。1981年至2011年，已举办十届。自1981年举办“骏马奖”至第十届获奖的长篇、中短

① 哈妮：《蒙古族作家汉文小说研究——〈民族文学〉（1981—2010）》，硕士学位论文，内蒙古师范大学，2014年。

篇小说集和中短篇小说总共有293部。

针对获得"骏马奖"的蒙古族作家作品，我们也已经开始了基础性研究工作。例如哈斯高娃的硕士研究生学位论文《蒙古族作家获"骏马奖"小说创作研究》[①]，据该论文统计，从第一届到第十届，在88位获奖蒙古族作家中，获得小说奖的一共有21位。按获奖届次排序分别是：阿·敖德斯尔、斯琴高娃、伊·布拉固德、莫·阿斯尔、扎拉嘎胡、佳峻、哈斯乌拉、力格登、白雪林、玛拉沁夫、齐·敖特根其木格、韩·涛高、郭雪波、嘎·希儒嘉措、道尔吉·乃岱、夏·占布拉扎布、阿云嘎、赛音巴雅尔、布和德力格尔、满都麦、白金声。其中有几位作家更是几次获奖，被茅盾称赞为"是我们祖国，也是蒙古族兄弟们值得骄傲"的敖德斯尔获奖两次，著名作家莫·阿斯尔获奖两次，有着"文坛千里马"之称的玛拉沁夫获奖两次，被誉为"草原人生的歌者，马背民族的画师"的哈斯乌拉获奖两次，以多部长篇小说誉满文坛的扎拉嘎胡也获奖两次，而有着"沙漠文学"写手之称的郭雪波获奖三次。这21位作家的27篇（部）小说作品获得了"骏马奖"。蒙古族作家获奖小说或小说集就有27篇（部）：《骑兵之歌》《春雪》《"母爱"》《活佛的故事》《草原雾》《驼铃》《虔诚者的遗嘱》《生活的逻辑》《蓝幽幽的峡谷》《嘎达梅林传奇》《莫·阿斯尔小说集》《月亮湖的姑娘》《茫茫的草原》《阿尔查河畔》《雾霭漫漫的草原》《沙狼》《两匹马的草原》《白骨岩》《萨力克特达坂之歌》《金色的上都草原》《大漠歌》《忽来河》《大漠狼孩》《蔚蓝的天空》《满都麦小说选》《银狐》和《阿思根将军》等。

对这些作家、作品进行系统的归纳，初步总结出获"骏马奖"的蒙古族作家小说创作的发展概况、总体特征等，以期大致了解中国文学界对少数民族文学，尤其是蒙古族文学的哪一类题材、什么样的思想主题更加青睐，而这些获奖作家的文学创作又有着

① 哈斯高娃：《蒙古族作家获"骏马奖"小说创作研究》，硕士学位论文，内蒙古师范大学，2015年。

哪些共同的艺术特点，从而为蒙古族当代文学的创作与相关研究提供参考。

（三）其他方面的考察方法与途径

除了上述全国性重点期刊发表作品的比例和全国重要性评奖获奖数量以外，还有好多方法和途径可以考察蒙古族作家汉文小说创作的影响力和认可度。这方面我们也有一定的研究基础。例如，韩巧玲的硕士研究生论文《蒙古族当代汉文小说创作影响力研究》[①]比较全面地统计了蒙古族当代小说作家发表、出版作品的情况，并用文艺学研究法、数据分析法等作为辅助研究方法，论述并印证了蒙古族当代作家创作的汉文小说在广大读者中的影响力乃至在文学史上的重要性和地位。同时全面统计并整合了蒙古族当代作家创作的汉文小说作品的各个方面，从而归纳总结了这类小说作品的数量和分布情况、获奖情况等。关于蒙古族当代汉文小说创作影响力方面，主要从文学史及其他书目研究中着眼，统计分析了蒙古族汉文小说家入选各类文学史及其他书目情况，进而阐述蒙古族作家汉文小说创作在各类文学史中的地位及影响力。这是一篇用蒙古文撰写的论文。该论文从创作影响研究的视角，系统地分析了当代蒙古族作家创作的汉文小说作品、小说发表的各种期刊和出版机构、文学史等著作的收录情况以及评论文章、期刊论文和学位论文、所获得的奖项等。作者通过对典型作家、评论家和普通读者进行访谈和问卷调查，以大量可靠的数据来论证蒙古族当代作家汉文小说创作在文学界的影响力。该文认为蒙古族当代作家汉文小说创作在社会及读者中有着一定的影响力，并且在文学史中也占据一席之地。论文篇幅较长，基础性搜集整理齐全，具有史料及文献价值，对后期的拓展研究者起到很好的参考作用。

① 韩巧玲：《蒙古族当代汉文小说创作影响力研究》，硕士学位论文，内蒙古大学，2018年。

第三节 “改革开放 40 年”蒙古族作家汉文小说创作的纵向嬗变与横向比较

社会历史的发展变化对文学具有决定性作用。随着改革开放而深入发展的社会主义市场经济，“不但从根本上改变了文学固有的生存环境和生存方式，而且也使文学的价值观念和作家的创作心态发生了巨大的变化”[①]。

“社会主义建设初期 30 年”曾经活跃在文坛上的蒙古族汉文小说作家玛拉沁夫、阿·敖德斯尔、扎拉嘎胡、乌兰巴干、照日格巴图等人的文学观念在进入“改革开放 40 年”以后都有了明显的变化。还有一批作家是“改革开放”初期步入文坛，开启各自的文学创作之路的，比如，孙书林、季华、萨仁托娅、白雪林、海江林、李连成、海泉、云晓樱、孙泉喜、鲍尔吉·原野、黄薇、海德才、孛·额勒斯等。20 世纪 90 年代步入蒙古族汉文小说创作领域的作家有包丽英、海勒根那、肖勇等；更年轻的一批文坛新秀是 21 世纪以后进行文学创作的，有娜仁高娃、陈萨日娜、鲍尔金娜、苏热、渡澜等“80 后”“90 后”新生力量。由老中青作家组成的小说创作团队，在不同的时代显示出不同的创作风格，他们的创作风格也取决于时代的发展进步与文学观念的嬗变。

“改革开放 40 年”蒙古族作家汉文小说创作同整个蒙古族文学创作一道，一方面继承和发扬了“社会主义建设初期 30 年”以来我国新文学紧扣时代脉搏、反映历史巨变、高唱爱国主义和社会主义赞歌的优良传统；另一方面又摆脱了“阶级斗争工具论”的束缚，避免了文艺简单地“从属于政治”的弊病，不同程度地防止了过去曾一度出现过的单调刻板、机械划一的“假、大、高”的流风和公式化、概念化倾向。作家们的思想解放了，眼界开阔

① 於可训：《当代文学建构与阐释》，武汉大学出版社，2005 年，第 110 页。

了，认识深化了，开始走上了以自己独特的方式广泛地、多方面、多角度地观察、分析和反映生活的道路。老一辈作家在坚持已有的艺术风格的同时，借鉴了一些新的审美观念和表现手法，不断创作出新的作品。一大批中青年作家如雨后春笋般涌现出来，他们在更高的艺术层次上、更广的领域内深入人们的心灵，使人们能更真实、更丰富地感受宇宙和人生的全景。他们的创新意识和所开创的艺术探索的多元局面，在民族的优良传统中注入了“现代主义的性灵”，完成了蒙古族文学的艺术转轨。

这一时期的小说代表作有：玛拉沁夫的《茫茫的草原（下）》《爱，在夏夜里燃烧》《活佛的故事》，扎拉嘎胡的《草原雾》《嘎达梅林传奇》《黄金家族的毁灭》，朋斯克的《草原春秋》《伊和塔拉之战》，哈斯乌拉的《不死之人》《虔诚者的遗嘱》《两匹马的草原》，白雪林的《蓝幽幽的峡谷》，郭雪波的《沙狐》《沙祭》《沙狼》，等等。

一、与“社会主义建设初期30年”蒙古族作家创作的汉文小说相比较

“社会主义建设初期30年”，蒙古族当代文学史上出现了玛拉沁夫、扎拉嘎胡、阿·敖德斯尔、朋斯克、照日格巴图、安柯钦夫、乌兰巴干等蒙古族汉文小说作家创作出的作品，推动了蒙古族作家汉文小说创作的发展。改革开放以来，蒙古族汉文小说作家的队伍越来越壮大，这是一件值得高兴的事情，这些作家作品将蒙古族作家汉文小说创作推向新的高峰。

1952年，玛拉沁夫在《人民文学》上发表了处女作《科尔沁草原的人们》，这一反映现实生活的短篇小说，具有新的主题、新的生活、新的人物，对用汉文创作的其他蒙古族作家产生了积极影响和表率作用。1957年，扎拉嘎胡发表了中篇小说《春到草原》（《内蒙古日报》），也是大放异彩。但是，1958年，扎拉嘎胡的短篇小说《悬崖上的爱情》（《草原》）的发表又莫名刮

起了一股批判之风，许多评论家认为这篇小说的爱情观是畸形的，因而作家扎拉嘎胡遭受了许多无端的批判。1959 年，阿·敖德斯尔在《草原》上发表了短篇小说《时代的性格》。1962 年，玛拉沁夫的小说集《花的草原》出版以后，引起了中国文艺界的高度重视，茅盾也为其写了序言，认为玛拉沁夫的小说具有民族情调，地方色彩浓厚。

"社会主义建设初期 30 年" 蒙古族作家汉文小说创作不但在汉文创作的中短篇小说方面有了历史性的突破，而且创作出了几部影响深远的长篇小说作品。1956 年，玛拉沁夫在《内蒙古文艺》第 9—12 期上发表了《在茫茫的草原》；1958 年，乌兰巴干创作并出版了《草原烽火》（中国青年出版社）、《燎原烈火》（《萌芽》1959 年第 4—14 期）和《科尔沁战火》（《收获》1964 年第 6 期和 1965 年第 1 期）；1974 年，照日格巴图创作并出版了《铁骑》（内蒙古人民出版社）；扎拉嘎胡创作并出版了《红路》（作家出版社，1959 年）和《草原的早晨》（人民文学出版社，1977 年）。

"社会主义建设初期 30 年"的中短篇小说大多都反映了社会主义建设时期蒙古族人民在各条战线上的生产生活场景。大部分取材于蒙古族牧业生产生活，反映新人新事的作品比较多。例如，玛拉沁夫的《科尔沁草原的人们》，阿·敖德斯尔的《撒满珍珠的草原》（《草原》，1962 年 3 月），乌兰巴干的《草原新史》（《人民文学》1960 年第 7 期），扎拉嘎胡的《苏古尔老头》（《内蒙古日报》，1956 年 3 月 3 日）等都是这方面的代表作品。除此之外，照日格巴图参加革命以后，以此为经历，创作了很多反映内蒙古骑兵部队生活的作品。如《草地剿匪》（《内蒙古文艺》，1954 年）、《草原骑兵》（《萌芽》1964 年第 3 期）、《刀光闪闪战马飞》（《人民文学》1964 年第 11 期）等。玛拉沁夫的《山大王》（《上海文学》1961 年第 8 期）、《迷路》（《人民日报》，1959 年 9 月 15 日），阿·敖德斯尔的《时代的性格》等都展现了蒙古族工业的发展和在工业战线上奋斗的场景。长篇小说也是注重叙述民族命运、歌颂祖国统一和民族团结等。

相比之下，“改革开放40年”用汉文创作小说的蒙古族作家的文学观念有了很大的变化。在新的历史条件下，作家既增强了民族的自信心、自豪感，也增强了历史的使命感、责任感。他们站在时代的思想高度，以科学的态度和冷静的眼光，观察蒙古民族在改革开放的沸腾生活中因巨大的新旧反差而引起的种种矛盾冲突和深刻变化。作家们不再局限于固定的题材，他们用平视的角度去思考、去创作。改革开放以来，有了牧业、改革、历史、寻根和生态等多种题材。作家们塑造了一系列具有时代性、民族性，并具有鲜明个性的人物形象，包括新牧民形象、拥护改革者形象、帝王形象、黄金家族后裔形象等。比如，“改革开放40年”蒙古族汉文小说作家早在20世纪八九十年代就开始把创作视角指向历史题材、历史人物，通过社会和大家庭的呼喊声来关注民族文化。我们认为，这不仅仅是蒙古族小说作家文学观念的变化，更是他们对广大读者、对民族的一份责任心使然。照日格巴图的《天骄轶事》、扎拉嘎胡的《嘎达梅林传奇》、包永清的《一代天骄成吉思汗》、苏赫巴鲁的《成吉思汗传奇（上、下）》、马宝山的《嘎达梅林》、巴根的《成吉思汗大传》、杨·道尔吉的《忽必烈大帝》、包丽英的蒙古帝国系列五部小说和肖勇的《满都海斯琴》等都是面向汉语文学界介绍蒙古族历史和伟大人物，让更多读者来认识和了解蒙古族历史和历史人物。

在“改革开放40年”蒙古族汉文小说中，长篇小说创作更是日益壮大、作品颇丰。有一批作家潜心致力于长篇小说创作。例如，郭雪波的《锡林河女神》（1984年）、《火宅》（1990年），孙书林的《穹庐惊梦》（1986年）、《血恋》（1991年）等，海德才的《遥远的腾格里》（1995年）。进入21世纪以来，直面蒙古族生存现状的现实题材小说多了起来，如郭雪波的长篇小说，从《大漠狼孩》到《银狐》，作者情系科尔沁沙漠，触及生态和精神存在等问题。还有儿童题材的长篇小说也带来了一丝新鲜气息，如察森敖拉的《牧场的成人礼》，韩静慧的《M4青春》《呸！

我不想作》等。“改革开放40年”蒙古族作家创作的汉文小说的题材和主题有了很大的扩展，这跟这一时期作家的文学观念的转变以及努力与坚持有着密切联系，并且以后的文学发展也取决于他们的文学观念的变化和不懈的努力。

从以下几个方面更进一步展开来探讨，我们会看得更加明了、清晰。

（一）小说题材与主题思想方面的嬗变

作家们利用文学作品来反映社会生活。而题材和主题都有着密不可分的联系。这种联系表现在“题材是提炼作品主体的基础，题材所包含的生活内容对作品所要表达的思想感情有着一定的制约作用，是主题赖以表现和存在的基础”①。

“社会主义建设初期30年”，蒙古族作家创作的汉文小说作品中描述革命历史题材的作品占据大部分，有玛拉沁夫的《茫茫的草原》《科尔沁草原的人们》，扎拉嘎胡的《红路》《春到草原》，乌兰巴干的《草原烽火》《科尔沁战火》《燎原烈火》，朋斯克的《金色兴安岭》等优秀作品。蒙古族作家创作的汉文小说中还出现了主要讲述社会主义建设时期蒙古族人民生活的作品，塑造了新时代的新型人物，例如玛拉沁夫的《科尔沁草原的人们》《诗的波浪》，阿·敖德斯尔的《春雨》《撒满珍珠的草原》等。还有一些作品反映了当时的军事、体育、工业和文艺等各种行业的情况。照日格巴图参加革命以后，在骑兵部队担任领导，因此深入地了解部队生活，创作以部队生活为主，有《草地剿匪》《新战士日记》等。20世纪50年代，玛拉沁夫和阿·敖德斯尔以工业为题材，展现了内蒙古工业的发展和工人们奋斗的真实场景，例如《迷路》《山大王》等。取材于运动员生活的作品有玛拉沁夫的《花的草原》《女篮6号》等。可以看出，从“社会主义建设初期30年”文学的发展到改革开放以后繁荣兴旺的局面，是

① 刘桂花：《文学作品的题材和主题论略》，《文苑经纬》2013年第8期，第154页。

经历了文坛前辈们几十年的努力。

“改革开放 40 年”蒙古族作家创作的汉文小说题材和主题与“社会主义建设初期 30 年”小说题材和主题相比较而言，变得更为多样，小说主要反映了社会主义建设过程中的诸多社会文化问题。“改革开放 40 年”以来，在蒙古族作家创作的汉文小说中，描写蒙古族革命历史的小说占据了主导地位。例如，有《黄金家族的毁灭》《骑兵之歌》《遥远的腾格里》《成吉思汗传奇》等优秀长篇小说作品。改革开放以来，蒙古族作家创作的汉文中短篇小说则以伤痕文学、改革题材小说、现实题材小说为主，有《第一道曙光》《家庭舞会》《蓝色的阿尔善河》《驼铃》《虔诚者的遗嘱》《大漠狼孩》《火宅》等作品。作家们开始以广泛的、多方位的视角观察、分析时代社会和人们的生活状态以及内心世界。反思自己民族的历史文化传统，审视自己民族的心理素质、风俗习惯和思维模式，看到了自己民族的优势和缺点、长处和短处、积极可贵的精神和消极落后的因素，从而深切地感悟和认识到不能仅是歌颂和赞美，还必须以崇高的责任感和深沉的忧患意识，举起批判的旗帜，痛切地揭示自己民族的局限性和劣根性。

（二）人物形象类型化方面的嬗变

高尔基曾把文学叫作“人学”。因为，文学作品主要描述的对象是人，文学作品通过描述人、塑造典型人物来反映社会时代生活。“文学作品是作家根据现实生活而创造各种不同的人物，描写他们的种种活动、矛盾冲突，帮助人们提高精神境界、推动历史发展的文化建设活动。所以，有生命力的、栩栩如生的人物形象是文学创作的核心所在。”[①]

据《当代蒙古族汉文中短篇小说民族文化源缘研究（1949—1978）》《当代蒙古族汉文长篇小说民族文化源缘研究（1949—1978）》两篇硕士毕业论文中的描述，“社会主义建设初期 30 年”

①额尔敦仓:《玛拉沁夫小说民族文化源缘研究》，辽宁民族出版社，2014 年，第 170 页。

小说作品中描写的主要人物中有思想观念陈旧的人物形象、新人形象、破坏者形象和革命领导者形象等，小说作品中的人物形象所承载的民族文化内涵主要呈现出保护自然生态、传统文化习俗、草原女性的思想观念、蒙古民族心理的变化等内容。

在《当代蒙古族汉文中短篇小说民族文化源缘研究（1949—1978）》中，把“社会主义建设初期30年”文学中的“旧人”和“新人”解释为：“‘旧人’是指那些思想愚昧、保守的守旧式人物，而‘新人’是指具有与时代共同向前进步、思想觉悟较高的人物形象。”[①] 例如，《撒满珍珠的草原》中的古木达老额吉和希力莫老人拥有完全不同的思想观念。例如，在新社会中当家做主的新蒙古族人形象有萨仁高娃（《科尔沁草原的人们》）、哈达巴图（《欢乐的除夕》）、娜仁斯其格（《撒满珍珠的草原》）、阿迪亚（《花酒瓶》）、乌兰吉达（《新生活的光辉》）、素布丹（《冬天的牧场上》）、赛音夫（《雷雨之夜》）等。还有《草原烽火》中的巴吐吉拉嘎热，《茫茫的草原》中的铁木尔、斯琴、沙克蒂尔，《铁骑》中的哈日巴拉、巴日斯，《燎原烈火》中阿力宾大叔、仁亲莫德格等形象都是新社会新时期具有新思想新观念的人物形象。在革命领导者形象中，有玛拉沁夫《茫茫的草原》中的女革命领导者苏荣、扎拉嘎胡《红路》中的额尔敦、乌兰巴干《草原烽火》中的李大年等。反面人物形象可分为国民党反动派和日寇、地方反动分子以及叛乱分子等三种人物。《茫茫的草原》中的贡格尔，《红路》中的巴达尔夫，《金色兴安岭》中的王铁山、包俊峰，《春到草原》中的斯莫丕勒，《铁骑》中的白音仓等人物形象都是反面人物的代表。

“改革开放40年”蒙古族作家创作的汉文小说中的新人形象是一批有文化、有思想的年青一代，他们与旧社会的人有着不同的观念和想法，是在改革开放新时期迅速成长起来的年轻人。例如，松岱（《蓝色的阿尔善河》）、乌恩巴图（《谁说了算》）、

① 乌日嘎：《当代蒙古族汉文中短篇小说民族文化源缘研究（1949—1978）》，硕士学位论文，内蒙古师范大学，2019年，第61页。

杰日嘎朗（《背马鞍的年轻人》）、照日格巴图（《虎门“犬子”》）等形象。在“改革开放40年”蒙古族作家创作的汉文小说中，玛拉沁夫的《茫茫的草原》中的洛卜桑师长、《踏过深深的积雪》中的洪戈尔、《家庭舞会》中的巴拉斯和特古斯主任等都是以领导者形象出现在读者的视野中。而《第一道曙光》中的哈日巴根，《骑兵之歌》中的杨博彦、扎拉森等形象是人民的对立面形象。

（三）人物形象塑造艺术方面的嬗变

“社会主义建设初期30年”蒙古族作家创作的汉文小说作品中塑造的人物形象大多是两极分化、非恶即善、单一片面的，作家是通过把反面人物妖魔化，与英雄形象形成鲜明对比，突出英雄形象的伟岸。即便是在这样的创作环境中，一些蒙古族作家依旧将目光聚焦本民族的百姓，尽力刻画出鲜活生动的人物形象。有从旧社会走来的“新人”形象，比如阿·敖德斯尔的中篇小说《撒满珍珠的草原》的主人公希力莫夫妇就是典型的从旧社会迈向新社会的新牧民代表。

还有在新社会当家做主的新人形象，比如，扎拉嘎胡中篇小说《春到草原》[①]的静格、德吉得、哈斯其其格、乌兰格日勒是在新社会勇敢、无私、有主见的新人形象。在这些人物形象中，德吉得代表的是无产阶级牧民，生活环境（玛浓牧场）很艰苦，但精神财富充裕。出于牧业社打井的需要，他把心爱的枣红马卖了；与哈斯其其格的爱情遇到闲言碎语的时候，他也没有退缩，而是勇敢面对。也有类型化的反面人物形象，比如朋斯克的小说《金色兴安岭》中的反面人物形象，如特务王铁山，胡匪头子包俊峰等。

“改革开放40年”蒙古族汉文小说作家开始注重人物形象的真实性，将人性复杂的一面全部展现出来，塑造了很多典型人物形象。在创作过程中，作家还特别注重将蒙古族特有的文化习俗、

① 扎拉嘎胡：《春到草原》，载《扎拉嘎胡中短篇小说选》，内蒙古人民出版社，1982年。

精神内涵、坚毅品质注入自己笔下主人公的灵魂中，使小说作品独具民族文化魅力。在小说场景的设置上，作家并没有选取宏大、传奇的场面，而是将目光聚焦平凡生活的点点滴滴。无论是主人公在学业、事业方面遇到困难，还是在家庭与爱情中遭遇矛盾与挣扎，都能使读者产生强烈共鸣。显然，这样的人物形象更复杂化、多样化，更加丰满立体、有血有肉。例如，黄薇的小说《天之过》里的主人公刘庆渊试图改变毫无波澜的平庸生活，义无反顾地放弃稳定的工作，投身商海，这也成为彻底改变他生活价值观的转折点。

蒙古族作家汉文小说创作队伍中，照日格巴图致力于创作侦探小说。但他的小说作品往往是以现实生活和当时的创作年代为背景，结合侦探小说独有的紧张、悬疑、刺激的情节和细致的推理、破案过程，给读者耳目一新的感受。《缥缈的爱情》这部作品将案件发生的背景设置在"文革"结束之初的几年内，当时，中国社会创伤未愈，遭到严重破坏的法律秩序尚未完全恢复，许多人还处在无秩序、无约束的所谓"自由"惯性之中，这样的环境本身就是滋生违法犯罪案件的温床，成为后续案件发生发展的根源。

《牧场精灵》是用儿童视角叙事的小说。一群善良且懂事的草原孩子的形象在察森敖拉的笔下，塑造得栩栩如生。从朝晨特拉、苏乎特杰为代表的一群孩子，在上学读书之余，还会去帮大人的忙。有的时候，大人从自己的角度去思考问题，阻止孩子们的有些行为或言语。

因上述作家和其他作家们的共同努力和紧跟时代脚步的精神，"改革开放 40 年"蒙古族作家创作的汉文小说的人物形象涉及更多的领域。

（四）小说叙事艺术方面的嬗变

"改革开放 40 年"蒙古族作家创作的汉文小说在叙事艺术方面也颇有成就。20 世纪 80 年代以来，中国当代小说的叙事视角，

“由传统现实主义全知全能式的视角转移到叙述者所处的内视角，以‘我’的所见、所闻、所感引导叙事，或者就是采取内外视角交叉等方法”①。

“革命历史小说是‘十七年’（1949年至1966年）文学中的重要成就之一，也是‘红色经典’的重要组成部分。‘十七年’革命历史小说的创作目的很明确，是要塑造生动的革命人物形象，讲述革命的艰苦历程，珍惜革命成果，推动即将要进入的社会主义革命和建设。叙述者像一个历史见证人，以旁观者的身份展开对过去、现在、将来的全方位的叙事。”②玛拉沁夫的《科尔沁草原的人们》、朋斯克的《金色兴安岭》、扎拉嘎胡的《春到草原》等中短篇小说，带动了其他作家的创作热情，对蒙古族当代文学发展起到了重要的作用。

“社会主义建设初期30年”用汉文创作小说的蒙古族作家代表性人物玛拉沁夫，1952年发表了小说《科尔沁草原的人们》。小说叙事方面，作者一开始交代了“八月的科尔沁草原，发生了惊天动地的大事情”。到底发生了什么样的事情呢？这样的叙事结构很吸引读者，读者会满怀好奇心地接着阅读。整个故事情节的发展就是：萨仁高娃等待心上人桑布—与陌生男子碰见—陌生男子（反革命分子宝鲁）逃跑—萨仁高娃追捕—萨仁高娃把反革命分子打倒—阿木古郎等人把反革命分子捆起来带走。作者用全知视角和连贯的叙事方式叙述萨仁高娃与反革命分子搏斗的事情以及打败他的故事。

与“社会主义建设初期30年”相比，“改革开放40年”蒙古族作家创作的汉文小说的最大特点就是，作者不再用全知上帝视角来叙述故事，而是跟作品里的人物知道的差不多或比人物更少。这就是蒙古族作家汉文小说创作的一个新的变化，因视角的改变，小说内容也不再局限于服务政治的形态，而是更倾向于民

① 林柳生：《叙事学视野下记叙文写作理论研究》，硕士学位论文，江西师范大学，2012年。

② 魏宏瑞：《论十七年革命历史小说的“传统”问题》，硕士学位论文，南京师范大学，2005年。

众的生活、真实的人物。视角不再那么大，而是从身边人或物来叙述故事。由此看来，蒙古族汉文小说的创作者不是原地踏步，而是一直在勇敢地前进，作品的叙事艺术越来越现代化。

就从玛拉沁夫的小说作品来看，《家庭舞会》中，一开始就叙述道："腊月里，一过小年，转眼就是春节。纳尔特旗的新任书记巴拉斯决定去找盟委书记。"① 作者一开始就将叙事位置放在贴近人物的地方，这种近距离的审美关照，一下跟读者拉近了距离。

"社会主义建设初期 30 年"蒙古族作家创作的汉文小说作品里塑造了很多革命领导者的形象。例如，《茫茫的草原》中的苏荣、《草原烽火》中的李大年、《红路》中的额尔敦等都是优秀的领导者形象。塑造这些人物的时候，作家们都是以崇拜的仰视视角去叙述这一人物形象。这一时期的小说人物具有英雄主义色彩。

"改革开放 40 年"蒙古族作家创作的汉文小说也有充满英雄主义色彩的人物形象，但比起"社会主义建设初期 30 年"时期，少了很多这种人物形象，反而普通老百姓的形象越来越多了。作家不再以仰视的角度去塑造一个人物，而是以平视的角度去发掘身边普通人的闪光点，随之塑造了很多我们所熟悉的人物形象。

（五）小说其他艺术方面的嬗变

"改革开放 40 年"蒙古族作家创作的汉文小说在艺术实践方面颇有成就。在创作方法上，这时期的蒙古族汉文小说更是有所突破。小说作家们在两种基本的创作方法上，不断学习西方文学和中国文学新的创作方法，从而借鉴和采用适合自身的创作方法。

毛泽东的《在延安文艺座谈会上的讲话》发表以后，"文学领域出现了文学大众化的趋向，要求文学创作为工农兵服务。文

① 玛拉沁夫：《家庭舞会》，载《玛拉沁夫代表作》，河南人民出版社，1989 年，第 202 页。

学创作者的思想感情一定要和广大群众的融为一体，努力学习人民群众的语言，创作出老百姓都能看得懂的通俗易懂的作品”[①]。在这种文学创作的大环境下，玛拉沁夫等用汉文创作小说的蒙古族作家必然要遵循大环境的要求，因此他们的小说语言呈现出一种通俗化特点。

“当代小说创作中一直存在着史诗性追求的倾向。这种追求主要体现为表现民族、时代的精神风貌，反映历史演进的客观内在规律，力求全面、深入、细致地描绘社会历史，塑造出杰出的英雄人物形象，凸显崇高的美学风格。”[②]十七年小说创作中，革命历史题材有重要的位置。创作革命题材作品的作家，大都是亲身经历过革命时代。“史诗性追求在创作中主要表现为揭示‘历史本质’的目标，在结构上的宏阔时空跨度与规模，重大历史事实对艺术虚构的加入，以及英雄形象的创造和英雄主义的基调。”[③]

照日格巴图是执着于军事题材的作家之一，也是一名具有强烈责任感的民族战士。回顾照日格巴图的创作之路，从 20 世纪 60 年代初的军旅题材短篇小说《草原骑兵》、《刀光闪闪》（《人民文学》1964 年第 11 期）、《敌后插刀》（人民文学出版社，1977 年 7 月），到“文革”时期的长篇小说《铁骑》，再到新时期的《姑娘与强盗》，他一直没有放弃过他心中的英雄情结。在语言艺术方面，一方面遵循传统的方法，另一方面尝试运用新方法。

“改革开放 40 年”以来，用汉文创作的蒙古族作家在当今的文化语境下，创作出具有民族风格的作品。创作方面突破了题材的禁区，深刻地反映了现实。创作方法不仅传承了传统写作方法，还勇敢地尝试了新方法。

玛拉沁夫作为用汉文创作的蒙古族作家的领军人物，他的小说创作在改革开放前后有明显的对比。

① 郭岩：《玛拉沁夫小说语言特点研究》，硕士学位论文，天津大学，2016 年。
② 魏汉武：《从革命历史题材看十七年小说创作的史诗性追求》，《山花》2014 年第 2 期。
③ 洪子诚：《中国当代文学史》，北京大学出版社，1999 年，第 108 页。

茅盾先生于1962年著文评论说："玛拉沁夫富有生活的积累，同时他又富于诗人的气质，这就成就了他的作品的风格——自在而清丽。"① 老舍先生在1963年写了条幅赠他，称赞他为："文坛千里马，慷慨创奇文；农牧同欣赏，山河丽彩云。"②

玛拉沁夫在《哲理的探索》一文中说道："近些年，我在探索这样一条路子，即以抒情的笔调，在恍如漫不经心的叙事中，浸透出一番使人发思的哲理来。"③ 虽然这是在谈论散文的创作，但是通过解读玛拉沁夫的作品，我们能看出作者把这种审美倾向带到了小说创作中，让小说语言具有一股自然清新之风。

例如，他在"改革开放40年"之初创作的中篇小说《第一道曙光》就是叙事兼抒情并用的典型新作品。在这部叙事文体的小说作品当中运用了《嘎达梅林之歌》，足以证明这一特色。这首歌能够准确合适地表达出小说主人公乌尔莎娜以及广大蒙古族人民的悲愤心情，起到了振奋人心的奇妙作用。这一民歌凸显出主题思想，最直接地展现了小说人物的心理，也彰显了民族文化的魅力。

总而言之，当代蒙古族作家汉文小说创作从"社会主义建设初期30年"过渡到"改革开放40年"，作家们的思想观念和创作方法首先得到迅速改变以适应日新月异的社会发展进步，具体在小说题材和主题思想、小说人物形象类型化和塑造艺术、小说叙事视角和叙事话语方式、小说其他艺术手法等方面均得到嬗变和发展。

二、与同时期整个中国小说创作的横向比较

从1978年至今，改革开放改变了我国的社会、经济、文化

① 罗四鸽：《当代少数民族作家的身份构建与小说创作》，博士学位论文，复旦大学，2011年。

② 周伟：《玛拉沁夫：生活与时代造就作家》，《青年作家报》2018年12月25日第2版。

③ 玛拉沁夫：《哲理的探索》，载《玛拉沁夫研究专集》，内蒙古人民出版社，1984年，第91页。

环境。改革开放40年，中国文学经历了艰难的探索与自身的蜕变。无论是长篇小说、中短篇小说，还是诗歌、散文，乃至儿童文学、文艺评论等都取得了明显的进步与发展。改革开放以来，中国新时期文学以迅速的发展变化、全新的审美面貌和创作出的大量文学成果，占领了中国当代文坛的中心。1978年之后，经历过“文革”的作家王蒙、刘绍棠、邓友梅等重返文坛，刘心武、蒋子龙、张洁等新一代青年作家登上文坛，如刘心武的《班主任》、卢新华的《伤痕》、徐迟的《哥德巴赫猜想》、张洁的《沉重的翅膀》等作品问世。刘心武的《班主任》开启了中国当代文学史的“新时期”，并掀起了“伤痕文学”思潮。紧接着刘心武又进行文学上的反思，参与到“反思文学”的潮流之中，从而完成了“问题”小说向“人生”小说的转变。

1980年，中共中央正式提出了“文艺为人民服务，为社会主义服务”① 的总方针。1984年胡启立代表中共中央出席第四次作家代表大会并做出了“创作自由”② 的许诺。1990年代初期，在文学创作上，作家们放弃了宏大历史叙事，转向个人化的叙事立场。从21世纪开始，出现了中国自由作家、中国文学自由等观念，将中国文学提升到一个新的、史无前例的高度。

中国文学进入新时期以后，涌现出大量的女性作家，作为特殊的群体，女性作家以敏感而浓烈的笔触探索人的内心世界。同时，文学作品对爱情的大胆表现和探讨，充分体现了中国女性进步解放的观念。张洁作为新时期女性文学的创作先锋，创作了小说《爱，是不能忘记的》。这部小说并不是简单的爱情故事，作者笔下的钟雨对爱情有着强烈追求，对真爱有着大胆的宣言。这就是新时期女性文学的特征，是自我意识的体现。余华的《活着》作为先锋文学的代表作品，讲述了随着“内战”“三反五反”“大跃进”“文化大革命”等时代变革，徐福贵的人生和家庭不断经

①《文艺为人民服务，为社会主义服务》，《人民日报》1980年7月26日。
② 曹玉模:《盛会拾零——出席中国第四次作家代表大会感受》,《大江(文艺双月刊)》1985年第8期。

受着苦难，到最后，所有亲人都离他而去，他却跟老牛相依为命。他凭借独特的创作风格在先锋作家中成为佼佼者。

中国少数民族文学历来是中国文学的一部分，因此随着中国文学的发展而迅速变革，少数民族作家受到中国当代文学的影响后，几乎同步开启了新时期文学的征程。改革开放以来，蒙古族汉文小说作家解放思想、开阔眼界，在坚持自己创作风格的基础上，借鉴了新的审美观念和表现手法。这一时期的代表作品有：玛拉沁夫的《茫茫的草原（下）》《荒漠》《活佛的故事》等，阿·敖德斯尔的《蓝色的阿尔善河》，扎拉嘎胡的《黄金家族的毁灭》，哈斯乌拉的《虔诚者的遗嘱》，白雪林的《蓝幽幽的峡谷》，佳峻的《驼铃》等。他们的文学创作不再局限于特定的某个时期或一味歌颂。这一时期的蒙古族汉文小说作家不仅吸取中国文学的精髓，还积极学习借鉴西方文学新的方法、新的技巧等。

玛拉沁夫的小说《活佛的故事》通过主人公玛拉哈由人到"神"，又由"神"到人的命运转变的故事，以轻松幽默的方式来告诉人们，世界上并没有神，都是人们自己造出来的。只有随着时代和社会的发展解放思想，才能成为推动社会进步的人。千百年以来，人们为蒙古族的宗教仪式编织过很多神秘的故事，具有浓厚的宿命论色彩。

《蓝幽幽的峡谷》是白雪林的一篇力作。"从小说结构角度讲，它是很鲁迅式的，寻找到了大群体、大历史和大事件的缝隙，我把感情的钉子砸得很准，砸得很深……"[①]小说主人公扎拉嘎这个人物形象，就是一个真真正正的人。他有自己的想法，他是有怜悯、有纠结、有所畏惧的一个人。作者成功地塑造了一个"真、善、美"的人物形象。白雪林曾坦言："1984年春天，我写出了仅仅三千多字的短篇小说《初夏》，把它投给了《人民文学》。这个《初夏》使用的情感属性和结构方法，完全是契诃夫式的，写两个中年蒙古男人，在野外打猎撞到一起，说了几句闲话，就分手了。"[②]

① 阿霞：《写作本身对我是一种巨大的刺激——白雪林访谈》，《草原》2013年第9期。
② 阿霞：《写作本身对我是一种巨大的刺激——白雪林访谈》，《草原》2013年第9期。

从这些言语中得知，白雪林是从鲁迅和契诃夫的身上积极学习借鉴了不同的创作方法和表现技巧等。

以上作家的创作实践，一定程度上表明了蒙古族作家汉文小说创作观念的变化。改革开放以来，用汉文创作小说的蒙古族作家并没有原地踏步，他们也是跟随社会经济的发展，不断在学习，不断在超越自我。

从以下几个方面更进一步展开来探讨，我们会看得更加明了、清晰。

（一）小说题材与主题思想方面的比较

改革开放 40 年，中国文坛上出现了顺应时代大变动的改革文学、民族风土的精神升华的乡土小说和市井小说、成为文化寻根意识实验的寻根文学、先锋文学以及新写实小说和新历史小说等。改革开放以来，随着社会主义市场经济的实行，各方面都发生了根本性的变化，处在这个特殊历史时期的小说家深深感受到人们精神面貌和思想观念的巨大变化。基于这些社会和观念的变化发展，就有了伤痕小说、反思小说、改革小说、寻根小说、战争小说、军旅小说、儿童小说、动物小说、世情小说、革命历史小说等等。

改革文学与其他的文学题材一样，随着我国推进改革开放的政策而踏上中国文坛。1979 年夏天，蒋子龙的短篇小说《乔厂长上任记》的发表，为改革文学吹来了一股狂热的风。《乔厂长上任记》之后出现了一系列与“乔厂长”相关、相似的人物形象，如张锲的《改革者》、焦祖尧的《跋涉者》、水运宪的《祸起萧墙》以及柯云路的《三千万》等小说作品。1983 年以后，作家们对改革开放后的社会时代进行了大量的描述，改革题材的文学达到了创作的小高峰。这一时期的小说作品主要反映各个领域中的改革过程以及由此而发生改变的社会生活、群众的心理思想和对命运的感悟等内容。

20世纪80年代，正是当代中国社会、经济、文化及观念的转型时期，作家们开始反思传统文化的优劣。文学“寻根”思潮正是在这一背景下探索新时期文学发展的出路。韩少功作为“寻根”文学的倡导者，曾说：“‘寻根’文学是一个先有旗号、后有创作，先有理论、后有实践的‘有意为之’的文艺流派。这在现当代文学史上倒是罕有的先例。”① 我国“寻根”文学流派中主要代表作品有韩少功的《爸爸爸》、王安忆的《小鲍庄》、贾平凹的《商州初录》、李杭育的《最后一个渔佬儿》、张承志的《北方的河》、阿城的《棋王》等。

同样是20世纪80年代，中国文坛上出现了乡土小说和市井小说。乡土小说中最具代表性的作品有刘绍棠的《蒲柳人家》《瓜棚柳巷》《花街》等中篇小说。而这一时期的另一种文学思潮就是“市井小说”，其代表作品有《烟壶》《那五》《三寸金莲》《小巷人物志》等。而随后发展的先锋小说，是以20世纪80年代中期文坛上马原、莫言、残雪等人的崛起为真正开端。先锋小说的代表作家还有洪峰、苏童、余华、北村、孙甘露、格非等，有《我的帝王生涯》《访问梦境》《古典爱情》等代表作。在20世纪80年代后期，引起一阵新写实小说的狂热，代表性的小说作家有刘震云、方方、池莉等作家，代表作品有《一地鸡毛》《官场》《桃花灿烂》《风景》《烦恼人生》《不谈爱情》等。

新历史小说与新写实小说是同根异枝而生，只是在时间领域上推移到历史事件中。新历史小说的代表作品有莫言的《红高粱》、陈忠实的《白鹿原》、刘震云的《故乡天下黄花》等。21世纪以来，文坛上还出现了打工文学、底层写作、通俗文学、“80后”写作以及网络小说等。

“改革开放40年”蒙古族作家创作的汉文小说作品的题材与主题民族文化内涵同中国同时期小说作品相比较，更多地发挥了少数民族的优势，在向中国同时期优秀小说作品靠拢的同时，更多是学习和借鉴。例如，蒙古族作家汉文小说创作中以现实文学

① 赖一郎：《贾平凹与“寻根文学”》，《福建教育学院学报》2006年第1期，第48页。

为主，伤痕小说、牧业题材小说、改革小说、生态文学、历史小说、宗教题材小说等悄然盛行。

蒙古族作家进行伤痕文学创作的时间几乎与当代伤痕文学同步。1979 年，蒙古族文学界出现了很多伤痕文学作品，例如《含泪的笑声》《三十年的爱与恨》《第一道曙光》等。

改革开放以来，蒙古族汉文小说作家一如既往地描绘草原，重现草原人民的生活以及在各方面出现的变化。例如，白雪林的短篇小说《蓝幽幽的峡谷》，作者以祖国北疆的蒙古族牧民的生活为线索，着力塑造了一个具有蒙古民族心理与气质的“硬汉”人物——扎拉嘎。

进入新时期以来，阿·敖德斯尔创作了以改革为题材的中篇小说《蓝色的阿尔善河》，小说主要以阿尔善河西边的牧业队生活为题材，以党的十一届三中全会为背景，重点刻画了松岱等新一代有思想觉悟、有文化、有才华、朝气蓬勃的草原新人形象。

改革开放以来，用汉文创作的蒙古族作家中有一位专门描写科尔沁草原生态环境沙漠化的作家——郭雪波。郭雪波写科尔沁草原的沙漠，写生活在沙漠边缘的人们以及在沙漠中生存的动物。郭雪波的小说《沙狐》《沙祭》《沙狼》等，都在描述着一望无际的绿色草原变成无人问津的荒漠、沙土的过程。

20 世纪 80 年代末 90 年代初，蒙古族汉文小说作家对蒙古族黄金家族的历史保有热烈的态度，文坛上出现了一批优秀的历史人物小说，如扎拉嘎胡的《黄金家族的毁灭》《嘎达梅林传奇》，包永清的《一代天骄成吉思汗》，巴根的《成吉思汗大传》《忽必烈大传》《僧格林沁亲王》等长篇小说，包丽英的《蒙古帝国》系列作品（包括《狼性征服》《狂飙西进》《煌煌盛世》《帝国余辉》《莫卧尔帝国》），杨·道尔吉的长篇巨作《成吉思汗秘传》《忽必烈大帝》。

宗教信仰是一个民族在历史发展过程中形成的精神文化、民族思维和心理结构。萨满教是蒙古族最原始的宗教，而喇嘛教是“佛教在成吉思汗时期传入蒙古地区，因其与萨满教在教义、形式等方面有着诸多内在的相似性，而赢得了众多的蒙古族信徒”[①]。佛教在蒙古地区经过了本土化的改造后，成为了“蒙古化了的喇嘛教”[②]。蒙古族汉文小说作家关注了蒙古族宗教文化，为我们展示了蒙古族宗教生活场面。例如，玛拉沁夫的《活佛的故事》《轨道》，朋斯克的《大当家、俏媳妇、小喇嘛》，阿·敖德斯尔的《东格尔喇嘛》，察森敖拉的《博音河呦，水晶晶花》，甫澜涛的《哈喇沁喇嘛》，哈斯乌拉的《虔诚者的遗嘱》，海德才的《遥远的腾格里》等作品都描述了深受宗教信仰影响的蒙古族群众的生活。

进入21世纪后，我国社会处在商业化、市场化的经济发展中，文学创作获得了更多的自由空间，文学本身的观念、表现形式、实践等方面发生了很大的改变。在新的历史环境下，蒙古族汉文小说作家传承民族文化传统、增强民族自信和民族历史使命感，他们以科学的态度、冷静的思考来观察蒙古族人民在改革开放的背景下，社会生活中出现的种种矛盾和变化，并重新反思和审视。

（二）人物形象类型化与塑造艺术的比较

文学作品中的人物形象主要来源于现实生活中的人物，作家对人物形象进行艺术加工，使其变成文学人物。小说作品中的人物形象是社会历史中的真实人物的艺术化呈现，作家通过塑造典型形象，反映我国社会时代发展的真实面貌。

新时期以后，政治经济迅速发展，人们的思想观念也有了改变。在人们的意识中，英雄不再是神话中的人，而是我们生活当中的普通人物。蒋子龙的《乔厂长上任记》中的乔光朴，就是一种英雄人物。莫言的《红高粱》中的主人公于占鳌是唯一被突出的主要英雄。他的草莽缺点和英雄气概都未经任何政治标准评判或校正，而是以其性格的真实性还原了民间的本质特征。

在“改革开放40年”蒙古族作家创作的汉文小说作品中，英雄形象有很多。例如，玛拉沁夫的长篇小说《茫茫的草原》中的

① 李青林：《扎拉嘎胡小说主题论》，硕士学位论文，内蒙古大学，2016年，第30页。
② 乌云巴图、葛根高娃：《蒙古族传统文化论》，远方出版社，2003年，第52页。

铁木尔、斯琴、苏荣政委、洛卜桑师长等都是为民族解放，为祖国的安稳而战的民族英雄。玛拉沁夫的短篇小说《踏过深深的积雪》中的草原骑兵纵队司令员洪戈尔等女性英雄形象也同样如此。还有扎拉嘎胡的《嘎达梅林传奇》中，嘎达梅林的形象以及包丽英在“蒙古帝国”系列中塑造的蒙古族历史上伟大英雄形象。“改革开放 40 年”蒙古族作家创作的汉文小说中的英雄形象更多的是为民族解放而战的民族英雄以及蒙古族历史上的英雄形象。

“新人”形象是“改革开放40年”文学人物形象中必不可少的，也是时代感召下的产物。而“新人”与“英雄”形象也有相同之处，还存在一定的区别。“英雄是在比较稳定的价值体系中做出了巨大贡献或做出了巨大牺牲的人。而新人则是在创造着新的价值体系。在一个比较稳定的社会结构中，新人不容易立足。越是在文化转型之际，新人越易受人瞩目。”[①] 蒋子龙的《乔厂长上任记》中的乔光朴的形象不仅是英雄人物，也是我国实行改革开放政策以后的新人形象。阿·敖德斯尔的《蓝色的阿尔善河》中的松岱与乔光朴的形象有很多相似之处。在改革放开初期，他们是第一批改革者，也是新人形象。以往，这种新人形象是从未出现过的，在他们的改革道路上出现过很多障碍困苦，但他们从未气馁过、退缩过。蒙古族汉文作家讲述着草原人民是如何对待改革开放新时期，如何迎接一个新的时代的，同时用中国文学描述着中国人民对待改革开放的状态和心理。

高晓声是一位专注于描写当代农民生活的作家。在《陈奂生上城》中表现了背负历史重担的农民在步入新时期改革大门以后的精神状态。在路遥的中篇小说《人生》中，作者通过高加林这一形象揭示出生活中的丑恶与庸俗，体现出处在变革时期的农村青年在人生道路的选择上所面临的矛盾和痛苦的心理。在“改革开放 40 年”蒙古族作家创作的汉文小说中，新牧民形象的塑造也是作家们的必然选择。白雪林的《蓝幽幽的峡谷》中塑造的硬

---

① 王如青：《新时期文学人物形象的变迁》，《安徽大学学报（哲学社会科学版）》2000 年第 4 期，第 45 页。

汉新牧民扎拉嘎、哈斯乌拉的《印在马背上的恋情》中的旭仁等形象代表着在新时期、新社会中蒙古族人民新生活的变化以及新时代蒙古族青年的精神风貌。

20世纪80年代末90年代初期，女性文学真正意义上得到了自由的发展。进入新时期以后，女性写作在文坛中有了一定的地位，向人们更多地展示出作者的个人世界和生存状态。女性文学写作的代表人物有王安忆、陈然、林白、海男等。王安忆的《桃之夭夭》中的郁晓秋是一个通过自身的顽强努力与命运抗争到底，最后获得幸福生活的女性形象。《富萍》中的富萍是一个有主见、敢于追求自己喜欢的人生的女性。富萍从小寄人篱下，生活困苦，但她凭借自己的聪敏才智和吃苦耐劳的精神，过上了自己想要的生活，也获得了真正的幸福。"改革开放40年"蒙古族作家汉文小说创作中，自省小说出现在20世纪80年代末，以生活在城市的蒙古族人为题材。蒙古族女作家黄薇的小说，从一个女性的角度对蒙古族的历史、文化传统与现实生活的交叉点与蒙汉民族之间的生活方式、文化交流等进行了自省和审视。在黄薇的《演出到此结束》《樱》《血缘》等小说作品中，主人公都是居住在城市里的蒙古族人，他们在享受城市生活时，内心却充满着对自己"民族"的诉求。自省小说的出现是蒙古族在面对现代文明时内心矛盾之外在表现，是草原文明向城市文明转变的痛苦抉择。作家们敏锐地察觉到并反映在小说当中。

"改革开放40年"小说中，人物形象的塑造也变得越发立体。例如，刘心武的小说《班主任》塑造了一个非典型正面人物，她是一个备受"四人帮"摧残的人物形象。书中从三个方面提出和叙述了谢慧敏的问题。第一，观念僵化，将《青春之歌》看作毒草，将《牛虻》看成黄书。第二，死板的行为。炎热的夏天，穿得很严实，当班主任提醒她可以穿得少一点的时候，她觉得班主任在提倡资产阶级的享受作风。第三，喜欢跟老师打小报告。谢慧敏是幸运的，幸好，"四人帮"倒台了，她也碰上了张俊石这样的好班主任，给她推荐好多世界名著，并会针对她的一些不对的观念进行教育。小说最后的结尾也是很乐观的，谢慧敏会痛改前非。

在“改革开放40年”蒙古族作家创作的汉文小说中，人物形象也同样变得越发立体。例如，察森敖拉的小说《奶汁》里的乌金加布与谢慧敏这一人物形象其实是一样的，乌金加布被政治运动折磨得心理病态了。他对最亲的夏家阿奶的态度、不喝奶汁改喝碧螺春、对恩人给钱算回报等行为，都是因为客观的事情让他变成了无人情味的一个人。但最后一段，当他从女儿的口中听说，夏吾泰是被他牵连而牺牲的事情时，他冰冻的心渐渐融化，他真正意识到：“呵，奶汁，甘甜的奶汁，养育了我和我女儿的，不正是草原上的奶汁，不正是这些感情真挚淳朴的牧民吗？抚今追昔，他渐渐觉察到：他过去那颗充满真情实爱的滚烫的心如今冷却了，萎缩了，变形了。”①

从上述对比分析来看，“改革开放40年”蒙古族汉文作家与中国当代文学的其他作家，似而不同、各有特色，他们也在不断地尝试着新的创作方法，这是最令人欣慰的。“改革开放40年”蒙古族作家创作的汉文小说人物形象与中国同时期小说人物形象相比较，在人物塑造方面较为简单明了，缺少多样性和复杂性。但更多的是在描述蒙古族人民在新时期、新社会中积极向上、朝气蓬勃的一面。

（三）小说叙事艺术方面的比较

小说的叙事视角作为“改革开放40年”小说表现手法中的一个重要概念，一般用来表示一个故事情节是从哪个立场讲述出来的，也是谁在看这世界，谁在讲述这世界的问题。所以，它有意无意地联系着小说作家的思维方式和感知方式。

从叙述者与人物的关系上看，小说的叙事视角一般有三种基本类型：第一，叙述者大于人物。叙述者是全知全能的，超越故事和任何人物来洞察一切，体现为一种权威性叙事。第二，叙述

① 察森敖拉：《奶汁》，《民族文学》1981年第6期，第78页。

者等于人物。叙述者和人物知道的差不多，视角是有限的，体现为一种有局限的叙事。第三，叙述者小于人物，叙述者知道的比人物还少，通常以见证人的身份，从圈外来讲述故事，表现为极客观的叙事。

从第一种情况来说，刘心武的《班主任》是用全知视角来述事的。新时期文坛出现了很多以第一人称“我”为视角来创作的小说。如韩少功的《西望茅草地》、张洁的《爱，是不能忘记的》等。采用第一人称叙事，小说就只能从“我”的所见、所闻、所感来描述，第一人称的小说，一般只能采用叙述者等于人物或叙述者小于人物的眼光叙述故事。这一时期，还有以第三人称叙事的小说，也用人物的视角来讲述故事。例如，王蒙的《春之声》就是采用主人公的视角来叙述。

蒙古族作家创作的汉文小说也是紧跟中国文学的发展趋势的，这种讲述方法在同时期的蒙古族作家创作的汉语小说中也是常见的。“改革开放40年”时期，玛拉沁夫的众多作品采用了叙事视角的三种类型，例如，《爱，在夏夜里燃烧》《第一道曙光》《茫茫的草原（下）》等运用了叙述者大于人物的视角；《活佛的故事》《踏过深深的积雪》等运用了叙述者小于人物的视角；等等。然而，叙述者等于人物的视角是玛拉沁夫运用得最多的叙述视角。如《迷路》《路》《歌声》《大地》《轨道》等作品。

比如《大地》中，叙述者与巴塔融为一体，叙述巴塔发现金条，挖出金条，坐立不安，埋回金条的全部过程。其中，叙述者一直没有跳离巴塔，而是让巴塔一个人去行动，一直到整个叙述活动完毕。因此，在这里很难分清楚谁是叙述者，谁是巴塔，叙述者和巴塔已经成为同一个观察者和行动者。

小说《荒漠》中，作者用第一人称“我”的内视角来描写“绿色原野”，很真实地讲述了“我”对沙漠、大自然的感受。接着，作者改用第三人称外视角讲述“治沙迷”额尔敦在治沙过程中发现地下庙宇的事情。

《踏过深深的积雪》中，洪戈尔说道：“我们中国共产党人肩上的担子重啊，它关乎四分之一人类的命运，如果我们不能了解老百姓在想什么，随时发现情况，解决新问题，努力实现四个现代化，马克思对我们中国共产党人就不会那么喜欢了！这个问题你想过没？”这一番深刻的感慨后，叙述者马上叙述道：“我的心海被她的话搅得顿然翻腾起来。”[①]这时，人称还是“我”，视角也是内视角。

“她不言语了。她的心海在翻腾！……”[②]这时候，人称发生了变化，视角一下转为外视角。这种转换，作家们很少运用。从叙事学角度看，这是一个成功的转换。

“改革开放40年”时期用汉文创作小说的蒙古族作家，在学习借鉴国内文学的创作经验的同时，也在不断地超越自我和尝试新的方法，这是一个可喜的变化并值得去研究。

（四）小说其他艺术方面的比较

20世纪80年代后期至今的小说创作正经历着一场重要的语言变革。一批新老小说家，掀起了一场小说语言革命，几乎所有的读者都能明显地感觉到小说语言的新变化。“改革开放40年”小说一方面对传统小说语言理论有着全面的继承，另一方面也在创新。这些发展与现当代社会历史的发展有着密切联系。语言作为人类交际的工具，不同国家、不同民族的人民之间不断地在互相学习。这种交流，让很多外来词不断进入我国小说创作中，而且很多口语化的语言更能吸引普通读者。以王蒙、何立伟、阿成、铁凝等为主力军的富有创新精神的作家，经过一番大胆的探索和尝试，建立了一个更为健全的、优质的语言系统，使小说艺术从审美意义上实现了一次新的飞跃。

一是从语序、语气到语言节奏和句子结构都突破了以往固有

① 玛拉沁夫：《踏过深深的积雪》，载《玛拉沁夫代表作》，河南人民出版社，1989年，第193页。
② 玛拉沁夫：《踏过深深的积雪》，载《玛拉沁夫代表作》，河南人民出版社，1989年，第194页。

的规范，建立了一个新的体系；二是词句的创造性组合；三是修辞手段。修辞手段的空前活跃、小说语言的变革充分表现了小说的形式美促使小说的外在审美价值提高，对词语、句式的创造性组合，大大丰富了小说语言的词汇量和句式。修辞手段的多样化使小说语言更加丰富多彩，对诗歌、散文语言的大量借鉴，又使得小说语言具备了节奏感和音乐美。

韩少功的独特的经历造就了他的语言风格。他通过湖南方言写作，吸取了湘文化的一部分。韩少功的小说《爸爸爸》[①]，最突出的特点就是“唱古”。从现代文明的角度看，这些歌谣中既有愚昧，也有洞见，在鸡头寨的这个世界里，人们按古老的歌谣行事，甚至按歌谣想象自己生活中问题的解决之道。小说都笼罩在一种古老湘语所营造的神奇氛围中，这种语言风格的形成是离不开湘文化的。

“改革开放 40 年”蒙古族汉文小说的作家对蒙古族的谚语、俗语和民族化语言有着热烈的追求。玛拉沁夫、白雪林、哈斯乌拉、孙泉喜等大多数作家的小说语言具有追求民族化语言的特点。

玛拉沁夫的很多小说作品有民族化语言的影子，作为用汉文创作的蒙古族作家，他保留并且运用本民族的语言特征来组词造句，体现出玛拉沁夫明显的语言本土化追求。

哈斯乌拉的《虔诚者的遗嘱》里就有很多民族化的语言，比如“包日汉阿爸”“额吉”“玛尼串”“古勒格”等都是充满民族特征的语言。

21 世纪以来刚刚走上文坛的蒙古族作家汉文创作的代表之一鲍尔金娜的小说运用外来词，而且语言表达方面不再拘束于民族语言的特点。她的小说《阳光精灵》（《阅读与作文》2004 年第 3 期）就运用“freedom”“Walkman”等英语词汇。运用外来词并不是说崇洋有多好，而是作为蒙古族作家，把语言的艺术运用得这么广泛，对我国少数民族小说语言来说是一种新的尝试。

① 韩少功：《爸爸爸》，载《韩少功作品系列》，上海文艺出版社，2017 年。

小　结（下编）

"改革开放40年"蒙古族作家创作的汉文小说是蒙古族当代文学的重要组成部分，更是蒙古族文学发展史上的又一个"黄金时期"。这一时期的阿·敖德斯尔、朋斯克、扎拉嘎胡、玛拉沁夫等老一辈作家以及哈斯乌拉、察森敖拉、郭雪波、佳峻、白雪林、海勒根那、格日勒其木格·黑鹤、陈萨日娜、鲍尔金娜、苏热、渡澜等中青年作家不仅受过蒙古族传统文化的熏染，还接受了前卫的文学理论。"改革开放40年"时期用汉文创作小说的蒙古族老中青三代作家始终将传承发扬本民族传统文化作为己任，一方面积极从本民族优秀文化中汲取养分，另一方面学习借鉴其他民族或其他国家的优秀成分，在传承了本民族优秀传统的基础上实现了对本民族文学的发展促进。"改革开放40年"的小说作品无论是在数量上还是在质量上，都有了很大的突破，有很多的精品力作。创作甚丰，精彩纷呈。

现将下编（"改革开放40年"时期）的研究结论概括如下：

"改革开放40年"蒙古族作家创作的汉文小说是"社会主义建设初期30年"蒙古族作家创作的汉文小说的延续。它不仅是蒙古族当代文学的重要组成部分，也是中国当代少数民族文学的成功典范，更是整个中国当代文学百花园中鲜艳的一朵。

首先，"改革开放40年"时期，用汉文创作的蒙古族作家的汉语言文学素养得到了普遍的提高。这一时期用汉文创作的小说作家与"社会主义建设初期30年"用汉文创作的小说作家相比较，汉语基础相对更好，文学素养更高。"改革开放40年"蒙古族汉文小说作家大多数都生活在蒙汉文化相互交融的内蒙古东部地区。所以，他们的作品与作家从小生活的地理环境以及特定的历史文化背景都有着密切的联系。汉文小说的创作，是蒙古族作家在亲身经历以及特定环境中酝酿出来的。这一时期老一辈作家都曾经历过中华人民共和国的成立、土地改革、“文革”等重要的历史时期，而这一时期的中青年作家更是接受了系统的文化教育。从“社会主义建设初期30年”过渡到“改革开放40年”的蒙古族汉文小说作家继续他们的汉语小说创作，以极大的时代使命与责任担当为蒙古族文学的发展做出了巨大的贡献。尤其是进入21世纪以来，更有一部分中青年蒙古族汉文小说作家以全新的面貌出现在文坛。这样，用汉文创作小说的蒙古族作家队伍在不断壮大，使得整个蒙古族文学向前大踏步迈进。

其次，“改革开放40年”蒙古族作家汉文小说创作，深深扎根于民族传统文化的沃土，始终彰显着民族文学的特色。蒙古族底蕴深厚的民间文学，如英雄史诗、民歌等也是作家创作的艺术源泉。这一时期的小说作家，一方面积极传承着蒙古族传统文化和传统文学，另一方面努力学习借鉴西方文学和中国文学的精髓，达到了在传承的基础上创新的目的。小说作家用自己的创作实践证明，传统文化与创新思想并不矛盾，他们创作出的优秀作品为后来的蒙古族小说发展提供了重要的资源。

再次，“改革开放40年”蒙古族汉文小说作家秉承并实践着“拿来主义”的文学观。他们的创作中不仅表现出了蒙古民族历史悠久的文化，又积极地向世界各国各民族文学学习借鉴，进而创作出更具时代精神和草原特色的小说作品。“改革开放40年”蒙古族汉文小说作家比起“社会主义建设初期30年”作家，学习借鉴的视野更开阔，可以直接学习借鉴欧美等西方文学的理论来指导自己的创作实践。他们的创新超越意识更强烈，大胆尝试各种创作方法，站在前辈们宽厚的肩膀上进行超越和创新。作家向世界各国各民族文学的学习借鉴更加凸显了蒙古族文学的时代性，使小说作品内涵更加深沉且厚重，更加彰显着蒙古族文学的魅力。他们大胆的创新超越为蒙古族新时代小说的发展提供了新的文学范式。

最后，随着“改革开放40年”蒙古族汉文小说作家创作观念的变化与进步，他们的小说作品诸如题材内容与主题思想的挖掘、人物形象的类型化与立体化塑造、小说叙事视角的转换与结构设置以及魔幻、新写实、后现代等一系列新方法、新技巧的接受与实践，都在充分证明“改革开放40年”蒙古族汉文小说作家的进步，彰显着作家的时代使命与责任担当。我们高兴地看到，他们有勇气、有魄力，拥有先进的当代文化思想，走出草原，走向世界，借助新式文化、新式思维，促进蒙古族当代文学蓬勃发展。“改革开放40年”蒙古族作家创作的汉文小说以鲜明的时代性、民族性和创新性成为蒙古族当代文学史乃至中国文学史中不可或缺的一部分，影响力不断拓展，文学史意义不断沉淀。

结　论

党中央做出重大决策并号召全国各族人民，“铸牢中华民族共同体意识，学好用好国家通用语言文字”是我国目前乃至将来的繁荣发展的根基所在。这一新时代的决策指引，为我国各项事业的发展指明了前进的方向，成为包括我们人文社会科学研究在内的各项事业有序健康发展的指路明灯。我们很高兴地看到，中国当代少数民族作家在贯彻和实践“铸牢中华民族共同体意识，学好用好国家通用语言文字”这一方面做得非常成功。当代蒙古族作家汉文小说创作70年发展历程很好地证明了这一点，成为了学习宣传的典范。所以，对这部分作家作品进行系统而深入的研究，具有重要的学术价值和社会现实意义。

当中华人民共和国迎来七十华诞，全国各族人民欢腾鼓舞之际，中国当代文学也拥有了70年的光辉历程。蒙古族当代作家汉文小说创作同整个中国当代文学发展同步，已经走过了70年历程，取得了令人鼓舞和振奋的成就。诚如在本书的绪论部分里的概述：“社会主义建设初期30年”里，蒙古族汉文小说作家有阿·敖德斯尔、安柯钦夫、玛拉沁夫、朋斯克、乌兰巴干、云照光、扎拉嘎胡、照日格巴图、甫澜涛、特·达木林、伊德尔夫等11位，他们创作了158篇短篇小说、5部中篇小说和7部长篇小说；“改革开放40年”时期，蒙古族作家汉文小说创作迎来了“黄金时期”。这一时期出现了很多优秀的文学作品。在玛拉沁夫、扎拉嘎胡、阿·敖德斯尔、朋斯克等老一辈小说家的带领和影响之下，形成了以郭雪波、哈斯乌拉、白雪林、佳峻为代表的中年作家队伍和以娜仁高娃、陈萨日娜、鲍尔金娜、苏热、渡澜为代表的“80后”“90后”年轻作家队伍，仅省、市作家协会级别及以上的作家就有54位。小说作品颇丰，已有82部长篇小说出版，近800篇（部）中短篇小说发表、出版。

针对上述小说作品，诸多研究者也曾进行过一些基础性研究。这些作品受到部分专家学者的广泛关注，一度出现好多研究成果。对这些可喜成果大致进行梳理发现，有三类成果很有参考价值，值得我们重点关注和继续探究。

第一类是专家学者的文史类著作，主要有：1. 黄薇著，2000年8月由内蒙古人民出版社出版的《当代蒙古族小说概论》；2. 托娅、彩娜编著，2002年由中国文联出版社出版的《内蒙古当代小说论纲》；3. 王海梅著，2005年4月由内蒙古大学出版社出版的《蒙古族当代小说解读（1949—1966年）》；4. 阿·乌日图那顺《蒙古族小说的发展》（蒙古文，内蒙古教育出版社，1997年）；5. 金海主编《中国新时期蒙古学研究回顾与审视》（内蒙古教育出版社，2004年）；6. 萨日娜、敖·阿克泰著《文化变迁与蒙古小说艺术》（蒙古文，内蒙文化出版社，1999年）；7. 敖·阿克泰著《当代蒙古族小说艺术变迁》（蒙古文，内蒙古人民出版社，2001年3月）；等等极具代表性的小说研究专著。

第二类是作家作品个案研究。从整体研究状况来看，对于玛拉沁夫、扎拉嘎胡、阿·敖德斯尔以及郭雪波等四位作家的研究较广泛而深入。1. 关于玛拉沁夫的研究著作或学位论文主要有：（1）1993年8月，朱兵撰写出版的学术专著《草原交响诗》；（2）1994年1月，张燕玲撰写出版的作家传记《大草原：玛拉沁夫论》；（3）2001年3月，李晓峰撰写出版的学术专著《玛拉沁夫小说艺术论》；（4）2014年11月，额尔敦仓撰写出版学术专著《玛拉沁夫小说民族文化源缘研究》等；（5）吴哈斯塔娜：《玛拉沁夫文学观研究》，博士学位论文，中央民族大学，2010年。2. 关于扎拉嘎胡的研究著作或学位论文有：（1）常散丹：《扎拉嘎胡小说研究》，硕士学位论文，中央民族大学，2008年；（2）

李青林：《扎拉嘎胡小说主题论》，硕士学位论文，内蒙古大学，2016 年。3. 关于阿·敖德斯尔的研究著作有：（1）海燕：《浅析阿·敖德斯尔“人物为核心”的小说创作观》，硕士学位论文，内蒙古大学，2009 年；（2）成仁：《蒙汉文学关系中的敖德斯尔》，硕士学位论文，内蒙古大学，2014 年；（3）曹布得：《论阿·敖德斯尔的文学观研究》，硕士学位论文，内蒙古师范大学，2015 年；（4）蔡璐：《敖德斯尔小说的人物形象研究》，硕士学位论文，内蒙古师范大学，2016 年。4. 关于郭雪波的研究著作或论文有：（1）包来英：《宗教浸润下的诗意想象——郭雪波生态小说研究》，硕士学位论文，内蒙古大学，2011 年；（2）刘怡芳：《大漠风情的别样探寻——论郭雪波的生态小说》，硕士学位论文，内蒙古大学，2011 年；（3）余吉林：《大漠诗情与家园之梦——郭雪波生态小说研究》，硕士学位论文，广西民族大学，2011 年；（4）李丹：《郭雪波小说研究》，硕士学位论文，中央民族大学，2013 年；（5）吴曲：《牧神呼唤亚细亚的春天——郭雪波与艾特玛托夫生态小说比较论》，硕士学位论文，湖南师范大学，2010 年。

第三类是当代蒙古族汉文小说综合性研究：1. 红霞：《新时期蒙古族小说叙事研究》，硕士学位论文，内蒙古大学，2009 年；2. 花拉：《新时期蒙古族小说发生研究（1976—1980）》，硕士学位论文，内蒙古大学，2010 年；3. 带兄：《当代蒙古族汉语小说创作研究》，博士学位论文，内蒙古大学，2011 年；4. 乌力汗：《新时期蒙古族作家汉文小说创作研究》，硕士学位论文，内蒙古师范大学，2012 年；5. 哈妮：《蒙古族作家汉文小说研究——〈民族文学〉（1981—2010）》，硕士学位论文，内蒙古师范大学，2014 年；6. 白文：《新时期以来蒙古族汉语小说研究》，硕士学位论文，沈阳师范大学，2016 年；7. 韩巧玲：《蒙古族当代汉文小说创作影响力研究》，硕士学位论文，内蒙古大学，2018 年。

在以往的研究中，对当代蒙古族作家汉文小说创作的研究都是综合性、评述性研究或者是作家作品个案研究，而将当代蒙古族作家汉文小说创作的艺术渊源作为一种独特的文学现象进行研究的情况相对较少。所以，本书从当代蒙古族作家汉文小说创作现象产生的社会文化背景、对民族文学的传承、对外来文学艺术的借鉴与本土化以及文学史意义和价值等方面进行了研究，从而回避了面面俱到地讨论小说的题材类型、主题思想、人物形象类型化研究等方面。基于这样的理解，本书的研究视角或研究重点基于对小说创作的民族文学渊源传承和对国外文学的学习借鉴，进行全方位的综合性研究。

而这 70 年发展历程也经历了几个阶段，通常认为有“十七年文学”、“文革”时期、新时期、21 世纪等。为了便于考察和比较分析，笔者把蒙古族当代作家创作的汉文小说发展历程分成“社会主义建设初期 30 年”和“改革开放 40 年”两个阶段（上编、下编）进行综合研究。

我们在本书（上编、下编）中一贯秉承和坚持的研究视角或关注点在于以下四个方面：

一是考察和评述当代蒙古族汉文小说创作成就。即作家队伍及小说作品，这里考察的是哪些人做出了哪些成就的问题。通过具体研究得知：“社会主义建设初期 30 年”里，蒙古族汉文小说作家有 11 位，他们创作了 158 篇短篇小说、5 部中篇小说和 7 部长篇小说；“改革开放 40 年”里，蒙古族作家创作的汉文小说出现了很多优秀的作品。

二是他们作为少数民族作家，与本民族传统文学的渊源。当代蒙古族汉文小说作家是在草原文化环境中长大的。他们深切体会和感悟到了草原文化的灿烂与辉煌、博大与宽广、深沉与久远，因而在他们的小说作品中极力体现着蒙古族的传统文化和当今文化。他们以蒙古族传统文化的传承者和当今文化的传播者跻身于中国乃至世界文学之林，为中国当代文学做出贡献。本书研究从蒙古族英雄史诗和民歌传统、蒙古族传统文学中的独特意象、独特的表现方法和艺术技巧等三个方面探寻了当代蒙古族作家汉文小说创作中的民族文学渊源。所得出的结论是：作家在传承本民族的优秀文学传统的同时，紧跟时代的步伐，努力超越和创新，始终遵循着“始于传承，终于发展”的写作思想和创作理念。

三是当代蒙古族汉文小说作家学习借鉴了哪些文学艺术。马克思主义文艺理论认为，继承民族传统和借鉴外来经验是发展民族文学的两个基本条件，也是构建民族文艺新形态所必须的。我们知道，世界各国各民族文学自古以来就是在互相影响、互相学习中共同发展的。文学巨匠茅盾曾说：“在祖国的大家庭中，不同民族的文学之间的沟通交流、相互借鉴，能够促进我国民族文学的共同发展。”不管是哪个民族的文学，它不论有多么强大优秀的文学传统，如果想要发展，就必须学习和借鉴中华各民族的优秀文学传统，并实现本土化。当代蒙古族汉文小说作家在这几十年光辉发展历程中，不仅积极认真地继承和发扬本民族文学的优良传统，同时在借鉴外来文学经验方面也给我们留下了宝贵的经验和有益尝试，在民族文学发展史上具有积极的作用和重要贡献。通过研究发现，“社会主义建设初期 30 年”蒙古族汉文小说作家提倡“拿来主义”文学观，在各自的创作中坚定地遵循和实践这一文学观。他们的小说创作同当时的整个中国文学同频同步，对当时俄苏文学的学习借鉴偏多；“改革开放 40 年”蒙古族汉文小说作家相对来说深受西方现代派文学影响，在自己的小说创作中学习并借鉴了西方现代派文学的诸多写作手法。同时，无论是“社会主义建设初期 30 年”小说创作，还是“改革开放 40 年”小说创作，对中国古典文学和现代文学的学习借鉴更是显而易见的。

四是他们在文学史上的意义，如何定位这部分作家作品。当代蒙古族作家的汉文创作，其数量和质量都比以往任何一个时期更为突出，作家队伍壮大、创作成果甚丰，且出现了很多在国际国内产生重大影响的优秀作家。这种现象早已引起了众多专家、学者及文学爱好者的密切关注，在相关的文学史著作中多有论及、评介，且有个人专著出现，但更多的是从主体文化（或中华大文化）的视角去审视、去评价、去定位这一独特的文化景观。与此同时，蒙古族的众多文学研究者也抱有一种保守、封闭的心态去品评当代蒙古族文学创作，从而忽略或把握不准蒙古族当代作家创作的汉文小说在整个蒙古族文学史上应有的地位和存在的价值。我们缺乏的正是从宏观上专门进行整合研究的意识，把这一部分汉文创作真正纳入整个蒙古族文学，从而对它在弘扬民族文化、民族文学的独特内涵进程中所特有的意义给出正确定位。这一时期蒙古族小说与同时代的其他小说相比，其价值并不仅仅在于艺术上，也并不在于与时代的共鸣上，重要的是来自草原的一种声音。它是作家在民族新生活的激发和影响之下进行的自觉创作，是创作主体在客观生活感召下的一种发自内心的倾吐和宣泄，是一个作家的良知和神圣责任的独特表达。正因为他们是从内蒙古大草原走出去的当代蒙古族小说作家，正因为当代蒙古族作家创作的汉文小说是对蒙古族人民争取民族解放、建设美好家园的火热斗争生活的真实写照，我们就应该把这些作家及其小说文本放回到草原文化的人文环境中予以考察，以期实现我们的研究宗旨——从文化的视角研究民族文学。这正是这部分作家作品的文学史意义和价值所在。

本书的创新之处（在学术思想、学术观点、研究方法等方面的特色和创新）有如下三点。

第一，研究视角上，有意定位在民族文化学、文学文化学这一独特视角来考察文学创作，挖掘以往研究中没有引起足够重视的领域。以往关于蒙古族当代作家汉文小说的研究主要还是以作家作品论为主，同时涉及题材类型、主题思想、人物形象类型化以及创作思想和文学观研究等方面。真正把他们当作少数民族作家或者从民族文学研究的视角进行综合研究的文章的确少得可怜。特别是当我们把这些作家作品作为自己民族文化传承和积累的范文的一种，还原它所属的民族文化系统和民族文化语境时，一般不被注意的文化价值便立即凸现出来（事实上，任何一种文学文本只有在自己的文化系统或文化语境中，它们的艺术生命力才能得到完整的呈现）。我们缺乏这样的研究视角。偶有论著把这一大批作家与“草原文学”相联系，例如，黄薇的《当代蒙古族小说概论》。然而，这些只是局部的内容，没有系统地、全面地进行综合研究，更没有论及作家作品的文学史地位。本书注重的正是这一点，是从民族文化学的视域对蒙古族当代作家汉文小说创作进行文化探究、文化解读。把这些小说创作放到蒙古族传统文化以及当代社会、时代背景中予以全方位解读。

第二，研究方法上，在以文学文化学为基本研究方法的前提下，为了更加有力地表明我们的观点或更加清楚地说明问题，有意采用比较研究的方法，对蒙古族当代作家汉文小说的某些方面进行了纵向与横向的立体考察。例如，“改革开放 40 年”小说创作与“社会主义建设初期30年”小说创作的纵向比较,研究发现:在题材与主题、人物形象塑造、叙事艺术、创作方法等方面均有拓展和创新。“改革开放 40 年”蒙古族作家汉文小说创作与同时期整个中国当代小说创作进行横向比较，研究发现：小说内涵（改革题材、伤痕小说、反思文学、女性写作、生态小说）和人物形象的立体化（而不是扁平形象，包括人物内心描写）、叙述视角的平视（而不是仰视）、后现代主义、魔幻现实主义等创作方法的大胆运用等方面基本是同频同步的。这些表现出作家们学习借鉴与创新超越的胆识、时代使命与责任担当。

第三，研究思路比较直接而简捷：首先是蒙古族当代汉文小说作家成长的民族文化环境和创作历程及创作成就（上、下编的第一章：蒙古族作家及其汉文小说创作的社会文化背景）；其次是作为少数民族作家的蒙古族汉文小说作家，与本民族传统文学的渊源（上、下编的第二章：蒙古族作家汉文小说创作的民族文学渊源）；再次是作为当代（新时代）作家，当代蒙古族汉文小说作家学习借鉴了哪些外来文学艺术（上、下编的第三章：蒙古族作家汉文小说创作的艺术借鉴与本土化）；最后是他们在文学史上的意义，如何定位这部分作家作品（上、下编的第四章：蒙古族作家汉文小说创作的文学史意义）。全文就是按照这么一个较为清晰的思路，进行实实在在的考察和认认真真的解读。

概而言之，本书的研究对象庞大而众多（创作队伍壮大而成果丰硕），时间跨度长而历经几个阶段（70年辉煌历程，历经“十七年”、“文革”时期、“新时期”、21世纪），并且前期研究参差而多样、零散而复杂。基于此，本书选取了课题组成员认为比较有价值和意义的四个切入点进行了综合研究，意义重大而非凡。

参考文献

1. 吴重阳：《中国当代民族文学概观》，中央民族学院出版社，1986 年。
2. 莫·扎拉丰嘎主编：《蒙古族当代文学史》（蒙古文），内蒙古教育出版社，1987 年。
3.《中国蒙古族当代文学史》编委会编著：《中国蒙古族当代文学史（上）》（蒙古文），内蒙古文化出版社，1987 年。
4. 吴重阳、李连生主编：《扎拉嘎胡研究专集》，内蒙古人民出版社，1988 年。
5. 陈守成等主编：《中国民族文学与外国文学比较》，中央民族学院出版社，1989 年。
6. 乌·苏古尔主编：《蒙古族当代文学史》（蒙古文），内蒙古大学出版社，1989 年。
7. 特·赛音巴雅尔主编：《中国蒙古族当代文学史》，内蒙古教育出版社，1989 年。
8. 陈国强主编：《简明文化人类学词典》，浙江人民出版社，1990 年。
9. 茅盾等：《玛拉沁夫研究论文集》（蒙古文），德勒黑、佟拉嘎等译，内蒙古人民出版社，1992 年。
10. 朱兵编：《草原交响诗》，内蒙古人民出版社，1993 年。
11. 特·达木林：《特·达木林文集》，民族出版社，1993 年。
12. 张燕玲：《大草原：玛拉沁夫论》，民族出版社，1994 年。
13. 关纪新、朝戈金：《多重选择的世界》，中央民族大学出版社，1995 年。

14. 苏尤格主编：《蒙古族文学史·当代》（蒙古文），辽宁民族出版社，1995年。
15. 托娅、彩娜：《内蒙古当代文学概观》，内蒙古大学出版社，1997年。
16. 陈思和主编：《中国当代文学史教程》，复旦大学出版社，1999年。
17. 袁行霈主编：《中国文学史（第二版）》（第四卷），高等教育出版社，1999年。
18. 特·赛音巴雅尔主编：《中国少数民族当代文学史》，北京十月文艺出版社，1999年。
19. 陈思和主编：《中国当代文学史》，复旦大学出版社，1999年。
20. 畅广元主编：《文学文化学》，辽宁人民出版社，2000年。
21. 黄薇：《当代蒙古族小说概论》，内蒙古人民出版社，2000年。
22. 其布日哈斯主编：《二十世纪蒙古族文学史》（蒙古文），内蒙古文化出版社，2000年。
23. 荣·苏赫：《蒙古族文学史》，内蒙古人民出版社，2000年。
24. 李晓峰：《玛拉沁夫小说艺术论》，中国文联出版社，2001年。
25. 托娅、彩娜：《内蒙古当代小说论纲》，中国文联出版社，2002年。
26. 白·特木尔巴根：《古代蒙古族作家汉文创作考》，内蒙古教育出版社，2002年。
27. 特·赛音巴雅尔主编：《中国蒙古族当代文学史》（蒙古文版），内蒙古文化出版社，2003年。
28. 扎拉嘎胡：《扎拉嘎胡文集》，远方出版社，2003年。
29. 李鸿然：《中国当代少数民族文学史论（上、下）》，云南教育出版社，2004年。
30. 梁庭望、李云忠、赵志忠主编：《20世纪中国少数民族文学编年史》，辽宁民族出版社，2006年。
31. 关纪新：《20世纪中华各民族文学关系研究》，民族出版社，2006年。

32. 范柏群、朱栋霖：《中外文学比较史 1898—1949》，江苏教育出版社，2007 年。
33. 苏尤格：《蒙古族现代文学史（下册）》，内蒙古大学出版社，2008 年。
34. 娜弥雅、王梅荣、赛吉拉胡、陈 · 萨日娜：《蒙古族十七年文艺运动述评》，内蒙古文化出版社，2010 年。
35. 乌日斯嘎拉：《蒙古族文学史研究》（蒙古文），辽宁民族出版社，2011 年。
36. 包红梅：《蒙古族文学文体转化研究:〈青史演义〉与蒙汉历史著作的比较》，辽宁民族出版社，2012 年。
37. 陈思和主编：《中国当代文学史教程》，复旦大学出版社，2012 年。
38. 刘成：《草原文学新论》，作家出版社，2014 年。
39. 额尔敦仓：《玛拉沁夫小说民族文化源缘研究》，辽宁民族出版社，2014 年。
40. 玛拉沁夫：《玛拉沁夫文集》，作家出版社，2015 年。
41. 赵志忠:《中国少数民族文学史》(小说卷)，人民文学出版社，2016 年。
42. 丁燕：《西方现代文学对新时期蒙古族生态文学的影响》，科学出版社，2017 年。
43. [美] 勒内 · 韦勒克、奥斯汀 · 沃伦:《文学理论(新修订版)》，刘象愚、邢培明、陈圣生、李哲明译，浙江人民出版社，2017 年。
44. 鲁迅：《拿来主义》，载《鲁迅小说集》，四川人民出版社，2017 年。
45. 杨春：《中国少数民族当代文学史》，中央民族大学出版社，2019 年。
46. 李长中：《当代少数民族文学批评的“西方话语”与“本土经验”研究》，人民出版社，2020 年。

附　录

附录（一）　1949—1978年蒙古族作家创作的汉文小说目录索引

"社会主义建设初期30年" 蒙古族作家创作的
汉文小说初刊篇目索引
（按作家出生年月先后排序，带●为中篇小说，带▲为长篇小说）

作家	作品名称	发表（出版）年月	发表刊物（出版社）
阿·敖德斯尔	●《草原之子》	1955年第6期	《内蒙古文艺》
	《一个姑娘的经历》	1958年1月号	《草原》
	《小冈苏赫》	1959年9月号	《草原》
	《为了新春》	1959年第5期	《人民文学》
	《时代的性格》	1959年10月号	《草原》
	《敖尔盖草原的歌声》	1959年12月号	《草原》
	《泼辣的姑娘》	1960年1月9日3版	《光明日报》
	《"老车夫"》	1960年第7期	《解放军文艺》
	《女拖拉机手》	1960年7月号	《草原》
	《欢乐的除夕》	1960年第11期	《人民文学》
	《金色的波浪》	1961年第4期	《民族团结》
	《草原上》	1961年第4期	《中国民族》
	《鄂尔多斯高原雄鹰》	1961年9月24日7版	《人民日报》

续表

作家	作品名称	发表（出版）年月	发表刊物(出版社)
阿·敖德斯尔	《水晶宫》	1961 年 11 月号	《草原》
	《春雨》	1961 年 12 月 27 日	《内蒙古日报》
	●《撒满珍珠的草原》	1962 年 3 月号	《草原》
	《血衣》	1962 年 7 月 2 日	《人民日报》
	《打“狼”》	1963 年第 3 期	《解放军文艺》
	《莎兰花与巴特尔》	1963 年 3 月号	《草原》
	《礼物》	1964 年第 4 期	《人民文学》
	《家庭》	1964 年 4 月号	《草原》
	《平静的一天》	1964 年第 7 期	《中国民族》
	《雪花飘飘》	1964 年 7 月号	《草原》
	《旗委书记》	1964 年第 9 期	《人民文学》
	《骑骆驼的人》	1973 年第 2 期	《内蒙古文艺》
	《草原的心声》	1977 年 5 月第 3 期	《内蒙古文艺》
	《骑兵之歌》	1978 年 10 月第 7 期	《草原》
特·达木林	《神马》	1957 年 6 月号	《草原》
	《牧人新村的第一个早晨》	1960 年 2 月号第 35 期	《草原》
	《欢腾的锡林河畔》	1963 年 9 月号第 70 期	《草原》
	《夜牧》	1977 年第 4 期	《内蒙古文艺》
	《蒙恩达来之歌》	1977 年 7 月号第 4 期	《内蒙古文艺》
乌兰巴干	《仙水流向草原》	1956 年第 8 期	《内蒙古文艺》
	《呼克塔拉草原上的婚礼》	1956 年第 11 期	《延河》
	▲《草原烽火》	1958 年	中国青年出版社

续表

作家	作品名称	发表（出版）年月	发表刊物(出版社）
乌兰巴干	《初春的山谷》	1958 年 3 月号	《草原》
	《乌云琪其格的一家》	1958 年第 3 期	《处女地》
	《马场主任》	1958 年第 3 期	《延河》
	《鄂伦春姑娘》	1958 年第 5 期	《民族团结》
	《驯马姑娘》	1958 年第 5 期	《萌芽》
	▲《燎原烈火》	1959 年第 4—14 期	《萌芽》
	《草原两姐妹》	1959 年 10 月 18 日	《中国青年报》
	《女主任散丹琪琪格》	1959 年第 12 期	《延河》
	《第一个春天》	1960 年第 1 期	《人民文学》
	《草原上的红旗手》	1960 年第 3 期	《解放军文艺》
	《上校的母亲》	1960 年第 6 期	《解放军文艺》
	《草原新史》	1960 年第 7 期	《人民文学》
	《桃花村》	1961 年第 6 期	《新港》
	《曹连玉和巴吐敖斯尔》	1961 年第 6 期	《延河》
	▲《科尔沁战火》	1964 年第 6 期，1965 年第 1 期	《收获》
	《我们是战友》	1964 年 4 月 3 日	《人民日报》
	《滚滚的黄河》	1964 年 9 月号	《草原》
安柯钦夫	《黄金季节》	1957 年 4 月号	《草原》
	《草原灯火》	1958 年 11 月号	《草原》
	《在冬天的牧场上》	1960 年 4 月	人民文学出版社
	《牧羊姑娘的心愿》	1960 年 4 月	人民文学出版社
	《创业记》	1960 年第 5 期	《包头文艺》
	《养鹿的人》	1964 年 3 月号	《草原》
	《森林故事》	1964 年第 5 期	《包头文艺》
	《山荫道上》	1964 年 10 月号	《草原》
	《大兴安岭风雨》	1964 年第 11 期	《人民文学》
	《新生活的光辉》	1977 年 7 月	人民文学出版社

续表

作家	作品名称	发表（出版）年月	发表刊物(出版社)
朋斯克	●《金色兴安岭》	1952 年第 7、8 期	《解放军文艺》
	《牧人之家》	1957 年 2 月 3 日 3 版	《内蒙古日报》
	《奥云姑娘》	1957 年 2 月 13 日 3 版	《内蒙古日报》
	《千里姻缘》	1957 年 3 月 1 日 3 版	《内蒙古日报》
	《孩子和羔羊》	1957 年 5 月 17 日 3 版	《内蒙古日报》
	《老头下山》	1957 年 5 月号	《草原》
	《透视》	1958 年 8 月号	《草原》
	《头条消息》	1958 年 12 月号	《草原》
	《没有枪的战士》	1961 年 8 月号	《草原》
	《打狼》	1961 年第 11 期	《人民文学》
	《雷雨之夜》	1962 年 4 月号	《草原》
	《小师傅》	1962 年第 6 期	《新港》
	《桃汛时节》	1963 年 3 月号	《草原》
	《坠马崖》	1963 年 3 月 19 日 6 版	《人民日报》
	《第二次胜利》	1963 年第 5 期	《民族团结》
	《风雪灰腾山》	1963 年第 9 期	《人民文学》
	《牧人之家》	1963 年 9 月号第 70 期	《草原》
	《在腾格里边缘地带》	1963 年第 9 期	《解放军文艺》
	《欢腾的锡林河畔》	1963 年第 9 期	《人民文学》
	《一场斗争》	1964 年 4 月号	《草原》
	《森林的故事》	1964 年第 5 期	《包头文艺》
	《伙伴》	1964 年 10 月号	《草原》
云照光	《友谊》	1955 年 4 月 9 日 4 版	《内蒙古日报》
	《里应外合》	1957 年 8 月号	《草原》
	《春满军营》	1963 年第 9 期	《解放军文艺》
	《河水哗哗流》	1964 年	《内蒙古日报》

续表

作家	作品名称	发表（出版）年月	发表刊物(出版社)
云照光	《母亲湖的光》	1964 年 5 月号	《草原》
	●《蒙古小八路》	1977 年 7 月号第 3—4 期	《内蒙古文艺》
扎拉嘎胡	《一朵红花》	1952 年 4 月 25 日	《内蒙古日报》
	《护堤》	1952 年 7 月 4 日	《内蒙古日报》
	《草原上的新路》	1953 年第 4 期	《东北文学》
	《扎马丹》	1955 年第 8 期	《文学月刊》
	《友谊》	1955 年第 9 期	《内蒙古文艺》
	《苏古尔老头》	1956 年 3 月 3 日	《内蒙古日报》
	《小白马的故事》	1956 年第 9 期	《文学月刊》
	《社员之间》	1956 年 9 月 2 日	《内蒙古日报》
	●《春到草原的时候》(后更名为《春到草原》)	1956 年 9 月 2 日	《内蒙古日报》
	《花酒瓶》	1957 年 5 月 1 日	《中国青年报》
	《悬崖上的爱情》	1957 年 12 月号	《草原》
	《献身》	1957 年第 12 期	《新观察》
	《亲爱的妈妈》	1958 年第 4 期	《草原》
	▲《红路》	1959 年	作家出版社
	《柳燕去过的地方》	1960 年 2 月号第 35 期	《草原》
	《钢城春夜》	1960 年第 6 期	《包头文艺》
	《山巅上的红松》	1961 年第 11 期	《人民文学》
	《草原在欢笑》	1962 年第 3 期	《民族团结》
	《“艾岩”》	1963 年 3 月 7 日	《光明日报》
	《钢铁骑手》	1963 年 10 月 13 日	《北京日报》
	《在起点上》	1963 年 10 月号	《草原》
	《梅梅，我错了！》	1964 年 4 月号	《草原》

续表

作家	作品名称	发表（出版）年月	发表刊物（出版社）
扎拉嘎胡	▲《草原的早晨》（后更名为《草原雾》）	1977年	人民文学出版社
	《雪拥青山》	1978年7月号第4期	《草原》
	《在遥远的草原上》	1978年第5期	《包头文艺》
玛拉沁夫	《科尔沁草原的人们》	1952年第1期	《人民文学》
	《在暴风雪中》	1954年第6期	《人民文学》
	《命名》	1955年第10期	《内蒙古文艺》
	▲《在茫茫的草原上》	1956年第9—12期	《内蒙古文艺》
	《老牧人和他的一把木椅》	1957年4月号	《草原》
	《满眼春色的草原》	1958年第6期	《延河》
	《在黎巴嫩首都的一条街上》	1958年7月30日	《内蒙古日报》
	《迷路》	1959年9月15日	《人民日报》
	《路》	1959年第10期	《人民文学》
	《草原上的战斗》	1959年12月	作家出版社
	《六月的第一个早晨》	1961年第4期	《人民文学》
	《诗的波浪》	1961年7月号	《草原》
	《采金者》	1961年第7期	《新港》
	《山大王》	1961年第8期	《上海文学》
	《在花的草原上》（后更名为《花的草原》）	1961年9月4日、7日	《体育报》
	《暴风在草原上呼啸》	1961年第10期	《人民文学》
	《歌声——过去的故事》	1962年第2期	《人民文学》
	《琴声》	1962年第3期	《人民文学》
	《女篮六号》	1962年12月27日	《体育报》

续表

作家	作品名称	发表（出版）年月	发表刊物(出版社)
玛拉沁夫	《在墨绿色的球台旁》	1963 年第 5 期	《人民文学》
	《“奴隶”村见闻》	1964 年 3 月 24 日	《人民日报》
	《腾戈里的日出》	1964 年第 10 期	《人民文学》
	《海阔天空》	1972 年 3 月 31 日	《内蒙古日报》
	《草原的浪花》	1978 年第 2 期	《上海文艺》
照日格巴图	《拔毂》	1953 年 10 月 17 日	《内蒙古日报》
	《草地剿匪》	1954 年	《内蒙古文艺》
	《草原的冬夜》	1955 年第 7 期	《文学月刊》
	《新战士日记》	1955 年第 7 期	《内蒙古文艺》
	《草原雄鹰》	1960 年第 10 期	《解放军文艺》
	《插进敌人的心脏》	1962 年 8 月号	《草原》
	《鱼塘的故事》	1963 年 4 月号	《草原》
	《宁布》	1963 年第 6 期	《解放军文艺》
	《二婶》	1963 年 7 月号第 68 期	《草原》
	《张勇小传》	1964 年 1 月号	《草原》
	《草原骑兵》	1964 年第 3 期	《萌芽》
	《入伍之初》	1964 年第 4 期	《包头文艺》
	《张勇续传》	1964 年 6 月号	《草原》
	《骑兵战士》	1964 年 8 月号	《草原》
	《刀光闪闪战马飞》（后更名为《刀光闪闪》）	1964 年第 11 期	《人民文学》
	《马背上的枪声》	1965 年第 8 期	《萌芽》
	▲《铁骑》	1974 年 1 月	内蒙古人民出版社
	《敌后插刀》	1977 年 7 月	人民文学出版社
	《旗委书记》	1978 年第 1 期	《内蒙古文艺》

续表

作家	作品名称	发表（出版）年月	发表刊物(出版社)
伊德尔夫	《柱子》	1972年第9期	《包头文艺》
	《团长的鞋》	1973年第1期	《包头文艺》
	《雷兵》	1973年第3期	《内蒙古文艺》
	《一发跳弹》	1973年第3、4期	《包头文艺》
	《山丹其其格》	1974年第2期	《内蒙古文艺》
	《杏》	1974年第2、3期	《包头文艺》
	《如实汇报》	1976年第6期	《包头文艺》
	《铁鹰》	1977年第6期	《内蒙古文艺》
	《夕阳老兵》	1978年5月号	《草原》
甫澜涛	《炸崖》	1975年11月23日	《内蒙古日报》
	《小燕》	1977年9月第5期	《内蒙古文艺》
	《女婿上门》	1978年8月第5期	《草原》

附录（二） 1979–2000年蒙古族作家创作的汉文小说目录索引

"20世纪80、90年代"蒙古族作家创作的汉文小说初刊篇目索引

（按作家出生年月先后排序，带●为中篇小说，带▲为长篇小说）

作家	作品名称	发表（出版）年月	发表刊物（出版社）
阿·敖德斯尔	▲《骑兵之歌》	1979年5月	《人民文学》
	《含泪的笑声》	1979年第4期	《人民文学》
	《但愿从今以后》	1980年第4期	《草原》
	《谁说了算》	1981年第2期	《民族文学》
	《责任》	1981年第10期	《草原》
	《草原上的萤火虫》	1982年第4期	《草原》
	《蓝色的阿尔善河》	1982年第3期	《民族文学》
	《青海湖，宝镜般的湖》	1984年第12期	《山丹》
	《马头琴恋歌》	1986年第6期	《小说家》
	《东格尔喇嘛》	1988年第11期	《草原》
	《雨夜》	1989年第5期	《草原》
	《历史的回声》	1990年第3期	《黄河》
	《羁绊》	1990年第3期	《鹿鸣》
	《暖秋》	1991年第7期	《草原》
	《我那不知道姓名的阿盖》	1991年第10期	《人民文学》
	《绣杏花儿的烟荷包》	1992年第8期	《民族文学》
	《小说三题》	1993年第10期	《草原》
	《"死者"与"生者"》	1993年第10期	《人民文学》
	《诱惑》	1994年第2期	《草原》

续表

作家	作品名称	发表（出版）年月	发表刊物（出版社）
阿·敖德斯尔	《小说三题》	1994 年第 5 期	《山丹》
	●《岁月无痕》	1996 年第 4 期	《山丹》
	《云青马》	1996 年第 6 期	《民族文学》
	●《欢笑的阿尔善河》	1997 年第 4 期	《骏马》
	《小路》	1997 年第 5 期	《民族文学》
	《狗坟》	1998 年第 6 期	《民族文学》
	《归来》	1998 年第 11 期	《草原》
	●《遗嘱》	1999 年第 4 期	《草原》
	《狱中来信》	2000 年第 11 期	《草原》
朋斯克	《长夜》	1980 年第 1 期	《草原》
	《绣花烟荷包的坠子》	1984 年第 1 期	《草原》
	《二十年以后》	1984 年第 10 期	《草原》
	《奶食品的轶事》	1985 年第 6 期	《草原》
	●《伊和塔拉之战》	1987 年 5 月	内蒙古人民出版社
	《猴官》	1990 年第 3 期	《草原》
	《艳遇》（外一篇）	1991 年第 10 期	《草原》
	《草原三怪》	1993 年第 1 期	《草原》
	《大当家·俏媳妇·小喇嘛》	1996 年第 2 期	《草原》
	《冤家》	1997 年第 12 期	《鹿鸣》
	《短篇二题》	1998 年第 12 期	《草原》

续表

作家	作品名称	发表（出版）年月	发表刊物（出版社）
扎拉嘎胡	《在遥远的草原上》	1978 年第 5 期	《包头文艺》
	●《三十年的爱和恨》	1980 年第 1 期	《民族文学》
	●《嘎达梅林传奇》	1982 年第 5 期	《奔马》
	●《达那巴拉与金香》	1982 年第 8 期	《草原》
	《暴风飘逝后的蓝天》	1983 年第 7 期	《民族文学》
	《风雪夜》	1983 年第 7 期	《民族文学》
	《空谷悲鸣》	1990 年第 3 期	《鹿鸣》
	《血祭查干湖》	1992 年第 7 期	《山花》
	《情葬远山》	1992 年第 7 期	《山花》
	《酒圣轶事》	1992 年第 7 期	《中国作家》
	●《巍巍神女峰》	1993 年冬季刊	《漓江》
	▲《黄金家族的毁灭》	1999 年 5 月	上海文艺出版社
玛拉沁夫	《踏过深深的积雪》	1979 年 3 月 24 日	《人民日报》
	《家庭舞会》	1980 年第 2 期	《人民日报》
	《活佛的故事》	1980 年 7 月 12 日	《人民日报》
	●《第一道曙光》	1980 年 7 月	百花文艺出版社
	《大地》	1981 年第 6 期	《民族文学》
	《审戏》	1981 年 8 月 20 日	《北京日报》
	《荒漠》	1981 年第 10 期	《山花》
	《女部长》	1982 年第 8 期	《人民文学》
	《轨道》	1983 年第 9 期	《人民文学》
	《青青大草滩》	1983 年第 9 期	《延河》
	●《爱，在夏夜里燃烧》	1985 年第 8 期	《民族文学》

续表

作家	作品名称	发表（出版）年月	发表刊物（出版社）
哈斯乌拉	《肥尾羊的风波》	1981 年第 3 期	《锡林郭勒》
	《高耸的驼峰》	1981 年第 3 期	《锡林郭勒》
	《战胜死神的人》	1981 年第 8 期	《锡林郭勒》
	《忠乃阿扎》	1982 年第 2 期	《锡林郭勒》
	《马蹄声声》	1982 年第 4 期	《锡林郭勒》
	《潺潺流淌的阿拉坦河》	1983 年第 8 期	《草原》
	《虔诚者的遗嘱》	1983 年第 10 期	《草原》
	《乌珠穆沁人的故事》	1984 年第 7 期	《草原》
	《草原泪》	1984 年第 8 期	《山丹》
	●《吉祥的彩练》	1985 年第 4 期	《敕勒川》
	《期待》	1985 年第 6 期	《草原》
	《待等敖包相会时》	1985 年第 11 期	《草原》
	●《活佛道布敦》	1986 年第 3 期	《黄河》
	《当军人需要妻子的时候》	1986 年第 4 期	《飞天》
	《一片蓝天》	1986 年第 4 期	《山丹》
	《乌珠尔河的呼唤》	1986 年第 9 期	《草原》
	《染绿冬天的祝福》	1987 年第 3 期	《萌芽》
	《两个女人的寻觅》	1988 年第 4 期	《草原》
	《印在马背上的恋情》	1988 年第 9 期	《山丹》
	●《蓝色的尤热尔勒》	1989 年第 3 期	《敕勒川》
	《朝圣》	1989 年第 5 期	《民族作家》
	《玫瑰色的荒野》	1989 年第 7 期	《草原》
	《走进夕阳》	1990 年第 9 期	《草原》
	●《两匹马的草原》	1993 年第 9 期	《民族文学》
	《乌珠穆沁情话》	1997 年第 5 期	《民族文学》

续表

作家	作品名称	发表（出版）年月	发表刊物（出版社）
察森敖拉	《奶汁》	1981 年第 6 期	《民族文学》
	《放生》	1982 年第 2 期	《上海文学》
	《一匹好马》	1982 年第 7 期	《解放军文艺》
	《心儿留给羊群》	1982 年第 10 期	《青海湖》
	《中午至黄昏》	1983 年第 3 期	《民族文学》
	《旅伴》	1983 年第 7 期	《青海湖》
	●《博音河哟，水晶晶花》	1984 年第 1 期	《芙蓉》
	《耶利特》	1984 年第 10 期	《西藏文学》
	《巴列哈图人》	1985 年第 1 期	《青海湖》
	《绿色的晨雾里》	1985 年第 1 期	《民族文学》
	●《扎手的刺梅》	1986 年第 2 期	《青海湖》
	《被拒绝的吻》	1986 年第 3 期	《当代》
	●《苦涩的热吻》	1988 年第 7 期	《青海湖》
	《山谷幽情》	1988 年第 7 期	《青海湖》
	●《山谷幽情》	1993 年第 11 期	《青海湖》
	《虎狼年第》	1994 年第 6、7 期	《青海湖》
	●《牧场精灵》	1996 年第 8 期	《青海湖》
	《雪埋草原路》	1997 年第 8 期	《民族文学》
	《山民之子》	1998 年第 2 期	《民族文学》
	●《你也是蒙古人》	1999 年第 3 期	《民族文学》
	▲《牧场的成人礼》	1999 年第 9 期	《民族文学》
	《鸽群》	1999 年第 11 期	青海人民出版社
	《长调悠悠》	2000 年第 1 期	《民族文学》
	《奇缘》	2000 年第 5 期	《民族文学》

续表

作家	作品名称	发表（出版）年月	发表刊物（出版社）
郭雪波	《锡伯族的神箭手》	1979年第5期	《中国民族》
	《镶在心上的算盘》	1979年第6期	《中国民族》
	《苦酒》	1980年第2期	《上海文学》
	《原野上走着一个罗锅》	1981年第11、12期	《青年文学》
	《“工兵”杨克》	1982年第2期	《山丹》
	《这颗星还在燃烧》	1982年第4期	《青年文学》
	《愿每棵小草都绿》	1982年第11期	《上海文学》
	《驾驭风的人》	1984年第5期	《民族文学》
	《沙里埋着金子》	1984年第6期	《山丹》
	《骆驼草》	1984年第7期	《北京文学》
	▲《锡林河女神》	1984年8月	群众出版社
	《沙溪》	1984年第8期	《北京文学》
	《最后一个圣徒》	1984年第11期	《草原》
	《沙狐》	1985年第4期	《北京文学》
	《沙獾》	1985年第6期	《北方文学》
	《橘红色的沙月》	1985年第7期	《萌芽》
	《空谷》	1986年第10期	《北方文学》
	《沙地牛仔》	1987年第4期	《花城》
	《哭泣的沙驼》	1987年第12期	《草原》

续表

作家	作品名称	发表（出版）年月	发表刊物（出版社）
郭雪波	▲《火宅》	1990 年 5 月	花城出版社
	《古犄角》	1990 年第 5 期	《民族文学》
	《木犁》	1991 年第 2 期	《民族文学》
	《沙葬》	1991 年第 5 期	《中国作家》
	《温都尔罕山上的圆石》	1992 年第 2 期	《绿叶》
	《羊西河上的洋桥》	1992 年第 6 期	《人民文学》
	《白驹》	1993 年第 1 期	《十月》
	《老树》	1995 年第 3 期	《民族文学》
	《他，来自大地深处》	1996 年第 4 期	《绿叶》
	《爱唱歌的秃顶伯》	1997 年第 2 期	《当代》
	《我依然听见他爽朗笑声》	1997 年第 2 期	《北京文学》
	《罕·兀拉山上有圆石》	1998 年第 1 期	《民族文学》
	《母狼》	1998 年第 2 期	《雨花》
	《公狼》	1998 年第 2 期	《雨花》
	《大漠魂》	1998 年第 2 期	《长江文艺》
	《荒漠枪事》	1998 年第 7 期	《长江文艺》
	《遥远的故乡》	1999 年第 5 期	《雨花》
	《霜天苦荞红》	1999 年第 8 期	《民族文学》
	《狼子》	1999 年第 9 期	《长江文艺》
	《大漠落日》（外一篇）	1999 年第 10 期	《北京文学》
	《大漠狼孩》	2000 年第 9 期	《中国作家》
	《树上人家》	2000 年第 11 期	《长江文艺》
	《父亲的故事》	2000 年第 11 期	《长江文艺》

续表

作家	作品名称	发表（出版）年月	发表刊物（出版社）
佳峻	《雨神·花仙》	1980年第1期	《奔马》
	《老陆》	1980年第4期	《包头文艺》
	《鹿哨响了》	1981年第3期	《民族文学》
	《蚌壳·珍珠》	1981年第3期	《绿原》
	《一个淘气孩子的故事》	1981年第3期	《山丹》
	《荆棘·蓓蕾》	1981年第4期	《草原》
	《报春兰》	1981年第6期	《十月》
	《愿望》	1981年10月17日	《解放军报》
	《日月·潮汐》	1981年第11期	《鹿鸣》
	《邮票》	1981年第11期	《作品》
	《草原的旋律》	1982年第1期	《当代》
	《追光》	1982年2月18日	《光明日报》
	《小草》	1982年第5期	《人民文学》
	《奶兔》	1982年第7期	《民族文学》
	●《驼铃》	1982年第7期	《民族文学》
	《电话没有打通》	1982年第11期	《人民文学》
	《中秋月》	1983年第10期	《人民文学》
	《闪电》	1983年第10期	《长江文艺》
	《水晶项链》	1983年第10期	《文汇》
	《小旋风随想曲》	1983年第11期	《文汇》
	《白天鹅》	1984年第2期	《北京文学》
	《小溪》	1984年第3期	《民族文学》
	●《虎门“犬子”》	1984年第3期	《小说作家》
	《牧羊人》	1984年第4期	《文汇》
	《青薄冰》	1984年第6期	《青年作家》
	《秋菊》	1985年第3期	《青年作家》

续表

作家	作品名称	发表（出版）年月	发表刊物（出版社）
佳峻	《昙花》	1985 年第 6 期	《红豆》
	《野麻花染绿的峡谷》	1985 年第 6 期	《人民文学》
	《追星赶月》	1986 年第 10 期	《民族文学》
	《办公室飞进一只蜻蜓》	1986 年第 12 期	《广西文学》
	《薄雾》	1986 年第 12 期	《青年作家》
	●《小瑶妹》	1987 年第 3 期	《民族文学》
	《火头军司令》	1987 年第 3 期	《小说家》
	《醉翁奇谈录》	1987 年第 3 期	《河北文学》
	《冬天的风》	1987 年第 5 期	《北京文学》
	《雪豹》	1987 年第 9 期	《青年作家》
白雪林	《白雪中的黑湖》	1982 年第 9 期	《科尔沁文学》
	《热土》	1983 年第 2 期	《科尔沁文学》
	《初更》	1984 年第 9 期	《人民文学》
	《蓝幽幽的峡谷》	1984 年第 12 期	《草原》
	《岩石上的泪》	1985 年第 3 期	《草原》
	《拔草的女人》	1985 年第 9 期	《人民文学》
	《吉荷德尔》	1986 年第 1 期	《民族文学》
	《索丽娅的礼物》	1986 年第 7 期	《草原》
	《酒浪》	1987 年第 6 期	《北京文学》
	《草原》	1988 年第 10 期	《民族文学》
	《小镇上的汉子》	1989 年第 1 期	《草原》
	《成长》	1989 年第 5 期	《民族文学》
	●《成长》	1989 年第 5 期	《民族文学》
	《小说六篇》	1991 年第 1 期	《草原》
	《小说四篇》	1991 年第 8 期	《民族文学》
	《两棵树》	1999 年第 2 期	《山丹》

附录（三） 2001—2019年蒙古族作家创作的汉文小说目录索引

21世纪（文中涉及的7位蒙古族作家）汉文小说初刊篇目索引（按作家出生年月先后排序，带●为中篇小说，带▲为长篇小说）

作家	作品名称	发表（出版）年月	发表刊物（出版社）
格日勒其木格·黑鹤	●《重返草原》	2005年	中国少年儿童出版社
	《饲狼》	2005年	中国少年儿童出版社
	《魅影》	2005年	中国少年儿童出版社
	《高原野牦牛》	2005年	中国少年儿童出版社
	《黑眼睛》	2005年	中国少年儿童出版社
	《红色狼谷》	2005年	中国少年儿童出版社
	《雪域格桑》	2005年	中国少年儿童出版社
	《母兔》	2005年	中国少年儿童出版社
	《额尔古纳河的母狼》	2005年	中国少年儿童出版社
	▲《鬼狗》	2006年	中国少年儿童出版社
	▲《黑焰》	2006年	接力出版社
	●《狼獾河》	2008年	接力出版社
	《草地牧羊犬》	2009年	二十一世纪出版社
	《天鹅牧场》	2010年	中国少年儿童出版社
	▲《狼谷的孩子》	2011年1月	接力出版社
甫澜涛	▲《大漠青驹》	2004年12月	作家出版社
	《安奔营子的年轻人们》	2016年第10期	《民族文学》
郭雪波	《哺乳》	2001年第5期	《德语学习》
	▲《大漠狼孩》	2001年8月	中国文联出版社

续表

作家	作品名称	发表（出版）年月	发表刊物（出版社）
郭雪波	▲《沙葬》	2002 年 6 月	光明日报出版社
	《哭泣的草原》	2002 年第 7 期	《森林与人类》
	《肥尾羊》	2002 年第 7 期	《青年第文学》
	▲《红绿盘》	2002 年 9 月	群众出版社
	《“狗文化”及其他》	2003 年第 5 期	《北京观察》
	《街上，勇者行》	2003 年第 10 期	《北京文学》
	《天堂花》	2003 年第 11 期	《北京文学》
	《父爱如山》	2004 年第 5 期	《大家》
	《追日之行》	2004 年第 5 期	《地火》
	《天风》	2004 年第 10 期	《长江文艺》
	《狼的那双蔑视人的眼睛》	2004 年第 11 期	《中国绿色画报》
	《泥乳》	2004 年第 12 期	《红豆》
	《天海子》	2004 年第 12 期	《北京文学》
	《塔里木的胡杨》	2005 年第 1 期	《地火》
	《那双蔑视人类的眼睛》	2005 年第 1 期	《绿叶》
	《哈德的怪柳》	2005 年第 9 期	《绿叶》
	《腾格尔山上的一只兔子》	2005 年第 2—6 期	《绿叶》
	▲《银狐》	2006 年 1 月	漓江出版社
	《天音》	2006 年第 2 期	《民族文学》
	《苦荞》	2006 年第 5 期	《红岩》
	《随缘的收藏》	2006 年第 7 期	《长江文艺》
	《暖岸》	2007 年第 1 期	《民族文学》

续表

作家	作品名称	发表（出版）年月	发表刊物（出版社）
郭雪波	《日落地方的青鸟》	2007年第10期	《绿叶》
	《穿越你的灵魂》	2007年第10期	《中国作家》
	《穿越你的灵魂之成吉思汗的劈刺》	2007年第10期	《青年文学》
	《会唱歌的小溪》	2008年第1期	《红豆》
	▲《青旗嘎达梅林》	2011年6月	新星出版社
	《夜行者》	2016年7期	《民族文学》
	《那根结有疙瘩的攀绳》	2017年第4期	《民族文学》
	《乌兰牧骑女孩》	2018年第2期	《民族文学》
韩静慧	▲《黑色证据》	2001年	内蒙古人民出版社
	《阴差阳错》	2001年	内蒙古人民出版社
	《一盒空了的火柴》	2001年	内蒙古人民出版社
	《恐怖地带101》	2001年	内蒙古人民出版社
	《富家女孩》	2002年第2—4期	《孩子天地》
	▲《M4青春事》	2003年	作家出版社
	《老林与高中女生林三心》	2003年第11期	《中国校园文学》
	《三个老师三个样》系列小说之一至之六	2005年第2—12期	《中国校园文学》
	《呸！我不想作》	2005年8月	作家出版社
	《男女双打》	2006年第5期	《中国校园文学》
	《羞愧》	2006年第8期	《中国校园文学》
	《乌鸦变成和平鸽》	2008年第2期	《中国校园文学》
	《将谎言进行到底》	2008年第8期	《民族文学》
	▲《神秘女生》系列(《咱不和女生斗气》《拯救懒女泡泡》《外国来的小女生》)	2009年	二十一世纪出版社

续表

作家	作品名称	发表（出版）年月	发表刊物（出版社）
韩静慧	▲《为谁活着》（与陈璐合著）	2010 年 3 月	中国华侨出版社
	▲《罗比这样长大》系列（《不该知道的秘密》《父子较量》《无奈的罗比》）	2011 年	凤凰出版传媒集团
	●《额吉和罂粟花》	2011 年	中国华侨出版社
	●《吉雅一家和欢喜佛》	2011 年	中国华侨出版社
	●《月亮湖边的鸽子花》	2011 年	中国华侨出版社
	●《双重面孔》	2011 年	中国华侨出版社
	●《无路可逃》	2011 年	中国华侨出版社
	●《真的不想说再见》	2011 年	中国华侨出版社
	●《衰草依依》	2011 年	中国华侨出版社
	●《沙魂》	2011 年	中国华侨出版社
	▲《一树幽兰花落尽》	2012 年	中国华侨出版社
	▲《赛罕萨尔河边的女孩》	2017 年 2 月	北京出版社
	《光棍的房子》	2017 年第 8 期	《民族文学》
	《额吉的荞麦地》	2017 年	团结出版社
	▲《编织梦想的草原女孩儿》	2018 年	北京少年儿童出版社
	▲《锅盆女孩》	2018 年 9 月	新蕾出版社
陈萨日娜	《受伤的口琴》	2017 年第 7 期	《草原》
	《遥望》	2017 年第 7 期	《草原》

续表

作家	作品名称	发表（出版）年月	发表刊物（出版社）
娜仁高娃	《白驼》	2012 年第 10 期	《草原》
	《背石头的女人》	2016 年第 3 期	《草原》
	《短篇小说二则》	2016 年第 10 期	《草原》
	《苍青色长角羊》	2017 年第 2 期	《草原》
	●《阿拉姆斯》	2017 年第 2 期	《草原》
	▲《影》	2017 年 12 月	作家出版社
	《短篇小说二则》	2018 年第 7 期	《草原》
	●《七角羊》	2019 年 8 月	作家出版社
	《草地女人》	2019 年 8 月	作家出版社
	《醉阳》	2019 年 8 月	作家出版社
	《乳山》	2019 年 8 月	作家出版社
	《热恋中的巴岱》	2019 年 8 月	作家出版社
	《雌性的原野》	2019 年 8 月	作家出版社
	《耳语》	2019 年 8 月	作家出版社
	《送亲歌》	2019 年 8 月	作家出版社
	《透风的墙》	2019 年 8 月	作家出版社
	《玛楠河礼物》	2019 年 8 月	作家出版社
	《天边的肩胛骨》	2019 年 8 月	作家出版社
	《神的水槽》	2019 年 8 月	作家出版社
海勒根那	《祖上故事》	2000 年	《草原》
	《天下傻瓜》	2002 年第 5 期	《民族文学》
	《我是个榆木脑袋》	2002 年第 12 期	《鹿鸣》
	《在巴尔虎草原》	2003 年第 4 期	《骏马》

续表

作家	作品名称	发表（出版）年月	发表刊物（出版社）
海勒根那	《杀马》	2003 年第 6 期	《草原》
	《父亲鱼游而去》	2004 年第 1 期	《青年文学》
	《到哪儿去，黑马》	2004 年第 3 期	《青年文学》
	《寻找青鸟》	2004 年第 3 期	《骏马》
	《小说二则》	2004 年第 3 期	《骏马》
	《金色乳汁的草原》	2004 年第 11 期	《民族文学》
	《路过 K 城》	2005 年第 1 期	《飞天》
	《狗日的弹片》	2005 年第 7 期	《民族文学》
	《小黄马驹》	2006 年第 11 期	《民族文学》
	《母亲的青鸟》	2006 年第 11 期	《青春》
	《伯父特木热的墓地》	2007 年第 1 期	《天涯》
	《寻找巴根那》	2007 年第 2 期	《青年文学》
	《黑雪》	2007 年第 9 期	《民族文学》
	《手套》	2008 年第 1 期	《民族文学》
	《骑手嘎达斯》	2015 年第 7 期	《民族文学》
	《玉米啊玉米》	2016 年第 2 期	《民族文学》
	《125 号公马》	2017 年第 3 期	《草原》
	《鹿哨》	2018 年第 10 期	《民族文学》
渡澜	《傻子乌尼戈消失了》	2019 年第 4 期	《收获》
	《声音》	2019 年第 5 期	《青年作家》
	《谅宥》	2019 年第 5 期	《青年作家》
	《圆形和三角形》	2019 年第 5 期	《青年作家》
	《昧火》	2019 年第 11 期	《人民文学》

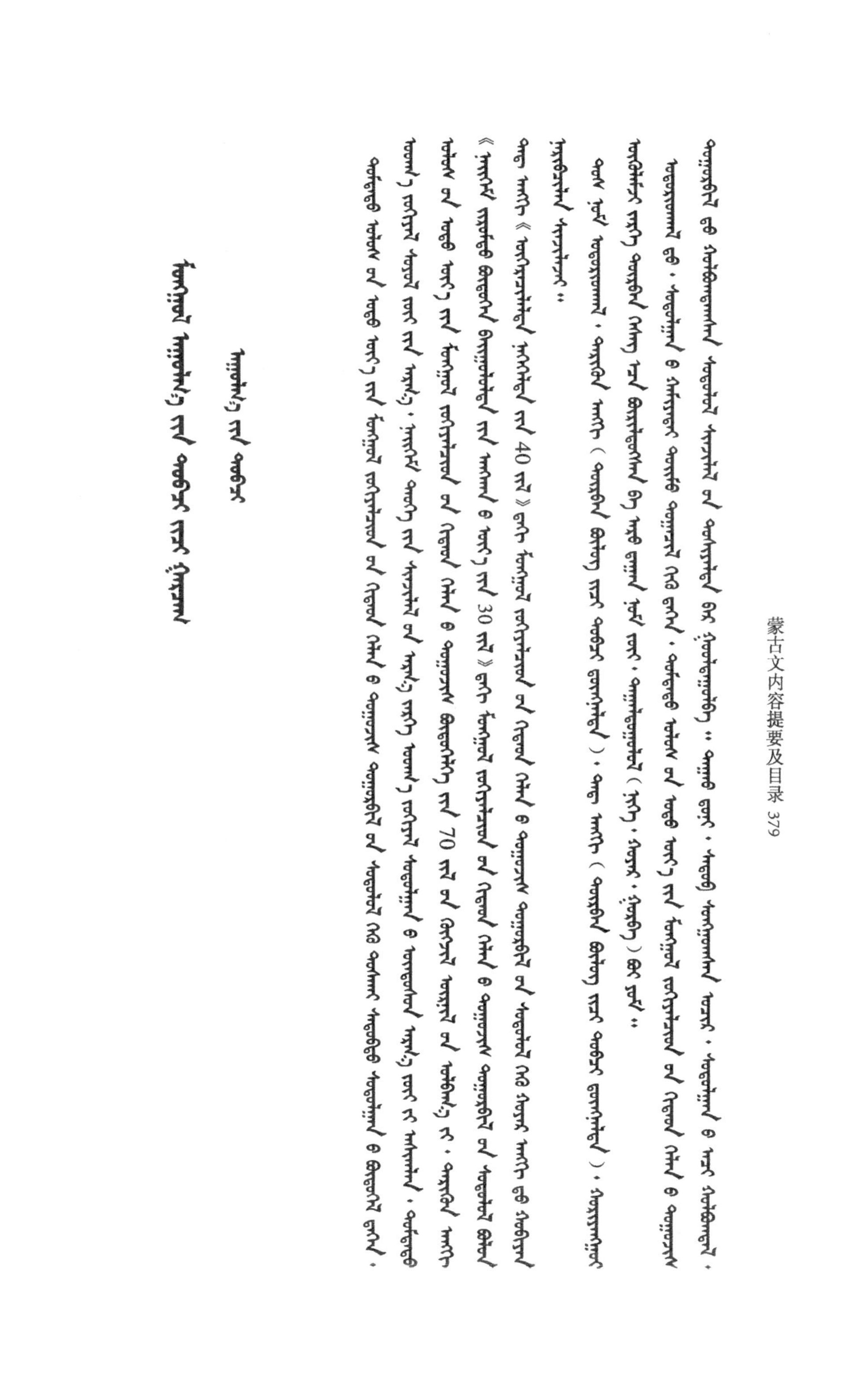

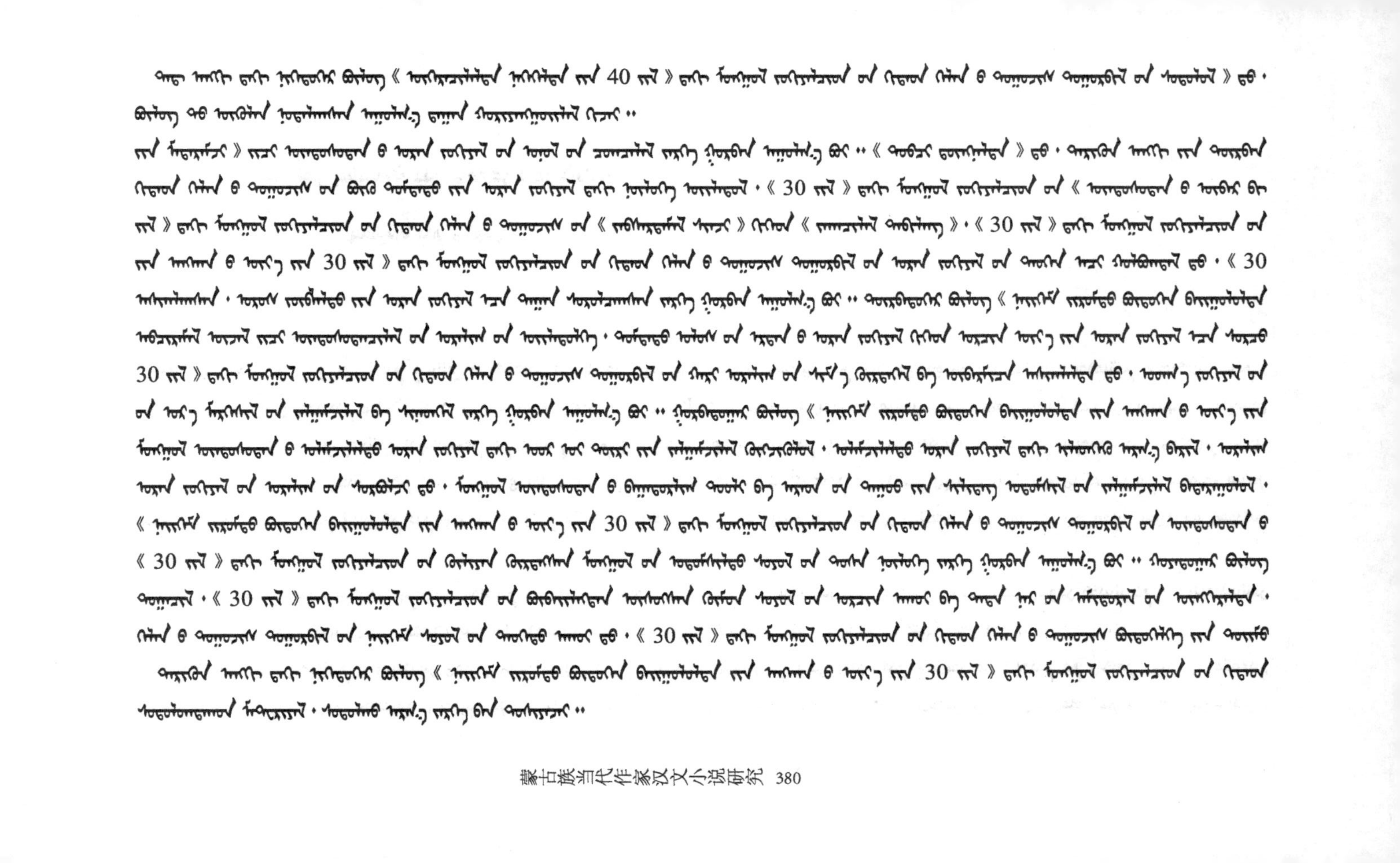

[illegible]

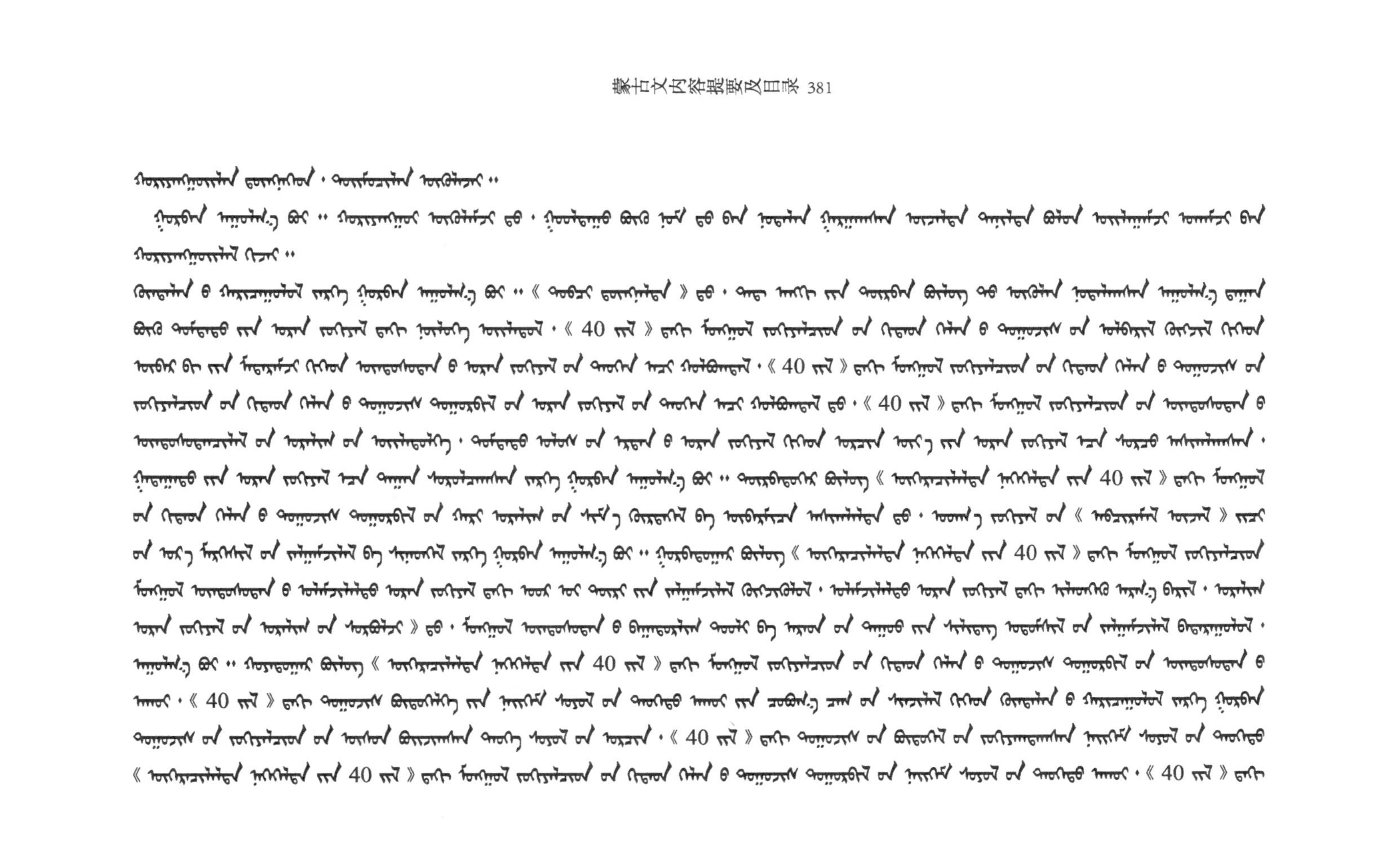

[illegible]

ᠭᠠᠷᠴᠠᠭ

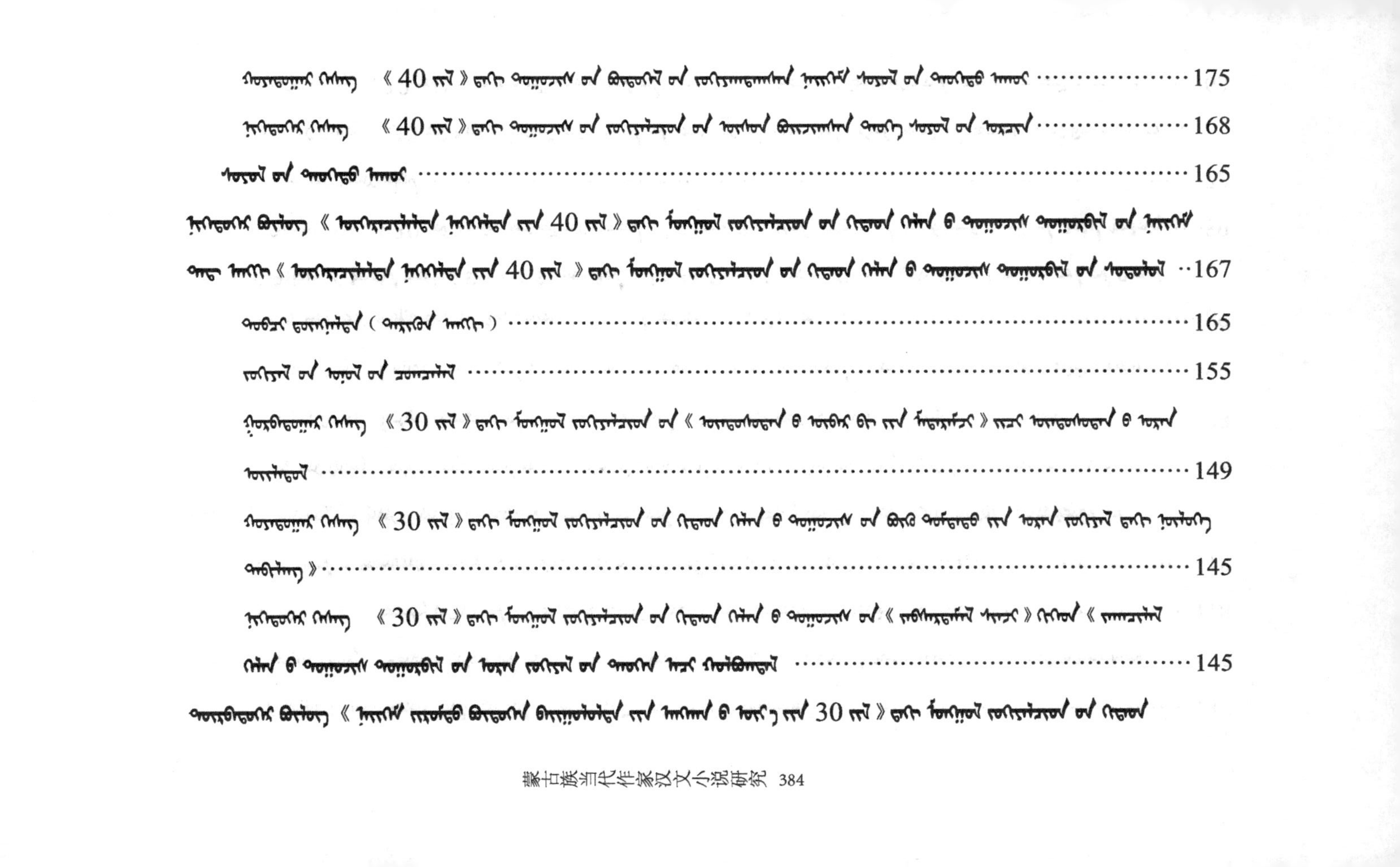

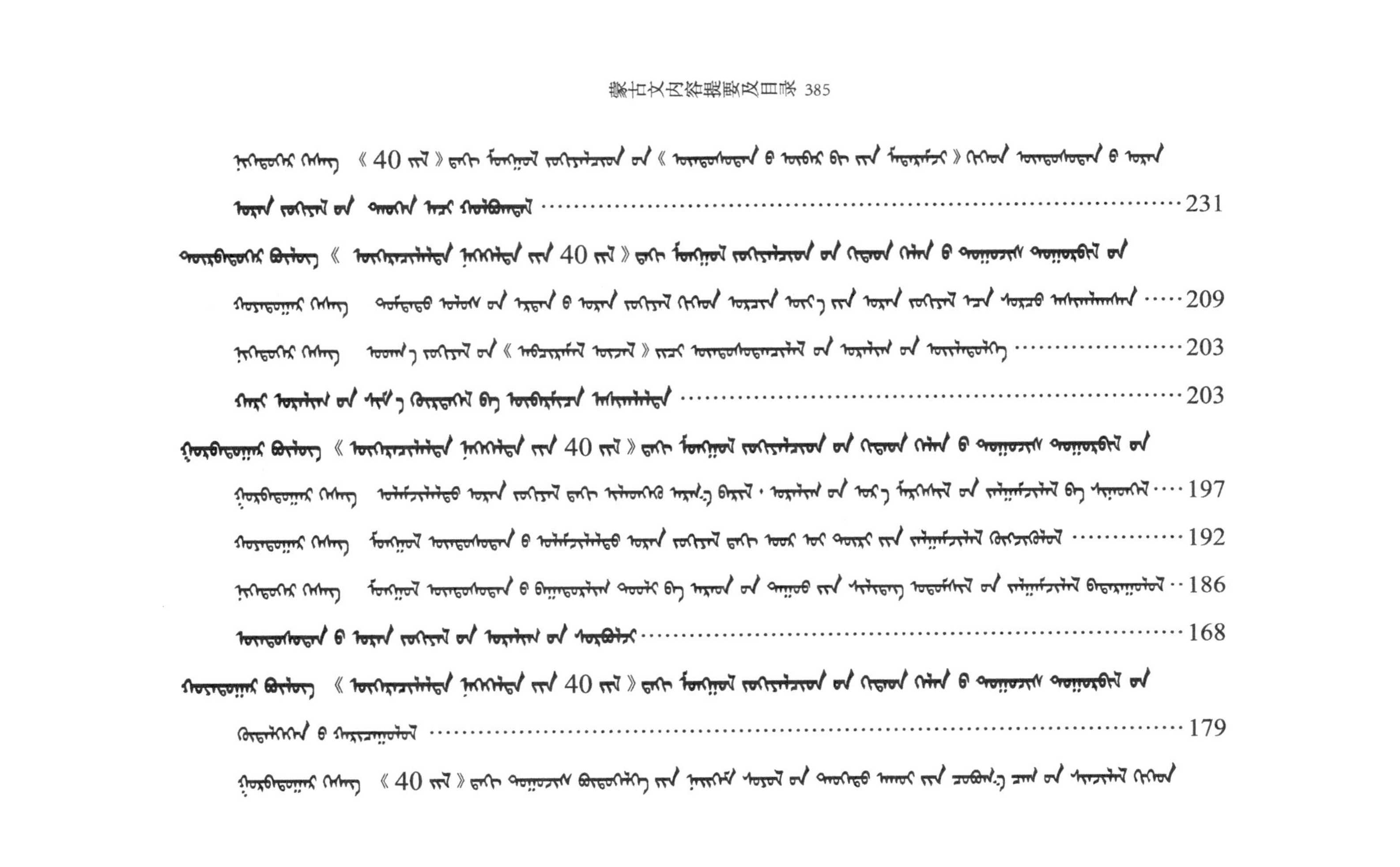

《中国蒙古学文库》已经出版书目

（按出版日期顺序排列）

1.《成吉思汗哲学思想研究》（格·孟和著，蒙古文，1997年6月出版，定价33.00元）

2.《蒙古族逻辑思维研究》（图·乌力吉著，蒙古文，1997年6月出版，定价14.00元）

3.《蒙古族儿童文学概要》（哈斯巴拉等著，蒙古文，1997年6月出版，定价17.00元）

4.《阿尔寨石窟回鹘蒙古文榜题研究》（哈斯额尔敦、丹森等著，蒙古文，1997年6月出版，定价16.00元）

5.《蒙古族音乐史》（呼格吉乐图著，蒙古文，1997年6月出版，定价34.00元）

6.《中国人民解放战争时期内蒙古骑兵史》（乌嫩齐主编，汉文，1997年6月出版，定价16.00元）

7.《蒙古族正骨学》（旺钦扎布著，蒙古文，1997年6月出版，定价35.00元）

8.《蒙古学论著索引（1986—1995）》（额尔德尼编，汉文，1997年6月出版，定价21.00元）

9.《蒙古族美术研究》(阿木尔巴图著，汉文，1997年6月出版，定价48.00元)

10.《古代蒙古法制史》(奇格著，汉文，1999年9月出版，定价23.00元)

11.《蒙古文书法概论》(额力很巴雅尔主编，蒙古文，1999年9月出版，定价20.00元)

12.《蒙古族民歌与交响乐研究》(永儒布著，汉文，1999年10月出版，定价48.00元)

13.《蒙古族文物与考古研究》(盖山林著，汉文，1999年12月出版，定价48.00元)

14.《〈蒙古源流〉研究》(乌兰著，汉文，2000年4月出版，定价55.00元)

15.《蒙古族全史》(第1卷)(留金锁著，蒙古文，2000年12月出版，定价25.00元)

16.《蒙古族美学史》(满都夫著，汉文，2000年12月出版，定价45.00元)

17.《中国民族语文工作的创举》(舍那木吉拉著，汉文，2000年12月出版，定价18.00元)

18.《蒙古族民歌与交响乐研究》(永儒布著，原为汉文，那顺乌尔塔译成蒙古文，2000年12月出版，定价48.00元)

19.《蒙古学论著索引（1986—1995)》(额尔德尼编，原为汉文，诺尔金等译成蒙古文，2000年12月出版，定价58.00元)

20.《中古蒙古语研究》（嘎日迪著，蒙古文，2001年10月出版，定价45.00元）

21.《蒙古族美术研究》（阿木尔巴图著，原为汉文，那顺乌尔塔译成蒙古文，2001年12月出版，定价68.00元）

22.《蒙古族传统疗法》（郭·道布清、图门巴雅尔编著，蒙古文，2001年12月出版，定价40.00元）

23.《蒙古族土地所有制特征研究》（额尔敦扎布、萨日娜著，蒙古文，2001年12月出版，定价30.00元）

24.《蒙古族曲艺研究》（贺喜歌芒来著，蒙古文，2001年12月出版，定价45.00元）

25.《忽必烈汗思想研究》（巴图巴干著，蒙古文，2002年4月出版，定价30.00元）

26.《蒙古族商业发展史》（额斯日格仓、包·赛吉拉夫著，蒙古文，2002年6月出版，定价38.00元）

27.《现代蒙医学》（琪格其图主编，汉文，2002年7月出版，定价30.00元）

28.《中国蒙古学研究概论》（吉木斯、特·额尔敦陶克套主编，蒙古文，2002年8月出版，定价60.00元）

29.《中国人民解放战争时期内蒙古骑兵史》（乌嫩齐著，原为汉文，牧仁译成蒙古文，2002年8月出版，定价55.00元）

30.《蒙古族哲学思想史》（苏和、陶克套著，汉文，2002年9月出版，定价36.00元）

31.《蒙古族儿童文学概论》(哈斯巴拉等著，原为蒙古文，蒋丽君等译成汉文，2002年10月出版，定价30.00元)

32.《佛教与蒙古文学》(德斯莱扎布著，蒙古文，2002年12月出版，定价30.00元)

33.《蒙古族古代典型战例》(阿木尔门德著，汉文，2002年12月出版，定价36.00元)

34.《蒙古文书法概论》(额力很巴雅尔著，原为蒙古文，额力很巴雅尔译成汉文，2003年12月出版，定价25.00元)

35.《蒙古族古代军事史》(胡泊主编，汉文，2004年3月出版，定价95.00元)

36.《蒙古族经济思想史研究》(陈献国主编，汉文，2004年4月出版，定价28.00元)

37.《蒙古族古代名将录》(叶喜著，汉文，2004年10月出版，定价22.00元)

38.《松巴堪布诗学研究》(额尔敦白音著，蒙古文，2004年10月出版，定价50.00元)

39.《古代蒙古法制史》(奇格著，原为汉文，奇格译成蒙古文，2004年12月出版，定价25.00元)

40.《中国民族语文工作的创举》(舍那木吉拉著，原为汉文，舍那木吉拉等译成蒙古文，2004年12月出版，定价35.00元)

41.《蒙古族哲学思想史》(苏和、陶克套著，原为汉文，齐秀华译成蒙古文，2004年12月出版，定价45.00元)

42.《蒙医学史与文献研究》(吉格木德著，蒙古文，2004年12月出版，定价32.00元)

43.《蒙古族近现代思想史论》(宝力格著，汉文，2005年3月出版，定价20.00元)

44.《元大都研究》(昔宝尼赤·却拉布吉著，蒙古文，2005年3月出版，定价75.00元)

45.《蒙古族宗教史》(苏鲁格著，汉文，2005年4月出版，定价32.00元)

46.《哈撒儿研究》(包·赛吉拉夫著，蒙古文，2005年6月出版，定价50.00元)

47.《蒙古语构词法研究》(特格希都楞著，蒙古文，2005年7月出版，定价20.00元)

48.《蒙古族正骨学》(旺钦扎布著，原为蒙古文，旺钦扎布译成汉文，2005年7月出版，定价45.00元)

49.《现代蒙医学》(琪格其图主编，原为汉文，琪格其图译成蒙古文，2005年7月出版，定价48.00元)

50.《成吉思汗哲学思想研究》(格·孟和著，原为蒙古文，何金山等译成汉文，2005年7月出版，定价45.00元)

51.《蒙古族近代战争史》(巴音图、张成业著，汉文，2005年11月出版，定价42.00元)

52.《〈蒙古源流〉研究》(乌兰著，原为汉文，阿拉坦巴根译为蒙古文，2005年12月出版，定价60.00元)

53.《蒙古族传统疗法》(郭·道布清、图门巴雅尔编，原为蒙古文，

郭·道布清、图门巴雅尔译成汉文，2005年12月出版，定价22.00元)

54.《蒙古族古代典型战例》(阿木尔门德著，原为汉文，策·诺尔金译成蒙古文，2005年12月出版，定价60.00元)

55.《元朝时期的山西地区》(瞿大风著，汉文，2005年12月出版，定价35.00元)

56.《蒙古族治疗骨伤的创新》(慕精阿、海志凡、海波著，汉文，2005年12月出版，定价42.00元)

57.《乌鲁别克传》(孛儿只斤·旺其格著，蒙古文，2006年6月出版，定价30.00元)

58.《蒙古语语法化过程研究》(套格敦白乙拉著，蒙古文，2006年8月出版，定价36.00元)

59.《蒙古族古代名将录》(叶喜著，原为汉文，那顺乌日塔译成蒙古文，2006年9月出版，定价35.00元)

60.《17世纪蒙古编年史与蒙古文文书档案研究》(希都日古著，汉文，2006年9月出版，定价26.00元)

61.《元朝时期的山西地区》(瞿大风著，汉文，2006年9月出版，定价40.00元)

62.《蒙古兽医研究》(巴音木仁著，汉文，2006年10月出版，定价40.00元)

63.《蒙古语构词法研究》(特格希都楞著，汉文，2006年11月出版，定价30.00元)

64.《蒙古族音乐史》(呼格吉勒图著，原为蒙古文，龙梅、乌云巴图译成汉文，2006年12月出版，定价40.00元)

65.《法式善“梧门诗话”研究》(宏伟著，汉文，2006年12月出版，定价42.00元)

66.《蒙古族科学技术简史》(李迪著，汉文，2006年12月出版，定价32.00元)

67.《蒙古族古代交通史》(德山、乌日娜、赵相璧著，汉文，2006年12月出版，定价28.00元)

68.《中古蒙古语研究》(嘎日迪著，原为蒙古文，嘎日迪译成汉文，2006年12月出版，定价40.00元)

69.《蒙古族商业发展史》(额斯日格仓、包·赛吉拉夫著，原为蒙古文，哈斯木仁、胡格吉勒图、杨晓华译成汉文，2007年5月出版，定价28.00元)

70.《藏传佛教与蒙古族文化》(唐吉思著，汉文，2007年6月出版，定价40.00元)

71.《蒙古族姓氏研究》(奥都高德·博·苏达那木道尔吉著，蒙古文，2007年6月出版，定价90.00元)

72.《忽必烈汗思想研究》(巴图巴干著，原为蒙古文，吉木斯、哈日赤译成汉文，2007年6月出版，定价25.00元)

73.《蒙古哲学宏旨研究》(格·孟和著，蒙古文，2007年7月出版，定价50.00元)

74.《成吉思汗兵法研究》(胡泊著，汉文，2007年7月出版，定价28.00元)

75.《成吉思汗与蒙古文化》(那仁敖其尔等著，蒙古文，2007年7月出版，定价35.00元)

76.《蒙古族曲艺新探索》(贺希歌芒来著，原为蒙古文，贺希歌芒来译成汉文，2007年7月出版，定价48.00元)

77.《清代八旗蒙古汉文著作家政治思想研究》(张力均著，汉文，2007年11月出版，定价25.00元)

78.《蒙古族近现代思想史论》(宝力格著，原为汉文，萨础拉、陈永庆译成蒙古文，2007年11月出版，定价25.00元)

79.《蒙古族治疗骨伤的创新》(慕精阿、海志凡、海波著，原为汉文，旺钦扎布译成蒙古文，2007年12月出版，定价52.00元)

80.《蒙古族书面文学的基本体系研究》(满全著，蒙古文，2007年12月出版，定价45.00元)

81.《蒙古族天文历法史》(孛儿只斤·旺其格著，汉文，2008年3月出版，定价67.00元)

82.《蒙古文“金光明经”词汇研究》(上、下册)(乌力吉陶格套著，蒙古文，2008年4月出版，定价95.00元)

83.《制度视域下的草原生态环境保护》(盖志毅著，汉文，2008年5月出版，定价42.00元)

84.《哈撒儿研究》(包·赛吉拉夫著，汉文，2008年5月出版，定价45.00元)

85.《蒙古族美学史》(满都夫著，原为汉文，桑杰、其木格译成蒙古文，2008年6月出版，定价75.00元)

86.《清代满蒙文词典研究》(春花著，汉文，2008年7月出版，定价50.00元)

87.《蒙古族传统文化的现代价值》(齐秀华、额尔敦陶格套著，蒙古文，2008年9月出版，定价32.00元)

88.《蒙古族生态经济研究》(暴庆伍著，汉文，2009年1月出版，定价38.00元)

89.《蒙古族姓氏大全》(明安特·沙·东希格著，蒙古文，2009年1月出版，定价95.00元)

90.《蒙古族生态智慧论》(乌峰、包庆德主编，汉文，2009年1月出版，定价35.00元)

91.《蒙古族数学史》(孛儿只斤·旺其格著，蒙古文，2009年1月出版，定价50.00元)

92.《蒙古语修辞学研究》(德力格尔著，蒙古文，2009年4月出版，定价40.00元)

93.《红山诸文化与游牧民族原始宗教比较研究》(王其格著，蒙古文，2009年5月出版，定价38.00元)

94.《蒙古语语法的认知功能研究》(套格敦白乙拉著，蒙古文，2009年5月出版，定价28.00元)

95.《八思巴文变形体研究》(乌力吉白乙拉著，蒙古文，2009年5月出版，定价30.00元)

96.《藏传佛教与蒙古文化》(唐吉思著，原为汉文，唐吉思译成蒙古文，2009年6月出版，定价55.00元)

97.《蒙古语词语的文化研究》(天峰著，蒙古文，2009年7月出版，定价30.00元)

98.《清代内蒙古地区寺院经济研究》(胡日查著，汉文，2009年7月出版，定价30.00元)

99.《蒙古语语音实验研究》(呼和著,汉文,2009年7月出版,定价30.00元)

100.《尹湛纳希人文思想研究》(席布仁门德著，蒙古文，2009年7月出版，定价38.00元)

续版已经出版书目

1.《近代内蒙古行政建制变迁研究》(孟和宝音著，汉文，2010年12月出版，定价40.00元)

2.《蒙汉历史接触与蒙古语言文化变迁》(曹道巴特尔著，汉文，2010年12月出版，定价45.00元)

3.《阿尔寨石窟回鹘蒙古文榜题研究》(哈斯额尔敦等著，原为蒙古文，纳·巴图吉日嘎拉、纳楚格、嘎日迪译成汉文，2010年12月出版，定价35.00元)

4.《清代官修民族文字文献编纂研究》(乌兰其木格著，汉文，2010年12月出版，定价38.00元)

5.《蒙古族佛教文化调查研究》(唐吉思著，汉文，2010年12月出版，定价98.00元)

6.《元国书官印汇释》(照那斯图、薛磊著，汉文，2011年4月出版，定价40.00元)

7.《蒙古文学史学研究》(乌日斯嘎拉著，蒙古文，2011年5月出版，定价36.00元)

8.《蒙古族全史》(第1卷)(留金锁著，原为蒙古文，浩斯巴特尔、包阿拉塔译成汉文，2011年7月出版，定价30.00元)

9.《蒙古哲学原理研究》(格·孟和著，蒙古文，2011年8月出版，定价85.00元)

10.《蒙古族古代军事史》(胡泊著，原为汉文，查干高娃编译，蒙古文，2011年8月出版，定价100.00元)

11.《新牧区建设与牧区政策调整——以内蒙古为例》(盖志毅著，汉文，2011年11月出版，定价75.00元)

12.《古代蒙古货币研究》(虹宝音著，汉文，2011年11月出版，定价30.00元)

13.《蒙古族古代汉文文化研究》(宏伟著，蒙古文，2011年12月出版，定价45.00元)

14.《元朝时期札剌亦儿部研究》(谢咏梅著，汉文，2012年3月出版，定价38.00元)

15.《蒙古文学文体转化研究》(包红梅著，蒙古文，2012年5月出版，定价40.00元)

16.《蒙古文字结构研究》(王桂荣著，蒙古文，2012年5月出版，定价50.00元)

17.《近现代内蒙古游牧变迁研究》(阿拉腾嘎日嘎著，汉文，2012年6月出版，定价35.00元)

18.《蒙古文文论理论建构》(孟和乌力吉著，蒙古文，2012年6月出版，定价70.00元)

19.《蒙古语形态研究》(包满亮著，蒙古文，2012年6月出版，定价60.00元)

20.《蒙古语言的语法化过程与机制》(套格敦白乙拉著，蒙古文，2012年7月出版，定价45.00元)

21.《蒙古历史文化的哲学解读》(格·孟和著，蒙古文，2012年7月出版，定价56.00元)

22.《尹湛纳希与儒家文化》(胡格吉乐图著，汉文，2012年9月出版，定价30.00元)

23.《蒙古族现代诗歌研究》(黄金著，蒙古文，2012年11月出版，定价63.00元)

24.《现代蒙古语语义框架研究》(德·萨日娜著，蒙古文，2013年3月出版，定价30.00元)

25.《蒙古民歌的程式化研究》(哈斯其木格著，蒙古文，2013年3月出版，定价36.00元)

26.《蒙古帝国政治制度及政治思想研究》(扎拉嘎著，蒙古文，2013年3月出版，定价55.00元)

27.《近代内蒙古行政建制变迁研究》(孟和宝音著，原为汉文，孟和宝音、娜仁其其格译成蒙古文，2013年6月出版，定价65.00元)

28.《游牧社会形态论》（额灯套格套著，汉文，2013年8月出版，定价65.00元）

29.《乌珠穆沁部落研究》（高·阿晔著，蒙古文，2013年10月出版，定价50.00元）

30.《蒙古文化中的人与自然关系研究》（马桂英著，汉文，2013年11月出版，定价37.00元）

31.《清代蒙古文出版文化研究》（宝山，哈斯格日乐著，蒙古文，2013年11月出版，定价52.00元）

32.《清代蒙古寺庙管理体制研究》（胡日查著，汉字，2013年11月出版，定价42.00元）

33.《大蒙古国与金国战争史》（鲍格鲁特·鲍音著，蒙古文，2013年12月出版，定价40.00元）

34.《蒙古族太阳崇拜研究》（阿拉坦格日乐著，蒙古文，2013年12月出版，定价45.00元）

35.《蒙古族传统医学史纲》（热·王钦扎布、娜日娜著，蒙古文，2013年12月出版，定价40.00元）

36.《蒙古族生态智慧论》（乌峰、包庆德著，原为汉文，孟根宝力高、包玉兰译成蒙古文，2014年4月出版，定价50.00元）

37.《蒙古语短语结构知识库相关研究》（达胡白乙拉著，蒙古文，2014年4月出版，定价45.00元）

38.《蒙古族藏文文论体系研究》（树林著，蒙古文，2014年4月出版，定价65.00元）

39.《蒙古民族敖包祭祀文化认同研究》(那仁毕力格著，汉文，2014年4月出版，定价32.00元)

40.《嫩科尔沁史概略》(包额尔德木图著，蒙古文，2014年6月出版，定价58.00元)

41.《蒙古羊肉食文化研究》(群可加著，蒙古文，2014年6月出版，定价45.00元)

42.《〈蒙古秘史〉逻辑思想研究》(莫日根巴图著，汉文，2014年7月出版，定价40.00元)

43.《劳斯尔及其作品研究》(朝克图、赵玉华著，汉文，2014年10月出版，定价56.00元)

44.《蒙古地名研究》(天峰著，蒙古文，2014年10月出版，定价50.00元)

45.《玛拉沁夫小说民族文化源缘研究》(额尔敦仓著，汉文，2014年11月出版，定价42.00元)

46.《外部环境与内部环境：蒙古族当代文学前沿问题研究》(满全著，蒙古文，2014年12月出版，定价70.00元)

47.《制度视域下的草原生态环境保护》(盖志毅著，原为汉文，吴宝山、乌兰编译成蒙古文，2014年12月出版，定价80.00元)

48.《蒙古族生态文学研究》(巴·苏和著，蒙古文，2015年1月出版，定价56.00元)

49.《编辑学概论》(阿拉木斯、莫日根高娃著，蒙古文，2015年4月出版，定价68.00元)

50.《蒙古语地名文化遗产保护研究》(仁钦道尔吉著，汉文，2015年4月出版，定价56.00元)

51.《13—19世纪蒙古法制沿革史研究》(那仁朝格图著，汉文，2015年4月出版，定价50.00元)

52.《蒙古民间文学研究：以青海民间文学为例》(呼和编著，蒙古文，2015年7月出版，定价68.00元)

53.《蒙古语句法结构的认知研究》(阿拉坦苏和、套格敦白乙拉著，蒙古文，2015年12月出版，定价50.00元)

54.《蒙古族传统伦理要义》(斯仁著，蒙古文，2015年12月出版，定价65.00元)

55.《蒙古史诗的非物质文化价值研究》(关金花，蒙古文，2015年12月出版，定价72.00元)

56.《探秘〈江格尔〉》(张越著，汉文，2016年5月出版，定价55.00元)

57.《蒙古语地名保护研究》(仁钦道尔吉著，蒙古文，2016年5月出版，定价78.00元)

58.《日本侵占时期“兴安省”经济统制政策研究》(齐百顺著，汉文，2016年5月出版，定价60.00元)

59.《蒙古史诗美学研究》(额尔敦高娃著，蒙古文，2016年6月出版，定价80.00元)

60.《喀尔喀车臣汗部研究》(姑茹玛著，汉文，2016年7月出版，定价48.00元)

61.《蒙古文化概论》(格·孟和著，汉文，2016年9月出版，定价75.00元)

62.《蒙古族十二生肖文化研究》(今晓著，蒙古文，2016年12月出版，定价60.00元)

63.《果亲王允礼藏〈密印授记请问经〉研究》(根泉著，蒙古文，2017年2月出版，定价65.00元)

64.《乌拉特三贤探微》(乌力吉巴雅尔著，蒙古文，2017年3月出版，定价70.00元)

65.《清代至民国时期土默特地区社会变迁研究》(乌仁其其格著，汉文，2017年5月出版，定价65.00元)

66.《启蒙思潮中的蒙古文学》(敖特根白乙拉著，蒙古文，2017年6月出版，定价70.00元)

67.《成吉思汗祭奠仪式及其文化功能研究》(额灯套格套主编，蒙古文，2017年7月出版，定价75.00元)

68.《中国蒙古文学学术史》(巴·苏和，特日乐著，汉文，2017年7月出版，定价70.00元)

69.《成吉思汗传说研究》(宝音德力根著，蒙古文，2017年10月出版，定价75.00元)

70.《卡尔梅克语土尔扈特土语研究》(秀花著，蒙古文，2017年11月出版，定价80.00元)

71.《蒙古贞历史》(暴风雨、项福生主编，汉文，2018年3月出版，定价65.00元)

72.《蒙古人崇拜自然的意识研究》(席·哈斯巴特尔著，蒙古文，2018年4月出版，定价75.00元)

73.《蒙古族全史·第二卷》(留金锁著，蒙古文，2018年5月出版，定价70.00元)

74.《蒙古哲学概论》(格·孟和著，汉文，2018年5月出版，定价75.00元)

75.《内蒙古牧区合作经济组织研究》(敖仁其、艾金吉雅编著，汉文，2018年8月出版，定价68.00元)

76.《清代蒙古地方法规研究》(金山、包斯琴著，汉文，2018年8月出版，定价70.00元)

77.《乌珠穆沁女性风俗研究》（玉荣著，汉文，2018年8月出版，定价40.00元）

78.《阿拉善旗经济史研究》（普·乌力吉著，蒙古文，2019年4月出版，定价76.00元）

79.《近代蒙古族社会变革中的藏传佛教》（胡日查著，汉文，2019年4月出版，定价45.00元）

80.《珠日海学》（武殿林编著，蒙古文，2019年5月出版，定价72.00元）

81.《西拉木伦河流域文化研究》（布和温都苏著，格根柱拉、拉西东日布整理，蒙古文，2019年5月出版，定价83.00元）

82.《成吉思汗社会思想研究》（格·孟和著，蒙古文，2019年5月出版，定价105.00元）

83.《元大都研究》（昔宝赤·却拉布吉著，汉文，2019年7月出版，定价70.00元）

84.《〈蒙古秘史〉及卫拉特蒙古语》（别·策吾克著，蒙古文，2019年7月出版，定价70.00元）

85.《蒙古法律文化研究》（特木尔宝力道著，蒙古文，2019年7月出版，定价100.00元）

86.《经典民歌〈嘎达梅林〉研究》（宝音陶克陶、代兴安、马国林著，蒙古文，2019年8月出版，定价75.00元）

87.《蒙古族非母语创作研究——以辽宁为例》（萨仁图雅、金秀梅著，汉文，2019年8月出版，定价60.00元）

88.《〈蒙古秘史〉管理学研究》（吴宝山著，蒙古文，2019年8月出版，定价80.00元）

89.《〈陶格陶胡之歌〉历史文化研究》（芙蓉、宝音娜著，蒙古文，2019年8月出版，定价60.00元）

90.《别里古台研究》（包赛吉拉夫著，蒙古文，2019年10月出版，定价60.00元）

91.《蒙古族叙事民歌中的汉文化影响研究》（包海青著，蒙古文，2019年10月出版，定价68.00元）

92.《蒙古族游牧智慧研究》（扎格尔著，蒙古文，2019年10月出版，定价80.00元）

93.《清代蒙译本〈水浒传〉研究》（金荣著，汉文，2019年10月出版，定价40.00元）

94.《胡尔奇研究》（包金刚著，蒙古文，2019年10月出版，定价68.00元）

95.《十七世纪前半叶满蒙关系文书研究》（斯琴高娃著，蒙古文，2019年10月出版，定价70.00元）

96.《 察哈尔万户研究》（宝音初古拉著，汉文，2019年10月出版，定价75.00元）

97.《成吉思汗大札撒研究》（朝克图著，蒙古文，2019年12月出版，定价48.00元）

98.《蒙古格斯尔文化传承、保护与发展研究》（秋喜著，汉文，2020年8月出版，定价48.00元）

99.《现代蒙古语多义词计量研究》（萨日娜、呼日乐吐什著，蒙古文，2020年12月出版，定价55.00元）

100.《蒙古羊食肉文化研究——青海蒙古羊食肉为例》（群克加著，原为蒙古文，耿排力译，汉文，2021年1月出版，定价65.00元）

第三版已出版目录

1.《游牧经济学导论》（包玉山著，蒙古文，2021 年 12 月出版，定价 60.00 元）

2.《草原牧俗与道德生活》（斯仁著，蒙古文，2021 年 12 月出版，定价 45.00 元）

3.《兴安盟草原野生药用植物研究》（阿拉坦巴根主编，汉文，2021年12月出版，定价70.00元）

4.《科尔沁土语词汇与地域文化研究》（嘎拉桑、苏日娜、乌日其其格著，蒙古文，2022年2月出版，定价85.00元）

5.《蒙古语同义词研究》（金书包著，蒙古文，2022年4月出版，定价85.00元）

6.《蒙古族服饰演变研究》（萨日娜著，蒙古文，2022年9月出版，定价75.00元）

7.《社会转型与文学话语体系的嬗变》（满全著，蒙古文，2022年11月出版，定价98.00元）

8.《新时期蒙古文小说批评观念变迁研究》（阿拉坦巴根著，蒙古文，2022年12月出版，定价78.00元）

9.《蒙古族当代作家汉文小说研究》（额尔敦仓、乌哈娜、宝兰、刘孝方、娜荷娅、包红莉著，汉文，2023年12月出版，定价70.00元）